八文字屋本研究会編
代表　長谷川　強

八文字屋本全集

第二十二巻

汲古書院

◇八文字屋本研究会

長谷川　強
江本　裕
長友千代治
渡辺守邦
岡　雅彦
若木太一
篠原　進
花田富二夫
石川　了
中嶋　隆
倉員正江
神谷勝広
佐伯孝弘
藤原英城
杉本和寛

目次

陽炎日高川

契情蓬萊山

今昔九重桜

哥行脚懐硯

柿本人麿誕生記

風流庭訓往来

凡例

一、底本は初印本を用いることを原則とするが、その限りでない場合がある。
二、改題本は解題において処理し、改竄本は原著者・原刊行者の関与する場合、原刻本本文中に異同を示し、それ以外の場合は解題で処理した。
三、書名は、八文字屋刊本は序または本文前に題名をしるさず、目録題をおくのが通例（一部其磧関係の他書肆刊本に例外がある）で、それを立てて、原則として現在通行の字体を用いた。また、章題番号に囲みなどのある場合は、それに応じて処理し、目録・名寄は二段組みとした。
四、丁移りは、各丁表裏の末尾に底本の丁付と表裏を示す略記号「オ」「ウ」を括弧に入れて示した。底本の丁付が部分的に判読不能の場合は別本で補った。
五、挿絵は、そのすべてを該当する箇所の近くに掲載し、巻別通し番号と丁付および表裏を付記した。また、原形を著しく損なっている挿絵と、底本の綴じが深い挿絵は、別本で補った。
六、初印本に付けられた予告・広告は原本通りに翻刻し、後印本所掲のものは解題に、蔵板目録については必要なもののみ解題に掲げた。
七、翻字にあたっては、できる限り底本に忠実にするよう心がけたが、活字化の都合上おおよそ左の方針に従った。

(1) 漢字について

(イ) 原則として現在通行の字体に改め、常用漢字表にあるものは新字体を用い、ないものはそのまま使用した。

ただし、一部旧字体と区別して両用したものがある。

例　燈と灯　嶽と岳　龍と竜

(ロ)特殊な草体字や略字は改めた。

例　[候の草体]↓候　[部の略字]↓部

(ハ)　異体字（ここでは俗字・国字等を含めていう）は改めた。

例　灵↓霊　敉↓数　筭↓算　刕↓州

ただし、当時慣用と思われるもののうち、次のようなものは残した。

例　哥　皃　艸　菴　泪　躰　栬　[口+花]　娌　娵　虵　穐　峕　糀　濶　龜　礒　椙

(ニ)「団十郎」「女良」などの「郎」「良」は、楷書の場合のみ区別し、他は「郎」に統一した。

(2)　仮名文字について

(イ)　明らかに片仮名と意識して書かれたもの以外はすべて現行の平仮名に改め、捨仮名など小字で書かれた片仮名は小さく組んだ。

(ロ)　特殊な合字・連体字は通行の仮名に改めた。

例　ゟ↓より　[こと合字]↓こと　[さま合字]↓さま　〆↓シテ　ヿ↓コト　𪜈↓トモ　[まいらせ合字]↓まいらせ候

(3)　漢字と仮名に両用される「不」「身」「見」「屋」等については、文意・文脈によって区別した。特に「不」は濁点があれば仮名の「ぶ」、なければ漢字の「不」とした。

例　ぶ心中　不自由　身づから　みやづかへ　かほ見せ　見世

(4)　誤字・誤刻・脱字・衍字・当て字・濁点の錯誤などについては、読解の妨げや誤読・誤植と誤認される恐れがあるものに限って、左のように処理した。

(イ) 漢字の偏・旁などを誤り、書きくずして、正しい漢字とも当時通用の異体字とも認められぬもので、偏旁等より正しい文字の推定できるものは、正しく改めて「△」を右肩または左肩に付けた。

例　天枰→天秤△　滴《しづく》→滴《しづく》△

(ロ) 漢字や濁音のない仮名に濁点を付けている場合は右肩に「†」を付けた。

例　共゛→共†　奉加゛→奉加†　に゛→に†

(ハ) 前二項以外の問題箇所は底本通りとし「＊」を該当箇所の右肩または左肩に付けた。

例　心定（必定）→心定＊　覚語《かくご》（覚悟）→覚語《かくご》＊　宵《よる》→宵《よる》＊　宿へかへれまして（「ら」脱）→宿へかへれ＊まして　移り《うつり》→移り《うつり》＊　下さるべしど（誤濁点）→下さるべしど＊

なお、「右衛門」などの「衛」を表記せぬ場合、楷書の場合のみ脱字とみなし、他は右肩に「＊」印を付けて「衛」の字を補った。

(5) 反復記号は底本の通りとした。

(6) 句読点は「。」に統一したが、底本の原態を解題に記した。

(7) 虫損・破損・汚損などで判読できない場合は、可能な限り別本で補い解題にこの旨を記したが、なお、判読不能の場合は「ムシ」「ヤブレ」「ヨゴレ」と注した。

八、解題は、主として書誌的事項にとどめ、作品の内容や鑑賞に関して詳述することをひかえた。

底本・担当者一覧

南木莠日記……西尾市岩瀬文庫蔵本。挿絵一部大妻女子大学図書館蔵本。翻刻・解題江本裕。

陽炎日高川……国立国会図書館蔵本。挿絵一部西尾市岩瀬文庫蔵本。翻刻・解題杉本和寛。

契情蓬萊山……国文学研究資料館蔵本。挿絵一部西尾市岩瀬文庫蔵本。翻刻・解題岡雅彦。

今昔九重桜……東京大学総合図書館蔵本。翻刻・解題佐伯孝弘。

哥行脚懐硯……東京国立博物館蔵本。翻刻・解題渡辺守邦。

柿本人麿誕生記……京都大学附属図書館蔵本。翻刻・解題長友千代治。

風流庭訓往来……京都大学附属図書館蔵本。翻刻・解題中嶋隆。

全翻刻・解題について、原稿出来時と校正時に長谷川が点検し、統一をはかった。


御所蔵本の利用をお許しくださった各位に厚く御礼申し上げる。

南木莠日記

序

一樹《いちじゆ》の陰《かげ》に南《みんなみ》に向《むか》へる座席《ざせき》あり是《これ》御為《おんため》に儲《もふけ》たる玉扆《ぎよくゐ》にて候《さむら》へば暫《しば》らく是《これ》に御座《おはしまし》候へと二人《ににん》の童子《どうじ》が教《おしへ》　奉《たてまつ》りし莠《ふたば》の芳《かんば》しき眼《め》も春《はる》の日《ひ》の暮《くれ》かぬる徒然《つれ〳〵》肘《ひぢ》を曲《まげ》て枕《まくら》さばきの友《とも》どちつゐ現《うつゝ》にも夢《ゆめ》にも人《ひと》に逢《あは》ぬむかしなんど思《おも》はせ（一オ）風俗《ぶり》の文《ふみ》に花《はな》を咲《さか》す言葉《ことば》の数〻《かず〳〵》千枝《ちえ》にひろがりぬるを無理遣《むりやり》に及《およ》ばぬ筆《ふで》に書留《かきとゞ》め三巻《まき》二巻《まき》のいつに替《かは》らぬ笑《わら》ひ草《ぐさ》の種蒔《たねまき》よし

瑞笑改
作者　李秀
素玉

宝暦七
丑春陽（一ウ）

南木《くすのき》莠《ふたば》日記《にっき》

一之巻

目《もく》録《ろく》

第一　江南《こうなん》の橘 氏《たちばなうじ》はむかしの人《ひと》の袖袂《そでたもと》

赫《がく》〻たる師尹民《しゐんたみ》ともに尓《なんぢ》を見る。上《かみ》にたつ仁《じん》。下《しも》にしたがふ忠《ちう》。聖《せい》も是《これ》人。愚《ぐ》も又人《またひと》。天《てん》に稟《うく》る性《せい》おのれになす情《じやう》。真如平等《しんによべうどう》の月明《つきあき》らかにてらすや。武門《ぶもん》の執権職《しつけんしよく》北条相模守《ほうでうさがみのかみ》平《たいら》の貞時《さだとき》。威名四海《ゐめいしかい》を鎮護《ちんご》して。政務廉直《せいむれんちよく》の掟正《おきてたゞ》しく。永仁《ゑいにん》五年《ねん》正月十日。鎌倉参候《かまくらさんこう》の諸大名御家人《しよだいみやうごけにん》*被管《ひくはん》にいたるまで。庭上《ていしやう》に集《あつ》め出座《しゆつざ》あり。貞時仰出《さだときおゝせいだ》さるゝは。扨《さて》も去年《きよねん》十一月。吉見《よしみ》が謀叛《むほん》に各〻《をの〱》の勲功《くんこう》さきだつて。加増黄金太刀《かぞうわうごんたち》刀《かたな》申《もうし》あたへ事《こと》おさまる。しかるにむほんの棟梁《とうりやう》。吉見太郎義就《よしみたらうよしなり》は。蒲《かば》の範頼殿《のりよりどの》の嫡《ちやく》りうゆへ。徒党《ととう》の族多《やからおゝ》かりし。一味連判《いちみれんぱん》の一巻《くはん》。吉見《よしみ》ほろびし（三オ）砌焼《みぎりやく》に間《ま》もなく。味《み》かたへ取《と》られ。一覧《らん》せしに吉見東国《よしみとうごく》に旗《はた》を揚《あげ》ば。恩智《をんぢ》七郎正村《らうまさむら》といふ者《もの》は。河内国《かはちのくに》にて旗《はた》をあげんと。合図《あいづ》の文面明《ぶんめんあき》らかなり。しかれども吉見《よしみ》か謀反事発起《むほんことほつき》せざる内《うち》に。うち取《とり》ぬれば恩智《をんぢ》が謀略《ぼうりやく》もむなしく成《なり》しと見へたり。よし見にみごり聞《きゝ》こりして。恩智中〻《をんぢなか〱》おもひ立《たつ》こと有《ある》べからず。国《くに》を治《をさむ》る事《こと》は小鮮《せうせん》を烹《に》るごとしと。老耼《らうたん》の教宜《をしへむべ》なれば。それなりに捨置《すてをか》んと。仰《をゝせ》もはてぬに河内国《かはちのくに》の守護代赤目《しゆごだいあかめ》の籟尊《らいそん》。つつと出《いで》て仰御尤《をゝせごもつとも》には存《ぞんじ》奉《たてまつ》れども。私《わたしく》預《あづか》り奉《たてまつ》る河内《かはち》のくに千早《ちはや》のふもとには。恩智《をんぢ》が一門《もん》おびたゝしく。中《なか》にも楠《くすのき》六郎正玄《らうまさはる》と申《もう》するは。方《ほう》二町《てう》に屋敷《やしき》を構《かま》へ。敏達天皇《びたつてんわう》の後胤《こういん》にて。橘 氏《たちばなうじ》の正統《しやうとう》と名乗《なのり》。およそ河内国三分《かはちのくにさんぶ》一の田畑《でんはく》を領《りやう》すれば。其余《そのよ》の百姓《ひやくせう》まで。これを敬《うやま》ひ。中〱《なか〱》守護代《しゆごだい》に罷上《まかりのぼ》りし。（三ウ）拙者《せつしや》が威《い》よりも。楠《くすのき》が威重《いおも》くして政務心《せいむこゝろ》に任《まか》せがたし。恩智《をんぢ》はかれが近《ちか》き親類《しんるい》。楠《くすのき》一味《み》さしなば御大事《おんだいじ》と存《ぞん》し奉《たてまつ》る。御人数《ごにんじゆ》をさしむけられ。くすの木《き》ともに召捕《めしとらへ》られ。然《しか》るべしと言上《ごんじやう》すれば。貞時義有大将《さだときぎあるたいしやう》にて。暫《しば》し考《かんが》へたまひ。左《さ》ほどの事《こと》ならば六波羅《ろくはら》より。討手《うつて》をも向《むく》べきに。これ迄何《までなん》の沙汰《さた》なきは。いぶかしさよとの給《たま》へば。籟尊《らいそん》かさねて。面《おもて》をかざる楠《くすのき》一党《とう》にて。ことに楠正玄《くすのきまさはる》が娘《むすめ》。近国《きんごく》にかくれなき。美人《びじん》の名取六波羅《などりろくはら》の御 預り《をんあづかり》*。大仏陸奥守貞房殿《おさらぎむつのかみさだふさどの》。聞《きゝ》およばれ。さま〳〵所望《しよもう》の最中《さいちう》なれば。楠《くすのき》がおごり吟味《ぎんみ》に及《およ》ばず察《さつ》する所 連判 状《ところれんばんじやう》は。後日《ごにち》を憚《はゞか》り。恩智《をんぢ》とあれども其本《そのもと》は。楠 正玄《くすのきまさはる》。疑《うたが》ひなき謀反《むほん》のしるし。これを冤《ゆる》め置《をか》せ給《たま》はゞ。天下《てんが》の騒乱遠《さうらんとを》からじとぞ言《いひ》つのる。折《をり》ふし河内国平岡大明 神《かはちのくにひらをかだいみやうじん》の神主《かんぬし》。水走権 司《みづはやごんのつかさ》。年始《ねんし》の御礼《おんれい》に罷下《まかりくだ》り。八《やつ》の間《ま》に詰《つめ》。（四オ）

挿絵第一図（四ウ）

挿絵第二図（五オ）

居《おつ》*る事《こと》。貞時《さだとき》おもひ出《いだ》し給《たま》ひ。平岡《ひらをか》の神主《かんぬし》これへ召《め》せと。御傍近《おんそばちか》く招《まね》かせ給《たま》ひ。楠《くすのき》とやらんがやうす委《くは》しく物語《ものがたり》いたすべしと。宣《のたま》へば神主《かんぬし》。つゝしんで。人皇《にんわう》三十二代敏達天皇四世《びだつてんわうしせ》の孫《そん》。橘 諸兄公従〻一位《たちばなのもろえこうじゆ》《い》の左大《さだい》臣《じん》にて。井手殿《いでどの》と号《がう》し其御子諸方《そのおんこもろかた》。又其子正方《またそのこまさかた》とて。楠《くすのき》の元祖《ぐはんそ》也。諸兄公《もろえこう》よりは廿二代《だい》。河内守成《かはちのかみなり》綱《つな》。河内国《かはちのくに》に住役有《ぢうやくあり》しに。河内《かはち》におゐて病死《ひやうし》せられ。夫《それ》より子息盛康《しそくもりやす》。都《みやこ》へ返《かへ》らず。郷士《ごうし》と成《なつ》て今の正玄《まさはる》には。四代《だい》の祖《そ》たり。ことに正《まさ》はる仁義《じんぎ》の勇士《ゆうし》。先祖代〻《せんぞだい〳〵》の住地《ぢうぢ》ゆへ。田園 多持《でんゑんをゝくもち》たれども。曽《かつ》て人《ひと》に高《たか》ぶらず。一門所従《もんしよじう》はびこれども。事《こと》を慎《つゝ》しみ。慈悲《じひ》を専《もつは》らとし。恩智《をんぢ》が姉を妻《さい》とし。女子而已《によしのみ》にて。男子《なんし》なかりしを深《ふか》く歎《なげ》き。信《し》

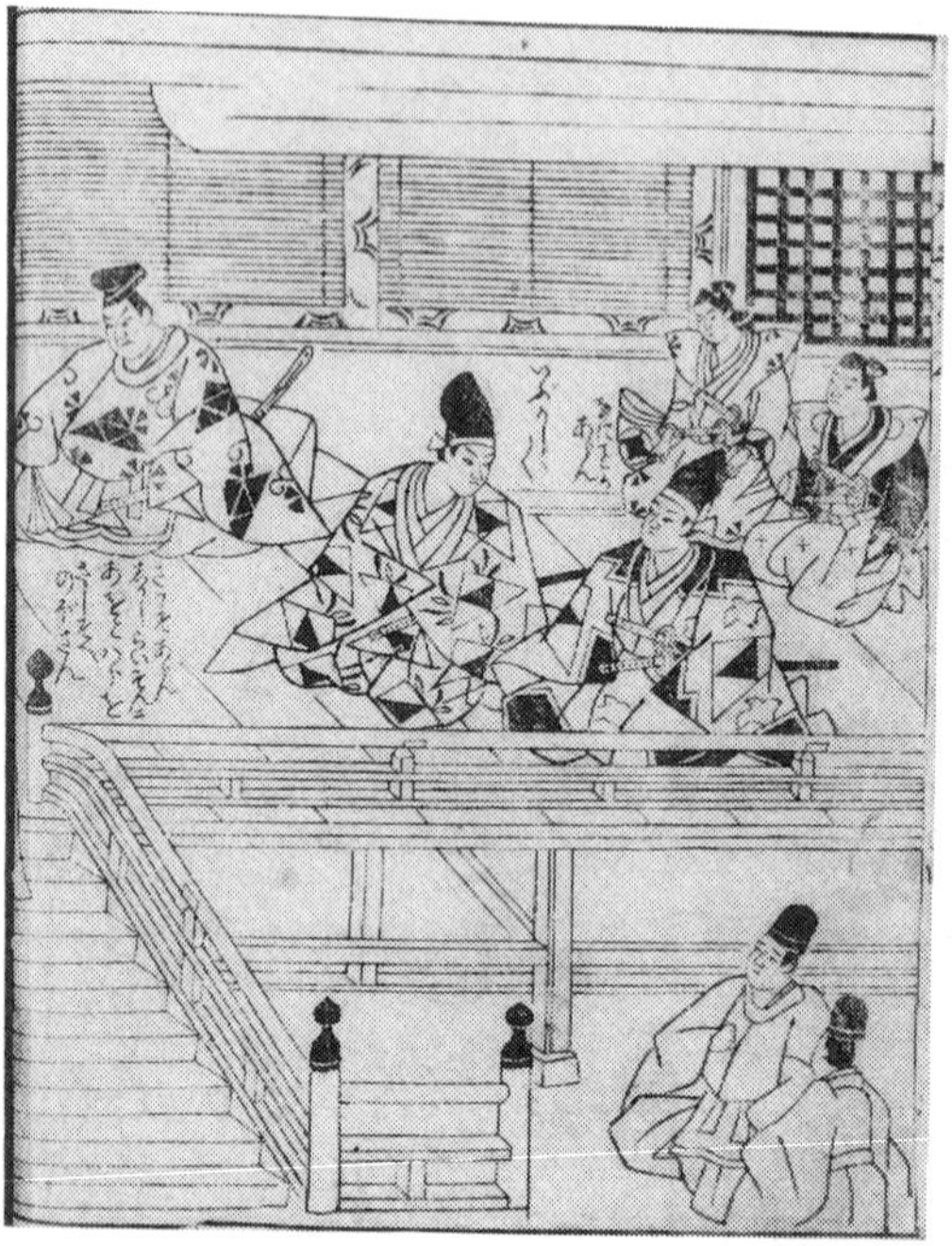

挿絵第一図

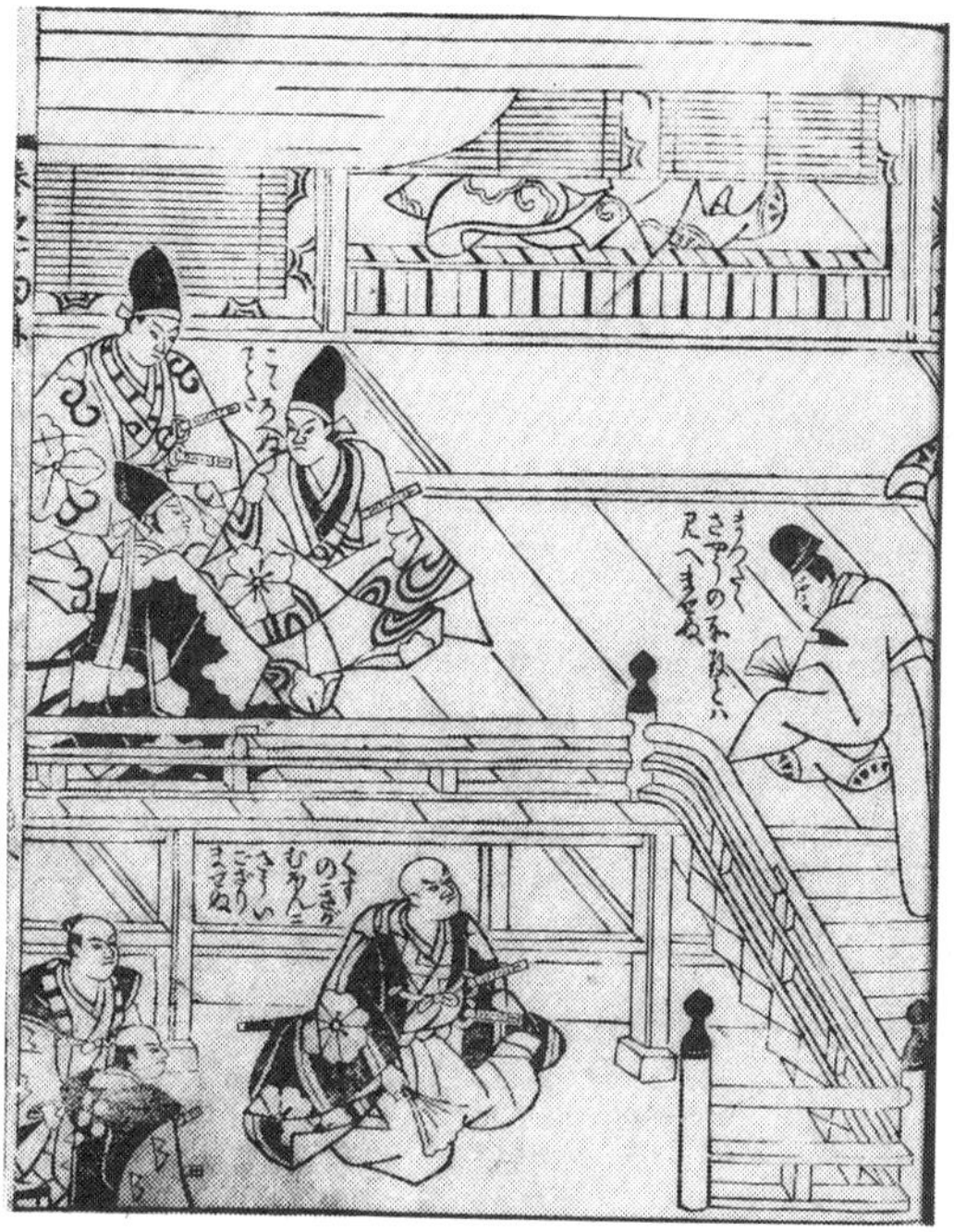

挿絵第二図

貴山《ぎざん》の毘沙門天《びしやもんでん》に。祈《いの》りしかば。ほどなく続《つゞい》て二人の男子《なんし》出生《しゆつしやう》す。兄《あに》を多門丸《たもんまる》と申《もうし》てことし十一。弟《おとゝ》を信貴《しき》丸と号《がう》して七歳《さい》。鎌倉殿《かまくらどの》より下《くだ》し置《をか》れし所領《しよれう》はなく。皆《みな》（五ウ）買求《かいもとめ》し地主《ぢぬし》なれば。参勤《さんきん》の願《ねか》ひもかへつて恐《をそ》れありと。万事《ばんじ》に心《こゝろ》を配《くば》る折節《をりふし》。六原殿《はらどの》より娘《むすめ》を上げよ。御本妻《ごほんさい》になされんとは。まつたく美色《びしよく》にめで給ふに非《あら》ず。楠《くすのき》が篤《とく》実《じつ》を感《かん》じ給ひての事《こと》と承《うけたまは》る。しかるに又去《またさる》かたよりも。先《せん》に言《いひ》かけられしかども。楠　心《くすのきこゝろ》には六はら殿《どの》へはさし上る気《き》なれど。先《せん》のいひいれ気《き》のどくとて。返答《へんたう》をのばし置《をく》とのよし。其上《そのうへ》恩智《をんぢ》も智《ち》ある侍《さむらひ》。よしみなどの謀反《むほん》にうかく〵と。連判《れんばん》すべき様《やう》はなし。平岡《ひらをか》と楠《くすのき》居《ゐ》宅《たく》は。間《あいだ》なし。某　詳《それがしつまびらか》に存《ぞん》ぜしはかくの通《とを》りと申《もうし》も*課《はて》ぬに。赤目籟尊《あかめらいそん》。ゐだけ高《だか》に成《なり》。ヤイかす祢宜《ねぎ》め。身《み》を誰《たれ》とおもふ。河内《かはち》一国《こく》の守護代《しゆごだい》。麁抹成事《そまつなること》をいふべきか。身《み》がことばを言反古《いひほぐ》すは。おのれくせもの。支配下《しはいした》の訳《わけ》たゝず今《いま》一言《ごん》いはゞぶちはなすと。刀《かたな》に反《そり》を打《うつ》てにらみ詰寄《つめよ》すれば。神主《かんぬし》。末広取直《すへひろとりなを》し。サア其守護代《そのしゆごだい》よばはりを。面倒《めんだう》おもひ（六オ）六原殿《はらどの》へ御受申《ごうけもう》さぬ。楠《くすのき》正玄《まさはる》。御自身《ごじぶん》が権威《けんい》ふるひ。かさから出《で》られても。蟻《あり》とも虫《むし》とも。おもはぬ。楠《くすのき》一家《け》なれども。守護代《しゆごだい》とある名《な》を重《をもん》じ。上《かみ》を敬《うやま》ふ心《こゝろ》より。いづれも娘《むすめ》をやらぬと事《こと》をおさむる正玄《まさはる》を。謀反人《むほんにん》と言立《いひたて》らるゝ。心根《こゝろね》が合点《がてん》参《まい》らず。いかに守護代《しゆごだい》なればとて。我儘《わがまゝ》に水走神主《みづはやかんぬし》が首《くび》。うたるゝならば討《うつ》てみよと。鹿嶋香取《かしまかどり》より平岡《ひらをか》へ。鎮座以来《ちんざこのかた》の中臣氏《なかとみうぢ》。

藤原家《ふぢはらけ》の氏社《うぢやしろ》。守護不入《しゆごぶにう》の我神境《わがしんきやう》サア手なみがみたいと動《どう》ぜぬ顔色《がんしよく》。さしもの籟尊《らいそん》いひがゝり。彼《かれ》を討《うた》ば藤原家《ふぢはらけ》のたゝりいが*ゝと。跡《あと》の思案《しあん》。武士《ぶし》なればゆるさねど。高《たか》が長袖《ながそで》ゆるしてくれるとへらず口《くち》。始終《しじう》を貞時聞《さだときき》ゝ給ひ。楠《くすのき》恩智《をんぢ》が謀反《むほん》の企《くはだて》。よもやとおもへど念《ねん》の為《ため》。籟尊《らいそん》に青砥《あをと》八郎村充《らうむらみつ》をさしそへ。さし上せば両人《りやうにん》かならず依怙《ゑこ》を離《はな》れ。*遺趣《いしゆ》を去《さり》て吟味《ぎんみ》すべしと入《いり》給へば。詰《つめ》かけたる大名小名《だいみやうしやうめう》。おの〳〵罷《まか》りたつか弓《ゆみ》。四方《よも》に敵《てき》なき（六ウ）君《きみ》が代《よ》を。ことぶきの諷《うた》ひ物《もの》。籟尊《らいそん》は神主《かんぬし》をしり目《め》にかくれば。神主《かんぬし》も。恩智《をんぢ》が連判《れんばん》うたがはしく。こゝろに包《つゝむ》針《はり》のさきめぐり。籟尊《らいそん》かんぬし左右《さゆう》に分《わか》れて入日《いりひ》さす。鎌倉山《かまくらやま》の星月夜《ほしづきよ》深《ふか》き恵《めぐみ》ぞ豊《ゆたか》也

第二　一文《いちもん》の銭《ぜに》に大小《だいしやう》を硎上《とぎあげ》た青砥《あをと》八郎《らう》

さつさ〳〵見事《みごと》な山桜《やまざくら》。おちば風《かぜ》よりつらからん。ゑいさつさ。おちよぼつまげの三人《にん》が。なり風俗《ふり》揃《そろ》ふ布《ぬの》ぼうし。浅黄小紋《あさぎごもん》の朝日《あさひ》をよけ。かざす団《うちは》の手《て》に手《て》を覆《おほ》ひ。わかば峠《とうげ》にさしかゝれば。独《ひとり》*りの詰袖《つめそで》。もふしお姫《ひめ》さま。きうにこい人《ひと》にしらすなと。御裏門《おうらもん》から御忍《おしの》び。あられぬさまにおかへなされて。是《これ》までは御供《をんとも》いたしましたがこりやマアいづれへのおぼしたちと。とへば姫《ひめ》は泪《なみだ》ぐみ。自《みづから》貞時《さだとき》の娘《むすめ》と生《うま》れ。何《なに》に不足《ふそく》はなけれども。おもふまゝならぬは恋《こひ》の路《みち》。青砥《あをと》八郎殿《らうどの》を見初《みそめ》しより。露《つゆ》のまもわすれ（七オ）やらず。父上《ちゝうへ》にいはれもせず。此月《このつき》は非番《ひばん》とて。領分《りやうぶん》小礒《こいそ》に引《ひつ》こみ居《い》て。出仕《しゆつし》さへなく物陰《ものかげ》から。のぞく事《こと》さへならぬところに。此度《このたび》赤目《あかめ》の籟尊《らいそん》と。河内《かはち》とやらへ行水《ゆくみづ》の。人《ひと》の心《こゝろ》は知《し》れぬもの。折角《せつかく》そち達《たち》が取持《とりもち》で。文《ふみ》の取《とり》かはしに心《こゝろ》を固《かた》めし。甲斐《かひ》もなぎさ神崎江口《かんざきえぐち》名《な》ある傾城《けいせい》多《おゝ》ひといの。其《その》うへ京《きやう》は女所《をなごどころ》。みづからか心《こゝろ》のきづかひ。すひしてくれよとの給へば。腰《こし》もとのゆきがさし出《いで》ム、聞《きこ》へたく〳〵。其御用《そのごよう》で河内《かはち》へ御出《おいで》の仰付《をゝせつけ》られすぐにはござんせぬ筈《はづ》なれば。鎌倉《かまくら》へ御出《おんいで》。仰《をゝせ》を受《うけ》てとさつし給《たま》ひ。爰《こゝ》よ

り外《ほか》に通《とを》りみち。ないを目当《めあて》の御待《おまち》ぶせかへ。はて引《ひつ》とらへおもひをはらし。あとは封印《ふういん》しておのぼしなされませいなと。いへばおかつがふしん。封印《ふういん》とは何《なん》とする事《こと》ハテ初心《しよしん》な於《を》人《ひと》かなむかしは柴《しば》かりを書《かい》たれども。肩《かた》をかゆればあしきとて近年封印《きんねんふういん》が時花《はやり》ものとわさくさ道《みち》くさ見《み》る向《むか》ふへ。はい〳〵〳〵とさきを払《はら》はせて。見ゆるはうれしや彼《かの》人《ひと》と。飛《とび》たつ計《ばかり》にまちたまふ。（七ウ）後《うしろ》のかたにも*蠻《くつわ》のをと。立派《りつは》に出《で》たちし一かしら。見付《みつけ》られじと三人は。岩間《いはま》がくれに立忍《たちしの》べば。青砥《あをと》八郎赤目《らうあかめ》の籟尊《らいそん》。馬《むま》をとゞめて互《たがひ》に飛《とび》をり。これは〳〵籟尊殿鎌倉殿《らいそんどのかまくらどの》の御《お》いとま済河内《すみかはち》へ御《を》帰《かへ》りかといへば。籟尊《らいそん》されば〳〵。此度河内《このたびかはち》にて楠《くすのき》正玄《まさはる》が一門謀叛《もんむほん》の心《こゝろ》あるを以《もつ》て。某《それがし》に仰付《をゝせつけ》られ。吟味《ぎんみ》の為罷《ためまか》り向《むか》ふ。貴殿《きでん》を下役《したやく》に召《めし》つれよとの仰付《をゝせつけ》られ。万事《ばんし》は身《み》がさし図《づ》いたさん。これで逢《あへ》ば鎌倉殿《かまくらどの》へ御出《おいで》に及《およ》ばす。手前《てまへ》が家来《けらい》をさしつかはし。仰付《をゝせつけ》させられし趣《おもむき》青砥《あをと》八郎《らう》に申渡《わた》し。召《めし》つれのぼると申上《あげ》ん。さあ馬《むま》にて供《とも》せられよと。其身《そのみ》は馬《むま》に乗《の》る所《ところ》を。青砥《あをと》八郎《らう》のみこまぬ顔《がん》しよく。これ籟尊殿《らいそんどの》武士《ぶし》の高名《かうみやう》に命《いのち》をおしまぬも。恥《はぢ》をおもふ故《ゆへ》ならずや。貴殿《きでん》は年《とし》かさ身《み》は若《わか》けれども。さのみ格式《かくしき》に分《わか》ちはなし。下役《したやく》と仰出《をゝせいだ》され。貴殿《きでん》の供《とも》とは只今《たゞいま》知行《ちぎやう》めし上《あげ》らる、とても。御《を》請《うけ》（八オ）は申さじと。いふに籟尊仏頭面《らいそんぶつてうづら》。此籟尊《このらいそん》をたれとか思《おも》ふ。鳥海《とりのうみ》弥三郎《やさぶらう》か末孫《ばつそん》。尾州赤目《ひしうあかめ》に住《ぢう》せし故《ゆへ》。赤目《あかめ》を以《もつて》称号《せうがう》とし。鎌倉殿御譜代《かまくらどのごふだい》の家筋《いへすじ》。汝《なんぢ》が父《ちゝ》は鋤鍬《すきくは》かたげし土百姓《どびやくせう》。田畑《でんばく》のいとまには。山《やま》〳〵へ入《いつ》て砥石《といし》を打《うち》かき。青砥《あをと》の五郎八とて荷《にな》ひ売《うり》のかへるさ。たつた一文《もん》の銭《せに》を川《かは》へ落《おと》し。壱貫文《くはんもん》ほど入《い》れて。尋《たづね》させし一文《もん》をしみの百姓育《ひやくせうそだち》。執成《とりなし》によつて御家人《ごけにん》に召《めさ》れたれど。名乗《なのる》べき苗字《めうじ》なく。すぐに青砥左衛門《あをとさえもん》と。恥《はぢ》つらかまはぬかぜ*侍《さむらひ》の末子《ばつし》ならずや。籟尊《らいそん》が供《とも》には不足《ふそく》なれども。北条殿《ほうでうどの》の御下知《おんげぢ》ゆへ連《つれ》て行《ゆけ》と。いはゞ。有《あり》がたしともいふべきに。黄口《くはうこう》の雀《すゞめ》いらざる囀《さへづ》りと。遠慮《えんりよ》なき言葉《ことば》の引《ひつ》はし。岩間隠《いわまかく》れに三人の女中《ぢよちう》は。はあ〳〵おもふばかり。八郎《らう》さまの短気出《たんきで》まいかどうかこうかと案《あん》ずるに。青砥《あをと》八郎《らう》ちつともわるびれず。鎌倉《かまくら》の権五郎景政《ごんごらうかげまさ》に。当矢《とうや》を射《ゐ》かへされ方〻逃《ほう〳〵にげ》まどひし。鳥海《とりのうみ》（八ウ）よばゝり。其悴《そのせがれ》が代《よ》に小鼓《こつゝみ》うちに召出《めしいた》され。段〻《たん〳〵》立身《りつしん》せし赤《あか》目との。元は源家《げんけ》へ敵《てき》たいの子孫論《しそんろん》は無益《むやく》。これより鎌倉殿《かまくらどの》へ参《さん》じ。御下知《おんげぢ》のうへに事《こと》を決《けつ》せんと馬《むま》に乗《の》れば。籟尊《らいそん》も。馬《むま》にうちのり鎌《かま》倉《くら》へ立越《たちこへ》。いよ〳〵籟尊《らいそん》に順《したが》へと。御下知あらば恥辱《ちぢよく》の上《うへ》の恥《はぢ》のかきあき。まだ〳〵待《まつ》ては御用《ごよう》かつかゆる。身《み》はさきへ罷《まか》り登《のぼ》る。御下知《ぢ》を聞《きい》て。跡《あと》から成《なり》とも罷《まか》り越《こ》して。事済《ことすみ》しあとの祭《まつり》にすかたんせよと。あくまで雑言《ざうごん》いひちらし。上方《かみがた》さしていそぎ行《ゆく》八郎《らう》もかまくらへと手綱《たつな》かいくる木陰《こかげ》より。二人のこしもと左右にとりつき。花の含《つぼみ》の八重《やえ》菊姫《ぎくひめ》。これ申《もうし》八郎さま。たがひに深《ふか》き心《こゝろ》の誓紙《せいし》はゆびより出《いだ》せし血《ち》のしるし取《とり》かはしたる文《ふみ》の数《かず》〳〵わしはかり寝の夢《ゆめ》にだに。あふ瀬《せ》をいのるに此たび河内《かはち》へ下《くだ》らんすとは。心《こゝろ》かゝり。さあ京《きやう》へはよるまい。いかやうな女《をなご》見ても。じろりとも見まいと堅《かた》いしるしを（九オ）みせさんせとすがり給《たま》へば八郎これは気《き》の毒《とく》。いかにもおこしもと衆《しう》のとり持《もち》にて御文下《くだ》されしかども。申《もうし》ても北条殿《ほうでうどの》の御息女《ごそくぢよ》。われら風情《ぜい》おもひよらずと。手《て》にさへ取《と》らず戻《もど》せし事《こと》。百度《もゝたび》ばかり最早《もはや》これまで。今宵死《よひしぬ》るとの御血文《おんちぶみ》に驚《おどろ》き御心《をこゝろ》やすめの返事《へんじ》がこうじて。今《いま》は遁《のが》れずふかきえにしと罷成《まかりな》りぬしかるに此たび河内《かはち》へ趣《おもむ》くも。私《わたくし》ならず其上京《そのうへきやう》へよるまじとは申難《もうしがた》し。事品《ことしな》によつて六原殿《はらどの》へ参《まい》らねばならぬ事《こと》も有《あ》らんと。皆《みな》までいはさずさあ。其《その》六波羅《はら》へござんすなら。乗物《のりもの》の戸《と》立《たて》きつて一寸《いつすん》も。脇目《わきめ》ふるまい都女郎《みやこぢよらう》に目を附《つけ》まいと。弓矢《ゆみや》をかけて聞《きか》ねばやらぬと。とり廻《まは》したる二人にあぐみ果《はて》て青砥《あをと》八郎《らう》。それこそ安《やす》き御事《おんこと》。いかやうの女《をんな》にも。目《め》をやらば。弓矢《ゆみや》八まん武運《うん》につきんとの。詞《ことば》うれしく夫《それ》てこそと。打《うち》とけて。わりなき名残《なこり》をしみ給《たま》へば。供廻《ともまは》りの侍*《ふらひ》（九ウ）ども日も晩《くら》し申せし御急きといふにぞ八郎も心の泪別に滴《したゞ》る袖たもと別れて姫は岩かどに。立《たち》のぼりのび上り名残の泪にくれかゝればみえず隠《がく》れに帰《かへ》らるゝ恋路ぞやるせなかりけるかゝる折しも籟尊《らいそん》が家来横雲《くも》官八茨《いばら》十蔵。籟尊がいひ付《つけ》にて人知《し》れず青砥《あをと》八郎を射《い》ころさんとの用意《ようい》の弓矢《ゆみや》さしはさみ。忍《しの》びうかゞひ此躰《てい》を見ていや〳〵これは射《い》ころすにおよばず北条《ほうでう》殿の姫君《ひめぎみ》との不義主人へや注進《ちうしん》せんさすれば其誤《そのあやまり》にて。此度の加役《やく》は叶はず。おのづから。河内《かはち》の詮《せん》義籟尊《らいそん》殿心《こゝろ》次第になるべし。手《て》ぬらさずによき工面。なんと〳〵と管*八がいふに十蔵打うなつき先〻《まづ〳〵》河内《かはち》へさしいそぎ始終《しじう》の様子籟尊殿《らいそんとの》へ告んすと両人談合《りやうにんだんかう》しめし合《あはし》伝馬《てんま》に打乗《のり》一《いつ》さんにかけり行《ゆき》ける（十ノ廿オ）

第三　思慮《しりよ》を廻《めぐ》らす貞時《さだとき》は見《み》すへて打星合《うつほしあひ》

武は是物《これもの》を鎮《しづ》むる徳《とく》にして。さはぎ角目《つのめ》たつは実《まこと》の武徳《ぶとく》に非《あら》ずとかや情《なさけ》を知《し》り憐《あはれ》ひを弁《わきまへ》ずして。いかで名将《めいしやう》の名《な》とらんや。こゝに北条貞時朝臣《ほうでうさだときあそん》俄に熱病《ねつびやう》さしつまり。常《つね》の間《ま》に脇足立《けうそくたて》させ暫時《ざんじ》に変《かは》る御容躰《ごようだい》。医者《いしや》もおどろき。験者《げんじや》もさはぎ。歩《かち》はだしにかけ付《つけ》〳〵御次《おんつぎ》の間《ま》より大広間《おほひろま》。一門他門《もんたもん》の歴〻《れき》つめ懸《かけ》いかゝぞと。かたづをのみ万〻《まん〳〵》一の御事《こと》あらば。御惣領《そうりやう》。松丸殿《まつまるどの》漸《やう〳〵》九歳《さい》。いかゞはせんと北条師時《ほうでうもろとき》。同《おなじく》兼時《かねとき》。名古屋《なごや》。苅田《かりた》。赤橋《あかはし》。金沢《かなざは》。甘名宇佐《あまなうさ》介《すけ》の一党《たう》。手《て》に汗《あせ》にぎるも断《ことはり》なり。家《いへ》の管領長崎入道高綱《くはんれうながさきにうだうたかつな》すゝみ出《いで》。松丸殿《まつまるどの》九歳《さい》なれども御先祖時政公《ごせんぞときまさこう》より。御代《ごだい》〳〵〻御嫡男《ごちやくなん》に伝《つた》はる。執権職若外《しつけんしよくもしほか》へ御譲《おんゆづり》有らば。天下《てんか》のうたがひ（十ノ廿ウ）これより起《をこ》り。いかなる乱《らん》の基《もとひ》とも成《なる》べき。御一族《ごいちぞく》あまたましませば。御介抱《かいほう》をもつて松丸君《まつまるぎみ》。御相続《ごさうぞく》との御遺言《ごゆいげん》。たしかに仰置《をゝせをか》れかしと。憚《はゞかり》なく申《もうす》にぞ。貞時《さだとき》はおもき枕《まくら》を上《あげ》給ひ。元祖時《ぐはんそとき》まさ江《え》の嶋《しま》にて。授《さづか》りたまふ三《み》つ鱗《うろこ》の紋所《もんどころ》。一《ひと》つのうろこ三角《かく》あり。合《あはし》てこれ九《こゝの》つの角《かど》を立《たて》*たる神慮《しんりよ》のしめし。我まさに八代目《はちだいめ》。松丸《まつまる》はこれ北条《ほうでう》九代《だい》。三つ鱗《うろこ》の尽《つき》なん時節《じせつ》しかれども。仁《じん》をたれ。慈悲《じひ》を先《さき》とするならば。九〻八十一代《だい》もつゞくまじきものにあらず。さあれば松丸《まつまる》おさなきより。おごりを省《はぶ》き。へりくだり。上《かみ》を重《おも》んじ。下《しも》を恵《めぐむ》稽古《けいこ》より。外《ほか》あるへからずとの給ふところへ。次《つぎ》の間《ま》より。青砥《あをと》八郎おめしにより。領分小礒《りやうぶんこいそ》より罷《まか》り越《こ》したりと申上れば。一門《もん》の傍《かた〳〵》。かゝる急危《きうき》の折《をり》から披露《ひろう》するに及《およば》ずと。しかりつくれば。貞時息引《さだときいきひき》とるまでも。天下《てんが》の執権政務《しつけんせいむ》おろそかに致《いたす》へきや。青砥《あをと》（廿一オ）

挿絵第三図（廿一ウ）

挿絵第四図（廿二オ）

八郎これへ通《とを》せ。蜜《みつ》〳〵申《もうし》含《ふくむ》る子細《しさい》あれば。人《ひと》を払《はら》へと仰《をゝせ》重《おも》く。皆《みな》〳〵次《つぎ》へ出《いで》らるれば。青砥《あをと》八郎村充《むらみつ》。先祖《せんぞ》に習《なら》ふ質素《しつそ》の出立《でたち》。△柿染《かきぞめ》素襖《すおう》銅《あかゞね》作《づく》りの打刀《うちかたな》。古《ふる》き烏帽子《ゑぼし》を塗《ぬり》繕《つくろ》ひ。遙《はるか》末座《ばつざ》に平伏《へいふく》す。貞時《さだとき》朝臣《あそん》くるしからず。是《これ》へ〳〵と御傍近《をんそばちか》く招《まね》き給ひ。先祖《せんぞ》時政《ときまさ》ゑのしまの御告《をんつげ》にて。九代《だい》にて運《うん》は尽《つき》んと。一子《いつし》相伝《さうでん》に申伝《もうしつた》ふる。三つ鱗《うろこ》の紋《もん》所《どころ》。朝夕《あさゆふ》これを忘《わす》れずして。仁恵《じんゑ》の政《まつりごと》をなさば。などか天地《てんち》の神祇《じんぎ》も見放《みはな》ち給はんやと。おしへの為《ため》の紋《もん》なるに。これ見よと。御枕《おんまくら》にたてさせ給《たま》ふ。唐櫃《からひつ》より。代〳〵《だい〳〵》宝《たから》とする赤《あか》はたを。取出《とりいだ》し。三つ鱗《うろこ》は。先祖《せんぞ》時政《ときまさ》自筆《じひつ》に書残《かきのこ》されし。八つの角《すみ》は別条《べつでう》なく。左のかたの下《した》の片《かた》すみ。いつのまにかは是《これ》みよ。かびくさり。毎月《まいげつ》たてさせて。旗祭《はたまつり》おこたらぬに。かび朽《くち》たる社。九代目《だいめ》の運《うん》を知《し》らする神《かみ》の告《つげ》。今是《いまこれ》を沙汰《さた》しては天下《てんが》のさうどう。一子《いつし》（廿二ウ）松丸《まつまる》が生《うま》れ付子《つきこ》を視《み》る事親《ことおや》にしかじといふが。彼《かれ》が生得《しやうとく》武芸《ぶげい》を恐《おそ》れ。舞田楽《まひでんがく》によだれを流《なが》し。行《ゆく》すへ不便《ふびん》の親《おや》心《ごゝろ》。しかれども。長崎《ながさき》なんどいふ忠臣《ちうしん》あれば。よきに守立《もりたて》ん。又四人《またよ》の娘《むすめ》ども。一人《ひとり》は同名師時《だうめうもろとき》かたへつかはし。第二《だいに》は同《をな》じく煕時《ひろとき》へ遣《つか》はし。第三《だいさん》は土岐《とき》光定《みつさだ》の嫁《よめ》となせしが。何《いづ》れも我家〳〵《わがいへ〳〵》の威《ゐ》

挿絵第三図

挿絵第四図

勢《せい》につのり。驕日《おごりひ》ゞに増長《ぞうてう》すれば。成行末《なりゆくすへ》の頼母《たのも》しからず。さあるによつて末《すへ》の娘《むすめ》八えぎくは。其方《そのほう》へ遣《つか》はしたし。其故《そのゆへ》は。汝《なんぢ》が父青砥左衛門《ちゝあをとさえもん》は。百姓《ひやくせう》より出《いで》て。廉直仁心類《れんちよくじんしんたぐ》ひなかりしおこのもの。汝《なんぢ》よくも志《こゝろざし》を受《うけ》つぎて。知行《ちぎやう》にほこらず。威《ゐ》を高《たか》ぶらぬ行跡《こうせき》。此度河内《このたびかはち》へ趣《おもむ》き。態《わざ》と誤《あやま》りを仕《し》いだし。本《もと》の百姓《ひやくしやう》になりかへり。責《せめ》て我《わが》娘《むすめ》の末《すへ》。子孫《しそん》もつゞくやうにとの。慮《おもんはかり》なれども。表向《おもてむき》より申渡《もうしわた》さば。一門《もん》のおごりものども。かけ合《あは》ぬ聟《むこ》と妨《さまたげ》せんと。娘《むすめ》より文送《ふみをく》らせしも。我《わが》さし図《づ》。今《いま》の栄花《ゑいぐは》は明日《あす》のゆきしも。（廿三オ）北条《ほうでう》の運《うん》も我限《われかぎ》りと末《すへ》を見とをす貞時《さだとき》か心《こゝろ》を感《かん》じ。やえぎくを妻《さい》に持《もち》くれよ。今日質素《こんにちしつそ》の其方《そのほう》が行《ゆく》すへこそ。たのもしけれ。それ〳〵八重菊《やえぎく》こしもとどもと。仰《おゝせ》にしたがひ待女郎《まちぢよらう》。兼《かね》て用意《ようゐ》の嶋台盃《しまだいさかづき》。こん〳〵のてうし。千秋《せんしう》楽《らく》を諷《うた》はせて。襖《ふすま》ひらかせ一門《もん》の。大名召《だいめうめし》よせ給《たま》ひ。青砥《あをと》八郎《らう》を聟《むこ》にせしと。披露《ひろう》の詞《ことば》の跡《あと》も絶《たへ》〴〵に。次第《しだい》によはる秋《あき》のすへの虫《むし》の音哀《ねあはれ》に。臨終正念終《りんじうしやうねんつい》にはかなく成《なり》給ふ。人〻《ひと〳〵》あはて。これは〳〵といふ内《うち》にも。とりわきてかなしさやるかた涙《なみだ》の雨《あめ》せきとめられぬ袖《そで》の籬《まがき》の八重《え》ぎくも。ともにちらんと歎《なげ》かせたまふを。人〻《ひと〳〵》いさめてさま〳〵介抱《かいほう》する中《うち》にも。親《おや》の代《だい》までは百姓《ひやくしやう》の。青砥《あをと》をむことはいかなる御所存《ごしよぞん》。とゞめ申《もう》さんと。いふまもなき跡《あと》の御遺《ごゆい》言《げん》となりたれば。今更反古《いまさらほぐ》にも成《なり》がたし。青砥《あをと》は面目《めんぼく》ほどこし。染〻《しみ〳〵》仰置《おゝせをか》れし（廿三ウ）賢慮《けんりよ》のほど。御尤《ごもつ》とも有《あり》がたしとも。肝《きも》に銘《めい》じ。なく〳〵たちあがり。拙者《せつしや》はこれより河内《かはち》へ立越申《たちこへもう》さん。姫《ひめ》にはそれがし河内《かはち》に罷《まか》り帰《かへ》り。領《りやう》分《ぶん》へむかへ入《いれ》御遺言《ごゆいごん》に背《そむ》かず。祝言致《しうげんいた》し候はんと。各〻《をの〳〵》にいとまごひ。上《かみ》がたさしてぞ立出《たちいづ》る。扨《さて》しも有《ある》べき事《こと》ならねば。葬送《さう〳〵》のいとなみして。亡《なき》からを納《をさ》めたてまつり。貞時朝臣《さだときあそん》を最勝園寺殿《さいしやうをんじどの》とをくり名《な》し。松丸殿《まつまるどの》九歳《さい》にて。天下《てんか》の執権《しつけん》。後《のち》にいたりて。相模守高時入道宗鑑《さがみのかみたかときにうだうそうかん》とは。此おさな子《ご》の事ぞかし。自分《じぶん》の領知《りやうち》二十八万《まん》七千貫《せんぐはん》。今《いま》の知行《ちぎやう》に直《なを》しては。百《ひやく》四十三万《まん》五千石《せんごく》。しかも天下《てんが》を掌《たなごゝろ》に。握《にぎ》りはにぎれども。父《ちゝ》が詞《ことば》のいさゝかも。違《たが》はず。北条《ほうでう》滅亡《めつぼう》の。時《とき》きたる社是非《こそぜひ》なけれ

一之巻終（廿四オ）

○扱御断申上まする

穐《あき》の田《た》のかりに妻乞鹿蔵《つまこふしかぞう》が箱《はこ》の内《うち》

付リ

有明《ありあけ》のつき出《いだ》しよりほむらをもやす柴屋町《しばやまち》

花《はな》色《しき》紙《し》襲詞《かさねことば》　全部五冊

并ニ

春過《はるすぎ》てなつかしき夫《おつと》の心《こゝろ》深《ふか》き思ひを水《みづ》の泡《あは》

花《はな》の色《いろ》に乗《のつ》て行《ゆく》我身《わがみ》世《よ》にふる行烈《ぎやうれつ》の粧《よそほひ》

右之よみ本当正月二日より本出し置申候御求御覧奉頼上候

板元八文字屋八左衛門（廿四ウ）

南木《くすのき》莠《ふたば》日記《につき》

二之巻

目録

第一　正玄《まさはる》が手水《てうず》は流《ながれ》て早《はや》き神主《かんぬし》が内通《ないつう》
聞《きゝ》しに劣《おと》る一間《ひとま》を立《たて》きりの客《きやく》あしらい
去《いな》れもせぬ底心《そこごゝろ》思《おも》ひも寄《よら》ぬ馳走《ちそう》に水責《みづぜめ》
言葉《ことば》の階子《はしご》に冷《ひい》やりとする足《あし》の裏《うら》（一オ）

第二　後段《ごだん》の御饗応《おもてなし》は一対《いつつい》の罪人《とがにん》
たすけて引《ひき》しめる真綿《まわた》で首道具《くびだうぐ》
打破《うちわ》らさせぬ工《たくみ》の仇《あた》を恩智《おんぢ》か腕先《うでさき》
留《とめ》てみる大石《たいせき》は動安《うごきやす》き命《いのち》の軽石《かるいし》

第三　眼《め》から磨《みが》く魂《たましゐ》は六畳《ろくでう》に七条《しちでう》の借《かり》ざしき
八畳敷《はちでうじき》は古狸《ふるだぬき》より恐《おそろ》しい新参者《しんざんもの》

真逆《まつさか》さまに遠近《おちこち》の谷川《たにがは》はからくれなゐ
熱湯《あつゆ》を潜《くゞ》る落葉武者《おちばむしや》の鼻毛《はなげ》を釣障子《つりしやうじ》（一ウ）

第一　正玄《まさはる》が手水《てうず》は流《ながれ》て早《はや》き神主《かんぬし》が内通《ないつう》

天《てん》は遠《とをく》*くして星辰《せいしん》あらはに。地《ち》は近《ちか》くして山川隔《さんせんへだ》つる。其方《そなた》の国《くに》は三重《みえ》に堀《ほり》をほりめぐらせし。河内侍《かはちざむらい》　楠正玄《くすのきまさはる》が屋敷構《やしきがま》へ。一門所従近在《いちもんしよじうきんざい》に満《みち》〱て。武勇《ぶゆう》の名《な》は隠《かく》れなく。彼《かの》もろこしの張良《てうりやう》が。智略《ちりやく》をこゝに学《まな》ぶ机《つくえ》のともし火《び》かきたて。ムウ聞《きこ》えた〱。韓信陳平《かんしんちんへい》も功《こう》がたてば。初《はじめ》の汚名《おめい》はさらりと退《しりぞ》く。我《われ》数代此地《すだいこのち》に住《すん》で。恐《をそ》るゝ者《もの》なけれども。鎌倉殿《かまくらどの》より守護代赤目《しゆごだいあかめ》の籟尊《らいそん》が我儘《わがまゝ》。堪忍《かんにん》するが鎌倉殿《かまくらどの》への敬《うやま》ひといふものと。独《ひとり》ごととして居《ゐ》たりしが。誰《たれ》か有《ある》手水《てうず》つかはん水《みづ》もてと。障子《しやうじ》おし明空《あけそら》を見《み》て。驚《おどろ》く顔色《がんしよく》。北辰《ほくしん》は天子《てんし》の位《くらゐ》。三台星《さんたいせい》は三公《さんこう》に比《ひ》す。これより東《ひがし》に夜《よる》〱あらはれし。一《ひとつ》の金星陰《きんせいかげ》も見えぬは。はて扨《さて》(二オ)合点《がてん》のゆかぬ。北条貞時朝臣《ほうでうさだときあつそん》は。金徳《きんとく》にして。物《もの》を鎮《しづ》め。大《だい》徳《とく》の武将《ぶしやう》。此《この》ほし正《まさ》に消《きへ》たるは。いぶかしさよと手水《てうず》つかひて。しぼり上《あぐ》る手拭《てぬぐひ》の。たちまちにかはく事疑《ことうた》がはし。我《われ》を讒《ざん》する者《もの》ありて。鎌倉《かまくら》どのゝ御使《おんつかひ》もや来《きた》るらんと。考居《かんがへゐ》る所《ところ》へ。玄関《げんくはん》の侍《さむらひ》あはたゞしく。平岡《ひらおか》の神主殿《かんぬしどの》。鎌倉《かまくら》より御登《おんのぼり》*り。急《きう》に御目《おんめ》にかゝりたしと。旅《たび》すがたにて是《これ》へ御入《おんいり》と聞《きい》て。さてこそ子細《しさい》あらめと。一間《ひとま》へ請《しやう》じ。たがひに無事《ぶじ》をことぶき。神主《かんぬし》ひそかに。吉見《よしみ》が謀叛《むほん》に恩智七郎殿《おんぢしちらうどの》連判《れんばん》ありとて。赤目《あかめ》の籟尊《らいそん》いひつのり。青砥八郎《あをとはちらう》をさし添《そ》へられ。追付是《おつつけこれ》へ吟味《ぎんみ》の御使《おつかひ》。われらは道《みち》をいそぎ。さきへお知《し》らせ申《もう》さんと。かけぬけて参《まい》りしと。籟尊《らいそん》と争《あらそ》ひたる。論《ろん》の始終《しじう》くはしくかたり。又貞時朝臣《またさだときあそん》の逝去《せいきよ》を語《かた》れば正玄《まさはる》ほく〱打《うち》うなづき。まことや(二ウ)天文水気《てんもんすいき》一致《いつち》のしるしと。奥《おく》。山《やま》の井《い》。一子《いつし》多門丸を呼《よ》び出し。こと葉《ば》をひそめ。子細《しさい》をかたり。鎌倉殿《かまくらどの》よりの。御使者《おししや》*ぎたらば。正玄《まさはる》は大病《たいびやう》といつはり。多門丸《たもんまる》に母《はゝ》さしそひ。よきほどにあしらはれよと。襖《ふすま》のおくへ神主《かんぬし》ともなひ。今《いま》やおそしと多門丸《たもんまる》。用意《ようゐ》のために一間《ひとま》へいれば。ほどなく玄関《げんくはん》ざはめきて。赤《あか》目の籟尊《らいそん》鎧着《よろひき》かため。太刀《たち》よこたへ。

のう〳〵と上座《しやうざ》に直《なを》れば。十二三なる若衆《わかしゆ》四五人《にん》。ひたゝれなよやかに着《き》なし。出《いで》むかひ。追付《おつつき》楠《くすのき》これへ出尊意《そんゐ》を得《え》んと申《もう》されますと。いふ間程《まほど》なく長廊下《ながらうか》。ひたゝれのすそ長〳〵とまだ十一の多門丸《たもんまる》ちいさ刀《がたな》をよこたへて。恩智《おんぢ》七郎《しちろう》が一子石若。太刀《たち》をかたげて着座《ちやくざ》する。跡《あと》より母《はゝ》の山の井《い》金糸《きんし》ずくめの模様《もよう》の打掛《うちかけ》きなし。しとやかに手をつきて。是は〳〵籟尊様《らいそんさま》とやらん。御苦労《ごくらう》の（三オ）

挿絵第一図（三ウ）

挿絵第二図（四オ）

御出《おんいで》。正玄事《まさはること》も。さいつ比《ごろ》より大病《たいひやう》にて。今《いま》も知《し》れぬ身のうへ。一子《いつし》多門丸《たもんまる》へ。いかやうの儀《ぎ》にても仰渡《わた》され下《くだ》さ

挿絵第一図

るべしといへば。籟尊むつとして大切成《たいせつなる》御用《ごよう》。東《とう》西《ざい》も分《わか》ぬ小悴《こせがれ》に申渡《もうしわた》さるべきかと。気色《きしよく》損《そん》じて見へければ。多門丸あざわらひ籟尊殿《らいそんどの》はあぢな事《こと》を仰《おゝせ》らる。此多門丸幼少《たもんまるようせう》なれども見事《ごと》東西を弁《わきま》へしが。左《さ》仰らるゝ籟尊殿《どの》よもや御存有《ごぞんじある》まじといふにせき立《たつ》おとなげもの。身に東西《とうざい》を知《し》るまいとは舌長成過言《したながなるくはごん》と。はつたとにらめば。多門丸《たもんまる》。然《しか》らば東《ひがし》はいづかたとおぼし召《めす》。はてしれた事《こと》日の出る方《かた》。さあ其日《そのひ》の中に三足《ぞく》の烏ありとは何故申《なにゆへもう》すと。問《とは》れて文盲愚才《もんもうぐさい》の籟尊《らいそん》。三《さん》足のからすが有《ある》ゆへに烏《からす》を書《かく》はさてと。いはせも果《はて》ず。日は火《ひ》の

挿絵第二図

精《せい》のあつまる所《ところ》。何《なに》とて火中《くはちう》に烏《からす》あらん。西方《さいほう》は酉のかた。(四ウ)酉に向《むかつ》て出《いづ》る朝日《あさひ》の陽数《ようすう》を以《もつ》て三つのあし。向《むか》ふかたの酉をうつす仮《かり》のたとへ。安房烏《あほうがらす》を遙〻《はる〱》と。御詮議《ごせんぎ》の御使《おつかひ》は。鎌倉殿《かまくらどの》にも御不念《ぶねん》といふものと。いふに籟尊《らいそん》たまりかね。あほうがらすとは誰《たれ》が事《こと》。今《いま》一言《ごん》ぬかさば手《て》は見《み》せぬと太刀《たち》の柄《つか》に手《て》を懸《かく》れば。恩智《をんぢ》が一子石若《いつしいしわか》せゝら笑《わら》ひ。此春板持村《このはるいたもちむら》で有《あ》つた。あやつり芝居《しばゐ》の似《に》せ弁慶《べんけい》にその儘《まゝ》じやと。いふに残《のこ》りの子供《こども》らが。弁慶囃《べんけいはや》せ〱と。手《て》をたゝけば。さしもの籟尊《らいそん》もて余《あま》し。正玄《まさはる》に逢《あは》ねばならぬ大事《だいじ》のせんぎ。行儀《ぎやうぎ》の悪《わる》ひ悴《せがれ》めらと。独《ひと》つぶやくを。山の井《ゐ》は子供《こども》そりや何事ぞ。いふても鎌倉《かまくら》よりむつかしき御《ご》せんぎ。よもや阿《あ》ほう烏《がらす》一羽《は》ではない筈《はづ》。智恵《ちゑ》あるおかたも差添《さしそへ》られねば叶《かな》はぬ所。はて正玄にあはねばならぬと有ならば。正玄 病気本《びやうきほん》復《ふく》(五オ)まで。夫《それ》に緩《ゆる》りと御座《ござ》なされませ。皆《みな》かうおじやと引《ひき》つれて。奥《おく》に入れば。籟尊一人《らいそんひとり》。玄関道《げんくはんみち》は錠《でう》をおろし。茶《ちや》も出《いだ》さねばたばこ盆《ぼん》もなく。無礼《ぶれい》ものどもと。呼《よ》べど答《こた》へず。椽《ゑん》へ出《いで》んとすれど。椽《ゑん》の板《いた》ふむたび〱に左右《さゆう》より。矢《や》を放《はな》つ。これはと引込《ひつこみ》。一間《ひとま》〱の襖《ふすま》をあけんと立《たち》かゝれば。少《ちつ》ともあかぬ鉄組合《かなぐあひ》。飯《めし》は喰《くは》さず日《ひ》はたける。勢《いきほ》ひもほつと草臥《くたびれ》。誰《た》そおらぬか。どいつもけつからぬかいと。わめけど答《こた》へず。あぐみ果《はて》たる折《おり》こそよしと。恩智七郎長上下《をんぢしちらうながかみしも》きらびやかに。おもひもよらぬ一間《ひとま》のふすま。内《うち》より明《あけ》てによつと出《いで》。これは〱らいそん殿《どの》。さぞ御退屈《ごたいくつ》と。傍《そば》にさしより。正玄病気《まさはるびやうき》と申《もふ》すは偽《いつはり》り*。貴殿《きでん》にあふて無益《むやく》の儀《ぎ》。高《たか》て子《こ》どもにあしらはせても足《た》らぬ相《あい》手《て》。鎌倉殿《かまくらどの》より詮議《せんぎ》とて（五ウ）来《きた》られしを。刀《かたな》にて害《ころ》しては言分《いひわけ》六《むつ》かし。十日も二十日《はつか》も此儘《まゝ》に捨《すて》をき。四方《しほう》の襖《ふすま》の外。塀《へい》の外《そと》には兵《つはもの》をならべをき。とり逃《にが》さぬ工夫《くふう》にして。自然《じねん》にころりとまいらるれば。たがひの仕合《しあはせ》と申す手だて。嘸御腹中《さぞごふくちう》も減《へり》ませう。気《き》の毒《どく》に存《ぞんず》ると。いへば籟尊《らいそん》うろ〳〵きよろ〳〵。かほどの御用に参《まい》るらいそん。たとひ二日三日ものたべぬとて。腹《はら》がへつたと申《もふ》されうか。したが鎧《よろひ》のうはおびが。次第《しだい》〳〵にゆるみ申す。われらをこゝに取籠《とめ》*て。家来《けらい》どもは。何《なん》としめされた。いかにも其段少《ちつ》ともきづかひなされな。籠《ろう》へうちこみ。先刻火《せんこくひ》水の責《せめ》。此七郎夢《ゆめ》にも覚へぬ。吉見《よしみ》に一味《いちみ》の連判《れんばん》も大《おほ》かたは貴《き》さまの所為《しよゐ》と白状《はくでう》さする。今《いま》が最中《さいちう》。追付《おつつけ》やうすも知《し》れませう。かならずうたがひ召《めさ》るゝな。此たびの御詮議《ごせんぎ》とは。（六オ）某《それがし》が連判をもつて。正玄《まさはる》まで罪《つみ》に堕《おと》し。正玄娘をそなたの妻《さい》にやらぬといふ。意趣《ゐしゆ》ばらし。何《なん》と違《ちが》ひはごさるまいがの。御使《おんつかひ》は二人の筈《はづ》。追付青砥《おつつきあをと》八郎殿も来《きた》らるべし。是《これ》は鎌倉《かまくら》に一日《にち》の逗留《とうりう》なれば今日はよもや見え†まじ。何がな御馳走《ちさう》申たきが。御家来中《けらいぢう》へ振《ふる》まひし水の余《あまり》はしごをそへて進上《しんじやう》申さんと。入《いら》んとすれば。籟尊呼《らいそんよび》とめ。すりや乾《ほし》ごろしにする方便《てだて》か。いかにも其通《そのとを》り。それとも無念《むねん》とおもはれなば。さして居《ゐ》らるゝ刀《かたな》で切腹《ふく》は此方《ほう》より御勧《おんすゝめ》申さねども。御勝手次第《かつてしだい》といひ切て。奥《をく》の一間《ひとま》に入にける

第二　後段《ごだん》の御饗応《おもてなし》は一対《いつつい》の罪人《とがにん》

赤目《あかめ》の籟尊《らいそん》のつつそつつ。鎧《よろひ》きながら泪《なみた》ぐみいかゞはせんと（六ウ）あ△せる所《ところ》へ鎌倉殿《かまくらどの》より青砥《あをと》八郎《らう》。夜《よ》を日《ひ》についで馳来《はせきた》りしといひ入るれば。正玄兼《まさはるかね》て聞及《きゝおよ》びたる。篤実者《とくじつしや》と。別《べつ》の間《ま》に請《せう》じ敬《うやま》ひて。自身《じしん》さんぼう*熨斗《のし》昆布《こんぶ》持出《もちいで》これは〳〵遠路御苦労千万《ゑんろごくらうせんばん》と。挨拶《あいさつ》すれば。此度赤目《このたびあかめ》の籟尊申上《らいそんもうしあぐ》る旨《むね》。御自分吉見《ごじぶんよしみ》と同意《どうゐ》のしるしありや。またいはれ

なき讒言《ざんげん》なるや。承《うけたまは》り届《とゞけ》よとの御使《おんつかひ》。吉見《よしみ》が謀叛《むほん》の連判《れんばん》に恩智《おんぢ》七郎殿《らうどの》の名有故《なあるゆへ》。貞時朝臣《さだときあそん》も御疑《おんうたが》ひ。貞時朝臣《さだときあそん》には。此《この》あいだ御逝去《ごせいきよ》にて。某《それがし》へ末《すへ》の御息女《ごそくぢよ》。八重菊姫《やえぎくひめ》をくだし給《たま》はれば。北条家《ほうでうけ》の聟《むこ》になりたれば。子孫《しそん》のおごり心《こゝろ》もとなく。供廻《ともまは》りも少《すくな》く。軽〻《かろ〳〵》しきいで立《たち》。楠殿《くすのきどの》には関東《くはんとう》まで。仁義《じんぎ》の武士《ふし》と名《な》にたかし。よもや一味《いちみ》はなされまじと。手前《てまへ》が心《こゝろ》には存《ぞん》ずれども。籟尊《らいそん》たつて（七オ）申上《もうしあぐ》れば。何《なに》とぞ申訳《わけ》相《あい》たつやうに。御返答《ごへんたう》しかるべしと相述《あひのぶ》れば。近比《ちかごろ》御懇意《ごこんゐ》の仰《おゝせ》。身《み》にとつて忝《かたじけな》し。然《しか》らばまづ籟尊同間《らいそんどうま》へ御出《おんいで》下さるべし。申訳《もうしわけ》はおつつけ相《あい》たつる勘弁《かんべん》。先刻《せんこく》よりいたし懸《かけ》おき申たりと。正玄案内《まさはるあんない》し。籟尊《らいそん》よりはるかに上座《しやうざ》へ八郎《らう》を請《せう》じ。籟尊《らいそん》へは挨拶《あいさつ》もせず。それ御膳《ごぜん》がよくばと詞《ことば》の下《した》。多門丸本膳《たもんまるほんぜん》さゝげ。さま〳〵の饗応《もてなし》にて。青砥《あをと》に計《ばかり》すへたれば。八郎《らう》は。籟尊《らいそん》へはさきだつて。ふるまひし物《もの》ならんと。遠慮《ゑんりよ》なく箸《はし》をとれば。籟尊《らいそん》はひとり舌《した》うち計《はかり》して。じろ〳〵見《み》るのみ。盃《さかづき》ごとも籟尊《らいそん》にはかざもかゞさず。膳《ぜん》も済《すめ》ば誰《たれ》か有《ある》。らいそん殿《どの》への御馳走《ごちそう》。これへ出《いだ》せと詞《ことば》にしたがひ。縄《なは》つき両人白砂《りやうにんしらす》の庭《には》に引《ひき》すへたり。恩智《おんぢ》七郎《らう》は。籟尊《らいそん》（七ウ）に打向《むか》ひ。御見忘《おんみわす》れは有《ある》まじ。貴殿《きでん》の家来《けらい》。横雲官《よこぐもくはん》八。いばらの十蔵水責《ざうみづぜめ》にいたし白状《はくしやう》させたり。吉見《よしみ》が謀《む》ほん顕《あら》はれて。亡《ほろび》し時《とき》。よせ手《て》の軍兵《ぐんびやう》の内《うち》。赤目《あかめ》の太郎《たらう》は其方《そのほう》が一類《いちるい》ゆへ。これを頼《たの》み此恩智《このおんぢ》七郎《らう》がれん判《ばん》と似《に》せ書《がき》し。楠家《くすのきけ》までを取《とつ》て落《おと》さんとは。比興成致《ひけうなるいたし》かた。其方《そのほう》が身《み》を憑《たの》み。正玄娘《まさはるむすめ》を所望《しよもう》せしを。正玄《まさはる》不得心《とくしん》なるにより。疫病神《やくびやうがみ》での敵討《かたきうち》。心底《しんてい》のむさきしかたやと。詰《つめ》かけられて籟尊《らいそん》は。やをら両人《りやうにん》のやつばら。何《なに》とてかゝる跡《あと》かたもなき。事《こと》をいひしぞと。にらみ付《つく》れば二人《にん》のもの。余《あま》りにつよき責《せめ》ゆへ。命《いのち》には替《かへ》られぬと。有様《ありやう》に申《もうし》ましたといふに。びつくり赤目《あかめ》の籟尊《らいそん》。きやつらが血《ち》まよひしたはこと。証拠《しやうこ》にならずと。庭《には》におり。十人（八オ）計《はかり》もかゝる大石軽〻《たいせきかる〳〵》とさし上。生《いけ》おきては後日《ごにち》のあたと。両《りやう》人をおしにかけんと投《なぐ》るところを。恩《おん》智《ぢ》七郎《らう》かけ隔《へだゝり》。すき腹《はら》に。いらざる法師《ほうし》のちから立《たて》と。中《ちう》にて請《うけ》とめきりゝとまはし。詮議《せんぎ》の証人《しやうにん》いけ置《おか》ねばならぬ縄《なは》つき。なんと青砥《あをと》どのには正玄《まさはる》にもわたくしにも。科《とが》なき証拠《しやうこ》とくと御覧《ごらん》なされしやと。詳《つまびらか》に見《み》とゞけたり。

然《しか》らば此石《このいし》らいそんに投返《なげかへ》し。未塵《みぢん》にせんといふを。正玄《まさはる》いや〳〵申《もうし》ても鎌倉殿《かまくらとの》の御使《おんつかひ》なれば。証拠人《しやうこにん》だに捕《とら》へ置《おか》ば。一たんは生《いけ》て返《かへ》すべしと。いふに籟尊《らいそん》いきり出《いだ》し。貞時朝臣《さだときあそん》の息女《そくぢよ》と。青砥《あをと》が密通《みつつう》の証人《しやうにん》も彼両人《かのりやうにん》と。かさから出《いづ》れは。青砥《あをと》八郎。忝《かたじけな》くも貞時朝臣御末期《さだときあそんごさいこ》に聟《むこ》に成《なり》たる某《それがし》。供《とも》に連《つれ》られなはつれて見よと。聞《きい》てらいそん二度《ど》びつ（八ウ）くり詞《ことは》もなくてさしうつむけは一間《ま》より平岡《ひらをか》の神《かん》ぬし悠〻《ゆう〳〵》とたち出いかに籟尊《らいそん》。汝《なんぢ》此神主を一討《うち》と詞を懸《かけ》し鎌倉《かまくら》にての詞つめ。何と〳〵といへどもらいそん。くつともすつとも返答《へんとう》なく詮《せん》かた尽《つき》てぞ見へにける。青砥《あをと》八良さし出て鎌倉殿《かまくらとの》より両使《りやうし》の内籟《らい》尊科人《とがにん》△に極《きは》まれは籠乗物《ろうのりもの》をしつらひ京都《きやうと》六波羅《ろくはら》まで召具《めしく》し六波羅殿の下知《げぢ》に任《まか》さんと。正玄《まさはる》に籠乗《ろうのり》ものの用《よう》意を頼といひければ用意して。拵《こしらへ》おきしをとり出《いた》させ籟尊が太刀《たち》かたな鎧腹巻取上《よろひはらまきとりあけ》〳〵籠《ろう》乗《のり》ものへ打こんで両人の縄《なわ》付引立させ青砥八郎《らう》に恩智《をんぢ》七郎さしそひひらかた越に都に急《いそ》けは六波羅《ら》には。大仏殿《をさらぎどの》かねて我婚礼《わかこんれい》の妨《さまたけ》せし籟尊科きはまれば二言《ごん》におよはす（九オ）六条川原に引出し首《くび》をうたせて梟首《けうしゆ》せらる。それより青砥八郎はかまくらに帰《かへ》りくはしく申上しうへ詮議《せんぎ》の場《は》にて馳走《ちそう》を受《うけ》し越度《をちど》をいひたて我かたより知行《ちぎやう》をさし上遠州《ゑんしう》の片在所《かたざいしよ》に。引籠《こもり》。貞時朝臣《さだときあそん》の遺命《ゆいめい》なれば八重菊姫《へきくひめ》と夫婦《ふうふ》に成高時入道の一乱《らん》にも身《み》を遁《のが》れ子孫多《しそんをほ》く田地《でんぢ》も多く。むかしに帰る鋤《すき》くわのたがやしに心《こゝろ》を用《もち》ひ。永《なが》く家名《かめい》を伝《つた》へしなり

第三　眼《め》から磨《みが》く魂《たましゐ》は六畳《てう》に七条の借座敷《かりさしき》

楠《くすのき》正玄《まさはる》誤《あやま》りなきよし鎌倉に。達《たつ》せしかはいよ〳〵武威《ふゐ》さかんにして嫡子《ちやくし》多門丸を上京させ文学《ぶんがく》の道をならはせんと。家《いへ》の子おとなさし添《そ》へて。恩智《おんち》か一子石若丸《いしわかまる》。その（九ウ）外家中《かちう》の十二三十四五までの子ともを添《そへ》都七条にかりざしき昼夜《ちうや》学問怠《がくもんをこた》らす早十五歳に成にける儒学《しゆがく》の師範《しはん》笠原弥惣次《かさはらやそうし》案内《あんない》有て一間に通れば多門丸出向ひ追付稽古《けいこ》に

参らんと存せしにおもひの外の御来臨《らいりん》と饗応《もてな》せはされは其事あれにひかへしは近比よりの弟子《でし》なるかことの外きようにて素読《そどく》は本《ほん》来六経《りくきやう》のかうたん暗《くら》からず候ゆへ節〻おかよひも御苦労《ごくらう》なれば一ケ月に四五度は手《て》前へしらへ△に御出《をんいて》常《つね》はあの男に御相談召《こさうだんめし》か丶へられましきやと存召《めし》つれたりと十七八なる角まへ髪《がみ》あかみはしりてにく〳〵しく眼《まなこ》す丶とき生れつき多門丸はこれは〳〵さいはゐの儀おほし召よりてかたしけなし成ほと心《こゝろ》やすく召《めし》つかはんと挨拶《あいさつ》も礼《れ*》義正しく人愛《あい》（十ノ廿オ）ありて夫御酒《それごしゆ》と敬ひかしづかる丶も師匠《ししやう》の徳《とく》。いや〳〵今日《こんにち》は講尺《こうしやく》日かさねて参《まい》らん御酒無用とさしきを立は敷台《しきだい》まて送《をく》りて敬《けい》する師弟《してい》の威儀《ゐぎ》。座しきへ戻《もど》りてそれ亭《ちん》へ釜仕《かまし》かけさせよ最早《もはや》くれにもか丶りたり釜のたきりを友にして今宵《こよひ》はよひより休《やす》むべしと。おとなめきたる詞《こと》を受《うけ》。かしこまりしと庭《に*》の真中《まなか》。市中《ちう》に希《まれ》なる山作《つく》り四方《よも》を谷《たに》にこしらへて。岩組《いはくみ》すごく色〻《いろ〳〵》の。四季《しき》の花を交《まし》へ植《うへ》。其中《そのなか》に建《たて》たる亭《ちん》のたかさ見上《みあく》る計《はかり》一方に楷子《はしこ》を懸《かけ》。外《ほか》よりは△通《かよ》はれぬ。四面障子《しやうじ》の八畳敷《でうじき》。多門《たもん》丸は新参《しんざん》の角前髪《すみまへがみ》にことはを懸《かけ》其方名《な》は何といふと。仰《おゝせ》にしたがひ錦織《にしごりや》△弥市と申ます。む丶よい名《な》じやな。勝手《かつて》しだいにやすむべし。身は亭にまと（十ノ廿ウ）ろまんと。申渡《もうしわた》して楷子《はしこ》にか丶り。内にはともし火かすかに照《て》らしひとり楽《たの》しむ工夫《くふう》の亭弥市《ちんやいち》は勝手《かつて》へ罷《まか》りたてば多門《たもん》まる上《うへ》よりはしごをいつものごとくた丶み上《あげ》。鳥《とり》ならではかよはれぬ雲中楼《うんちうろう》と打たる額《がく》の名《な》にあふけしきぞおもしろき。初更《しよかう》はや過四《すぎよつ》の鐘《かね》九つの時計静《とけいしづ》まる時《とき》。何《いづ》くよりかは忍《しの》びけん新参《しんざん》の錦織弥市小手《にしごりやいちこて》すね当《あて》。甲斐《かひ》〳〵しくくさり鉢《はち》まき手鑓《てやり》引さげ庭《には》の露路《ろじ》より。そろ〳〵亭《ちん》を目《め》がけおぼろ月夜《よ》の木《こ》ぐらきに谷《たに》へをり山にのぼり。泉《せん》すいをわたり亭《ちん》に立《たち》そひ。楷子《はしご》をそこよと尋《たづぬ》れども。早引《はやひき》上て四方に道なし。いかゞはせんと思《おも》ふ折《おり》ふし。多門丸《たもんまる》の声《こへ》として孫子謀攻《そんしぼうこう》の篇《へん》の素《そ》よみあざやかに。兵学《へいがく》の工夫《くふう》に夜《よ》を深《ふか》し陳《ぢん》どりの算籌《さんぎ》おきならぶる。おとさへもれて物《もの》（廿一オ）

挿絵第三図（廿一ウ）

挿絵第四図（廿二オ）

すごき。弥市も暫《しば》らく作《つく》り庭《には》の岩影《いはかけ》に。隠《かく》れて様子《やうす》をうかゞひゐる。程《ほど》へて多門《たもん》丸の声《こへ》ム、こよひ稽古《けいこ》も是《これ》までさらばやすまんとの。詞《ことば》ほのかにもれきこへ。釜《かま》のたぎりは夕雨《ゆふさめ》のしきるかごとく。物しづかに。寝《ね》いりたらんと弥市《やいち》は察《さつ》し。しつかと身をかためしこみの手鑓背《てやりせな》におひ。三尺手 拭《ぬぐひ》にてくゝり付《つけ》。こゝかしこと上《のぼ》りあがる思案《しあん》すれど。清《きよ》水の舞台《ぶたい》から組足立《くみあしだて》にて。登《のぼ》りがたきを 漸《やう〱》 と手《て》をかけ足を踏《ふみ》ため〱。あやうきをもかへりみず障子《しやうじ》の際《きは》には至《いた》りけれ。されども椽《ゑん》なければ立《たつ》べき所《ところ》もなければ鑓引《やりひき》そばめ障子《しやうじ》をそつと明《あけ》んとすればから〱ちんと。上《うへ》の釣《つり》木にこたへてばつたり。障子《しやうじ》とゝもにまつさかさま。下《した》なる谷《たに》へ落葉陰《おちばがくれ》のいはかどに。あたつて額《ひたい》ひざがしらより血《ち》の流《なが》るゝは時《とき》ならぬ。（廿二ウ）谷の紅葉《もみぢ》にことならず。無念《むねん》とあせり見上《みあぐ》れば。しやうじは落《おち》ても又一《ひと》重障子《へしやうじ》を立て内は見へず。扨は二重の釣《つり》障子なりしよと。驚《おどろき》ながら立あがる。内の障子さつとひらき。にへたぎりたるくはんすの湯《ゆ》を。亭《ちん》の上《うへ》より多門丸《たもんまる》。さつとかくればあたまからざんぶとあびし熱湯《ねつたう》のくるしみ。堪《たえ》がたく悶《もだへ》うごつく其間《そのひま》に。釣《つり》たる喚鐘《くはんしやう》二つ三つ。合図《あいづ》をまちし子《こ》ども武者《むしや》。鎧着《よろいちやく》して庭《には》の隅《すみ》〻〱。そこやかしこよりあらはれ出《いで》。弥市をぐるりと取《とり》まひて。事もおろかや多門丸。成人《せいじん》の後正成《のちまさしげ》と号《がう》し。千早《ちはや》の城《じやう》の二重塀《へい》。たゞよふてきにねつ湯《たう》の謀《はかりこと》はおさなきより。心《こゝろ》づかれし仕《し》わざとかや。多門丸亭の上より大音上《だいおんあげ》やあ〱錦織《にしごり》

挿絵第三図

挿絵第四図

弥市たしかに聞《きけ》。汝《なんじ》は我父《わがちゝ》に亡《ほろぼ》されし。赤目《あかめ》の籟《らい》尊《そん》が悴《せがれ》熊若《くまわか》よな。籟尊（廿三オ）ほろびて後中《のちなか》〳〵父《ちゝ》正玄《まさはる》はおもひもよらず。責《せめ》てそれがしを討《うつ》て父《ちゝ》の仇《あた》を報《ほう》ぜんと。さま〳〵ねらふまつそのごとく。われも軍道《ぐんだう》に心《こゝろ》を懸《かく》れば。心を付《つけ》てとくより聞《きゝ》知《し》りたり。笠原弥惣次《かさはらやそうじ》といふは汝《なんじ》がおやの従弟《いとこ》と聞《きゝ》。わざと弟子《でし》に成《なり》たるも。汝《なんじ》を釣《つり》よせ楠多門丸が手並《てなみ》を見《み》せん為《ため》なるに。案《あん》に違《たが》はず弥惣次汝《なんじ》を連来《つれきた》り。傍近《そばちか》くつかへと。いふに扨《さて》こそ曲《くせ》ものごさんなれと。今宵《こよひ》は汝《なんじ》が得手《えて》に任《まか》せ。只独《たゞひとり》こゝに寝《ね》て。露路口《ろじぐち》諸方《しよほう》に番《ばん》をもおかず。忍《しの》びくるを待《まち》たるに。将《はた》して我《わが》はかりことにのりし心地よさ。さあ籟尊《らいそん》が妾腹《せうふく》の悴《せがれ》熊若《くまわか》と委細《いさい》を知《し》つたる詞《ことば》づかひ。十五《ご》さいにはませもの也《なり》。弥市くるしみながら。おどろき入《いり》し楠の若《わか》ばへ。いかにも推量《すいりやう》にたがはす。赤目《あかめ》のくま若《わか》は我《わが》ことなり。（廿三ウ）父《ちゝ》が仇《あた》を報《ほう》ぜんとおもふにかひなく。一太刀《ひとたち》も合《あは》さず。岩《いは》に当《たう》ねつ湯にくるしみ。手足《てあし》心《こゝろ》に任《まか》せねば。大勢《おほぜい》の子《ご》*どもわざにからめとられん無念さよと。大地《だいぢ》をたゝき歯《は》がみをなし。骨髄《こつづい》にてつせし泪《なみた》の玉《たま》。あられたばしる泉水《せんすい》の水《み》かさも増《まさ》る計《ばかり》なり。いづれも捕縄《とりなは》手《た》ぐりてよれば。上《うへ》より下知《げぢ》して多門丸。はやまるまじ〳〵。いかに熊若汝《なんじ》が父《ちゝ》はおや正玄《まさはる》を讒言《ざんげん》せしゆへ鎌倉殿よりの。御政道《ごせいたう》にかゝりて討《うた》れたれば。此《この》くすの木《き》親子《おやこ》に恨《うらみ》を残《のこ》さんやうはなし。汝が罪《つみ》汝を責《せめ》て果《はて》たる籟尊《らいそん》。しかれども親《おや》をうたれ心のまよひしもひがことならず。是《ぜ》にもせよ非《ひ》にもせよ。おやのあたを念《ねん》がくることとがむべき道《みち》にあらず。養生《やうじやう》させてぼつかへすべしと。しやうじをはたとさしもの熊若。返《かへ》すことばも涙《なみだ》に（廿四オ）くれ。まことに仁義《じんぎ》あり。又智勇有《またちゆうあり》。情《なさけ》あるくすの木《き》の生《おひ》さき。石《いし》ともいはほとも。一方《いつぽう》のかためうたがひなき。大将《たいしやう》の種《たね》なりと。感《かん》じ入《いり》て。手養生命《いのち》たすかり。おひたちし赤目《あかめ》の籟源《らいげん》と聞へしは。此若《このわか》もの、事《こと》とかや

二之巻終（廿四ウ）

南木秀日記《くすのきふたばにっき》 三之巻

目録

第一　一間《ひとま》に二人《ふたり》の密談《みつだん》は打割《うちわつ》た木屋町《きやまち》

管《くはん》あつて絃《けん》なきときは。其音《そのこへ》するどく。絃《けん》あつて管《くはん》なき時《とき》は。其声蕩《そのこへたう》すと。孟居林《もうきよりん》が言葉《ことば》むなしからず仁慈《じんじ》のみに過《すぐ》れは。民馴《たみなれ》やすく。武門《ぶもん》のみに勝《かて》ば。民親《たみした》しみがたし。魯《ろ》の貞扇《ていせん》。晋《しん》の魚仙《ぎよせん》。遊市《ゆうし》に隠《かく》れしためしも。今南木正玄《いまくすのきまさはる》。病悩《びやうのう》おもく。養生《やうじやう》の為《ため》。都《みやこ》木屋町裏晴《うらはれ》し。大座敷《おほざしき》。多門丸《たもんまる》もこゝに移《うつ》り。奥《をく》山の井《ゐ》。その外の女中《ぢよちう》あまた。日夜看《にちやかん》病　怠《びやうおこた》りなし。障子《しやうじ》ひらかせ正玄《まさはる》は。たばこくゆらせ。けふはいつになき食《しよく》のすゝみやう何とやらんこゝろもはれて重《おも》からず。娘浅沢琴《むすめあさざはこと》にても弾《ひき》なぐさめよと。此《この》比《ごろ》になき皃《かほ》の色合《いろあひ》。皆〻《みな〳〵》よろこび。尾崎勾当《おさきこうたう》も相詰《あいつめ》しと。娘の（ニオ）琴《こと》に尾崎《おざき》が三味線《さみせん》。獅子《しゝ》おどり。ざんざすがゝきおもしろき最中《さいちう》。多門丸《たもんまる》は外《そと》より帰《かへ》る角前髪《すみまへがみ》。十九歳《くさい》の夏衣《なつごろも》ひとへに父《ちゝ》の本復《ほんぷく》を心《こゝろ》に祈《いの》る神詣《かみま》ふで。すぐに奥《おく》に通《とを》り。手《て》をつかへ。これは〳〵父上《ちゝうへ》の御気色《ごきしよく》も。御心よげにて大慶《たいけい》のいたり。今日北野《こんにちきたの》へ参《まい》る道にて。暫《しば》らく水茶屋に腰《こし》をかけて休むうちに。雑人《ざうにん》のいり込《こみ》さま〴〵の噂《うはさ》の中《うち》。関東《くはんとう》には相模守高時《さがみのかみたかとき》十七歳《さい》にて元服《げんぷく》せられ。年《とし》に似合《にあは》ぬおごりの沙汰《さた》。美女《びぢよ》

挿絵第一図

挿絵第二図

をあつめ酒《さけ》に乱《みだ》れて正躰《しやうたい》なく。上《かみ》をないがしろにして下《しも》をいたましめ。政《まつりごと》はすておきて。さしかゝりたる事《こと》も打《うち》なぐり聞《きゝ》いれず剰《あまつさへ》万里小路宣《までのかうじのぶ》房卿《ふさきやう》の御娘《おんむすめ》。後宇多院第二《ごうだのゐんだいに》の皇子《わうじ》。牡丹《ぼたん》の宮《みや》の御寵愛《ごてうあい》。美人《びじん》と聞《きゝ》て六波羅《ろくはら》の大仏陸奥守貞房殿《おさらぎむつのかみさだふさどの》へ申来《きた》るは。武威《ぶゐ》を以《もつ》て乞請《こひうけ》。鎌倉《かまくら》へ（二ウ）差下《さしくだ》せよとの下知なれども。貞房《さだふさ》は義《ぎ》ある武士《ぶし》ゆへ押《おし》返《かへ》し〳〵道《みち》ならずと諫《いさめ》られければ。常盤駿河守家《ときはするがのかみいへ》貞《さだ》をさしのぼし。大仏殿《おさらぎどの》には鎌倉《かまくら》へ呼《よび》よせらるゝとの風聞《ふうぶん》。父貞時殿《ちゝさだときどの》とは雲泥《うんでい》の違《ちが》ひ。今高時《いまたかとき》の行《かう》跡《せき》あやうし〳〵と。街《ちまた》の取沙汰《とりさた》。きのどくなる儀《ぎ》といへば。正玄病中《まさはるびやうちう》ながら耳《みゝ》をそばだて皃《かほ》をしかめ北条《ほうでう》も滅亡《めつぼう》の時来《ときゝた》るが*近年鎌倉《きんねんかまくら》へ仕《つかへ》よと勧《すゝめ》る人多《ひとおほ》かりしが。招《まね》かれざるに願《ねが》ふて出《で》るは本懐《ほんぐはい》ならずとて。打捨《うちすて》おきしも今《いま》の仕合《しあはせ》。はて大仏殿《おさらぎどの》は気《き》のどく千万娘浅沢《せんばんむすめあさざは》をくれよと所《しよ》望有《もうあり》しかども。赤目《あかめ》の籟尊《らいそん》にさしつかへ。断申《ことはりもう》せし。然《しか》れども。道《みち》ある大仏《おさらぎ》なればあらためて。所望《しよもう》もあらばと見《み》合《あは》す内娘《うちむすめ》も早《はや》はたちの上《うへ》も四つ五つ。見《み》るに心《こゝろ》がゝりなりしに。二度《にど》の所望《しよもう》なきも幸《さいわゐ》ならん。それ（三オ）薬《くすり》もて来《こ》よと。又咳《またせき》いだす折《おり》こそあれ。河内国《かはちのくに》楠殿《くすのきどの》の御養生《ごやうじやう》の宅《たく》はこれで御座《ござ》るかと。釣台《つりだい》五六荷《か》かきこませて。五種《しゆ》五荷《か》の音物《いんもつ》を。台《だい》にならべ使者長上下《ししやながかみしも》の四十《しじう》おとこゐんぎんに手《て》をつかへ。拙者儀《せつしやぎ》は大仏陸奥守家来《おさらぎむつのかみけらい》*藤枝佐仲《ふぢなみさちう》と申《もふす》もの。先だつて御息女《ごそくぢよ》さま。申《もふし》入たきいひこみも。赤目《あかめ》の籟尊《らいそん》にさしつかへ埒明《らちあか》ず。時節《じせつ》を以《もつ》てと存《ぞんじ》られしに。承《うけ給は》れば正玄《まさはる》さまには御病気《ごびやうき》との御事《おんこと》。其上《そのうへ》陸奥守《むつのかみ》儀《ぎ》。いさゝかかまくら殿《どの》の御意《ぎよゐ》に違《たが》ひ。不首尾《ぶしゆび》の砌《みぎり》と申ながら。一端《いつたん》武《ふ》士《し》の申《もうし》かゝりし事《こと》。此たび御祝儀《ごしうぎ》御《おん》うけ下され。御息女《ごそくぢよ》さまを申請《もうしうけ》たきと。おしてたのみの品《しな》〳〵持参《じさん》仕《つかまつ》るは。近《ちか》比不習気《ごろぶしつけ》。これには子細《しさい》も候へども。尚又追《なをまたおつ》て申入候はんと。相述《あいのぶ》れば。取次本間弥太郎《とりつぎほんまやたらう》うけ給《たま》はり。（三ウ）御口上の趣申達《たつ》すべしと。正玄《まさはる》が寝所《ねどころ》へ入使者《いりししや》の口上具《つぶさ》にいひならぶる脇《わき》より恩智《をんぢ》七郎さし出て。一たん断も済たるうへ此比まて二度《ど》の所望《しよもう》の沙汰《さた》もなく。其《その》身ぶ首尾《しゆび》に成《なり》今さらの使者心得がたし。結納《いひいれ》の品〻《しな〳〵》持せて帰《かへ》せといふにぞ正玄大病なれば。有無《うむ》の返答《へんたう》におよばぬよし申きかされよと。すでに取次の役《やく》人出んとするを。多門《たもん》丸暫《しば》しと留其身天《てん》下《か》の威《ゐ》につのらず。不首尾を還而《かへつて》いひ立所望いかさま子細《しさい》ぞあらん某《それがし》対面《たいめん》いたすべしと。広間《ひろま》に出《いづ》れば使者佐仲《さちう》。何《なに》とぞ浅沢姫《あさざはひめ》所望の段〻詞の引《ひつ》はなし前後《ぜんご》の躰見《ていみ》つきゝつさま〳〵ためして六はらどのゝ御使者こなたへと一間へ誘《いざな》ひ人《ひと》をよけ漸《やゝ》しばらく何かいひ合せしやらん立出て御馳走《ごちそう》申せ父はともあれこの（四オ）

挿絵第一図（四ウ）

挿絵第二図（五オ）

多門丸姉《たもんまるあね》を進上いたす心と請合ば襖《ふすま》ごしに父正玄詞をかけ父母にも納得《なつとく》させず其方独合点《ひとりがてん》は呑込ずといふ声に多門丸父《ちゝ》が傍《そば》にさしよりて外《ほか》へもらさぬ耳《みゝ》に口おや子さゝやきうなづき合いかにも〳〵追而《おつて》といふも事がましゝ拵《こしらへ》はあとより送《おく》らん只今すでによめ入と事を急げば山のゐ御前下〻の嫁入《よめいり》でも十日廿日はかゝるならひ一生一世の結《むす》び足本《あしもと》から鳥とはおろかこれはまあ余《あま》りせはしといひもきらぬに正玄武門《まさはるぶもん》にうまれし女にも似合ぬ詞敵すでにおしよせし時火《くは》急《きう》なればとて一日も延さるべきや女の婚《こん》礼は死出《しにで》たち門火《かどび》を焼《たけ》ば無常《むじやう》迅速《じんそく》万事は悴が胸に有我死するとも気づかひもなし先祖橘の家をかゝやかすべき多門丸うれしやな我（五ウ）臨終《りんじう》に。廿五のぼさつの来迎《らいかう》有《あ》らんより。多門丸《たもんまる》がむねの蓮花《れんげ》。武運《ぶうん》をひらく西方浄土《さいほうじやうど》。いかふ気《き》をもみたるゆへにせぐるしくおぼゆ。息《いき》の有内《あるうち》早《はや》く娘《むすめ》が門出《かどいで》させよと。枕《まくら》もとに置《おき》し懐剣《くはいけん》とり上。父が形見《かたみ》は此《この》一腰《こし》。いそげ〳〵に恩智《をんぢ》七郎。しからば送《おく》り申《もふ》さんと。乗物《のりもの》てうじ被着《かづき》のこしもと。かれこれ引添《ひつそ》ふて出《いづ》れば。正玄《まさはる》。何事《なにこと》も跡《あと》より〳〵それ多門丸《たもんまる》。恩智《をんぢ》に子細《しさい》を明《あか》せよと。いへば心得《こゝろえ》多門丸《たもんまる》。事急《こときう》ゆへに知《し》らするにいとまなかりし。まづかく〳〵とさゝやくにぞ。七郎よこ手《で》を打《うち》。使者《ししや》につれだち乗《のり》ものに。引添立《ひつそひたて》ば母《はゝ》は様子《やうす》もしらなみだ。嫁入《よめいり》はうれしけれども。何《なに》とやらん訳《わけ》ありげ成《なる》なごりにて。影見《かげみ》をくり火《び》のきゆる比《ころ》。正玄《まさはる》もいき絶《たへ》て野辺《のべ》のおくり火諸《びもろ》ともに。涙《なみだ》にしめる哀《あはれ》さよ（六オ）

第二　内《うち》ぞゆかしき玉簾《たまだれ》は富貴《ふうき》なる牡丹《ぼたん》の宮《みや》

朝家《てうか》の威徳《ゐとく》やゝうすらぎ。牡丹《ぼたん》の宮《みや》の御寵愛《ごてうあい》桜木《さくらぎ》と申するは。万里小路中納言宣房卿《までのかうじちうなごんのぶふさけう》の御息女《ごそくぢよ》にて。廿四歳《さい》にならせ給ふを。鎌倉《かまくら》の執権北条高時《しつけんほうでうたかとき》。見《み》ぬ恋《こひ》にあこがれ六波羅《はら》へ申遣《つか》はせども。大仏貞房《おさらぎさだふさ》仁義《じんぎ》を守《まも》り諫言《かんげん》せしかば。高時《たかとき》いきどをり鎌倉《かまくら》へ引戻《ひきもど》し。閉門《へいもん》させ代《かはり》として常盤駿河守家貞《ときはするがのかみいへさだ》。罷《まか》りのぼり牡丹《ぼたん》の宮《みや》の御所《ごしよ》をとりまき。弓鑓《ゆみやり》の用意《ようゐ》夥《おびたゝ》しく。手《て》のもの引《ひき》つれ不礼《ふれい》くはんたい憚《はゞ》からず。鎌倉《かまくら》よりの仰《おゝせ》は勅《ちよく》より重《おも》し。いそぎさくら木殿《ぎどの》を渡《わた》さるべし。異儀《ゐぎ》におよばゝ焼討《やきうち》と。仰《おゝせ》を受《うけ》てのぼりし上《うへ》は。遠慮《ゑんりよ》はなしと我《わが》まゝ（六ウ）無法《むほう》の大音上《だいおんじやう》。万里小路宣房卿《までのかうじのぶふさけう》しづ〳〵と立出給ひ。娘事《むすめ》。北条殿《ほうでうどの》の御きゝおよびは身《み》の大慶《たいけい》。お上《かみ》にもおしませ△給へど。さま〳〵と申上《もうし》。御得心《ごとくしん》の上下《うへくだ》しおかるゝ。随分大切《ずいぶんたいせつ》にいたはり鎌倉《かまくら》へ同道せよと。五《いつ》つ衣《ぎぬ》にほやかに緋《ひ》のはかまゆたかにめされ。檜扇《ひあふぎ》の総《ふさ》いとたゆくまばゆき計《ばかり》の御よそほひ。これへといざなひ引渡《ひきわた》せば。御簾《みす》の内《うち》はわつと計《ばかり》。宮《みや》もなごりの御《おん》なみだ。するがの守《かみ》は得《え》たり顔《がほ》。此《この》かわり北条殿《ほうでうどの》より宮《みや》の御勝手《ごかつて》に成黄《なるき》な物《もの》はづみ給《たま》わん。楽《たの》しみて待《まつ》て居《ゐ》たまへと。いよ〳〵不《ぶ》作法《さほう》吐《はき》ちらし。桜木御前《さくらぎごぜん》をいざなひて。六はらにこそ帰《かへ》りける。爰《こゝ》に楠《くすのき》　正玄《まさはる》の跡目多門丸《たもんまる》。角前髪《すみまへがみ》を其まゝに。方《ほう》髪《はつ》に改《あらため》ゐぼし着《ちやく》し。楠多門兵衛《たもんびやうゑ》正成《まさしげ》と名《な》のりしが。姉浅沢《あねあさざは》を（七オ）大仏殿《おさらぎどの》よりの使者《ししや》といひしは偽《いつは》りにて。何国《いづく》ともなくうばはれしと。付添行《つきそひゆき》し恩智《おんぢ》七郎。いひわけなく宇治川《うぢがは》へ身《み》をなげたる書《かき》をきに。扨《さて》もそれがし御乗物《おんのりもの》に引添《ひつそひ》栗田口《あはたぐち》にもさしかゝりし所《ところ》に。大勢《おほぜい》おつとりまき。赤目《あかめ》の籟尊《らいそん》が余類《よるい》どもとて。女《むすめ》をうばひとり籟尊殿へ首打《くびうつ》て手向《たむけ》るために。大仏《おさらぎ》が使者《ししや》とは偽りなるを。のめ〳〵と一はいくひける心地《こゝち》よさと。皆《みな》ぬきつれて切《きつ》てかゝるを。縦横《じうわう》むじんに防《ふせ》ぐ内《うち》。姫君《ひめぎみ》の乗ものは行《ゆき》がたなく。武運《ぶうん》に尽《つき》たる言訳《いひわけ》と。京洛中の取沙汰。多門兵衛《たもんびやうへ》面目《めんぼく》なく。本国《ほんごく》河内に引込《ひきこん》で。武略《ぶりやく》のきこへも消失《きへうせ》て。誘《そしら》ぬものぞなかりける。鎌倉《かまくら》には高時《たかとき》驕日《おごりひ》〻《ゞ》に増長《ぞうちやう》し。酒婬《しゆいん》にふける我儘《わがまゝ》より。ぼたんの宮《みや》の御寵愛《ごてうあい》。さくらぎ姫《ひめ》を招《まね》きよせ。聞しに（七ウ）まさる美景《びけい》にほだされ。家《いへ》も国《くに》も。我命も。君《きみ》に任《まか》すと余《よ》念なく。よだれをながす折からに。家《いへ》の長臣《ちやうしん》。長崎《ながさき》三郎左衛門高道。御前《ごぜん》に向《むか》ひ。夫傾城傾国《それけいせいけいこく》は漢《かん》の李夫《りふ》人《じん》に起《おこ》ること葉《ば》なれば。全《まつたく》遊女《ゆうぢよ》にあらず。御先代仁慈厚《じんじあつ》く上《かみ》を敬《うやま》ひ下《しも》を憐《あはれ》み給ひしに。当鎌倉の御政務《ごせいむ》。上《かみ》に背《そむ》き下《しも》を苦《くる》しめ。天怒地《てんいかりち》うらむるこゝを以《もつ》て天地《てんち》の気《き》。通《つう》じがたくやゝもすれば此鎌倉にかぎる大地震勿躰《おほぢしんもつたい》なくも恐《おそ》れありや。後宇多天皇《ごうだのてんわう》の御宮《おんみや》の御情《おなさけ》かゝりし姫を。無下《むげ》に御中《おんなか》をさき。慰《なぐさみ》ものとの御行跡《おんふるまひ》。御武運《ごぶうん》の尽《つき》るところかと泪にくれていさむれば。高時《たかとき》ゐせ笑らひ天皇が何《なん》じや。天下は北条《ほうでう》一家《け》のもの。立ておけば又《また》しても天子よばゝり。気《き》にくはぬ。此《この》たび桜木《さくらぎ》を送《をく》ら（八オ）れしほうびとして牡丹《ぼたん》の宮《みや》を位《くらゐ》につけん。流《なが》さうともころさうとも此《この》高時が心次第。誰《たれ》かある都《みやこ》へ告知《つげし》らしぼたんの宮《みや》を位《くらゐ》に付《つけ》。当今《とうぎん》は花園院《はなぞのいん》へ隠居《ゐんきよ》さすべし。早〻《さう〳〵》申《もふし》つかはせと六波羅《はら》よりの通達《つうだつ》にてぼたんの宮御即位有《みやごそくゐあり》。後醍醐帝《ごだいごてい》とは是《これ》なりけり。三《み》たびいさめてといふは古語《ふるきことば》。只《たゞ》いくたびも心を責《せめ》さま〳〵に制《せい》しとゞむれども。更《さら》に聞入顔色《がんしよく》ならず。桜木は上方人《かみがたひと》。いざなぐさみに伊勢おどりを始《はじめ》させよと。手拍子《てびやうし》で。世《よ》を我《わが》まゝの大悪不道《ぶだう》。一門各〻《もんおの〳〵》おごりに長《てう》じいさむる事《こと》はさて置《おき》て。ともに狂《くる》へる酒狂人《しゆきやうじん》。へつらひお髭《ひげ》の塵《ちり》とり〳〵に。さはぐ折節《おりふし》ふしぎやな。晴〻《せい〳〵》たりし天《そら》くもり。俄《にはか》に降《ふり》くる大雨の車軸《しやぢく》を流《なが》し沙石《しやせき》を飛《とば》し木《き》をたをす大風に。庭《には》の池水《いけみづ》（八ウ）逆浪立《さかなみたち》。どう〳〵と打《うつ》をとに人〻おどろき立《たち》さはぎ。見やるむかふの方《かた》よりも真黒雲《まつくろくも》の覆《おほ》ひ来《きた》るも。床《とこ》にかざつたる家《いへ》の重宝《てうほう》。先祖時政《せんぞときまさ》江《え》の嶋《しま》より。さづかり給《たま》ひし三つ鱗《うろこ》の。御幡櫃《はたびつ》。しきりに震動鳴《しんどうなり》ふためき。はたは自然《しぜん》とひらめき出。風にしたがひ空《そら》に飛《とび》。ひら〳〵と舞上《あが》り。又はさがりつ翩翻《へんぽん》たり。人〻是ぞ一大事《だいじ》と。よらん〳〵とあせる中《うち》。池《いけ》の真中《まんなか》へ落《おち》しと見えしが。忽《たちまち》に。金《こがね》の鱗《うろこ》鮮《あざやか》に三尺あまりの小龍《しやうりう》顕《あら》はれ。三《みつ》のうろこを口にくはへくろ雲《くも》に打乗《うちのつ》て江《え》の嶋のかたへ飛去《とびさ》れば。雨《あめ》はおやめば長崎《ながさき》三郎左衛門大きにおどろき。池《いけ》をさぐつて幡《はた》を取上《とりあげ》見れば。代〻《だい〳〵》伝《つた》はるうろこの紋《もん》どころ。くひさきとりたるごとくなり。三郎左衛門どつかと座《ざ》に直《なを》り。刀《かたな》（九オ）取なをしおしはだぬいで。弓手《ゆんで》よりめてへぐつと引廻《ひきまは》し。ゑゝ浅《あさ》ましや最早《もはや》北条の運《うん》も是まで。此うへは何《なに》とぞ御身《おんみ》つゝがなく。御出家《ごしゆつけ》なされ禁中《きんちう》へ無礼《ぶれい》のおわびなされかし。さなくば忽天《たちまちてん》の責《せめ》。今目前《いまもくぜん》に来《きた》るべしと。苦《くる》しき息《いき》もつぎあへず。いさむるに。しや存外《ぞんぐはい》なる諫《かん》げんだて。江《え》の嶋よりくれた三つ鱗《うろこ》おしうて龍神《りうじん》がとり返《かへ》さば。紋は身が附次第《つけしだい》。江《え》の嶋の池《いけ》うづめさせ。日本国中龍のすむべき所一〻にくづしてくれん。さくら木《ぎ》こちへと一間《ひとま》へともなひ入《い》らんとし給《たま》ふを。長崎三郎左衛門。しばらく〳〵と声《こへ》をかけ。情《なさけ》なき君の御所存《ごしよぞん》。我《わが》かたちは死《し》するとも。魂《たましゐ》は御身に付そひいくたびもためなをさねば我父入道《にうだう》又は貞時様《さだときさま》に頼《たの》まれ奉《たてまつ》りし。忠義立《ちうぎたゝ》ずと。赤に成たる腹《はら》（九ウ）わたより。もへ出《いづ》る火《ひ》とも人《ひと》とも見え分《わか》ねど。一念《いちねん》のこる忠士《ちうし》の一筋《ひとすぢ》。聞《きく》に及《およ》ばぬ早《はや》くたばれやつと。奥《をく》に入たまへば伺候《しかう》の面〻《めん〳〵》。身の毛をたて。ふるひ〳〵退出《たいしゆつ》も驕《おごり》は。さらにあらためず。扨《さて》こそ北条九代《ほうでうくだい》の運《うん》命《めい》。こゝに月弓引《つきゆみひつ》はる臣下《しんか》も。いさめかね口《くち》をつぐめば。次第〳〵《しだい》*奢移《しやし》は増《まさ》りけり

第三　何事《なにごと》も白張《しらはり》の明《あかり》障子《しやうじ》に月《つき》の人《ひと》

進《すゝむ》ときは瑞有《ずいあり》。退《しりぞく》ときは示《じ》ありと。列公《れつくはう》が詞《ことば》。野史《やし》にのせたり。北条高時龍神《ほうでうたかときりうじん》の示《しめ》しにもおどろかず。先祖《せんぞ》のいひ伝《つた》へをもかゑり見ず放逸《ほういつ》の政《まつりこと》。さくら木《ぎ》に心《こゝろ》をうはゝれ。明暮花《あけくれはな》にも紅葉《もみぢ》にも。ひとりをながむる夜半《よは》のかね。合《あひ》図《づ》に表《おもて》の大築地《おほついじ》。まつ黒出立《でたち》の七八人。手《て》にひやうし木は（十ノ廿オ）とがめられぬ。用意《ようゐ》とみえて待《まつ》ところに。柳《やなぎ》をつたふて抱帯《かゝへおび》。つぎ合《あはせ》おりくる女《おんながゐ》互《たがゐ》にかはす相詞《あいことば》。七八人が中《なか》につゝみ。行方《ゆきがた》知《し》らず。落《おち》ゆきけり奥《をく》にはそれとも白張障子《しらはりしやうじ》。月さやか成影《なるかけ》の中に酔《ゑい》たる高時高いびき。申《もうし》〳〵と何方ともなくおこす詞《ことば》に。障子《しやうじ》の外《そと》。見《み》やれば麻上《あさがみ》下《しも》きたる侍《さむらひ》かしこまり。歎《なげ》くかげのみ何《なに》ものと。枕元《まくらもと》の太刀《たち》おつとれば。手《て》もなへて茫然《ぼうぜん》として起《おき》もやられず。これは無念《むねん》と覚《おぼ》えずあたまをなづればいつの間《ま》にかは剃《そり》こぼちしこはいかにと。あはてさはげば障子《しやうじ》の外《そと》より。内へいらず私は相果《あいはて》し。長崎三郎左衛門でござります。責《せめ》て剃髪染衣《ていはつぜんゑ》の身《み》とならせ給はゞ。罪咎《つみとが》の少《すこ》し滅《めつ》する事も有《あ》らんと。わたくしが剃《そり》こぼちましてござれは。此上は仏道《ぶつだう》に入《いり》（十ノ廿ウ）給へ。江《え》のしまへ御祈願《ごきぐはん》を籠《こめ》られ。何《なに》とぞ御子孫相続《ごしそんさうぞく》の。御心《おこゝろ》をもたせ給《たま》へ。是計《こればかり》が迷《まよ》ひと成《なり》。中有《ちうう》より帰《かへ》りし長崎《ながさき》が心《こゝろ》

挿絵第三図

挿絵第四図

根《ね》。不便《ふびん》とおぼし召《めさ》れよと。さめ〳〵歎《なげゝ》ば現在《げんざい》あたまをそられたれば。狐狸《きつねたぬき》ともさみしがたく。そろ〳〵こはさ立来《たちきた》り。能《よふ》こそ来《き》たつたれ。内《うち》へはいる事《こと》は必《かならず》無用《むよう》。いかさまかくのごとく剃《そら》れてはいふて返《かへ》らぬ今日《けふ》より。高時入道宗鑑《たかときにうだうそうかん》と名乗《なのり》。悪《わる》い事少《ことちつと》もせまひ。王《わう》さまを大切《たいせつ》にせう。民《たみ》のくつろぐ政《まつりごと》。何事《なにごと》も日比《ひごろ》そちがいひしとをり。一〻〳〵《いち〳〵》守《まも》る程《ほど》に。もはや此外《このほか》に用《よう》はない。けふ切《ぎり》てふつ〳〵来《く》る事無用《むよう》にしてくれよといへば。いや〳〵実御心《まことおこゝろ》の改《あらたま》るまでは。いつ迄も参《まい》りまする。ちと御傍《おそば》へと障子《しやうじ》ひらかんとすればば。あゝこりや〳〵それには及《およ》ばぬ得《とく》と合点《がてん》したと。気味《きみ》わる（廿一オ）

挿絵第三図（廿一ウ）

挿絵第四図（廿二オ）

かりてそこら当《あた》り。見廻《みまは》すにさくら木《き》が。見《み》えぬに驚《おどろ》きどつちへと。うろ〳〵さがせば障子《しやうじ》ごし。されば〳〵其桜《そのさくら》木《ぎ》ゆへの御まよひ。最前高塀《さいぜんたかへい》を越《こへ》さし欠落《かけおち》いたさせしかども。御心《おんこゝろ》の狂《くる》ふ基《もとひ》と見遁《みのが》しにいたし。番所《ばんしよ》〳〵も術《じゆつ》を以《もつ》て行次第《ゆきしだい》にいたせしと。いふにびつくり桜木《さくらぎ》をはなしてはならぬと坊主《ばうず》あたまを振廻《ふりまわ》し。さはぎ立《たつ》ればそれ〳〵。まだおこゝろが直《なを》らぬからは。それへ参《まい》らんといへば。はて扨《さて》いやもふ思《おも》ひ出《だ》しもせぬと。目《め》をふさぎ南無阿《なむあ》みだ仏《ぶ》

〳〵と。唱《とな》へ給《たま》へば。うれしや少《すこ》しは仏道《ぶつだう》に趣《おもむき》給ふか。御《おん》こゝろだに改《あらた》まれば。江嶋《ゑのしま》の御加護《おんかご》も再《ふたゝ》び有《ある》べし。御《お》いとま申上ると声計《こへばかり》かたちは消《きへ》て夢《ゆめ》の覚《さめ》たる心地《こゝち》也。君《きみ》を思《おもふ》忠臣《ちうしん》のたましゐたぐひなかりける。程《ほど》なく明行夜《あけゆくよ》明烏《あけがらす》（廿二ウ）とのゐ〳〵の*司候《しこう》の面〻《めん〳〵》。罷《まか》り出ればどいつも寝入《ねいつ》ては性念《しやうね》のないたはけども。なぜ夕《ゆふ》べ居間《ゐま》に物《もの》いふ声《こへ》がしたらば。かけ付《つけ》ぬとくはつと白眼《にらむ》ぼうずあたま。皆〻《みな〳〵》びつくりしながらも。笑《わら》はれもせず。兼《かね》てあのさくら木殿《ぎどの》を召《めさ》れしより。御《おん》ねま近《ちか》く宿直《とのゐ》するな必《かならず》のぞくな。ちよつとも来《きた》らば曲事《くせごと》なりと。仰《をゝせ》を守《まも》り何《なに》やら咄《はな》しはほのかに聞《きこ》へ候へど。わざとさしひかへ候と。日比《ひころ》の千話《ちわ》が此《この》ときの。妨《さまたげ》と成《なり》たるは烽火台《ほうくはたい》のいにしへに類《たぐ》へて思ひあはせけり。表番《おもてばん》の侍 所《さむらひところ》より。越後国《ゑちごのくに》の御家人等《ごけにんら》。御政務《ごせいむ》正《たゞ》しからざるを恨《うらみ》目代《もくだい》を討《うつ》て年貢《ねんぐ》をさたせず。御勢《おんせい》を向《むけ》らるべきやと申上れば。続《つゞひ》て六波羅《はら》より早馬《はやむま》にて。周防長門《すはうながと》の百 姓徒党《ひやくしやうととう》を組《くみ》。築紫中《つくしちう》の人数《にんじゆ》を催《もよふ》し。探題職《たんだいしよく》を討《うた》んと（廿三オ）責《せめ》よするの風聞《ふうぶん》。甲斐国《かひのくに》の守護代《しゆごだい》鎧《よろひ》もちぎれ手《て》をおひながら。大庭《おほには》にひざまつき。甲斐源氏《かひげんじ》信濃源氏《しなのげんじ》がひとつに成《なり》。我等《われら》が役所《やくしよ》へよせ懸《かけ》て。鎌倉《かまくら》の政道民《せいたうたみ》のくるしみ。先手初《まづてはじめ》によせたりと。おもひかけぬ合戦《かつせん》に。味《み》かた多《おほ》くうたれ。わたくしは数《す》ケ所《しよ》の疵中〻国《きずなか〳〵くに》にはたまらせじと。はりごしに乗逃来《のりにげきた》り。急《きう》に多勢《たせい》を向《むけ》られずば。御大事《おんだいじ》に及《およ》びなんと申上《あぐ》れば。三方四方《ばうはう》一時《じ》に起《おこ》る敵《かたき》のやうす。いか成時節《なるじせつ》とあはてさはげば高時入道《たかときにうだう》おどり上《あが》り。日本《につほん》は云《いふ》におよばず。もろこし三韓韃靼《かんだつたん》まで。ひとつに成《なつ》てせめよせたりとも。北条《ほうでう》の家《いへ》のゆるぐべきか物《もの》〳〵しやさはぐましと。あたりをにらんで立《たつ》たる所《ところ》に。武者《むしや》どころの預《あづ》*り岩代《いはしろ》一郎《らう》つゝしんで。河内国《かはちのくに》の郷士《がうし》楠 正成《くすのきまさしげ》。若年《じやくねん》なれども武《ぶ》（廿三ウ）略《りやく》の達者《たつしや》と承《うけたまは》る。めしよせられて一方《ほう》の御固《おんかため》になさるか又参《またまい》る事《こと》ならぬと申さば六波羅《ろくはら》へ仰《おゝせ》付られ。呼《よび》よせてだまし討《うち》。かゝる変異《へんゐ》の時節《じせつ》に勝《すぐ》れたる勇士《ゆうし》隠《かく》れ住《すむ》は後日《ごにち》のあたと。頻《しき》りに勧《すゝむ》る詞《ことば》のさき折《をり》。気遣《きづかひ》すな高《たか》が土《つち》ほぜり姉《あね》を盗《ぬすま》れ赤目《あかめ》が一類《るい》にたばかられし馬鹿《ばか》もの。何《なん》の勇士《ゆうし》よばはり軍《いくさ》は天《てん》に任《まか》する道《みち》と。おのか天《てん》に背《そむき》しおごりは心《こゝろ》つかず。いよ〳〵ほこりいさめを用《もち》ひず。国〻《くに〳〵》のうんざいめらが旗上《はたあげ》とはかたはらいたし。各〻《をの〳〵》申合夫〻《あはせそれ〳〵》に討手《うつて》を遣《つか》はし。一息《いき》にもみつぶせ。軍仕損《いくさしそん》じ返《かへ》りなば。首《くび》を刎《はね》一類《るい》迄の出仕《しゆつし》をとゞめよ。桜木《さくらぎ》が行衛《ゆくゑ》尋《たづ》ね来《きた》らば。敵《かたき》の大《たい》将《しやう》うちしより十双《さう》ばいの知行《ちぎやう》を与《あた》へん。こゝろが屈《くつ》した酒宴《しゆえん》〳〵といふについしやう軽薄《けいはく》のへつらひ武士《ぶし》ども御機嫌《ごきげん》取《とり》〳〵（廿四オ）呑《のめ》やうたへや一寸《いつすん》さきは闇《やみ》の夜《よ》と。一間《ひとま》に入《い》れば伺候《しこう》の面《めん》〳〵。あきれ果《はて》たる諸国《しよこく》の注進《ぢうしん》*。身《み》のほど知《し》らぬ奥《おく》のさはぎ。太鼓《たいこ》や三味《さみ》の音《おと》たかき。武勇《ぶゆう》の家《いへ》も時成《ときなる》かな。天《てん》の時有《ときあり》地《ち》のうけざる。折《おり》を得《え》たりや諸山《しよさん》の天狗《てんぐ》。高《たか》時入道《ときにうだう》に乗《のり》うつりしかとあやまたれ。義《ぎ》ある武士《ぶし》はかたづを呑《のみ》。眉《まゆ》をひそむるも断《ことはり》也。

三之巻終（廿四ウ）

南木莠日記《くすのきふたばにっき》 四之巻

目録

第一　忍路《しのびぢ》の旅粧《たびよそほ》ひ松《まつ》にかゝる藤房卿《ふぢふさきやう》

牡丹《ぼたん》の宮《みや》。御位《おんくらゐ》に即《つか》せ給《たま》ひ。九十五代の聖主《せいしゆ》と仰《あふが》れ。民《たみ》の望《のぞ》み明《あき》らかに。治《おさま》る雲井《くもゐ》の春霞《はるかすみ》。かゝれとてやは鎌倉《かまくら》の。非政道叡慮安《ひせいたうえいりよやす》からねば。高時入道《たかときにうだう》を亡《ほろぼ》さばやと。ひそかに公卿殿上人《くぎやうてんじやうびと》に。仰合《おほせあは》され。中《なか》にも万里小路宣房卿《までのかうじのぶふさけう》。一子中納言藤房卿《いつしちうなごんふぢふさけう》。忍《しの》びて河内《かはち》に下らせ給ふ。旅《たび》すがた。田舎《いなか》ざむらひに出立《いでたち》給ふ。一夜《いちや》がけ。楠《くすのき》が屋しきにこそはつき給《たま》ふ。都方《みやこがた》のものといふて此割符《このわりふ》。多門兵衛《たもんびやうへ》どのに見《み》せて給はれと宣《のたま》へば。門番《もんばん》どもかしこまり。内《うち》へ入りて暫《しば》らくありて。おとなめかしき者両人出《ものりやうにんいで》。先《まづ》〳〵こなたへと敬《うやま》ひ請《しやう》じ。上檀《じやうだん》の間《ま》に案内《あんない》すれば。程《ほど》なく正成《まさしげ》。礼服《れいふく》（二オ）正《たゞ》し罷《まか》り出頭《いでかうべ》をさげ。兼《かね》て雑掌中《ざつしやうぢう》迄進《しん》じおきたる割符《わりふ》。御持参《ごぢさん》あそばさるゝからは。藤房卿《ふぢふさけう》にてましますかと。ゐんぎんに相述《あひのぶ》れば。藤房《ふぢふさ》卿されば〳〵。北条家《ほうでうけ》のおごり日〻《ひゞ》に長《ちやう》じ。我君《わがきみ》いまだぼたんの宮《みや》と称《せう》せしとき。それがしが妹《いもと》桜木《さくらぎ》を御寵愛《ごてうあい》のところ。高時見《たかときみ》ぬ恋《こひ》にあこがれ。おしてうばひとるべき勢《いきほ》ひ。上《かみ》をないがしろにし。下《しも》をいたむる行跡《かうせき》。甚《はなはだ》ゑい慮易《りよやす》からず。天下《てんが》の大名小名心《だいみやうせうめうこゝろ》の趣《おもむ》くおもむかぬは格別《かくべつ》の事《こと》。いづれも鎌倉《かまくら》へしたがへば。迂闊《うくはつ》にも御《おん》たのみなされがたく。河内《かはち》の国《くに》に楠《くすのき》といふ。義士《ぎし》ありて。幸《さいわゐ》かな都《みやこ》に逗留在《とうりうある》よし。聞《きこ》しめし。たのみおぼしめさんとの計略《けいりやく》にて。家来花村伊織《けらいはなむらいをり》といふものを。藤枝左仲《ふぢえださちう》と名を改《あらた》め。大仏陸奥守《おさらぎむつのかみ》（二ウ）使者《ししや》に仕立姉浅《したてあねあさ》沢《ざは》を申請《うけ》たきと結納《いひいれ》の時節《じせつ》。そなたが一門《ひとま》へ伊織《いおり》をともなひ。委細《いさい》の訳《わけ》を聞届《きゝとゞけ》。ぼたんの宮《みや》の御心《みこゝろ》をやすめんと。姉《あね》あさ沢《ざは》にいひ含《ふくめ》。世上《せじやう》へはおさらぎ方《かた》へ嫁入《よめいり》と披露《ひろう》し。赤目《あかめ》が余類《よるい》にうばゝれたりとの取沙汰《とりざた》。誠《まこと》は宮《みや》の御殿《ごてん》へさし上。身《み》が妹《いもうと》桜木《さくらぎ》に仕《し》たて。常盤駿河守《ときはするがのかみ》に渡《わた》し。鎌倉《かまくら》へくだせし所《ところ》。相模入道《さがみにうだう》が内証事《ないしやうごと》。一門《もん》にも誰《たれ》ありて。智《ち》謀《ぼう》ある士《さむらひ》なき子細《しさい》。日日《にち〳〵》の様子《やうす》を通達《つうだつ》し。三《み》つ鱗《うろこ》のはた龍神《りうじん》にうばゝれしありさままで。くはしく知《し》れ時節《じせつ》を見合《みあはせ》勇士《ゆうし》七八人《にん》つかはし。内通《ないつう》のうへ首尾《しゆび》よく取返《とりかへ》されし段《だん》。お上《かみ》にも御悦《おんよろこ》び浅《あさ》からず。しかるに此度《このたび》。東国《とうごく》。西国《さいこく》。北国《ほつこく》。その外所〻《ほかしよ〱》の武士《ぶし》。又《また》は百姓《ひやくしやう》にいたるまで。入道《にうだう》を恨《うらみ》旗《はた》を上《あぐ》るの（三オ）風聞《ふうぶん》。これ全《まつた》く北条家《ほうでうけ》を天《てん》の亡《ほろぼ》す時《とき》なるべし。相模入道《さがみにうだう》おのれが非義《ひぎ》をかへりみず。いつ何時《なんどき》我君《わがきみ》を取《と》ておし込《こめ》奉《たてまつ》らんも計《はか》りかたし。これによりてひそかにそれがしを遣《つか》はされ。自然《しぜん》さやうの事《こと》もあらば。君都《きみみやこ》を御開《おんひら》き有《あ》つて此河内《このかはち》の国《くに》へ臨幸《りんかう》なるべし。御味方《おんみかた》申《もうし》上叡慮《あげえいりよ》を安《やすん》じ奉《たてまつ》られよと。御頼《おんたのみ》とのたまへば。正成時《まさしげとき》に廿九歳《さい》。都《みやこ》にて御使《おんつかひ》下されしは。某《それがし》いまだ十九歳《さい》。姉鎌倉《あねかまくら》へ下《くだり》し。凡拾年高時《およそじうねんたかとき》につかへさせ。彼《かれ》が心服《しんぷく》一族《ぞく》の心立《こゝろだて》。武器《ぶき》のたしなみ迄《まで》。聞《きゝ》ぬかせ。此方《このほう》へ取返《とりかへ》したれば。恐《おそ》るゝに足《たら》*らずといへども。某何《それがしなに》を申《もうし》ても。数代百姓同前《すだいひやくしやうどうせん》の郷士《がうし》なれば。一方《ほう》の大将《たいしやう》にたゝん事《こと》。天下《てんか》の軍勢《ぐんぜい》おもひつかん事《こと》おぼつかなし。かゝる時節《せつ》もあらんかと。姉《あね》を奪《うばは》れ（三ウ）たる腰《こし》ぬけと。風説《ふうせつ》させ。取《とる》にたらぬ空気《うつけ》ものとなり。鎌倉より棹をいれられぬ工夫《くふう》。先《まづ》これまでは致《いた》し課《おほ》せて候《さふらふ》。抑《そも〱》先祖《せんぞ》は敏達天皇《びだつてんわう》と申せど。王氏《し》を出《いで》て。遥《はるか》なる我身《わがみ》。天下《てんか》の為《ため》に一命《めい》を献《けん》じ。朝廷《てうてい》の御憑《たのみ》恐れあり。有難《がた》し。楠《くすのき》が家《いへ》の面目《めんぼく》。此上や候べき。君都《きみみやこ》をひらかせ給はゞ。いかにも此国へ御臨幸《ごりんかう》なし奉《たてまつ》り給へ。笠城《かさぎ》*の辺《へん》に御着座《ごちやくざ》ありて。南へさしたる木《き》の陰《かげ》に。やすませ給へば*宸襟《しんきん》も安《やす》くおぼしめすと。御夢《おんゆめ》は覚《さめ》たりとて。木《き》に南は楠といふ文字《もんじ》。

挿絵第一図

挿絵第二図

此国に楠といふものやあると。表向《おもてむき》よく勅《ちよく》あらば。万人のおもひ付《つく》こど*。ひきゝに水《みづ》の下《くだ》るがごとくなるべし。其勅諚《ちよくでう》を。楯《たて》とも城《しろ》とも心に込て。人数《にんじゆ》をしたがへ。不日《ふじつ》に北条《ほうでう》一家《け》を亡《ほろぼ》し。叡《えい》慮《りよ》をやすんじ（四オ）

挿絵第一図（四ウ）

挿絵第二図（五オ）

奉《たてまつ》らん事《こと》。正成《まさしげ》が方寸《ほうすん》の胸《むね》に有《あり》と。申上《もうし》れば。藤房感心斜《ふぢふさかんしんなゝめ》ならず。此旨具《むねつぶさ》に奏《そう》いたすべし。早《はや》罷《まか》り返《かへ》るべしとの給ふを。さま〲とゞめ一夜《や》の馳走大《ちそうおゝ》かたならず。金剛山《こんがうせん》の薯汁《いもじる》。柏原《かしはばら》の鮎《あゆ》鱠《なます》。慈興寺《じこうじ》の漬蕨《つけわらび》。野崎山《のざきやま》のほし干治《しめぢ》。鷲《わし》の尾《を》の桜漬《さくらづけ》。久宝寺村《きうほうじむら》の筍《たけのこ》。古川《ふるかは》のうなぎ。海《うみ》も和泉《いづみ》が近《ちか》けれども。俄《にはか》の用《よう》にたちがたし。道明寺《たうめうじ》の引飯《ひきいひ》。勧心寺《くはんしんじ》のうきふだんご。残《のこ》る方なくもてなして。明《あく》るあさまでさま〲の事《こと》。申合《もうしあはし》。送《おく》り帰《かへ》せば。藤房卿《ふぢふさけう》。道《みち》をしのび飛《とび》のり駕籠《かご》。いそぎ都《みやこ》に帰《かへ》りたまひける。正成《まさしげ》は家《いへ》の子所従《こしよじう》のこらず集《あつ》め。勅《ちよく》の趣《おもむき》身にとりてありがたき。申《もうす》まではなけれども。武具《ぶぐ》をためし刃《やいば》をとぎ。人《ひと》にそれかと心《こゝろ》つかれざるやうに。ひそかに用意有《ようゐある》べし。かゝる（五ウ）大慶亡父正玄《たいけいぼうふまさはる》ましまさば。いか計《ばかり》かは悦《よろこ》びたまはんと。仏壇《ぶつだん》に灯明照《とうみやうて》らし。一家諸《けもろ》とも拝礼《はいれい》し。よろこびの酒宴《しゆえん》をぞ催《もよふ》しける。

第二　双方《さうはう》見合《みあは》して油断《ゆだん》のならぬ勧進角力《くはんじんずもふ》

一旦《たん》の恥《はぢ》も忍《しの》べばすゝぐ時《とき》ありとかや。赤目《あかめ》の籟尊《らいそん》が一子《いつし》赤目太郎秀古《あかめたらうひでふる》。弥市《やいち》と替名《かへな》し入込《いりこみ》たれども。楠《くすのき》に見顕《みあら》はされうたるべき所《ところ》をたすかり。伯父《おぢ》赤目弾正秀兼《あかめのだんじやうひでかね》かたにかゝり居《ゐ》しが。おもへば無念晴《むねんはれ》がたく。先祖《せんぞ》より由緒有家《ゆいしよあるけ》来《らい》。其外《そのほか》あぶれものどもをかたらひ。三百余人《びやくよにん》河内《かはち》の国《くに》へおしよせ一戦《せん》に正成《まさしげ》を。討取《うちと》らんとのあらかじめ。すぐに打《うつ》たゝんとせしに。一門《もん》の中《なか》に赤目《あかめ》の伝《でん》八といふ（六オ）もの進《すゝ》み出《いで》。正成幼年《まさしげようねん》の時《とき》だに謀計《ぼうけい》すさまじかりし。今《こん》日《にち》の奇謀《きぼう》多勢《たぜい》を頼《たの》みにうか〳〵と。寄《よ》する事《こと》は心《こゝろ》もとなし。何《なに》とぞ能　謀《よきはかりこと》もとおもひめぐらし。ひとつの工夫《くふう》を編《あみ》いだしたり。勧進相撲《くはんじんずもふ》をとり組《くみ》。楠《くすのき》が屋しきとなり村《むら》にて興行《こうぎやう》し。透《すき》をうかゞひ夜討《ようち》に取《とり》かゝりなば。不意《ふゐ》をうたれていか成　楠《なるくすのき》も。一戦《せん》にもおよばす打負腹《うちまけはら》きらんは必定《ひつでう》と。三百人《びやくにん》と云《いふ》もの故《ゆへ》もなくしてよせゆかば。追《おい》ゝ注進《ちうしん》して要害《ようがい》をかためんは知《し》れた事《こと》。此儀《このぎ》いかゞと相談《さうだん》すれば。いづれも尤《もつとも》と同心《だうしん》して。さあらば相撲《すもふ》の用意《ようゐ》せんと。下帯《したおび》いく筋《すぢ》も催《もよ》ふさせ。櫓太鼓《やぐらたいこ》は陳太《ぢんだい》こ。四本柱《ほんばしら》に弓《ゆみ》つゞみ。荷物《にもつ》に武具《ぶぐ》おし隠《かく》し。おせや〳〵ととりいそぎ。難波《なには》へ着《つけ》ば人《ひと》を（六ウ）つかはし。芝居《しはゐ》の万事付《ばんじつけ》とゞけ。諸事《しよじ》に心《こゝろ》を配《くば》るべしと。頓《やが》て。皆〻《みな〳〵》河内《かはち》に至《いた》り。此所《このところ》の守護代《しゆごだい》なき折《をり》から。楠《くすのき》が屋敷《やしき》の近隣《きんりん》は。こと〳〵く楠私領《くすのきしれう》と聞《きゝ》しかば。相撲興行《すもふこうぎやう》いたしたきむね。願《ねが》ふにぞ。恩智《おんぢ》七郎《らう》合点《がてん》せず。此砌《みぎり》他国《たこく》もの入《いり》こませる事《こと》。御無用《ごむよう》といへば。正成聞《まさしげきゝ》ていやそのやうに窮屈《きうくつ》にいふては事《こと》せまし。某《それがし》存《ぞんず》るむねあれば。いかにもすもふはゆるすべし。去《さり》ながら。けんくは口論無《こうろんむ》やうそのうへ。すまふとりども花美《くはび》の衣服《いふく》をとゞむべし。所《ところ》のもの共《ども》おごりを見習《みなら》ふ基《もと》となれば。すまふ溜《だま》りは此方《このほう》より番所《ばんしよ》を立置《たておく》あいだ。暑時分《あつきじぶん》なれば。いづれも裸《はだか》にて芝居《しばゐ》へ入《いる》べし。行司《ぎやうじ》はかたびらあさがみしもをゆるしてくれる。刀《かたな》わきざし一腰《こし》も罷《まか》りならず。芝居《しばゐ》も（七オ）此方《このほう》より建《たて》て遣《つか》はさん。これは某《それがし》も見物《けんぶつ》したき心有《こゝろあり》入用《いりよう》は施《ほどこ》すべしと。申渡《もうしわた》せば願《ねがひ》に来《きた》りし男立帰《おとこたちかへ》り。此《この》よしをかたるに。いづれもよろこび高《たか》で相撲場《すまふば》では討《うた》れぬ道理《だうり》。夜討《ようち》を心《こゝろ》懸《がく》る事《こと》なれば。すまふ場《ば》へはだか苦《くる》しからず。さすがの楠《くすのき》も心《こゝろ》づかぬは天《てん》の与《あた》へと。初日《しよにち》を極《きは》めすぐに定日近日《でうにちきんじつ》にて。正成大工数十人《まさしげだいくすじうにん》に申渡《わた》し。五十間四方《けんよほう》の板《いた》がこひを。かすがひどめにかたく打付《うちつけ》。上《うへ》は一重《ひとへ》のむしろにて。土俵《どひやう》四本柱《ばしら》まで見事《みごと》につかせ。木戸《きど》を一方口《ほうぐち》にして。三重《みえ》に構《かま》へて桟敷《さんじき》たて廻《めぐ》らし。すでに初日《しよにち》に成《なり》にける。桟敷場《さんじきば》のにぎはひ夥《おびたゞ》しく。東西《とうざい》を分《わけ》て土俵《どひやう》入。前《まへ》ずまふより取《とり》はじめ。段〻《だん〱》取上《とりあげ》一方《ほう》は。小結《こむす》び一方《ほう》は関《せき》わき。是《これ》が今日《こんにち》の中入《なかいり》といふとき。表《おもて》のかたざはつき（七ウ）出《いだ》し。近年此辺諸方《こんねんこのへんしよほう》のやじりを切盗人《きりぬすびと》五六人。芝居《しばゐ》の内《うち》へ紛《まぎ》れ入《いり》たり。見物《けんぶつ》の分残《ぶんのこ》らずしめ出《いだ》しにて。吟味《ぎんみ》し其《その》ぬす人だにとらへば*見物《げんぶつ》をふたゝび入《い》れて。中入《なかいり》より後《のち》をはじむべし。すまふ取《とり》には構《かま》ひなし。丸《まる》はだかのものは跡《あと》に残《のこ》り。かたびらきたる分《ぶん》は木戸《きど》へ出《いづ》べしと。役人《やくにん》五六人来《きた》りいひわたせば。見物《けんぶつ》は立《たち》さはぎ。皆〻《みな〱》表《おもて》へたち出《いづ》る。すまふとりにはかまひなしとは。安堵〱《あんど》といふ内《うち》。表木戸三重《おもてきどみえ》ながら。兼《かね》て工《たくみ》し鎖《ぢやう》をおろし。俄《にはか》に上《うへ》の莚《むしろ》をまくれば。こは何事《なにごと》と見《み》上るところに。甲冑《かうちう》かためし武者《むしや》七八十。四方《しほう》のやねがわにぐるりとたち。おもひ〱の弓矢《ゆみや》たばさみ。さし*結引結《つめひきつめ》さん〱に射《ゐ》おろせば。赤目《あかめ》が一党太刀《たうたち》は扨置《さておき》かたびらさへ。身《み》に（八オ）まとはねば丸裸《まるはだか》にて。逃《にげ》まとふ。雨《あめ》のごとくにゐる矢《や》にせめられ。百《ひやく》四五十矢庭《やには》にしぬれば。残《のこ》るものどもいかゞせんと。板《いた》かこひをや破《やぶ》らんと。すれども鎹《かすがい》つよく打《うち》たれば。おもふ計《ばかり》で少《すこ》しもゆるがす。いよ〱射《ゐ》たつる矢《や》に迷《まよ》ひ。七八人に成《なり》たる中《なか》に。赤目《あかめ》の太郎秀古又《たらうひでふるまた》謀《はかりこと》のうらかゝれしと。悔《くやめ》ど甲斐《かひ》なし。桟敷《さんじき》の正面《しやうめん》かよひ道《みち》を付《つけ》たる故《ゆへ》。おもひもよらぬ恩《をん》智《ぢ》七郎《らう》。甲冑帯《かつちうたひ》し武者《むしや》廿人計《ばかり》引具《ひきぐ》し。あらはれ出《いで》。いかに秀古《ひでふる》。その方弥一《ほうやいち》と名《な》をかへて楠《くすのき》をうたんと謀《はかり》。高殿《たかどの》より真逆《まつさか》さま。岩《いわ》かどに身《み》を痛《いため》ねつ湯《たう》に苦《くる》しみ。かごの内《うち》の鳥《とり》なりしを。正成其頃《まさしげそのころ》は若年《じやくねん》ながら。親《おや》の敵《かたき》をねらふこゝろを感《かん》じ。一たんはゆるし返《かへ》されし。恩《おん》をもおもはず相《す》まふに事《こと》よせ。夜討《ようち》（八ウ）にせんとは愚《おろか》〱。相撲《すもふ》を願《ねが》ふと早《はや》それと。四相《しさう》をさとる楠《くすのき》正成《まさしげ》。今日《けふ》の手並《なみ》驚《おどろき》ならん。手垂《てだれ》の弓とりをゑらみ。其方を態《わざ》と除《よけ》て射《ゐ》させ。

某《それがし》罷《まか》り出《いで》。此たびもゆるし返《かへ》すべし。父の仇《あた》をおもふは武士《ぶし》の一道《だう》。もろこしの孔明《こうめい》は孟獲《もうくはく》をとりこにする事《こと》三たびにて。三度《さんど》△ながらゆるし帰《かへ》せし故事《こじ》に任《まか》せ。汝《なんぢ》一人木戸《きど》へ出《いだ》す。残《のこ》りし奴原《やつばら》それゐよと。下知《げぢ》にしたがふ矢《や》つぎ早《ばや》。さしつめてゐる手《て》だれの矢《や》さき。一人ものこらずゐころされければ。太郎壱人しなれぬものは命《いのち》にて。木戸《きど》へすご〳〵立出《たち》れば。かねてすまふの宿屋《やどや》に云付《いひつけ》。雑具《さうぐ》をあらため武具《ぶぐ》をとり上《あげ》。おもひもよらぬ三百領の鎧兜《よろひかぶと》。太《た》刀《ち》かたなを所得《しよどく》して。これこそ赤目《あかめ》太郎が太刀かたな（九オ）ならんとおもふに。衣類《いるい》さしぞへ。其分《そのぶん》では立退《たちのか》れまじ。是《これ》を着《ちやく》して罷《まか》りかへり。何《なん》たびにても品《しな》をかへ。手をかへて寄来《よせきた》れ。楠正成《くすのきまさしげ》があらん限《かぎ》りは。防ぎ見せんと追《おい》放《はな》てば。赤目《あかめ》太郎衣裳《ゐしやう》大小小脇《こわき》にかゝへ。面目《めんぼく》なげに立帰る。射《ゐ》てとりし死骸《しがい》を一つに埋《うづ》み。塚に築《つき》。山のはらに葬《ほうふ》り。末世《まつせ》の後《のち》にいたる迄。山原《やまばら》の射塚《づか》とは此時の名《な》とぞ聞《きこ》へける。射《ゐ》手の衆《しう》の手がらを分《わかち》。所得《しよとく》せし鎧はら巻《まき》太刀かたな。それ〳〵に与《あた》へ芝居《しはゐ》をたゝませかすがひ留《どめ》の厚《あつ》いたども。工合《くあひ》をかためて壁《かべ》のごとく。胡粉《ごふん》に塗上《ぬりあげ》やざまを切《き》らせ。所〻に釣環《つりくはん》をつけさせ。すはといふときひとへの塀《へい》の外にかけて。敵《てき》を塀際《へいぎは》までおびきよせ。切《きつ》て放《はな》し千《せん》尋《じん》の谷《たに》におとさん用意《ようゐ》のたくみ。（九ウ）扨《さて》こそ千早《ちはや》の一戦《せん》に。奇策《きさく》を廻《めぐ》らし名《な》を末世《まつせ》に残《のこ》し伝《つた》へし。名将《めいしやう》の。兼《かね》ての所存《しよぞん》ぞたくましき

第三　人《ひと》の心《こゝろ》を耕《たがや》す鋤鍬《すきくは》の夫婦合《めうとあひ》

己《おのれ》をかえり見て。退《しりぞ》く事《こと》を知《し》るものは。おのれを知《し》れる事《こと》人にまされば。身《み》を全《まつた》ふして伝ふとかや。こゝに青砥《あをと》八郎は遠州《えんしう》の片在所《かたざいしよ》。日蔵村《ひさまりむら》に鋤鍬《すきくは》を。取〻《とり〳〵》人は敬《うやま》へども身をへりくだり。女房《にようぼう》も八重菊《やえぎく》をあらためて。今《いま》はお楽《らく》と名《な》を付《つけ》て。身もらく〳〵とくらす中《なか》にも。姑《しうとめ》のあこうに孝行《かう〳〵》。人に勝《すぐ》れ所《ところ》のかゞみとみえにける。このあこうといふ

は青砥《あをと》左衛門が後妻《こうさい》にして。八郎が為《ため》には継母成《まゝはゝなり》しが。心《こゝろ》ねぢけて慾《よく》ふかく。五十《いそじ》には今《いま》二つ三つ（十ノ廿オ）髪《かみ》をたしなみ白粉《おしろい》して。としに似合《にあわ》ぬいろ好《このみ》。さま〲悪性《あくしやう》つのれども。八郎今は茂作《もさく》と名乗《なのり》。夫婦《ふうふ》ながら見ぬ顔《かほ》して。心を背《そむ》かず心《こゝろ》づかひ。めしつかふ者《もの》とては。男《おとこ》三人女《おんな》二人。いづれも畑仕事《はたけしごと》に出《いで》むかしは鎌倉の執権職北条貞時《しつけんしよくほうでうさだとき》朝臣《あそん》の息女《そくぢよ》なれども。ともに手伝《つだ》ふ世《よ》の有《あり》さま。茂作も鋤《すき》を打かたげ。我《われ》よりかせげば下《した》〲迄。ゆだんせぬと身をこらし。下女《げぢよ》の玉一人《たまひとり》母に付置《つけおき》。出《いで》さまにもやがて罷《まか》り帰《かへ》らんと。母《はゝ》を敬《うやま》ひたち出《いづ》る。此比よりし*隣家《りんか》へ引越来《ひきこしきた》りし浪人《らうにん》。剃《そり》さげ奴《やつこ》一人遣《つか》ひ。其身はばちびん器量《きりやう》するどく。新影軍太夫《しんかげぐんだゆふ》と名札《なふだ》を張《はり》。剣術《けんじゆつ》の指南《しなん》いひたてて。少《すこ》しは弟子もつきけるが。茂作は出《で》てゆく尻影《しりかげ》みるより。のつさ〲内《うち》へ入《いり》。台所《だいどころ》へ上《あが》るを（十ノ廿ウ）出向《でむか》ふあこうはにつこりうれしけに主《ぬし》さまようこそまづこなたへと。暖簾《のうれん》の内《うち》へともなひ。かねて文《ふみ》でも申《もう》す通《とおり》。あの茂作《もさく》めは自《みづから》がまゝ子《こ》なるが。夫青砥左衛門殿《おつとあをとさゑもんどの》は百姓《ひやくしやう》より武士《ぶし》と成《なり》。過分《くはぶん》の所領《しよれう》を下《くだ》されしに。親《おや》に似《に》ぬこしぬけにて。知行《ちぎやう》をさし上百姓《ひやくしやう》にかえる。比興《ひけう》もの。嫁《よめ》は北条貞時《ほうでうさだとき》どのゝ。娘《むすめ》にて。今《いま》の高時殿《たかときどの》のいもうとなれども。不通《ふつう》にて。嫁《よめ》のおらくには貞時殿大分《さだときどのだいぶん》の金《かね》をつけ。子孫《しそん》までの便《たよ》りとせよと。おくられしその金《かね》。一両《りやう》も私《わし》に見《み》せず。何《なに》とぞ取《とり》いだし心《こゝろ》の儘《まゝ》につかひたく。あれ成玉《なるたま》と云合《いひあはせ》。さま〲と家内《かない》をさがせど。置《おき》どころさらに知れず。しかるに此ごろとなりへ於前《おまへ》が宿《やど》がへしてござんした。殿風俗《とのぶり》見るよりしづ心《こゝろ》なく。思ひみだれ。玉《たま》を媒《なかだち》に御家《ごけ》（廿一オ）

挿絵第三図（廿一ウ）

挿絵第四図（廿二オ）

来《らい》まで頼《たのみ》しより。忍《しの》び〲の枕のかずも早《はや》二三度《ど》の御情《なさけ》。二世《せ》までも夫婦《ふうふ》でござんすぞへ。何《なに》とぞ茂作《もさく》をなきものにして仕舞《しまひ》。嫁《よめ》のおらくめをせごしたらば。金《かね》のおきどころはさつそく知《し》れん。その金《かね》を引《ひつ》たくり。おまへと二人他《た》国《こく》へ立《たち》のき。緩〻《ゆる〲》と契《ちぎ》りをこめたしといへば。軍太夫《ぐんだゆふ》打《うち》ゑみ。かくなじむは此世《このよ》ばかりの縁《えん》ならず。定《さだめ》て前生《ぜんしやう》よりのやくそくならめ。茂作《もさく》をころすは寝鳥《ねとり》をさすより安《やす》けれども。自分《じぶん》が手《て》をおろしては。下手人《げしゆにん》の科《とか》のがれがたし。一端此《たんこの》ところを立《たち》のきても。行《ゆく》さき〳〵へ尋《たづ》ね。ゆる〳〵連添段《つれそふだん》へはゆくまじ。はて何《なん》としたものと。手《て》を組《くん》でしばらく思案《しあん》し。身《み》が召《めし》つかふ弥太八《やだはち》といふやつこめ。手達者《てだつしや》にて心《こゝろ》づよく。兼《かね》て身《み》が仕込《しこみ》おきたれば。剣術《けんじゆつ》（廿二ウ）やはらくらからず。きやつをしのびいれ。茂作《もさく》が寝《ね》入ばなぐつと只《たゞ》一かたな。嫁《よめ》のおらくを釣《つり》あげて。金《かね》の有所《ありしよ》は先《まづ》とはず。密夫《みつふ》を忍《しの》ばせころせしと。おもて向《むき》はとりなして。其後《そのゝち》そろ〳〵金《かね》の事《こと》にかゝり。責落《せめおと》して見るが上分《じやうぶん》別《べつ》。また弥太《やだ》八は其場《そのば》より行衛《ゆくえ》知《し》れず欠落《かけおち》させん。少《ちつ》とも気《き》づかひし給ふなと。いへばあこうも打《うち》うなづき。さつても智恵《ちゑ》かな文珠《もんじゆ》さまと。よろこびいさみこりや玉《たま》よ。御酒《ごしゆ》ひとつといふに玉《また》はさて〳〵。能気味心地《よいきみこゝち》よい事《こと》承《うけ給は》り。こゝろがしよぎ〳〵いたします。御二人《おふたり》おのきなさるゝならば。わたくしも御とも致《いた》しいつ迄《まで》も。御奉公《ごほうこう》とさかづきいだせば。軍太夫《ぐんだゆふ》なむ〳〵とうけてあかうに付《つけ》ざし。あこうはこれ玉《たま》あすといふも心《こゝろ》がせく。則《すなはち》こよひ弥太《やだ》八をそちがひそかに（廿三オ）案内《あんない》して。茂作《もさく》めをころさせよ褒美《ほうび》にほしき物《もの》きるものかたびら帯《おび》たんす。金《かね》も添《そ》へて嫁《よめ》入《いり》一しき望次第《のぞみしだい》にやるべし。最早《もはや》七ツ半《はん》の時計《とけい》。茂作夫婦《もさくふうふ》に帰《かへ》るに間《ま》も。長居《ながゐ》は無益《むやく》と軍太夫《ぐんだゆふ》。我《わが》家《や》に立帰《たちかへ》る。あこうは我慢《がまん》いよ〳〵つのり。玉油《たまゆ》断《だん》すな自《みづから》は。頭痛《づつう》がするとはややすまん。夜更《よふけ》な

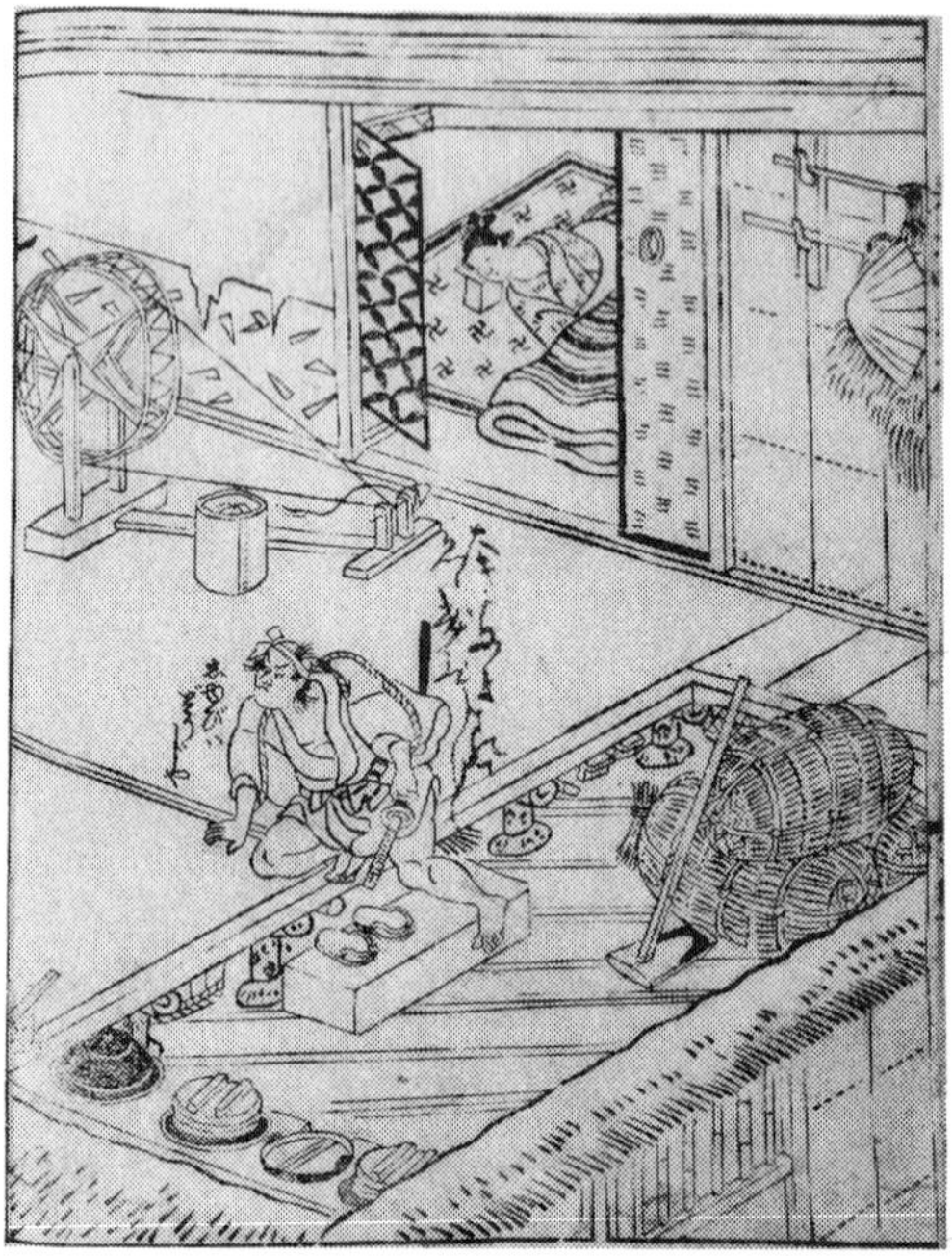

挿絵第三図

挿絵第四図

ば門《かど》の戸《と》そつと明《あけ》て弥《や》太《た》八を忍《しの》ばせよ。仕損《しそん》ずな
と奥《おく》の一間《ま》に入《いり》にける。茂作夫婦《もさくふうふ》おとこ女田《をなこた》の草《くさ》
しまふて立帰《たちかへ》り。手《てんで》に〳〵手伝《てつだ》ふ夕飯《ゆふめし》の。膳《ぜん》も済《すめ》
ば皆《みな》〻くたびれ。部屋《へや》〳〵に引《ひき》こみやすめば。茂《も》
作《さく》も草臥《くさびれ》ながら。母《はゝ》じや人の頭痛気《づつうき》づかはしと。
ゆかんとするを玉《たま》がおしとめ。二人の衆《しう》が見廻《みまは》ふ
といふも。寝《ね》いりばなおこされてはめいわく。か
ならずとめよと呉〻《くれ〴〵》仰《おゝせ》られしと。(廿三ウ)聞《きい》てお
らくは心元《こゝろもと》なや。去《さり》ながら仰《おゝせ》をやぶらは御機嫌《ごきげん》
背《そむく》。茂作《もさく》どのもふねまいか。それもさふじや当分《とうぶん》
の風《かせ》でかなあるべし。六《むつ》かしきお生質《うまれつき》。あすの
やうすで北村《きたむら》の医者《ゐしや》をよび。お脈《みやく》をうかゞひもらふ。玉寝間《たまねま》の用意《ようゐ》せよと。夫婦打《ふうふうち》つれ玉《たま》もろとも寝所《ねどころ》へいれば。
やゝ有て玉《たま》は立《たち》いで。人《ひと》にかまはぬしんこわたくり。独精出《ひとりせいだ》す有明行燈《ありあけあんどう》ぎい〳〵いはせて夜《よ》をふかす。ほと〳〵し
のびの音信《おとづれ》。心得《こゝろえ》たちてそつと戸《と》を明《あけ》。弥太八《やだ》が出《いで》たちを見れば。腰《こし》ぎりのしゆばんにかたなさしこわらし。鉢巻《はちまき》し
めて首尾《しゆび》はよいかと。さゝやくくちを手《て》でおさへ。有明行燈《ありあけあんと》ふつと吹消《ふきけし》。手《て》をひき是《これ》へと案内《あんない》の。台《だい》どころの庭《には》より
背戸《せど》へとをりて。竹椽《たけゑん》づたひよこさまを。誰《たれ》とは知《し》らずがんどう灯《てう》ちん。ひとりがさげて(廿四オ)今《いま》ひとりは。手鑓《てやり》
そばめてぐつと突《つく》。図《づ》はたがはず弥太八が。よこ腹右《ばらみぎ》より左《ひだり》へつき貫《つら》ぬけば。もがき苦《くる》しむそのひまに。懐《ふところ》へ金子《きんす》一
包《つゝみ》おし込《こみ》。やれ出《で》あへとさはぐ声〻《こへ〴〵》。家内《かない》の男女欠付《なんによかけつけ》〳〵。火《ひ》をとも盗人《ぬすびと》めにつくい奴《やつ》とよばゝる声《こへ》に。玉《たま》は我《わが》

ねどころに入《いり》。たつた今起上《いまおき》りしかほつきにて。何事《なにごと》ぞと立出《たちいづ》る。あこうはおどろき居間《ゐま》の障子《しやうじ》。さつとひらき立出《たちいづ》れば。*隣《となり》の弥太《やだ》八南無三方《なむさんぽう》と思へども。さあらぬ躰《てい》にて。いふても隣《となり》は御牢人《ごらうにん》とあれば。隠《かく》しては後日《ごにち》むつかし。人《ひと》をやれど*おひ〳〵知《し》らせば。軍太夫刀《ぐんだゆふかたな》おつとり欠来《かけきた》り。身《み》が家来《けらい》を誰《たが》*ころした。相手《あいて》をいだせ一分《ぶん》たゝぬと。せきにせいたる有《あり》さま。茂作《もさく》は出《いで》ず女房《にようぼう》おらく鑓引《やりひき》さげて。其又御浪人《そのまたごらうにん》の御家来何《ごけらいなに》とて（廿四ウ）夜更《よふけ》て。手前《てまへ》が内《うち》へは遣《つか》はされし。盗人《ぬすびと》と見しより突《つき》ころせしは。此らくさあ御返答 承《へんとううけたまは》らんといへば。軍太夫目《ぐんだゆふめ》をむき。是《これ》の下女《げぢよ》などに密通《みつつう》して忍《しの》びたらんも知《し》れざるに。武士《ぶし》の家来《けらい》を盗人《ぬすびと》とは。堪忍《かんにん》ならずと弥太《やた》八を。呼《よび》かへせども急所《きうしよ》の深手《ふかで》。事《こと》*されければ疵《きず》あらためんと。帯《おび》とけば懐《ふところ》より。茂作印《もさくゐん》と封《ふう》の有金子拾両《あるきんすしうりやう》ころ〳〵と出《いつ》れば。軍太夫《ぐんだゆふ》も打《うち》しほれ。はて下〻《した〳〵》の出来《でき》ごゝろ。万事御免《ばんじこめん》と尻《しり》こそばく逃帰《にげかへ》れば。死骸《しがひ》を村外《そんぐはい》にすてさせ。新《しん》かげ軍太夫抱《ぐんだゆふかゝへ》の盗人《ぬすびと》と。札《ふだ》をたてける儘《まゝ》。村《むら》の出合《であひ》も成《なり》がたく。夜《よ》ぬけにせんとぞ支度《したく》しける。下女《げぢよ》の玉《たま》は茂作《もさく》と内意《ないゐ》をしめし合《あは》せ。悪事《あくじ》を告《つぐ》る忠《ちう》ある女《おんな》と。今《いま》こそおもひあはされける

四之巻終（廿五オ）

○此所に書しるし御知らせ申上候
役者芸品定秘抄《やくしやげいしなさだめひせう》
耳塵集《にぢんしう》　全部二巻
右は去ル寛延三午年ニ本出し申候役者大全ニ書のせ置《おき》申候優家《ゆうか》七部書の内の一部にて御座候本文者古人道外形の名人金子吉左衛門延宝年中より元録*年中迄の上手名人の云置ける事を具に書記したる書にて評者甚秘蔵仕ける密書《みつしよ》也此書を考《かんがへ》置《おき》年〻出し申候芸品定の問答善悪《ぜんあく》弥明らかに見え申候則来ル三月節句より本出し申候御求御覧奉頼上候
以上
板元八文字屋八左衛門（廿五ウ）

南木莠日記《くすのきふたばにっき》 五之巻

目録

詠居《ながめゐ》る間《ま》にほの〳〵と赤目寺《あかめでら》
幾久《いくひさ》〳〵と納《おさま》れる大祝寿《おほことぶき》（一ウ）

第一　赤目《あかめ》青砥《あをと》が色《いろ》に迷《まよ》ふくらがり

将《しやう》の謀《はかりこと》もる、段《だん》にはあらず。万事《ばんじ》茂作《もさく》に先手《せんて》こされ。村《むら》の住居《すまゐ》も成《なり》がたく。しかれども万事取《ばんじとり》しまふて立退《たちのか》んと。一両日《りやうにち》は見合《みあは》しける。夜《よ》に入《いり》て裏《うら》の塀《へい》づたひ。忍《しの》び来るものあり。怪《あや》しやと。軍太夫《ぐんだゆふ》。かたなおつとり鍔元《つばもと》くつろげ。透《すか》し見れば。茂作《もさく》がはゝのあかう。是《これ》そこへ請取《うけとつ》てと。財布《さいふ》に入《い》れし金《かね》をなぐれば。あぶないといだきおろし。内《うち》へともなひ入《い》れば。あこういふ様《やう》。くれ〳〵悪《にく》きは玉《たま》がしはざ。喰付《くひつき》てなりともころさんとおもふ内《うち》。それを察《さつ》してや親元《おやもと》へ茂作《もさく》めが返《かへ》しおきたり。最早金《もはやかね》の有所《ありしよ》知《し》れまじきと。（二オ）茂作夫婦《もさくふうふ》が留主《るす》をうかゞひ。常《つね》に掛硯《かけすゞり》のひきだしに入れておく。麦《むぎ》を売《うり》*溜《だめ》。金《きん》七拾両余《じうりやうあま》り盗《ぬす》み出《いだ》して参《まい》りたり。約束《やくそく》のとをりいづかたへ成《なり》とも。いざなひ夫婦《ふうふ》になつて下《くだ》されと。しなだれかゝるをつきとばし。財布《さいふ》あ希《け》てむ、七拾両余《しうりやうよ》は慥《たしか》にありと。懐中《くはいちう》し。これ死《しに》ぞこなひの狸《たぬき》ばゝ。それがしそちに口説《くど》かれ。いかにも夫婦《ふうふ》にならふといひしは。茂作《もさく》めをころし金《かね》をしてやり。その方《ほう》に鼻明《はなあか》させて立退思案《たちのくしあん》。これには段〻子細有《だん〳〵しさいあり》。云聞《いひきか》せてからが無益《むやく》の事《こと》ども。玉《たま》とやらんにだまされしは。そちが心《こゝろ》の働《はた》らきのない故《ゆへ》ならずや。身《み》は此所《このところ》を立《たち》のくに極《きは》めたれど。ちやんが一文《もん》ない故《ゆへ》。その工面《ぐめん》の胴《どう》ぶくらへ。七拾両余《じうりやうよ》とは忝《かたじけな》し。おばゝこれ（二ウ）置《おい》て去《いん》でやすまれよと。いへばあかうは興《けう》さめがほ。扨《さて》は金《かね》をとらん為《ため》にわしをだましやつたの。いひかはせし妹背《いもせ》の中《なか》。いづくまでも行《ゆか》ねばおかぬと。むしやぶりつくを。つき飛《とば》し〳〵すれどもなを〳〵とりつき。さふうまふはさせぬ。其金《そのかね》を只《たゞ》やらふか。かへせ〳〵と次第《しだい》に声高《こはだか》もてあまし。軍太夫是非《ぐんだゆふぜひ》なく刀《かたな》。するりとぬく手《て》も見せず。ぐつと通《とを》せば。こりや金《かね》もかへさず連《つれ》ても行《ゆく》まい為《ため》にころすのかと。もがき立《たつ》れば。しばしゑぐりを留《とゞめ》。訳《わけ》を知《し》らねばうらむるも尤《もつとも》。身《み》が軍太夫《ぐんだゆふ》といふは仮《かり》の名《な》。本名《ほんめう》は赤目《あかめ》の籟尊《らいそん》が悴《せがれ》。赤目太郎《あかめたらう》秀古《ひでふる》といふもの。河内国《かはちのくに》楠《くすのき》まさ成《しげ》に恨《うらみ》ありて。さま〳〵心《こゝろ》を砕《くだく》といへども。彼《かれ》が智略《ちりやく》に二度《にど》の恥辱《ちじよく》すゝぎがたく。何《なに》とぞ大軍《たいぐん》を催《もよふ》し。此辱《はぢ》（三オ）を雪《きよ》めんとおもへども。軍用金少《ぐんようきんちつと》もなければ。心《こゝろ》ばかりに月日《つきひ》をおくる。しかるに当村《とうむら》にて茂作《もさく》といふは。むかしの青砥《あをと》八郎《らう》と聞付《きゝつけ》。女房《にようぼう》は貞時《さだとき》の息女《そくぢよ》にして。密《ひそか》にかれに給《たま》はりし金子有《きんすあり》と。耳《みゝ》に入《い》るより能〻《よく〳〵》おもへば。青砥《あをと》とても遺恨《ゐこん》あるもの。これを討《うつ》て金《かね》をうばひ。甲冑武器《かうちうぶき》の用意《ようゐ》せんと。態〻《わざ〳〵》*憐《となり》へ引越《ひきこし》しに。おもひがけなきそちが悪性《あくしやう》。是天《これてん》のあたへと心《こゝろ》に染《そま》ぬ念比《ねんごろ》ぶりをせしぞ。責《せめ》て此《この》七十両余《りやうあま》りなければ。父《ちゝ》のかたきうたれず。是非付来《ぜひつききた》らんとあるゆへに害《ころ》すと。いふ手《て》にすがりあこうは苦《くる》しき息《いき》のした。むゝすればこなたの稚名《おさなな》は熊若《くまわか》とはいはなんだか。はて能知《よふし》つたと打驚《うちおどろ》き。ながむる顔《かほ》をふり上《あげ》て。籟尊《らいそん》どのゝ妾《てかけ》おしほとは自《みづから》が（三ウ）事《こと》。こなたを十八にて産《うみ》おとし。いとま出《いで》て流浪《るろう》せしに。ふとした縁《えん》にて三十越《こし》。青砥左衛門《あをとさえもん》どのゝ奥《おく》がたへ奉公《ほうこう》し。奥《おく》がた死去《しきよ》の後《のち》いつとなく。後《のち》の妻《つま》と成継子《なりまゝこ》をにくむも。赤目《あかめ》の家筋絶果《いへすじたへはて》て。熊若諸方《くまわかしよほう》に難儀《なんぎ》すると聞《きゝ》。我身《わがみ》を放埒《ほうらつ》に持《もち》。男《おとこ》の魂《たましゐ》を見抜《みぬき》。わが産《うみ》し熊若《くまわか》を尋出《たづねいだ》し。あひたさに。道《みち》ならぬ道《みち》にまよひ我子《わがこ》とも知《し》らず枕《まくら》をかはし。二世《せ》の三世《せ》のとむつごと。いつの何《いづ》れの世《よ》にかすゝがん。籟尊殿《らいそんどの》の妾《てかけ》といふ事《こと》。左衛門殿《さゑもんどの》にもふかくつゝめば。今《いま》の茂作《もさく》はなを知《し》らず。継子《まゝこ》をころさんとせし我身《わがみ》が我実《わがじつ》の子《こ》にころさるゝ。

挿絵第一図

挿絵第二図

身《み》のなる果《はて》ぞかなしやな。なつかしの我子《わがこ》と見んとすれど。さゞめ言枕《ことまくら》かはせし畜生道《ちくしやうだう》。はづかしや悔《くや》しやと。せぐりなみだ。断《ことは》り（四オ）

挿絵第一図（四ウ）

挿絵第二図（五オ）

とこそ見えにける。赤目《あかめ》太郎《らう》ほろりとして。やあ母《はゝ》さまかといはんとすれど一ッ夜着《よぎ》。おもひ出《いだ》せば我身《わがみ》をつめり。武運計《ぶうんばかり》か人畜《にんちく》の。界分《さかいわけ》たぬ武士《ものゝふ》の。くさり縄《なわ》ともつゞれとも。譬《たと》へんかたも涙《なみだ》にくれ。ゐぐりかゝりし刀をば。そつとぬけばはつとたをれ。ふたゝび物《もの》をいはかねのつよき心《こゝろ》もくだけ果《はて》。おどり上り飛《とび》上り。これといふも楠《くすのき》をおもひかけし故《ゆへ》なれば。父《ちゝ》の仇《あた》を報《ほう》ぜん事《こと》。ひしびしほに成《なる》とても。ひるがへさぬこゝろを固《かため》て。立上《たちあが》れど。初《はじ*》て名のりし母《はゝ》の死骸《しがい》。母犯《はゝおか》したる罪《つみ》は払《はら》ふにも。はらひかねたるみな月《づき》の。空《そら》かき曇《くもる》をさいわゐに。紛《まぎ》れて在所《ざいしよ》を立《たち》のきける

第二　観心寺《くはんしんじ》粉《こ》を積上《つみあげ》た山《やま》の井《ゐ》が浅《あさ》からぬ謀《はかりこと》（五ウ）

鎌倉北条《かまくらほうでう》第九代《だいくだい》相模入道《さがみにうだう》平《たいらの》高時《たかとき》。いきほひを頼《たの》み我慢《がまん》つよく。国〻《くにぐに》に敵《てき》おこれど。更《さら》に是を事《こと》ともせず。成敗日《せいばいにち》

夜《や》に辛《から》くして。色《いろ》と酒《さけ》とのふた心ひざもとにおこらんもかへり見ざる其上《そのうへ》に。後醍醐天皇《ごだいごのてんわう》を遠《とを》き嶋《しま》に移《うつ》さんと。軍《ぐん》兵《びやう》をさしのぼすとの聞《きこ》へ隠《かく》れなく。藤房卿内奏《ふぢふさきやうないそう》あり。都《みやこ》を忍《しの》び出《いで》させ給《たま》ひ。ひそやかに河内《かはち》に臨幸有《りんかうあり》て。正成《まさしげ》が兼《かね》て申合《もうしあはせ》たる。御夢《おんゆめ》のとをり詔《みことのり》。楠《くすのき》をたのみ思《おぼ》し召《めせ》ば。正成《まさしげ》やがて千早《ちはや》に籠《こも》り。君《きみ》を守護《しゆご》し奉《たてまつ》れば。六波《は》羅《ら》の早馬《はやむま》頻《しきり》にたち。一旦《たん》六波《は》羅《ら》よりもよせたれども。立《たつ》あしもなく打《うち》まけしかば。安《やす》からぬ大事《だいじ》と成《なり》。鎌倉《かまくら》の評定《ひやうでう》とり〳〵にて。二階堂出羽入道道蘊《にかいだうではのにうだうだううん》を。大将《たいしやう》にて。百万騎《ひやくまんぎ》にて（六オ）欠《かけ》のぼれは。千早《ちはや》のふもとは一面《めん》に足《あし》をいるべき寸地《すんち》もなく。日夜《にちや》せむれど古今無双《こゝんぶさう》の正成《まさしげ》が。謀《はかりこと》に毎《まい》日打れ手《て》を負《おふ》もの員《かず》を知《し》らねば。二階堂《にかいだう》も責あぐんでぞ見へける所に。武者一騎《むしやいつき》。従者《じうしや》両人大将《たいしやう》の陣《ぢん》に参上《さんじやう》す。敵《てき》か味《み》かたか名乗《なのれ》〳〵と取《とり》まはす。武士《ものゝふ》少《すこし》も動《どう》ずるけしきなく。是は鎌倉どのゝ御家人《ごけにん》なりし。赤目籟尊《らいそん》が嫡男《ちやくなん》赤目太郎秀古《ひでふる》と申す者《もの》なるが。亡父《ばうふ》は楠と青砥《あをと》八郎なれ合《あひ》六波《は》羅《ら》の。おさらぎ陸奥守殿《むつのかみどの》をだき込《こみ》。敢《あへ》なき最期《さいご》の後《のち》。流浪《るろう》の某《それがし》。何《なに》とぞ楠を討《うつ》て父《ちゝ》がうらみをはらしたき心願《しんぐはん》ゆへ。此御《ご》陣《ぢん》へ加《くはゝり》申度《たく》。父《ちゝ》が儀《ぎ》は御免《ごめん》を蒙《かうふ》り。私《わたくし》を御味《おんみ》かたになされ下されなば。一つの謀《はかりこと》を以《もつ》て一戦《せん》に正成《まさしげ》を。ほろぼし（六ウ）申《もう》さんと申入《いる》*るれば。大将始《たいしやうはじめ》。父《ちゝ》が事《こと》はともかくも。差当《さしあた》つて責《せめ》あぐんだる此城《このしろ》。一戦《せん》に討破《うちやぶ》らんとは。能《よく》〳〵手覚《ておぼ》へある事《こと》ならめと。対面《たいめん》あり。して又其謀《そのはかりこと》とはいかなる術《てたて》ぞと。尋《たづね》らるれば。赤目《あかめ》の太郎。兜《かぶと》をぬぎ。楠《くすのき》が母山《はゝやま》の井同姉浅沢《ゐおなじくあねあさざは》などは。観心寺《くはんしんじ》に隠《かく》しおきたり。捕《からめ》とりて人質《じち》とし是を陣頭《ぢんとう》にたて。軍《いくさ》せば。いかなる楠もせんかたなく。降参《かうさん》するは必定《ひつでう》。右《みぎ》の者《もの》ども観心寺《くはんしんじ》にかくれたる事は訴人有《そにんあり》て隠《かく》れなしと。聞ていづれも是社至極《これこそしごく》の術《てだて》なれ。しからば其母《そのはゝ》や。姉《あね》を奪《うば》ひとりて来《きた》らば。当座《とうざ》の感状後日《かんじやうごにち》の所領《しよれう》。広太《くはうだい》たるべしとの仰《おゝせ》を聞《きゝ》。只今《たゞいま》浪人の身上《みのうへ》。人数《にんじゆ》をもたず。あはれ御人数《ごにんじゆ》をかしたまはれと。望《のぞみ》にまかせ侍大将《さむらひだいしやう》一かしら。騎馬《きば》の（七オ）武士《ぶし》三十。歩《かち》武者《むしや》二百添《ひやくそへ》らるれば。赤目《あかめ》太郎は悦《よろこび》いさみ。観心寺《くはんしんじ》へぞ趣向《おもむき》ける。観心寺《くはんしんじ》の長老《ちやうらう》。義問律師《ぎもんりつし》は。楠無二《くすのきむに》の懇意《こんゐ》ゆへ。母儀《ぼぎ》を始《はじめ》女中《ぢよちう》を預《あづか》り。寺外《じぐはい》にはさかもぎ引《ひき》はへて。要害《ようがい》きびしく守《まも》られける。赤目が軍勢幡《ぐんぜいはた》さし上。惣門《そうもん》におしよせて。鎌倉殿よりの打手《うつて》なるぞ。楠《くすのき》がゆかりの者残《もののこ》らず。渡せわたさずんは。焼討《やきうち》せんと見上《みあぐ》れば。惣門《そうもん》より少《すこ》し隔《へだて》て高く仕《し》つらふ寺《てら》の二階《にかい》。障子《しやうじ》ひらきて打かけ姿《すがた》。程遠《ほどとを》ければしかと見えねど。二三人上《かみ》に立《たち》。腰《こし》もと大勢《おほぜい》かしづきて。琴三味線尺八胡弓《ことさみせんしやくはちこきう》の哥《うた》も今様《いまやう》の。声《こへ》おもしろく軍勢に。おどろかぬ躰赤目《ていあかめ》太郎。気をいらち。その門打破《やぶり》乱《みだ》れ入《いれ》よ。かしこまりしとかけやさい槌《づち》。ふり上〳〵うつ音《をと》にも。かまはゞこそ（七ウ）いよ〳〵たのしむ二階《にかい》の秘《ひ》曲《きよく》。*熊〻《よく〳〵》見《み》れば笑《わら》ひつ舞《まふ》つ。酒宴《しゆえん》の躰《てい》。赤目《あかめ》太郎かふりふり。門破《もんやぶ》る事待《ことま》て〳〵とおしとゞめ。某両度《それがしりやうど》迄《まで》楠に仕付《しつけ》られたも。大《おほ》かた此格《かく》。坊主《ぼうず》ばら少〻《しやう〳〵》侍付《さふらいつけ》たりとて。今責《いませめ》よせて門を破《やぶ》るに一人も出合《いであは》ず。それを見《み》ながら琴《こと》さみせん。何《なに》とやらん気味《きみ》あしゝ。こりや又《また》門を破《やぶ》つたら。おとし穴《あな》へすぽんとおとす仕《し》かけか。いかさまにも楠が一《ひと》思案《しあん》して置《おき》たるへ。此方《このほう》からはまるは智略《ちりやく》なしと。いふ詞《ことば》の下《した》よりも。観心寺中堂《くはんしんじちうどう》の後《うしろ》にあげし狼烟《のろし》にびつくり。四方《しはう》にうしろをまかす手配《てくば》りと見えたり。ひくにも引《ひか》れず責るにも責《せめ》られず。いかゞはせんとうろたゆれば。二階堂《にかいどう》より付《つけ》たる物《もの》がしらども。是は又赤目殿《あかめどの》。是非《ぜひ》うばひ（八オ）とりますと。手《て》にとる様《やう》に仰《おゝせ》られしは。甚相違《はなはださうゐ》と門《もん》の節穴《ふしあな》より。内《うち》をのぞけば門《もん》より堂《どう》へは坂有。うしろに小高き岳《おか》見えたり。色〻《いろ〳〵》の旗《はた》をたて風《かぜ》に任《まか》する家《いへ》いへの紋どころ。ひるがへり。甲冑《かつちう》したる武者《むしや》いくたりと云《いふ》かず知《し》れず。居《ゐ》ならびて静《しづ》まりかへれば。いづれもおのゝきこれはならぬ。纔《わづか》の勢《せい》にて多勢にはあたりがたし。おびきいれてうつべき用意《やうゐ》。恐《おそ》しや〳〵とひとりが引《ひけ》ばふたりひき。赤《あか》目《め》もせんかたつき。腰《こし》ぬかしてぞ引《ひき》たく*ける。千早《ちはや》の城《じやう》には俄事《にはかごと》にて人数《にんじゆ》はこと〳〵くあつまりこもれば。女中《ぢよちう》のけいご心元《こゝろもと》なく。いろ〳〵の幡《はた》をたてさせ。藁人形《わらにんぎやう》に。油紙《あぶらがみ》仕《し》立の甲冑《かつちう》きせ。六七遍にならべおき。すは変《へん》といふ時は。のろしを相図《あいづ》に近郷《きんがう》の（八ウ）味かた欠附《かけつく》る約《やく》を定《さだ》め。観心寺《くはんしんし》には恩智《をんぢ》七郎をさきとして。百人計付《ひやくにんばかりつけ》おきたるに。黒犬《くろいぬ》にかまれたる赤《あか》目太郎。灰汁《あく》のたれかすにおちたる逃尻《にげじり》一度ならず二度ならず。三度にこりぬ執念《しうねん》を。ひるがへさぬぞ笑止《しやうし》なる

第三　今《いま》も長柄《なから》に朽《くち》もせぬ人《ひと》の行《ゆく》す衛《ゑ》

天運善《てんうんぜん》に与《くみ》して悪《あく》にこらしめをあたふ。古語《ふるきことば》けにいつはらぬ四時《しいし》の温冷《うんれい》。物いはねども人を以《もつ》てすと伝《つた》へしが。鎌《かま》倉《くら》へは新田義貞《につたよしさだ》おしよせ高時入《たかときにう》だうを亡《ほろぼ》し。六波羅《はら》へは足利尊氏《あしかゞたかうぢ》責《せめ》かけて。終《つい》に王化《わうくは》をむかしに返《かへ》し。楠正成《くすのきまさしけ》も千《ち》早《はや》をひらき。二階堂《かいどう》もにげくたり。目出たきためしの其中《そのなか》に。赤目《あかめ》太郎秀古《ひでふる》。（九オ）三度楠《どくすのき》におとし入られ。いよ〳〵無念骨髄《むねんこつずい》に徹《てつ》し。非人《ひにん》と成《なり》てねらへども。楠《くすのき》次第《しだい》に立身《りつしん》し。三ケ国《こく》の主とあがめられければ。赤目《あかめ》太郎我運命《うんめい》を観《くはん》じけるにやかしらを剃墨《そりすみ》の衣に身を略《やつ》し。摂津国長柄《ながら》に庵《あん》を結《むす》び。只《たゞ》一すじに称名極楽《せうめうごくらく》。人に恨《うらみ》は流《なが》れゆく月日をおしむ娑婆《しやば》の事《こと》。われは安養《あんやう》不退転《ふたいてん》の。都《みやこ》を願《ねか》ふ珠数《じゆず》の玉《たま》。殊勝《しゆしやう》にこそは見えにける。正成《まさしげ》ほのかに此よし聞《きゝ》。かれが愚《おろか》なるによりて。我《われ》を敵《かたき》とねらふは非《ひ》なれども。いくえにもしほらしきこゝろざし。一寺《じ》をとりたて安住《あんぢう》させんと。我に仇有《あたある》ものともおもはぬ寛仁大《くはんじんたい》度《と》。すでに一寺建立《じこんりう》して。赤目《あかめ》の籟円《らいえん》とあらためて。入院《じゆゐん》の儀式事終《ぎしきことおは》り。歴〻《れき》の能化《のうけ》を請《しやう》じ。説法《せつほう》あれは。（九ウ）参詣群集《さんけいくんじゆ》し。正成《まさしげ》の一属《ぞく》は。別間《べつま》

挿絵第三図

挿絵第四図

の襖《ふすま》さらりと明《あけ》させ聴聞有《ちやうもんある》。住持籟円《ぢうじらいえん》色衣《しきえ》を着《ちやく》し。其次《そのつぎ》にぞ座《ざ》し。程なく説法《せつほう》はじまれば。不可《ふか》説《せつ》の仏《ほとけ》の慈悲《じひ》。ちかひの網《あみ》に漏《もら》させまじとの。誓《せい》願《ぐはん》むなしからざる訳《わけ》を説易往而無人《ときいわうにむじん》と申て行《ゆき》やすき事《こと》は。只我胸《たゞわがむね》にあれども。其人《そのひと》なきには何故《なにゆへ》なれば。信《しん》といふものなきがゆへと。弁《べん》といひ学才《がくさい》といひ。残《のこ》るかたなき勧《すゝめ》に各《をの》〳〵随喜《ずいき》の涙《なみだ》をなかすところに。籟円衣《らいえんころも》ぬぎすて。懐剣《くはいけん》とりなをし。正成《まさしげ》につきかくれば。左《ひだり》のかたより恩智《おんぢ》七良《らう》うで首《くび》とらへて。動《うご》かさず。さては法《のり》の道《みち》に入りしとは偽《いつは》り。いまだ執念《しうねん》さらざるよな。此《この》うへは是非《ぜひ》に及《およば》す。こゝは仏場《ぶつじやう》なれば憚《はゞかり》あり。引《ひき》たて、野外《やぐはい》に首《くび》を討《うち》。（十ノ二十オ）

挿絵第三図（十ノ二十ウ）

挿絵第四図（廿一オ）

梟木《けうぼく》にさらさんとねぢ付《つく》れば。さま〳〵とかたちをかへ。品《しな》をかへねらひし甲斐《かひ》なく。かく手ごめに成事《なること》の無念《むねん》さよと。はら〳〵血《ち》の泪《なみだ》を流《なが》せば。最早《もはや》いふ事《こと》あるべからず。三度《ど》恥辱《ちぢよく》をとりてもこりぬ上《うへ》は。首討《くびうつ》より外《ほか》はなしと。引《ひき》立《たて》ゆかんとする所《ところ》へ。参詣《さんけい》のくんじゆの中《うち》より。四十ばかりの侍《さふらひ》おなじく女房《にようぼう》と見へて。ともに欠出《かけいで》。くすの木殿《どの》定《さだめ》て御見覚《おんみおぼ》へ有《ある》らん。青砥《あをと》八郎《らう》にて候。今《いま》は拙者儀《せつしやぎ》遠州《えんしう》日蔵村《ひさまりむら》の百姓《ひやくせう》。茂作《もさく》。是《これ》なるは女房《にようぼう》ながら北条貞時殿《ほうでうさだときどの》の娘《むすめ》。貞時殿北条《さだときどのほうでう》の運《うん》を見極《みきはめ》。われらと夫婦《ふうふ》になされ百姓《ひやくせう》と成《なり》。責《せめ》て娘《むすめ》がうみしす衛《ゐ》なりとも。世《よ》に伝《つた》へよとの御遺言《ごゆいけん》。すき鍬《くは》をとり子孫《しそん》をおもふ。然《しか》るに継母《まゝはゝ》あこうと申《もう》すを。それなる赤目《あかめ》太郎害《がい》して立退《たちのき》（廿一ウ）たる故《ゆへ》。敵《かたき》うつまではと元《もと》の青砥《あをと》に罷成《まかりなり》。女房《にようぼう》も姑《しうとめ》のかたき。一太刀《たち》なりともうたせて呉《くれ》よとの頼《たのみ》。余儀《よぎ》なくも同道《とうだう》いたせし所《ところ》。赤目《あかめ》太郎《らう》は出家《しゆつけ》し。籟円《らいえん》と名《な》をあらため。今日是《こんにちこれ》へ入院《じゆいん》と申事《こと》を聞出《きゝいだ》し。最前《さいせん》より聴衆《てうじゆ》に紛《まぎ》れ。ねらひ居《ゐ》たり。其坊主《そのぼうず》我《われ》〳〵へ下されかし。首討て本望達《ほんもうたつ》したしといへば。正成席《まさしげせき》を下《くだ》り礼《れい》を正《たゞ》し。天下に聞《きこ》ゆる賢者《けんしや》のたねと承《うけたまは》りしが。流石貴殿《さすがきでん》もいさぎよき。御心底感入《ごしんていかんじいる》と。籟円《らいえん》を引渡《ひきわた》さるれば。青砥夫婦《あをとふうふ》刀のむねを首に当《あて》。母《はゝ》の敵打たりといへば。籟円目《らいえんめ》をむき出し。やい茂作《もさく》なぜ首《くび》うたぬといふに。されば三衣《さんえ》を着《ちやく》したればとて。母《はゝ》のかたきはのがしがたし。しかれども汝《なんじ》。実《まこと》はあこう殿《どの》の子《こ》と云事《いふこと》。跡《あと》にて知《し》つたりと。いふより早《はや》く籟円《らいえん》は。（廿二オ）おらくが持《もち》し刀《かたな》ばい取《どり》。我腹《わかはら》へぐつと突《つき》こみ。楠《くすのき》をねらふ事《こと》も叶《かな》はず。何面目《なにめんぼく》にいきながらへん。又我《またわれ》をあこう殿《どの》の子《こ》と知《し》るべきやうはなきに。事《こと》のさはぎにとゞめをさゝざりし故《ゆへ》。あこうどの死《しに》かねて物《もの》がたり有しか。人畜分《にんちくわか》らぬ身《み》の上《うへ》。さらばと計《ばかり》おもひ切《きつ》たるきつさきなれば。忽《たちまち》いきは絶果《たへはて》たり。楠 恩智下知《くすのきおんぢげぢ》をなし。此寺《このてら》を赤目寺《あかめでら》と名付《なづけ》。ながく弔《とむら》ふ寺領《じれう》をあたへんと。茂作夫婦《もさくふうふ》を屋形《やかた》にともなひて。さま〳〵馳走《ちそう》し。朝敵家敵皆《てうてきかてきみな》ほろび。松《まつ》の千《ち》とせの若《わか》みどり。さかゆる春《はる》こそ目出《めで》たけれ

五之巻終

宝暦七年丑正月吉日

京ふや町通せいぐはんし下ル町

八もんじ屋八左衛門板（廿二ウ）

陽炎日高川

序

水《みづ》かへつて日高川原《ひたかがはら》の。真砂子《まさご》の数《かず》は尽《つく》るとも。間《ま》に合口《あひぐち》はつくべきかと。重《かさ》ねて心《こゝろ》を押《をし》もんでより。いよ〳〵大《おほ》きなもめとなりて。一人《ひとり》の男《おとこ》に二人《ふたり》の女房《にようぼう》。あちらをふめばこちらが上《あが》る。たゝらなら（初ロ一オ）ねど。金子《かね》は湯《ゆ》と成《なり》。終《つゐ》に山伏《やまぶし》がとり畢《をはん》ぬ。なんぼう恐《おそろ》しき咄《はなし》の半《なかば》を打込《うちこん》で見る天狗礫《てんぐつぶて》。あたりの強《つよ》ひ雷神《なるかみ》の狂言《けうげん》を引替《ひきかへ》て。五冊《ごさつ》とïし人さまの御手《おて》に入れぬ

宝暦八
寅のとし

作者　李秀
素玉改　自笑

（初ロ一ウ）

陽炎《かげろふ》日《ひ》高川《たかがは》

一之巻目録

㊀ 位定《くらゐさだめ》に虫《むし》の入《いり》たがるも丶川《がは》が巧《たくみ》

夫《それ》治極《ぢきはま》るときは。乱《らん》を生《しやう》じ。乱極《らんきはま》るときは。治《ぢ》を生《しやう》ず。寒尽《かんつく》れば。暖《さん》*に趣《をもむ》き。暖強《だんつよ》ふして又寒《またかん》に至《いた》る。四時《しいじ》の相変《あいかは》る事人倫《ことじんりん》尤《もつとも》をなじ。爰《こゝ》に人皇《にんわう》四十九代《だい》。南良《なら》の都《みやこ》に立《たゝ》せたまふ。光仁天皇《くはうにんてんわう》と申《もふし》奉《たてまつ》るは。仁政天《じんせいてん》にひゞき。徳化四《とくくはし》海《かい》にあぶれて。民《たみ》尭《ぎやう》舜《しゆん》の時《とき》をうたひぬ。一の宮他戸《みやたど》の皇子《わうじ》と申は。これに引《ひき》かへて御生質《をんうまれつき》。邪智猛悪《じやちもうあく》にまし〳〵。くだ〳〵しき御振舞《ふるまひ》。引《ひき》かゆる二の宮山《みややま》の部《べ》の親王《しんわう》には。御若年《ごじやくねん》といへども。后腹《きさきばら》にて天尊《てんそん》捨《すつ》る事《こと》あたはず。温良《をんりやう》の御よそほひ百官《ひやくくはん》百士《ひやくし》心腹《しんふく》して。したがひ奉《たてまつ》らずといふものなし。(三オ)比《ころ》は宝亀《ほうき》八年《ねん》。帝御悩《みかどごのう》によつて。皇太子《くはうたいし》の勅命《ちよくめい》有。御連枝《ごれんし》の御位定《をんくらゐさだ》めなれば。参議中《さんぎなか》の衛《え》の大将藤原《だいしやうふぢはら》の百川《もゝかは》は。おのれが儲《も》ふけの一の宮《みや》。他《た》戸《ど》の皇子《わうじ》を位《くらゐ》に即《つけ》奉《たてまつ》らんと。諸卿《しよきやう》をさし置《をき》ての押奏聞《をしそうもん》。左大弁小野《さだいべんをのゝ》の兼実《かねざね》は。他戸《たど》の宮《みや》一の皇子《わうじ》なれども。御母《をんはゝ》かたいやしければ。二の宮《みや》を帝位《ていゐ》に備《そな》へ奉《たてまつ》らんと。漢朝《かんてう》の例《れい》をひき。天津児屋根《あまつこやね》の古風《こふう》をさぐつて。后腹《きさきばら》の皇子《わうじ》に御位《くらゐ》を譲《ゆづ》らせたてまつらんと。さへぎつて言上《ごんじやう》す。百官《ひやくくはん》百士《ひやくし》をもひ〳〵に判談《はんだん》ありて。百日《ひやくにち》にをよぶといへど治定《ぢでう》せず。縁《えん》にひかれて宮《みや》〻がたには臨時《りんじ》のいのり。護摩《ごま》の煙黒《けふりくろ》ふすぼりになりて。御身《をんみ》に覚《おぼへ》もなき不動明王《ふどうみやうわう》をせぶらかせば。末《すへ》〳〵の輩《ともがら》は。愛宕《あたご》への裸《はだか》参り。祇園《ぎをん》への(三ウ)百日詣《も》ふでと。去《さり》とはさはがしき事《こと》どもなり。天皇《てんわう》もあぐみをはしまし。いかゞと案《あん》じ煩《わづら》はせ給《たま》ふところに。佗戸《たど》の皇子《わうじ》の家臣《かしん》。鷲塚弾正《わしづかだんじやう》。あやしき死《し》がいを戸板《といた》にかきのせさせ。庭上《ていしやう》に畏《かしこま》りて宝蔵《ほうぞう》の守護職《しゆごしよく》。神祇官《じんぎくはん》大江《おほえ》の友高《ともたか》。一通《つう》の書置《かきをき》を残《のこ》し腹《はら》十文字《もんじ》にかき切《きり》。腸《はらわた》をつかみ出《だ》し人前《まへ》を恥《はぢ》けるにや。つらの皮《かは》を引《ひき》め*ぐりて宝蔵《ほうぞう》の前《まへ》に打《うち》ふし候と訴《うつた》へければ。月卿雲客奇異《げつけいうんかくきゐ》のをもひをなし。互《たがひ》にあきれて返答《へんとう》にも及《をよ》ばず。時《とき》の武士真子《ぶしまなご》の正治兼春《しやうぢかねはる》。残《のこ》し置たる一通《つう》をひらけば。昨夜牛《さくやうし》みつ過《すぐ》る比《ころ》。鬼形《きぎやう》のごとくなるものこくうに来つて。宝蔵《ほうぞう》の破風《はふ》を蹴《け》はなし。十握《とつか》の御剣《ぎよけん》をうばひ取他戸《とりたど》の皇子《わうじ》の御即位《ごそくゐ》の折《をり》から。恙《つゝが》なく帰《かへ》しあたふべし。夫《それ》までは預《あづか》りをくぞ。我は天《あま》のさく女《め》が亡《ぼう》（四オ）

挿絵第一図（四ウ）

挿絵第二図（五オ）

霊《れい》也。神代《じんだい》のむかしの恨《うら》み今も此剣《けん》にありとて十握《とつか》の御剣《けん》を右《みぎ》の脇《わき》にはさみ。丑寅《うしとら》のかたへ逃《にげ》さり候。友高《ともたか》つばさなければ虚空《こくう》をもかけり得《え》ず。進退極《しんたいきは》まつて自滅《じめつ》に及《をよび》候。彼鬼形《かのきぎやう》の申《もうす》ごとく。御即位《ごそくゐ》を一の宮《みや》に御譲《をんゆづ》りましまさば。其時《とき》こそ宝剣《ほうけん》も本《もと》の御宝蔵《ごほうぞう》におさまるべし。返《かへ》す〳〵非業《ひごう》の死《し》をとぐる事《こと》。天命《てんめい》にもつき果仏佛三宝《はてぶつじんさんぼう》*も見《み》すてたまふ

挿絵第一図

友高《ともたか》が身《み》を憐《あは》れみたまへと。書残《かきのこ》したる一通三《つうさん》公《くはう》をはじめ北面鳥飼《ほくめんとりかひ》にいたるまで。手《て》の舞《まひ》あしの踏所《ふむところ》を覚《おぼ》えずか丶るあやしき凶事《けうじ》。古今《こゝん》いまだ其例《そのれい》をきかず。天下《てんか》とたんに落入《をち》べき前表《ぜんひやう》なりと。色《いろ》をうしなへば。君《きみ》もしんきんを悩《なやま》し給ひ。変化《へんげ》のもの丶なすわざといひ。其上死《そのうへし》をもつて誤《あやま》りをそぎなへば。疑《うたが》ふべき子細《しさい》もなし。只十握《たゞとつか》の（五ウ）剣《けん》の神上《かんあが》りし給ふ事《こと》。此御剣《このきよけん》は日《ひ》に影《かげ》の添《そふ》ごとく。しばしもはなれて王位《わうゐ》をたもちたる前《せん》例《れい》なし。是皆朕《これみなちん》が不徳《ふとく》によるもの也と。御泪《なみた》にむせばせ給ひ。すでに入御《じゆぎよ》ならんとし給ふを。真《まな》

挿絵第二図

子《ご》の正治兼春《しやうぢかねはる》階下《がいか》に手《て》をつかへ。此御剣《ぎよけん》の御行《をんゆく》すへ。*聊《さゝか》僉儀《せんぎ》の手《て》がゝりも候へば。恐《をそ》れながら私《わたくし》に吟味仰付《ぎんみをゝせつけ》られ下さるべしと。いへば。他戸《たど》の皇子《わうじ》目《め》をいからし憚《はゞか》りをかへりみぬたわけもの。すでに本人《ほんにん》は直筆《ぢきひつ》の一通《つう》を残《のこ》して。自滅《じめつ》すれば此上に何事《なにごと》か吟味《ぎんみ》の有《ある》べき。十握《とつか》の剣紛失《けんふんしつ》の上《うへ》は。彼《かの》鬼形《きぎやう》の詞《ことば》にまかせ丸《まろ》が位《くらゐ》をたもつときは。宝剣《ほうけん》もをのづからかへり来《く》るといふもの。おのれらがぶんざいにて御剣《きよけん》の僉儀《せんぎ》とは舌《した》なが也と。席《せき》をうつて宣《のたま》へば。百川《もゝかは》も肱《ひぢ》をいからし。菟角書《とかくかい》たものがものいふ世《よ》の中《なか》。あごたを動《うご》かさずとすつこんでおらふと（六オ）あたまへしに言破《いひやぶ》れと。正治《しやうぢ》ちつとも色《いろ》を変《へん》ぜす。古語《こご》に片《かた》〻に聞《きく》ときは必《かならず》かたましきを生《しやう》ずとて。たとへば大きなる板《いた》を肩《かた》に乗《の》せて道《みち》を歩《あゆ》めば。一方《ほう》は明《あき》らかにみゆれど。片《かた》一方《はう》は何《なに》が有やら見《み》る事叶《ことかな》はず。是《これ》を偏見《へんげん》となづけて。俗《ぞく》にいふ身びいきといふもの也。道《みち》をもつて理《り》を極《きはむ》る時《とき》は千里《せんり》のおく迄《まで》も見へすくは是天理《これてんり》にしたかふ故《ゆへ》也。されば友高《ともたか》すでに宝剣《ほうけん》を変化《へんくは》にうばはれ進退《しんたい》きはまつて切腹《せつふく》いたすは。理《り》の当前《たうぜん》。それ腹《はら》をさばくは。乳割《ちわり》。一文字《もんじ》。ほそがけ。十文字《もんじ》。あるひは極老《ごくらう》に及《をよ》んでしはばらを切かね股《もゝ》を突《つい》て切腹《せつふく》にじゆんずる。例《れい》。其伝《そのでん》すくなからずといへども。面《つら》を剃《はい》での切腹《せつふく》。和漢《わかん》いまだ其例《そのれい》をきかず。腹《はら》をさばきてのあと△に。つらの皮《かは》をはぎしや。つらの皮《かは》をへぎ取《とつ》てから腹《はら》を仕《つかまつり》候や。何《なに》とも胡乱千万《うろんせんばん》也。これ全《まつたく》く*壱人の（六ウ）なすわさにはあらし。一通《つう》は友《とも》高自筆《たかじひつ》にまかひなけれとも面《つら》の皮《かは》を剥《はき》たる上は友高《ともたか》也と。たしかにも極《きは》めかたし。此僉儀《このせんぎ》恐らくは私仕《わたくしし》おふせ奉《たてまつ》り。此根元《こんけん》の悪人《あくにん》めらを引出し。上覧《しやうらん》に入れんと他戸《たと》の皇子《わうし》を尻目《しりめ》に懸《かけ》て。言上《ごんしやう》申せば。さすかの皇子《わうし》も底気味《そこきみ》わろく。笏《しやく》をひねくり廻しておはしませは。帝《みかと》龍顔すこしは御潤《うる》はしくならせ給ひ。頼《たの》もしき正治《しやうぢ》かはからひなり草を分ち山をうかちても。宝剣《ほうけん》の有所《ありしよ》を知《し》るへし先暫《まつしば》らくも三種《さんじゆ》の神宝智仁勇《じんぽうちしんゆう》一つも闕《かけ》ては有べからす。正治《しやうぢ》いかにと勅問《ちよくもん》あれば。是又わが家に持伝《もちつた》へたる。雷鳴の宝剣《ほうけん》これ正治か家にありといへども宝《たから》は天下《てんか》の宝《たから》也。御剣《ぎよけん》の御行衛《をんゆくゑ》あらはるゝまて。恐《をそれ》ながらひそかに是を以三つの宝《たから》に準《なぞら》へ給はんやと。奏《そう》し奉《たてまつ》れは。諸卿《しよきやう》此義《き》に同《とう》し給ひ。正治兼（七オ）春《はる》には其座《そのざ》にて御いとまを給ひ。本国紀州《ほんこくきしう》に帰《かへ》りて早〻《さう〳〵》御剣《みつるき》を守来《もりきた》るへしとの綸言《りんけん》。友高《ともたか》か非業《ひこう》の死《し》にけふの御位《みくらゐ》ゆつりの評義《ひやうぎ》はやみぬ

㊁　かけ付《つけ》て二番《ばん》と劣《をと》らぬ櫟《いち》の本《もと》のけんくは

真子正治《まなごしやうぢ》兼春《かねはる》宝剣《ほうけん》の勅《ちよく》を蒙《かうふ》り。夜《よ》を日に続《つい》て走帰《はせかへ》り此旨《むね》を妻子《さいし》にも語《かた》り我館《わかたち》の乾《いぬゐ》の殿《てん》に勧請《くはんしやう》したる。雷鳴丸《らいめいまる》を取出《とり》し奉り。引返《ひきかへ》して都《みやこ》にのぼりぬそも此雷鳴《このらいめい》の宝剣《ほうけん》とは。我日《わがひ》の本生《もとな》り出て。いざなぎいざなみのみこと。みとのまくはいあり。五行山川草木《こきやうさんせんさうもく》を生出《うみいた》し給ふ中《なか》に。軻遇突智《かくつち》の生れ出給ふにいたつて。火の神なれば。いざなみの尊《みこと》こかれやけたまひて終《つい》に神去《かんさり》し給ひぬ。いざなぎの尊《みこと》恨《うらみ》いかり給ひ帯《をひ》給《たま》ふ処の十握《とつか》の御剣《みつるき》をぬき持《もち》御子かくつちを三段に切放し給ふ。則（七ウ）御かしらは上にのほつて天をつかさとる火と成賀茂皇太神《だいじん》宮と顕れ給ふ。天上《てんじやう》の火たるを以て雷神の名あり中は人の用《もちゆ》る火と成て。愛宕《あたご》に宮居し給ひ。御下は陰火《ゐんくは》と成て今貴船の宮と崇《あか》め給ふ。しつとのねたみに胸《むね》をこかし思ひの煙《けふり》に腸《はらわた》をやく女は。今も極陰《こくいん》の丑《うし》の時にいたりて。陰火の同気《とうき》を求て此きふねに歩《あゆ》みをはこ

べは。其願ひ成就《じやうじゆ》せずといふ事なしといひ伝《つた》へたり。さればいざなぎのかくつちの御かしらを切捨《きりすて》給ふ御さしかへの剣《けん》をば雷鳴《らいめい》の御剣《きよけん》と号《なつくる》は。これ天上《てんしやう》の火をかたどる故《ゆへ》也。代〻《よ〳〵》真子《まなご》の家《いへ》につたへて。其厳徳《そのけんどく》いひつくしかたしされば此雷鳴丸《このらいめいまる》。今も鯉口《こいぐち》を放る丶ときは。神代《しんたい》のむかしの千早振《ちはやふる》。するどき気《き》有て。剣《けん》の清霊天《せいれいてん》にのぼるにや。雷《らい》の音《をと》四方にひゞき。しばしはやまず。か丶る*寄代《きたい》の宝剣《ほうけん》なれは三種《さんしゆ》の神《じん》（八オ）宝《ぼう》と。しばし補《をきな》はる丶社《こそ》さもあるべき事也。されば正治《しやうぢ》か丶る急《きう》の道《みち》なれば。昼夜《ちうや》をわかたず馬上《はしやう》に箱《はこ》を携《たづさ》へ急行《いそぎゆく》に。廿日余《あまり》の宵《よひ》やみ。あとに紀《き》の路《ち》を見《み》なして櫟《いち》の本《もと》の小松原《こまつはら》を過《すく》るにかぶと頭巾《つきん》にて。顔をつ丶みし大《だい》の男《をとこ》つきしたかふ下部《しもへ》七八人つはなの穂《ほ》を乱《みた》したる如《こと》くに抜《ぬき》つれ。向《むか》ふに立《たち》たる対《つい》のてうちん何《なん》の苦《く》もなく切落《きりをと》し。続《つゝゐ》て馬のひら首《くひ》なきたをせばしきつて刎《はね》あがるにたまりかね。真子正治《まなこのしやうち》まつさかさまに落馬《らくば》して。老人《らうしん》のよは腰《こし》打ぬき心ばかりいさむを見て。是を救《すく》はんと思ふ下人はなく。蜘《くも》の子《こ》をちらすことく。壱人も残らず引《ひき》かへす。大《たい》の男《をのこ》下部《しも》に下知《げぢ》して。それぬかるな。畏《かしこま》ると正治か肩《かた》さき引つかみ一刀《かたな》にさし通せば。心得《こゝえ》*たりとさし添《そへ》ぬき持左に宝剣《はうけん》の箱《はこ》をわきばさみ。右の手にて。かの男《おのこ》か横《わき》はらを（八ウ）鍔元《つばもと》*連突《つき》とをす。きう所《しよ》にあたつてのつけにそれども。こなたも痛手《いたで》に苦《くる》しむところを。大の男《をのこ》正治《しやうち》がたつさへたる。剣《けん》の箱《はこ》をうばひとり行がた知《し》れず逃《にげ》うせぬ。こ丶に正治《しやうぢ》が嫡子《ちやくし》。源蔵兼連《けんさうかねつら》。本国《ほんごく》にあつて父《ちゝ》の物語《がたり》に宝剣《ほうけん》を神宝《じんぼう》にさ丶くるよし。家《いへ》の面目《めんぼく》と悦《よろこ》び居《ゐ》けるが。何とやらんむなさはぎして心《こゝろ》ならねば父《ちゝ》の跡《あと》をしたひて供《とも》をもつれず。都《みやこ》にのぼらんと我《わが》屋しきを旅立《たびだつ》ところに。下部《しもべ》ども足《あし》を空《そら》にして逃帰《にけかへ》り。櫟《いち》の本《もと》にて殿《との》さまの対《つい》の御《お》首《くび》を。水《みつ》もたまらず落馬《らくば》なされました。まとりましたらおいはきさまを。正治《しやうぢ》めがころしませふと。何《なに》やら一つも取《とり》所《ところ》なきいひ分《ぶん》。何《なに》にもせよ只事《たゞこと》ならずといちの本《もと》迄。一さんにぞかけ行《ゆき》見れば。朱《あけ》になりし正治か死《し》がい。扨《さて》こそと気《き》をもみあげ。水《みつ》をそ丶ぎて呼《よび》いけければ。少《すこ》し人心地《ひとこゝち》はつけども（九オ）はや時刻《じこく》もほどすぎ。老人《らうじん》の痛手頭脚《いたでづきやく》ともにひへこゞへて。中〻いきのぶべき気色《きしき》はなけれども。さすがは親子《をやこ》の情《じやう》や通《つう》じけんねむれる眼《まなこ》をひらき。宝剣《ほうけん》をうばゝれしと。只《たゝ》一言《こと》が此世《よ》の筺《かたみ》。空《むな》しく息《いき》は絶入《たへいり》ぬ。兼連《かねつら》はじたんだ踏《ふみ》。いきも切《きる》る計《ばかり》泣《なき》けれども。詮《せん》かたなく。何《なに》を証拠《しやうこ》として。親《をや》のかたきを討《うつ》へき方便《てだて》なくあきれて立《たつ》たる処《どころ》*に。傍《かたはら》なる疇《あぜ》の中に。人のうめく声《こへ》。こは心得《こゝろえ》ずと立《たち》よれば。半死半生《はんしはんしやう》の手《て》おひ。是こそよき手かゝりと、引ずり起《をこ》し気付《きつけ》を口《くち》に含《ふくめ》ば。漸《やう〳〵》と心付《こゝろづき》しや。よろほひながら逃《にげ》んとするを。打《うち》たをして捻付《ねぢつけ》。正治殿《しやうちとの》を討《うち》しは。をのれが所為《しよゐ》か但《たゞ》し余人《よじん》に頼《たの》まれて。なすわざかと小がいなねぢふせきうめいさすれば。件《くだん》の男《をのこ》しばらくはこたゆれども。中ゝ*痛所《きうしよ》に胸《むね》をくるしめ御ゆるされませ。真《まつ》すぐに申上ます。私《わたくし》は此へんの（九ウ）野伏《のぶし》。あともさきも存ませぬ。首尾《しゆび》よふ仕課《しおふせ》たらば。一廉《いつかど》の金子《かね》をやろふとの契約《けいやく》に。目《め》がくれ。相図《あいづ》の灯《てう》ちんの紋所《もんどころ》を目当《めあて》にやみ打《うち》にいたしました。頼《たの》ましやつたお侍《さむらひ》は。林専太夫《はやしせんだゆう》と申名《もふすな》は聞《きゝ》たれども。いつくの人やらどこの侍《さむらひ》やら存ませぬ。あれ〳〵今のはなしに気《き》をもみましたれば。眼《まなこ》がくらみますと。どうど打たをるれば。兼連《かねつら》は天《てん》を拝《はい》しまたしも冥加《みやうか》につき果《はて》ず。かたきの名《な》の顕《あら》はるゝ事。此上ながらも本望《もんもう》*の至《いた》り。さし当《あたつ》てのをやのかたきはおのれなり。此世のいとまくるゝ間《あいだ》。地《ぢ》ごくの野《の》ぶしと成をろふと。首討《くびうち》をとし父《ちゝ》のあたには*どもに天《てん》をいたゞかずと。本国《ほんごく》にも帰《かへ》らず。すぐに其座《そのざ》より打立《うつたち》。天《てん》をかけり地《ち》をくゞりても。林専太夫《はやしせんだゆふ》といふ名をしるべに。敵《かたき》を討《うち》。宝剣《ほうけん》をとり返《かへ》さで有べきやと。足《あし》をはかりに都《みやこ》のかたへと尋《たづね》をもむきぬ（十ノ廿オ）

㈢　珍味《ちんみ》の酒盛色《さかもりいろ》に顕《あらは》れた皇子《わうじ》の恋*暮《れんぼ》

虎《とら》のまたらなるは。見《み》るに安《やす》けれども。心《こゝろ》の班《まだら》なるは見るに見へがたし。しかれども徳《とく》を以《もつて》これをみる時は。△微妙《みめう》の心《こゝろ》見ゆる事明《ことあき》らかなる鏡《かゞみ》にむかふかごとし。されば右大弁紀《うだいへんき》の広純《ひろずみ》といへるは寵臣《てうしん》にて。威勢《ゐせい》つよく家富《いへとみ》さかへて。何《なに》にくらからねども仁義《しんき》の道《みぢ》*にはくらく。佞弁《ねいべん》をふるひておもねりけれは佗戸《かたど》*の皇子《わうじ》の腰《こし》を打ぬき帝位《ていゐ》をふませ奉りて。をのれ天下《てんか》の権《けん》をとりて政《まつりこと》をおし行《をこな》はんと。明《あけ》くれ此事《こと》を謀《はかり》いかにもして山《やま》の部《へ》の親王《しんわう》をおひうしなひ。御位《みくらゐ》を他戸《たど》の皇子《わうじ》に極《きは》めんものをと。肺肝《はいかん》をくだく折から。他戸皇子佞臣藤原《たどわうじねいしんふぢはら》の百川《もゝかは》を始《はしめ》。鷲塚弾正《わしづかだんしやう》。牢人林専太《らうにんはやしせんた》夫《ゆふ》。各〱《をの〱》供奉《ぐぶ》に召《めし》つれられ。春《はる》の名残《なごり》の花の宴《えん》を催《もよふ》されん為《ため》。忍《しの》びの御成広純《なりひろすみ》大に（十ノ廿ウ）よろこび。饗応言語《けうをうごんご》に絶《ぜつ》し。ひとかたならぬ奔走《ほんそう》也。百川《もゝかは》は紀《き》の広純《ひろずみ》にむかひ。貴殿《きでん》にも先達《さきだつ》而聞《きゝ》をよばる、牢人《らうにん》。林専太夫《はやしせんだゆふ》とは此もの也。親王《しんわう》かねて御頼《をんたのみ》のすじ。首尾《しゆび》よく仕《し》をふせいちの本《もと》におゐて。正治《しやうぢ》を討取《うちとり》。宝剣《ほうけん》をもうばひとり。今朝《けさ》御上へさし上たり。最早十握《もはやとつか》の剣《けん》。雷鳴丸《らいめいまる》の二振《ふり》とも。御手《て》にいるからは天下《てんか》の安否《あんひ》は皇子《わうじ》に打ついたるといふものなれば。専《せん》太夫にも頼《たの》もしく存いよ〱忠勤《ちうきん》をぬきんで。子孫繁昌《しそんはんじやう》の工夫肝要《くふうかんよう》なりといへば。広純《ひろずみ》も専太夫に向《むか》ひて。此度《このたび》の比類《ひるい》なきはたらき。只今承《たゞいまうけたまは》り。扨〻《さて〱》感心《かんしん》せり。恩賞《をんしやう》は我《われ》〻とも〱に口《くち》を添《そ》へて望《のぞみ》のとをりに任《まか》すべし。此上《うへ》は皇子《わうじ》の大魔王《だいまわう》山の部《べ》の親王《しんわう》をうばひ奉る。工夫猶更《くふうなをさら》ひとへに頼覚《たのみおぼ》し召《めす》。今日《こんにち》より其許《そこもと》の身《み》は。四品《しほん》の大名《だいめう》と思はるべしと。林専太夫《はやしせんたゆふ》が刀の（廿一オ）

挿絵第三図（廿一ウ）

挿絵第四図（廿二オ）

なめしに絵紋打《えもんうち》たる尻《しり》ざやを取《とり》かへ。四品《しほん》の豹《ひやう》の尻《しり》ざやに黄金《わうごん》十枚《まい》。是は拙者《せつしや》はじめて対面《たいめん》のしるしにと。引出物《ひきでもの》に出《いだ》されければ。専太夫天《せんだゆふてん》にも上りし心地《こゝち》して。重〻《ぢう〱》有がたき仕合《しあはせ》。どなたさまにも爪《つめ》のさきほどもお気遣《きづか》ひは御無《む》用《よう》也。山《やま》の部《べ》の親王様《しんわうさま》をうばひとるは。寝鳥《ねとり》をさすと申さふか。一物《いちもつ》の猫《ねこ》が手あしのない鼠《ねづみ》をとるよりも安《やす》き事也。又けさほど剣《つるぎ》の箱《はこ》をさし上しやうに。山《やま》の部《べ》どのをさるしばりにして。籠《ろう》ごしに打込《うちこん》で左少《さしやう》ながら進上《しんじやう》仕ますると。お上《かみ》へさし上ましたらば。どなたも其時《そのとき》はお腹《はら》はたちますまいと。跡《あと》さきなしの。出傍題《でほうだい》にいひちらせば。皇子《わうじ》大きに悦喜《ゑつき》まし〱。かゝる目出《めで》たき折《をり》は酒《さけ》にせよと。それより乱酒《らんしゆ》。諷《うた》ふやらひくやら中〻。月雪花《つきゆきはな》などゝいへる

挿絵第三図

やさしきたのしみにはあらず。歌《うた》を詠《ゑい》ずるは皆地下《みなぢげ》のもの、（廿二ウ）しわざにて。雲上《うんしやう》のもてあそぶものにあらずと。心得《こゝろえ》たる公卿《くぎやう》なれば。冠《かんむり》ゑぼうしもかなぐりすて。いざ一けん参《まい》らんと鷲塚弾正《わしづかたんじやう》が爪《つめ》をとぎたてて。百川《もゝかは》どの拳酒《けんざけ》こゝをせんど、口に酢《す》をためフムユ〳〵勝《かつ》のが手前《てまへ》のリウ〳〵とかさ高《だか》に出れば。百川は和中散《わちうさん》のんだやうな。苦《にが》いかほをしかめ。梅《むめ》の木《き》ならぬチヘサイ〳〵くはは〳〵とは。狐《きつね》のつきて人を狂《くる》はす物《もの》なるらん。さつても無念《むねん》な三けんつゞけて負《まけ》たるは。是《これ》も前世《ぜんぜ》のコウ〳〵かと冷《ひや》し物の大ばちにて。百川《もゝかは》が酒《さけ》をのむなど。皇子《わうじ》もうかれてコリヤ命《いのち》をとつて行《ゆく》はと。大望《たいもう》ある御身《をんみ》がらはかりにもあるまじき戯言《たはむれごと》也。狼《をほかみ》のにがやき。雷《かみなり》の鮓《すし》。蛇《じや》のさしみはめつらしいと。各〳〵《をの〳〵》かたぬぎの礼義《れいぎ》は天竺浪人《てんぢくらうにん》の下ごしらへなるべし。必雨《かならずあめ》には風《かぜ》のそふならひにて。かゝる酒興《しゆけう》は淫乱《いんらん》のたねとなつて。美《び》（廿三オ）妾数《しやうす》十人。座《ざ》敷《しき》につらなり。紅粉《こうふん》に顔《かほ》をみがき。かのこ揃《ぞろ》への重《かさ》ね妻《づま》。すそ吹返《ふきかへ》して。廿五の菩薩《ぼさつ》かとあやしまるれども。白粉《はくふん》のよそほひをなさず。素皃《すかほ》の美艶《びえん》を人《ひと》に見する類《たぐひ》にはあらず。巾広《はゞびろ》の帯《をび》を肥肉《ふとりじ》*の腰《こし》に巻《まき》たて髻《つと》は真丸《まんまる》に杓子《しやくし》で湯茄子《ゆなすび》をさへたやうにて。どこやらが厚《あつ》くろしく。おかしからぬ風俗《ふうぞく》也。こゝに錦《にしき》の前《まへ》とて。橘《たちばな》の道成卿《みちなりけう》のひとり娘《むすめ》。深窓《しんそう》の中《うち》にて人となりしが。道成卿遁世《みちなりけうとんせい》の後《のち》は。広純《ひろずみ》伯父《をぢ》なりければ。此ところにありて蘭《らん》の湯《ゆ》に浴《ゆあみ》し。沈《ぢん》の水《みづ》に口《くち》をすゝぎ。鸞鏡《らんきやう》によりてよそ

挿絵第四図

ほひを作《つく》る。翡翠《ひすい》の髪《かみ》。梅花《ばいくわ》にかほつて。白粉《はくふん》は返《かへ》つて面《をもて》を穢《けが》すほどなりければ其形《そのかたち》を見《み》きく人。心を脳《なや》*まさずといふものなく。便《たよ》りを求《もと》め媒《なかだち》をたのみて。文《ふみ》を送《をく》る人も有《あり》。あるひは玄《げん》関《くはん》に直《ぢき》に仕《し》かけて。手短《てみじ》かに返事《へんじ》を聞《きゝ》たがる田《いな》(廿三ウ)舎武士《かぶし》も多《おほ》かりければ。門内《もんない》にはものをもひ顔《かほ》に。小首《こくび》かたむけたる輩《ともがら》つど△ひ来《きた》り。式台《しきだい》のもとには縁《えん》をたのみて艶書《えんじよ》をもたせこさるゝ使《つかひ》のもの入りつどへば。広純《ひろずみ》の玄関《げんくはん》はひとへに時風医者《はやりゐしや》の薬《くすり》とりのごとく。門前《もんぜん》に市《いち》をなしぬ。かゝる世《よ》に希《まれ》なる艶色《えんしよう》*なれば。広純《ひろずみ》も何《なに》がな御《ご》機嫌《きげん》のとりたひ最中《さいちう》なれば。是《これ》を幸《さいはひ》とにしきの前《まへ》が事《こと》を披露《ひろう》し。かれめは皇子《わうじ》にも御存《ぞんじ》のとをりそれなる百川《もゝかは》どの嫡子《ちやくし》少将《せう〳〵》安珍《やすよし》へかたじけなくも。勅諚《ちよくでう》を以いひ号《なづけ》のにしきの前《まへ》。いまだ舅殿《しうとゝの》への対面《たいめん》も仕らず候へば。御前へ召《めし》出《いだ》され御土器《をんかわらけ》をもいたゞかせ。百川《もゝかは》殿の盃《さかづき》をも遣《つかは》され給はるまじきやとうかゞへば。△これは広純申さずとても丸《まろ》よりいひ出さんとおもふ折《をり》から。にしきの前は名《な》に聞《きこ》えたる美《び》人ときけば。早〻《さう〳〵》これへ出《いだす》べしとの御意《ぎよゐ》有《あり》がたしと。うち掛《かけ》(廿四オ)すがたのつしりとして立出《たちいで》たる有さま。たとへにも鬼《をに》さへ十八といへば。ましてやこれは二九にちかきおもざし。真《まつ》さかりなる花のはだへ。底《そこ》より清《きよ》らかにして六根《ろくこん》うるはしく。薄皮《うすかは》にして桜《さくら》いろの美艶《びゑん》。愛敬《あいきやう》ある目《め》もと。世界《せかい》の恋《こひ》のやとりともいふべきよそほひなれば。皇子《わうじ》一目見たまふより。うつゝごゝろに取乱《とりみだ》したる御ありさまにて。百川広純《もゝがわひろずみ》をひそかにまねきよせたまひ。われすでに天下を掌《たなごゝろ》にし帝位《ていゐ》にのぼらん事。汝《なんぢ》らがよく知《し》るところ也。天《てん》を父《ちゝ》とし地《ち》を母《はゝ》とす。其中《そのなか》にあるとあらゆるものこと。人間《にんげん》はいふにおよばす。山川《さんか》*草木《さうもく》も皆丸《みなまろ》が心のごとくになす事《こと》。是天子《これてんし》の則《のり》也。しかれども何とやらんいひかねたる事ながら。たとひ父帝《ちゝみかど》の勅命《ちよくめい》にもせよ。少将《せう〳〵》安珍《やすよし》が縁《えん》をきつて。錦《にしき》のまへをさつばりと。丸《まる》がおもひ者《もの》に（廿四ウ）さゝぐべし。此事《このこと》汝《なんぢ》ら得心《とくしん》せば天下《てんか》をわがものとなしたる上《うへ》には。汝《なんぢ》らが所領《しよれう》の外《ほか》にいづれ成とも二ケ国《こく》を一人づゝにあて行《をこな》ふべしと有ければ。なにが欲《よく》には義理《ぎり》も法《ほう》も蹴《け》ちらかす。両人《りやうにん》なれば。さつそくに受《うけ》がい奉《たてまつ》り。一躰悴《いつたいせがれ》安珍《やすよし》めはいけもせぬ道《みち》だてを申《もうし》。胸《むね》わろく候へば。此ものをたばかり不義《ふぎ》を云掛《いひかけ》おひうしなひ候へは。違勅《ゐちよく》の咎《とが》にも落《おち》いらぬと申ものなれば其はかりことはかやう〳〵と耳《みゝ》に口《くち》をよせてさゝやけば広純《ひろずみ》も皇子《わうじ》も天晴孔明《あつはれこうめい》〳〵と。をのれが聟《むこ》をのれが子《こ》を取《とつ》てをとす了簡《りやうけん》。さりとは邪《よこしま》とやいはん情《なさけ》なしとやいふべき。人の道《みち》を知《し》らぬ。鬼畜《きちく》の心《こゝろ》あさましき事《こと》也

一之巻終（廿五オ）

○此所に書しるし御知らせ申上候

役者《やくしや》芸品《げいしな》定《さだめ》秘抄《ひせう》

耳《に》塵《ぢん》集《しう》　全部二巻

右は去ル寛延三午年ニ本出し申候役者大全ニ書のせ置《おき》申候優家《ゆうか》七部書の内の一部にて御座候本文者古人道外形の名人金子吉左衛門延宝年中より元録*年中迄の上手名人の云置ける事を具に書記したる書にて評者甚秘蔵《ひさう》仕《し》ける密書《みつしよ》也此書を考《かんがへ》置《おき》年〻出し申候芸品定の問答善悪《ぜんあく》弥明らかに見え申候去ル丑三月節句より本出シ置申候御求御覧奉頼上候以上

板元八文字屋八左衛門　(廿五ウ)

陽炎《かげろふ》日《ひ》高川《たかがは》

二之巻　目録

第一　口上《こうじやう》を捻《ひね》り文《ぶみ》はよめ悪《にく》い親心《おやごゝろ》

神《かみ》の正直《しやうぢき》は儒《じゆ》の信《しん》也。仏法《ぶつほう》にも涅盤《ねはん》の都《みやこ》へは。信《しん》を以《もつ》て能入《のうにう》すといへり。信《しん》のきはまりは子《こ》として親《おや》に孝《かう》をつくすより大《おゝひ》なるはなし。されば当世《たうせい》の風俗《ふうぞく》これには似《に》もせず。親《おや》から子に孝行《かう〳〵》を尽《つく》して身《み》の油《あぶら》を出《いだ》し。世間《せけん》を張《はつ》てせかれが不届《ふとゞき》を塞《ふさい》でまば*らるれば。子《こ》はこれを不粋《ふすい》なりと見くだし。今《いま》どきあの悪堅《わるがた》さにては。世間《せけん》の事《こと》はつとまらず。折節《をりふし》は異見《ゐけん》もくはゆれども。おやどもは誰《たれ》に似《に》てか。とかく片意地《かたゐぢ》にこまりまする。ちと塩《しほ》をふまさずばなをりますまいなどゝ。我身《わがみ》をふかしての物語《ものがたり》。是《これ》では冥加《みやうが》にも尽《つき》。恥《はぢ》も立《たち》どころにあたるべき事《こと》なり。百川《もゝかは》が嫡子《ちやくし》少将《せう〳〵》安珍《やすよし》は。如様《かやう》の（三オ）たぐひにはあらず。其《その》むまれつきすなほに情《なさけ》ふかく。弓馬《きうば》の道《みち》にうとからぬのみか。風《ふう》ぞくしやんとして天性《てんせい》女《をんな》の嬉《うれ》しがる心《こゝろ》いきなれども。中《なか》〳〵うはきの里《さと》がよひなどには目《め》も付《つけ》ず。かの錦《にしき》の前《まへ》の事《こと》は。去《さ》りし神無月禁庭《かみなづききんてい》にて。紅葉《もみぢ》の御遊《ぎよゆふ》の折《をり》から。錦《にしき》につゝむ鏡《かゞみ》と。月《つき》によそへたる名句《めいく》をつらねける恩賞《おんしやう》によつて。其《その》ゑんを取《とり》てかたじけなくも。錦《にしき》の前《まへ》を勅命《ちよくめい》として。云号《いひなづけ》ありければ。天下《てんが》はれたる夫婦《ふうふ》の中《なか》。まだねぬ恋《こひ》をたがひに心《こゝろ》のうちにおさめて。うれしき月日《つきひ》を送《をく》るはこれを社相《こそあひ》ぼれといふなるべし。けふも暮《くる》る日《ひ》を文机《ふづくへ》に吟《ぎん》じ。韻字《いんじ》をふみて花《はな》をながめ。部屋住《へやずみ》の気《き》ばらし小《こ》さかづきにて桜《さくら》を相手《あいて》にたのしまるゝ処《ところ》に。父百川《ちゝもゝかは》よりの捻《ひね》り文何事《ぶみなにごと》かとひらいて見れば。広純《ひろずみ》の館《やかた》へ他戸《たど》の皇子《わうじ》（三ウ）俄《にはか》の光臨《くわうりん》。嫁《よめ》しうと内〻《ない〳〵》の盃《さかづき》をも。御前《ごぜん》におゐて取《とり》かはし申せとの上意《じやうゐ》なれば。早〻《さう〳〵》参入《さんにう》せしむべきむね。安珍返事《やすよしへんじ》にも及《およ》ばず。すぐに使《つかひ》と打連《うちつ》れ。広純《ひろずみ》のやかたに行《ゆけ》は。専太夫《せんたゆふ》罷出《まかりいで》て。能《よく》こそさつそくの御来臨《ごらいりん》。主人《しゆじん》他戸皇子《たどのわうじ》には今朝《こんてう》よりの大酒《たいしゆ》に御眠《をんねふ》りきざし。御親父百川公《ごしんぶもゝかはこう》を始《はじ》め。いづれもけしからぬ沈酔《ちんすい》にて。小書院《こじよゐん》に枕《まくら》をならべて。平臥《へいぐは》の仕合《しあはせ》なれば。御亭主広純殿《ごていしゆひろずみどの》と思《おぼ》し召《めし》て。錦《にしき》の前殿《まへどの》をともなはれ。

庭《には》の亭《ちん》にて御休息《ごきうそく》あるべし。其内《そのうち》には皇子《わうじ》の御目《おんめ》もさめ候べしと。いひ捨《すて》て勝手《かつて》に出《いで》。にしきの前《まへ》にかくと語《かた》り。御《おん》庭《には》の亭《ちん》へいざなひ給《たま》へと。広純公《ひろずみこう》の御内意《ごないゐ》のよし告《つげ》ければ。錦《にしき》のまへはおもひよらぬ我《わが》おつとにはじめての出合《であひ》。他《た》人《にん》まぜず只《たゞ》二人とは恥《はづ》かしいやらうれしいやら。胸《むね》の内はとき〳〵と。是《これ》といふも（四オ）

挿絵第一図（四ウ）

挿絵第二図（五オ）

広純《ひろずみ》さまの御心入《おんこゝろいれ》。伯父《おぢ》の恩《をん》をあだには思ふまじと。心《こゝろ》のうちにて拝《おが》まるゝは仏《ほとけ》たのんで地獄《ちごく》なるべし。広純《ひろずみ》もたちいでけふは少将《せう〳〵》安珍《やすよし》。はじめて来《きた》らるゝ事《こと》なれば。何《なに》か心《こゝろ》をつけて馳走《ちそう》いたさるべし。又此守《またこのまもり》は愛染《あいぜん》の秘符《ひふう》とて。行《ゆく》すへ夫婦《ふうふ》のやくそくある男《おとこ》にはじめてむかふときは此守《このまもり》を懐《ふところ》に入るれば。さきの男《をとこ》の心《こゝろ》。外《ほか》の女《をんな》におもひつかず。けふはめでたい折《おり》なれば。これを懐中《くはいちう》あるべしと。何《なに》やら香箱《かうばこ》とおぼしきものを。広純《ひろずみ》手づから錦《にしき》の前《まへ》の懐《ふところ》におし入れける。錦《にしき》の前《まへ》いよ〳〵伯父《おぢ》の心《こゝろ》ざし。常《つね》にかはりたる御深切《ごしんせつ》と。こゝろの内《うち》にふかくよろこび。専《せん》太夫《だゆふ》と打《うち》つれだち。座敷《ざしき》に出《いで》。安珍《やすよし》に対面《たいめん》すれども。たがひにわか枝《え》のひらく詞《ことば》もなく。つぼみのやうなる口《くち》もとして。安珍《やすよし》も唐扇《からあふぎ》をしやにかまへて。しさゐらしう（五ウ）餅《もち》の咽《のんと》につまりしや

挿絵第一図

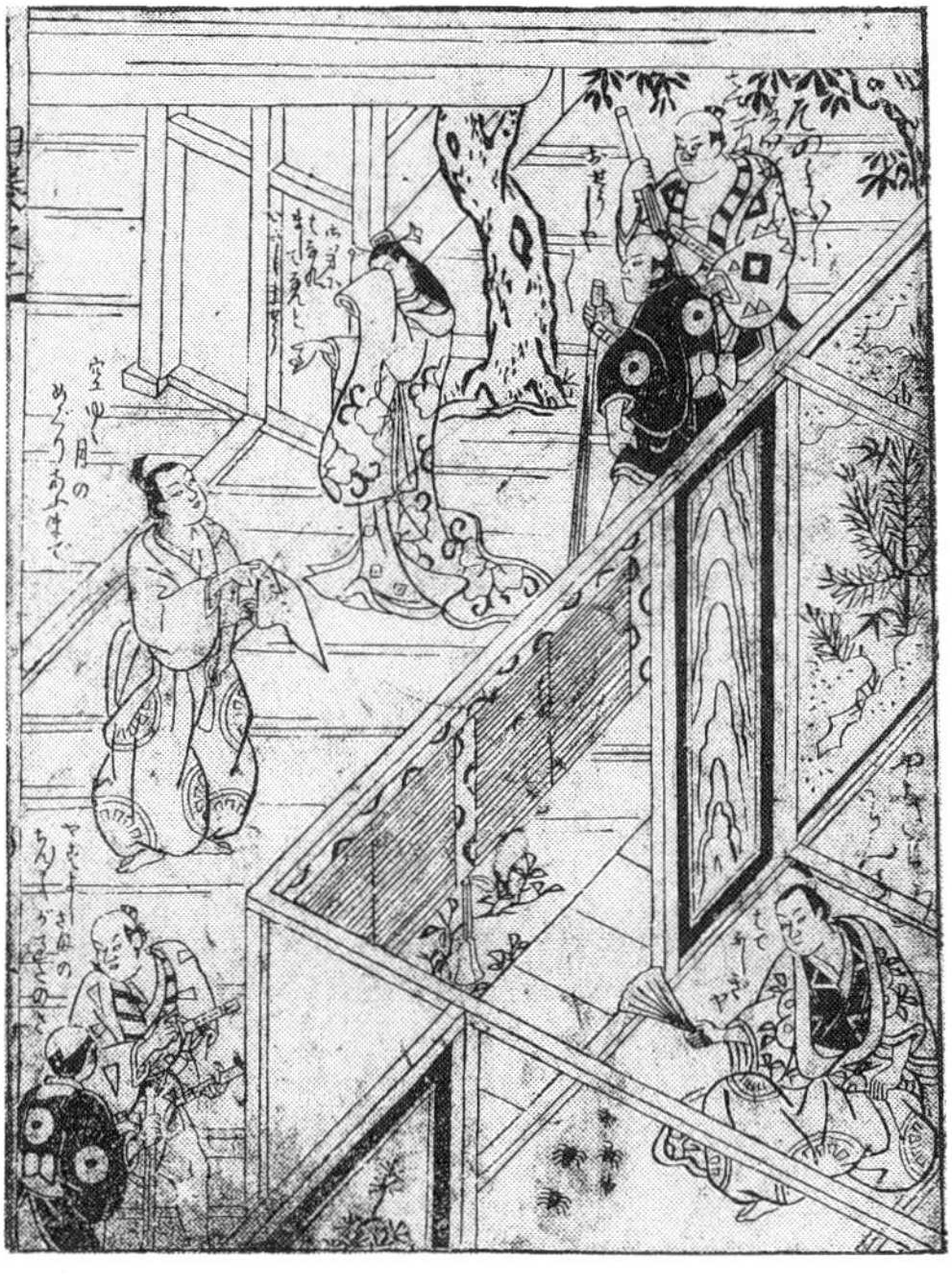

挿絵第二図

うに。ぎく〳〵として居《ゐ》らるるを。専太夫《せんだゆふ》おつとりて。礼《れい》の用《よう》は和《くは》するを貴《たつと》しとやら。承《うけ給はり》ますれば。さやうの御あいさつをのけられ。庭《には》の亭《ちん》にて御酒《ごしゆ》一献《こん》。塩《しほ》がま桜《ざくら》の葉《は》まで見事《みこと》なるをおさかなに。さあ〳〵錦《にしき》の前《まへ》さま。御案内《ごあんない》なさるべし。専太夫《せんだゆふ》めも追付《をつつき》すいさん仕《つかまつ》るべし。皇子《わうじ》さまは御《おん》ねふりの最中《さいちう》。あのいびきの躰《てい》にては御目《おんめ》のさめまするはあひだも有《ある》べし。ゆる〳〵おふたりおたのしみ遊されと。両人《りやうにん》の手《て》をとつて路地下駄《ろじげた》なをしてあてがへば。さすが岩木《いは》ならねば安珍《やすよし》は。しからば御意《ぎよゐ》に任《まか》せませうと。錦《にしき》の前《まへ》にいざなはれて。飛石《とびいし》づたひに樗《あふち》の木《き》の下《した》に出《いづ》れは。わざとならぬ広庭《ひろには》のけしき。木《こ》だち物《もの》ふりたる間《あいだ》より。時《とき》を得顔《えかほ》の桜山《さくらやま》ぶき藤《ふぢ》の棚《たな》も。つぼみ芽作《めつく》りて。帰去来亭《ききよらいてい》と額《かく》の（六オ）打《うち》たる長四畳《ながよてう》の亭《ちん》。東南《とうなん》を請《うけ》て其風雅《そのふうが》さ去《さり》とは堂上《とうしやう》に見《み》なれぬめづらしき物ずき。跡《あと》より十二三なる童《わらは》。銀《しろかね》のてうしに肴《さかな》とり添《そ》へて。専太夫《せんだゆふ》が口上《こうじやう》。やがてそれへ参《ま》*りませふ。まづお二人おさかづき事《ごと》をはじめられませいと。気《き》を通《とを》し帰《かへ》りぬ。されども安珍《やすよし》は天性情《てんせいなさけ》の道《みち》はかしこけれども。瓜田《くはでん》にくつろがぬ男《おのこ》なれば。錦《にしき》の前《まへ》にむかひて。勅諚《ちよくでう》を以《もつ》ていひなづけの中《なか》なれば。行末《ゆくすへ》かはらず外心《ほかごころ》なきしるしのさかづき。只今《たゞいま》むすびまするとは申せども。いまだ婚姻《こんゐん》のさたにもおよび申さねば。只今《たゞいま》さしむかひにふたり居《ゐ》申ても。これぞ夫婦《ふうふ》に別《べつ》ありと申言葉《もふすことば》のごとく。他人《たにん》よりは猶更《なをさら》かやうのところを慎《つゝ》しみまするが礼義《れいぎ》と申もの。ことに此むかひの簾《みす》のうちは広純《ひろずみ》どのゝお居間《ゐま》と存《ぞん》ずれば。必《かならず》卒忽《そこつ》なる御物《おんもの》がたりも（六ウ）御無用《ごむよう》と。錦《にしき》の前《まへ》が目《め》の内《うち》に。恋《こひ》をしらするを悟《さと》りてのいひぶん。姫《ひめ》も道理《だうり》に伏《ふく》し。何《なに》かさて今暫《いましばら》く。しんぼう致《いたし》ますればはなれたふても離《はな》れる事《こと》のならぬふかひ御えんなれば。只今《たゞいま》のところはいかやうともおぼし召《めし》のとをりにしたがひ。おさかづきばかりを下されませ。かやうに申もおはづかしい事ながら。そなたさまへはいつぞや白馬《はくば》の節会《せちえ》の折《をり》から。ちよつとおかほを見ましてから。船《ふね》にも車《くるま》にもつまれぬばかり。おもひそめ神仏《かみほとけ》に頼《たの》みをかけ参らせ候に。御えんとてかやうに場《ば》はれての云号《いひなづけ》。うれしいとも忝《かたじけなし》とも。詞《ことば》には申尽《つく》されず。どふやら女のぐとんな心《こゝろ》から。殊《こと》には嫁入《よめいり》もないさきに。はやしつこい事と思し召れんながら。只今《たゞいま》お詞《ことば》の通《とを》りを。そむきませぬ替《かは》り。たとひ外《ほか》にいかやうのうつくしき御方《おんかた》ありとも。此世《このよ》はおろか（七オ）二世《せ》も三世《せ》もそなたより外《ほか》に女房《にようぼう》はもたぬ外へこゝろはちらさぬといふ。誓文《せいもん》だてをして下《くだ》されなば。うどんげに御目にかゝりしかひもあると申もの。其誓文《そのせいもん》を承《うけ給はり》りましたらば。たとひ一月や二月半年《はんねん》一年枕《まくら》をかわさぬとて。わたしが心ははれまするると。手水《てうづ》手拭《てぬぐひ》口《くち》にくはへながら。顔《かほ》を赤《あか》めての物《もの》がたり。又りんきも人によつて悪《にく》ふないもの

第二　親《おや》の縁《えん》を切《きつ》て捨《すて》た黒髪《くろかみ》はながき思ひ

本朝《ほんてう》に誓《ちかひ》の詞《ことば》の始《はじま》りしは。素戔烏尊《そさのをのみこと》天照大神《てんせうたいじん》に罪《つみ》をあがなひ給ふより。人皇《にんわう》にいたつては。応神《わうじん》九年武内《たけうぢ》*の宿祢《すくね》讒《ざん》にあひて。熱湯《ねつたう》をさぐり誓《ちかひ》をたてける事《こと》。これ皆《みな》人のうたがひをはらさん為《ため》になすところ也。今時《いまどき》の商人《あきんど》。此代物《しろもの》を元直《もとね》にしてあげまする。誓文《せいもん》くつされ一文《もん》も利《り》は取《とり》（七ウ）ませぬと。真顔《まがほ》になつていふも傾城《けいせい》の起請書《きしやうかい》て客《きやく》をうれしがらしてのぼすも。其《その》しなはかはれども。これは商売《しやうばい》なれば。神〻《かみ〴〵》も御了簡《ごりやうけん》あつて。罰《ばち》をあて給はぬ事《こと》ぞかし。

されば今の錦《にしき》の前《まへ》が安珍《やすよし》に向《むか》ひて。一言《ひとこと》の誓言《せいごん》が聞《きゝ》たいといへるは。かの商人《あきんど》けいせいの空誓文《そらせいもん》をたつる類《たぐ》ひにはあらず。武内《たけうぢ》が熱湯《ねつたう》をさぐつて後代《こうだい》までも其《その》きこゑを正《たゞ》しくし。心《こゝろ》にいさゝかいつはりわだかまりのなきをきかんともひつめたる。にしきの前《まへ》の誓文《せいもん》なれば。其《その》義《ぎ》鉄石《てつせき》よりかたく泰山《たいさん》よりも大《おゝ》ひ也。されども安珍《やすよし》情《なさけ》と信《まこと》をたつるおのこなれば。傍《そば》なる大小《だいしやう》諸手《もろで》に引《ひき》ぬき。我《われ》もし錦《にしき》の前《まへ》より外《ほか》に他《た》のいろに染《そむ》ことあらば。現世《げんぜ》にては公武《こうむ》の二つにうとまれ。来世《らいせ》は地《ぢ》ごくに堕罪《だざい》せんものと。はつし〳〵ときんちやうすれば。姫《ひめ》は余《あま》り嬉《うれ》しさに。（八オ）両手《て》を合《あはせ》てひれふしたまふ。首《くび》すじより一寸《すん》ばかりの青蜘《あをぐも》もはい出て。畳《たゝみ》のうへを走《はし》りまはれば。錦《にしき》の前《まへ》大きに恐《おそ》れなふこはやとたちたまへば。裾《すそ》より小蜘《こぐも》二三疋落《ひきおち》かさなり。左《ひだり》の袂《たもと》より嶋《しま》のすじある大きなる蜘《くも》打かけの肩《かた》に掛《かけ》あがれば。恐ふるひて打《うち》まろひ給ふに。安珍《やすよし》も大かたならずおどろき。こはあやしき有《あり》さまと。肩《かた》にかけまはるを取《とり》すつれば懐《ふところ》よりひらたきくも六疋《ひき》ばかりばら〳〵と。右《みぎ》のつまへ這《はい》いづるを。安珍姫《やすよしひめ》の腰《こし》のまはりを打はらひ。ふところに手《て》をいれ漸《やう〳〵》と追《おひ》うしなひ。心得《こゝろえ》ぬ蜘《くも》のふるまひかなと。あきれはてたる所《ところ》に広純《ひろずみ》が居間《ゐま》と思しきむかふの簾《みす》。かなぐりすて皇子《わうじ》を始《はじめ》百川《もゝかは》広純《ひろずみ》。大《だい》のまなこを見《み》ひらき。いかに安珍《やすよし》勅《ちよく》でうを鼻《はな》にかけて。人しれず両人とぢ籠《こも》り。腰《こし》をなで袖《そで》に手《て》を（八ウ）いれ。あげくに臍《へそ》まで尋《たつぬ》る心底《しんてい》。うたがひもなき密通《みつつう》は我《われ》〻たしかに見とゞけたり。皇子《わうじ》の光臨《くはうりん》をしりながら。穢《けが》れを憚《はゞ》からぬくはんたい存在《ぞんざい》。聟《むこ》の縁《えん》さつはりと打すてもふすと。広純《ひろずみ》声《こへ》をあらゝげていかりければ。百川《もゝかは》は居尺高《ゐたけだか》になり。おやのつらに泥《どろ》をぬる法外《ほうぐはい》もの。不孝《ふかう》の咎《とが》を思ひしれと。さし添《そへ》ぬきもち飛《とび》かゝりて。安珍《やすよし》のゑぼし髪《かみ》もとゞりぎはより切《きり》はなし。七生《しやう》までの勘当《かんだう》なりと。返答《へんとう》いはせぬ権威《けんゐ》づめに。姫《ひめ》はかなしく。まつたく安珍《やすよし》さま不義《ふぎ》放埒《ほうらつ》の御事《こと》にはあらず。只今《たゞいま》私《わたくし》が懐《ふところ》の内へお手《て》をいれられしはと半分《はんぶん》いはせず。やあ其言分《そのいひわけ》くらい〳〵。まだ見とゞけた刃《は》ものざんまい。心中《しんぢう》の下げいこ迄せらるるを。皇子《わうじ》をはじめわれ〳〵まで。此明《このあき》らかな両眼《りやうがん》にて。見極《みきは》めたれば。おし（九オ）だまつて。他国《たこく》へたちのき愛宕山《あたごやま》の月参《つきまい》りか。祇園殿《きおんどの》の札配《ふだくば》りになりとも。

其《その》あたまつき相応《さうおう》に命《いのち》を*撃《つない》て世《よ》をわたるべしと。専太夫鷲塚《せんだゆふわしづか》。口《くち》〳〵にさげしめば。安珍《やすよし》いかりの涙《なみだ》をし拭《のご》ひ。史《し》記《き》の詞《ことば》に。水《みづ》をかんがみるものは。面《おもて》の容《かたち》を見《み》。人《ひと》を監《かんがみ》るものは吉凶《きつけう》をしると有。我《われ》無実《むじつ》のなんにあひて。道路《どうろ》に餓《うへ》死《じに》すとも。これ親《おや》の命《めい》なれば。いさゝかも恨《うらみ》とおもふこゝろさら〳〵なし。只《たゞ》なげかしきは父百川《ちゝもゝかは》どの。非道《ひだう》の皇子《わうじ》に組《くみ》し給ひ。勅諚《ちよくでう》を背《そむ》き錦《にしき》の前《まへ》と。我中《わがなか》を裂《さき》給ふは。疑《うたがひ》もなき皇子《わうじ》の*恋暮《れんぼ》の心《こゝろ》よりおこつて。とがなきわれを罪《つみ》にしづめ。こりや広純殿《ひろずみどの》とのいひ合《あは》せにて妾者《おもひもの》にさし上《あげ》んとの 謀《はかりこと》とおぼへたり。最前姫《さいぜんひめ》のたもとよりおびたゝしく蜘《くも》の出《いで》たるありさま。是後漢《これごかん》の張歩《てうほ》が継母《けいぼ》に（九ウ）をしへて兄嫁《あによめ》を追《おひ》うしなひし計略《けいりやく》と見へたり。云明《いひあか》すれば父《ちゝ》の非《ひ》をあくるに似たれば詞《ことば》を出さず父《ちゝ》のさしぞへにて我《わが》もとどりをはらひ給ふは。これぞ親《おや》の大恩《だいをん》一子髪《はつ》を断《たつ》ときは。九《きう》族天《ぞくてん》に生《うま》るためし。娑婆《しやば》則寂光浄土《そくじやくくはうじやうど》の心にかなひ。幸《さいわひ》われ幼少《ようしやう》の時《とき》より。熊野参詣《くまのさんけい》三十三度《ど》の立願《りうぐはん》あれば。是《これ》よりすぐに熊野《くまの》にまふで。未来《みらい》のくげんをたすかるべし。返《かへ》す〳〵皇子《わうじ》と御心を一つになし給はゞ。立《たち》どころに悪逆《あくぎやく》御身《をんみ》の上《うへ》にせまり後悔《こうくはい》し給ふとも甲斐《かひ》あるまじ。父《ちゝ》の命《めい》といへども不義《ふぎ》にあたらば争《あらそ》ひいさめよとは。孝経《かうきやう》のをしゑなれば。今たちさるわか身《み》の申置《をき》。責《せめ》て此一つの詞《ことば》は用《もち》ひて給はれ父君《ちゝぎみ》とて。さめ〳〵と恨《うらみ》なげきければ。他戸《たど》の皇子《わうじ》鏡《かゞみ》のやうなる両眼《りやうがん》をいらゝげ。いや蝿虫同然《はいむしだうぜん》のぶんざいとして。日月《じつげつ》にひとしき丸《まろ》に（十ノ廿オ）対《たい》し。非道《ひだう》の皇《わう》子《じ》とさみする事《こと》。牛《うし》ざきになすとも飽《あき》たらねど。親百川《おやもゝかは》が忠義《ちうぎ》にめんじ。死罪一統《しざいいつとう》を赦《ゆる》し。丸《まる》はだかにてぼつぱらへと有《あり》ければ。中間小者安珍《ちうげんこものやすよし》が柳色《やなきいろ》のかり衣《ぎぬ》。剣《たち》ゑほしまでをもぎ取《とり》。さあうせあがれと引《ひき》たて行《ゆけ》ば。錦《にしき》の前《まへ》は玉《たま》の緒《を》も切《きる》るばかり泣《なき》こがれたりけるが。すつくとたつて中間《ちうげん》がもちし。安珍《やすよし》の刀《かたな》を引《ひき》とり。すでに自害《じがい》と見へけるを。安珍《やすよし》あはてしばしと押《をし》とめ。かゝるありさまを見《み》給ひては。成《なる》ほど死《し》なふとおもはるるも尤至極《もつともしごく》なり。われも諸《もろ》とも淵川《ふちかは》へ身《み》をもしづめ。今のうき身をのがれたふはおもへども。このところが人《ひと》の堪忍《かんにん》しんぼうといふものなり。われたゞ今命《いのち》をうしなひては。いよ〳〵無実《むじつ》の不義《ふぎ》の名《な》を受《うけ》。犬死《いぬじに》といふものなり。たがひに開《ひ》らく運命《うんめい》を待《まち》給へ。

誓《ちか》ひし詞《ことば》は金石《きんせき》（十ノ廿ウ）よりもかたし。必《かならす》此事《このこと》を苦《く》にして煩《わづらひ》ばしし給ふなよ。我《われ》は親《おや》の命《めい》によつて俗躰《ぞくたい》を離《はな》るれば。安珍《やすよし》の文字《もんじ》をとりもなをさず安珍《あんちん》とあらため。廻国《くはいこく》をなして世《よ》のなり行《ゆく》有さまをもみるべしずいぶんまめで居《ゐ》給《たま》ふべしと。涙《なみだ》をおさへて下着《したぎ》なる。白むくの左《ひたり》の袖《そで》を引ほどき。右《みぎ》の小ゆびをくひ切《きり》。血《ち》をそゝぎて一首《しゆ》の哥《うた》とおぼしくて

　忘《わす》るなよほどは雲井《くもゐ》に隔《へだ》つとも空行月《そらゆくつき》の廻《めぐ》りあふまで

錦《にしき》の前《まへ》は涙《なみだ》に目《め》も見へず。たとひ虎《とら》ふす野《の》べ鯨《くじら》よる浦《うら》までもともなひたまへとすがり給ふを。広純《ひろずみ》左右《さゆう》に下知《げぢ》して物《もの》いはせそ。安珍《やすよし》壱人門外《もんぐはい》へ引ずりいだせと。ありければ。黒袴《くろばかま》の青侍《あをざむらひ》ども。割竹《わりだけ》にてなさけなくも国《にく》ざかひまで追《おひ》たて行《ゆき》ぬ（廿一オ）

第三　釜《かま》の湯《ゆ》はにへかへる大酒盛《おほさかもり》の杉《すぎ》ばやし

計《はか》らざるのほまれあり。全《まつた》きを求《もとむ》るの謗《そしり》ありとは。今の少将《せう〳〵》安珍《やすよし》の事をいふべき。其身《そのみ》はいさゝかの咎《とが》もなく。善《ぜん》をもつて勧《すゝむ》る詞《ことば》皆《みな》わが身《み》のあたとなりて。かなしみもなげきも皆安珍《やすよし》壱人の身《み》につゞめ。父百川《ちゝもゝかは》の勘当《かんだう》を受《うけ》るのみか。其身《そのみ》は阿房《あほう》ばらひとなりて。広純《ひろずみ》の門前《もんぜん》より追《おひ》たてられ。雲水《くもみづ》の空定《そらさだめ》なくいづくをさして。行《ゆく》べき便《たよ》りもなくうつとりとして。泣《かく》もなかれず我身《わがみ》はありながら。魂《たましゐ》はなきがごとくになりて。よしや此世《よ》こそかゝる有《あり》さまなれ。来世《らいせ》は安養《あんよう》の仏地《ぶつち》にいたり。はかりなき苦患《くげん》をたすからんと。日比願《ひごろねが》ひをこゝろにこめをきし。熊野の御山《おやま》にと歩《あゆみ》行《ゆく》いそがぬ道《みち》も日《ひ》をかさぬれば程《ほど》なく。熊野《くまの》に着《つけ》ば。厳松《がんせう》するどく山高《やまたか》く。谷《たに》（廿一ウ）ふかく廻《めぐ》る事《こと》。羊《ひつし》の腸《はらはた》に似《に》たり。すでに本殿《ほんでん》にかゝるに。日も西《にし》の山におちて。いとゞ物すごくいつしかならひえぬ一人旅《ひとりたび》に気《き》もつかれ。心も

そゞろにくるしかりけるに。未申《ひつじさる》の方《かた》より墨《すみ》を流《なが》したるごとくなる雲《くも》たちおほひ。雨《あめ》のふることしのをつくがごとくなりければ。一村《むら》の杉《すぎ》の木《こ》のもとに立《たち》より。今宵《こよひ》はこれにて夜《よ》をあかし。明日《あす》こそ本社《ほんしや》にもふてん。下葉《したば》の露《つゆ》にのどをうるほし。たもとを枕《まくら》として。まとろむともなく夢《ゆめ》ともなきに。かたはらなるすこし木《こ》ぶかく杉《すぎ》の立《たて》こもりたる中《なか》に。人ならば五六人の声《こへ》にてうたひ舞《まひ》おどる音《おと》して酒宴《しゆえん》たけなわにきこへければ。峰《みね》の嵐《あらし》か松風《まつかぜ》の音《をと》か。谷《たに》のこたまかときけばきくほど人音《をと》にまがはざりければ。安珍《あんちん》いとふしぎにおもひかゝる深山幽谷《しんざんゆうこく》にて。しかも夜《よ》に成てのたのしみ。(廿二オ)

挿絵第三図

挿絵第三図(廿二ウ)

挿絵第四図(廿三オ)

世《よ》にはさま〳〵の物《もの》ずきなる男《をとこ》もある物かな。旅《たび》の憂《うさ》はらし。のぞき見んとそろ〳〵と立出《たちいで》。杉《すぎ》のかげより見《み》わたせば。大かゞり二所《ところ》にたきすて。座中《ざちう》の中《なか》ほどに五石《こく》ばかりも入べき土釜《つちがま》をすへさせ。其下《そのした》をたきたつる事。炎熱極熱《ゑんねつごくねつ》の地獄《ぢごく》のごとし釜《かま》の中《なか》なる湯《ゆ》にへあがり。にへかへつて湯《ゆ》玉《たま》四方《しほう》へほどばしり見るに肝《きも》きへ魂《たましゐ》をけす計《ばかり》。其《その》ぐるりを取《とり》まきなみゐるもの。社僧《しやそう》とも見えす山《やま》伏《ぶし》にもあらず。鳥《とり》の毛《け》を以《もつて》衣《ころも》となし。木《こ》の葉《は》をあつめて衣服《ゐふく》となして。顔《かほ》かたちは人にたがはず

挿絵第四図

目《め》の内朱《うちしゆ》のごとく。光《ひか》りかゝやく法師《ほうし》ども也。一人のわかき法師玉《ほうしたま》だすきをかゝげて。大きなる酌《しやく》にかの湯《ゆ》を汲《くみ》あげ。上座《しやうざ》の法師《ほうし》よりはじめて。一〻にかの酌《しやく》の湯《ゆ》を息《いき》をもつがせず。口《くち》の内《うち》へ押し入ればおめきさけひ（廿三ウ）くるしみ手足《てあし》をちゞめ。五躰《たい》をなげうちける有様《ありさま》。外《ほか》よりきかば踊《おと》り諷《うた》ふて乱酒《らんしゆ》のざしきとも思ふべきこと也。座中呑《ざちうのみ》終《おは》りて息《いき》を吐《はく》に。皆青《みなあを》き火《ひ》となつて。口《くち》の内《うち》よりもえいづれば。安珍入道生《あんちんにうたういけ》る心はなく。いよ〳〵身《み》をすくめて伺《うかゞ》ひければ。末座《ばつさ》なる法師上座《ほうししやうさ》の老《らう》僧《そう》に尋《たづね》けるは。天下《てんか》いづれにかさだまらん。考《かんがへ》給へといひければ。一たびは他戸皇子《たどのわうじ》に帰《き》し後《のち》は必《かならず》 山の部《べ》に帰《き》せん。宝剣《ほうけん》はいづれにありや。答《こたへ》て曰源蔵兼連《げんぞうかねつら》が両手にあり。広純《ひろずみ》はいかん天株《てんちう》*〳〵。又百川《またもゝかは》父子の事《こと》を尋《たづ》ねけれは老僧《らうさう》しばらく目《め》をふさいで。親百川善心《おやもゝかはぜんしん》とならば悴《せがれ》安珍《やすよし》随落《たらく》*して命《いのち》を亡《ほろ》ぼさん。安珍《やすよし》が前生《せんしやう》は。美濃国《みのゝくに》のへびつかひ也。小蛇《こへび》をいためて世《よ》をわたりたるものなれば。其業因跡《そのごうゐんあと》を引《ひき》て今《いま》に至《いた》つて思はぬ災《わさはひ》を得《え》たり。みよ〳〵若僧《にやくそう》とも（廿四オ）安珍《あんちん》は。終《つゐ》に毒蛇《とくじや》の苦《くる》しみを受《うく》べしといひければ。座中 各《ざちうをの〳〵》手《て》をうつて今《いま》に始《はしめ》ぬ一老《いちらう》の妙言《めうげん》かなと。ざゞめきければ安珍入道《あんちんにうだう》。座席《ざせき》へとんで出百川《もゝかは》が嫡子《ちやくし》少将《せう〳〵》安珍《やすよし》是に有。我悲母《われひぼ》の胎内《たいない》を出てより外《ほか》には五常《じやう》の道《みち》を守《まも》り。内《うち》にはぼだい心をもつはらとす我何《われなに》によつてか一老《いちらう》の詞《ことは》の如《ごと》く堕落《だらく》して命《いのち》を亡《ほろ》ぼす事《こと》あらん。おそらくは座中《さらう》*のともからは魔群《まくん》ならんと云《いひ》ければ。老僧笑《らうそうわら》つて汝《なんぢ》わが言葉《ことば》を心得《こゝろえ》すとする。汝《なんぢ》が一念心《ねんしん》の疑《うたがひ》とりも直《なを》さず是魔《ま》なりと。羽団《はうちは》の様なるものを以て安珍《あんちん》がせなかを打《うち》ければ。其痛骨髄《そのいたみこつずい》にとをつて忍《しの》びがたくひれふしければ。二老《らう》の僧《そう》大きにいかつてすでに一老《らう》の詞出《ことばで》たり凡鄙《ぼんひ》として。理屈《りくつ》めきたるこさかしき物《もの》のいひやうかなと。我着《わがき》たる鳥《とり》の毛《け》の衣《ころも》をぬぎ安珍《あんちん》にうち（廿四ウ）かくるとそ見えし。白《しろ》き雲足《くもあし》にまとひて歩《あゆ》むともなく。出るともなくかの座中《ざちう》のともがらにさそはれ。雲井《くもゐ》はるかにのぼると見れば。つくしの彦山《ひこさん》に至《いた》りぬ。かゝるおもひ四王寺《しわう》にうつり。讃岐《さぬき》の松山《まつやま》をこゐて富士《ふじ》の絶頂《せつてう》に飛《とび》うつり。釈迦《しやか》がたけをめぐるかと思へば。山城《やましろ》の国也。あたごの峰《みね》にしばらく足《あし》を休《やす》めて。安珍《あんちん》にむかひ。これより是界坊《ぜがいぼう》といへるに行《ゆく》べし。数《す》千里《せんり》を隔《へだて》たる海 上《かいしやう》なれば。やす〳〵とは行《ゆき》かたしといひければ。安珍心におもひけるは。伝《つた》へきく是界坊《ぜがいぼう》は。大唐《たいたう》の奥《おく》にあつて天竺《ちく》にちかし。我其地《われそのち》に至《いた》らば最早日本《もはやにつほん》に帰《かへ》る事は不定《ふてう》也とおもひければ一老《らう》にむかひ涙《なみだ》をながし。某《それがし》不幸《ふかう》によりかく俗躰《ぞくたい》をはなると申せども。何《なに》とぞして再《ふたゝ》び本国《ほんごく》に帰《かへ》り。山の部の親王《しんわう》をもり奉《たてまつ》り。匹夫他戸《ひつふたと》の皇《わう》子《じ》を亡《ほろぼ》したき（廿五オ）大願《たいくはん》有。元《もと》の熊野山《くまのやま》へ帰《かへ》し給はり。大唐《たいとう》に赴《おもむ》く事《こと》をゆるし給へ。これまつたく身《み》を思ひて申にあらず。天下《てんが》をおさめ度《たき》。所存計《しよぞんばかり》也と。かきくどき云《いひ》ければ。其時一老《そのときいちらう》をはじめ今《いま》迄いかれる二老《にらう》の僧《そう》も打ほれ〳〵と面《おもて》を和《やは》らけ。是誠《これまこと》に忠臣《ちうしん》なり。汝《なんぢ》か望《のぞみ》に任《まか》すべし去《さり》ながら。すでに其方《そのほう》か寿数極《しゆすうきは》まりて甚《はなはだ》みじかければ。長《ちやう》命《めい》にしていきのぶる事《こと》あたふまじ。父百川《ちゝもゝかは》が寿命《しゆめう》を汝《なんぢ》か寿命《じゆめう》につぎあはせん事《こと》いかにとありければ。安珍《あんちん》かふりをふりてたとひ位万戸候《くらゐまんここう》*にいたり。其命東方朔《そのめいとうぼうさく》にひとしきとて。親百川《おやもゝかは》が寿命《しゆめう》を一日もけづる心更《さら》〳〵なし。若我命《もしわがいのち》を只今とり給ひ。親《おや》百川にあたへたまはゞそれは我望《わかのぞむ》ところと。孝心《かうしん》の信《まこと》をおく底《そこ》なく語《かた》りければ。かの僧《そう》大きにかんじ入天《てん》の寿命極《じゆめうきは》まり有といへども。我身《わかみ》を（廿五ウ）捨《すて》て人のかなしみを救《すく》ひ。もろ〳〵の命《いのち》を助《たす》け給《たま》はゝ。命《いのち》もいきのびて長《なが》からん。かまへて淫犯《いんぼん》の心《こゝろ》を発《はつ》し堕落《だらく》して魔境《まきやう》に落《おち》入給ふなと。懐中《くはいちう》よりあやしき袋《ふくろ》を取出《とりいだ》し。是《これ》は必《ひつ》死《し》をすくふ神符《しんふ》霊妙《れいめう》丸《ぐはん》といへる重宝《てうほう》也。九死《きうし》一生《しやう》の人《ひと》に用《もち》ひて必《かならず》其《その》しるしあり。是を只今あたゆるも。忠孝《ちうかう》の二つをかんずる故《ゆへ》也と。あたりにありける桃《もゝ》の枝《えだ》の東《ひかし》へさしたるを折《をり》て。彼袋《かのふくろ》を枝《えだ》にかけて安珍《あんちん》にあたへ今不便《いまふびん》なるは紀州真子《きしうまなご》の正治《しやうぢ》が娘《むすめ》清姫《きよひめ》なり。兄《あに》源蔵《げんぞう》兼連《かねつら》親《おや》を討《うた》れて其場《そのば》より敵《かたき》をねらはん為《ため》立のきたれは。誰《たれ》あつて源蔵《げんぞう》がやうす宝剣《ほうけん》のうせしありさま。又は正治《しやうぢ》をうちたるものは林専太夫《はやしせんたゆふ》と。いふものなりと。しらするもの一人もなし。安珍《あんちん》かの清姫《きよひめ》に只今めぐりあふこと有べし。其《その》とき此由《よし》を（廿六オ）語《かた》りきかすべし。これも汝《なんぢ》が隠徳《ゐんとく》ぞとありければ。二老声《にらうこへ》をひそめて。清姫《きよひめ》は丙午《ひのへむま》に生《しやう》じて。其歯《そのは》卅三枚《まい》あり。恐らく誤《あやま》りあらんといひければ。一老答《いちらうこたへ》てこれ又天《てん》の命《めい》也。あやまちは人《ひと》にあつて天《てん》にあらずと。いふかとおもへば四方《よも》の山〻。震動《しんどう》して。百千《ひやくせん》のいかづち落《おち》かゝるがことく。黒雲面《くろくもおもて》をおほひければ。安珍終《あんちんつゐ》に気《き》をうしなひ。此世《このよ》の界《さかひ》を忘《わす》れはてぬ

二之巻終（廿六ウ）

陽炎《かげろふ》日《ひ》高川《たかがわ》

三之巻目録

第一　持病《ぢびやう》の積《しやく》の虫《むし》にも五分《ごぶ》〳〵の女《をんな》の魂《たましゐ》

吉凶禍福《きつけうくふく》*其地《そのち》其所《そのところ》変化《へんくは》して定《さだ》むべからず。されは其昔《そのむかし》は。藁《わら》ぶきにてありし所《ところ》も。今《いま》は板庇《いたびさし》とかはり。月のもる不《ふ》破《わ》の関《せき》屋とよみしあばらやは。いつしか瓦《かはら》ぶきと変《へん》じて銅《あかゞね》戸樋《とゆ》に録青《ろくしやう》をふかせ。都《みやこ》の住居《すまゐ》に中〳〵劣《おと》る事《こと》なし。灘《なだ》の塩焼《しほやく》海士人《あま》†も。うね足袋《たび》に紅《もみ》うらのすそをきらして。すいめきたるあるきぶり。薪《たきゞ》を負《おへ》る山人《やまびと》の。年《とし》を経《へ》ても花《はな》の鏡《かゞみ》となる水《みづ》に。びん櫛《ぐし》ひたして。生《はへ》さがりを揃《そろ》ゆるなど。さりとはむかしの有《あり》さまとは事《こと》かはりて。当世《たうせい》の人心。格《かく》別《べつ》なる事《こと》ぞかし。こゝに紀《き》の国室《くにむろ》の郡《こほり》真子《まなご》の長者《ちやうじや》が秘蔵娘《ひさうむすめ》。名《な》もすきとをる清姫《きよひめ》といへるは。天《てん》のなせるれいしつ。自《みづから》すつる事《こと》(三オ)あたはず。誠《まこと》に田舎《いなか》にはめづらしき風俗《ふうぞく》。天《よう》ゞたる桃《もゝ》の花《はな》の暁《あかつき》の露《つゆ》を含《ふくみ》て。垣《かき》より余《あま》る一枝《えだ》の。霞《かすみ》ににほへるかとあやしみ。年《とし》は二八に過《すぐ》れども。いまだ定《さだ》まりし縁組《えんぐみ》とても。いかなるやんごとなきかたへも。むかはしするゐんと。父《ちゝ》の正治《しやうぢ》。さんごの玉《たま》と楽《たのし》み居《ゐ》ける内《うち》に。おもはず正治《しやうぢ》はいちの本《もと》にて。何者《なにもの》とも知《し》れず討《うつ》てたちのき。枕柱《つへはしら》と頼《たのみ》たる。兄源蔵《あにげんぞう》もちくてんして行《ゆき》かたしれず。剰《あまつさへ》家《いへ》の重宝《ちやうほう》雷鳴丸《らいめいまる》の宝剣《ほうけん》。其場《そのば》より神隠《かみがく》し給へば。天子《てんし》の御《おん》うたがひかゝつて。隠《かく》しをく事《こと》もやと。両《りやう》三度勅使《どちよくし》かさなりければ。かなしみの中《なか》にも心《こゝろ》を取《とり》なをし。仏神《ぶつじん》の御ちからを頼《たの》まずば。いかで取交《とりまじ》へたるかなしみをはらさんと。当国熊野《たうごくくまの》大権現《だいごんげん》へ祈願《きぐはん》をこめ。乗物《のりもの》をやめて歩行参《かちまい》りに。母《はゝ》はこれを気《き》づかひがれども。又《また》つよくとむるものならば。(三ウ)持病《ぢびやう》のかんしやくさしをこりて。例《れい》の短気虫《たんきむし》や出《いて》んと。其《その》こゝろをもはかり。腰《こし》本すへ〳〵あまた打《うち》かこみ。形《なり》をつくりて屋形《やかた》を出されける事《こと》。かゝる歎《なげき》の折《おり》なれば。花《はな》やかに出立《いでたつ》べきにはあらざるべきなれど。女《おんな》は髪《かみ》を清《きよ》らかにゆひ紅《べに》をしろいを色《いろ》どり。品《しな》かたちを作《つく》るは是女《これをんな》の礼儀《れいぎ》也。櫛《くし》の歯《は》も入れずじだらくなるは出家《しゆつけ》の長髪《ちやうはつ》にて。けさ衣《ころも》をかけず。士《さふらひ》が丸腰《まるごし》にて袴着《はかまき》ぬにひとしければ。大願成就《だいぐはんじやうじゆ》のためなれば。一しほ目《め》だつ大振袖《ふりそで》。これも母《はゝ》の浅《あさ》からぬ心《こゝろ》なるべし。腰本《こしもと》の白《しら》ぎく。紅《くれなゐ》は。気《き》さく第《だい》一のうはき者《もの》。清姫《きよひめ》の手《て》を引《ひき》。腰《こし》をおして岩根《いはね》づたひにつゝじわらび折取《をりとり》。これから権現《ごんげん》さまへは半道足《はんみちたら》ず。さあこゝが昼《ひる》やすみと。杉《すぎ》のもとに氈《せん》しかせ。もたせしさゝえの口《くち》をひらきて。清姫《きよひめ》に酒《さけ》をすゝむるは。しらぎく殿是《どのこれ》は又（四オ）

挿絵第一図（四ウ）

挿絵第二図（五オ）

姫君《ひめぎみ》さまを餅《もち》のかたかと。打込《うちこめ》*めば。そなたこそお姫《ひめ》さまをかたにする心《こゝろ》で。餅《もち》つゝじを手《て》に持《もつ》てと。一度《ど》に笑《わら》へばこりや笑《わら》ひじやなひわらびじやと。滋《しげ》の井《ゐ》がうしろから折《をり》とりたるわらびをさし出《いだ》せは。清姫《きよひめ》も此比《ごろ》になき笑《えみ》をふくみ。あれ〳〵向《むか》ふへ雲雀《ひばり》があがる。さてもあがるは〳〵と。打《うち》あをのいてくれないが見付《みつけ》。何《なに》やら此杉《すぎ》の木《き》の上《うへ》にかはつたものがねて居《ゐる》といひ出《いだ》せは。こはい事をとたがひにこぞりより。うかゞひみれば若党《わかとう》の五郎介。刀《かたな》に反《そり》打《うち》。これは年《とし》ふる杉《すぎ》の木《き》なれば。定《さだ》めてこれは天《てん》狗《ぐ》の巣《す》だちならんと。白眼《にらみ》まはせば。先何《まづなに》にもせよ人《ひと》ならば。大胆《だいたん》な此高《たか》い杉の木へようも〳〵あがられた。丈六《じやうろく》かいて悠〻《ゆう〳〵》と眠《ねふ》るといふは。是《これ》

挿絵第一図

挿絵第二図

もなんぞの行《ぎやう》でかなあらふと。口〻《くち》の取沙汰《とりざた》。扨《さて》もあぶないひあいな事《こと》やと手《て》に（五ウ）汗《あせ》にぎつて見る内に。十丈余《じうじやうよ》の杉の上枝《うはえだ》。ほつきとおれて安珍入道清姫《あんちんにうだうきよひめ》のひざ元《もと》へ真逆《まつさか》さまに落《おち》けれども。かたちくづれずすや〳〵と眠《ねふ》れる息《いき》ざし。そりや落《おち》たはとこしもとはした。さはぎ立《たち》どふでこれは久米《くめ》の仙人《せんにん》さんとやらの一家衆《けしゆ》で御ざりませふと。くれなゐは横着《わうちやく》もの傍《そば》へ居《ゐ》よりて顔《かほ》をながめ。さつてもうつくしひ山伏《やまぶし》さまじや。爪《つま》はづれ手足《てあし》の尋常《じんじやう》さ。これお姫《ひめ》さま御らうじませと。いふ声《こへ》に清姫《きよひめ》も立《たち》より給ひ。つく〳〵とみればみるほど気高《けたか》きおもざし。少《すこ》しやつれしすがたになを更哀《さらあはれ》を催《もよ》ふし。いかなる御かたなれば。かゝる危《あやう》き木の上には登《のぼ》り給ふぞ。様子《やうす》こそあるらんと。身《み》にしみ〳〵いとをしく成《なり》たるは。是ぞ悪《あく》ゑんの始《はじま》りなりき。清姫谷水《きよひめたにみづ》を自口《みづからくち》に含《ふく》み。安珍《あんちん》が口にいれ給へば。ほつちりと目《め》を（六オ）ひらきて。錦《にしき》の前《まへ》かと抱付《だきつけ》ば。夫《それ》にはあらでかげろふの有《ある》かとみれば夏虫《なつむし》の。こがるゝ身《み》を憐《あは》れみ給へと。泪《なみだ》にむせびけるが。正気忽《しやうきたちまち》つきて四方《よも》を見廻《まは》し。我《われ》思はずも魂《たましゐ》こがれてしばらく魔界《まきやう》*に入ぬる事《こと》。夢《ゆめ》うつゝともさだめがたし。然《しか》れども我手《わかて》に持《もち》しは正《まさ》しく老僧《らうそう》のあたへられし霊薬《れいやく》と。おぼへたり。若《もし》これなるはかの僧《そう》の教《おしへ》給ひし。清姫《きよひめ》ならんと心《こゝろ》づき。近比卒忽《ちかごろそこつ》の事《こと》ながら。もしやそなたさまは。真子《まなご》の長者《ちやうじや》の娘子清姫《むすめごきよひめ》にてはましまさずやと。尋《たづぬ》るに姫《ひめ》はびつくりしながら。成《なる》ほど正治《しやうぢ》が娘清姫《むすめきよひめ》。

終《つゐ》に見ぬ御かたさまのよく御存《ぞんじ》なされしと。不審《ふしん》をなせば。御ふしんは御尤《もつとも》我《われ》は熊野《くまの》へ年《とし》もふでの山伏《やまぶし》なるが。子細《しさい》あつて神人《じんにん》より。そなたさまのやうすくはしく承《うけ給はり》ましたれば。私《わたくし》の心《こゝろ》には一通《とを》りの御かたと（六ウ）存ぜず。御*父《ち》正治殿《しやうぢどの》を市《いち》の本《もと》にてうつたるは。林専太夫《はやしせんだゆふ》と申もの。宝剣《ほうけん》もつゝがなく人《ひと》手にあり。兄源蔵《あにげんぞう》どのにはかたき専太《せんだ》夫《ゆふ》をねらひて。廻国《くはいこく》あればいづくに居《ゐ》給ふとも知《し》りがたし。いとおしきはそなたさま。嘸《さぞ》御便《たよ》りもなふ過《すぐ》し給はんと泪《なみだ》をながしかたりけれは。又あらたまる清姫《きよひめ》のなげき。頼《たのみ》と思ふ親兄《をやあに》子は生《いき》わかれ。死別《しにわか》れとわつと絶入気《たへいりき》を取《とり》うしなひ。持病《びやう》のかんしやく胸《むね》にせまり。歯《は》を喰《くい》しばりて悶《もだへ》給へば。やれお薬《くすり》よ水《みづ》よとさはぎたつれば。山谷《さんこく》の急難《きうなん》救《すくふ》べしとも見へざりける。安珍《あんちん》さいぜんの霊妙丸《れいめうぐはん》のふくろを開《ひ》らき。喰《くい》しめたる口《くち》をおし明。自《みずから》水をふくんで清姫《きよひめ》の口にうつしければ。霊妙《せいめう》の秘薬《ひやくの》咽《んど》を通《とを》つて即座《そくざ》に積気《しやくき》しづまり。夢《ゆめ》の覚《さめ》たる心地《こゝち》にて。起《おき》あがり給へば。腰本《こしもと》共（七オ）肝《きも》をつぶしお姫さまのかんしやくは。早《はや》う治《おさま》るが。三日四日おそければ。十日も廿日もお術《じゆつ》ながるに。さても奇妙《きめう》な山伏《やまぶし》さまの御符《ふう》。これも権現《ごんげん》さまのお影《かげ》と伏拝《ふしおが》み。よろこびあふこそことはりなれ

第二　母《はゝ》は知《し》らぬが仏《ほとけ》見ぬが鼻《はな》のさき智恵《ぢゑ》

人《ひと》は陰気《ゐんき》躰中《たいちう》に満《みつ》れば。一呼吸《いつこきう》をまたず。清姫《きよひめ》は安珍入道《あんちんにうだう》の物がたりを聞《きゝ》て。はつと思ひしより気《き》をとりうしなひしに。霊妙《れうめう》の秘薬《ひやく》の徳《とく》なじかはしるしなかるべき。何《なに》やら咽《のんど》を冷《ひい》やりと通りしとおもふたれば。気《き》がつきしは白《しら》ぎくが薬《くすり》でもたもつたかと尋《たづね》給へば。いへ〳〵。わたしらはうろたへておりました内。あのお山伏《やまぶし》さまが御薬《くすり》をあなたの口からお前《まへ》のお口へ。すぐに水《みづ》をお入あそばしました。わたしらもどふぞ目《め》でも（七ウ）鼻《はな》でもまふたらば。あの山《やま》伏《ふし》さまの口から口へ水を入れて囉《もら》ふたらうれしからふと。白菊《しらぎく》がうら山しそふにいへば。清姫《きよひめ》はうつゝなき有さまに

て。そんならわしがしらぬ内にあなたの御口とわしが口と。先程《さきほど》わたしが水を上しはわたしが口からあなたの口へ。ほんに御縁《えん》とて命《いのち》の親《おや》さまと申たいが。いつそ死《しな》して下さりましたら取交《とりまぜ》た思ひのたねは。出来《でき》まひもの。お前が殺《ころ》して下さりますれば。私《わたし》が身《み》の本望《ほんもう》也。さあころして〳〵と無理《むり》から仕《し》かける口舌《くぜつ》のたね。今時《いまどき》のわかひ娘《むすめ》油断《ゆだん》のなるはひとりもなし。母《はゝ》は清姫《きよひめ》が歩行参《かちまい》りに気《き》づかひやまず跡《あと》をしたひて尋来《たづねきた》られ。持病《ぢびやう》のかんしやくおこりしを。山伏《やまぶし》さまの御かげにて本腹《ほんぷく》したるやうす。くはしく聞《きゝ》てほんにどなたか存ませぬが。いかひお世話《せわ》に預《あづか》りました。いよ〳〵（八オ）清姫心持《きよひめこゝろもち》はよひかと問《と》はれて。清姫《きよひめ》さしうつむきお気《き》づかひなされて下さりますな。あなたの結講《けつかう》*な御薬《くすり》やら水やらでと。じつと安珍《あんちん》を見《み》やりし目《め》の内《うち》に。無量《むりやう》の情《こゝろ》のこもるともしらず。これはまあ〳〵お山伏《やまぶし》さまは。娘《むすめ》が命《いのち》をお拾《ひろ》ひなされてくださりました。これを御縁《えん》に遊《あそ》ばして室《むろ》の郡《こほり》のやしきへも。必《かならず》お尋《たづね》下されと。いと念比《ねんごろ》のあいさつに。某《それがし》は都《みやこ》のもの熊野参詣《くまのさんい》*三十三度《ど》をいたすもの。さもあらば正治《しやうち》がもとを宿坊《しゆくほう》と定《さだ》め給へと。たがひにわりなく語《かた》る折《をり》から。櫂《かい》ほとな大小ほつこみ。額《ひたい》は眉間尺《みけんじやく》ほどぬき上し大男《おほおとこ》。うしろにふんばたかり。此娘《むすめ》子《ご》がもらひ度《たい》。忝《かたじけな》くも他戸《たと》の皇子《わうじ》さまの。なぐさみものにさし上るぞ。いやでも囉《もら》ふおゝでも貰《もら》ふ。身《み》どもは雲八《うんはち》といふものじやと。山あらしの吼《ほゆ》るやうないかつ声《ごへ》に。母《はゝ》は興《けう》さめなんぼう（八ウ）皇子《わうじ》さまでも。どなたでも。只《たゞ》独《ひとり》の秘蔵娘《ひそうむすめ》。めつたに渡《わた》す事《こと》なりませぬと。口《くち》にはいへど胸《むね》に責《せま》りし当惑《たうわく》を。見てとる安珍《あんちん》らうぜきせば見遁《みのが》さじと息《いき》を詰《つめ》て伺《うかゞ》へば。はて合点《がてん》の悪《わる》ひおばゞ四の五のなしに足本《あしもと》の明《あか》い内に。渡《わた》さずば為《ため》になるまひ。男《おとこ》のない娘《むすめ》を貰《もら》ふに。点《てん》のうち手《て》は有まいと。いふ詞《ことば》に心つき男があるとも〳〵と。母《はゝ》は清姫《きよひめ》に打《うち》むかひそなたをあのお侍《さむらひ》に渡《わた》したけれど。それそれに御ざる山伏《やまぶし》どのといふ。大事《だいじ》の夫《おつと》のあるからは。皇子《わうじ》さまへあげる事《こと》はならぬじやないかといふに。嬉《うれ》しき清姫そふとも〳〵。此山伏さまといふ大切《たいせつ》な男《おとこ》を持《もち》ながら。どふまあそれが外《ほか》へゆかるゝもので御ざんすぞ。なあ山伏《ぶし》さんそふではないかへ。はてしれた事《こと》そふとも〳〵と。互《たがひ》の目《め》まぜを見てとる雲八《うんはち》。これ〳〵毛坊主《けぼうす》あた丶か（九オ）そふに汝《なんぢ》が妻《つま》よおつとよなんど。たはむれごとをむま〳〵と。喰《くふ》やうな此鼻《はな》にはあらず。売主坊主《まいすぼうず》から。片付《かたづけ》んと。胸《むな》ぐらに取《とり》かゝるを。本来柔術《もとよりじうじゆつ》たんれんの安珍《あんちん》。清姫《きよひめ》つき〳〵を麓《ふもと》におろし。只一人《たゞいちにん》身《み》をかため。大江流《おほえりう》の自己《じ》の誤反《あやまりそり》はしといふものに。あをのけに打倒《うちたを》し。上《うへ》にまたがり働《はた》らかせず彼男《かのおとこ》は組《くみ》しかれながら。安珍《あんちん》をつく〳〵と見《み》て。於手前《おてまへ》は百川《もゝかは》の嫡子少将殿《ちやくししやう〳〵どの》にてはあらずやと。尋《たづ》ぬれば安珍もいかさまに。見《み》しりし皃《かほ》つきと。ためつすがめつ横手《よこで》をうつて。其方《そのほう》は宝剣《ほうけん》の御蔵預《みくらあづか》り。大江《おほえ》の友高《ともたか》にてはあらずや。御剣《きよけん》を失《うしなひ》しといつはり切《せつ》腹《ふく》したるていをなして。よくも御上《かみ》をいつはりしぞ。只今天下乱《たゞいまてんがらん》に及《およ》ぶ事元《もと》此宝剣紛失《ほうけんふんしつ》より事おこりて皆《みな》おのれがなすわざ也。宝剣《ほうけん》の有所《ありしよ》を真《まつ》すぐに（九ウ）申べし。包《つゝ》まば骨《ほね》をひしぎて尋《たづぬ》るぞと。鐺返《こじりがへ》しに骨《ほね》を砕《くだ》かれしばしはこたゆれど。たまりかねあゝ申まする〳〵。他戸《たど》の皇子《わうじ》さま私《わたくし》をひそかにお頼《たのみ》なされ。宝剣《ほうけん》を盗《ぬす》み出し。しんだる躰《てい》にて仕舞《しまひ》を付《つけ》よ。褒美《ほうび》は望次第《のぞみしたい》との御契約《けいやく》。そこらをぬからぬ此友高《ともたか》。まんまと宝剣《ほうけん》はぬすみ出《いだ》せど。皇子《わうじ》には似《に》せものを一ぱいすゝらせ。真《まこと》の宝剣《ほうけん》は手前《てまへ》にありと。いふに悦《よろこ》ぶ安珍《あんちん》。出《で》かした〳〵定《さだ》めてひそかに隠《かく》しをきて。山《やま》の部《べ》の親王《しんわう》へ奉《たてまつ》らんといふ所存《しよぞん》かと。*問《とは》れていへ〳〵さやうでも御ざりませぬ。是ほどの宝剣《ほうけん》をば人手《ひとで》に渡《わた》すが残念《ざんねん》さに。伏見京《ふしみきやう》町白子《しろこ》屋彦六《ひころく》と申へ二百五十両《りやう》の質物《しちもつ》に入れ。其《その》かねはしこだめておりまする。若《もし》お受《うけ》なされたくは。二百五十両の外《ほか》わたくしへ廿五両口銭《こうせん》が入りますると。今生死《いましやうじ》の界《さかい》も知《し》れず（十ノ廿オ）*手《で》ごめにあひながら。欲《よく》に目《め》のない。友高《ともたか》がとんよく心《しん》。安珍《あんちん》大きにいかり重〻《ぢう〳〵》の極悪《ごくあく》人。宝剣《ほうけん》をぬすみて他戸《たど》の皇子《わうじ》へもわたさぬ二股《また》がうやく。不忠不義《ふちうふぎ》の横道《わうだう》もの。思ひ知《し》れと数千丈《すせんじやう》。霞《かすみ》を隔《へだ》てたる谷底《たにぞこ》へ。蹴《け》おとせば。*岩石《がんぜき》ほねをくだき。*未塵《みぢん》になつて消《きえ》うせぬ。天罰《てんばつ》の程《ほど》ぞ浅《あさ》ましけれ

*㊂　因果《ゐんぐは》は廻《めぐ》る車《くるま》長持《なかもち》明《あけ》ていはれぬ主従《しう〱》

南良《なら》の都《みやこ》の片辺《かたほとり》に。世《よ》のうきふしを込《こめ》たる竹《たけ》がうしに鱗形《うろこがた》の突上窓《つきあげまど》。きのふうつりし新宅《しんたく》にも。すゝびかへりし鳴《なる》見郷右衛門《みがうえもん》とて。左大弁兼実卿《さだいべんかねざねけう》の家臣《かしん》なれども。子細《しさい》ありて浪人《らうにん》の身《み》と成。娘《むすめ》かるもは錦《にしき》の前《まへ》に。宮仕《みやづかへ》し広純《ひろずみ》の館《やかた》に奉公《ほうこう》せしが。主人広純《しゆしんひろずみ》の行跡《かうせき》を見限《みかぎ》り。親郷右衛門方《おやがうえもんかた》に帰《かへ》り。浪〻《らう〱》のあさましき暮《く》らし宿代《しゆくだい》の滞《とゞこほり》に今迄《いままで》の家《いへ》を明《あけ》て（十ノ廿ウ）きのふ此長屋《ながや》に引越《ひきこし》。一つへつついはしりをすへ。棚《たな》をつるべの腐《くさ》り縄《なわ》に。かゝらぬ家居《いへゐ》を。娘《むすめ》と郷《がう》右衛門《えもん》両《りやう》人の素人細工《しろうとざいく》さりとははかどらぬもの也。片《かた》はへ作《づく》りの相借屋《あいじやくや》十軒《けん》あまり。乳《ち》のみ子《ご》のなく声《こへ》やら。ふしの悪《わる》い義《ぎ》太夫ぶし。たゝきがねにとり交《まぜ》ての女夫喧嘩《めうとげんくは》。小哥《こうた》うたへばあなかしこ〳〵と御ふみさまをよむやら。不断《ふだん》銭湯《せんとう》にいりたる心地《こゝち》にて。さりとはやかましき事也。南隣《みなみどなり》の女房《にようぼう》は取持顔《とりもちがほ》に。前《まへ》だれがけにて茶《ちや》がまの下《した》に煙《けふり》のたつを見懸《みかけ》。けふはよひ日和《ひより》さまで宿《やど》がへのかたづきもちやく〳〵と出来《でき》ましやうと。追従《ついしやう》いふて茶《ちや》をもらひ。親《おや》より子《こ》いもじやと娘《むすめ》をほめ出《いだ》し。是《これ》の親父《おやぢ》さまはよい末《すへ》のたのしみ。今《いま》でも木辻《きつじ》へ出られたら。一廉《いつかど》の金《かね》になりませふと*不左法《ぶさほう》なるあいさつ。とかく身《み》すぎが大事《だいじ》でござる（廿一オ）

挿絵第三図（廿一ウ）

挿絵第四図（廿二オ）

明日《あす》から朝夕惣《あさゆふそう》ばしりて出合《てあい》ますれは。遠慮《えんりよ》なふ何事《なにごと》ても尋《たづね》さつしやれ。塩屋《しほや》も醤油《しやうゆ》やも向《むか》ひにござる。井戸《ゐど》はちつと遠《とを》けれど其《その》かはり水《みづ》がよふてしかも浅《あさ》ふて汲《くみ》よし。はした米買《こめかい》に行《ゆく》とて恥《はづ》かしひ事《こと》はござらぬ。此長屋中《ながやぢう》に帯《おび》した米《こめ》をみた衆《しゆ》はひとりも御《ご》ざらぬ。朝晩茶《あさばんちや》がゆ焼《たけ》ばとて人の物囉《ものもら》ふてたくではなし。あたり近所《きんじよ》へ遠慮《えんりよ》せずと。大様《おほやう》にすゝらしやれ。権《ごん》右衛門殿うゐ〳〵しうて悪《わる》ふごんしよと片言《かたこと》いふて立帰《たちかへ》りしなに。表《おもて》の家札《やふだ》に気《き》を付《つけ》。此林専太《はやしせんだ》夫《ゆふ》といふは。此比《ごろ》まで是《これ》にゐられた浪人衆《らうにんしゆ》の家札《やふだ》。明日《あす》出《で》がうしあらはしやる次手《つゐで》に。あの札《ふた》も水かけてさつはりと取《とつ》てしまはしやれ。後《のち》に火《ひ》をもらはかして下されと。取交《とりまぜ》ていひすて帰《かへ》るも世《よ》につるゝ心とて。さのみ珍《めづら》しからず。郷《がう》右衛門尾羽《おは》うちからし明日《あす》の煙《けふり》を立《たつ》べき手《て》だてつきて。（廿二ウ）無常《むじやう》を観《くはん》じ因果《ゐんぐは》は廻《めぐ》る車《くるま》長持《ながもち》に。古半櫃《ふるはんびつ》壱つ先《まつ》是成としろなさんと気付《きつき》。木辻《きつじ》の郭《くるは》に古道具《ふるだうぐ》やの与市《よいち》といへるちかづきあるを。幸《さいはゐ》に出行《いでゆき》ぬ。娘《むすめ》は跡《あと》にて掃《はい》つぬぐいつ。只《たゞ》ひとりいそがしき最中《さいちう》。十七八の娘《むすめ》足《あし》もしどろに息《いき》を切《きつ》てかけ入。追手《おつて》のかゝるものかくまい給はれといふ顔《かほ》を見れば。やあおまへは錦《にしき》の前《まへ》さまでないか。そなたはこし本《もと》のかるもではないかと。互《たがひ》にあきれ居《ゐ》たりしが。かるもふしぎはれやらず。是はまづどうしたお姿《すがた》ぞと尋《たづぬ》れば。されば委細《いさい》のやうすは跡《あと》にてかたるべし。聞及《きゝおよび》の通《とを》り安珍《あんちん》さまに引《ひき》わかれてより。他戸《たど》の皇子《わうじ》無躰《むたい》のれんぼ。うるさくやかたをぬけ出《いで》。そなたの内《うち》とはゆめにもしらず逃《にげ》こみしが。不思義《ふしぎ》の縁《えん》にて廻《めぐ》りあひたり追手《おつて》のもの、見付《つけ》ぬ内。はやう自《みづから》を隠《かく》してたもと。気《き》をいり給へど（廿三オ）月《つき》さへ忍《しの》びがたきあばらや。先此長持《ながもち》の中《なか》へ御究屈《ごきうくつ》ながら御這《は》入《いり》なされませと。おしひらきて車鎖《くるまぢやう》。おろす重《おも》荷《に》をなにくはぬかほ付。追手《おつて》にはあらで郷右衛門《がうゑもん》立帰《たちかへ》り宿《やど》がへして神《かみ》の棚《たな》へまだ御酒《みき》もあげず。太《たい》義《ぎ》ながら小なから買《かふ》て来《き》てくれよ。追付客《おつつききやく》もあれば饗応《もてなし》したいといふを。いやがる娘《むすめ》は跡《あと》のきづ

挿絵第三図

挿絵第四図

かひ。しかりつけて徳利《とつくり》をあてがひしは。此世《よ》の名残《なごり》とぞなりにき。娘に引《ひき》ちがふて入来《きた》る道具屋《だうぐや》の与市《よいち》。銭壱貫文持来《ぜにいつくはんもんもちきた》り車長持中《くるまながもちなか》をあらためんと立《たち》より。錠前《でうまへ》のおろしてあるは内のからを見《み》せぬ為《ため》かと。大笑《おほわらひ》してさらり〳〵と手《て》を打大儀《うちたいぎ》やすみに。酒一つ参《まい》つて下され。娘《むすめ》に取《とり》にやりましたと。念比《ねんごろ》のあいさつ。商売《しやうばい》に太義《たいぎ》はござらぬと下人《げにん》に長持引《ながもちひき》ずらせてかへりひぬ。内《うち》に大義《たいぎ》を謀《はか》る者《もの》は能心《よくこゝろ》をおさめ。能《よく》かへり見て（廿三ウ）行《おこなひ》をなすべし。真子《まなご》の源蔵兼連《けんぞうかねつら》は父《ちゝ》の鬱憤《うつふん》をはらさんため。諸国《しよこく》を廻《めぐ》つて敵専太夫《かたきせんだゆふ》を討《うた》んとかけ廻《めぐ》れと。似《に》たる名《な》の人もなく。林専太夫《はやしせんだゆふ》は南良《なら》の京晒町《きやうさらしまち》の片《かた》ほとりに。しのびありと告《つぐ》るものありければ。天《てん》の教《をしへ》とうれしく。片《かた》はへ作《づく》りの長屋《ながや》とばかりをしるべに尋《たづね》けるに。家札《やふだ》を見付《みつけ》。御亭主《ごていしゆ》おやどにかと声《こへ》をかけられ。郷《がう》右衛門《えもん》はどなたでござるぞ。此家《このいへ》の主《あるじ》は私《わたくし》でござりますと。何心《なにこゝろ》なく立出《たちいづ》るを。親《おや》のかたき思《おも》ひしれと弓手《ゆんで》の肩《かた》さきに切付《きりつく》れば。やれ卒忽《そこつ》して後悔《こうくはい》あるな敵《かたき》とよばるゝ覚《おぼへ》なしと。声《こへ》をかくれど無二無三《むにむざん》。覚《おぼ》えなしとは比興《ひけう》ものと。諸足《もろあし》なぎたて上《うへ》にまたがり。さあ専太夫遁《せんだゆふのが》れぬ所《ところ》ぞ宝剣《ほうけん》のあり所《ところ》を。少《すこ》しもつゝまず白状《はくじやう》せよ。かくさば苦《く》を見せ責《せむ》るぞと。いふに驚《おどろ》く郷右衛門《がうえもん》。くるしき息《いき》の（廿四オ）下《した》よりやれまつた。今《いま》の物語身《ものがたりみ》にとつて覚《おぼへ》なし。我《われ》は鳴見郷右衛門《なるみがうえもん》とてきのふ此所に移《うつ》りしが。専太夫《せんだゆふ》と詞《ことば》をかくるは表《おもて》の家札《やふだ》を拠《しやう》*このかたきうちかや。此比此所《ところ》を立《たち》のきたるこそ林専太夫《はやしせんだゆふ》といふ浪人《らうにん》と聞及《きゝおよび》し。其了簡違《そのりやうけんちがひ》と覚《おぼ》へたり。我年《われとし》つもりて六十余《よ》なれば。此世に一ッも望《のぞみ》はあらず。是皆前世《これみなぜんぜ》の因縁《ゐんえん》なるべし。其方《そのほう》に恨《うらみ》もなし。不便《ふびん》に思ふは娘《むすめ》のかるも計《ばかり》也。非業《ひがう》の死《し》と聞《きく》ならばさぞかなしく思ふらんと。今死《し》する身《み》にも子を思ふは人情《にんじやう》のならひなるべし。源蔵大《げんぞうおほ》きに仰天《ぎやうてん》して。扨《さて》は専太夫《せんだゆふ》おのれが咎《とが》を人《ひと》にゆづらん為《ため》。家札《やふだ》を残《のこ》し方〻《ほう〳〵》へ宅《たく》をかゆると覚《おぼ》えたり。家札《やふだ》を其《その》まゝおかれしは。貴殿《きでん》にも誤《あやま》り。心ばかりさきだつて深手《ふかで》を負《おふ》せしはなを誤《あやま》り。誤《あやま》りによき誤《あやま》りはなき事なれ共（廿四ウ）かゝる大《だい》それた誤《あやま》り世《よ》に有《ある》べしとも思はず。只今此方《たゞいまこのほう》にも切腹《せつふく》いたし。手前《てまへ》の誤《あやま》りをつくのふはづながら。信《まこと》の親《おや》のかたきをうつまで。しばらく我命《わがいのち》を預《あづ》け給へ。打《うち》おゝせば只今御物語《おんものがたり》の貴殿《きでん》の娘子《むすめご》の手《て》にかゝり。いさぎよく相果《あひはつ》べし。老木《あいき》*の深手《ふかで》しよせん叶《かな》ふべしと見えず。はやく苦痛《くつう》をたすかり給へと。ぐつとゞめをさし込《こみ》。腰《こし》なる矢《や》たて引出《ひきいだ》し。人違《ひとたが》ひにて御親父《しんぷ》を打たるは。紀州室《きしうむろ》の郡真子《こほりまなご》の源蔵兼連《げんぞうかねつら》といふ者《もの》。我親《われおや》の敵《かたき》をうつ大望《たいもう》有。仕課《しおふ》*ふせて後《のち》こそ。かならず其元《そこもと》の手《て》にかゝりて討《うた》るべし。郷右衛門殿《がうえもんどの》娘子《むすめご》へと書付《かきつけ》を残《のこ》し源蔵《げんぞう》は行《ゆき》がた知《し》らずなりぬ。やう〳〵とたち帰《かへ》る娘《むすめ》のかるも此躰《てい》を見てわつといふ声《こへ》に。相借屋《あいじやくや》あたり近所《きんじよ》さはぎたち。やれ人殺《ひところ》しよとひしめけば。喧嘩過《けんくはすぎ》ての（廿五オ）棒《ぼう》ちぎり木。一つもやくにたゝず。郷右衛門《がうえもん》は朱《あけ》になつて留迄《とゞめ》をさゝれて。打伏《うちふし》。錦《にしき》の前《まへ》をかくし置《おき》たる長《なが》もちも見えず。娘《むすめ》かるもは狂乱《きやうらん》のことくに成。なきさけべと甲斐《かひ》。*そなき。家主《いへぬし》も相《あひ》じやく屋も。十方《とほう》にくれあぐみ居《ゐ》たり。扨《さて》もうたてき人《ひと》の宿《やど》がへかな。

三之巻終

都《みやこ》嶋《しま》原《ばら》細見《さいけん》之《の》図《づ》　一《ひと》目《め》千《せん》軒《げん》　毎月改　全一冊

大坂新町《おほさかしんまち》細見《さいけん》之《の》図《づ》　澪標《みをづくし》　毎月改　全一冊

右弐色とも先達而より本出し置申候御求御覧奉頼上候（廿五ウ）

陽炎《かげろふ》日《ひ》高川《たかがわ》

四之巻　目　録

第一　伏見《ふしみ》の夜船《よふね》に乗《の》せてくる流《ながれ》の身《み》は浮上《うかみあが》る幸《さいはゐ》

人《ひと》の煩悩《ぼんのふ》八万四千有といへども。其中《そのなか》に色欲《しきよく》を以重しとす。女色《ぢよしよく》あてやかにして衣服《ゐふく》きら〱しく。香蘭《かうらん》の空焼袖《そらだきそで》ふる風《かぜ》に薫《くん》ずる時は。いかなる六通《ろくつう》の羅漢《らかん》。超凡《てうぼん》の尊者《そんじや》も。心をよせずといふ事《こと》なし。安珍入道《あんちんにうたう》は思はすも。清姫《きよひめ》に馴《なれ》て互《たがい》にわりなき中と成。熊野《くまの》へ詣《ま》ふでける帰《かへ》るさいつも正治《しやうぢ》がもとに五日十日逗留《たうりう》し。母《はゝ》の目《め》を忍《しの》びて契《ちぎ》りけるに。清姫《きよひめ》は天性《てんせい》と物妬《ものねたみ》ふかく。なれそめし日《ひ》より腰本《こしもと》はしたにも。いかな〱目《め》も見合させす。安珍熊野《あんちんくまの》の月参《つきまい》りの比《ころ》。少しもおそき事あれば。部屋《へや》に引《ひき》こもりなきかなしみければ。安珍《あんちん》もほつとして。少しは秋風《あきかせ》の荻《をき》の（三オ）うは葉《は》にさそふ風も外《ほか》にあれかしと。心《こゝろ》には思へど。真子《まなこ》の長者《ちやうじや》とて。人もうやまひ近国《きんごく》に隠《かく》れなきものなりければ。今浪〻《いまらう〱》の身《み》の頼《たのみ》よるべきかたもなく。一つには山の部《へ》の親王《しんわう》いかなる軍立《いくさたて》をもなし給はゞ。真子《まなこ》の家《いへ》を頼《たの》み。御軍用《ごぐんよう》をも調《とゝの》へさせんと思ふ。深《ふか》き心ありしによつて。清姫《きよひめ》が心《こゝろ》を背《そむ》かず。此比《ごろ》も真子《まなご》の家《いへ》にあつて。ひそかに金子《きんす》弐百五十両人しれずの無心《むしん》入用のすじは大切《たいせつ》のかたなの我《わか》手に入事なれば。其上《そのうへ》にてくはしくいひ聞《きか》すべしと。わりなき頼安珍《たのみあんちん》の事ならば。田《た》もやろふ疇《あぜ》もやろふと思ふ。清姫《きよひめ》も。よほどの金子心ひとつにて調《とゝの》ひかぬれど。ある袖《そで》はふりよくとふやらこふやら母《はゝ》の目をしのびて。二百五十両をとゝのへ安珍《あんちん》にわたせは。有がたしと受取《うけとり》風呂敷《ふみしき》につゝみ。腰《こし》にひん（三ウ）まき。今二三日はせめてと留《とむ》る清姫《きよひめ》にいとま乞《こい》ずて。輪《わ》げさ片手《かたて》に百八の見せかけ珠数《じゆず》。心づかひをくり交《まぜ》て。伏見《ふしみ》の京町白子《きやうまちしろこ》やが質店《しちたな》に尋《たつね》ゆかんと。津《つ》の国難波《くになには》につけば。はや暮《くれ》かゝる登《のぼ》り船《ふね》これ幸《さいはゐ》と八軒《けん》屋より。乗合《のりあひ》のひとり旅《たび》。尾州《びしう》のものもあれば。日向《ひうが》の者《もの》も有。抜参《ぬけまいり》の同行三人。座頭《ざとう》の官《くはん》あかり。小鼓《こつゞみ》打と思しき男《をとこ》も有。降《ふら》ずんはよう御ざらうと苫《とま》から首《くび》さし出して。空《そら》をのぞけば。ふとん壱枚《まい》が十五文づゝ。さあ酒参《さけまい》れ大茶碗《おほぢやわん》に一ぱいが六文と。どさくさとして出船《でぶね》のおそきは渡《わた》し守《もり》のならひぞかし。御用《ごよう》の飛脚《ひきやく》ともいふべきふとりし、なる男《おとこ》。関東声《くはんとうごへ》にて船頭《せんどう》はやく船出《ふねだ》せろとわめけば。其詞《そのことば》を耳《みゝ》にもかけす。ありさまひとりの借《かり》きりではあるまひし。出《だ》すなといはしやつても出《だ》す時分《じぶん》には出しまする。（四オ）

挿絵第一図（四ウ）

挿絵第二図（五オ）

どんど、いはしやるには及《およひ》ませぬ。こりや長介《ちやうすけ》よ。夕《ゆふ》べ伏見《ふしみ》で大仏《たいぶつ》屋の吼《ほへ》の市《いち》か。我《われ》に言伝《ことつて》して何やらくる物があるといふた。味《あぢ》をやるなと。艫《とも》と。舳《へ》と。十間計《けんばかり》隔《へだて》ての高声《たかごへ》。旦那衆《だんなしゆ》まあ二三人で舟《ふね》を出《だ》しまするといふに。娘《むすめ》らしき女《おんな》の四十計の男《おとこ》にともなはれ。所躰《しよてい》よく船《ふね》に乗移《のりうつ》りし時《とき》。川風《かはかぜ》すそを吹上《ふきあげ》しに白《しろ》き内股《うちもゝ》ゆかしく。是程《これほど》おもひある安珍《あんちん》の身《み》にも。見度心《みたきこゝろ》は凡《ぼん》夫《ぶ》のかなしさ。あをのいて見ると。女《おんな》がこちらむくとが出合《であひ》がしら。互《たがひ》に見合《みあはせ》やあおまへは少将《しやう》〱安珍《やすよし》さまじやないか。そなたは錦《にしき》の前《まへ》か。是は〱と持《もち》たる珠数《じゆず》のたま〱あふより。百《ひやく》八ぼんのふの種《たね》つどひ出て。にしきの前《まへ》は安珍《やすよし》にわかれて後《のち》。段《だん〱》〻の憂苦労《うきくらう》を語《かたり》。皇子《わうじ》の横《よこ》れんぼより腰本《こしもと》かるもかたへ逃《にげ》こみ。車長持《くるまながもち》共に木辻《きつじ》の里《さと》に身を売《うら》*られて。勤奉公《つとめぼうこう》のかなしき事《こと》とも取《とり》

挿絵第一図

挿絵第二図

交《まぜ》（五ウ）物《もの》がたりあれば。安珍《やすよし》も身《み》の置所《をきところ》なきなげき。たがひに手《て》に手《て》を取《とり》かはして。積《つも》るもの語《がたり》の最中《さいちう》。錦《にしき》の前《まへ》に付来《つききた》*りし男。むつかしい顔《かほ》付《つき》して。女中《ぢよちう》あの山伏《やまぶし》とはおなじみそふなが。先遠慮《えんりよ》して貰《もら》ひたし。こなたは近比《ちかごろ》南都《なら》の都《みやこ》。木辻《きつじ》にて突出《つきだ》しの新艘《しんざう》。よい鳥《とり》もかゝりそふなを。肝《かん》心《じん》の床《とこ》ぎらひにて評判《ひやうばん》わるく。難波《なには》の新町《しんまち》絵屋《ゑや》といふ所《ところ》へ。売《うり》かへられても脊《せ》がいたむの。腹《はら》がこはばるのと。勤《つとめ》をせぬによつて。長崎《ながさき》の丸山《まるやま》へ。一生不通《しやうふつう》にて。唐人《とうじん》の慰《なぐさみ》ものに行《ゆか》るゝを。きのふ六条《でう》の三筋町《すじまち》。きゝやう屋どん七といふ轡《くつは》が見たてゝ。下に置器量《おくきりやう》でない。内証《ないしやう》の訳《わけ》を立《たて》られぬは。ふかひ間夫《まぶ》があるに極《きは》まつた。その悪《わる》ひ虫《むし》さへなくば。十年切《ねんきつ》て弐百両とどん七が手《て》を打《うつ》て。其間夫《そのまぶ》のない受合《うけあひ》は。此鎌首《このかまくひ》の市兵衛（六オ）三筋町《すじまち》へ連《つ》れて登《のぼ》る。船《ふね》の中《うち》から。早間夫《はやまぶ》が付て始終《しじう》勤《つとめ》の邪摩《じやま》*など出来《てき》ては。太鼓《たいこ》ほどな判《はん》をおした市兵衛が立《たち》ませぬと。組《くみ》かはしたる両人《りやうにん》の手《て》を引分《ひきわけ》。是船頭殿場所《これせんどうどのばしよ》かへてほしうござると。つかふどなる声《こへ》にていふに。悲《かな》しく。只今《たゞいま》あの人《ひと》がいふに違《ちが》ひなく。色〳〵《いろ〳〵》の所《ところ》へ身《み》をうられ。勤奉公《つとめぼうこう》せよとさま〳〵に責《せめ》さいなまるれど。一たびおまへと勅諚《ちよくでう》にて夫婦《ふうふ》の契約《けいやく》。たとひ此身《このみ》はずた〳〵にきざまるゝとて。外《ほか》の男《おとこ》にはだをけがす心《こゝろ》にあらず。うどん花《げ》よりも希《まれ》に御目《おんめ》にかゝりしは。神《かみ》仏《ほとけ》のお引合《ひきあはせ》。私《わたし》も最《も》はや覚悟《かくご》を極《きは》めましたれば。定《さだ》めて只今《たゞいま》がながきわかれと存《ぞんじ》まする。若《もし》や海《うみ》川へも身《み》を沈《しづ》めしとお聞《きゝ》なされなば。一へんの念仏《ねんぶつ》申て給はれと。ほろりと泣《ない》たる有さまこれこそ。熱《あつ》い泪《なみだ》といふべし。安珍段《あんちんだん》〻〱のやうすを聞《きゝ》（六ウ）われゆへにかゝる苦《くる》しみをさする事と。かなしさ六根《ろくこん》にしみ渡《わた》り。気《き》づかひあるな。弐百両の金《か》子《ね》は只今《たゞいま》あのものへ渡《わた》し。さつはりと埒《らち》を明《あけ》て。是より何《いづ》かたへも伴《ともな》ひ行《ゆく》べしと。腰《こし》にまきし風呂敷包《ふろしきづゝみ》より。宝剣《ほうけん》の質物代《しちもつだい》。金《きん》五十両包《つゝみ》五つ出して錦《にしき》の前《まへ》に見《み》すれは。姫《ひめ》は手《て》を合《あはせ》て嬉《うれ》しなみだに物《もの》をもいひ給はず。かま首《くび》の市兵衛は安珍《あんちん》がみすぼらしき姿《すがた》を見て。始《はじめ》のほどはせゝら笑《わら》ふてゐたりしが。五十両包《つゝみ》五つ出せしにぎよつとして。俄《にはか》に詞《ことば》つきなをし。私《わたくし》は肝煎《きもいり》の分《ぶん》一をとつて世《よ》を渡《わた》る男《おとこ》。勤《つとめ》さしまする事《こと》をいやじやと思し召《めす》なら。弐百両の外《ほか》に六七十両。利付《りづけ》をなされましたらば。三筋《すぢ》町の轡《くつは》屋が手前《てまへ》は。私《わたくし》はたらきまして。うつくしう済《すま》して進《しん》じませふ。お素《しろ》人《うと》がたが是非《ぜひ》お望《のぞみ》なされたら。轡《くつは》屋からは足《あし》（七オ）本《もと》を見まして。てんと四百《ひやく》はいとは申まするると。最前《さいぜん》の弐百五十両《りやう》を見入れしかまくびの市兵衛。長き爪《つめ》を磨《とぎ》たてゝ。聞いれねば佗言《わびこと》たら〴〵にて。どふやらかふやら二百五十両にて錦《にしき》の前《まへ》を受取《うけとり》。風呂敷《ふろしき》の塵《ちり》を払《はら》ふて。烏《からす》のねぐらを出る比伏見《ふしみ》の京《きやう》ばしに着《つけ》ば。市兵衛は元金《もとがね》の弐百両引残《ひきのこり》五十両の金《かね》のわらんづ引しめ。御縁《ごえん》もあらば重《かさ》ねてと。よひ機嫌《きげん》にておさらば〳〵

第二　気《き》も呉竹《くれたけ》の伏見《ふしみ》の里《さと》に心《こゝろ》を奥座敷《おくざしき》

本朝《ほんてう》に男女《なんによ》心を合《あはせ》て。互《たがい》に剣《けん》げきにつらぬかれ。又はくびれて死《し》する事を心中《しんぢう》となづくる。字義《じぎ》さりとはすまぬ事也。心中《しんぢう》とは心《こゝろ》の中《なか》とよみ或《あるひ》は心のうちとも訓《くん》ずれば。人《ひと》にいはずして工夫了簡《くふうりやうけん》などするを心中《しんぢう》とはいふべきに。互《たがひ》にさしちがへて（七ウ）死《し》する類《たぐ》ひを。心中《しんぢう》とはいふべからす。唐《から》にては是《これ》を并命《べいめい》と号《なづけ》て。命《いのち》をならぶると書《かき》たる文字《もじ》。さも有べき事也。安珍入道《あんちんにうだう》錦《にしき》の前《まへ》は。伏見《ふしみ》の舟着《ふなつき》より手《て》をとりて。船《ふね》よりあがりて平野屋《ひらのや》といふはたこやの奥《おく》ざしきにて。足《あし》を休《やす》めたがひにかけ盃《さかつき》に。塗箸《ぬりばし》そへて小梅干《こむめぼし》と。塩《しほ》ざんせうのさかな。二世かけて夫婦《ふうふ》の固《かた》め。世《よ》にあらは金銀《きん〳〵》のかはらけ。相生《あいおひ》の嶋台《しまだい》。七五三の式《しき》。十二種《しゅ》の菓子《くはし》。饗《けう》の膳《ぜん》。白絵《しらゑ》のてうし。などゝひしめくべきに。あるにもあらぬふたりがさまなれ共。信《まこと》の心通《つう》じてうれしいと。思《おも》ふ身《み》からは*感陽宮《かんようきう》よりも増《まし》なるべし。亭主《ていしゅ》と思しき男奥《おとこおく》ざしきに来《きた》りて。安珍の袖《そで》をひかへ此あたりは鷲塚弾正《わしづかだんしやう》さまと申す。他戸皇子《たどのわうじ》さまの御家老衆《ごけらいしゅ》*の御支配《しはい》下《した》にて。此比《このごろ》は毎度《まいど》御触状《おふれてう》廻りて。少将《しやう〳〵》安珍《やすよし》といへる（八オ）ざん切の山伏姿《やまぶしすがた》に成たるもの。もし其辺《そのほとり》をうろたへまはる事もあらば。からめとりて出《いだ》すべしと。きびしきお尋《たづね》。今朝《けさ》ほどふねの上《あが》り場《ば》より鷲塚《わしづか》さまの隠《かく》し目付衆《めつけしゅ》。おふたりを付ねらひてさきほどから。手前《てまへ》のみせさきへ五六人もお出《いで》なされと*。じろ〳〵奥《おく》のかたを見ら礼《れ》ます。もしや御身《おんみ》に少しにてもおぼへ有ば。早《はや》う此場《このば》をおたちなされませと。終《つゐ》に合《あは》ぬ亭主《ていしゅ》がやさしき志《こゝろざし》。安珍《あんちん》も大《おゝき》におどろき。我身《わがみ》一人ならばたとひ取手《とりて》の者おそひ来《きた》るとも。打破《うちやぶ》りてとをるべけれど。何をいふても足《あし》よはの姫《ひめ》を同道《たう〳〵》したれば。けがあやまち有ては取返《とりかへ》されず。諸《もろ》ともにうら道より抜出近江《ぬけいであふみ》のかたにしるべあれば。此所《このところ》にしばらく身《み》をかくさんと。おのづと心《こゝろ》もさがりかゝる藤《ふぢ》の森《もり》に出《いで》けるに。きのふけふ立《たち》しと見へて。高札《たかふだ》あり。何事《なにごと》にやとたち（八ウ）より見れば。錦《にしき》の前《まへ》とて年比《としごろ》十七八の女。鼻筋《はなすじ》をし通《とを》りふたかはにて目《め》の内《うち》すゞしく。口もとちいさく恰好《かつかう》すらりとして中肉《ちうじゝ》なり。若見《もしみ》あたりたらば。他戸《たど》の皇子《わうじ》の御所《こしよ》へさつそく注進《ちうしん》すべし。恩賞《おんしやう》は望次第《のぞみしだい》と書《かき》たり。二人はあきれて物《もの》もいはず。漸《やゝ》あつて安珍泪《なみだ》をおさへて。坪《つぼ》の内小庭《うちこには》などの飛石《とびいし》を歩《あゆ》むに一つ踏《ふみ》ちがゆるときは。其《その》行足皆其《ゆくあしみなその》あひだを踏《ふむ》ごとく。今安珍《あんちん》が身《み》に少《すこ》しもあやまりなくして。親《おや》の命《めい》に背《そむ》きし。踏違《ふみちが》ひより。あるとあらゆる難儀《なんぎ》どもかさなり。責《せめ》ても勅諚《ちよくでう》の夫婦《ふうふ》の道《みち》も立《たて》ば。網代《あじろ》の魚《うを》。籠《かご》の鳥《とり》のやうにふたりともお尋《たづ》ねものよなんど。しかばねの上《うへ》の恥《はぢ》をさらさんこと。三世《さんぜ》の諸仏《しよぶつ》も見すて給ふかや。紀州室《きしうむろ》の郡《こほり》にはしばらく身《み》を隠《か》*すかたもあれど。是《これ》も船《ふね》の内《うち》の金子《きんす》の訳《わけ》たゝぬ中《うち》は（九オ）其方《そのほう》へも忍《しの》びがたし。別《べつ》して女連《をんなづれ》にてはどふもゆかれぬ義理《ぎり》あれば。とかく

挿絵第三図

いづくをあてどに行《ゆく》べきかたもなく。殊《こと》に路銭《ろせん》のたくはへとてもなければ。此辺《このへん》にさまよひ居《ゐ》るならは。此二人《ふたり》が形《なり》恰好誰《かつかうたれ》が見ても。安珍《あんちん》錦《にしき》の前《まへ》と札《ふだ》を付《つけ》ぬ計《ばかり》の事《こと》なれば。もはや我《われ》〳〵も是迄《これまで》の運命《うんめい》也。御身《おんみ》は皇子《わうじ》のかたへしんぼうしてゆかるれば。一生何《いつしやうなに》にくらからぬ身《み》の栄花《えいぐわ》。我《われ》は豊後橋《ぶんごばし》よりうき身《み》をなげて。此世《このよ》のくるしみを早《はや》く遁《のが》れたし。耳《みゝ》かき一ほんさへなければ。腹《はら》を切《きる》べき方便《てだて》もなし。百川《もゝかは》の家《いへ》の嫡子《ちやくし》かくまでも世になりくだるものかと。血《ち》の泪《なみだ》をながせば。錦《にしき》のまへも涙《なみだ》にくれ。空《そら》をかける燕《つばめ》。水《みづ》にすむおし鳥《どり》も。其《その》一つ離《はな》るゝ時《とき》は。かた〳〵はこがれて死《しぬ》ると承《うけ給はり》ぬ。ましてそなたさまとは天下《てんか》はれたる夫婦《ふうふ》の中《なか》。薄《うす》き契《ちぎ》りに厚《あつ》きえんは前世《ぜんぜ》よりの約《やく》（九ウ）束《そく》。来世《らいせ》は同《おな》じ蓮《はちす》の上に座《ざ》を分《わけ》て。楽《たの》しみ参《まい》らせんと。懐中《くはいちう》より白地《しらぢ》の錦《にしき》の袋《ふくろ》を取出《とりいだ》し。此中《うち》なる剣《つるぎ》は。他戸《たど》の皇子常《わうじつね》に枕本《まくらもと》をはなさず。秘蔵《ひそう》有し。剣《つるぎ》。無躰《むたい》のふ義《ぎ》の気《き》まゝ酒《ざけ》に酔《ゑひ》みだれて伏《ふし》給ふ内。自《みづから》ぬすみ取《とり》て御所《ごしよ》を。立《たち》退《のき》候は。もしや追手《おつて》のつよくかゝりて遁《のが》れがたくば。其時《そのとき》こそ此剣《このつるぎ》のうへに伏《ふし》さふらはんと。奪《うば》ひとりてより身《み》をはなさず大事《たいじ》にかけしも。お前《まへ》と夫婦《ふうふ》の縁《えん》のふかきしるし。此剣《このつるぎ》に二人ともつらぬかれながき世《よ》にで*誰《たれ》に恐《おそ》るゝものもなく。添《そひ》はてまする心中《しんぢう》ぞと。安珍《あんちん》に語《かた》りし詞《ことば》をとりて。末《すへ》の世《よ》にいたりても命《いのち》をならへて。共《とも》に死《し》するを心中《しんぢう》とはいひならはせり。安珍《あんちん》は二言《にごん》の詞《ことば》にも及《およ》はず。天晴今《あつはれいま》の世《よ》の貞女《ていぢよ》。何《なに》が扨《さて》そなたさへ心《こゝろ》か

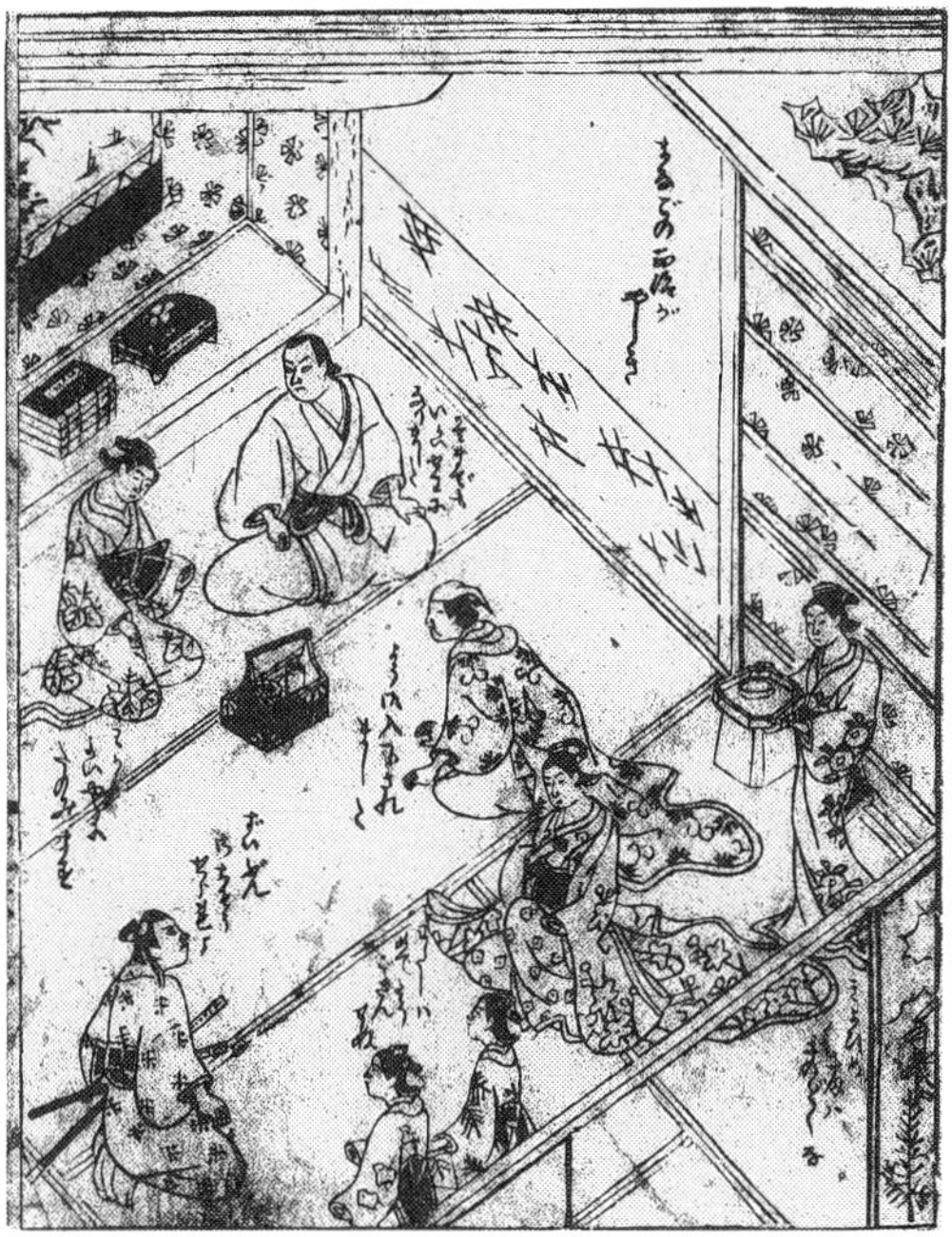

挿絵第四図

はらずは諸《もろ》ともにさしちがへんと。又本《またもと》の道《みち》にぞ立帰《たちかへ》る。(十ノ廿オ) さだといへる縄手堤《なはてつゝみ》のしげりたる林《はやし》の中《うち》へ。ふたりともに座《ざ》を組《くみ》。裾《すそ》のつまを結《むす》び合《あはせ》て。安珍《あんちん》は袋《ふくろ》の内《うち》より。氷《こほり》の如《ごと》く成剣《つるぎ》をぬき放《はな》さんとこい口《ぐち》をくつろぐれば。剣《つるき》の気天《きてん》に登《のぼ》り。地震鳴動《ぢしんめいどう》して。林《はやし》の内《うち》ひゞきわたり。今死《いまし》する身《み》にも恐《おそろ》しう覚《おぼ》えて。しばしはあきれて。互《たがひ》に吐息《といき》をつく。折《をり》ふし。真子源蔵兼連《まなこのげんぞうかねつら》あやまつて鳴見郷右衛門《なるみがうゑもん》を討《うち》しより。弥《いよ〳〵》無念《むねん》におぼへ近《きん》国《こく》を尋《たづね》さがすといへども。専太夫《せんだゆふ》が行衛《ゆくえ》知《し》れざればー先本国紀州《まづほんごくきしう》へ帰《かへ》らんと。尾張《おはり》の国《くに》より近江路《あふみぢ》を越《こへ》。山城《やましろ》にかゝりて呉竹《くれたけ》のふしみを過《すき》て。川辺《かはべ》づたひに歩《あゆ》み行《ゆく》。鉄気天《てつきてん》をつんざき。一つの森《もり》の内《うち》しきりに鳴動《めいどう》しければ。こは心得《こゝろえ》ぬ有様《ありさま》かなと。立よりて奥《おく》を見れば。都育《みやこそだち》のいとやさしきをんなを。ざんぎりの男《おとこ》つるぎを抜《ぬき》もち。すでに雪《ゆき》のはだへにおし(十ノ廿ウ)立んとする気色《けしき》なれば。源蔵《げんぞう》こらへず。両人の中《なか》に分入死《わけいりしな》ねはならぬ義理《ぎり》ならば。此方更《このほうさら》ゝとむる心《こゝろ》にはあらねとも見た所が色事《いろごと》と看板《かんばん》を打《うた》ぬ計死《ばかりし》して。未来《みらい》にて添《そ》ふていると云便宜《びんぎ》おとづれも終《つゐ》にきかず。先我《われ》に任《まか》されよと。安珍《あんちん》が持《もち》たる剣《つるぎ》をおつとりつく〳〵と見て。大《おほ》きにおどろき。扨《さて》こそ最前《さいぜん》の震《しん》動外《とうほか》の事《こと》にはあらず。忝《かたじけなく》も此御剣《このみつるぎ》は。雷鳴《らいめい》の宝剣《ほうけん》とて代《たい〳〵》ゝ伝《つた》はりし。我家《わかいへ》の重宝《てうほう》。此御剣《このみつるぎ》のありかを尋《たづね》ん為《ため》。方《ほう》〳〵かんなんを経《へ》しが。今不思儀《いまふしぎ》に我手《わがて》に入る事《こと》。天道我《てんたうわれ》を捨《すて》給はず。運命《うんめい》をひらくべき時節《じせつ》いたれり。扨此宝剣《さてこのほうけん》はいづくより盗《ぬす》み出し。今汝《いまなんぢ》か手《て》には渡《わた》りしぞつゝまず。真《まつ》すぐに白状《はくじやう》すべし少《すこ》しもちんぜば。山伏首引《くびひき》ぬくぞと。鍔《つば》もとくつろげ。もはや真《まこと》の敵《かたき》に出合《であひ》し心《こゝろ》にて。いさといはゞ打《うち》はたすへき（廿一オ）

挿絵第三図（廿一ウ）

挿絵第四図（廿二オ）

顔色《かんしよく》に姫はかなしく全《まつたく》それなるおかたの御存にては*未塵《みぢん》もあらず。恥《はづ》かしながら自《みづから》朝庭《てうてい》にかくれなき橘《たちばな》の道成《みちなり》か娘《むすめ》にしきの前《まへ》と申者《もの》。他戸《たど》の皇子《わうじ》の無躰《むたい》のれんぼゆへ。夜《よ》にまぎれ御所《ごしよ》を立《たち》のき候折《おり》から。皇子《わうじ》の枕本《まくらもと》にありし。宝《ほう》剣《けん》をうばひとりて出《いで》し事《こと》なれば。此宝剣《ほうけん》が雷鳴丸《らいめいまる》やら。何《なに》やらかやら存ませず。どうでも死《し》ぬる命《いのち》なれども。盗人《ぬすびと》のやうに思召《おぼしめし》ては。われ〳〵夫婦《ふうふ》が一分《ぶん》もたゝず。申訳《わけ》は只今《たゞいま》のとをりなれば。剣《つるぎ》がほしくば進《しん》じませふ。二人ともにお手《て》にかけられ。殺《ころ》してだに下されなば。此上の望《のぞみ》なしと。思《おも》ひきつたる二人の詞《ことば》。あはれにもいじらしき

第三　いもせの爪《つま》さき結《むす》んで朽《くち》ぬ三世《さんぜ》の主従《しう〳〵》

天物《てんもの》いはず。人を以《もつて》しらしむるとは。かやうの事をいふべきにや源蔵兼連《けんぞうかねつら》は。錦《にしき》の前《まへ》の物語《ものがたり》をきくより。三度笠《さんどがさ》かなぐりすて。（廿二ウ）一間計飛《けんばかりとび》すさりて両手《りやうて》をつき。姫君《ひめぎみ》さまには。御*幼生《ようしやう》の折《をり》にて御覚《おぼ》へも有まじきながら。私《わたくし》儀《ぎ》は御父道成公《ちゝみちなりこう》譜代《ふだい》の御家人《けにん》。真子《まなご》の正治《しやうぢ》が悴《せがれ》。真子《まなご》の源蔵兼連《げんぞうかねつら》と申者《もの》。道成公《みちなりこう》御遁世《とんせい》の後《のち》は。御家《おいへ》を治《をさむ》る者もなく。佞臣《ねいじん》ども立合《たちあひ》。欲《よく》心第一の御伯父《おんおぢ》広純卿御《ひろずみきやうご》家《か》とくを無理《むり》に御預《おあづか》りなされしに。其折《おり》から姫君さまにも。五六才にて広純卿《ひろずみけう》のおやかたへ御入遊《あそば》され。親正治《おやしやうぢ》は常〻《つね〳〵》諫言《かんげん》を申が曲事《くせこと》とて。*広純卿《ひすみけう》よりいとま給はりたれど。日月信《しん》を照《て》らし。朝庭《てうてい》へ召出《めしいだ》され候処《ところ》。親正治《おやしやうぢ》は非業《ひごう》に命《いのち》をほろぼし家《いへ》の重宝雷鳴丸《てうほうらいめいまる》の剣《つるぎ》まで。紛失《ふんじつ》いたし。方〻《ほう〳〵》と有家《ありか》

を尋《たづぬ》る内《うち》。今はからずも御剣《ぎよけん》の手《て》に入《いり》。絶《たへ》て久《ひさ》しき主《しゆ》君の姫君《ひめぎみ》に廻《めぐ》り合奉《あひたてまつ》ること。三世《さんぜ》の契《ちぎ》りあさからぬしるし。扨又《さてまた》あれなる山伏殿《やまぶしとの》にはいかなる御方《おかた》なれば。姫君《ひめぎみ》とさし違《ちか》へんとはし給ふぞと尋《たづぬ》れば。安珍《あんちん》さし寄《より》（廿三オ）勅諚《ちよくでう》の夫婦《ふうふ》ながらも。そはれぬやうすふしぎにきのふ船《ふね》の内《うち》にて廻《めぐり》あひ。二百五十両の身《み》の代《しろ》にかへて引取《ひきとり》し事共《ども》。其外《そのほか》紀州《きしう》の屋かた御母儀《ぼぎ》清姫もろともの介抱《かいほう》に預《あづか》りし事《こと》までをかたり。百川《もゝかは》か嫡子少将《ちやくししやう》安珍《やすよし》なりと。くはしく物語《ものがたり》あれば源蔵横手《げんぞうよこで》を打《うつ》て。人間万事塞翁《にんげんばんじさいおう》が駒《こま》と。古人《こじん》の申せしごとく。我今《われいま》迄のかんなんを経《へ》ずんば此幸《さいはゐ》を得《え》申べきや。少しも御気遣《きつかひ》遊ばさるるな源蔵《げんぞう》御両人《りやうにん》さまを御供《とも》申。私宅《したく》に帰《かへ》り。吉日をえらみ。御婚礼《ごこんれい》の儀式《ぎしき》を。調《とゝの》へ申べし。此御剣《このみつるぎ》は私《わたくし》へ下しおかれ。則本《すなはちもと》の殿《でん》へ勧請《くはんじやう》申たし。宝剣《ほうけん》は本《もと》へ納《おさま》る主君《しゆくん》の御《お》娘子は。私《わたくし》やしきへ入《い》れ申す安珍《あんちん》さまは。山《やま》の部《べ》の親王《しんわう》の御味方《かた》此上の大慶《たいけい》なしと。源蔵《げんぞう》は小おとりして悦《よろこ》べは。錦《にしき》の前限《まへかぎ》りなく悦《よろこ》び給ひ。とかく此上は源蔵とやらよいやうに頼《たのむ》ぞやと。（廿三ウ）うれしゐ最中《さいちう》に。気《き》のうかぬ安珍《あんちん》の皃付《かほつき》。成ほど姫と婚れいの儀式《ぎしき》もむすび。宝剣《ほうけん》も其元《そこもと》へ渡《わた》し申すに違背《ゐはい》なし。去《さり》ながら祝言《しうげん》の座敷《ざしき》の儀《ぎ》を。源蔵どの御宅《たく》にてとはちつと此ほうに気《き》の毒《どく》有。母人《はゝびと》も清姫にも。同じ内《うち》に居《ゐ》らるれば。祝言《しうげん》など、はさし合めきてあしければ。とても事《こと》に外《ほか》のやしきへ両《りやう》人《にん》とも置《おい》て給はれと。清姫《きよひめ》と人しれぬ訳《わけ》。胸《むね》にぎつくりとつまつて。もじ〳〵とせらるるを。源蔵不審顔《げんぞうふしんかほ》にて。婚礼《こんれい》は五倫《ごりん》の大礼《たいれい》。天地《てんち》の条目《でうもく》也。母《はゝ》やいもうとがあればとて。さし合《あひ》とは心得《こゝろえ》申さず。是皆《これみな》御れいらくのお身《み》からゆへ。御心のもつれにてすじなき御えんりよも出申せば。何事《なにごと》も此源蔵に御任《まか》せと。あたりにてあんだ籠《かご》をかりよせ。我身《わかみ》もともに打のり。紀州室《きしうむろ》の郡《こほり》まで。時《とき》なしの八枚肩《まいがた》。三丁《てう》をならべておさせける。朝霧《あさぎり》も立《たち》のぼらぬ程《ほど》にて（廿四オ）さだの村《むら》を立出《たちいで》。人顔《ひとがほ》見えて蚊《か》やり火薫《びくゆ》る比《ころ》。室《むろ》の郡真子《こほりまなご》の正治《しやうぢ》がやかたに着《つき》ぬ。程経《ほどへ》て見ざりし母妹《はゝいもうと》夢《ゆめ》の心地《こゝち》して悦《よろこ》べば。つゞゐて安珍《あんちん》のかごをかき入ぬ。いか成事《こと》にて安珍《あんちん》どのと。源蔵には知《し》る人に成しと。母人《はゝびと》のふしんせらるる跡《あと》より。錦《にしき》の前《まへ》おもはゆげに。座《ざ》になをれば。源蔵《げんぞう》は母清姫《はゝきよひめ》二人を近付《ちかづけ》。是《これ》に御座《ござ》なさるは。錦《にしき》のまへさまと申て。古主《こしう》橘《たちばな》の道成《みちなり》公の御姫君《ひめぎみ》。又是なる安珍公《あんちんこう》には先《さき》だつて。ふしぎの縁《えん》にて爰元《こゝもと》へもお越有《こしあり》しとの御物語《おんものがたり》。只人《たゞびと》の修験者《しゆげんじや》と思ひ居《ゐ》給ふらん。是《これ》は参議中衛《さんぎなかのえ》の大将《だいしやう》。藤原《ふぢはら》の百川《もゝかは》の御嫡子少将《おんちやくししやう》安珍《やすよし》さまとて。則《すなはち》是なる姫《ひめ》君《ぎみ》とは勅諚《ちよくでう》によつて天下《てんか》はれての御夫婦《ごふうふ》を。他戸《たど》の皇子《わうじ》の悪逆《あくぎやく》より。いろ〳〵と御苦労《ごくらう》有しを。安珍《やすよし》さま二百五十両の金《かね》を出して。錦《にしき》の前《まへ》さまを御請《うけ》なされ。御縁朽《えんくち》せず。今此やかたへ御供《おんとも》申たり。只今《たゞいま》までの（廿四ウ）山伏あいさつを取《とり》をき。錦の前《まへ》さま御連合《つれあひ》なれば。我〻《われ〳〵》か御主人同然《ごしゆじんだうぜん》。吉日をえらみて急〻《きう〳〵》御祝言を調べし。家《いへ》の宝剣《ほうけん》もふしぎに姫君《ひめぎみ》の御陰《かげ》にて。我手《わがて》に入たれば。悦《よろこ》び給へと。語《かた》りけれは母《はゝ》は大きに肝《きも》をつぶし。扨《さて》は道成《みちなり》さまの姫君《ひめぎみ》さまにて渡《わた》らせ給ふか。見《み》ぐるしき住居《すまゐ》なれど。御世《ごよ》に出給《いでたま》ふまでは。いつまでもこれに御足《あし》をとめられ。娘清姫《むすめきよひめ》を御腰《こし》本《もと》におつかひ遊《あそ》はし。御心置《こゝろをき》なふ御入遊《あそ》ばせ宝剣《ほうけん》も。御陰《おかけ》にて家《いへ》に治《おさ》まりし御事《こと》。過ゆかれし正治《しやうぢ》も。草葉《くさば》の陰《かげ》にていかほどか有《あり》がたがり申さるらん。又安珍様《あんちんさま》にはさやうの御かたとも存ぜす。今迄《いま》は一とをりのお山伏《やまぶし》と存。御心やすふ慮外《りよぐはい》を申て母も姫《ひめ》もいかほどかお恥《はづ》かしう存ます。きよ姫《ひめ》御断《ことはり》申上やといへども。清姫《きよひめ》は源蔵《げんぞう》が物語《ものがたり》の内《うち》より。顔色《かんしよく》かわりふるひわなゝき。持病《ぢびやう》の肝《かん》しやく胸《むね》にせまつて。手足《てあし》を（廿五オ）もがきわつとさけび打《うち》ふしければ。人〻《ひと》肝《きも》をけして。やれ気《き》つけよ人参《にんじん》よと。さはげどもいかな〳〵。聾《つんぼ》ほども聞《きか》ず。母《はゝ》は思《おも》ひ出《いだ》し日外《いつぞや》のしるし有し。霊妙《れいみやうぐはん》丸をと安珍《あんちん》へ所望《しよもう》すれば。肝《かん》しやくが発《おこ》るは其筈《そのはづ》と。合点《がてん》しなからやうすもいはれず。安珍《あんちん》はこは〳〵薬《くすり》を出し。茶碗《ちやわん》の水《みづ》とも。清姫《きよひめ》へさし出《いだ》せは。苦《くる》しき目《め》をひらき安珍《あんちん》か持し茶碗引《ちやわんひつ》取投《なげ》付れは。安珍《あんちん》が額《ひたい》ぎはより。血《ち》をながせば。人〻大きにさはぎ。いつもより今度《こんど》は大《おほ》おこりじやと。さはぎ立《たち》。伊勢《いせ》のお雛形《ひながた》。金毘《こんひ》羅さまの御《お》守《まもり》よ。鍼《はり》たての道鉄《だうてつ》へ人《ひと》を走《はし》らせよ。道成寺《だうしやうじ》の御住持《ぢうぢ》さまの御香水《こかうずい》囉《もら》ひにやれよと腰本《こしもと》はしたがさはぎ立《たつ》れば。勝《かつ》手《て》はお客《きやく》への馳走《ちそう》の料理《りやうり》。たき立《たつ》る釜《かま》の内家内《うちかない》もともににえかへりぬ

四之巻終（廿五ウ）

陽炎《かげろふ》日《ひ》高川《たかがわ》

五之巻目録

第一　祝言《しうげん》の盃《さかづき》 指合《さしあひ》を操出《くりだ》す泪《なみだ》の玉糸《たまいと》

子《こ》をあはれまば。多《をほ》く棒《ばう》をあたへよ。子《こ》をにくまば多《おほ》く食《しよく》を与《あた》へよとの金言《きんげん》尤《もつとも》なるかな。四民《しみん》ともに相応《さうをう》の人らしき家《いへ》にむまるる娘は。藁《わら》の上《うへ》よりあまやかして。あらき風《かぜ》にもあてず。糸《いと》さま〳〵ともりはやして。無性《むしやう》にはたよりほめそやし。心《こゝろ》のまゝに育《そだて》ぬれば。おのれが心に少《すこ》しも気《き》に合《あは》ぬ事《こと》あれば。泣《ない》ておどすによつて。つき〳〵の者《もの》も先《まづ》当分《たうぶん》のやかましきをいとひて。心《こゝろ》の儘《まゝ》に持《もつ》て参《まい》れば。家内《かない》にたれこはいものなく。二親《ふたをや》は余念《よねん》なく。涎《よだれ》をながして。むすめも先日《せんじつ》人中《なか》でかやう〳〵の利根《りこん》なる事を。申《もうし》ましたと吹聴《ふいてう》するこそ愚《おろか》なれ。其娘人《そのむすめひと》の詞《ことば》をきゝはつりていひ。あるひは（三オ）咄《はな》しの内《うち》に詞《ことは》かず多《おほ》き中《なか》には。一つや二つは利《り》に当《あた》る事も有もの也。夫《それ》を知恵《ちゑ》ありとはいふべからす。浮草《うきくさ》のことくにて根《ね》の有事にはあらず。段〻《だん〳〵》と持長《もちちやう》じて。成人《せいじん》にしたかひて持病《ぢびやう》のわがまゝやまず。若是《もしこれ》に異見《ゐけん》くはゆる時《とき》は。気屈《きくつ》して腕《むね》をふさぎ。我心《わがこゝろ》に合《あは》ぬ詞内《ことばうち》に滞《とゞこほ》りて。肝積《かんしやく》となるなり。清姫《きよひめ》は安珍と錦《にしき》の前《まへ》ちかき内にも祝言《しうげん》の儀式《ぎしき》を行《おこな》はんと。兄《あに》源蔵が詞《ことば》をきくより。つねさへ物ねたみ強女《つよき》。しつとのほむら腕《むね》にわきかへりて。昼夜虚空《ちうやこくう》をつかみてだしぬかれたが恨《うらめ》しい。だましをつたがかなしいと。跡《あと》さきなしになきわめきて。発熱火《ほつねつひ》のごとく。水《みづ》を呑《のみ》てもたまりえねば。裸《はだか》になつて石《いし》のうへにまろび。からだに水《みつ》をかくれは。其水《そのみつ》は湯《ゆ》となつて。我身《わがみ》をやくかと覚《おぼ》へ。気逆上《きぎやくじやう》（三ウ）してこりかたまり。両《りやう》の額《ひたい》にこぶのやうなるもの出来《でき》て。其痛堪《そのいたみたへ》がたければ。是《これ》只事《たゞごと》にあらず。物《もの》の気《け》のつきたるかと道成寺《だうじやうじ》の住侶《ぢうりよ》を請《せう》じて。大法《だいほう》を行《おこな》へば。安珍《あんちん》も熊野《くまの》の権現《ごんげん》に祈誓《きせい》をなし。次《つぎ》の間《ま》に十一面観音《めんくはんをん》の一軸《ぢく》を掛《かけ》。金毘羅《こんひら》の秘呪《ひじゆ》を高《たか》らかに唱《とな》へければ。清姫《きよひめ》は安珍《あんちん》の声《こへ》ときくより。寝間《ねま》の障子《しやうじ》を蹴《け》やぶり。安珍《あんちん》にむしやぶりつき。人《ひと》でなしの大《たい》うそつき。此《この》うつくしい顔《かほ》つきして。よふも〳〵ぬけ〳〵とだまされた。恨《うらみ》のだん〴〵恋《こひ》の始《はじめ》は熊野《くまの》の御山木《おやまき》から落《おち》た猿《さる》の身《み》を。誰《たれ》が陰《かげ》にてたすけましたぞ。たがひに見初《みそめ》て月《つき》〻の。熊《くま》野《の》まふでになじむほど。思《おも》ひ増《まさ》りて母《はゝ》さまに。打明《うちあけ》て此やうすをはなし。早《はや》ふ夫婦《ふうふ》になりたいといへば。熊野《くまの》の大《だい》願《ぐはん》三十三度《ど》の参詣《さんけい》（四オ）

挿絵第一図（四ウ）

挿絵第二図（五オ）

すむまで待《まて》よ。其《その》うへて女房《にようぼう》にすると。どの口《くち》でいやつたぞどの口ていはんした。此中《ちう》の金子《かね》も何やら請《うけ》ねばならぬ刃物《はもの》があると。わたしへ相談《さうだん》。姫《ひめ》ごぜの身《み》にて大《だい》ぶんのかねを請合《うけあひ》しは。お前《まへ》がいとしさばつかり。合鑰《あいかぎ》して盗《ぬすみ》出《いだ》せしは。大胆《だいたん》といはふか。悪《あく》ひ心《こゝろ》といはふか。憂《うい》つらいめもおまへゆへと。こはい事はなふてうれしうて。来月《らいげつ》の月参《まい》りの日《ひ》をかぞへて待《まつ》うちに思ひがけない三人連《づれ》。兄《あに》さまの咄《はな》しで聞《きげ》*は。二百五十両はあのにしきの前《まへ》とやらいふ女子《おなご》を請出《うけだ》して。女房《にようぼう》にしよう為《ため》にこゝへつれて御†ざつたとや。目《め》や鼻《はな》の有刃《は》もの此清姫《きよひめ》は今《いま》が見《み》はじめ。さつはりとあの女《をんな》と。わしが見る前《まへ》でゐんを切《き》らんせ。さなくば二人とも喰殺《くいころ》して此身《み》も死《し》ぬるぞ。今まで命《いのち》もたゆるほどに思ひこがれし。此胸《むね》を（五ウ）元《もと》の通《とを》りになをして囉《もら》ふ。まどふてかへ

挿絵第一図

挿絵第二図

しやと。しやなぐりつきつめつつた、きつ足《あし》ずりして。わめく声《こへ》に源蔵屏風《げんぞうひやうぶ》の陰《かげ》にたち聞《ぎゝ》せしが。たまりかねて立出《たちいで》。清姫《きよひめ》を突退《つきのけ》はつたとにらみて。最前《さいぜん》よりのやうすあれにて聞《きゝ》たり。源蔵《げんぞう》が留主《るす》をもかへりみず不義《ふぎ》いたづらを働《はた》らき。其《その》うへ錦《にしき》の前さまは勅命《ちよくめい》を以《もつ》て御廉中《ごれんちう》*と定《さだ》まりし安《あん》珍公《ちんこう》に対《たい》し。身《み》のほど知《し》らぬ法外《ほうぐはい》もの。只今《たゞいま》まではそれとも存《ぞん》ぜす恐《おそ》れ多《おほ》き戯《たはむ》れ*ごと。不調法《ぶてうほう》を仕《つかまつ》りしと。手《て》をさげて御断《おことはり》申せ。手討《てうち》にもすべき奴《やつ》なれども兄《あに》の慈悲《じひ》にたすけ置《をく》と。いかりの眼《まなこ》を安珍制《あんちんせい》して。成《なる》ほど清姫《きよひめ》のうらみいさいやうすきかれては尤《もつとも》ながら。全《まつた》くそなたを偽《いつは》りたらす心底《しんてい》はみぢんもなし。聞《きか》る、通錦《とをりにしき》のまへはおさなき時《とき》より。勅諚《ちよくでう》を以ての云号《いひなづけ》なれば違勅《ゐちよく》（六オ）になればいやといはれず。畢竟《ひつきやう》あれはたて物にて。そなたを思ふは真実《しんじつ》の恋路《こひぢ》とわり口説《くどき》。いひ聞《きか》すればかぶりをふりて。其やうな間《ま》に合《あひ》。へらず口聞耳《きくみゝ》はもたぬ。たとひ夫《それ》がまことにもせよちよつとお前《まへ》の女房《にようぼう》じやとゆびをきらす事《こと》も成ませぬ。外《ほか》の女《をんな》にお前《まへ》の顔《かほ》を見《み》せる事《こと》もならぬ〳〵と。いふにいよ〳〵かどだつ源蔵聞入《げんぞうきゝ》れずば手討《てうち》じやがと。切刃《きつは》まはすに母《はゝ》もかけ出。はしたない清姫《きよひめ》のふるまひ。安珍《あんちん》さまは参議百川《さんぎもゝかは》さまの若殿錦《わかとのにしき》のまへさまは。源蔵《げんぞう》や我〻《われ〳〵》が大事《だいじ》の御主《おしう》の娘子《むすめご》なれば。所詮《しよせん》ないえんと明《あき》らめて。おもひきれよといへども。いや〳〵きる事《こと》ならぬ〳〵母《はゝ》さままでがわし独《ひとり》をしからしやんすりやなを胸《むね》の内がもえあがる。と、さまや兄《あに》さまこそ。錦《にしき》の前のけらいにもせよ。わたしは終《つゐ》に奉公《ほうこう》せねば。お主《しう》でもくいでもなし（六ウ）まして恋路《こひぢ》に高《たか》びくは。爪《つめ》のさきほども御ざんせねば。おもひきる事《こと》はいつかな〳〵ねから〳〵成ませぬと。ねぐたれ髪《がみ》も打さばけて。其《その》けしきけうこつなれば。母《はゝ》は悲《かな》しさ身にあまりて。若《わか》いものゝそれほどに思ひ詰《つめ》し心《こゝろ》ね。片輪《かたわ》な子は猶《なを》かはゆければ。姫君《ひめぎみ》に断《ことはり》いふて安珍《あんちん》さまと。夫婦《ふうふ》の盃《さかづき》取《とり》かはさせ其上《そのうへ》でおもひきれよと。立《たゝ》んとし結ふを源蔵《げんぞう》はをし留《とめ》。いかな〳〵かないませぬ。母《はゝ》の御詞《ことば》かあまければ。付《つけ》あがりのする存外《ぞんぐはい》もの。主人《しゆじん》に恨《うらみ》のあるやつ。安珍公《あんちんこう》へも錦《にしき》さまへも此後《このゝち》おそばへ参《まい》る事《こと》かなはぬぞと。附《つき》〳〵の下部《しもべ》にいひ付。若清姫《もしきよひめ》さはがしくいはゞ。柱《はしら》にくゝり上置《おく》べしと。安珍《あんちん》をいざなひ病所《びやうしよ》を出たる有《あり》さま。かの孫子《そんし》が動《うごか》ざる事泰山《たいさん》の如《ごと》しといへる。義士《ぎし》の輩《ともがら》。此源蔵《げんぞう》がたぐひをいふべし（七オ）

第二　姿《すがた》は蛇身角《じやしんつの》は和睦《わぼく》を聞入《きゝいれ》ぬ清姫《きよひめ》

陰《かげ》に居《ゐ》て枝《えだ》を折《をり》。流《ながれ》を汲《く》んで源《みなもと》を濁《にごす》事は。忠臣《ちうしん》のせざるところなれば。妹《いもと》のなげきを省《かへりみ》ず。清姫《きよひめ》は泣《ない》つさけびつ。偏《ひとへ》に狂乱《きやうらん》のごとく思ひ切《き》る事《こと》はならぬ〳〵と。母《はゝ》の異見《ゐけん》を耳《みゝ》にもかけず。おまへがたを相手《あいて》にはせぬ。みぢんもかまふて貰《もら》ひますまひとかく安珍《あんちん》さまとぢき〳〵に。錦《にしき》の前と此清姫《きよひめ》。どちらが女房《にようぼう》になるかならぬか。今訳《いまわけ》を立《たて》て見《み》せんと。生《うま》れつきたるしつとのきざしに。髪《かみ》さかだち目《め》のうちに朱《しゆ》をそゝひで。額《ひたい》の瘤長《こぶなか》くはれあがり。取《とり》とむるこし元どもを突退《つきのけ》はね退《のけ》。さけぶ声空《こへそら》にひゞきて人《ひと》の音律《おんりつ》にあらざるを。道成寺《だうじやうじ》の住僧行海僧都《ぢうそうぎやうかいそうづ》は折《おり》ふし千手経《せんじゆきやう》の大法《だいほう》を修《しゆ》せられけるが。此声《このこへ》を聞《きゝ》て大きにさはぎ。いそぎ源蔵《げんぞう》にむかひて。御妹《おんいもうと》清姫《きよひめ》の御声《こへ》。最《も》（七ウ）はや人間《にんげん》道《だう》を離《はな》れて。獣《けたもの》の吼《ほゆ》るに近《ちか》し。殺伐《さつばつ》のひゞきかまびすしければ。安珍御夫婦《あんちんごふうふ》の御身《み》に忽災《たちまちわざは》ひ来《きた》るべし。大事《だいじ》の上《うへ》の大事此上《だいじこのうへ》有べからず。愚僧《ぐそう》は安珍公を御供《とも》申て。寺内《じない》に忍《しの》ばせ申べし。錦《にしき》の前《まへ》をば何《いづ》かたへも源蔵どの供《ぐ》し給へと。いひすて丶安珍《あんちん》をともなひ急《いそ》ぎ道成寺《だうじやうじ》にぞ帰《かへ》られける。錦《にしき》の前《まへ》は段〻《だん〳〵》のやうす聞《きゝ》て。源蔵《げんぞう》にむかひ能〻《よく〳〵》思ひつめられたる清姫《きよひめ》の中《なか》を。引分《ひきわけ》て自《みづから》が添果《そひはて》んとはこなたの無理《むり》なれば。きよ姫《ひめ》に安珍《あんちん》さまを添《そは》せて進《しん》ぜて下さるべし。自《みづから》はこれまでなりと源蔵《げんぞう》が刀《かたな》に手《て》をかけ給へば。成《なる》ほど一ﾄとをりは御もつともながらそれは皆《みな》うはべの義理《ぎり》にて大道《だいだう》のまことにあらず。はゞかりながら私《わたくし》がはからひに任《まか》し給へと。姫《ひめ》をひそかに乗物《のりもの》にうちのせ。其身《そのみ》も跡《あと》に引そふて。出行《いでゆき》ぬ。清姫《きよひめ》は邪気《じやき》にせまりて（八オ）耳《みゝ》さとく。勝手《かつて》にひそつく足音《あしおと》は。たしかに安珍《あんちん》さまをいづくへぞかくし忍《しの》ばす物ならんと。こしもとの白菊《しらぎく》が吹曲《ふきわげ》の髪《かみ》を手にからまき。安珍《あんちん》さまをいづくへやりしぞ。さあいへと責立《せめたて》白眼《にらむ》まなじり逆《さか》さまにさけあがりければ。白《しら》ぎくはふるいながらわたくしは存じませぬが。只今道成寺《たゞいまだうじやうじ》の行海《ぎやうかい》さまとおつれだちなされてどれへやらお出なされましたと。いふに腹《はら》わたにへかへり。心《こゝろ》づよくも我《われ》を偽《いつは》りすて行夫《ゆくおつと》をいづく迄《まで》ものがすべきやと。かけ出るをこしもと下部母諸《しもべはゝもろ》ともに取《とり》とむる袖《そで》を引《ひき》ちぎりて。其《その》ちから常《つね》に百倍《ひやくばい》し。ねまきの紅裏猛《もみうらみやうくは》火となつて。燃《もへ》あがるかと覚《おぼ》へ。口より吐《はく》いき炎〻《えん〳〵》として。大手《おほで》をひろげて門外《もんぐはい》へはしり出ければ。草刈《くさかる》小童農民《こわらはのうみん》是を見るよりやれ女《おんな》の鬼《おに》に成たるが出たりと。いふからに。飛《とび》あがりの若《わか》いもの。聞《きゝ》つたへ足《あし》を空《そら》になし（八ウ）鬼見《おにみ》にと出たつほどに。其群集《そのくんじゆ》をしも分《わけ》られず。昨日《きのふ》はすゝきの岡《おか》にありしけさはあまだ堤《づゝみ》をとをりしぞ。今は日高川《ひたかがは》の堤《つゝみ》に腰《こし》かけて昼食《ひるめし》をくうているなど。誰《たれ》が一人見定《みさだ》めしものもなく。又空《そら》ごとといふ人もなく。上下男女鬼《なんによおに》の事《こと》のみいひ止《やま》ず。さはぎぬ。清姫《きよひめ》は人めも今はつゝましからず笑《わら》はゞ笑《わら》へ思ふ男《をとこ》にそはで有べきやと。道成寺《だうじやうじ》のこなたなる。日高川《ひたかがは》に着《つき》たれど折《おり》ふし夕立《ゆふだち》の雨《あめ》に水《みづ》かさまさりければ。渡《わた》るべきやうもなく。陰火炎《ゐんくはえん》上《しやう》して。心火肝木《しんくはかんぼく》をくだき。邪熱身《じやねつみ》をやくがごとく。川《かは》にひたり水《みづ》を呑《のみ》けるが。終《つゐ》に底《そこ》のもくずとなつて行《ゆき》がた知《し》らず成にき。此事《こと》世上《せじやう》に隠《かく》れなく。清姫《きよひめ》は毒蛇《どくじや》となつて。道成寺《だうじやうじ》に来《きた》り。山伏安珍入道錦《やまぶしあんちんにうだうにしき》の前《まへ》二人を。取殺《とりころ》したる共。または鐘《かね》を七巻《なゝまき》まとひほのほを吐《はい》て釣鐘《つりがね》を。尾《お》にて打砕《うちくだ》き（九オ）湯《ゆ》と成《なつ》て流《なか》れ失《うせ》けるなどゝ。様〻《さま〳〵》の取《とり》さた。終《つい》に他戸皇子《たどのわうじ》の上聞《しやうぶん》に達《たつ》し。安珍入道《あんちんにうだう》とは。少将《しやう〳〵》安珍《やすよし》が事《こと》なるらん。何《なん》にもせよ日比《ひごろ》にくしと思ふ錦の前。両《りや》*人とも亡《ほろ》び失《うせ》たる事《こと》。祝着《しうちやく》のいたり也猶《なを》も実否《しつふ》を聞定《きゝさだ》めんと上使《じやうし》を立《たて》られければ住持行海《ぢうぢぎやうかい》つゝしんで返答《へんたう》申されけるは。成《なる》ほど清姫《きよひめ》と申女《おんな》。一念《いちねん》の毒蛇《どくじや》となりて。川《かは》を安〻《やす〳〵》とおよぎ越《こし》。此寺《てら》に来《きた》りつりがねのおりしをあやしみ。七《なゝ》まきまとひほのほをはきかけ候が。定《さだ》めて安珍錦の前鐘《かね》の中《うち》にてにへたゞれ亡《ほろ》び候はんなれども何《なに》を申ても鐘大地《かねだいぢ》へにゑ込《こん》で人の手わざに及《およ》ばす。両人《りやうにん》のものゝ生死《しやうじ》のほども弁《わきま》へがたし。願《ねがは》くは他戸《たど》の皇子《わうじ》さま。御ちきに御車《くるま》をめぐらされ。光臨《くはうりん》あらば我〻《われ〳〵》日比《ひごろ》の行法《きやうほう》*もかやうのときの為《ため》なれば。涯分《がいぶん》いのつて此かねを再《ふたゝ》びしゆろうへ引上《ひき》て。上覧《しやうらん》（九ウ）に備《そな》へたし。万事宜《ばんじよろ》しく御取成願奉《とりなしねかひたてまつ》ると。使者《ししや》への返答怪力乱神《へんたうくはいりよくらんしん》を好《この》む。他戸皇子《たどのわうじ》此やうすを聞《きゝ》て。百川広純《もゝかはひろずみ》を召《めさ》れて此度《このたび》の珍事奇代《ちんじきたい》のふしぎ也。我山《われやま》の部《べ》の親王《しんわう》をいざなひ。道成寺《だうじやうじ》へ行《ゆき》て。安珍清姫《あんちんきよひめ》が生死《しやうし》を見定《みさだ》むべし。汝等《なんぢら》は山《やま》の部《へ》が供奉《ぐぶ》をなして。日高川《ひたかがは》を船《ふね》にてこさん時《とき》。かへ舟《ぶね》をこしらへ船底《ふなそこ》へ刀《かたな》を突立《つきたて》て。親王《しんわう》を船《ふね》と一所《しよ》にしづめにかけ。汝等《なんぢら》はかへ舟《ぶね》にのり。我《われ》に追付《おつつく》べし。丸《まろ》が供奉《ぐぶ》は林専太夫《はやしせんだゆふ》。へつらひ一へんの男牢人《おとこらうにん》にて打《うち》すておきしが度〻《たび〳〵》の願《ねがひ》にまかせ。此ほどより召出《めし》したる供《とも》はじめ。此ものを召《めし》つれんと。手筈《てはづ》をかためて定日《ちやうにち》を極《きは》め。臨幸《りんかう》の儀式《ぎしき》をぞ調《とゝ》*へらる

第三　すいだてをして川《かは》へはまる悪人《あくにん》の自滅《じめつ》

抑《そも〳〵》紀州道成寺《きしうだうじやうじ》といへるは。往昔《そのかみ》右《う》大臣《たいじん》橘《たちばな》の道成卿《みちなりけう》。御建立《ごこんりう》（十ノ廿オ）まし〳〵ければ。其結構《そのけつかう》瑠璃《るり》の砂《いさご》を敷《しき》。玉《たま》の甃《いらか》あたゝかにして紺楼朱殿《こんろうしゆでん》の仏閣《ぶつかく》を建《たて》ならべければ。西方極楽浄土《さいほうごくらくじやうど》も此所《このところ》とあやしまる。王法《わうぼう》の外護《けご》を知つて。

人皆《みな》かうべを傾《かたむ》けずといふ者《もの》なし。されば道成卿御建立《みちなりけうごこんりう》の寺《てら》なれはとて。其文字《そのもんじ》を其儘道成寺《そのまゝだうじやうじ》と号《なづけ》られける。すでに両親王龍駕《りやうしんわうりうが》を促《めぐら》さるべき日限《にちけん》に趣《おもむ》きければ。行海僧都衣《ぎやうかいそうづころも》の袖《そで》を飜《ひるがへ》して。かけ廻《まは》りさうしはきれいなか。蜘《くも》の巣《す》はないか。不調法不礼《ぶてうはうぶれい》のなきやう御家来《ごけらい》の末〻《すへ〴〵》まで。敬《うやま》ふにしくはないと。下部《しもべ》に下知《げぢ》をせらるる。間《ま》もなく他戸皇《たどわう》子日高川《じひたかがは》を龍頭《りやうとう》の御舟《をんふね》にて御渡《わた》りあり。追付入御《おつつきじゆぎよ》の相図《あいづ》とともに。金《きん》こしの冠《かんむり》。こん龍《りやう》の御衣《ぎよゐ》。鳥首《とかしら》*の太刀《たち》。天《てん》に二《ふた》つの日《ひ》あるがことく。付従《つきしたが》ふ雲客《うんかく》。星《ほし》よりもしげく。林専太夫《はやしせんだゆふ》は四品《しほん》の中将衛府《ちうじやうゑふ》の太刀打反《たちうちそ》らし。半《はん》こうのきんかあたまに冠《かんむり》を（十ノ廿ウ）照《て》らし。光《ひか》りかゝやく俄勿躰《にはかもつたい》。おも〳〵と玉座《きよくざ》のかたはらにひかへゐたり。こゝに伏見《ふしみ》の里白子《さとしろこ》やの彦《ひこ》六といへるは。元《もと》は三輪《みわ》の杉《すぎ》右衛門とて。道成卿《みちなりこう》*の家臣《かしん》の嫡男《ちやくなん》。久内《きうない》といふものなりしが。橘《たちばな》の家滅《いへめつ》却《きやく》の時分《じぶん》は。幼少《ようせう》なりし。親《をや》もろとも浪人《らうにん》し。町人《てうにん》となつて居《ゐ》たりし不幸《ふかう》にして。親《をや》杉右衛門に離《はな》れぬ。杉右衛門臨《りん》終《じう》の節遺言《せつゆいげん》ありて他家《たけ》の奉公《ほうこう》をいましめ町人となりて影《かげ》をかくし錦《にしき》の前《まへ》さまの御身《み》の上《うへ》。若《もし》もの事あらば御役《やく》にたてよと。呉〻《くれ〴〵》いひをきしかば。源蔵兼連《げんぞうかねつら》にあひて。段〻《だん〴〵》のやうすを語《かた》り兼連諸《かねつらもろ》とも心《こゝろ》を合《あはせ》。縁《えん》を以《もつ》て山の部《べ》の親王《しんわう》の御味《おんみ》かたとなり。他戸《たど》の皇子《わうじ》のかたに面《かほ》を見知《みし》られざるを幸《さいはゐ》に。味《み》かたと偽《いつは》り色〻《いろ〴〵》の工《たくみ》ともを親王《しんわう》がたへ内通《ないつう》しけり。されば此度《このたび》の御座船《ござぶね》の奉行《ぶぎやう》の役《やく》を乞請《こひうけ》。時刻《じこく》になれば御座船《ござぶね》を（廿一オ）

挿絵第三図（廿一ウ）

挿絵第四図（廿二オ）

用意《ようゐ》し。かへ船《ぶね》に我身打乗《わがみうちのり》。今や親王来《しんわうきた》らせたまふかと。待居《まちゐ》たり。他戸《たど》の皇子《わうじ》に引《ひき》つゞきて。山《やま》の部《べ》の親王《しんわう》。寛《くはん》仁大度《じんたいど》の御よそほひ。御輦《ぎよれん》にめされ常〻《つね〴〵》御そば離《はな》れぬ賢臣良臣《けんしんりやうしん》は広《ひろ》純《ずみ》が計《はから》ひとして是《これ》をはぶき。参議百川右大弁広《さんぎもゝか*うだいへんひろ》純を始《はじめ》。佞人《ねいじん》。姦臣《かんしん》の輩《ともがら》。鷲塚弾正《わしづかだんじやう》にいたる迄。御輦《ぎよれん》をかこみける有《あり》さま。親王《しんわう》の御身《み》の上は薪《たきゞ》を負《おふ》て焼原《やけはら》を歩《あゆ》むよりもあやうかりき。すでに日高川《ひたかがは》に着《つか》せ給ひ。川《あか》のおもてを御覧《らん》ぜらるるに水《みつ》さか立舞《だちまふ》て。白浪天《しらなみてん》をひたし。流《なが》る、水藍《みつあい》のごとくにして矢《や》を射《ゐ》るよりも早《はや》し。川はゞ二町計有《ばかりあり》て。ふかさ浅《あさ》きをしる物《もの》なし。三輪久内《みわきうない》それと見奉《たてまつ》るより。急《いそ》ぎ御座《ござ》ぶねを出《いだ》しければ。数百《すひやく》人の佞人《ねいじん》ども。一度《ど》に御舟《おふね》に乗《のり》うつり。船を真中《まんなか》へ漕出《こぎいだ》せば。相図《あいづ》のごとく各《をの〳〵》刀《かたな》をぬき。手鑓《てやり》を以舟《もつてふね》のぞこを*（廿二ウ）つきぬきければ。水御座船《みづござぶね》にうつまきすでに親王《しんわう》の御膝《ひざ》もとを過《すぐ》る程《ほと》に成《なり》て今《いま》はかうよと見へける時《とき》。百川広純《もゝかはひろすみ》を始《はじめ》かべ*舟《ふね》を今《いま》や〳〵と待所《まつところ》に。久内櫓拍子《きうないろひやうし》を。破《は》の調子《てうし》にたておし来《きた》り。広純百川《ひろずみもゝかは》は打《うち》すて。山《やま》の部《べ》の親王《しんわう》をいだきて。かへ船《ふね》にのせ奉《たてまつ》り。飛《とぶ》がことくに船《ふね》を向《むか》ひの岸《きし》へつけければ。鷲塚《わしつか》大きに肝をつぶしやれ久内取《きうないとり》ちがへも事《こと》による。命《いのち》をたすけてくれと手《て》を合《あは》せておめきければ。広純《ひろずみ》も百川《もゝかは》もあれよ〳〵といふ内に舟《ふね》の中《うち》に。水《みづ》六分目計《ふんめばかり》溜《たま》りたゞよふと見へしが。つぶ〳〵と数《す》百人の悪人《あくにん》とも一時《いちとき》に亡《ほろ》び失《うせ》たりし。天罰《てんばつ》のほどぞ恐《をそろ》しけれ。すでに山の部《べ》の親王道成寺《しんわうだうじやうじ》に入り給へば。他戸《たと》の皇子《わうじ》ふしぎはれず。南無三宝仕《なむさんぼうし》そんせしと思《おも》へど。色目《いろめ》をつゝみて。行海僧都《ぎやうかいそうづ》を召《めさ》れかねを再《ふたゝ》び鐘楼《しゆろう》へ引《ひき》上《あげ》て。行者《ぎやうしや》のしるしを見せよとのおほせ（廿三オ）畏《かしこまつ》て衣《ころも》の袖《そで》を玉《たま》だすきにて。結《むす》びあげ。いらたか珠数《じゆず》をおしもみ。水《みづ》かへつて日高川原《ひたかがはら》のまさごの数《かず》はつくるとも。行者《ぎやうじや》の法力《ほうりき》は尽《つき》すまじと。南無四方《なむしほう》の大明王中央《だいみやうわうちうわう》に大聖不動《だいしやうふどう》動《うご》くか動《うご》かぬかそはたやうんたらたかんまんど*。玉《たま》の汗《あせ》を額《ひたい》にながし。気《き》しやうもこんきもつきがねこそ。

挿絵第三図

挿絵第四図

すは〳〵うごくよおどるとぞみえしが。程《ほど》なくしゆろうに引《ひき》あげたりければ。思《おも》ひもよらぬ真子《まなご》の源蔵兼連《げんぞうかねつら》。摩利支天《まりしてん》のいかれるよそほひ。十握《とつか》の宝剣《ほうけん》を右《みぎ》に持《もち》。左《ひだり》には雷鳴丸《らいめいまる》を握《にぎ》り。他戸《たど》の皇子《わうじ》をはつたとにらみ。十握《とつか》の御剣《ぎよけん》。雷鳴《らいめい》の宝剣《ほうけん》。皆《みな》親王《しんわう》の御手《おんて》にあれば。今日《こんにち》よりは山《やま》の部《べ》の親王《しんわう》の御代《みよ》。其元《そこもと》の秘蔵《ひそう》ある十握《とつか》の剣《けん》は。大江《おほえ》の友高《ともたか》がにせものあかいはし。むま〳〵と一はいまいつた皇子《わうじ》どの。重〻《ぢう〳〵》の極悪《ごくあく》一〻あらはれたり。遁《のが》れぬ所《ところ》ぞ覚悟《かくご》あれと。飛《と》んでかゝれば。専太夫《せんだゆふ》はかけふさがり。他戸《たど》の皇子《わうじ》の御味《おんみ》かた（廿三ウ）林《はやし》専太夫《せんたゆふ》といふ一騎当千《いつきたうぜん》の兵《つはもの》也。近《ちか》くへよりてけがまくるなとにらみつくれば源蔵《げんぞう》大きに悦《よろこ》び。思ひもよらぬ親《おや》の敵《かたき》。年来《ねんらい》をのれをねらひたる。真子正治《まなごしやうぢ》が嫡子《ちやくし》源蔵兼連《げんぞうかねつら》よと。いふより早《はや》く取《とつ》て引《ひつ》ふせくひ捻《ねぢ》ちぎつて捨《すて》たりける。他戸《たど》の皇子《わうじ》此勢《いきほ》ひに驚《おどろ》き。逃出《にげいで》んとし給ふを。天地《てんち》の内《うち》は朕《ちん》が者也いづくへか行《ゆく》と仏殿《ぶつでん》の御簾巻上《ぎよれんまきあげ》ければ。いつの間《ま》に行幸《ぎやうがう》なりけん。父帝光仁天皇《ちゝみかどくはうにんてんわう》。高座《たかみくら》にゆう〳〵と四方《しはう》にたつたる御旗《みはた》の前《まへ》には。少将安珍《せう〳〵やすよし》錦《にしき》の前頭《まへかうべ》をさげて平伏《へいふく》せり。*倫言《りんげん》下つて安珍《あんちん》が輪《わ》げさを皇子《わうじ》にかづけ給ひ。死罪《しざい》をゆるして佐渡《さど》が嶋《しま》へ流罪《るざい》せらる。源蔵兼連《げんぞうかねつら》は莫太《ばくだい》の忠義《ちうぎ》の恩賞《おんしやう》給はれど。是《これ》を受《うけ》ずして鳴見郷《なるみがう》右衛門娘《むすめ》にうたれ度《たき》との願《ねがひ》。則《すなはち》郷右衛門娘《むすめ》かるもを召《めさ》れ。右大弁兼《うたいべんかね》実仰出《ざねおゝせいだ》さるるは本《もと》の発《おこり》は林専太夫《はやしせんたゆふ》。家札《やふだ》を残《のこ》して罪《つみ》を人《ひと》にゆづらんと工《たくみ》しなれ。まつたく（廿四オ）源蔵《げんぞう》は敵《かたき》に似《に》て敵《かたき》にあらず。又源蔵《またげんぞう》はかるもに討《うた》れたりと思ひ名字《めうじ》をけづりて。鳴見《なるみ》源蔵《げんぞう》と改《あらため》。かるもと夫婦と成べしと。安諸《あんど》*の御《み》教書《げうしよ》十万石《まんごく》を下さる丶也。百川《もゝかは》は逆臣《ぎやくしん》なれば此家《いへ》を断絶《だんぜつ》し。安珍《やすよし》を中将《ちうじやう》に任《にん》じ。錦《にしき》の前《まへ》を清姫《きよひめ》と名付《なづけ》。永《なが》く夫婦《ふうふ》と成。則《すなはち》真子《まなご》が名跡《めうせき》を立安珍《たてやすよし》今までの山《やま》をすて丶。武士《ぶし》になれとの勅諚《ちよくでう》也。此うへは天下安全《てんかあんせん》いそぎ南都《なら》の都《みやこ》を山城《やましろ》にうつさるべしとて今の平安城《へいあんじやう》に皇居《くはうきよ》を定《さだめ》られ。幾億万歳尽《いくおくまんざいつき》せぬ。君《きみ》が代ことはりなるかな山《やま》の部《べ》の親王《しんわう》とは。聖《せい》主桓《しゆかん》武《む》天皇《てんわう》ぞと聞人《きくひと》よろこびの眉《まゆ》をひらきけり

五之巻終

宝暦八年
寅正月吉日

京麩屋町せいくはんじ下ル町
八文字屋八左衛門板

（廿四ウ）

契情蓬萊山

序

むかし〳〵竹取《たけとり》の翁《おきな》といへる祖父《ぢい》ありて。昼《ひる》は山へ竹《たけ》をとりに行《ゆき》しいにしへを綴《つゞ》り。日本蓬莱山《につぽんほうらいさん》と号《なづけ》。浄瑠璃《じやうるり》に語《かた》り侍《はんべ》り。年《とし》ありて今又《いままた》あらたにかくや姫《ひめ》の。廓《くるは》へ浮《うか》れたる今様《いまやう》の有《あり》さまをつゞけ。（初ロ一オ）すぐに傾城蓬莱山《けいせいほうらいさん》と古《ふる》きを新《あたら》しく。こゝに撰《ゑらん》で人〻の眼《め》も。春《はる》の日のながきくりことを。御ゆるしあれと祝《いはひ》*ひまいらせ候かしく

宝暦九つ
卯の初春

作者　八文字　李秀
同　自笑
（初ロ一ウ）

契情蓬萊山《けいせいほうらいさん》　一之巻

目録

第一　似我蜂《じがばち》の巣《す》に乙女《をとめ》のむすめ

秦《しん》の始皇帝不死《しくわうていふし》の薬《くすり》を求《もと》めんといへば。方士船《はうしふね》を艤《ふなよそをい》して日域《じちいき》に渡《わた》り。駿州富士山《すんしうふじさん》にとゞまる。此崘仙境《このやませんきやう》なりと謂《いへ》り。誠《まこと》なるかな仙人此所《せんにんこのところ》に集《あつま》りし事《こと》。古来往《こらいわう》〳〵中ごろにては。天人の天降《あまくだ》りしといふも仙女《せんぢよ》の事《こと》なり。須弥《しゆみ》の北州《ほくしう》千年《せんねん》の齢《よはひ》も。五衰滅却《ごすいめつきやく》の時《とき》は人間《にんげん》におとれるとかや。其楽《たの》しむ節《とき》は人倫《じんりん》のおよぶ所にあらず。蘭《らん》に芳《はなさく》ことあり菊《きく》に芳《かうば》しき事《こと》ありといへるも。歓楽《くわんらく》きはまつて哀情《あいじやう》多《おほ》しと同日《どうじつ》の談歟《だんか》。誠《まこと》なるかな。爰《こゝ》に琵琶《びわ》の湖水《こすい》のほとりに竹取の翁《おきな》といふ大福長者《ふくちやうじや》ありしが。いさゝか用《よう》ありて吾妻《あづま》にくだり。もどり足毛《あしげ》の乗掛《のりかけ》に。甲斐信濃《かひしなの》の不二《ふじ》の景《けい》を（三オ）評判《ひやうばん》して。風雅《ふうが》をこのむ旦那《だんな》にまけぬ供《とも》の者共《ものども》。それ〳〵にみちくさの買《か》ひぐい。あまざけうりの釜《かま》に十分盃《じうぶんばい》の過不及《くわぎう》を味《あぢ》はひ。黒頭巾《くろづきん》の色《いろ》に小出《こだ》しの銭《ぜに》もさしばかりに。なるてふ桃《もゝ》のやう〳〵と。いたい足《あし》を引づりゆく。草鞋《わらじ》のひものとりしめもなき小むろぶしの馬方《うまかた》が背中《せなか》から後光《ごくわう》のさすは。これは奇妙《きめう》なそふしてこゝらうちがむまくさひ。しれぬくさひかほりかするとひとりがいひ出せば。誠《まこと》にそふじやハレかはつた。こゝは所も三保《みほ》の松原《まつはら》。天人《てんにん》の聚銭《しゆせん》出しなどして遊《あそ》ばるゝてはあるまいかと。いふを竹取《たけとり》の翁《おきな》いかにもそち共がいふとをり。これはどふでも様子《やうす》のありそうな事と。そこらをさがさせらるゝ所に。そのうつくしさ顔《かほ》のつや口《くち》のしほらしさ。鶯《うぐひす》の声《こゑ》にまき絵《ゑ》をかいたよふなき声《ごゑ》。此よふなかあいらしい（三ウ）赤子《あかご》をすてた親《おや》は。どんなけんどんものじやしらぬと。いだきあげ旦《だん》那《な》に見すれば。ても扨《さて》も愛《あい》らしい赤子《あかご》じやな。どれ〳〵こゝへと懐《ふところ》にいれ。みな〳〵いそげひまがいつた。晩《ばん》のとまりはよし原か沖津《おきつ》あたりと。供《とも》馬の駄荷《だに》おつたて行《ゆく》あとから。呼《よ》びかくるをみれば。ほとけ様《さま》のうへにつりくつたものにかいてあるような人じやが。マアたれでござると口〳〵とへば。イヤみづからは人間《にんげん》にあらず。常《つね》に管絃《くわんげん》をしてたのしむ。われはこれ天津乙女《あまつをとめ》なり。今拾《いまひろ》ひたまふは我《わ》が子なり。はや〳〵かへし給はれほんぼにさて。背戸門《せどかど》に子をほしてもおかれぬと。せんだく屋の嬶州《かゝしう》がいふよふな詞《ことば》つき。さりとは天人どのにはにあひ申さぬと。やつこらさのてつ平《へい》があいさつするを。竹取の翁《おきな》此様子《このやうす》をみて。さては此子の親《おや》とは天津乙女《あまつをとめ》にて（四オ）

挿絵第一図（四ウ）

挿絵第二図（五オ）

わたらせ給ふな。幸《さいはい》かな拙者《せつしや》子にもらいたいといへば。それはならぬ事《こと》でござんす。紅塵穢土《こうじんゑど》のけがれた此界《このかい》へ。みづからが子を思ひもよらぬと。いかに天上にすめばといふて。あまりうへからな出よう。そんなら無理《むり》やりにもらひました。そまつにいたさぬ肉身《にくしん》より大事にかけます。お気《き》づかひなされなと。よは〳〵しき姿《すがた》を見てとつて。丈夫《ぢやうぶ》なせりふいまはさながら天人も。翅《はね》なき鳥《とり》のごとくにて。たちわづらひていられしが。どふでも是《これ》はわしが姨《をば》さんのてうど。此ところにて白猟《はくれう》といふ魚釣《うをつり》をだまさんしたかくに。あづま歌《うた》でも舞《まひ》かけずば成まいか。いや〳〵それでは図《づ》がかはらぬ。いつそこなたへ養子《ようし》にやりましやうと。また天人はかくべつなもの。其はなれぎはのよさからくりよりましに。空《そら》からさがる雲《くも》のかよひ路呼《ぢょ》びかけて。（五ウ）せんかたなくそんな

挿絵第一図

挿絵第二図

ら。此子が事たのみまするると。乙女《をとめ》は我子《わが》にわかれをおしみ。またあふ事はまれにきて。なづともつきぬいはほなるらんと。一首《いつしゆ》をつらねあしたか山や富士《ふじ》のたかね。かすかになりてうせにける。それより翁《おきな》本国《ほんごく》にかへり。年月重《としつきかさ》ねて養育《やういく》するにその美《び》なる事またたぐひなし。是《これ》をき丶つたへに恋《こひ》こがる丶者《もの》。浜《はま》のまさごにひとしく。ほし店《みせ》の道具屋《だうぐや》より多《おほ》しとかや。誠《まこと》にふるきあらましに尾《お》ひれを付て。天人の子をもらひし事かくれもなかりき

第二　昼狐《ひるぎつね》の穴《あな》に叟父《おきな》のむすこ

范叔《はんしゆく》が他国《たこく》に使《つかひ》してくるしめられし故人《こじん》の情《ぜう》。第褒《ていぼう》のおくりもの戦国第一《せんごくだい》の人物《じんぶつ》と。蘇老泉《そらうせん》がいひし。格物知致《かくぶつちゝ》たる今古《こんこ》その情《ぜう》をつくすもの。わづか今《いま》の世《よ》に猶《なを》まれなりと。（六オ）いへども男児《だんじ》は心をたてそのうへに身《み》を立《たつ》るといふをもと丶せり。爰《こゝ》に江州土山《がうしうつち》と石部《いしべ》の間《あい》。布引《ぬのびき》山といふて。松《まつ》ばかりはへてある木陰《こかげ》に。穴《あな》をほりうへに麦《むぎ》わら屋ねのひさしさへかたむき。もれ出《いづ》る月にも人通《どを》りなければ。はぢらひもせずくはへ煙筒《ぎせる》に浩然《こうぜん》をやしなひ。くれる人はなけれどもまた死《しに》もせぬは。天道《てんとう》人を殺《ころ》し給はぬといふたとへのとをり。海道《かいだう》に出て一文銭《もんぜに》をもらひ。その日を過《すぐ》

るあてなしのてこ七。乞食仲間《こじきなかま》によつほど口を。きく水《すい》の旗市智恵《はたいちちゑ》もあるものなれど。かく穴《あな》のなかに年月《としつき》をおくれば。誠《まこと》に幽谷《ゆうこく》の花《はな》たりと。分別《ふんべつ》らしい顔《かほ》つきなこもかぶりがいふには。ヤイわいら此なりに成つたれやとて。あんまりかなしがるな。伯夷叔斉《はくいしゆくせい》は首陽山《しゆやうざん》に入て蕨《わらび》に飢《うへ》をやしなひ。玄宗皇帝《げんそうくわうてい》だも握《にぎ》りめしを掬《きく》して。(六ウ)くはれし事何《なに》やらの本《ほん》で見たといへば。ひとり若いこもかぶりがいふ。コリヤそのように学文《がくもん》だてするがそのとをりのお乞食《こじき》。どふでわれもわるい所が有るものであらふ。おれを又見てくれい。此ようなきたないなりはしてゐれども。追《をつ》つけ国《くに》もとの家来関駒《けらいせきこま》右衛門といふ者《もの》が。大小小袖《こそで》を持《もつ》てむかひに来《く》る筈《はづ》じや。その証拠《せうこ》見てくれいと。何やら一通《いつつう》をとり出し。これ是《これ》はな。昨日《きのふ》の事今いふた家来《けらい》にふしぎと蟹《かに》が坂《さか》の地黄煎屋《ぢわうせんや》てあふたも此一通《このいつつう》の威徳《ゐとく》なりと。皺《しは》おしのばして懐《ふところ》におしいる丶を。どりやちつと見せおれ。いやならんテモ見たい又此あてなしのてこが見か丶つてはずつと見るやつじや。イヤまた菊水《きくすい》の旗市《はたいち》が見よふわいと。くだんの新米《しんまい》が懐《ふところ》に手《て》をいれ。やがておつとりおれが見よふ。イヤおれがわれがとあらそひねぢ(七オ)あひはり合つかみあひする拍子《ひやうし》に。旗市《はたいち》きうじをあてられ。只ひといきに息《いき》たゆれば。ハアどうよくな事してのけた。ヤイ是はおのれが系図書《けいづがき》おれにくれい。いやといへばこいつがようにたつた一ッ手《て》で手は見せぬと。顔《つら》一ッはいにまなこをむいてねめ付れば。な

挿絵第三図

挿絵第四図

るほど〳〵そんな事なら引《ひき》はせぬ。すつと頼《たの》もしい男《おとこ》ほしくばやらふがこれもらふて何にする。ハレめんどうなその因縁《いんゑん》いふてゐる隙《ひま》がないはやう往生《わうじやう》とげさせんと。引よせて一トしめしむれば。まなこをむき二しめしむれば血《ち》をはいて。是《これ》もほどなく空《むな》しくなる。してやつたりとてこ七は。ふたりが死骸《しがい》をかたへにかくし。さあらぬ躰《てい》して居《ゐ》るところへ。関駒《せきこま》右衛門あたりを探《さが》し。なにさきのふ御目にかゝつた若旦那《わかだんな》は。是にござるかいざさせ給へ。国《くに》もとへお供《とも》申たら。さぞ〳〵親旦那《おやだんな》の（七ウ）お悦《よろこ》びでござらふといふしたから。渋紙《しふかみ》づゝみを押《おし》ひらき。小袖《こそで》大小とり出せば。擢《てこ》七穴《あな》よりほうかぶりに顔《かほ》かくし。作《つく》り声《ごゑ》をして。ヲヽ駒《こま》右衛門《ゑもん》としよりの太儀《たいぎ》でござる。しからば国元《くにもと》へそなたとつれ立てゆくであらふが。これはいふ事ではないが路銀《ろぎん》はあるであらふといへば。なるほど〳〵かやうにお目にかゝる時《とぎ*》の用意《ようゐ》とぞんじ。則《すなはち》金百両此親父《おやぢ》めが首《くび》にかけおります。サア〳〵お小袖《こそで》めしかへられいと。帯《おび》をとくやら又するやら。どれ〳〵大小さて〳〵よい殿《との》ぶりでござるが。またつしやれ昨日《きのふ》お目にかゝつた若旦那《わかだんな》とはこりやちがつた。なんぼこの親父年《おやぢとし》まかりよつたればとて。老眼《らうがん》の通路《つうろ》もせなんだりやとて。見ちがへてよいものかと。なか〳〵うまふくひそもないけしき。もとよりこれも思案《しあん》のうちと。なをおとしつけハテさて（八オ）親父《ぢ》おさな名《な》は熊太郎《くまたらう》いまは菊水《きくすい》のはた市。おれじや〳〵とすりよる所を。とびしさりヤイそこな大盗人《ぬすびと》これは察《さつ》するところ。昨日《きのふ》の一儀《ぎ》をきゝ若旦那《わかだんな》をころして。由緒書《ゆいしよがき》を奪《うばふ》たな。あたごはくさんのがしはせぬと。きつてかゝるを身《み》をかはしコレあんまりばたつきやんな。そんな事でいくやうなてこ七じやないと。そしらぬ㒵《かほ》また切《きり》かくるをかひくゞり。こりやもうしまわざなるまいと。なぶりごろしに切《きり》ちらし南無《なむ》さんたれやら人の足男《あしおとこ》は酢《す》でくへ鱠《なます》は気《き》でせい。金《かね》もせい小袖《こそで》も羽織《はおり》もせい〳〵と。肩《かた》に引かけいづち共。白浪《しらなみ》とは盗人《ぬすひと》の異名《いみやう》をあらため。竹とりの翁《おきな》をかたどり。竹生嶋《ちくぶしま》右衛門《ゑもん》と名乗《なのり》。それよりすぐにかいがけの川原にてからだを洗《あら》ひ。日野《ひの》をさして見た事もない大小。律義《りちぎ》そふなかほつきは。鬼《おに》に衣《ころも》の寺尻《てらじり》うちこし。はねた村《むら》を跡《あと》に（八ウ）追手《おつて》のかゝらぬはこゝろやすのわたしをうちわたり。やう〳〵と竹取の翁《おきな》が門《もん》に案内《あんない》して。かくといひいるれば。翁《おきな》のよろこび急《いそぎ》対面《たいめん》すべきと。玄関《げんくわん》から通《とを》せば青〻《せい〳〵》たる近江表《あふみおもて》のうへ。さしものてこ七あゆみかね。しばらくたちもとをりしはかのしんふようが*感陽宮《かんやうきう》のかくかと。心ではぢしめずつととをつて親子《おやこ》の名乗《なのり》。しるしの一通《いつつう》とり出し互《たがい》にふしぎの縁《ゑん》をよろこび。サテたねはらはかはれども。そちがためには妹《いもと》むすめのかくや姫《ひめ》にあはすべしと。呼《よ》び出せば媵《こしもと》あまたにかしづかれ。せんげんたるありさま。こしのまはりならはへぎはなら。見るとそのまゝてこ七こんりんざいほれぬき。さいはいかな今からはおれが妻《つま》とさだめ此竹取の家《いゑ》を目出たうおさめんと。たなごゝろをにぎり。俄《にはか》に懐《ふところ》から鬢《びん》かゞみある図《つ》なかくながら。こゝろうきたつうしろの唐紙《からかみ》（九オ）

挿絵第三図（九ウ）

挿絵第四図（十ノ廿オ）

おしあけ。母《はゝ》の養老《やうらう》かいどり姿《すがた》。そなたがおれがおなかをいためてうみの子の熊太郎《くまたろう》かと。袂《たもと》にとりつきうれし泣《なき》もことはりなり。てこ七わざとなつかしげに。扨《さて》はおまへがわたくしが真実《しんじつ》の母《はゝ》さまてござりますか。今からは何事《なにごと》もヲ、いとしがらいではしんじつのそなたじやもの。なんなりといふ事あるならいわつしやれ。此母がかなへてやろうといふをうれしく。お詞《ことば》に付上りのしたとおぼしめさふが。さつそくながらどふやらはづかしうて申にくいか。か様〳〵とさゝやけば。母はほゝゑみあの子とした事が。それはいやらいてもしれた事。かくや姫《ひめ》とひとつにせいてよいものかと。娘《むすめ》のこゝろ母親《はゝおや》しらずとかる〳〵しく熊《くま》太郎と夫婦《ふうふ》にしやうとうけあふ所へ。おくよりもこしもとたち出申〳〵おふくろさま。お風呂《ふろ》がようござります（十ノ廿ウ）

第三　ふす猪《ゐ》の床《とこ》に大工《だいく》の聟《むこ》

司馬相如橋《しばしやうぢよはし》に書付《かきつけ》て。泗馬《しめ》の車《くるま》にのらずんば。此橋《はし》をもどらじといひしごとく。高官《かうくわん》に昇《のぼ》り望《のぞみ》のごとくせしもそれまでは貧苦《ひんく》にせめられ流浪《るらう》の時《とき》。人の娘《むすめ》に托《たく》して力なりしとかの娘《むすめ》は卓文君《たくぶんくん》といふ美人《びじん》なり。その情《なさけ》ふかくして親《おや》のいさめをきかず。一ッ旦嫁《たんか》せしうへは。夫貧《おつとひん》なりとてなんぞ節《せつ》をたがへんと。契《ちぎ》りし甲斐《かひ》あり。後《のち》に夫婦《ふうふ》富《とみ》さかへけるとは。女のみさほなるべし。されは翁《おきな》の三保《みほ》の松原《まつばら》にて天人から養子《やうし》にもらはれしかくや姫《ひめ》。もはやことしは二八のほそまゆ。おとこゑらみの最中《さいちう》。何《なに》が聟《むこ》になりたいとのぞみ来《く》る人。その数《かず》をしらず父母《ふも》此問答《もんどう》にこまり。おもてに新関《しんせき》をたて。すなはち其名《そのな》を*婿山《とこやま》の関《せき》と号《がう》す。昼夜役《ちうややく》人立かはり。ひとりも聟《むこ》に（廿一オ）なりに来《く》る者を通《とを》さず。しかしこゝに其《き》の大納言厚顔公《だいなごんあつつらこう》是は雲上《うんしやう》の人たるゆへ。これをゆるすその外《ほか》はひとりもいれずある中に良峰《よしみね》太郎といふ人あり。あまり姫《ひめ》に恋《こひ》こがれけれども。なにとしのびよるよすがもなきおりふし。翁《おきな》のやしきに大普請《おほぶしん》のあるをさいはいに。大工に身《み》をやつしまんまといりこみけれどもうそはつけどもかんなつくすべもしらず。いとゞ気《き》をもむ三つ目錐《ぎり》嚢《ふくろ》を脱《だつ》すとは此事《こと》ならんと。口合《くちあひ》もおもしろからねど。何がなとりいるために。妼《こしもと》まじくらしやらくさいふも。すみつぼとさしがねの目あてあればこそ。うき世なれとひとりごとするおりから。おものしおいとが奥《おく》よりはしり出て。コレ大工どのおくにはかはつたおあつらへがある。あれは何《なに》の中将《ちうじやう》さまとやら。大納言《たいなごん》とやらいふお公家《くげ》さまが。こちの娘子《むすめご》さまに首《くび》だけ。その恋《こひ》がかなへ（廿一ウ）たくば桜《さくら》の木《き》から扇《あふぎ》がいくらも出《で》て屋ねになるからくりのうちに蜂《はち》の子《こ》をそだつるつくりものがほしいとのむつかしい姫《ひめ》ごのいひかけ是《これ》にはどれもこまつた顔《かほ》と。はなすをよしみね太郎倔強《くつきやう》の事と。それより宿《やど》にかへり銘《めい》大工天王寺屋《てんわうじや》勝《かつ》右衛門といふをたのみ右《みぎ》の細工《さいく》をこしらへ。かくや姫《ひめ》におくりければ。どふもいひ出せし事なれば。ひくにひかれぬいとがらくりにてもなし。いかさまはなれた細工《さいく》せめて詞《ことば》のお礼《れい》なりと申さんと。かのよしみね太郎を乳母《うば》がさいかくにて。やう〳〵としのばせすでに談合《だんかふ》もなりよらんとするおりふし。天王寺や勝《かつ》右衛門跡《あと》をもとめてたづねきたり。門番《もんばん》に右《みぎ》のわけをはなし。くだんのよしみね太郎を呼《よ》びいだし。その方約束《やくそく》の細工《さいく》ちん百両。何とておそなはりけふのあすのといつ迄またす。もはや堪忍袋《かんにんぶくろ》のぜんまいが（廿二オ）そこねてきたと。さん〳〵打擲《てうちやく》し。大きにあか恥《はぢ》かゝしてかへりける。此事おくにもれきこへまことに数《かず》ならぬわれに。それ程《ほど》まで御志《こゝろざし》かあるとは。かたじけないとけくして御前《ごぜん》よろしく。それより互《たがひ》に志《こゝろざし》を。かよひのこしもとが文《ふみ》のつかひに。せめてはこゝろをなぐさみ。後《のち》にはふかき中となり。終《つひ》に菩提《ぼだい》のけさ衣《ころも》僧正遍昭《そうじやうへんじやう》といはれ給ひしは。この良峰《よしみね》太郎の事《こと》なりと。後《のち》にぞおもひしられたり。

一之巻終

怡顔斎松岡玄達成章先生撰　　梓行

梅　品　全部二冊

此書者《ハ》悉《ク》花木《ノ》形-状《ヲ》模写《シ》数-品《ノ》梅《ヲ》安《ク》㆓見分《ケ》㆒便《ス》

右之本御求御覧所希候（廿二ウ）

契情蓬莱山《けいせいほうらいさん》　二之巻

目　録

第一　大内山《おほうちやま》のうらなひは今清明《いませいめい》

左青龍《させいりう》右白虎《うびやくこ》北玄武《ほくげんぶ》南朱雀《なんしゆしやく》の四神相応《じんさうおう》の地《ち》にあらざれば。帝都《ていと》とならず。*感陽洛邑《かんやうらくゆう》みな相応《さうおう》の地《ち》なり。これにそむけばながくつゞかず。此土地余国《このとちよこく》にある事なし。大内裏《たいだいり》のむかし。此土地《とち》を撰《ゑら》まれし事。誠《まこと》に栄世不易《ゑいせいふゑき》の所億兆幾万《おくてういく》年目出たきためしなり。それに唐《から》の日本《やまと》の奇木珍鳥聚《きぼくちんてうあつ》めずといふ事なし。帝《みかど》ある時御機嫌《ごきげん》のあまりに。公卿《くぎやう》をあまた召《めし》あつめ。みことのりありけるは。五穀成就祈《ごこくしやうじゆいのり》の役《やく》を古例《これい》にまかせ天下の美人《びじん》を撰《ゑら》み出すべしと。勅諚《ちよくぢやう》有りければ。一の人笏《しやく》とり直《なを》し勅答《ちよくたう》ありけるは。これは陰陽《おんやう》の博士《はかせ》を召れ仰付られ然《しか》るべしとの給へば。帝尤《みかどもつとも》とおぼしめし。いそぎ陰陽《おんやう》の（三オ）博士《はかせ》を階《みはし》の下《もと》にめされ右の綸言《りんげん》ありいづくに嬋娟《せんげん》たる人やある。考《かんが》へ奏聞《そうもん》あるべしとの給ひければ。清明《せいめい》つゝしんで。烏帽子《ゑぼし》をかたむけ。しばらく亀卜《きぼく》をとつて申けるは。唯今《たゞいま》得《う》るところ乾《けん》の卦《け》なり。これを勘考《かんごう》いたす所。乾《けん》は火《ひ》なり生物《いきもの》にしては牛《うし》なり。うしは陰獣《いんじう》たりといへども。陽《やう》をふくむ陰中《いんちう》に陽《やう》あり。是《これ》女を得るの卦《け》なり。しかりといへども容易《たやすく》は得《ゑ》がたし。方角《はうがく》をさゝず縁《ゑん》によつて艮《うしとら》の方《かた》にあたる。これよりさせば近江《あふみ》の国《くに》のほとりに。一人の美婦《びふ》あるべし。いそぎ使《つかひ》を御立遊《たてあそ》ばされてしかるべく候とかんがへ申せば。則《すなはち》とのもりの武士《ぶし》に仰付られ近江一国《あふみいつこく》をさがさせ給ひ。かの竹取がむすめかくや姫《ひめ》を得給へども。爰《こゝ》にきのどくの山ほとゝぎすの鳥同前《とりどうぜん》に。常《つね》に羽《は》むしのやうなるもの。あたらきよらかなる肌《はだ》に徘徊《はいくわい》すれば。（三ウ）これに皆《みな》〳〵あぐませ給ひ今清明《せいめい》をめされ。此事いかゞして除《のぞか》ん。ゑい慮安《りよやす》きやうにとありければ。清明ひそかにかんがへて。もうさくもと此煇姫《かくやひめ》は。乙女《をとめ》の子たれば。五つの衰《おとろへ》あるべし。則この羽《は》むしのやうなるもの其おとろへの一つにて御座候。是《これ》をなをさんとすれば。酉《とり》の年《とし》の酉の月酉の日の酉時刻《じこく》に生《うま》れたる女の。生胆《いきぎも》をとり尤富士権現《もつともふじごんげん》は。このはなさくや姫《ひめ》にて天人のふかく信《しん》ずる神霊《しんれい》。これへ此生胆《いきぎも》をそなへ。かく〳〵といたせばたち所に難病平愈《なんびやうへいゆ》いたすべけれど。先《まづ》さしあたつて酉《とり》のとし酉の月日こくげんの女ありそふにもぞんぜず。爰《こゝ》にまた一つのいたしやうあり。もと天人は天上の仙女《せんぢよ》なれば下界《げかい》にありては数万人に顔を合さすれば程なく右のやまひなをるべしと奏聞《そうもん》すれば。それより衆儀《しゆぎ》まち〳〵にして。兎角《とかく》かくや（四オ）

挿絵第一図（四ウ）

挿絵第二図（五オ）

姫《ひめ》をひとたび廓《くるは》へつかはされ。千人に顔《かほ》をふれしめ給ふべきに極《きはま》り。遊女《ゆふぢよ》の長《ちやう》をめされて。かくや姫を下されける。殊《こと》に昔《むかし》よりそのためしなきにしもあらず。

挿絵第一図

第二　大門口《おほもんぐち》の騒《さは》ぎは今龍秋《いまたつあき》

黄帝笛《くわうていふへ》を拵《こしら》へ。女禍子笙《ぢよくわししやう》を作る。それより世《よ》ゝの天子用ひ給はぬはなし。中にも唐《とう》の玄宗《げんそう》は。その音律《おんりつ》に妙《めう》を得給ふ。寒中《かんちう》に春《はる》の調子《てうし》をとゝのへ。花《はな》をさかせ炎天《ゑんてん》に羯鼓《かつこ》を打《うつ》て雪《ゆき》をふらして。仙霊《せんれい》も来臨《らいりん》するとかや。さればかくやひめを勅《ちよく》諚《じやう》にて預《あづか》りし。都《みやこ》柳町《やなぎまち》のにぎはひ。是《これ》は神武《じんむ》このかたの誠《ほん》の事《こと》なりと。武家《ぶけ》町人《ちやうにん》百姓《ひやくしやう》まで聞《きゝ》つ

挿絵第二図

たへ。見るに廓《くるは》の福《ふく》の神《かみ》さまじやと。やり手さへ手をおき手ぬぐひ。さらさかぶろがあいとひく。やり声《こゑ》も上無調《かみむてう》にはりあげつめ揚《あげ》やから揚《あげ》やへねり（五ウ）かけのすがたは天の羽衣にて天人の様なる跡《あと》から上下きて大小さいた男《おとこ》が二人《ふたり》禿《かぶろ》が二人。やり手がふたり道筋《みちすじ》いつはいになつての揚《あげ》屋いりは。誠《まこと》に雛《ひな》さまのあるかせらる丶かとおもはれ。三味線《さみせん》を取おいてひちりき笙《しやう》笛《ふゑ》などにて。管絃《くわげん》のありさま。どふやら天上のたのしみかとおもはれ。引舟《ひきふね》かぶろもそれ〳〵のふきものをふきならひ。大臣《だいじん》引つれ給ふ末社《まつしや》には指《ゆび》のまたがひろいとて。楽太鼓《がくだいこ》をもたせての音楽《おんがく》。これより末社《まつしや》を太鼓《たいこ》もちとは名付《なづけ》そめけり。山寺《やまでら》のや山でらのや。春《はる》の夕《ゆふ》めしくふひまさへなく。料理《れうり》人はおさへの台《だい》など朝《あさ》から晩《ばん》まで。これのみにか丶り目ふる間もなきいそがしさは。此君《このきみ》の全《ぜん》盛《せい》ゆへと。あそこからも迦陵《かれう》さま。こ丶からもびんがさま。囉《もら》ひたいとむしやうの滝《たき》のみに。大液もひるかとおもはれ。うてう天竺《てんぢく》の無熱池《むねつち》にいつはいづ丶た丶へ（六オ）おきても。酒《さけ》はたまるまいと見えたり。イヤその見へたついでにこのまめがらさんは遅《おそ》い*事じやといふしたより。其《き》の少納言厚顔卿《しやうなごんあつつらきやう》。ふか編笠《あみがさ》にしこなし大小。揚《あげ》屋へずつとおこしなさる丶と。はや亭主《ていしゆ》が腰《こし》も海老《ゑび》の吸物《すいもの》で。一つあげませふか。マアそれよりはかれうさまをよびに。いくの丶みちはちかけれど御もつたいでおそなはる所がきのどくの病《やまひ》となり。針《はり》とあんまとねりやくと。いろ〳〵もんさく是《これ》には目もつけず。中二階《にかい》へ鎮座《ちんざ》し給へば。程《ほど》なくかれう太夫さま。御らいかうといふとひとしく。れいの管絃《くわげん》をはじめかくる最中《さいちう》。また男《おとこ》つきはよしみね太郎。是《これ》もこがれて焼印《やきゐん》のあみ笠《がさ》。中戸《なかど》にすて丶奥《おく》にとをり。なんとていしゆと跡《あと》をいはさず。これは旦那《だんな》おそい〳〵。これより七日にあたらん日。までは揚《あげ》づめのかれうびんが大夫さま。せつかくおこしなされたる（六ウ）その下邳《かひ》の土橋《どきやう》なせんさくと。おもい亭主《ていしゆ》が口合《くちあひ》も。耳《みゝ》にはいらぬおもしろうない。まかりかへると日比《ひごろ》にかはりし良峰《よしみね》の腹《はら》たてやう。さりとはお気《き》のどくやまてしばし。ちよつとあなたをかりまして。一つあげやの此太郎作《さく》がこ丶ろざし反古《ほうぐ》にはどふして遊《あそ》ばさると。はづかしながらも袂《たもと》にすがりとめた〳〵。此小ばやしの智恵朝比奈《ちゑあさひな》がいなさぬ一番《いちばん》まてろと。物真似《ものまね》でやりかくれば。いかな旦那《だんな》もわらはざなるまい。サア〳〵と奥《おく》にせうじてさてこれから隣座敷《となりざしき》の豆《まめ》がらさまへ。願《ねが》ひと申てよの義《ぎ》にあらずともみ手てきたは太夫が事か。かす事ならんともの丶いはれぬおつしやりかた。どふぞこ丶らは太夫さま。みなまでおしやりわしがかす。豆《まめ》さんちよつといてきやんしよと。客《きやく》を三文ともおもはぬしこなし。下地《したぢ》はふかし太郎とのこんたん。其大臣《まめがらだいじん》大きにせいてとなり（七オ）座敷《ざしき》へふみこんでやがてかれうが胸《むな》ぐらとり。コレ太夫いかにわれらのび過《すぎ》たりとて。ふみつけたしかたなりと。さん〳〵に打擲《てうちやく》するを。くだんのかれうが供《とも》の侍《さふらひ》れうじはさせんときつはをまはすを。両人ともに左右《さゆう》にはさみ。居尺高《ゐだけたか》になられし身《み》ぶりは。どふやら能登殿《のとどの》とあきの太郎兄弟《きやうだい》を見るかとあやまたる。そりやけんくわじやぬいたそふなと。つぼね遊《あそ》びのきやくも柿《かき》の皮《かは》をむきさし逃《にげ》るもあれば。いつその事腰《こし》をぬかして水《みづ》よ酒《さけ》よとさはぎ立。その隙《ひま》によしみね太郎爰《こゝ》は所がわるい。殊《こと》に相手《あいて》は大身《しん》なり。さらば逃《にげ》たがかち軍《いくさ》といそぎてこそはかへらる丶。跡《あと》にはまめがら大臣ほゐなげに。あのよしみねめを討《うち》もらせし事。いかにしても口おしいなんとしてくれうぞと。しばらくしあんし。出《で》たぞ〳〵一くつきやうの事こそあれ。太夫（七ウ）かれうかく姫《ひめ》が兄《あに》の熊《くま》太郎。きやつもよしみねとは意《い》しゆある身なれば。心をあはして太郎めをうちとらんと。それよりやかたにかへり。いそぎ近江《あふみ》へ飛脚《ひきやく》をたて。熊《くま》太郎をよびよせ何やらふたりさゝやきあい。互《たがい》にうなづきこれがよかろう。上分別《ふんべつ》ととらぬさきから手にとつたようなきの少納言も。恋《こひ》にはいやしいやつこの角内《かくない》。供《とも》をせいと行衛《ゆく》しられぬたくみなりけらし

第三　衣紋《ゑもん》が原《はら》の出入は今黒船《いまくろふね》

少年行《せうねんかう》の長篇《ちやうへん》を見るに。鞍馬《あんば》に金銀《きん〴〵》珠玉《しゆぎよく》を飾《かざ》り身《み》に形勢袍《げうせいほう》をまとひ。同友《どうゆう》の三人五人をしたがへ。市《いち》に出て威《い》をふるふ。その花声《はなやか》なる事。諸人《しよにん》の目をおどろかす。大なる時は高官大名《かうくわんだいみやう》をもおそれず。しかりといへども義《ぎ》を以てたのめばいかやう成者《もの》にても取立《とりたて》ずといふことなし。その風流詩《ふうりうし》に作《つく》り文章《ぶんしやう》に（八オ）あらはして。和漢《わかん》その名高《なたか》しこれ今日本に呼《よ》ぶところの男伊達《おとこだて》の事なり。諸国にくるわありといへど。先東武《とうぶ》によしはら衣紋坂《ゑもんざか》の熊谷笠《くまがへがさ》。やだ船《ふね》に漕手《こき》をそろへて。さりとは遊《あそ》びにせいの出ること。浪花新町橋《なにはしんまちばし》の夕《ゆふ》げしきは。殊《こと》さら廿五の菩薩《ぼさつ》の篳篥《ひちりき》おとされたような女君《によくん》たち。雪《ゆき》のすあしにぞうり下駄《げた》またあつたものではないとおもへば。さりとはうへ〳〵のある事。嶋原《しまばら》の道中姿《すがた》はどこやら和《やは》らかにりきみなく。上手《ぜうず》の茶《ちや》の手前《てまへ》みるやうにおもほゆれ出口の柳《やなぎ》にとびつく蛙《かはづ》は。まことにはじめは小いきに遊《あそ》べど。のち傾城《けいせい》かいを手煉《しゆれん》しては。高《たか》とびになつて。店《みせ》女郎から太夫にとび付。終《つい》に勘当帳《かんどうちやう》のうはがきは。小野道風《をのゝとうふう》めきしるゐぼしにかりぎぬ。きたはよしみねの太郎東寺《とうじ》の南門《なんもん》にて毛氈《もうせん》引かせ。時《とき》しも御影供《みゑいく》の賑《にぎ》はひ。幕《まく》いくはりとなく琵琶《びわ》（八ウ）法師《ほうし》が一ふしはまた談議《だんぎ》きくやうにはなく。そのおもしろさ色《いろ》ざけ数盃《すはい》かたふけて。ゐんろうの蘇香《そかう》ゑんをたゝき。よいやよいやとほめそやされ。いとゞしなやるきぬかづきは町風《まちふう》めきておかしからぬと。それより尼寺《あまでら》といへばこれも女のゆかりと。遍昭寺《へんぜうじ》にこゝろざして。名物《めいぶつ》の泥鯨*汁《どじやうじる》も髭《ひげ》がありて。高野《かうや》もどりの野郎《やらう》を買《か》ふやうで。いなものじやどふで西方《さいはう》の大門口ならではと。衣裳《いしやう》をあらため通《かよ》ひなれたる尉《ぜう》と姥《うば》には

あらねど。すみよしやへこゝろざす。むかふからわる者中間と見へて。七八人みな一躰《いつてい》に紺《こん》の染《そめ》いれどてら。よんでみれば喧嘩《けんくわ》うろ。やすくば買《か》ふかひと。書《かい》たもかいた事じや。こんなやつらはよけたがよい。わしやそふおもふて居《ゐ》るはいなの。はやりうたやら念仏《ねんぶつ》やら。とりまぜたぞめき中間。よしみね太郎にほうど行《ゆき》（九オ）

挿絵第三図（九ウ）

挿絵第四図（十ノ廿オ）

あたりておさだまりの臍《へそ》の下からおとしつけた呼《よび》よう。コヲレ〳〵若《わか》いのまたれ。こなんは此昼《このひる》中に目が見へやせぬか。どふであたらんしたそのわけたてさんせと。事むつかしういひかけられ。太郎もこゝぞ侍《さぶらい》の堪忍《かんにん》どころと。是《これ》は麁相《そさう》いたした御免《ごめん》あれとゆき過《すぎ》けるを。引もどしそれではすまぬ。マアまたれそしてこちとらがかほしらんせんそうないふてきかさふ。マアわし事はたて衆《しゆ》中間の親父分投《おやぢぶんなげ》てしまへの長兵衛。こちらなはこゝろへたの徳兵衛またわしはしたにゐてもらをの庄八。なんと替《かは》つた名《な》であんする。マア此大小はなんのためにさゝる。コレおさむぬく事のならぬ腰《こし》のものならさゝぬがよい。いかひ世話《せわ》な事じやがまる腰《ごし》にしてしんぜやんしよと。太郎が大小をとらんと大勢《ぜい》立かゝるさま。さりとはなんぎなめに逢《あ》ふ事じやいつそ（十ノ廿ウ）相手にな

挿絵第三図

挿絵第四図

らふかと。しあんする間《ま》もあらもの共。くらはせたゝけと一度にかゝれば。是非《ぜひ》なくてあちらへあしらいこちらへくゞり。さきにも疵《きず》のつかぬやう。こなたも怪我《けが》のないやうにとあしらいゐらるゝうしろより。くだんの悪者《わるもの》どもを取てはなげ取てはなげする者あり。此勢《いきほ》ひになげてしまへもなげられて。にげよ〳〵そこでこゝろへたの徳《とく》兵衛をはじめ。皆《みな》いづくへか逃《にげ》うせぬ。時によしみね何人《なにひと》なれば御加勢《かせい》下されし。かたじけなしとゐんぎんにのぶれば。此男《おとこ》ぬき手を組《く》んで立はたかり。わしかゐわしは此あたり九条のたて衆《しゆ》。今黒船《いまくろふね》といふものでやすが。わる者を相手にせぬおさふらひ。おとなしう見へますそれがよふごんす。こんな所ではならんせんかよい。わしがいんだら今のやつらがまたしかへししにきませう。とてもの(廿一オ)事に送つてしんぜうと。いかさま誠《まこと》の男伊達《をとこだて》といふ者はこのやうにもたのもしいものか。しからば御苦労《くろう》ながら道まで御同道《どう〳〵》なされ下されうなら。此うへの御世話《せわ》で御座らうと。それより打つれ野《の》のほそみちをゆく所を。思ひもよらぬうしろから。きりかくるを心得たりとかいくゞり。二三間ほどとびしりぞき。是《これ》は今黒舟殿《いまくろふねどの》とやら最前《さいぜん》のたのもしいとは違《ちが》ふて。なんとして身《み》にはきりかけられたといへば。この男《おとこ》ゐせわらひうまいわろがある。そちはよしみねの太郎で有《あら》ふがな。さつきになげたはおれが中間の者共。あのようにして見せしはそちに油断《ゆだん》をさせふため。誠《まこと》はわれをこふするのじやと。また切《きり》かくるをうけながし。今は武士《ぶし》の百年目と。切込《きりこみ》〳〵くだんの今黒舟がかたさきかけてきり付れば。のつけに（廿一ウ）そるをおしふせおのれ何《なに》やつに頼《たのま》れた。ありやうにぬかそふとむねにつるぎのやまぬものは欲心《よくしん》命《いのち》をたすけて下されふなら。有《あり》やうに申さん。なるほどいのちはたすけてくれう。どふしたわけじやと。おつしやらいでもいはふとぞんじておりました。これは少納言《しやうなごん》厚顔《あつつら》卿《きやう》と。おまへのお敵《てき》さまの兄貴《あにき》熊《くま》太郎殿とにたのまれ。かくの仕合《しあわせ》と始終《しじう》をかたれば。引起《をこ》しあたを恩《おん》でおくつてもらふた狼《おほかみ》をはげ山へはなすやうなものなれど。ゑいはたすけてやらふとつきはなされても。はりひぢして壬生《みぶ》のかたへちが〳〵

二之巻終（廿二オ）

●此所に書しるし御しらせ申上候

都《みやこ》名所《めいしよ》手引《てびき》案内《あんない》　懐中本　全部一冊

神社仏閣《じんじやぶつかく》開基《かいき》来由《らいゆ》縁起《ゑんき》社領《しやれう》寺領《じれう》神事《じんじ》法会《ほうゑ》名所旧跡《めいしよきうせき》方角《はうがく》名産物《めいさんぶつ》四季詠覧《しきのながめ》旅人《りよじん》止宿《ししゆく》　所家名《ところかめい》洛中洛外《らくちうらくぐはい》細見《さいけん》京町鑑《きやうまちかゞみ》

等　至迄委　集之《とうにいたるまでくはしくこれをあつむ》

右之類書世間に数多ありといへ共或は洩れ又は通俗仕がたしよつて今こゝに記したるは脇書の通委細に書のせ見分やすきやうに仕あらたに当春より本出し申候御もとめ御覧奉頼上候已上

板元京ふや町誓願寺下ル町　八文字や八左衛門（廿二ウ）

契情蓬莱山《けいせいほうらいさん》

目録

三之巻

第一　大館家《おほやけ》の私《わたくし》は其厚顔《きのあつつら》

荘子《そうじ》に支離疏《しりそ》といへるは。はなはだその形《かたち》醜陋《みにく》し。しかれ共あまり見にくきを以て。人にも呼《よば》れず公役《くやく》もつとめずあまつさへ天下に片輪者《かたわもの》は難義《なんぎ》するといふ事ありと。天子より公米《くまい》を給ふ。その時彼支離疏《かのしりそ》も片輪《かたわ》ものゝうちに入ければ米《こめ》を受《う》く。此時ばかり用にたちしとなり。それにはひきかへて此かくや姫《ひめ》の艶顔《ゑんがん》に。おもむかぬ者ひとりもなし。とりわき其《き》の大納言厚顔卿《あつつらきやう》わりなく思ひわび給へども。そのした紐《ひも》をゆるさずこれといふもよしみね太郎有ゆへと。いろ〳〵に手くだをこしらへこれでゆかずはあれでやろ。あれでゆかずはこれでやろと。するほどの事ひとつもらちあかず。（三オ）寝所《ねところ》に枕《まくら》をくだき悪《わる》だくみの五文字《いつもじ》は出来《でき》たかと。兼題《けんだい》の哥《うた》あんずるやうに工夫《くふう》をこらしけるが。いかさまそうじやいつぞや今清明《いませいめい》が禁庭《きんてい》にて奏《そう》せしごとく。酉《とり》の年酉の月酉の日の酉の刻《こく》の女の生胆《いきぎも》をとりて。富士権現《ふじごんげん》この花《はな》さくや姫《ひめ》に手向《むけ》て。そのあとをかくや姫《ひめ》にのますれば難病《なんびやう》なをるといひし事を。おもひあはせてみれば。これくつきやうの手がゝり。是《これ》をかくやにのませて。病《やまひ》を愈《なを》してやれば。大分恩《おん》にきせるといふもの。その跡《あと》にてのつひきさせぬやうにして我《わ》が手にいれんと方〻くだんのむまれの者《もの》を捜《さが》されけるが。なか〳〵金《かね》の草鞋《わらぢ》はきれても。さがしは出《いだ》さずひとりしんきをもやしてゐられけるおりふし。誰《た》がいふともなく家老《からう》僊《うつる》将監《しやうげん》が母親《はゝおや》。そのうまれにあたれりと。沙汰《さた》ありけり（三ウ）これはさいはい秘事《ひじ》はまつげとやらにて。あしもとにあるをしらなんだは松茸《まつだけ》山に入て。松茸をもとめ兼《かね》るやうなものであつた。これまことにわれらが正直《しやうぢき》を天道のあはれみ給ふなるべしと。いしこそふにゐてかつてな了簡《れうけん》するはさりとはむごつけない心。それにやうも〳〵此心で恋《こひ》といふ字《じ》は思ひ付られし事なり。やがて将全《しやうぜん》をめされ。汝《なんぢ》をよぶ事よの義にあらず。そちが母《はゝ》酉のとしとりの月日こくげん迄そろひし事。われにしらすものあり。それならそれとふからいふたがよい。これほど主がこゝろをくだくを。しらぬ顔《かほ》するは不忠成《ふちうなる》べしと事もなげに。なんぞ人のいのちをとりもちで蠅《はい》とるやうにおぼへ。いかに主の高権《かうけ》じやといふて。いひつけられふ事か。そちが母の生胆《いきぎも》をとりて。右の次第《しだい》にいたすべしと（四オ）

挿絵第一図（四ウ）

挿絵第二図（五オ）

いひ付られて。将全《しやうぜん》も十方をうしなひ。しばし黙《もく》していたりしが。れいの持病無理《ぢびやうむり》な旦那《だんな》の一言《ごん》ながら。忠臣《ちうしん》を守《まも》ればいやともいはれず。かしこまりたてまつるよし申上れば。厚顔卿悦頬《あつゝらきやうゑつぼ》にいり。出かすそふじや主と病《やまひ》にはかたれぬといふ。ふるいたとへのとをり。あつはれな忠義《ちうぎ》じやそのかはりにはくわつと知行《ちぎやう》をあておこなふべし。さりながらこれほどの事そちをうたがふではなけれども。検使《けんし》をつかはすべしとありければ。将全うや〳〵しく手をついて。御念《ねん》御尤《もつとも》にぞんじ候へども。こゝは拙者《せつしや》一つのねがひでござります。けんしをつかはさせられては。母それとさとり最期《さいご》みれんに是《これ》ありては。子の身《み》としてなげきにたへず。なにとそしてだましすかしまして。おもひがけなき所を。はゞかりながら此刀をもつて。只ひとゑぐりに生胆《いきぎも》をとり出し。（五ウ）

挿絵第一図

挿絵第二図

申たしあとにて御直検《ごじつけん》遊ばされてもおなじ事のやうにぞんずると申せば。なるほどきこへたしからばけんしはやらぬほどに。いさぎよう母が胴《どう》ばらぐつといはして。かならず生胆《いきぎも》をとるべしと。きつい事だらけをいひちらして奥《おく》にいり給へば。将《しやう》監《げん》あとをうらめしげにうちまもり。まことに武士《ぶし》の身《み》の上ほどかなしきものはなし。そもやそもげんざいのおやのいき胆《ぎも》がとられふものか。あんまりなむごい旦那殿《だんなどの》。さてなにとしたものであらふと。心をくだく石《いし》の火《ひ》のによろやくによてん無《む》常《じやう》の花《はな》ひらけば。いとゞひらけぬ胸《むね》のうちくわきうな事故先《まづ》おうけは申たが。爰《こゝ》か分別所《ふんべつどころ》と将監《しやうげん》は小首《くび》をかたふけ。宿所《しゆくしよ》にこそはかへりぬ。跡《あと》にて大納言厚顔卿近《きん》従《じう》のうち。結城《ゆふき》力之丞といへるをよびいひ付らる、は。今きくとをり（六オ）そちは太儀ながらかれが母を殺《ころ》すかどふするぞ。見へがくれに跡《あと》からつけて富士《ふじ》へまいるべしとありければ。かしこまつたと力之丞は。やがてそれより旅《たび》羽織《はをり》のむなひもとく〳〵としたくして。不二《ふじ》をさしてぞいそぎゆく

第二　執権職《からうしよく》のかゞみは僊将監《うつるしやうげん》

後漢《ごかん》の単福《たんふく》は高官《かうくわん》に昇《のぼ》り。富《とみ》さかへてもその母敵中《はゝてきちう》にとらるれば。官《くわん》をすてゝ敵《てき》にくだり。つかふといへども忠臣《ちうしん》の名は朽《くち》ずこれいかんとなれば母にせまる故《ゆへ》なり。その上敵《うへてき》に降《くだ》るばかりにて我《わ》が能《のう》を曽《かつ》てほどこさず。今に宜《むべ》なりといふ。時に僊将監宿所《うつるしやうげんしゆくしよ》にかへりてつら〳〵工夫《くふう》をめぐらし。女房《にようばう》に此事をくはしくかたりいふやう。けふ殿《との》よりかくの難題《なんだい》を承りしは。身《み》が一生懸命《いつしやうけんめい》の場《ば》なり。いかに忠義《ちうぎ》なればと（六ウ）いふてそもや〳〵。母はどふもころされず。といふて身が手にかけねば主の威光《ゐくわう》にて人にいひ付母が生胆《いきぎも》をとらさるべし。まだしも天道のめぐみありて。それがしにいひつけられしはかたじけなし。これにつけておもひあはす事あり。天竺東城《ぢくとうじやう》王のむすめ不義《ふぎ》ありとて。臣下羅悟頓《しんからごとん》を以て。だつせの洞《ほら》にてゐいの罪《ざい》におこなへと。則《すなはち》右人《うじん》左《さ》人といふ臣下《しんか》をけんしにつかはさる。時に羅悟頓《らごとん》おもへらく。いかに大王のおほせつけなればとて。此かた〳〵何とて此罪《つみ》にいたさるべきと。おもひければたちまちけんしにたちし。右人左人《うじんさしん》をうちころし。かた〳〵をたすけまいらせ。則《すなはち》山《やま》おくにかすかなる柴《しば》のいほりをしつらひ。右のひめ君《ぎみ》をはじめ斎城国《さいじやうこく》の太子親子《たいしおやこ》三人をしのばせ奉《たてまつ》りしそのためしをおもへば。一トまづ母をともなひて富士山《ふじさん》へあがり。（七オ）ふかく忍《しの》ばせたてまつり。夫婦《ふうふ》も共に身をかくさんとおもふ。しかれば家来《けらい》わざにてはならぬ事なれば。こゝが相談《そうだん》そなたとわれと両人して。母を駕籠《かご》にのせてかいてゆかんと。それより旅《たび》の用意《ようゐ》をしてゆくみちの。露《つゆ》もなをさら無常《むじやう》らしくくわんずれは。たゞ世の中はおどろの雫《しづく》まつの露《つゆ》。いかさまおくれさきだつならひながら。げんざい母を子の身《み》として。かくはからふ事思《おも》へばなきからをおくるごとく。夫婦《ふうふ》のもの駕籠《かご》のあとさきをかき。なく〳〵あゆめばこれやこの。かなしい三保《みほ》の松原《まつはら》をも過田子《すぎたご》の浦《うら》はなみだのくれなゐにそみ。心もかきくれよう〳〵不二《ふじ》の麓《ふもと》につきければ。母を駕籠《かご》よりおろし。背中《せなか》におひたてまつり。けんそ峨〻《がゝ》たるいはほをのぼりゆく所に。母はおはれながら背中《せなか》より手をのべて。道《みち》のほとりの篠《さゝ》をおりかけ松柏《しやうはく》を手をりて。（七ウ）子どものやうに手なぐさみなさるゝ。お心根《こゝろね》がおいとしいと。嫁《よめ》のからいとがわつとなき出せば。老母《らうぼ》はかへつて高笑《たかわら》ひして是《これ》〳〵ふたりの衆《しゆ》。おれをつれて此山へあがらるゝは。何のためぞととふたれば。おとしよられてからは何時《なんどき》がしれぬ。それゆへ富士《ふじ》へさんけいなさるれば。此地《このち》しやう〴〵にして仙家《せんか》なれば。よはひを延《のぶ》る祈禱《きとう》のためといやつたはうそ。誠《まこと》は主人《しゆじん》のいひつけにて。おれがいき胆《ぎも》をとるのであらふがの。したがよふとるまいそのみれんさではこゝろもとないコリヤようきけ将監忠孝《しやうげんちうかう》のふたつとはいへども。忠義《ちうぎ》にましたる事あらじ。母をころして忠義《ちうぎ》をたてよこれについてはなしがある。天竺《てんぢく》のばらもんは現在《げんざい》の母をころせども亀《かめ》をたすけし功徳《くどく》にて。終《つい》に仏果《ぶつくは》を得たりしとあり。またとよおれがさつきにから道のしの篠《ざゝ》木のゑだを折《をり》かけて。（八オ）とをる事これもおのしらがわれを害《がい》してもどらん時。道にまよへばわるいとおもふての事ある哥《うた》に

おくやまをしをり〳〵てゆくことも
我《わ》が血《ち》をわけてうみし子のため

といふは此富士山《このふじさん》にてよみし哥《うた》じや。此心をいふてきかさふ昔《むかし》はとしよりをみなすてしとかや。あるものてうど此よふに夫婦《ふうふ》して母《はゝ》の親《おや》を戸板《といた》にのせゆく所に。かの母《はゝ》おれがするよふに道の木草の枝《ゑだ》を手しておる時。此むすこいたつて不孝邪見《ふかうじやけん》なるものにて。こゝろに思ふには母のゑだをおりかけらるゝは。われ母を山中へすて帰《かへ》りし跡《あと》からもどらんとの印《しるし》に手折《たをら》*るゝとおもひ。あとから折《をり》すてゝゆきしを。堅牢地神《けんらうぢじん》いかりをなし。たちまち大地《だいち》八尺さけて。此ものを泥裏《ないり》の（八ウ）底《そこ》におとしめんとし給ふ時。此母かのむすこがわたかみをつかんで。よみし哥《うた》とかや。それはやとくわれをころして生胆《いきぎも》をとつたがよいと。せいする母の詞《ことば》をきくに。いよ〳〵かなしく声《こゑ》もふるひていや申母さま。まつたくこなたの御命《おんいのち》とり申さんとて。此所へはおともは申ませぬ。なんのころしませふひそかに此所

にかくしおき申さんとぞんし。かくしつらひ人をもつれず。われ〳〵夫婦《ふうふ》の者《もの》かおともいたしましたと。なか〳〵ころすだんではなひとみてとつて。母は懐《ふところ》よりかみそりをとり出《いだ》し手ばやくものんどにおしあて。一ゑぐり駕籠《かご》よりおつる血《ち》しほにおどろき。これははやまつたどふいたした事てござりますと。*将監夫婦《じやうけんふうふ》うろたゆれば母はくるしきいきまきて。これや悴未練《せがれみれん》などふしておれをころしはせまいと。此母がかくごしてした自害《じがい》。サア〳〵息《いき》のかよふうち（九オ）おれが胆《きも》をとれ死《しん》でしまへば役《やく》にた丶ぬ。たゞし犬死《いぬじに》をさすか早《はや》う胆《きも》をとつて。主人大納言様《しゆじんたいなごんさま》へさしあげそちが忠節《ちうせつ》をたて丶くれいとの母の詞《ことば》に。心をとりなをし刀《かたな》をとつておしあつれど。これがどふまあきられませう。こればつかりは御ゆるされませいと。もつたる刀《かたな》をうちおとし。ひたんのなげきは尤《もつとも》なるかな恩愛《をんあい》のわかれといひ。子の身としてどふならふと。夫婦《ふうふ》はなみだにくれけるを。母も尤《もつとも》とはおもへども心よはくてかなふまじと。そんならどふでも胆《きも》はとらぬかあの不孝者《ふかうもの》め。いまおれか犬死《いぬじに》すれば孝《かう》のみちもかけまた忠《ちう》のみちもかくるが。アノうろたへ者とはぢしめられ。今は将監《しやうげん》も力なく。ア丶御ゆるされませもつたいない南無《なむ》あみだ仏《ぶつ》と。まなこに袖《そで》をおほひ胆《きも》さきぐつとくり出し。泪《なみだ》ながらに富士権現《ふじごんげん》に手向るおりから。見えがくれに来《きた》りし（九ウ）結城《ゆふき》力之丞此あはれにおもはず落涙《らくるい》して。将監《しやうげん》ふうふにいたみをいふて。互《たがい》に帰《かへ》るは山路《やまぢ》

挿絵第三図

挿絵第四図

第三　貞節婦《ていじよ》のみさほは迦陵君《かれうくん》

南宋《なんそう》の趙子《てうし》は乱軍《らんぐん》に舅姑《しうとめ》を敵《かたき》に捕《とら》へられける。敵《てき》趙子《てうし》をおかさんとす。したがはずしうとめをころし。したがはねばかくのとをりといふ。趙子《てうし》いよ〳〵したがはず終《つゐ》にころさる。その血《ち》かたまつて趙子母子《てうしぼし》がかたちをのこす。とりはらへばまた生《しやう》ず。焼《やけ》ども消《きへ》ずいよ〳〵玲瓏《あざやか》なり。これ節婦《せつふ》の貞《てい》固《こ》かと。さればかくや姫《ひめ》そも〳〵廓《くるは》へつき出しの時から。外《ほか》の客《きやく》にははだふれず。良峰《よしみね》太郎に心《しん》中《ぢう》たてぬいて。こよひもすみよしがもとにての会合《くわいがう》さりとはむまい事なり。かくて其《きの》大納言はくだんの生胆《いきぎも》を銀《ぎん》の壷《つぼ》にいれさせ。しつけん偎将監《うつるしやうげん》にとり（十ノ廿オ）

挿絵第三図（十ノ廿ウ）

挿絵第四図（廿一オ）

もたせ台傘《だいがさ》たてがさつり乗物《のりもの》そくたい姿《すがた》に蒔絵《まきゑ》の太刀《たち》佩沓《はきくつ》をと高《たか》く。すみよしがもとへぎやうれつにてねらしこみ。白張立《はくちやうたて》ゐぼしの仕丁《じてう》ども。あそこの軒《のき》したにへたかつては髭《ひげ》をぬき。こゝの格子《かうし》のさきでは穴《あな》一などしてゐるさま。源氏物語《げんじものがたり》の本《ほん》見るやうなり。大納言席《せき》をたゞし冠《かんふり》の纓《ゑい》をしめなをしのたまふは。隣座敷《となりざしき》なはよしみね太郎にてなきか。かくや姫《ひめ》両人ともにこゝへ〳〵。少《すこ》しいひたき事ありと。笏《しやく》とり〳〵のべらるれば。かしこまりたてまつりしと。良峰《よしみね》太郎やがて縁《ゑん》におりつゝ平伏《へいふく》すれば。くるしうないこれへ〳〵。かやうのあそび所にてなんの高官《かうくわん》のわれどもがよふなした〳〵じやなど、いふへだてがあらふ。よしみねこれへまことに此かくやとふかい中とはきゝおよんだ。いつぞは其方にがてんさせ。おれがあいかたにせふと（廿一ウ）おもふたけれども。かくやがいつさい合点《がてん》せぬゆへいろ〳〵と思案《しあん》して。まづかく〳〵のとをりにおれが家来《けらい》のうちに。清明《せいめい》がおしへたる。うまれの女ありしゆへ。その悴《せがれ》則《すなはち》是《これ》におる将監《しやうげん》といふ者の。母の生胆《いきぎも》なりと右《みぎ》の銀《ぎん》のつほをとり出し。サアかくや是《これ》をのんで早《さう》〳〵難病《なんびやう》をなをすやうにしてたもと。此やうなわるひわろも。あるまいか恋《こひ》には心も目もと迄《まで》かほそふなりて。かくや姫《ひめ》を見らるゝいやらしさ。これはきのどくとかくやひめとりあへず。おこゝろざしとて大切《たいせつ》なおくりものいかにやまひがなをるといふて人の生胆《いききも》がのまれませうか。よしまたのみましてやまひがなをらばその恩《おん》があるゆへ。おまへのお心にしたがはねばなりませぬ。それではよしみねさんにたちませねばおこゝろざしはいたゞきます。こりやもうどふぞわたしがかはりにたれになつと（廿二オ）呑《のま》して下さりませと。迷《めい》惑そふにいへば。大納言そばにすりより。コリヤ君《きみ》かくまで心をつくすこのまめがら大臣。それほどのおきらひなさるゝはまづむすぶの神《かみ》にから意趣《いしゆ》が出来《でき》たせつかくおもひついた此大そうな薬《くすり》。のむまいとはあんまりじやとの恨《うらみ》こればつかりは大納言のが道理《だうり》そふにおもはれ。家老将監《からうしやうげん》まかり出。申かくや姫《ひめ》さまいかにも最前《さいぜん》から旦那《だんな》申とをり。此おくすりは拙者《せつしや》か母がいき胆《きも》おぼしわけられて下されませ。めしあけられて下さりませねばせつかく心を尽《つく》し忠義《ちうぎ》にかへておやのきもをとつた拙者《せつしや》にもなつてごらうじて下されませとのうらみ。かくやひめも胸《むね》に釘《くぎ》うつごとく胆《きも》にこたへておほせ共。飲《のん》では大納言の心にまかせねばならず。それではよしみね太郎へたゝず。ハテこなさんの母御《ご》さんを手にかけさんしたも忠義《ちうぎ》のため（廿二ウ）またわたしが此おくすりのまぬは女の道。どちらもにたものでござんす。こればつかりはゆるしてくだんせと。

互《たがい》のもんだいすまぬ皃《かほ》して最前《さいぜん》よりきゝてゐたりし。良峰《よしみね》太郎何とかおもひけん。脇指《わきざし》ぬいて髻《もとゞり》おしきり。アツアあやまつた我《わ》が誤《あやま》りなり。此世はわづかよしない色欲《しきよく》に心まどひ。煩悩《ぼんのう》のきたないから。人の親《おや》をころさせかく眼前《がんぜん》になげき哀《あは》れをみる事本意《ほんゐ》にあらず。今といふ今やみの夜《よ》になかぬ烏《からす》のこゑきけば。生《むま》れぬさきの父《ちゝ》は他方みだの仏弟《ぶつで》子《し》とさまをかへこれより仏門《ぶつもん》にいるべしと則《すなはち》良峰《よしみね》太郎を僧正遍昭《そうしやうへんじやう》と改名《かいめい》し

天津《あまつ》風雲《かぜくも》のかよひ路吹《ぢふき》とぢよ
乙女《をとめ》のすがたしばしとゞめん

といひすてゝ西山道《にしやまみち》へとおもむきぬ

三之巻終（廿三オ）

●此所に書しるし申上候

京《きやう》町《まち》鑑《かゞみ》　懐中本
全部一冊

縦《たて》横《よこ》町《まち》小路《こうじ》通《とをり》筋《すじ》古《こ》名《めい》西陣《にしぢん》聚楽《じゆらく》上京《かみぎやう》下京《しもぎやう》古町《ふるてう》新町《しんてう》組町《くみてう》分《のわかち》洛中《らくちう》洛外《らくぐはい》寺社《じしや》方角《ほうがく》古今《ここん》由来《ゆらい》祇園会《ぎをんゑ》山鉾《やまほこ》出《いつる》町々《てう〳〵》七日《なぬか》十四日《じうよつかの》差別《しやべつ》御大名《おんだいみやう》御屋鋪《おんやしき》附《づけ》并呉服所《ごふくしよ》家名《かめい》所附《ところづけ》名物《めいぶつ》名産《めいさん》諸商売《しよしやうばい》店々《たな〳〵》所町々《ところてう〳〵》小名《こな》辻子《ずし》新地《しんち》等《とう》至迄《にいたるまで》委《くわしく》記《しるし》見分《みわけ》

安便《やすくたよりとす》

右之本当春より出し置申候御もとめ御覧奉頼上候已上

京ふや丁せいくはんじ下ル町

板元　八もんじや八左衛門（廿三ウ）

契情蓬莱山《けいせいほうらいさん》　四之巻

目録

第一　布引《ぬのびき》山の敵《かたき》は寒吃児《かんきつじ》
言語胴蘭《ごんごどうらん》の巾着《きんちやく》きりは本望《ほんもう》をたつする
橋《はし》の上水《みづ》のながれと人の行衛《ゆく》はしれぬ惣領《そうれう》
欲《よく》の熊《くま》太郎が月《つき》の輪《わ》見すかした喉首《のどくび》（二オ）

第二　琵琶湖《びはこ》の紅《くれなゐ》は石崇翁《せきそうおう》
寝《ね》やの燈《ともしび》　消《きへ》か丶つた命《いのち》を竹取《たけとり》の翁《おきな》が一期《いちご》
き丶付てかけ出る心の駒《こま》七が勢《いきほひ》ぬけて出る
樋《ひ》の口《くち》の盗人《ぬすびと》突《つき》おとしたやり水《みづ》の働《はたら》き

第三　芥川《あくたがは》の諫《いさめ》は逃謀士《とうぼうし》
立よらば大樹《おほぎ》の陰《かげ》より打越《うちこし》て見る哥人《かじん》の
うら門《もん》その混本哥《こんぽんか》は恋《こひ》の大納言《だいなごん》鼻毛《はなげ》の
ながい裾《きよ》はほう冠《かんふり》のお公家《くげ》さま（二ウ）

第一　布引山《ぬのびき》のかたきは寒吃児《かんきつじ》

怨敵讐敵品《おんてきしうてきしな》こそかはれ敵討《かたきうち》は。うらみをはぢすといふをもと、す。中にも親のかたき主《しゆう》のかたきを。うらみの第《だい》一とす伍子胥《ごししよ》が平王《へい》をうらみしは。親《おや》のかたきこれ程《ほど》大きなるかたきうちは古今稀《ここんまれ》なり。往昔周武《そのかみしうぶ》の紂《ちう》を打《うち》しも。親《おや》のかたきといひながら。西伯《せいはく》もたいしんなり。子胥《ししよ》は独夫《どくふ》にして平王《へい》を討《うち》。誠《まこと》になるまじきかたき打なれ共。義《ぎ》のいたる所天も鑑《かんが》み給ふ歟《か》終《つい》にうらみをはらす。されば先年近江《せんねんあふみ》の国布引山にて何者《なにもの》にやら父《ちゝ》をうたせ。そのかたきをとらんと。手がゝりはなけれど。父のあたには共に天をいたゞかずと。いたゞきもなき三度笠旅装束《さんどがさたびしやうぞく》の紐《ひも》ときて。あてどもなき旅《たび》の足《あし》いつか（三オ）とまらん関駒《せきこま》七。方《はう》〳〵とさすらひ。爰《こゝ》なん京松原川原とかや。仮橋《かりばし》を過《すぐ》るところに。かの駒《こま》七が巾着《きんちやく》をしよなめんとする。その手をとらまへ。少しもはたらかせず。引つれ行けるときくだんの巾着《きんちやく》きりがいふやう。申旦那《だんな》さまひよつといたした出来《でき》ごゝろ。こんなわるい事終《つい》にいたした事は。ねからこれでたつた二三度はかござりませぬ。御ゆるされて下されませふ。アレ大勢《おほぜい》人がた

挿絵第一図

挿絵第二図

ちます。これにこりよの道西坊《だうさいばう》か常念仏《じやうねんぶつ》のやとはれ賃《ちん》を腰《こし》につけて。此川原で花遊《はなあそ》びしてゐらるゝうしろから。とつたむくひがさりとてはもう御かんにん下さりませと。段《だん》〳〵わぶれどもさらに合点《がてん》せず。こつちへうせふとつれゆけば。さりとは気《き》のどくな。人がちりませぬ。これでは面《めん》がうれましてたまられませぬ。いかさま是をおもへば人はゑほう果報《くはほう》じや。おれが(三ウ)中間《なかま》のてこ七めは布引山《ぬのびき》で侍《さふらひ》をころし。そのうへさきのおやかたへゆき今ではあととりとやらになり。よいめにあふてゐをるげな。それにあはしてはちつとばかりのはたらきして此やうに。きづめられるも前生《ぜんしやう》のやくそくとぶつやくを。きゝ耳《みゝ》たてこりや自曜《じら》め。今ぬかしたが誠《まこと》ならば了簡《りやうけん》もしてくれう。そのうへ身《み》がゆく所へ来《こ》ひ。とふ事ありやうにぬかしたらば。大分の銭《せに》をくれてやらふと。俄《にはか》に風《かぜ》がかはつてきた。ア、またよまいごともいふて見よふものじやと。駒《こま》七に引立られ。きん着《ちやく》きりはあとからすでに敵《かたき》もしれぬれば。関駒《せきこま》七は江州《がうしう》にかへり翁《おきな》にかくといひいれ。則《すなはち》拙者《せつしや》がかたきと申は。てこ七といふ大盗人《ぬすびと》御家《いゑ》の惣領熊《そうれうくま》太郎となつて。拙者《せつしや》が親駒《おやこま》右衛門を布引山にてころしたるは。にせ熊太郎きつとせんぎあるべし。誠《まこと》に旦《だん》那のためには御子息《しそく》(四オ)

挿絵第一図(四ウ)

挿絵第二図（五オ）

さまのかたき。のがれはあるまい嶋《しま》右衛門。いつはつてもいつはられぬそちがほうばい。ちらかしの八といふ巾着《きんちやく》きりに。縄《なは》うつて引《ひか》したりと。則《すなはち》ひつすへサア今じや。身に白状《はくでう》したとをりを。一分もたがはずこれにてぬかそう。少《すこ》しでも偽《いつは》るとコリヤ此とをりと。刀をぬいてひいやりとむねのあたりがいたします。なんのべちに申ませいでは。コリヤてこよ久しいな。てもけつかうななりになりおつたは。けなりいな。ヤイ〳〵こいつ下司《げす》めうぬがようなどう乞《こ》食《じき》にちかづきはもたぬ。また駒《こま》七もこま七じや。なんのしやうもない事をとりあげて。こいつはみた所血《ち》まよふておるそふなと。何《なに》くはぬ顔《かほ》するを。こりや〳〵てこよいふないやいわれが布引山で菊水《きくすい》をしめころして。またそのあとでころしたはあなたさまの親御《おやご》じやげな。もうよいかげんに（五ウ）してもくをわれ。ばれてきたのがれぬとひざ立なをしていひければ。嶋《しま》右衛門もうそではなし。いひかすめてもすつちんさせぬその場《ば》にゐた。ちらしの八めひよんな所へうせおつた。よいはま〻よいふてきかそふ。竹取《たけとり》の翁《おきな》が里《さと》の子誠《まこと》は熊《くま》太郎とはいつはり。また竹生嶋《ちくぶしま》右衛門といふも当座《とうざ》の間《ま》に合名《あひな》。ありようはてこ七といふ御野《おんの》ぶせりさま。ア、慮外《りよぐはい》ながらのおこもかぶりさま。なんでもあるならこ〻らあたりにお命《いのち》のあまりでもあるならくだありませと。刀をぬいて立あがり。サアこふあらはる〻からはこま七いふてきかそふ。なるほどそちが親駒《おやこま》右衛門はおれがころした。ぐつとでもいふて見よ。老《おい》ぼれの刀ざんまいつゐには目出たふくたばりおつた。それはともあれおれは主人。そちは家来《けらい》身に手むかふは慮外《りよぐわい》であらふと。すこしもひるむけしきなく。（六オ）いかさま手強《てづよ》い*あく人形《にんがた》とは見へたり。翁《おきな》大きに胆《きも》をけし。ても扨《さて》もこはいやつ。世悴《せがれ》がかたき大盗人《ぬすびと》。そいつく〻れと下知《げぢ》にしたがひ。駒《こま》七早縄《はやなは》おしさばきサアのがれぬ所じや。尋常《じんじやう》になはか〻れととつてか〻れば。嶋《しま》右衛門もこだてをとつてサアどれとつて見せふときりむすぶ。すきをうかゞひてこ七はいづちともなく

第二　琵琶湖《びはこ》のくれなゐは石崇翁《せきそうおう》

晋《しん》の石崇《せきそう》は富貴諸《ふうきしよ》王に超《こへ》*へたり。金銀《きん〳〵》珠玉充満《しゆぎよくじうまん》して其名高《そのなたか》し。ある時晋の諸《しよ》王を振舞《ふるまは》れし時。こゝをはれと親《しん》王がた色〻《いろ〳〵》の重宝帯《てうほうおび》て参会《さんくわい》ある。其時親《しん》王珊瑚《さんご》のかけ目五貫《くわん》目ある。続玉《つゞきたま》を天下無双《ぶさう》と近習《きんじゆ》にもたせ。ひけらかし給ふを。石崇《せきそう》みて打割《うちわり》ければ。親王大きにおしみ歎《なげ》き給ふ石崇《せきそう》（六ウ）笑止《せうし》に思ひて。土蔵《どぞう》よりその続玉《つゞきたま》より見事なる。十五六とり出しより取にし給へと申ければ。何《いづ》れも肝《きも》をけしもらひ給ふ。然《しか》れども石崇《せきそう》も終《つい》に殺《ころ》されしとかや。とかく生《うま》れては死《しぬ》るにきはまつた事と。しらぬものもなくまたしつたものもなきやうなものなり。夕《ゆふべ》に死《し》するをしらず朝《あさ》の間《ま》から。おき頭巾《づきん》で店《みせ》さきにまかり出。つまみ大こんをねなしいくたりもよんでねなすは。欲《よく》のふかいかと思はるそれはそふと竹生嶋《ちくぶしま》右衛門と改名《かいめい》せしにせ熊《くま》太郎布引山にて翁《おきな》が子をころし。あまつさへ迎《むか》ひに来《き》た関駒《せきこま》右衛門をころし。竹取《たけとり》の家《いゑ》をは押領《おうれう》せんと。せつかくたくんだ事もたちまちあらはれ。殊《こと》には親《おや》のかたきと駒右衛門が悴《せがれ》がのがさぬときりかけたを。やう〳〵として逃《にげ》たれども。とかく此家《いゑ》に執心《しうしん》のこつてゐるし。いつそのやけつゐでに。竹取の翁《おきな》を（七オ）ばらしてしまへば。金銀《きん〳〵》はいふにおよばす。大きな長者のあとをしてやる事と。心をかためまた立《たち》かへる草《くさ》の原《はら》。ふくろの宵《よひ》だくみ宵《よひ》より翁《おきな》の寝間《ねま》に忍《しの》びこみ。障子《しやうじ》をそつと明《あく》れば。ともし火かすかに伽《とぎ》の者もしら川夜船《よふね》を。そろ〳〵漕《こぎ》かけしねふりの夢《ゆめ》に歯《は》ぎりを合《あい》の手にいれ。何やら口にてもちやくちやいふは。よふねいりしとこゝろ嬉《うれ》しく。すそ引からげさし足《あし》にて忍《しの》びいりしが。サアおかしいものじやたとへにいふ盗人《ぬすびと》には綱《つな》をはれとは尤な事。此かすかな燈《ともしび》が邪魔《じやま》になると。ふつと吹《ふき》けしやがてそのまゝ臥《ふし》たる翁《おきな》のうへにのつかゝり。ぐつともいはさずたゞ一刀にさしとをし。とゞめとつくり往生《わうじやう》南無阿弥陀仏《なむあみだぶつ》と回向《ゑかう》して。それより宝蔵《ほうぞう》にいり。家《いゑ》の系図《けいづ》をうばひとり。サテ相図《あいづ》の笛《ふゑ》を吹《ふき》ければかねて嶋《しま》右衛門に一味《いちみ》の者共。兜頭巾《かぶとづきん》に顔《かほ》かくしがんどう挑灯《てうちん》（七ウ）手に〳〵さげ。あそこの木陰天井《こかげてんじやう》からも二三人。以上十人あまりも出来《いでき》たり。なんと首尾《しゆび》は上〻こんぼんこんげん本《ほん》の字《じ》のほこ〳〵。やきもちうまいぞ〳〵さていふて置《おか》ふは。是から駒《こま》右衛門がせがれ駒七めを。うちころして仕舞《しま》へばこつちのもの。あとではそちたちに銭《ぜに》かねのつかみどりさすぞ。きをふてちよつと打て置《おけ》まひとつせいひそかにこいといふひまに。傍《そば》にとのゐの侍《さふらい》ども夜着《よぎ》の下からそつとぬけ出。ャレきつた翁《おきな》さまを熊《くま》太郎どのがそりやきつた。出合〳〵といふ声《こゑ》に。駒七おどろきやり引さげとんで出。あひたかつたによふもどつたな。かさね〳〵の大悪人主親《だいあくにんしゆうおや》のかたきそこを引なとつきかくれば。方人《かたうど》の悪党《あくとう》どもぬきつれ〳〵切てかゝるを。こと共せず四方へさつとおひちらし。目ざすは熊太郎いづくへ逃《にげ》ると追《おひ》まはされ。にげるかたなく（八オ）書院《しよいん》さきのやり水に枝《ゑだ》をたれたる大木の松《まつ》にのぼりて隠《かく》れ居《ゐ》る。駒《こま》七つゞいておつかけきたり。おのれ盗賊《とうぞく》いまが最期《さいご》ぞくわんねんひろげと。鑓《やり》の柄《ゑ》ながくおつとりのべて突《つき》かくれば。かなはじとやおもひけん。うへよりざんぶり泉水《せんすい》へ。おつるとそのまゝ底《そこ》をくゞつて樋《ひ》の口さしてにぐるところを。駒七おつつめやがておしふせ。サアうごくな大〻悪《あく》人めどふしてくれんず。爰《こゝ》にてころすもやすけれど。あまりにくしなぶりごろしにしてくれふと。そばなる松にしばり付。懐《ふところ》をさがし見れば。これはかたじけない家《いゑ》の系図《けいづ》扨《さて》〳〵手ばしかいやつ。是迄《これまで》をぬすみしな。これなれば宝蔵《ほうざう》のうちこゝろもとなし。せんぎをせんと駒七は奥《おく》へゆく。跡には熊《くま》太郎くゝられながら。何とぞいのちたすかりたく。ア、どんなくゝりよふしておきおつたさかひ。ほどける事では（八ウ）ないとちから一はいもみきつても。これはきれぬこゝへあいつがうせぬさきにどふぞ此いましめがほどきたいが。ハテなんとしたものであらふともがき。おもひ付て傍《そば》なる石燈籠《いしどうろう》の戸《と》をば口にてあけ。かはらけもまた口にて引出し。からだをよせてそろ〳〵と。ついに縄《なわ》をやききつて。またどこへやらおちうせぬ

第三　芥川《あくたがは》のいさめは逃謀士《とうばうし》

聖《せい》はせいにして聖なり愚《ぐ》は愚《ぐ》にして悪なり。尤《もつとも》そむるに色《いろ》をますの道理《だうり》。竹生嶋《ちくぶしま》右衛門いよ〱謀悪《ばうあく》つのり。竹とりの翁《おきな》をうつて長者《ちようじや》の家《いゑ》を押領《おうれう》せんとしたれども。事叶《かな》はずそれより漂泊《ひやうはく》の身となり。誠《まこと》に楚王《そわう》の焼飯《やきめし》を盗《ぬす》み林中《りんちう》に逃《にげ》かくれ。梁武《れうぶ》の餓死《がし》に似《に》たる有さま。せんかたなく黙〻《ぼく〱》（九オ）

挿絵第三図（九ウ）

挿絵第四図（十ノ廿オ）

思案《しあん》してそふじや。是《これ》から其《き》の厚顔卿《あつつらきやう》をたのみてかくまはれんと。それより夜《よ》にまぎれて京に来り。あつゝら卿のうらもんをほと〱たゝいて見ても。たれひとりこたゆる者もなし。これはなんぎな事かなまかしておけこゝでこそ。我等《われら》が御家《おいゑ》の塀《へい》をこさふと刀のさけ緒《を》を帯《おび》にゆひ付。くだんのかたなを塀《へい》に立《たち》かけ。鍔《つば》をば足代《あししろ》ちよつとふまへてやぎりをはねこへ。刀をこしにさすがの嶋《しま》右衛門も。おと〱ふるひそろ〱とび石をつたひに忍《しの》び入。厚顔もとよりさとき人にて。やがてきゝつけャレ家来《けらい》ども。何者やら庭《には》に忍《しの》ふ。アレさがせといはるゝはたしか少納言の声《こゑ》とうれしく。申〱くせものはわたくし嶋《しま》右衛門でござります。麁相《そさう》なされて下されなと。いふはかの今の熊《くま》かこりや〱。侍《さふらい》ども。もうよい往《い》てやすめと。御意《ぎよい》かたじけなしと。侍《さふらい》共目をすり〱部屋《へや》にいる。月（十ノ廿ウ）かげなければまつくらがり。妻戸《つまど》をあけて熊《くま》太郎。これへ。さてこゝろもとない夜中《やちう》にしのんでよそ外《ほか》でもないおれが屋敷《やしき》へ。なんのゐんりよで高塀《たかへい》をこへてのありさま。どふじやひとつもがてんがゆかぬとあれば。なるほど御ふしん御もつともと。則《すなはち》右の次第《しだい》をこと〱くかたれば大納言よこ手をたゝき。それはきついめにあふたな。さりながら大事ないおれがかくまふてやろと。それよりこゝにあしをとめやう〱人ごゝちが出来るとまたあくしんきざし。ある時あつゝらにいふはなんとおぼしめさせられます。かくや姫《ひめ》事はいつぞや廓《くるは》にての大もめの時《とき》。将監《しやうげん》か詞《ことば》について薬《くすり》はのんだれど。こなたさまへもしたがはず。よしみね太郎が出家《しゆつけ》したをしたひて。帝《みかど》さまへねがひをたてゝ。尼《あま》となりてきやつがうまれ在所《ざいしよ》（廿一オ）じやと申て。駿河《するが》の国に清見寺《せいけんじ》といふ一寺をこんりうし。すましきつたるありさま。もうこの恋《こひ》はさつはりとおもひきり給ひ。また外《ほか》の色《いろ》におぼしめしつきはどふであらふ。さいはいあのよしみね太郎がいもとに。女郎花《をみなへし》と申がござりますが。かくやほどにはあるまいが。その器量《きりやう》のよさおぼこさ。あんまりきやつにまけもいたすまいと。ぞんずるしかしこれにも小野《をの》のより風《かぜ》といふやつが宿《やど》の妻《つま》にいたしておりますが。それもきづかひはなされますな。わたくしが分別《ふんべつ》でかのより風がおりまする。嵯峨《さが》のやしきへいりこみ。おりをうかゞひしのびより。盗《ぬす》んでまいりませふとおどらしかくれば又大納言厚顔下地《したぢ》はおすきの事なり。なるほどそちがいふとをりならぬ恋《こひ》にぐと〳〵隙《ひま》いれてゐるは。とふやら安房《あはう》（廿一ウ）らしい事こゝはとんと気《き》をかへて。今のはなしのとをりもおもしろかろ。シテいふ通《とをり》にしな者めがぢやうかよと。俄《にはか》にうてうてんになつて。よろこばるればこりやよいなんでも鼻《はな》ぐすりが出来てきたと。心によろこびしからば善《ぜん》はいそげ悪《あく》はのべこんなよい事は。片《へん》時《し》もはやいがよふござりませふ。しからばなんぢ太儀ながら。ひともんさくしてくれるか。これは

挿絵第三図

挿絵第四図

勿躰《もつたい》あるでござります。れん木もすり鉢《ばち》もとかくまはりのよい。はやいがよふござります。すぐにこれからしたくいたして。より風が屋敷《やしき》へいりこみませふ。それはかりことさま〳〵ありといふなかに。左官《さくわん》になつて智伯《ちはく》がもとへしのびいり。晋《しん》の予譲《よじやう》これも図《づ》がふるいまたばこやになりて敵《かたき》のやしきにいりこみ家中《かちう》の子共に人ぎやうをやつたり。うまい（廿二オ）菓子《くわし》をくはしたり。それよりとりいりしもろこしのためしあり。人のしつてゐる事したがやつはりこのたちな事がよふござりませふと。それより小間物《こまもの》呉服《ごふく》。しよじ引うけてのおとくゐとなつて。頼風《よりかぜ》の屋鋪へいりこみ。手だてをこそはこしらへけれ

四之巻終

怡顔斎松岡玄達先生撰

林　道春説

桜品《あふひん》　那波道円譜　合考　全部一冊

山崎闇斎弁

本文をひらかなになをし悉花形を模写《もしや》し数品のさくらを見分やすく詳にす

右之本先達而出し置申候御求御覧可被下候（廿二ウ）

契情蓬莱山《けいせいほうらいさん》　五之巻

目録

戸明《どあか》し逢《あふ》*ふた互《たがい》の咄《はなし》はなせどはなさぬ胸倉《むなぐら》
取て押《おさ》へてみれば重〻《ぢう〳〵》の敵《かたき》うち治《おさまつ》たる御代万《みよばん》
歳《ぜい》（二ウ）

第一　嵯峨《さが》野《の》の恋《こひ》は媒酌《なかだち》の計《はかりこと》

媒計《ばいけい》をよくするものを。和国《わこく》にては仲人《なかうど》といふ。中人《なかうど》以下《いげ》多《おほ》くは婦人《ぶじん》此事《このこと》をとりあつかふ。和漢《わかん》ともに内計《ないけい》をよく調《とゝの》へて。表向《おもてむき》に丈夫《ぢやうぶ》なる仲人《なかうど》を立《たて》て事をなす。是《これ》を上とすその事おさまつて結納《ゆひいれ》の祝儀《しうぎ》あり。是をたのみといふ唐《から》にては此次第《しだい》にあらざれば人ゆるさずときこへたり。しかれども今はさもなきや。いろ〳〵の利切《りかう》なる仕様《しやう》ありと見へて。看板《かんばん》うつて仲人《なかうど》するものあり。又医者針《いしやはり》たて寺《てら》の坊《ぼん》さま。惣《さう》じて出入《でいり》の物うり。多《おほ》くはあきなひするがやの長《ちやう》九郎。毎日《まいにち》〳〵京から此嵯峨《さが》まであきないにおじやるは。よく〳〵よひかねもふけがあるそうなと。板《いた》もと下おとこが(三オ)あいさつも。伽羅《きやら》の油《あふら》でもまけて貰《もら》ひたいした心。またうへ〳〵の台所《だいどころ》はかくべつなもので。畳《たゝみ》二畳敷《でうじき》ほどなほりいれ火鉢《ひばち》に。かた炭《ずみ》の五俵《ひやう》も一度にくべて。数《す》百枚《まい》の小鯛《こだい》を串《くし》にさいて。遠火《とをび》のやきものかたはしからは。石《いし》うすにいれて鱧《はも》をつくやらつけたまごの焼《やき》あんばい。あんこのさけぎり奥《おく》からは端女《はした》がおきかきの底《そこ》に。飯籠《いかき》をあて丶大釜《おほがま》の熅《おき》をすくふてゆく。やとはれ釜《がま》の仁助がはらたつるをもか

挿絵第一図

挿絵第二図

まはず。ちよつとのあらひものにも。水をかひ出してそれ〳〵の部屋《へや》をまかなふ。お女房衆《にようぼうしゆ》の用があるに。此また御得意《おとくい》の長九郎は見へぬかといふしたから。ヲツトおとくの長九こゝにおりますとは。本《ほん》にそしつてゐるその下からおとくゐが見えた。サア帳《ちやう》につけてくたさんせ。わたしがあつらへてさんす台《だい》が一つ紅猪口《おいろ》が三つ人形《にんぎやう》（三ウ）の出る有馬筆《ありまふで》と。せきだ一そくに小豆が五合とちりめんのかゝへ帯《おひ》の昼比《ひるごろ》までなをもつてきてくださんせ。コレわたしもあつらよふたけ長が。五十枚かならずもつてきてくだんせ。晩《ばん》は庚申《かうしん》じやによつて。しぼかけておかねばならぬ。そふして塩の鰯《おぼそ》五十疋《ひき》。おやきが百楊枝《やうじ》が一袋《ふくろ》に。白粉箱《おしろいばこ》か二つよふきれそふなはさみと。木綿針《もめんばり》一疋ほんにわしとした事が。御女房さまがたの御用をいはなんだ。羽二重《はぶたへ》の切《きれ》六尺と。白むし壱匁分水銀《ふんみづかね》と。ほうづきの根《ね》に綿《わた》ざね。りうのうとをもつてきてくださんせ。どふやら此あつらへものはまぎらはしうおもはんせふが。そふじやないぞへ。アイ御目だいさまにもそのわけはたてゝおきやした。水銀《みづかね》は鏡《かゞみ》とくのな。鬼《ほう》灯《づき》はまこものかはりに。なりそみなふおも（四オ）

挿絵第一図（四ウ）

挿絵第二図（五オ）

はんしよけれど。黒《くろ》やきにして髪《かみ》につけやんす。りうのうはかけ香《がう》にいると。誰《たれ》もとがめもせぬに。それ〳〵のいひわけするは。どふでこいつもくせものと。下目代部《べ》やから髭《ひげ》ぬき〳〵。しりめにかくるも役目《やくめ》とて尤《もつとも》なり。時しもけふは殿頼風《とのよりかぜ》さまの御用おしまひなされ。禁庭《きんてい》よりお帰《かへ》りなさる丶と。屋しきのにぎはいきくに長九郎心せき。このほどより何とぞ小野《をの》のより風。かへられぬさきに本望《ほんもう》をとげんとおもひしに。壁《かべ》に馬乗《むまのり》かけの侍《さふらい》衆《しゆ》がもどるは。今夜《こんや》きはめてより風かへらる丶にきはまつた。あれはたしかかりの使《つかい》にゆかれたゆへ。いま五六日も隙《ひま》がいらふとおもふたところ。あしもとから鳥《とり》じや。さらば奥《おく》えしのびいり。くどきおとして少納言殿の手にいれんと。瞽女《ごぜ》の手引の婆《はゝ》が（五ウ）ものほしそふに部屋にしてゐるをたらし。則《すなはち》きやつが衣装《いしやう》を。その身にかりの女すがた。かづらをかけてしなをやり。目の見へぬを幸《さいはい》ごぜのまつ代《よ》が手を引て。幾間《いくま》も〳〵うちこし。よう〳〵と奥《おく》さまおみなへしの御座《ござ》所《どころ》へうかゞひより。あたりに人のないを見あはせ。やがておそばちかくより。大納言殿の艶書《ゑんじよ》をとり出し。しか〳〵のよしをいひ入るれど。女郎花《をみなへし》のまへさらにのみこみ給はねば。心はせいて来《く》る。てんほのかはぬすんでゆかふとむりやりに。女郎花《をみなへし》の手をとり。裏門《うらもん》より出んとする時。これはいづくへみづからをつれゆく事ぞと。大ごゑをあげ給《たま》へばこれはならんと口にねぢわら。しつかとかたにひつかけ。逃《にげ》んとせしが何やら足《あし》もとにわるいものがありて。まつさかさまにこけたはこいつゆへと。（六オ）手にとつて見れば。日本にたつたひとつの青海波《せいがいは》といふ銘《めい》琵琶《びは》。こりやかたじけないこれについて思案《しあん》がかはつてきた。こふした方《はう》がちかみちと。腰《こし》の刀《かたな》をひそかにぬき。なさけなくも簾《れん》中《ちう》をみなへしのこ丶ろもとをさしとをすれば。アツト一こゑくるしげに。これはなんたるうらみありて。わらはをかくはするとの給へば。嶋《しま》右衛門誠《まこと》しやかに尤《もつとも》だ。しかしこれはそなたのつま。より風のたのみ大納言殿のよこれんぼとはいつはり。今いふとをりより風卿ほかにおもしろい花《はな》がある。そのたのしみの邪魔《じやま》になる女郎花《をみなへし》。ころしてくれとの事。それゆへいたはしながらもこふすると。また一ゑぐり南無《なむ》阿みだ仏《ぶつ》の声《こゑ》よりも。さてはそふかうらめしきはつまのより風さまやと。くるひ死《じに》にぞし給ひける。そうじや〳〵（六ウ）ずいぶんくるしんでより風をうらみ死《しに》にして。未来《みらい》をたすかつたがよい。サアこいつをばらせは。此琵琶《びは》ぬすんだこともたれしるものもなし。これよりすぐに御室《おむろ》あたりに。のぞみてのあれは大銀《おほがね》にしてくれふと。さりとは何所《どこ》でもわるいたくみをなしけり。行衛の程《ほど》こそおそろしき

第二　雄徳《おとこ》山のうはさは間違《まちがい》のうらみ

唐土《もろこし》の詩賦《しふ》を爰《こゝ》にて和歌《わか》の道《みち》といふ。これすなはち大倭《おほやまと》の道《みち》のみちたる事。唐天竺《からてんぢく》のおよばぬ所なり。詩賦《しふ》に長短《ちやうたん》あれば。哥《うた》にも長哥《ちやうか》短哥《たんか》旋頭《せんどう》混本《こんぼん》折句《をりく》沓冠《くつかんふり》と。品《しな》〳〵あり。中にも三十一《みそし》もじの歌《うた》を和哥《わか》のうちにてもつはら長じさせ給へり。それゆへこればかりおもに心がける事とぞ。むかしも此六賦《りくふ》をたて。其品《しな》その人に評判《ひやうばん》をして。いろ〳〵（七オ）の風俗《ふうぞく》を古今《こきん》の序《じよ》にあらはし。中にも僧正遍昭《そうしやうへんじやう》はとりしめなしのやうに。貫之《つらゆき》もこれをかけり此遍昭《へんじやう》今はよしみね太郎の気《き》をとりおき。あんぎやの姿《すがた》に身をやつし。諸国執行《しよこくしゆぎやう》の其中にも。よしの、桜越路《さくらこしぢ》の雪《ゆき》見にころぶ所まで。いづれも風雅《ふうが》のたのしみは。むかしにかはるなりかたち。けふしも男山《おとこやま》にまいらんとまだ夜《よ》をこめて稲荷《いなり》山それでふしみもきこへたり。淀《よど》の堤《つゝみ》にこしうちかけ。四方《よも》のけしきをみはらす所に。御坊《ごぼう》さま馬やらふまけてのせふとつきつけうり。げに足《あし》やすめと馬にあしをやしなひ。男《おとこ》山のほとりを行《ゆき》すぎ給ひけるところに。一里塚《りづか》のやうなる所に。をみなへしのいとおもしろうさきみだれたるに。心うつりいかに馬子《まご》しばらくまつてくれ。なんと此景《けい》はたまらぬではないか。こふもあらふか（七ウ）

なびくなよわがしめじ野《の》ゝをみなへし

あらぬかたより風《かぜ》はふくとも

なんとおもしろいか。いゑ〳〵こちとらはそのよふな味噌《みそ》にひともじとやらは口にいらいでおもしろからず。やつぱり哥《うた》より酒がよい。イヤまた八文で一盃《はい》ひつかけた所は。たまらぬあつたぼこしもないと。馬をたゝけばはねあがる拍子《ひやうし》に遍昭《へんぜう》馬よりおちて。腰《こし》ぼねをしたゝかうたれ。これはいたいは落馬《らくば》といふものは。さつそく薬《くすり》をのまねば跡《あと》がいたむものじやが。こんな事もあるものと日比《ひごろ》にたしなんだ鹿《しか》の袋角《ふくろづの》の粉《こ》にしたがある。これは酒《さけ》でのまねばならぬが。ヤア幸《さいはい》むかふに庵室《あんじつ》がある。あれへいて酒《さけ》を少《すこ》し無心《むしん》いふて此くすりがのみたしと。馬子《まご》か肩《かた》にかゝつて。かきねに案内《あんない》こひかく〳〵といひ入給へば。あるじの僧《そう》たち出《いで》それは（八オ）おせうし。おりふし酒《さけ》もあり合《あは》せしと。表《おもて》に出てヤアこれは良峰《よしみね》太郎殿。さて〳〵ふしぎの御縁《ゑん》にて御目にかゝる。扨《さて》こなたの御発心《ほつしん》といふ事は。さきだつて承《うけたまは》りしがその時なされし乙女《をとめ》のすがたの哥《うた》。大内《おほうち》にても玄妙《けんめう》なるよし。これ沙汰《さた》ときゝました。さてとおきゝ下され事は。さいつごろ竹取《たけとり》の翁《おきな》をころし。*たる大悪人熊《あくにんくま》太郎とやら。また一名《みやう》を竹生嶋《ちくぶしま》右衛門とやら申者。われら所持《しよぢ》いたす天下に名ある所の。青海波《せいがいは》と申琵琶《びは》をぬすみ。その上そこもとのいもうと。われらが妻《つま》のをみなへしをころし。いづくともなく逐電《ちくてん》いたした。それより我らも妻《つま》におくれ何とやらあぢきなく。世の中おもしろからず。それより髪《かみ》をおろして。なきつまのあとをとふらひ申すと。此物語《ものがたり》に遍昭もひたんの涙《なみだ》にくれ。誠《まこと》に拙僧《せつそう》国〻をめぐり（八ウ）三界《がい》に家《いゑ》なければ。いもとがうたれし事も今そこもとにあふたればこそぞんじたれ。さてはそれよりの御発心《ほつしん》かや。シテ唯今《たゞいま》の御法名《はうみやう》はなにと申す。いやたゞ今にては寂蓮法師《じやくれんはうし》と改名《かいめい》いたし。誠《まこと》に世のありさまをくわんずるに。なげきになげきをかさね。さりとてはいそがしき娑婆世界《しやばせかい》とくわんじて。あれ御らんぜあの壁《かべ》に一首《しゆ》をかきつけたりとあれば。へんぜう見給ひ。いかにもこれはおもしろき秀逸《しういつ》とぞんじますと。読《よみ》たまへば

むら雨《さめ》のつゆもまたひぬ槙《まき》の葉《は》に

きりたちのぼるあきの夕ぐれ

事のこゝろあはれにおもしろしと。互《たがい》にかたり夜《よ》とゝもに寝《ね》られぬふたりの枕《まくら》もとへ。おみなへしの幽霊《ゆうれい》あらはれ（九オ）

挿絵第三図（九ウ）

挿絵第四図（十ノ廿オ）

ありしうらみをいひければ。寂《じやく》れん法師《ほうし》たもとにすがり。さりとてはわれ俗《ぞく》たりし時は。互《たがい》にわりなきいもせの中に。そなたをころしてくれと人にたのむべきか。それはかく〳〵の次第《しだい》とかたり給へば。今はおんれうも恨《うらみ》をはらし。さてはさにてましますかそふとはしらでよしなきうらみ。あの塚《つか》のをみなへしこそわが名によりてわらはがかはる姿《すがた》ぞと。いふかと思へばあけの鳥扨《とりさて》は夢《ゆめ》なりしと。遍昭《へんぜう》も寂蓮《じやくれん》もいよ〳〵のりの友《とも》となりぬ

第三　清見寺《きよみでら》のまことは孝心《かうしん》の剣《つるぎ》

後漢《ごかん》の明帝《めいてい》の時。仏経《ふつきやう》白馬寺《はくばじ》にとゞまりしより。すべて仏閣《ぶつかく》を寺《てら》といふ。是檀林禅林《これだんりんぜんりん》の事なり。仏経隋唐《ぶつきやうずいたう》に専《もつは》らさかんに博《ひろ》まり。梁《りやう》の武帝《ぶてい》は王宮《わうぐう》を寺にし袈裟《けさ》衣を（十ノ廿ウ）着《ちやく》し給ふ。惣《そう》じて清浄《しやう〳〵》の地を。仏閣《ふつかく》にする事。天竺震旦《てんぢくしんだん》我朝《わがてう》かはる事なし。就中皇后女宮《なかんづくくわうがうによきう》のはじめ給ふを尼寺《あまでら》といふ。これによつてかくや姫も。父尊霊《ちゝそんれい》の御ため。または妻《つま》のあとをおふて。尤われがひろはれし所なりとて。駿河《するが》の国《くに》に霊地《れいち》を卜《しめ》。則身清《すなはちみきよ》らかになりしといふ義理《ぎり》にて。その寺号《じがう》を清見寺《きよみでら》と名づけ。南無阿弥陀仏《なむあみだぶつ》の外《ほか》はまた他事《たじ》もなし。かゝるおりふし遍昭僧正《へんぜうそうじやう》じやくれん法師《はうし》つれだちて。此寺にたづねきたり。法《のり》の事どもかたりあひ給ふ。ところに迦陵尼《かれうに》の家来関駒七《けらいせきこま》。旅装束《たびしやうぞく》のひきはだ。大小

ひさしぶりにて御けんていの御そんがんを拝《はい》し奉り。先《まづ》は拙者《せつしや》も大慶《けい》仕りましたと。主従《しう〴〵》の礼義《れいぎ》をのぶれば。迦陵《かれう》はなのぼうしをいらひ〳〵。これはめづらしい駒《こま》七誠《まこと》にその方が親《おや》の駒《こま》右衛門は。（廿一オ）嶋《しま》右衛門がためにうたれ。黄泉《くわうせん》のしたにそのかばねはくちぬれども。忠臣《ちうしん》の名《な》はかくれなし。尤《もつとも》わらは親《おや》の翁《おきな》さまに。わかれまいらせ候てはや三年の忌《き》なり。世はさだめなきこそいみじけれと。たゞかりの世のありさまは。時雨《しぐれ》を松のそめかねて。まくずがはらに風さはぐとやいはんと。弟子《でし》のあまたちにいひつけ。昼食《おこゞ》を出せと。こま心のつかせられた。昔《むかし》にかはる御すがたと。駒七も泪《なみだ》にくれ。むかし今の物《もの》がたり最中《さいちう》へ。大盗人《ぬすびと》を引づり来《きた》りしと寺内《じない》さはがしければ。駒七さしこゝろへ立出てこれは所の百姓衆《ひやくしやうしゆ》がしらるゝごとく此ところはおなじ寺《てら》といふても尼寺《あまてら》女の事いづれもきづかひ給ふ。何とて此所へはつれきたられしやと。かの盗《ぬす》人《びと》が顔《かほ》を見てそちは身《み》が主親《しうおや》のかたき。竹生嶋《ちくぶしま》右衛門。はれ久しぶりて（廿一ウ）あふた敵《かたき》。いづれもへたのみあり。此盗賊拙者《とうぞくせつしや》にくださるまいか。こいつは身《み》がため大切《たいせつ》なる敵《かたき》でござると。始終《しじう》をかたれば。百姓どもロをそろへ。それはさいはひな事そんなら。この泥坊《どろばう》めはこなたへあげませふ。どふなりと御心まかせになされませと。縄《なは》つきをわたせば。かたじけなしと駒《こま》七うけとり。縄《なは》引ほどきサア立あがつて勝負《しやうぶ》をせいといへば。傍《そば》から百姓《ひやくしやう》共申〳〵かならず縄《なは》はほどかしやます

挿絵第三図

挿絵第四図

な。たいていのはやいやつではござりませぬ。マアきいてくださりませ。ヱ、去年麦時分《きよねんむぎじぶん》でござりました。こいつめがふつと此村《むら》へきをりまして。わたくし共が仕事《しごと》してゐるそばへよりまして。ぬかす事には私《わたくし》はさる屋敷《やしき》がたに奉公《ほうこう》いたしておりました所。旦那《だんな》のつかひにまいる道《みち》にてよほどの金子《きんす》をおとし。それゆへ屋敷《やしき》へもかへられず。方〳〵と（廿二オ）るろう仕るお慈悲《じひ》に村《むら》に置《をい》て何成と。さして下されとぬかしたではないかと。の、しるを駒《こま》七もうしづまつて下され。大事の敵《かたき》サア尋常《じんじやう》に勝負《せうぶ》せい刃物《はもの》がなくては相手《あいて》になられまいと。一腰《こし》なげ出し。サア勝負《せうぶ》〳〵これは忝ない。しばり首《くひ》もうたれませふかと存した所。まだ武士《ぶし》のまねをして相果《あいはつ》るは。此上の御恩《おん》ととふやら人らしい事いふて互《たがい》にわたしあひ終《つい》に勝負《せうぶ》にまけ。駒七が手にか、るか、る悪《あく》人もまたすくなひものなり。然《しか》れどもそのつみ身《み》にせまつて終《つい》に亡《ほろ》びぬ。主親《しうおや》の敵《かたき》をうつて。いさむは駒七妻《つま》の敵《かたき》といひながら。あたをば恩《おん》にてかへしたる所繁昌国栄花《はんじやうくにゑいぐは》治《おさま》る御代《みよ》は太平《たいへい》の時津風《ときつかぜ》

五之巻終

契情蓬萊山　五之巻

契情蓬莱山

宝暦九年卯正月吉日

京麩屋町通せいぐはんじ下ル町

八文字屋八左衛門板（廿二ウ）

読本目録

今川《いまがは》一睡記《いつすいき》　五冊
名所《めいしよ》焼《やき》蛤《はまぐり》　五冊
風流《ふうりう》宇治《うぢ》頼政《よりまさ》　五冊
於国《おくに》哥舞妓《かぶき》　五冊
風流《ふうりう》東《あづま》大全《だいせん》　五冊
奥州《おうしう》軍記《ぐんき》　五冊
傾性《けいせい》禁短気《きんだんき》　六冊
傾性《けいせい》曲《きよく》三味線《ざみせん》　六冊
浮世《うきよ》親仁《おやぢ》形気《かたぎ》　五冊
野白《やはく》内証《ないしやう》鏡《かゞみ》　五冊
野傾《やけい》色《いろ》孖《ふたこ》　五冊
富士《ふし》浅間《あさま》裾野《すそのゝ》桜《さくら》　五冊
三浦《みうらの》大助《おほすけ》節分《せつぶんの》寿《ことぶき》　五冊
出世《しゆつせ》握虎《やつこ》昔語《むかしがたり》　五冊
本朝《ほんてう》会稽山《くはいけいざん》　五冊
名玉《めいぎよく》女《をんな》舞鶴《まひづる》　五冊
楠《くすのき》三代《さんだい》壮士《おとこ》　五冊
御伽《おとぎ》平家《へいけ》　五冊

風流《ふうりう》軍配団《ぐんばいうちは》　五冊
傾性《けいせい》色《いろ》三味線《ざみせん》　諸国くるわ細見入　五冊
風流《ふうりう》西海硯《さいかいすゞり》　五冊
清明《せいめい》白狐玉《びやくこのたま》　五冊
当流《とうりう》曽我《そが》高名松《かうみやうのまつ》　五冊
日本《につほん》傾性始《けいせいのはじめ》　五冊
当世《とうせい》信玄記《しんげんき》　五冊
百姓《ひやくしやう》盛衰記《せいすいき》　四冊
商人《あきんど》世帯薬《せたいぐすり》　五冊
女《をんな》曽我《そか》兄弟《きやうだい》鏡《かゞみ》　五冊
女将門《をんなまさかど》七人《しちにん》化粧《けしやう》　五冊
女男《いんやう》伊勢《いせ》風流《ふうりう》
愛敬《あいきやう》昔色好《むかしおとこ》　合六冊
苅萱《かるかや》二面鏡《にめんかゞみ》　五冊
女非人《をんなひにん》綴錦《つゞれのにしき》　五冊
記録《きろく》曽我《そが》　五冊
真盛《さねもり》曲輪錦《くるわにしき》　五冊
鎌倉《かまくら》諸芸《しよげい》袖日記《そでにつき》　五冊

義経《よしつね》風流《ふうりう》鏡《かゝみ》　五冊
傾性《けいせい》竈照君《かまどせうくん》　五冊
役者《やくしや》色《いろ》仕組《しぐみ》　五冊
兼好《けんかう》一代記《いちだいき》　五冊
善悪《ぜんあく》両画《りやうめん》常盤染《ときはぞめ》　五冊
忠孝《ちうかう》壽《ねのび》門松《のかどまつ》　五冊
丹波《たんば》与作《よさく》無間鐘《むけんのかね》　五冊
武遊《ぶゆう》双級巴《ふたつどもへ》　五冊
忠盛《たゞもり》祇園桜《ぎをんさくら》　五冊〔二一オ〕
龍都《たつのみやこ》俵系図《たはらけいづ》　五冊
魁《さきがけ》対盃《つゐのさかつき》　五冊
敦盛《あつもり》源平桃《げんへいとう》　五冊
大内裏《だいだいり》大友真鳥《おほとものまとり》　五冊
彩色《さいしき》歌相撲《うたずもふ》　五冊
盛久《もりひさ》側柏葉《このてがしは》　五冊
十二《じうに》小町《こまち》曦裳《あさひのもすそ》　五冊
昔《むかし》女化粧桜《をんなけしやうざくら》　五冊
義貞《よしさだ》艶軍配《やさぐんばい》　五冊〔二一ウ〕

風流扇軍《ふうりうあふぎいくさ》　五冊
北条時頼二女桜《ほうでうときよりふためざくら》　五冊
分里艶行脚《わけざとやさあんぎや》　五冊
傾性哥三味線《けいせいうたざみせん》　五冊
傾性友三味線《けいせいともざみせん》　五冊
風流略雛形《ふうりうやつしひながた》　三冊
風流連理檍《ふうりうれんりのたまつばき》　三冊
善悪身持扇《ぜんあくみもちあふぎ》　三冊
曦太平記《あさひたいへいき》　五冊
楠軍法鎧桜《くすのきぐんほうよろひざくら》　五冊
鎌倉実記《かまくらじつき》　五冊
本田善光倭丹前《ほんだよしみつやまとたんぜん》　五冊
逆沢瀉鎧鑑《さかおもだかよろひかゞみ》　五冊
風流御伽曽我《ふうりうおとぎそが》　五冊
風流東鑑《ふうりうあづまかゞみ》　五冊
頼朝三代鎌倉記《よりともさんだいかまくらき》　五冊
西海太平記《さいかいたいへいき》　五冊
中将姫誓糸遊《ちうじやうひめちかひのいとあそび》　五冊

雷神不動桜《なるかみふどうざくら》　五冊
薄雪音羽滝《うすゆきおとはのたき》　五冊
風流日本荘子《ふうりうやまとざうし》　五冊
契情太平記《けいせいたいへいき》　五冊
大系図蝦夷噺《おほけいづゑぞばなし》　五冊
弓張月曙桜《ゆみはりづきあけぼのざくら》　五冊
鎌倉繁栄広記《かまくらはんえいくはうき》　十二冊
阿漕浦三巴《あこぎがうらみつどもへ》　五冊
今昔出世扇《いまむかししゆつせあふぎ》　五冊
勧進能舞台桜《くはんじんのうぶだいざくら》*　五冊
曽根崎情鵲《そねざきなさけのかさゝぎ》　五冊
自笑楽日記《じせうたのしみにつき》　五冊
物部守屋錦輦《もの〻べのもりやにしきのてぐるま》　五冊
都鳥妻恋笛《みやこどりつまごひぶへ》　五冊
那智御山手管滝《なちのみやまてくだのたき》　五冊
愛護初冠女筆始《あいごうゐかうふりをんなふではじめ》　五冊
高砂大嶋台《たかさごおほしまだい》　五冊
花色紙襲詞《はなじきしかさねことは》　五冊

花楓剣本地《はなもみぢつるぎのほんぢ》　五冊
小野皇恋釣舟《おのゝたかむらこひのつりぶね》　五冊
頼信琉軍記《よりのふほたんぐんき》　三冊
道成寺岐柳《とうじやうじちまたのやなぎ》　五冊
優源平歌袋《やさげんへいうたぶくろ》　五冊
夕霧有馬松《ゆふぎりありまのまつ》　五冊
百合稚錦嶋《ゆりわかにしきじま》　五冊
壇浦女見台《だんのうらをんなけんだい》　五冊
歳徳五葉松《としとくごようのまつ》　五冊（［二］オ）
風流川中嶋《ふうりうかはなかじま》　五冊
菜花金夢合《なのはなこかねのゆめあはせ》　五冊
頼政現在鵺《よりまさげんざいぬえ》　五冊
御伽太平記《おとぎたいへいき》　五冊
傾性玉子酒《けいせいたまござけ》　五冊
風俗傾性野《ふうぞくけいせいや》　五冊
風流誂平家《ふうりうやさへいけ》　五冊
舞台三津扇《ぶたいみつあふぎ》　五冊
南木莠日記《くすのきふたばにつき》　五冊（［二］オ）

今昔九重桜

序

時《とき》なる哉桓武《かなくわんむ》の聖代《せいたい》。色《いろ》なる哉青楼《かなくるわ》の賑《にぎは》ひ。伝教大師《でんげうだいし》御心を一つにして。都《みやこ》うつしは四神相応《しじんさうをう》。大尽繁昌《だいじんはんじやう》の霊地《れいち》を撰《ゑらま》れ。艮《うしとら》の鬼門《きもん》を護《まも》る。出口《でぐち》の柳《やなぎ》たをやかにして。左青龍右白虎《させいりやううびやっこ》に。前朱雀《ぜんしゆしやか》の菜種《なたね》の海面《うみづら》（初ロ一オ）君《きみ》に後玄武《ごげんむ》との文の一筆《ひとふで》。かきさがして直《すなほ》ならぬを。ため直《なを》した平安城《へいあんじやう》の。動《うご》きなきしるしを五《いつゝ》の巻《まき》に顕《あらは》し。春《はる》の蒼生《あをひとくさ》に。笑《わらひ》の種《たね》を蒔《まき》ぬる事も。芽出度《めでたき》ためしならんか

辰の
めてたき春

作者
八文字
李秀
同
自笑

（初ロ一ウ）

今昔九重桜《いまむかしこゝのへざくら》

一之巻

目録

㊀ 阿闍梨《あじやり》の卜《うらかた》にて開《ひらけ》たり左近《さこん》の桜《さくら》

国《くに》を有家《たもちいゑ》をたもつ者《もの》は。寡《すくなき》ことを憂《うれへ》ずして。均《ひとし》からざる事をうれふとは魯論《ろろん》の格言《かくげん》。国を治《おさむ》るの枢要《すうよう》といふべし爰《こゝ》に人皇《にんわう》五十代にあたつて。桓武《くわんむ》天皇と申奉る聖主《せいしゆ》。よく仁徳《じんとく》を民《たみ》にほどこし。四海《しかい》を子のごとくになですべ給へば。五日の風枝《かぜゑた》を動《うごか》さず。雨十日《あめしうじつ》の節《せつ》をたがへずして。戸《と》さゝぬ御代《みよ》のしるし。殊《こと》には御母《おんはゝ》たかのゝ皇后《くはうごう》に。みづからつかへかしづき給ひて御孝行《ごかう〱》をつくさせ給ふ。是《これ》に引かへ御同腹《ごどうふく》の御弟早良親王《おとゝさうらしんわう》には。天性《てんせい》御気質強毅《きしつがうき》に勇力《ゆうりき》人にこへ。暴虎馮河《ぼうこひやうが》の御勢《いきほ》ひに。自然《しぜん》と御形《かたち》もするどくおはしましければ。春宮《とうぐう》の御沙汰《さた》もなく。氷上《ひがみ》の皇子《わうじ》と申奉て。諸共《もろとも》に乙訓《おとぐん》の（三オ）こほり長岡《ながをか》の都に皇居《くはうきよ》ありしに。比《ころ》しも延暦《ゑんりやく》二年神無月時《かみなしづきとき》し定《さだ》めぬ村時雨《むらしぐれ》の。くもれる空《そら》はかへつて春《はる》めきわたり。南殿《なんでん》の庭上《ていしやう》なる左近《さこん》の桜《さくら》。時を得顔《ゑがほ》に東山《ひがしやま》にひらけなば。物いはずして下道《しもみち》をなし。ざゝんざをうたふべきけしき。諸卿吉凶《しよきやうきつきやう》を弁《わきま》へずたがいに面《おもて》を見合。口をつぐむ折ふし。氷上《ひがみ》の皇子《わうじ》此有様《このありさま》を見給ひ。枯《かれ》たる木に花をあらはす事。天長地久《てんちやうちきう》の吉相《きつさう》と邪佞《じやねい》の唇《くちびる》を動《うご》かし給へば。皆《みな》万〱世《せい》と始《はじめ》ておとがひならしぬ。爰《こゝ》に時の武士《ぶし》近江前司盛行《あふみのぜんじもりゆき》。折ふし弓場寮《ゆばりやう》にありしが。御階《みはし》の下《もと》に畏《かしこま》つて賢才良智《けんさいりやうち》の眉《まゆ》をひそめて申けるは。おそれ多《おほ》く候へども。臣盛行謹《しんもりゆきつゝしん》で案《あん》じ候所。四季《しき》の不順不正《ふじゆんふしやう》の気《き》をかつてひらくる花を。吉相《きつさう》とは心得がたし。遠《とを》くは隋帝《ずいてい》の代陳稜《よちんりやう》が庭前《ていぜん》に冬《ふゆ》の桜《さくら》を見て。杜伏威《とふくゐ》が為《ため》に身を亡《ほろぼ》し（三ウ）近《ちか》くは我《わが》日本にて開化帝《かいくわてい》冬十月。花開《ひら》けて春《はる》にひとしかりければ。異国《ゐこく》の凶賊乱《けうぞくみだ》れいりぬ。是《これ》みな其地《そのち》の凶《けう》をしめす前表《ぜんひやう》と。詞《ことば》も終《おは》らざる所に。天台《てんだい》の碩学《せきがく》伝教阿闍梨《でんげうあじやり》ふためきて参内あり。昨夜地久《さくやちきう》の為。かりん文殊《もんじゆ》の法を行《おこな》ひ申所に。艮《うしとら》のかたよりふくろうの羽《は》を以てはいだる矢一筋《やひとすじ》。いづくともしらず飛来《とひきた》り。勿躰《もつたい》なくも文殊《もんしゆ》のみくしを射《ゐ》ぬき候事。是《これ》天下の凶事時をまたず。矢の文字をとをす時は失《うしなふ》*ふといへる文字にあたり。国をうしなふ事うたがひなしと。庭上《ていしやう》を見まはし給ひ。扨こそ*大怪地《てんくわいち》妖目前《やうもくせん》にあらはれたり。左近の桜の開くること。是一とせに春を二度むかふるといふ物なれは。天子一たび位をさらせ給ふへき凶相《けうきう》。一陽《いちやう》来て万木の花の色をまし。君万民を恵んで。国家悦《こくかよろこ》びの色をなすを以て帝《みかと》の御徳《とく》をはるに（四オ）

挿絵第一図（四ウ）

挿絵第二図（五オ）

たとへたり春《はる》の文字は三人の下に日をかき候へば。帝王《ていわう》を日にたとへて是《これ》をみるに。三人の凶賊《けうぞく》上にたちて日の徳《とく》たる君を犯《をか》すべき瑞相《ずいさう》なりと。理《り》に玉をつらぬいて奏《そう》せられければ。君をはじめ月卿雲客《げつけいうんかく》いきたる心もなく。冠《かふり》ごしにあたまをかいて。おそろしがらる丶も尤なりき。盛行伝教《でんげう》にむかひて。貴僧密法《きそうみつはう》を以て。此度《このたび》の凶事《けうじ》を転《てん》じかへて天下安全《あんせん》の法を行ひ給はゞ。をのづから御代静謐《せいひつ》にもならんやと。尋《たづ》ねけれ共伝教かぶりをふり給ひて。天妖《よう》はかろく地怪《くわい》はかへつておもしされば今天地の妖《よう》怪《くわい》一時にあらはる丶事。中〳〵愚僧《ぐそう》が行法《ぎやうぼう》を以てしづむる事かたかるべし。こ丶に一つのたすけと申は。愚僧つら〳〵事をはかり候に諸木《しよぼく》の時に

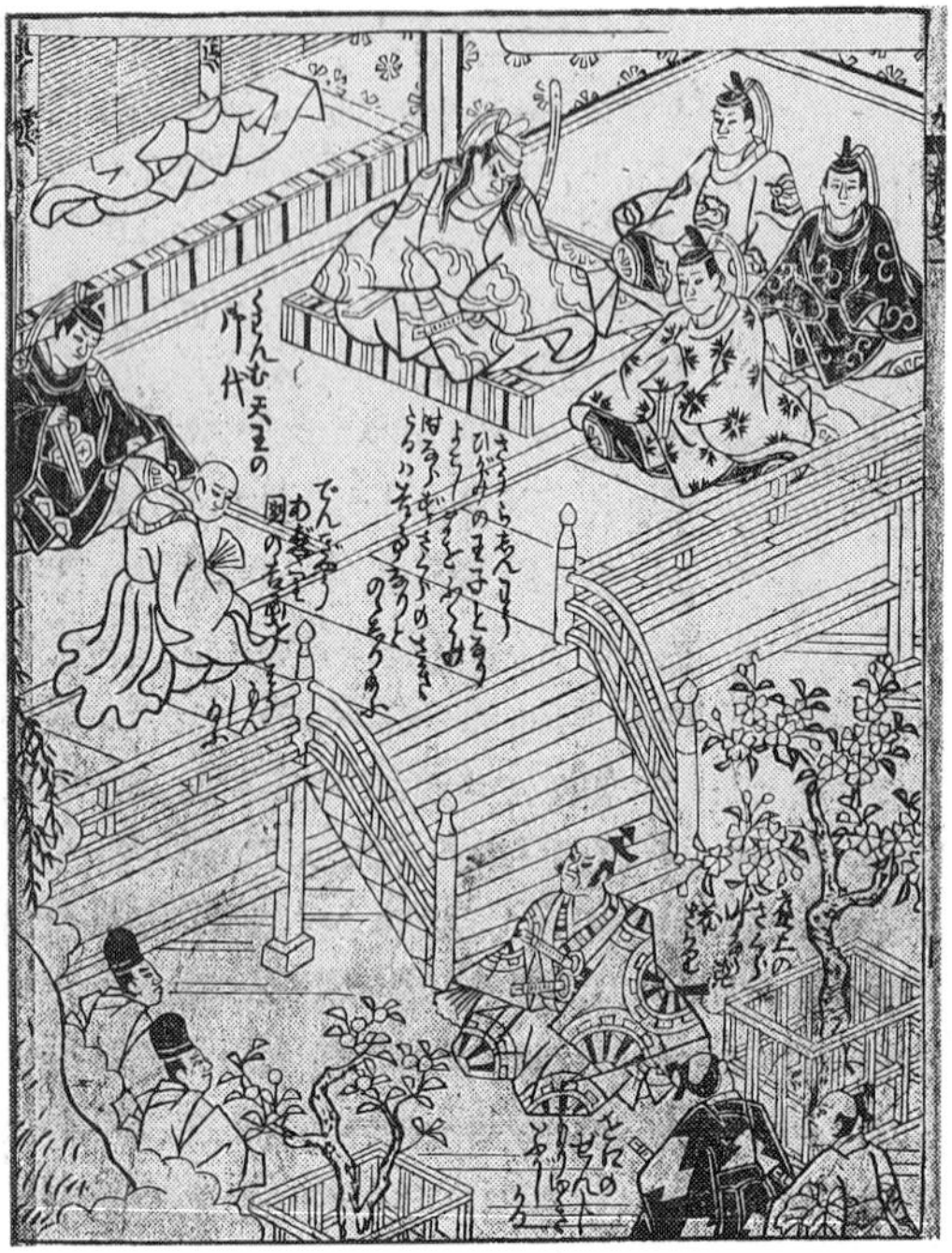

挿絵第一図

挿絵第二図

そむきてうるほふは木剋土《もくこくど》なるを以て。木さかんにはげしければ。土《つち》はかる丶の道理に（五ウ）もとつき今此都《みやこ》のおとろへかる丶は眼前《がんぜん》なれば。かくべつに繁昌《はんじやう》の土地《とち》をゑらんでかへられ候はゞ。万一はわざはひをのぞくのたすけ共なるらんやとのたまふにぞ。帝《みかど》をはじめ諸卿《しよきやう》尤と同じ。則御舎弟氷上《すなはちこしやていひがみ》の皇子《わうじ》に少納言川継《しやうなこんかはつぐ》。卜部《うらべ》の竹良《ちくら》をそへられ。武士《ぶし》には近江《あふみ》の前司盛行《ぜんじもりゆき》并《ならび》に多田良兵部《たゝらひやうぶ》を付られければ。皇子日を経《へ》ずしてすぐに禁門《きんもん》を出させ給ひ。しばしは同国愛宕《おたき》の郡《こほり》にかりの御殿《ごてん》をしつらひ。追付隣国《おつつけりんごく》へ御順見《じゆんけん》あらんとの御噂《うはさ》のみにて。いつ龍駕《りやうが》を促《うなが》されんとの子細《しさい》もなければ。盛行が心底《しんてい》とは案《あん》に相違《さうゐ》し。伝教がおしへをうけてしばしもはやく都《みやこ》をうつされ。凶《けう》を変《へん》じて吉《きつ》になすの御はかりことこそあらまほしけれと。取次を以てうつたへけれ共。すでに帝都《ていと》を出給ひてよりは。盛行には一向御対面《いつかうたいめん》もなく。おそばさらずの（六オ）竹良川継多田良《ちくらかはつぐたゝら》の兵部《ひやうぶ》のみ御前をさらず。明暮《あけくれ》の大酒に色《いろ》をこのんで。隣郷《りんがう》の美女《びぢよ》をあつめ。みめよき女とさへいへば。人の妾妻女《てかけさいぢよ》のかまひもなく。うばひとつてわが興《けう》となし。昼夜淫酒《ちうやゐんしゆ》の楽《たの》しみのみにて。後《のち》には君臣《くんしん》の礼《れい》もみだれ。コリヤ親王《しんわう》とつてゆけと。多田良兵部《たゝらひやうぶ》かゆびのまたをひろげるなど。さりとはけうがるていたらくなり。こゝに新都造立《しんとざうりう》に付金銀通用《きん〳〵つうよう》のため。愛宕郡《おたきごほり》かさゝぎの橋《はし》の辺《ほと》りに。其比一二と呼《よば》る丶長者《ちやうじや》。百足屋《むかでや》の遊珍《ゆうちん》といふ町人。御出入をゆるされついしやうに銀箔《ぎんぱく》をぬつて。何がな格別《かくべつ》の御機嫌《ごきげん》にいらん事を思ひはかり。すでに遊珍《ゆうちん》が方より道引し美女《びぢよ》八十人にあまれ共。是《これ》ぞ親王の御目にとまりしといふもあらねば。此度は近国遠国《きんごくゑんごく》の鼻口《はなくち》まんそくなる女とさへいへば。千金をつんでめしかゝへ。心にいりし女を五百人（六ウ）引とり。万里小路《までのこうじ》今の二条の上《かみ》なる所に。孝照帝《かうせうてい》より年をかさねし。連理《れんり》の柳《やなぎ》連理の桜《さくら》のありしを。はやくいづれなり共親王に連理《れんり》の契《ちぎ》りをむすばせ給ふやうにと。きげんをいはひ桜のかたを入口とさだめ。柳の木を出口とさだめ。三百軒《けん》の屋《いゑ》を立つゞけ。出口には年《とし》かさの女を置《おき》て。段《だん》〳〵と桜の方《かた》にいたりては。みめよき小女《しやうぢよ》をならべ立。ゑもんつくろひ色《いろ》をかざらせ。時を待《まち》得し遊珍《ゆうちん》が心のそこ。ひつきやうかほどあまたの女の中。親王の御種《たね》をやどさぬといふ事あるべからず。しかれば我娘《むすめ》とおしなをし。親王の外戚《ぐわいせき》にたゝんとたくみけるは。あさはか成やうにて恐《おそろ》しきたくみなれ。けふも仮御殿《かりごてん》の御台所《おだいどころ》まで伺公《しこう》せしを。御前へ召れ御かはらけも御機嫌《ごきげん》もまはり。川継《かはつぐ》が古めかしき口合もいひつくして。おかしからぬ折ふし。遊珍《ゆうちん》かしらをたゝみに（七オ）すり付。此度禁裏造立《きんりざうりう》の為尊躰《そんたい》を動《うごか》され候事。是日月のとゞこほりなく。天地をめぐらせらるゝも同然《どうぜん》。高位《かうゐ》ほど御苦労《くらう》がつよし。せめては少《すこ》しの御鬱散《うつさん》にもと。万里小路《までのこうじ》にいさゝかの庵《いほり》をつゞけ。私娘分《わたくしむすめぶん》のものをいれ置候へば。御忍《しの》びの御光臨《くわうりん》も有て。所をかへて御土器《かはらけ》をもすゝめられ候はんやと。恐《おそ》れ入てうかゞふにぞ。親王はなはだ悦喜《ゑつき》まし〳〵。是《これ》は一興《いつけう》の思ひ付丸《まろ》が心にかなへりと。すぐに其座《ざ》より飛《とび》あがりの竹良川継《ちくらかはつぐ》兵部もろとも。万里小路《までのこうじ》へといそがせ給ふ

㈡　恋《こひ》を五位《ごゐ》とは濁《にごり》のふかひ亭主《ていしゆ》の悪心《あくしん》

はやくれかゝる冬の日影《ひかげ》。遊珍《ゆうちん》が案内《あんない》にて深《ふか》あみ笠《がさ》にて御顔《かほ》をかくし。柳《やなぎ》の出口へつかせ給ふに。槇《まき》のやならぬ花麗《くわれい》

の住居《すまゐ》。立つゞけたる軒端《のきば》かゝやき内蔵《うちぐら》の光《ひかり》は三五の月の出塩《でしほ》に（七ウ）てりて。雪《ゆき》のあけぼのかとあやしまれ。出がうしおほやうにして。内には万燈《まんどう》の光《ひかり》時ならぬ蛍《ほたる》にまがひ。娘《むすめ》ぶんのもの共御所ふうとはことかはり。風俗《ふうぞく》一トしやれしやれて。かるたむすびもわざとしどけなく。三里の灸《きう》のあたりまで結《むす》びさげ。髫《つと》も長からず紋《もん》も大きからず。ぬぐひおしろいつやゝかに。首筋《くびすじ》のきよらさ小枕《こまくら》なしの大嶋田《しまだ》。二枚ぐしてりかゝやき。緋《ひ》ぢりめんのゆぐばつとみせかけ。そのこはつきのやはらかさ。親王と見奉るより。引かけたる三味せん下に置て。なんと相良王《さうらす》めづらしうござりと。扨《さて》も初対面《しよたいめん》からなめ過たるしこなし。親王大きにうかれ給ひ。柳《やなぎ》の方を一見ましますに。いづれも年少《としすこ》しふるびたればハヤわる口の多田良兵部《たゝらびやうふ》。是《これ》は柳の老婆《ばゞ》じやといひしより。今の世に至《いた》る迄。万里の小路の通り町《とをりてう》を。柳の馬場《ばゞ》とは（八オ）いひ伝《つた》へり桜《さくら》のかたへあゆませ給ふに。いづれも二八の春秋《はるあき》を過ずしかもわざとならぬ風《ふう》俗《ぞく》を。しり目にかけてにつと笑《わら》ふかはゆらしさ。ねから命《いのち》をむしるはと此所になりこませ給ひ。今の黒繻子《くろじゆす》に立波《たつなみ》ぬふたる打かけ姿《すがた》の娘《むすめ》は何といふぞと。御尋《たづ》ね遊珍《ゆうちん》取あへず。波《なみ》はこす共此君《このきみ》を御前《こぜん》へさし上たし。末《すへ》の松《まつ》山と申ますとの返答《へんとう》。松《まつ》とあれば千《ち》とせをのぶる心もち。名《な》まで丸《まろ》が心にかなひしと。すぐに其席《せき》にて五位《ごゐ》に叙《じよ》せられ。是はけつかうなる首尾《しゆび》遊珍にはあやかり物と。竹良が仲人《なかうど》口に遊珍眉合《まゆあひ》に皺《しは》をよせて。有がたうは存ますれど。たゞさへ末《すへ》の松山と。ちつと長過たる名目《めうもく》に。従五位《じゆごゐ》の下《げ》末の松山もあんまりかたふ存ますると。あたまをかくにぞ是は遊珍が尤《もつとも》なり。しからば五位《ごゐ》の相当《さうとう》は大夫《たゆふ》といふ異号《ゐがう》あれば。何かなしに大夫《たゆふ》と召《めさ》*れんと。さすがは有職者《ゆうしよくしや》の（八ウ）兵部ほどあつて。時のきてんサア是からは呑給へと。うへみぬわしの大さはぎ娘分の飛切三十六人。中にも小大夫高《たか》橋《はし》ながとくれなゐ小式部《こしきぶ》には是も同じく御前にて大夫号をゆるされ。此悦びにとくれな井が琴《こと》のしらへ第《たい》一第《だい》二の絃はぞく〳〵として。どふもいへぬ面白《おもしろ》さ。遊珍大慶《たいけい》の小鼻《こばな》をひこめかし。人魚《にんぎよ》の吸物《すいもの》雷《かみなり》のすし。山海の珍物《ちんぶつ》は只ちり塚の塵に同じく。善《ぜん》つくし美つくす内にも。君の御まなこくれなゐが方《かた》へちらめくを少納言竹良《ちくら》おつとり。紅《くれなゐ》は園《その》生《ふ》に植《うへ》てもかくれなしと。すぐに御手をとつて親王を御火《こ》たつに入奉れば。男はあたつてくだけよかと。御口あひもしどろなるに。外《ほか》の女郎は皆《みな》其場《ば》をはづしぬ。紅《くれなゐ》も爰は大事の場《ば》一げんにて親王の御こしを打ぬかんと。他生《たしやう》の御ゑんを結《むす》ぶ嬉しさと。袖《そで》のふり合もちかづき親王もすや〳〵とまどろみ給ふに。紅《くれなゐ》（九オ）紅と大庭《には》の袖がきより首《くび》さし出してよぶ声《こゑ》。たしかに兄《あに》のうはばみの仁兵衛が声《こゑ》。ハット思ひて紅はひそかに。床《とこ》をぬけ出障子おしあけまだ仁兵衛殿何をうろついて居さつしやる。うるさい兄さまの心入と。涙《なみた》ぐむを仁兵衛はふと嶋《しま》のかたみがはりの布子《ぬのこ》に。とろめんの丸《まる》ぐけ帯《おび》。鉄《てつ》ぎせる腰《こし》にさしながら。さればいもうとながらも恥《はづ》かしい。此廓《このくるわ》のあたらしいやぼ介共。なんでも壱人前《まへ》に十金《じつはい》づゝはしてやると。きのふの朝《あさ》から八百屋《やをや》の与《よ》市が宿にてこかしかけ。こつちの物との高《たか》ぐゝり。ちがひ出《だ》したさいの目のくりかた。まけるほどにけるほどにわがみがせつかくおれがために。身《み》をうつてくれた五拾両。けふの暮《くれ》六つ迄にさらりとしまひ。もはや明日門にたゝねばならぬ仕合。又今夜《こんや》も八百屋の大寄合《よりあひ》。こゝで一はいひつかき。小判《こばん》の大じめをせいでは。うはばみの仁兵衛と人も（九ウ）しつたつらかよごれる兄弟のよしみなれはこそいへ。今三年年を切まし三十両。今夜中に遊珍殿へたのんでくれと。血《ち》まなこになつてのいひぶん。紅も興《けう》をさまし。五十両の借金《しやくきん》がすまねば首《くび》をくゝるといはんしたがかなしさ。腹《はら》がはりの兄《あに》をそまつにするかとの心ねもはづかしく。遊珍殿へ身《み》を売《うり》しに。此上にも三十両とはあんまりどうよくな兄様《さま》じやと。返答《へん》もせずさしうつむくを。仁兵衛以《もつて》の外《ほか》りきみ出し。兄《あに》のいひ付ならば火《ひ》をくへといはゞ火《ひ》をくたがよし。まして三十両や三百両は。そちが心にさへまことがあれば。手水鉢《てうづばち》をたゝいても出るはづなり。いもうとの身《み》として兄を見ごろしにする所存《しよぞん》ならば。此上にはしあんあり。とかく此方は今夜中《こんやぢう》に。勝負《しやうぶ》をせねばうはばみの仁兵衛が顔《かほ》がたゝぬと。こは高《だか》になつてせりたつるを。親王は（十ノ廿オ）それとなく御寝耳《ねみゝ》にとまり。あたりを見給へばくれなゐもみへず。ハテ心得ぬ有様《ありさま》と。そつとぬけ出障子《しやうじ》ごしに立聞《たちきゝ》給へば。ぜひ今夜中《こんやちう》にうつふんをはらさねばならず。明日《あす》といふては此くるわへ寄《より》あふ事もふじやうなれば。とかく今夜《こんや》のおゝしめたつたひとまくりにうつてとる其手引《てびき》はそちが心ひとつじや程《ほど》に。其方がはたらきで。今夜どふぞうたしてくれと。よはみをいふたりりきんでみたり。口さきでいもうとをこかさんとする仁兵衛が悪心《あくしん》。紅もぜひなくそんなら今夜《こんや》の所《ところ》△を。どふぞ人のしらぬやうに。はたらいて見ませふと。いふ詞もおはらざるに。うんとばかりに氷《こほり》のつるぎ。紅が胸《むな》もとを障子《しやうじ》こしにつらぬかれ血煙《ちけふり》四方へほど*はしりければ。仁兵衛は南無三宝《なむさんぼう》と跡《あと》をも見ずしてにげうせけり。此音《をと》にうち（十ノ廿ウ）おどろき次《つぎ》の間《ま》にうたゝねしたる多田《たゝ》良兵部《らひやうぶ》。手燭《てしよく》おつとりかけつくれば。つゞいて川継《かはつぐ》遊珍も足《あし》を空《そら》にしてとびきたれば。紅は御剣《ぎよけん》につらぬかれ。親王夜叉《やしや》のあれたる御 勢《いきおひ》にて。我《われ》をねらふ忍《しの》びの者《もの》くれなゐと心を合せ。今夜《こんや》この廓《くるわ》にて丸《まろ》を討《うち》とらんとのはかりこと。忍《しの》びのやついまだ遠《とを》くはにげのびまじ。さがし出しからめとれと。御声《こゑ》はげしく宣《のたまひ》ければ。ヤレ一大事と高《たか》てうちんことぢつくばうひらめかし。廓《くるわ》のすみ〳〵さがせども。中〳〵鼠《ねずみ》も一疋《ひき》ゐぬよし。多田良兵部紅を引たてみれば。難儀《なんぎ》のきうしよに息《いき》たへければ。僉儀《せんぎ》をなすべき方便《てだて》をうしなひ。もし玉躰《ぎよくたい》には忍《しの》びの者《もの》。なりかつかうをも。うかゞはせられしやと。恐《おそ》れ入て尋《たづ》ね奉れど。親王も忍びの姿《すがた》は見給はず。只丸《たゞまろ》をうたんと謀《はか》りし（廿一オ）証拠《しやうこ》は。こよひのうちにおゝじめを。只《たゞ》一まくりに打とる事。紅が手引たるべしと。遊珍が身《み》に覚《おぼへ》なしといふ共。其分《そのぶん》にはさし置《おき》がたしなし。いかなる丸《まろ》に意趣《いしゆ》あつて。かゝるふてきをくはだてし。慥《たしか》に聞《きゝ》さだめしうへは。聊《いさゝか》うろんはと。遊珍をはつたとにらませ給ひ。汝《なんぢ》が娘《むすめ》ぶんくれなゐ。丸《まろ》に対《たい》して野心《やしん》をさしはさむうへは。汝《なんぢ》とても坊主首《ばうすくび》引ぬきすてんやつなれ共。大切《たいせつ》なる禁裏造営《きんりざうゑい》の御用をたつする趣《おもむき》。天庁《ちやう》にも訴《うつたへ》*し上《うへ》なれば。暫《しばら》く首《くび》はあづけ置《おく》べし。けふより殿中《でんちう》への参席《さんせき》。かたくかなふまじきと。御不興《ふけう》の帰館《きくはん》をいそがせ給へば。残《のこる》*る人〳〵も十面作《じうめんつく》つて。遊珍にはたれひとり。月夜《つきよ》にかまはぬ大《だい》ぶ首尾《しゆび》に。あたまをかゝへてその夜《よ》は我家《わがや》にこそ〳〵と帰《かへ》りぬ（廿一ウ）

㈢ 財木《ざいもく》を持《もつ》て廓《くるわ》の繁昌《はんじやう》は枯木《かれき》に花《はな》

大欲《だいよく》は無欲《むよく》にちかしと古《いにし》へよりの詞《ことば》。尤《もつとも》なるかな扨《さて》も百足屋《むかでや》遊珍《ゆうちん》心に邪《よこしま》のはかりことを思ひ付。親王の外戚《ぐわいせき》にたつて。ゑよう栄花《ゑいぐわ》に身《み》を持上《もち》んと。たくみし事《こと》共いすかのはしとくひちがひ。命《いのち》から〳〵にげかへりて。工夫《くふう》するほどぬれ手であはぬ胸《むな》ざん用。心をいためてくらしけるが。五百人の女郎《ぢよらう》に付したがふ男女共。以上二千人のあたまかず。くひたてるのみたてる料理《りやうり》人の市兵衛と琴浦《ことうら》が夕部《ゆふべ》から見へぬは。ヤレ幾野《いくの》さまを法花坊主《ほつけぼうず》がつれてはしり。安《やす》井《ゐ》の新《しん》さらしなで無理《むり》ごろしに殺《ころ》したげなと。半日《はんにち》も騒動《さうどう》せざる日はなく。二千人にくひつぶされ。屋財衣服等《やざいゐふくとう》の物《もの》入《いり》大かたならねば。遊珍大きに肝《きも》をつぶし此拍《ひやう》子《し》にては。針《はり》を蔵《くら》につんでもたまるまじと。（廿二オ）

挿絵第三図

挿絵第三図（廿二ウ）

挿絵第四図（廿三オ）

急度《きつと》工夫勘弁《くふうかんべん》して出口の柳《やなぎ》の前に高札《たかふだ》を出しければ。往来《ゆきき》の人これを見るに

百足屋《むかでや》は毘沙門天《びしやもんでん》のつかはしめたるによつて。此度不思議《しぎ》の霊夢《れいむ》を蒙《かうふ》り。此出口の柳の内《うち》なる女共。御のぞみ次第《しだい》第一日かし女房に仕候。尤外より違乱《ゐらん》申者これなく候。右の礼物《れいもつ》

挿絵第四図

として。竹木《ちくぼく》の類《るい》御持参《ぢさん》可被成候と大文字《もんじ》に書付《かきつけ》ければ。なにか金銀《きんぐ》はくさる計《ばかり》。持《もち》し長者もつかひすつべき遊山所《ゆさんじよ》なければ。春《はる》は寺《てら》〳〵の糸桜《いとざくら》を高塀《たかへい》ごしに詠《なが》めて。にごり酒《ざけ》にきげんを催《もよほ》し。すまたの手拍子《ひやうし》うつゝをぬかし。秋《あき》は広沢《ひろさは》の月《つき》を詠《ながめ》て。塩煮《しほに》のいもに腹《はら》をふくらし。世界《せかい》は皆《みな》かうした物と。のみこみしわか者ども。サア出口にめづらしい切売《きりうり》の女房が始《はじ》まつたと。足《あし》を空《そら》にして（廿三ウ）此所にあつまり。あるひは丸田《まるた》木もみの木ひばの類《るい》上分にいたつては。ひの木さはら。くはつとこへてこくたん紫《し》檀《たん》。又は祇園祭《ぎをんまつり》の柿羽織《かきばをり》見るごとく。小ものに竹《たけ》たばをからげさして。ざらり〳〵とならしかけて。扨《さて》もたいそうなる色遊《いろあそ》び。遊珍がもくろみにたがはず。日数《ひかず》を経《へ》ずして諸木町《しよぼくまち》〳〵にみち〳〵しより。今に至《いた》りて其名をとゞめ。竹屋町《たけやまち》丸田《まるた》町あるひはさはら木丁《ちやう》などゝ。故実《こじつ》をとゞめて物語《ものがたり》のたねとはなりぬ。遊珍はおもふまゝに財木《ざいもく》を取得《とりゑ》て。有徳《うとく》の上に有徳《うとく》を重《かさ》ねゐんぶだごんの生仏《いきぼとけ》とよばれ。上品常世《じやうぼんじやうせ》こくゐんのひかりみち〳〵て。かねの中から目を出しても。山椒《さんせう》よりからい世界《せかい》と。いふ事を聊《いさゝか》も忘《わす》れず。日〳〵の繁昌《はんじやう》此度の造営《ざうゑい》の財木《ざいもく》おもふまゝ取込《とりこみ》。もはや竹木に事をかゝねば。生身《しやうじん》をしこだめん（廿四オ）と。竹木代ども名目面白《めうもくおもしろ》からねば。木《き》の縁《ゑん》をとつて。花《はな》代とさだめ。女《をんな》の器量《きりやう》によつて。其代《だい》の高下《かうげ》をたてゝ。是をあきなひければ客方《きやくがた》にも。始《はじめ》のほどは財木持参《ざいもくぢさん》のかさ高《だか》にこまりしに。今はその苦労《くらう》もなく。いやましの繁栄《はんゑい》詞《ことば》にも述《のべ》がたく後《のち》には目ざましき程群集《ほどくんじゆ》をなせば。近在《きんざい》のものにかゝり。もがり中間《なかま》仕合にのりこんで。俄《にはか》に金銀をもふけためし輩《ともがら》。遊珍へ手をいれ夥《おびたゝ》しき代物《だいもつ》を出して。一軒《けん》の株《かぶ》を買《かい》もとめ。あるひはびんぼうを質《しち》に置《おき》つくし。やう〳〵と残《のこ》し置《おい》たる我娘《わがむすめ》を。此里《さと》へ年を切《きつ》て勤奉公《つとめぼうこう》に出すもあれば。鼻毛《はなげ》にて鳶《とび》をつらるゝ大尽《だいじん》は。金銀をつんでくるわの女郎を請出《うけいだ》すもあり。おつる所は遊珍一人が耳《みゝ》のたぶの幸《さいわい》とみへし。爰《こゝ》に親王の執権《しつけん》近江《あふみ》の前司盛行《ぜんじもりゆき》の嫡子《ちやくし》。鷹《たか》太郎盛親《もりちか》は天性《てんせい》の色男《いろおとこ》。(廿四ウ)あまねく女の嬉《うれ》しがるふう。されば万花色《はんくわいろ》あるを以て却《かへつ》て枝《ゑだ》をうしなふならひ。夜みせ一見《けん》せんと心づきし。出口の柳もつれそめし始《はじめ》となつて。高橋《たかはし》といへる女郎に首《くび》だけのおはまり。高《たか》はしも此客《きやく》ならではと。渡《わた》りに船《ふね》とのりそめしより。深《ふか》き恋《こひ》の淵《ふち》となり。互《たがひ》のまこともおなかにあらはれ。はや五月《いつゝき》の帯《おび》のいはひ。引しめて外《ほか》の客《きやく》にとては一座もさせず。ねからあげづめといふ物になつて。をのづから鷹《たか》太郎が。羽かいの下のはなし飼《がい》に。人も高はしは見ゆるし置《おき》ぬ。こゝに相良《さうら》親王の近臣少納言川継《きんしんせうなごんかはつぐ》は。過し比《ころ》親王の御供《とも》し奉り。不興《けう》の帰《かへ》り足《あし》に。連理《れんり》のさくらの木のもとにて。高《たか》はしをちらと見そめしより。しづ心なくうつゝをぬかし。廓《くるわ》にかよひはじめ。藤《ふぢ》やの又八といふあげ屋にいり込。高橋《たかはし》をひつかいてこいと。むしやう(廿五オ)にあたまがちに出らるれど。此君《きみ》は鷹様《たかさま》と申すおきやくが。ことし中のあげづめ。お名さへ鷹《たか》様のおしめなされた君《きみ》をつかんでは参られず。御趣向《しゆかう》をかへられて外《ほか》の君《きみ》をと。廓《くるわ》の牽頭《たいこ》もち按摩《あんま》の了鉄《りやうてつ》がひねりまはす口上に。少納言川継《せうなごんかはつぐ》以の外せいて鷹《たか》であらふが鷲《わし》であらふが。此川継といふ雲《くも》の上人《うへびと》が詞《ことば》をそむくものやある。その鷹といふ客《きやく》はさだめて近江《あふみ》の前司盛行《ぜんじもりゆき》が世悴《せがれ》鷹太郎が事《こと》なるらめ。大切の御用を承《うけたまは》るものゝ悴《せがれ》として。放埒《はうらつ》の身《み》もち。其上《そのうへ》親王の御目がねにそむきし。遊珍が一廓《ひとくるわ》にて。淫楽《ゐんらく》をことゝする条《でう》。旁《かた〳〵》もつて上をふみ付し心入と。をのれがことば*棚《たな》へあげて。はや鷹太郎をとつておとす了簡《りやうけん》。亭主《ていしゆ》をよびよせ是非《ぜひ》こよひ高橋をひつかいてこい。もしならぬといはゞ親王の近臣少《きんしんしやう》(廿五ウ)納言川継《なごんかはつぐ》がいひ付じやといはゞ。蛭《ひる》に塩《しほ》よりきゝめがつよからむとむしやうにわが身を高《たか》う吹《ふき》あげて。まづ亭主《ていしゆ》に見事な露《つゆ》をうてば。今までしぼみし花車亭主《くわしやていしゆ》。いつきりとなり出しこゝらは我らがてんと。びやくらい命《いのち》にかへてもらひ奉らんと。鷹《たか》太郎があげや花菱《はなびし》やに行《ゆき》て。川継《かはつぐ》さまの仰《あふせ》つけ。こよひは是非《ぜひ》おもらひなされまするど。押付《おしつけ》てのいひぶん鷹《たか》太郎もむつとせしが。もし此席《せき》にて否《いや》といはゞ。日ごろ姦佞《かんねい》の川継《かはつぐ》なれば。親王《しんわう》へいかやうのありなし事を讒言《ざんげん》せまじきものならず。その上親盛行《おやもりゆき》へ此ありさまを通《つう》じてはかた〳〵以てしかるべからずと。さすがは義士《ぎし》の二番《ばん》ばへ程《ほど》あつて。遠《とを》き思慮《しりよ》をめぐらし。又八にむかひて御望《のぞみ》とあらば高はしをつれて行べし。こよひに限《かぎ》る契《ちぎり》ならず。うかれめはそこが気《き》さんじと口さきではおほやうにいひなせども。むねの（廿六オ）うちはくら〳〵わきかへりて。とかく高橋《たかはし》を此くるわに置《をく》より。かやうのむたいもいひかけらるれば。をのれ急《きう》に根引《ねひき》となしわが花《はな》と詠《ながめ》んと。心にはつかみ付ばかり腹《はら》はたてども川継は御前出頭《ごぜんしゆつとう》といひ高《かう》位高官《ゐかうくわん》あまつさへ。人のうれしがる物をおほくとらせければ。自然《しぜん》とはたよりの敬《うやま》ひもつよく。其夜《よ》よりあげ屋の箱《はこ》はしごをおりず。急《きう》にのぼりつめてくわつとしたさばきに。うけ出す相談高橋《さうだんたかはし》も心は鷹太郎が袂《たもと》にあれど。かねにうらるゝ身は是非《ぜひ》なく。禿《かぶろ》のもじのにたつた一言のつたへ。どふぞしあんをしてくだんせと。鷹太郎内通《ないつう》鷹太郎熱湯《ねつたう》をのむ心地なれども。何をいふても部《へ》やずみのかなしさ。上をはゞかり前司《ぜんじ》へのきこへを恐《おそ》るゝ二おもてに。金銀自《じ》由《ゆう》にならの葉の。かしてもなければとにもかくにも心のくるしみとなつて。廓《くるわ》がよひもしばしはとゞまりぬ

一之巻終（廿六ウ）

今昔九重桜《いまむかしこゝのへざくら》　二之巻

目録

第一　褒美《ほうび》の山吹《やまぶき》は足《あし》を働《はたらかし》た百足《むかで》やの納物《おさまりもの》
理《り》は立共《たて》剣《つるぎ》は立《たて》にくい三百両の金子
それとさしつけぬ大小《だいしやう》はつくり侍《ざむらい》
どろ田《た》を傍若無人《ばうじやくぶじん》なつかみ合《あひ》の喧嘩《けんくわ》（二オ）

第二　忠義《ちうぎ》の一二さんご珠《じゆ》の枕《まくら》とは真赤《まつかい》な空言《そらごと》
長《なが》〳〵しき物語《ものがたり》はたていたにみづしらず
かいて出る偽《いつはり》にのせて出《だ》す廓《くるわ》の乗《のり》もの
打《うち》つけたあての槌違《つちちが》ふて口を悪性者《あくしやうもの》

第三　都遷《みやこうつし》に心迄うつり気《ぎ》な主《しゆ》と家来《けらい》
禁庭《きんてい》の麝香《じやかう》の壁《かべ》は臍《へそ》をかゝへる御即位《ごそくゐ》
おさかなを呑《のみ》こまぬはなんと丞相《せう〴〵》の契約《けいやく》
胸《むね》の内《うち》を打破《うちわつ》た土器《かはらけ》土色《つちいろ》になる双《さう》の大臣《だいじん》（二ウ）

㊀ 褒美《ほうび》の山吹《やまぶき》は足《あし》を働《はたら》かした百足屋《むかでや》の納物《おさまりもの》

むかし鄭《てい》の子産《しさん》に大きなる鯉《こい》を一献送《こんおく》るものあり。子産《しさん》悦《よろこ》んですなはち池《いけ》奉行《ぶぎやう》をめして。池《いけ》にはなつべきよしを命《めい》ぜられけるに。池奉行心すぐならぬ者《もの》にて。子産の命《めい》に背《そむき》て。其鯉《そのこい》をさしみとなして。した〻かにくらひあら汁《じる》に腹《はら》をつのらしながら。子産の前《まへ》に出《いで》て偽《いつは》りけるは。今朝仰《こんてうおほせ》を蒙《かうふ》る所の大鯉《ごい》を。すぐに御池にゆるしはなちしと申ければ。子産扨《さて》其鯉はよく水に遊《あそ》びけるかと尋《たづ》ねられしに。池奉行詞《ことば》をかざりて。さればしばらくながらも。水をはなれし鯉ゆへにやよはりもつよく。御池へはなし申す当分《とうぶん》には。圉〻焉《きよ〳〵ゑん》となやみあごをひらきゐ申せども。や〻しばらく見申す内《うち》に。（三オ）洋〻焉《よう〳〵ゑん》とすこしづ〻尾《お》をふりあゆみて。終《つい》に水の気《き》を得申てや。攸然《ゆうぜん》としてふかき底《そこ》にはしり入候とのべたりければ。子産欣然《きんぜん》としてわが心にかなへり。我心にかなへりとおしかへして悦《よろこ》ばれければ。池奉行あるものに語《かた》りけるは。わが主人《しゆじん》の子産を。世《よ》に賢人《けんじん》と沙汰《さた》する事。かた腹《はら》いたき事なり。我鯉《われこい》をした〻かぶくして子産にいつはりければ。うまく一はいす〻られたりと笑《わら》ひし事あり。是道理《これだうり》を作《つく》つて偽《いつは》りけるゆへ。其理《り》にかなひて子産はあざむかれしものなり。扨《さて》も近江《あふみ》の前司盛行《ぜんじもりゆき》は。盛衰《せいすい》をもつて節《せつ》を改《あらた》めず。存亡《そんばう》を以て心をかへず。さしも横《よこ》紙《がみ》を破《やふ》らる〻氷上皇子《ひがみのわうじ》。つきしたがふ輩《ともがら》は姦曲邪智《かんきよくじやち》の佞臣勢猛《ねいしんいきをひまう》にの〻しりて。民百姓《たみひやくしやう》をくるしめ。常《つね》にわがま〻のふるまひ共つのりけれども。盛行時の変化《へんくは》を（三ウ）しり道の行《おこな》はれがたきを察《さつ》して。一言《いちごん》のいさめもいれず。只智《たゝち》をふところにかくし。もし国《くに》を傾《かたぶ》くる程《ほど》の悪事《あくじ》にいたらば。其時こそ機《き》をはからずいさめをいれんと。時節《じせつ》をうかゞふ盛行か一心。誠《まこと》に大勇《たいゆう》といふべし。扨《さて》も禁裡造立《きんりざうりう》の財木《ざいもく》。百足屋遊珍《むかでやゆうちん》より十にしてその八をはこばしければ。盛行其遅滞《そのちたい》なき働《はたらき》を賛美《さんび》し。黄金《わうごん》五十枚《まい》を以て当座《とうざ》のほうびとして。送《おく》らるべきむね則《すなはち》今日盛行。直《ぢき》に持参《ぢさん》あらんと先達《さきだつ》ての約諾《やくだく》にて。時刻《じこく》に及べば盛行は。裏付《うらつけ》の上下心のすぐひだ折《をり》め正《たゞ》しく着《き》なし。供廻《ともまは》りもかろ〳〵しく。室町殿《むろまちどの》よりゑびす川の大黒橋《こくばし》をうちわたり。野辺《のべ》の蛙《かはず》の声《こゑ》かまびすしきを聞《きゝ》過して。二条通《でうどをり》のあぜ道を過るに。半町《はんちやう》ばかりむかふに。切《きり》むすぶ太刀影《たちかげ》日にゑいじて。つばなの穂《ほ》を打みだす如《ごと》く。（四オ）

挿絵第一図（四ウ）

挿絵第二図（五オ）

敵《てき》味《み》方《かた》只《たゞ》三人と見へ。外《ほか》に一人の娘《むすめ》をうしろにかこひ。後《のち》にはたがひに太刀《たち》を捨《すて》。つかみあひくんづころんづ。たぶさをつかんでころ〳〵と畠《はたけ》の中へすべり落《おち》。娘《むすめ》をめがけて二人の男《おとこ》。千鳥足《ちどりあし》になつてよろぼひ上るを。どつこいやらぬと一人の男《おとこ》。ふたりが足《あし》くびひつとらへ。滝《たき》落《おと》しといふものに。あをのけに打たをせば。上なる娘《むすめ》はおろ〳〵声《ごゑ》にて。苫《とま》右衛門おれをふたりが手に渡《わた》して。そなたは命《いのち》をたすかつてたもと。足ずりをしてあせる有様《ありさま》。盛行も木陰《こかげ》に立《たち》より。しばしは様子《やうす》をうかゞひけれど。たまりかねてはしりより。双方先《さうはうまづ》しづまられよと。中にかけいり深《ふか》手《で》浅《あさ》手《で》はしりがたけれ共。互《たかひ》によほどのいたでと見へ。血《のり》まぶれのうへに泥《どろ》まぶれとなつて。正気《しやうき》を取《とり》うしなふたる有様《ありさま》。あたりのはねつるべ（五ウ）なる水を盛行手づから二人が口にそゝぎ。心

挿絵第一図

挿絵第二図

をしづめ互に心底をつゝまず意趣遺恨《いしゆいこん》の様子つぶさに物がたりあるべし。品により愚意《ぐゐ》にもおよぶ事ならば。取はからひ参らせんと。念比にたづねければ。一人の侍《さふらい》手をつかね。なみだを袖《そで》におしぬぐひて。獅子《しゝ》一たび吼《ほゆ》る時《とき》は。百《もゝ》の獣《けたもの》脳乱《のうらん》すといへども。死《し》すべき時節到来《とうらい》すれば。身中の虫獅子《むしゝゝ》の肉をくらふと申す古語《こゞ》。今わが身に思ひあはされ。恥を申さねば理非《りひ》まぎらはしく候ゆへ。委細《いさい》を御物語《ものがたり》申と。両人《りやう》の男をにらみつけ。我《われ》は故中納言川重《こちうなごんかはしげ》が家臣《かしん》。松浦潟苫右衛門と申者。中納言殿逝去《せいきよ》ましく〵。つゞいて簾中《れんちう》にもやまひの床にふししづみ。日をかさねずして世《よ》をさり給ひ。子といふ者おはしまさず。既《すで》に御家断絶《だんぜつ》すべかりしに。別家《へつけ》のわきばらに（六オ）ひとりの女子わたらせ給ひ尾上《をのへ》姫と申てすなはち是にまします息女《そくぢよ》の御事。此姫《このひめ》をもり立申同じ公卿《くぎやう》より聟君《むこきみ》をいれ奉らんとの趣《おもむき》。少納言川継卿の仰《おほせ》によつて。此旨《むね》川継卿より天庁《てんちやう》に達《たつ》し申され。首尾《しゆび》よく家督相続《かとくさうぞく》の宣旨《せんじ》を蒙《かうふ》り申処《ところ》。息女《そくぢよ》おのへ姫は妾腹《しやうふく》の娘《むすめ》といひ。殊《こと》に別家にてそだち給へば。誰一人おのへ姫を見知りまいらせぬを幸に。少納言川継我わき腹にやどりしいがきといへる。同じ比《ころ》なる娘をおのへ姫《ひめ》なりと披露《ひろう》し。いとをしくも此おのへ姫と御母とをば。淀の川下へすまきにからみて。ふしづけにせんと一決極《けつきはま》りしを。某《それがし》と同役花崎民部《みん》といへるものと。心をあはせひそかに御親子《しんし》を御供申。都をぬけ出此万里の小路《こうぢ》に影をかくし。時節《じせつ》をうかゞひ申すうち。（六ウ）御母は此事に胸《むね》をくるしめ。心痛《しんつう》の病《やまひ》をうけて。九死一生《きうしいつしやう》のていたらく。只今《たゞいま》此母君《はゝぎみ》世をさり給へば。誰《たれ》あつて御上へ此趣《おもむき》を言《ごん》上し。ふたゝび故《こ》中納言殿の血脈《けつみやく》をつなぎ申すべき。手だてをうしなひ。せめて今一二月を命《いのち》をつなぎとゞめば。此間《あいだ》に苫《とま》右衛門おしつけて天庁《てんちやう》に達《たつ》すべき存念《ぞんねん》何とぞと良医《りやうゐ》を求《もと》めて容躰《ようだい》を尋《たづぬ》る所。万にして一生も得がたしもし珊瑚珠《さんごじゆ》をもつて枕《まくら》となして。頭《かしら》をひやし人参湯《にんじんとう》を以て足《あし》をあたゝめ。同人参《おなじくにんじん》をふすべて。をのづから其気《き》を腹内《ふくない》に入らしめば。百日の命《いのち》は請合《うけあは》んとの詞《ことば》。先命は取とめしと。心はいさめど何をいふても我《わが》ちからにおよびがたきは人参珊瑚珠《にんじんさんごじゆ》。天理《り》にそむく非道《ひだう》。かりにもあるまじき事とは思ひながら。御主《しゆ》人の御娘子《むすめご》を証文《しやうもん》に書《かき》入れ。金子三百両かりうけおもふ（七オ）まゝに独参に御身をひたし候所。ついに薬力《やくりき》の徳によつて。よほどの順快。証文の日限《にちけん》はきのふ限り。金子とりかへくれしは出口の柳の内なるくつわやの市六。同桔梗屋の頓《とん》七と申もの金子不埒のうへはぜひ姫君を引とり。君傾城《きみけいせい》のつとめをさせむとのいひぶん。今しばしの了簡をなしくれ候やうにと。武士の身としてそれなる両人へ手をあはせてなげき候へども。金子もわたさず娘もならぬといふ上は。川継卿《かはつぐきやう》へ言上《ごんじやう》申て腹をいんと只今かり御殿へかけ出しを。千里《せんり》の駟馬も舌におよばずと。跡より追《おつ》かけ此所にてかけ付。互《たがい》にかくの仕合と。弁舌《べんぜつ》さはやかに語《かた》りければ。両人のくつわもなるほど侍《さふらい》が申すにたがはず。あじまやかに口上はつていはるれば。子細《しさい》らしく聞《きこ》ゆれども。ひらたう申せば大盗人《ぬすびと》の大がたり。つめに火ともす金銀を。夥《おびたゝ》しうかり（七ウ）こみ跡《あと》をどさくさですまさふとは。石川《いしかは》五右衛門がうはまへをはねらるべきどしやうぼね。いひわけもすりこ木もいらず。兎角《とかく》かいた物がものをいへば。今其娘《むすめ》をわたさるれば其通《とを》り。さなくば川継様へ言上《こんじやう》申。いきがたりをみぢんにしてくれんと。苫《とま》右衛門がすこしよはる気色《けしき》をみて。いよ〳〵肘《ひぢ》をいからしてぞぎゞめきける

㈡ 忠義《ちうぎ》の一二さんご珠《じゆ》の枕《まくら》とは真赤《まつかい》な空言《そらごと》

明《あき》らかに害《がい》する者《もの》は猶防《なをふせぐ》べし。暗《あん》にそこなふ者は測《はかり》がたしとは。聖賢《せいけん》のつよく恐《おそ》れいましむる所なり。是皆世《みなよ》にいふ悪賢《わるがしこ》といふ心より。すぐならぬ謀《はかりこと》の出るものなり。されば賢《かしこし》といふ文字の意《こゝろ》は。すなをにして智《ち》あるの字義《じぎ》なれば。よこしまの智《ち》有ものをわるがしことはいはれまじ。只《たゞ》わる愚《おろか》とこそいふべき事なり。されば近江の前司かゝる難《なん》義《ぎ》の場所《ばしよ》に行あひ打捨《うちすて》ても（八オ）通《とを》りがたく。しばしはもくねんと両手をくんでいられしが。苫右衛門にむかひて御自分只今《じぶんたゞいま》の物がたり忠《ちう》とやいはん義《ぎ》とや申べき。驚《おどろ》き入し賢才《けんさい》の良臣《りやうしん》是故《こ》中納言殿の御家《いゑ》を天道より見捨《すて》給はぬと申ものなり。去ながら一つの不審《ふしん》と申は尤君《もつともきみ》の為《ため》には。御自分《じぶん》の身《み》を捨《すて》られし処は道理《だうり》の至極《しごく》ながら。返済《へんさい》の心《こゝろ》当《あて》もこれなき金子に。御主人の御そく女を一札《いつさつ》に書入られし御心底《しんてい》。何共今少し心得がたしとのふしん。苫右衛門懐中《くわいちう》より一通《つう》の書《しよ》を出して。何しに心当これなき義に姫君《ひめぎみ》をかろ〳〵しく証文《しやうもん》に書入申さん。隣郷《りんがう》に忍《しの》び罷在花崎《まかりあるはなさき》民部義《みんぶぎ》。金銀の貯《たくはへ》はなく候へども。夥敷武具馬具《おびたゝしくぶぐばぐ》をたしなみ候へば。是を売《うり》はらひ右の返済《へんさい》金にいたし申べきつもりにて。おもて立申さぬ様ひそかにしろなし候に付。はか〳〵敷金子の惣高《そうたか》にあひがたく。（八ウ）今四五日さき方を延引《えんゐん》いたし候やうに申すべしと。昨日民部《みんふ》方より切紙《きりかみ》を以て断《ことはり》をたて申上は。今二三日の間さへ了簡《りやうけん》いたし候へは。少しも滞《とゞこほり》なく金子調達《てうたつ》いたし候と申義を。かつて聞《きゝ》いれ申さず。かゝるめいわくに及ぶのよし盛行両人のくつわをはつたとねめ。かゝる道理明《だうりあき》らかなる義を。是非《ぜひ》の聞わけなく催促《さいそく》いたす所。法外至極《はうくわいしごく》の愚《ぐ》人め。今五日が間急度《きつと》相まつべし。異義《いぎ》に及ばゞ了簡《りやうけん》ありと。刀《かたな》にそりをうつていましめらるれど。両人の男《おとこ》少しも驚《おどろ》かず。きこへた〳〵此さむらいも苫右衛門がまはしもののぐる仲間《なかま》。金子返弁《へんべん》の日限《にちげん》きれて。催促《さいそく》をいたすが無理《むり》ならば。天下はくらやみといふもの。とかく四も五もいらず。川継様の御殿へ立越《たちこへ》。其元と花崎民部《はなさきみんぶ》がさま〳〵のたくみをなすよし言上申。おのれらがかくれ家《が》も一〻にあら（九オ）はさんと又かけ出るを。どつこいやらぬと苫右衛門。道をさへぎり成程《ほと》両人が申所　尤至極《もつともしごく》さりながら。いかほど只今悪口《たゞいまわるくち》を申さるゝとて。出ぬ銀《かね》は空《そら》よりも降《ふる》まじ。又金銀を渡《わた》さぬときはすでに川継が為《ため》にかへり討《うち》になるといふもの。所詮姫君《しよせんひめぎみ》を人手にかけて害《がい》し申さんより。苫右衛門が手にかゝり給ひ。死手三途《しでさんつ》の川も御手をとつて道引申さんと。あたりなる姫君を膝《ひざ》の下にしきふせ。すでに太刀《たち》を胸《むな》もとへさし通《とを》さんとする所を。盛行あはてゝやれ待《まち》給へ了簡《りやうけん》ありと。刀をもぎ取一〻先刻《せんこく》よりの子細《しさい》。御自分《じぶん》存詰《つめ》られて姫君《ひめぎみ》に死《し》をすゝめらるゝ所。尤の至《いた》りにくきやつばらは両人の匹夫《ひつふ》。了簡を聞《きゝ》いれ申さず。川継卿へ訴人《そにん》いたし候へば。貴殿大望《きでんたいもう》の大きなるさまたげ。少しも気遣《きづかひ》し給ふな。此難義《なんぎ》すくひ申さんと。下人に持《もた》せし挾箱《はさみばこ》（九ウ）より遊珍へほうびとして。送る所の黄金五拾枚を。両人のくつわに渡《わた》しければ。市六頓七大きにけでんし。是は夢の様なる事。此両人はお銀さへおかへし下されますれば。なんにも意趣遺恨《いこん》もなし。有難《ありがた》い忝いお侍《さふらい》様の御了簡《りやうけん》様と。むしやうに上づりなる声《こゑ》を出し。黄金《わうごん》を懐中《くわいちう》して長居はおそれありと。尻《しり》をふつて帰《かへ》りぬ。苫右衛門土《つち》にひれふし。有難《ありがた》き御芳志生ゝ世《せ》〻《ゝ》忘《わす》れがたしと悦ぶにぞ盛行は返答《へんとう》にも及ばず御礼を請《うけ》申べしとて金子を渡《わた》し申すにもあらず。只貴殿の忠義《ちうぎ》にかんじ拙者寸志《せつしやすんし》をあらはす迄なり。金子御調達《てうたつ》あつて御返済《へんさい》なされたくば。身《み》が屋敷《やしき》迄持参《ぢさん》あるべし。武士《ぶし》は互《たがひ》の御事と。上にあつてほこらず礼譲《れいじやう》を以てわかれける盛行が直道《ちよくだう》誠にかく有べき事なり苫右衛門盛行がうしろ影《かげ》をかくと迄見送《おく》り。すつくと（十ノ廿オ）立てあたりの古井《ふるゐ》にかゝり。水くみあげてしつかい是はぬれ鼠《ねずみ》じやと。水をそゝぎてあらひければ。泥《どろ》につれて今迄深《ふか》手と見へける血《のり》も。悉《こと〳〵》流《なが》れ落《おつ》れば。かの男《おとこ》姫君《ひめぎみ》にむかひて。ヤイもじの大分あじであつたと。肩《かた》くまに打のせて盛行が嫡子《ちやくし》鷹《たか》太郎が下屋敷へ。飛がごとくに馳《はせ》ゆきぬ。はやさいぜんの敵《かたき》二人は。鷹《たか》太郎が下屋敷のうら門より打のぞき。金悦《きんゑつ》の吉兵衛どふじや〳〵。旦那《だんな》のお待《まち》かね。けふの一の筆《ふで》はかぶろのもじのめが大あたりと。何やら狐《きつね》をいたちにのせたやうな挨拶《あいさつ》。鷹《たか》太郎悦喜《ゑつき》かぎりなく。牽頭《たいこ》共が働《はたら》きならでは。此狂言《きやうげん》が首尾《しゆび》ようゆくべしとも覚《おぼ》へず。我《われ》らも三社《じや》のたくせんに。御酒《みき》をそなへて一心不乱《らん》にいのりしが。一つは神《かみ》の恵《めぐ》みにてもあらんと。三社のたくせん迄同《おな》じ中間へ無理《むり》にいれ奉り。断《ことはり》なしの又九郎笠《かさ》ぬげの伝兵衛（十ノ廿ウ）が働《はたら》きは同じ商売《しやうばい》すじの亡八役金悦《くつはやくきんゑつ》がつめひらきは。てんときびしかつたきいたと。鷹《たか》太郎ことなきほうび。吉兵衛は十面作《じうめんつく》つて是ほとな†狂言《きやうげん》はわかいおりから数限《かずかぎ》りもなき事と。うでまくりしての手柄《てがら》ばなし。兎角《とかく》此上は一時もはやく。高橋《たかはし》が廓《くるわ》の勤《つとめ》を休《やすめ》てやらんと。飛《とぶ》がごとくに籠《かご》をのり出し。金子三百両の身の代亭主槌《しろていしゆつち》で俄《にはか》の吉相《きつそう》を悦《よろこ》び。高橋《たかはし》も思ふまゝの身《み》となりて。雲《くも》にものぼりし心。しやん〳〵と手を打納《おさ》めて。又鷹太郎か下屋敷《しもしき》へ高橋《たかはし》諸共にのり込《こみ》ぬ。少納言《しやうなごん》川継《かはつぐ》は宿酒《しゆくしゆ》のさめ時鳥《どきからす》の塒《ねぐら》を尋《たづぬ》る比《ころ》より。ぶらり〳〵と廓《くるわ》におもむき。高はしを手に入自慢《じまん》おれが大夫におれじやといへど。めつたに高《たか》う吹上《ふきあげ》ても。梢《こずゑ》の落葉《おちは》と共に。花《はな》も実《み》もいづくへかちりうせて。亭主《ていしゆ》もきのどく顔《がほ》にて。おまへ様の籠《かご》の鳥《とり》を鷹《たか》がつかんでまそつとさきにはや（廿一オ）廓《くるわ》はお飛遊《とびあそ》ばしました。今三足程《みあしほど》はやう御出なされましたら。せめて名残《なごり》のお盃《さかづき》なり共させませふに。残念《ざんねん》な仕合と聞《きく》より川継肝《きも》を菜種《なたね》にして。黄《き》なる汗《あせ》を額《ひたい》より流《なが》し。鷹《たか》がつかんだとは此うへ見ぬ鷲《わし》に鼻《はな》をあかすが。にくき鷹太郎がしこなし。たとい千両が八千両でも苦《く》にせぬ男《おとこ》じや。急《きう》に高はしを引もどして来《こ》いとあせらるれど。只今《たゞいま》では八千両が八万両でも。廓《くるわ》の大門を乗出し給ひてからは。此里《さと》の大夫様ではなく。あつちの高橋《たかはし》様でござりますれば。此方からはゆびもさゝれませぬとの断《ことはり》。是は日比《ごろ》のすいにも似合《にあは》ぬ。あの高はしを引ぬかれて。川継が此廓へどふ顔《かほ》出しがなるものじやと。あせつて見たりいかつてみたり。口のはたの乳《ちゝ》くさい青二才《あをにさい》めに。思ひもよらぬふかくをとりし。おのれまてよ皇子《わうじ》の御前へつら出しのならぬように。急度《きつと》返報《へんぽう》がへしをして。（廿一ウ）見せんとむしやうにひとりつぶやいてみても。喧嘩《けんくわ》過ての夜《よる》のちぎり木もあだとなつて。夜食《やしよく》のない百万遍《ひやくまんべん》に参つた顔付《かほつき》。すご〳〵とたちかへりぬ

㈢ 都遷《みやこうつし》に心迄うつり気《ぎ》な主《しゅ》と家来《けらい》

天道不義《ふぎ》の臣《しん》を覆《おほ》はず地《ち》また悪逆《あくぎやく》の者《もの》をのせずといへ共。天地は迫切《はくせつ》ならさるを以て。幸《さいわい》に暫《しば》らくまぬかれて。不《ふ》義《ぎ》の富《とみ》をなす者多《おほ》し。氷上皇子《ひがみのわうじ》山城国愛宕郡《やましろのくにをたぎのこほり》を巡見《じゆんけん》まし〳〵。此所にかり御殿をしつらひ。事のやうをうかゞひ給ふに。東西《とうざい》に流《なが》れをうけて。南北《なんぼく》やすらかに長くめぐり。陽山《やうざん》を以て四方をかこみ。艮《うしとら》に一ッの陰《ゐん》山をうけ坤《ひつじさる》に雄徳山《ゆうとくざん》あり。四神相応繁昌《しじんさうおうはんじやう》の境地《きやうち》。是に過べからずと。長岡《ながをか》の卿へ此旨奏聞《むねそうもん》あり。時の公卿《くぎやう》大臣賢者才人藤原《けんしやさいじんふぢはら》の継《つぐ》綱卿《つなきやう》をはじめ。諸道の博士《はかせ》（廿二オ）

挿絵第三図

挿絵第三図（廿二ウ）

挿絵第四図（廿三オ）

に至《いた》る迄皆《みな》此地しかるべしと同しければ。数万《すまん》の杣人工者《そまこうしや》を召古例《めしこれい》を引て。昼夜《ちうや》をわかたず造立《ざうりう》ありければ。日を重《かさ》ねずして南北《なんぼく》千二百間。東西《とうざい》千間の大内裏成就《たいだいりじやうじゆ》し。其結構紺楼朱殿沈《けつかうこんろうしゆでんぢん》を以て軒《のき》とし欄干《らんかん》とし。碔砆石《ふふせき》を以て甃《かはら》をしき。麝香《じやかう》をまじへて壁《かべ》をぬれば。香気《かうき》四方にみち〳〵。日花月《じつくわげつ》花《くは》の双門朝日《さうもんあさひ》にゑいじ。清涼殿紫宸殿《せいりやうでんししんでん》は金《きん》を以てまろばせるがごとく。二の間*四愛堂陶淵明《しあいだうたうゑんめい》が菊《きく》の絵《ゑ》に。八重九重《やへこゝのへ》の匂《にほ》ひをうつし。周茂叔《しうもしゆく》が蓮《はちす》は

濁《にご》りにしまぬ心を此殿にあらはし。山谷老人《さんこくらうじん》が

蘭《ふぢはかま》に邪気《じやき》をはらひて。林和靖《りんわせい》が梅鶴《ばいくわく》に千とせの齢《よはひ》をことぶく。三の間の十雪《じつせつ》の図《づ》はさながら今降《ふる》やとあやしく。四の間の下段《だん》竹に虎《とら》のすさまじきに。金地に花鳥《くわてう》のやさしきをとりあはせ。しやくせんだんの御戸には。雪《ゆき》の内の梅竹芦《むめたけあし》の（廿三ウ）雁雪《かんゆき》に梅竹芦《あし》に鷺《さぎ》。松に麒麟《きりん》雪松《せつしやう》の鳳凰《ほうわう》。柴《しは》垣《がき》苅田《かりた》に村雀《すゞめ》竹に鶴《つる》。垣《かき》に夕顔《ゆふがほ》をゑがいて。東西百十間南北九十五間に。此殿をさだめ給ふ。天子常居《じやうきよ》の御殿は南北百三十間。夜《よん》の御殿《おとゞ》昼《ひる》の御《お》座《まし》御*障子《じやうし》は蟬《せみ》の羽《は》の絹《きぬ》を以てこれを張《は》らる。みな鳳凰《ほうわう》の絵《ゑ》を以て。聖代《せいたい》をことぶく。上段は竹林《ちくりん》の七賢《けん》中段《だん》は四老四皓《しらうしかう》。下段は九老《きうらう》のよはひをことぶき。殿上の間東西百間。南面《なんめん》の階《かい》をのぼりて。小板敷《こいたじき》あり是ぞ△職原抄《しよくげんしやう》にいふ所の。侍医《じゐ》小板敷《いたじき》に参《まい》るとは。此殿の御事なり。絵《ゑ》は獅子《しゝ》に牡丹苅田《ぼたんかりた》の鶴《つる》。地下の官人《くわんにん》のぼる事をゆるさず。すべて下口陣《しもくちぢん》の座《ざ》長局《つぼね》にいたる迄。その壮観奇麗《そうくわんきれい》いまだかつて目にも見ず。皇子一〻見覧《けんらん》あつて。邪悪《じやあく》のかたをそびやかし給ひ。竹良《ちくら》川継《かはつぐ》并《ならひ》に多田良《たゝら》兵部をひそかにまねきたまひ。（廿四オ）我天照《われてんぜう》太神のべうゑいとして。今天皇《てんわう》とは同腹《とうふく》の弟《おと〳〵》なれ共。むまれつきふつゝかしきとて。なま公家《くげ》どもとひざをならべて。くらさん事かゝる無念《むねん》はあるまじ。もし生れつきによらば。唐土《もろこし》の伏羲神農《ふつきしんのう》は。顔《かほ》ばせは人にあらずたゞ鬼形《きぎやう》のごとしといへり。しかれども三皇《くはう》五帝《てい》の始《はじめ》にたちて。よく天下を治《おさ》めたもつ。一天下の事

挿絵第四図

なんぞ人の顔《かほ》かたちによるべき。別《べつ》してはかゝる壮観《さうくわん》の大内裏《たい〴り》をたて。こんきをくだきし甲斐《かひ》もなく。もみ手をして天皇《てんわう》へむざ〳〵とわたさんこと。口惜《くちおし》とやいはん残念《ざんねん》とやいふべき。せんずる処《ところ》天皇をはかつてまねき出し。王《わう》位《ゐ》をうばひてつめ籠《ろう》に打こみ我《わが》十善《ぜん》の位《くらゐ》にそなはる時は。川継竹良もともに大臣の位を得政務《せいむ》を司《つかさ》どり楽《たの》しみを極《きは》めんことといかゞ思はるゝ（廿四ウ）ぞと尋《たづ》ね給へば。鐘《かね》のひゞきに応《おう》ずるごときの。貪欲非法《とんよくひほう》の竹良川継大きに悦《よろこ》び。まさしき光仁帝《くはうにんてい》の第二の王子《わうじ》を日本の王とあふぎ奉らんこと。是《これ》がまことの道といふもの。その上我〻《われ〳〵》両人君《きみ》を守護《しゆご》し申うへに。ひつとゆびざすものもあらば。蹴《け》ちらかして捨《すて》ますると。ひたいぎはの分別《ふんべつ》に万民《ばんみん》のなげきを忘《わす》れ。はや御即位《そくゐ》と却《かへつ》て両人よりすゝめあげて。新殿を清《きよ》めもふけの玉座《きよくさ》に袖《そで》打はらつてなをられけるを。心ある人はむねをいためぬ。このうへは前司盛行をこつちのものにさへすればしてやつたものと。多田良兵部《たゝらひやうぶ》が工夫《くふう》じまん。此おやぢはこまり者ながら。とかく欲《よく》には目のない世界《せかい》なればくわつと大国の一二ケ国も先当分《まづとうぶん》あたへ給はゞ。大かたころりとしたがひ申さん。あのやうな文盲《もんもう》づくりは。思ひの外《ほか》むす折《おれ》がするもの。其上にもいなと申さば。それは盛行が百《ひやく》年《ねん》めと談合《だんかう》（廿五オ）一決《いつけつ》して盛行が屋形《やかた》へ上使《し》を立られ禁裏造営成就《きんりさうゑいじやうじゆ》そう〳〵内覧《ないらん》有べきよしの。親王《しんわう》の御使者盛行やがてつかひと打つれ。禁廷《きんてい》に伺公《しこう》し御前に出てことのやうをうかゞへは。氷上皇子《ひがみのわうじ》御帳台《みちやうだい》にゆう〳〵と座《ざ》し給ひ。山鳩色《ばといろ》の御衣《ぎよい》に金巾子《きんこじ》の冠《かんむり》。光りをちらして威儀厳重《いぎげんぢう》の有様。さすがの盛行もきよつとせしか。心をしづめてにがり切《きつ》て座《ざ》しければ。誰《たれ》有て一言《ごん》にも及ばず。少《すこ》ししらけて見へけるにぞ。竹良笏《ちくらしやく》をひねくりまはし。此度親《しん》王の聖《せい》慮《りよ》をくるしめ禁中《きんちう》日を煩△はしてかく美ゝ敷成就《びゝしくじやうじゆ》ある事是国家《これこくか》長久のしるし。一つには貴殿《きでん》にも其働《はたらき》すくなからぬ所を。御賞美《しやうび》あつて今日召出され。御酒《しゆ》をもすゝめ申せとの尊命《そんめい》なり。御肴《さかな》には美濃尾張信濃《みのおはりしなの》の三ケ国を下しおかるゝ条。有がたく存ぜられよと。こは〳〵詞を出しければ。親王くはん〳〵と打笑《ゑみ》給ひ。丸が（廿五ウ）本望《ほんもう》を達《たつ》せば。汝《なんぢ》を大将となすべき契約《けいやく》のかはらけなりと三献《こん》くんで盛行にあたへ給へば。盛行土器《かはらけ》を手にだにとらず。竹良《ちくら》に向《むか》ひて貴卿《ききやう》此度の禁裏《きんり》の壮観《さうくわん》結構《けつかう》を。治世長久《ちせいちやうきう》のしるしとはかたはらいたき申されぶんなり。そのかみ聖主《せいしゆ》の天下をたもち給ふ時は。金銀《きんぐ》のかざりをやめ珠玉《しゆぎよく》のついへをはぶき。草《くさ》の葉《は》をとりて甍《いらか》にはさみ。あれたる軒《のき》を家《いゑ》と定《さだめ》ぬ。されば改年《かいねん》の始《はじめ》に松竹《まつたけ》を以て門をおほふは。驕《おごり》をつゝしむ表事《ひやうし》。茅茨《ばうし》きらずさいてんけづらす。驕《おごり》をはふき約《やく》を守るを以民安全国家《たみあんせんこくか》の長久とす既《すで》に孔子《こうし》も礼《れい》は驕《おごら》んよりは倹《けん》せよと宣《のたま》ひしは。三つ子も知《しつ》たる詞《ことば》今民の憂《うれひ》をつみ玉をみがきて造立《さうりう》有しを。此盛行が眼《め》には糞《ふん》を以《もつ》てぬり廻《まは》せし。破《やぶ》れ小屋《ごや》よりむさくきたなし。誠《まこと》や人の運命《うんめい》の傾《かたぶ》かんとしては。必悪事《かならずあくし》を思ひ立と。天親菩薩《てんしんぼさつ》の詞《ことは》今思ひ合《あは》され親王何の御（廿六オ）不足《ふそく》ましく〳〵。一天の君《きみ》の御弟《おとゝ》としてかゝる謀反《むほん》を思召立せ給ふぞ。伝教が卜《うらかた》はとりも直《なを》さず。此御事にこそ候らん。是全《これまつた》く皇子の御心にあらず。付したがふ佞臣《ねいしん》の胸中《けうちう》よりなすわざなりと。川継竹良《かはつぐちくら》を尻目《しりめ》にかけてねめ廻《まは》しく〳〵。かく頂戴《てうだい》の土器《かはらけ》も形有時《かたちあるとき》は天《てん》盃《はい》共いひ。其おのれが形《かたち》を失《うしな》ふ時は是《これ》ひとつくねのつ△ちくれなり。君親王《きみしんわう》のしよくぶんとして。天子の装束《しやうぞく》をしろしめせば。則《すなはち》をのれが形《かたち》を失《うしな》ひ給ふといふもの。かはらけも其如し一度形《たびかたち》を失《うしな》へば。後《のち》にはくやみてももとの土器《かはらけ》にかへる事あたはず。よく〳〵御賢慮《けんりよ》なし給へと。涙《なみだ》を流《なが》して御土器を庭上《ていしやう》に投《なげ》付ければ。砕然《さいぜん》として四方にみち散《ちり》。忽砂中《たちまちしやちう》に打われければ。皇子を始《はじ》め両人の佞臣《ねいしん》もあぐみ果《はて》て。足《あし》のきびすをかきながら。互《たがい》に目はじきしはぶきし。鼻《はな》うたにまぎらかして盛行がきげんをうかゞひ居《ゐ》たり

二之巻終（廿六ウ）

今昔九重桜《いまむかしこゝのへざくら》　三之巻

目録

㊀ 忠義《ちうぎ》の諫言《かんげん》一すじに立るやたけごゝろ

誠《まこと》は天地に暢神明《のびしんめい》に通《つう》ずるならひ。前司盛行《ぜんじもりゆき》いまだ皇子《わうじ》の御悪事《あくじ》。露顕《ろけん》ましまさぬうちたゝきつけて。むほんの企《くはだて》をとゞめ奉らんと。平生《へいぜい》の気色《きしよく》とはかはり。いざといはゞ討果《うちはた》さん勢《いきほ》ひに。さすがの皇子も少《すこ》し猶予《ゆうよ》してみへ給へば。卜部《うらべ》の竹良針《ちくらはり》の席《むしろ》に座《ざ》する心ながら。君《きみ》此間は御こゝち例《れい》ならず。御気色《きしよく》おも〳〵しければ。とも〳〵に御酒《しゆ》をもすゝめ奉り。御心をいさめ申たし貴殿にも一献過《こんすご》され。君を慰《なぐさ》め給はゞ。無二《むに》の忠義《ちうぎ》と申ものなり。土器《かはらけ》もふるめかしければ。ぬり盃《さかづき》にて双方丸《さうはうまる》うやはらがんと。興《けう》にもてなしあいさつすれば。盛行まなこに角《かど》をたてゝ。君の御気色すぐれ申さぬは昼夜《ちうや》の婬乱大酒《ゐんらんたいしゆ》より。御こゝろもおも〳〵しし（三オ）その上に御酒を以て。御心をいさめんとは油をそゝいで。火をしめさんとせらるゝに似たり。此盛行《もりゆき》御酒宴《しゆゑん》のとりもちは得致《ゑいた》さじ。酒《さけ》を飲《のん》でそのわざはひいたる事。水の流《なが》れにしたがふよりはやく。君に害《がい》ある御酒をもつて。御心をなぐさめらるゝは。かへつて御気分《きぶん》のあしくなるをねがはるゝといふもの。かゝる思慮《しりよ》なきかたがた。犬《いぬ》をうつわらんべにもおとつたる所存《しよぞん》なりと。歯《は》にきぬきせぬ盛行が生得《しやうとく》。川継《かはつく》大きにせきあげ。雲上《うんしやう》に座《ざ》する我〻をいやしき武士のぶんざいとして。犬うつ童におとりしとはちかごろ舌長なるいひ分《ぶん》。其上皇子より下さるゝ御かはらけを。庭上《ていしやう》に打つけしは。無礼《ぶれい》とやいはん非法《ひはう》とやいふべき。御酒をすゝめてさほど害《がい》ある物ならば。遠道よりちか道先其方が悴鷹《せがれたか》太郎もり親《ちか》には。昼夜乱酒《ちうやらんしゆ》に身を持くづし。淫乱《ゐんらん》におぼれて出口の（三ウ）遊君高橋《ゆうくんたかはし》といへる女に打こみ。大まいの金をつみて請《うけ》出し。あまつさへわが下屋敷《やしき》へ引こみての遊興《ゆうけう》。かゝる人畜《にんちく》のせがれにさへ。親《おや》の身として一言《ごん》の異見《ゐけん》をもはかず。おめ〳〵としらぬ顔《かほ》にてくらす馬鹿《ばか》もの。御前へ対《たい》しての過言《くはごん》ぞんざい至極《しごく》。サア此いひわけあらばまつすぐに申べしと。高橋《たかはし》を根引《ねびき》にせられし無念《むねん》はらし。こゝでこそと針《はり》ほどの事までも。ぼうじやくぶじんにいひちらせば。盛行面《おもて》を正しうして。尭舜《ぎやうしゆん》もわが子の不祥《ふしやう》をいかんともし給ふことあたはず。まして凡下《ぼんげ》の盛行子をおしゆるの道をしつて。忠孝《ちうかう》ふたつを教訓《けうくん》すといへども。せがれが身もち心元なしとて。公《おゝやけ》の御用をかきて鷹《たか》太郎めにつきはつても居《ゐ》申さねば。道ならぬ放埒《はうらつ》のあるまじきとも請《うけ》あひ申さし。しかし金《かね》をつんで遊君《ゆうくん》を（四オ）

挿絵第一図（四ウ）

挿絵第二図（五オ）

身請《みうけ》せしとは此もり行は呑込《のみこみ》申さず。またさいはるゝ川継卿《かはつぐきやう》には。故中納言川重卿《こちうなごんかはしげきやう》の血脈《けつみやく》をおしかくし。御自分《じぶん》のわきばらいがきといへる息女《そくしよ》を故中納言殿《こちうなごんどの》の実子《じつし》おのへ姫《ひめ》なりと御上《かみ》をあざむき。天庁《てんちやう》にたつせられし悪逆《あくぎやく》。すなはち家臣松浦潟苫《かしんまつらがたとま》右衛門。同じく花崎民部《はなさきみんぶ》両人より。様子《やうす》あつてつぶさに知《しつ》たり。折をもつて此おもむきを申いれんと存るところ。所詮《しよせん》のがれぬ場所《ばしよ》なれば。明《あき》らかに白状《はくでう》あるべし。此もり行いかやうにもよろしく取はからひしんずべしと。席《せき》をうつてつめかけければ少納言《せうなごん》川継《かはつぐ》はいさゝかも身《み》に覚《おぼへ》なければ。大きにけでんし。居《ゐ》だけ高《だか》になり。烏《からす》を鷺《さぎ》とのたとへは似《に》ずといへども鳥《とり》のたぐひなり。かゝる跡《あと》かたもなき讒《ざん》

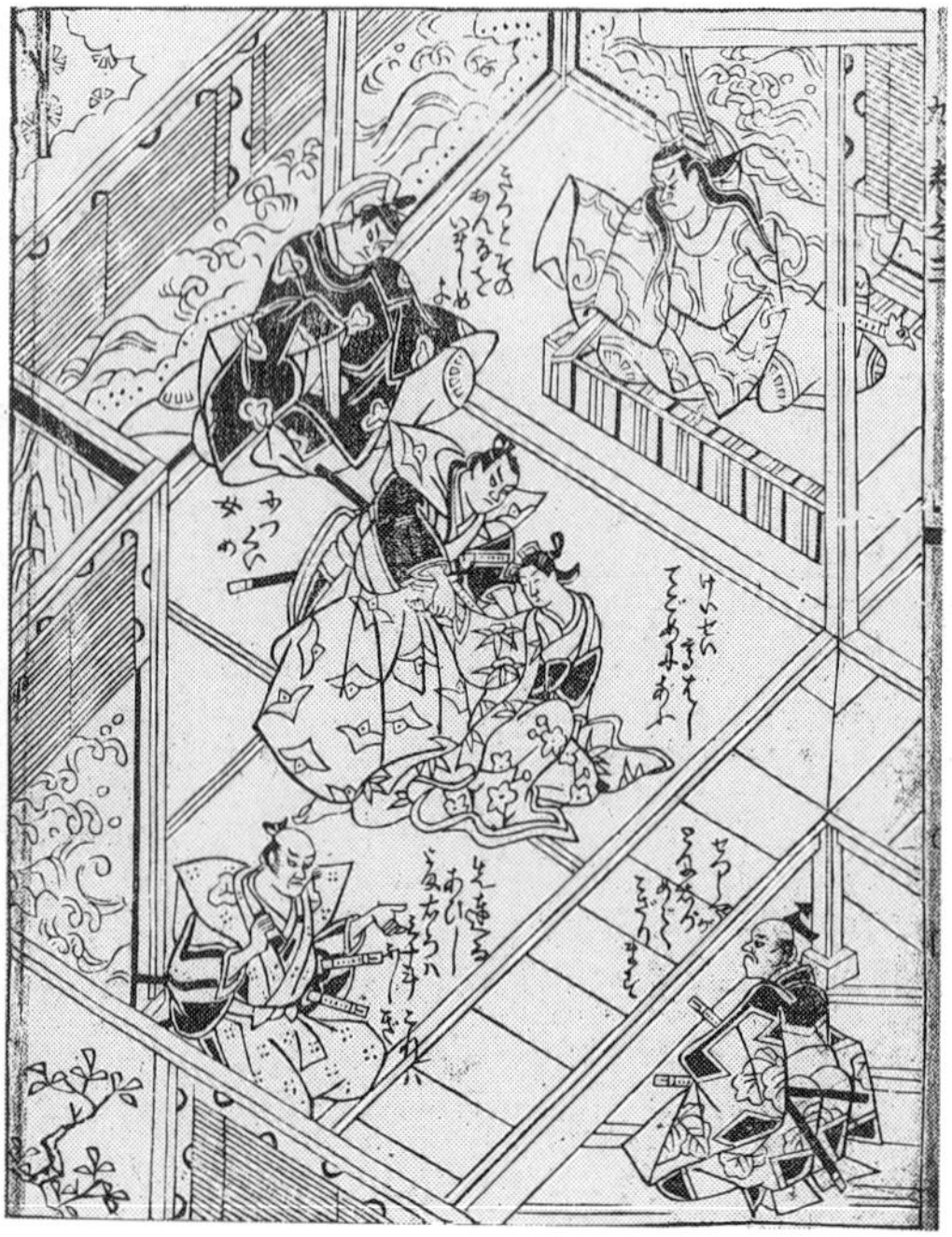

挿絵第一図

挿絵第二図

言《げん》をたくみ出し。御前へ御うたがひをふくませ。川継を取て（五ウ）おとさんとの姦《かん》曲《きよく》のくはだて。サアその証拠《しやうこ》をあらはせと。眼中《がんちう》に血《ち》をそゝぎ。あたりなる衛府《ゑふ》の太刀の鍔《つば》もとをくつろげ今一言はきいださば。二つにせんとつめよする。盛行も少刀《ちいさかたな》の切刃《きつは》をまはし。公卿《くぎやう》とおもひおんびんにもてなせば。つきあがりたるぞんざい。此盛行に対《たい》し讒言《ざんげん》をたくみ姦曲《かんきよく》のくはだて有といはんもの。天地のあいだに一人も覚《おぼ》えず。サア返答《へんとう》次第《しだい》にそのおとがいを切さげんと。うでおしまくりすでにうち合さん互《たがひ》のいきほひ。竹良《ちくら》をはじめ近従《きんじう》の面《めん》〳〵御前なり先《まづ》しづまられよと双方《さうはう》を引わけければ。皇子大きにいかり給ひ。理非《りひ》はかくべつ公卿にむかつて盛行みだりにことばをはなす段《だん》。無礼《ぶれい》のいたりとかく双方論《さうはうろん》ずるにおよばず。只今《たゞいま》中納言川重が家来《けらい》苫《とま》右衛門（六オ）民部《みんぶ》両人をめし出すべし。扨《さて》また捕手《とりで》の武士《ぶし》をもつて。鷹《たか》太郎が下屋敷《やしき》へふんごみ。もしまぎらはしき女あらば。さがし出しからめとつて召つれ来れと。多田良兵部《たゝらひやうぶ》*仰をうけて。すぐにうつ立ぬ時を経《へ》ず。十八九の玉芙蓉《ぎよくふよう》にもことならざる。たよはき女のうでねぢあげ。仰《あふせ》を蒙《かうふり》*り候高橋《たかはし》と申す遊君《ゆうくん》を。すなはち盛行が下屋敷よりとつて参りしよし。御しらすに引すゆれば。御前をもはゞからず顔《かほ》をゑりにさし入ながら。たとひ此身は八《やつ》ざきになるとても。鷹《たか》さまのお身にさへつゝがなければわしや本望《ほんもう》でござんすと。ほろりと泣《ない》たるありさま。八重《やへ》のつぼみの雨《あめ》まちて。ひらけかゝるよそほひ盛行仰天《ぎやうてん》と無念《むねん》をむねにせきあげ。歯《は》をくひしばり居《ゐ》る所に。権中納言川重が旧臣《きうしん》松浦潟《まつらがた》苫《とま》右衛門（六ウ）花崎民部《はなさきみんぶ》。皇子の貴命《きめい》を蒙《かうふり》り*両人伺公《しこう》仕ると。侍《さふらい》ゐぼしに素袍《すはう》りゝしく。六十《むそじ》にあまるしはおやじの。海老《ゑび》ごしをのし〳〵と。しよていを作《つく》つて庭上《ていしやう》にひざまづけば。盛行是《これ》をみるに。二条通のあせ道にてはじめて対《たい》面《めん》せし苫右衛門は。三十ばかりの血気《けつき》の若《わか》もの。盛行苫右衛門に詞《ことば》をかけて中納言川重卿御逝去《ごせいきよ》の御跡目《おんあとめ》御相続《ごさうぞく》について。うろんの事はこれなきやと。大きにせいてたづねければ。苫右衛門謹《つゝし》んで故中納言ふしやうの身に候へども。旧臣古輩《きうしんこはい》のかたじけなさは藤原《ふぢはら》の継綱卿《つぐつなきやう》より。殿上《てんじやう》人の御器量《きりやう》あるを。むすめおのへ姫《ひめ》にめあはせ。家静謐《いゑせいひつ》におさまり。故中納言もくさばのかげにてさぞ満足《まんぞく》いたし申さん。我〻《われ〳〵》までも老後《らうご》の思ひ出。これに過申す事是《これ》なしと。かしらをなでゝ悦《よろこ》びければ。盛行さては去し（七オ）二条通のあぜ道にて苫右衛門といへるは昼《ひる》がたりすつぱものにて。我《われ》をたばかりけるこそと。始《はじめ》て臍《ほぞ》をかんで後悔《こうくはい》し或は怒《いか》りあるひはなげきて。すでに其座《そのざ》をしりぞかんとしたりければ。氷上《ひがみ》の皇子鏡《かゞみ》のごとくなる両眼《りやうがん》をくはつといらゝげ。少納言《しやうなごん》川継《かはつぐ》は心ざしまことある忠臣《ちうしん》なれば。かれに禄《ろく》をまして勤仕《きんし》さするを。盛行出頭《しゆつとう》をそねみ。跡《あと》かたなき讒言《ざんげん》をかまへて。丸《まろ》が心をまよはし。をのれが宿《しゆく》所《しよ》にはうろんの者を引こみ置段《をくだん》。その罪《つみ》一つとして軽《かろ》からずと。何《なに》がな取《とつ》ておとしたきたゞ中なれば。かゝる時節《じせつ》を幸《さいはい》と多田良兵部《たゝらひやうぶ》を奉行《ぶぎやう》として。四方《しはう》にきびしく蜘手《くもで》ゆふたるつめ牢《らう》に盛行をうちこみ重《かさ》ねて日をさだめきつと曲事《きよくじ》におこなふべきよし。盛行は爪《つめ》をならし牙をかみ合せて。燕石《ゑんせき》を珠《たま》と見て御身を（七ウ）ほろぼし国《くに》を破《やぶ》り給はんこと。かゞみにかけしよりも明《あき》らかなり。これ全《まつた》く臣《しん》が身をおしむにあらず。只《たゞ》皇子の御身をおしむと。涙《なみだ》にくれけるを情《なさけ》なく兵部《ひやうぶ》が下部《しもべ》盛行を引たてゝ。獄屋《ごくや》の官人《くわんにん》にわたしぬ

㈡　残《ざん》念のあたまを書《かい》て見せる高札《たかふだ》

小善《しやうぜん》は善《ぜん》なきにまさるといふ語《ご》。今盛行が身《み》におもひあはされ。去《さり》し二条の細道《ほそみち》にて。似《に》せ男《おとこ》がよぎなき詞《ことば》に。盛行が正直心《しやうぢきしん》より慈悲《じび》*の心おこり。ふかき情《なさけ》かへつてわが身のあたとなり。佞臣《ねいしん》川継が詞《ことば》一〳〵理《り》となつて。つゐに土牢《つちらう》に打こまれければ。川継はいよ〳〵出頭《しゆつとう》となり。氷上《ひがみ》の皇子にさま〳〵の悪逆《あくぎやく》をすゝめ奉りければ。皇子も今は誰《たれ》に恥《はぢ》おそれ給ふ御事もなく。此上は一日もはやく天皇《てんわう》に行幸《ぎやうがう》をすゝめ。道を*庶《さへぎつ》て（八オ）とつてしめんと。評《ひやう》定《ぢやう》一決《けつ》して長岡《ながをか》の都《みやこ》へ。皇子より使者《ししや》をたてられけれ共。天皇にはいつしか風《かぜ》をきこし召《めし》て。藤原《ふぢはら》の継綱卿《つぐつなきやう》に殿《てん》上《じやう》人一両輩《りやうはい》。故中納言川重が猶子《ゆうし》川武《かはたけ》。武士《ぶし》たるものは皆《みな》氷上皇子に心をかたぶくべしとて。一人も召つれ給はず。やう〳〵衛士《ゑじ》の鬼丸《おにまる》といへる強力者《がうりきもの》。かれこれ五六人には過ず。御母たかの、皇后《くわうごう》をいざなひ奉り。ひそかに禁裏《きんり》を忍《しの》び出させ給ふよし。皇子の新御殿《しんごてん》へうつたへければ。皇子も川継も残念《ざんねん》のあたまをかきて。手のびにしてもならせし事。いかにしても心外《しんぐわい》なり。そのうへかれらをそのまゝにをかば。後《のち》におほひなる害《がい》の至《いた》るまじきものならず。とかく根《ね》をたちて葉《は》をからすやうになし。そのうへにいまゝで天皇贔負《ひいき》のやつばらは。かたはしより打殺《うちころ》して。世《よ》を安楽《あんらく》におくるべしと。川継ざいをふつて（八ウ）隣郷《りんがう》を往来《わうらい》し。すこしも天皇を引奉るともがらを。とつて引しめさま〳〵の成敗《せいばい》におこなひ。神社仏閣《じんじやぶつかく》を破壊《はゑ》して。おのれが田地《でんぢ》となしければ今まで堯舜《ぎやうしゆん》のともがらも。たちまち桀紂《けつちう》の民《たみ》となりぬ。川継さはいとして所《しよ》〳〵にふれながして。若天皇《もしてんわう》のあり家《か》をしつて。御母たかの、皇后《くはうごう》をもからめとりさし出す者あらば。当座《とうざ》の褒美《ほうび》として。黄金《わうごん》二百枚《まい》をあたへられ。猶《なを》も氏素性《うぢすじやう》のかまひなく。大名にとり立んとの村《むら》〳〵里《さと》〳〵へ高札《たかふだ》をたて。すでに前司盛行《ぜんじもりゆき》が屋形《やかた》も打こぼたんとひしめきけるを。氷上皇子兼《かね》て聞《きゝ》および給ふは。盛行が妻《つま》あかしのまへは。世に名高《なたか》き美女《びぢよ》といへば。引とつて丸《まろ》がなぐさみ物とすべし。もし貞女《ていぢよ》だてをいひて。丸《まろ》が心にしたがはずば。あかしの前《まへ》を始《はじ》め嫡子《ちやくし》鷹《たか》太郎はいふにおよばず。妹《いもうと》までも死罪《しざい》に行《おこな》はるべしとの（九オ）むねを。卜部《うらべ》の竹良《ちくら》上使として申渡《わた》しければ。あかしのまへひとかたならぬかなしみとなり。是《これ》みなせがれ鷹太郎めが。一心よりつまの前司盛行殿をはじめ。かゝる騒動《さうどう》もおこりしと。歎《なげ》きこがれ給ふを。鷹太郎も胸《むね》に釘《くぎ》をうつがごとく。身《み》の置所《をきどころ》なくその日のゆふ暮《ぐれ》。いづくともなく落《おち》うせける。跡《あと》へ皇子よりまづ鷹太郎をめし取来《とりきた》るべしと。捕手《とりで》の者《もの》をくられけれ共。鷹太郎はいづちともなくにげうせしとの事。是全《まつたく》*あかしの前《まへ》のかくしけるに極《きは》まり。白状《はくじやう》のためあかし御前《ごぜん》を高手小手《たかてこて》にいましめ。皇子の御殿へ引たて行ぬ。こゝに鷹太郎がいもうとみさほの前《まへ》は。二八の姿《すがた》をやかにして。母あかし御前の器量《きりやう》をうけつぎ。きやうぼうのうちに人となりて。すなほにやさしきうまれ付。此たびの動乱父君《どうらんちゝぎみ》は土牢《つちらう》にまし〳〵て。月日のひ（九ウ）かりも見給はぬとのことに。あまつさへ杖《つゑ》はしらと頼《たの》みし。母上をも生《いけ》どりとなりてひかれ給ひ。兄《あに》鷹太郎は不行跡《ふかうせき》の罪《つみ》かさなり。ゆく衛しれねばくるしみと悲《かな》しみとを堪《たへ》かね。一先《ひとまづ》いのりの御師《おんし》。伝教阿闍梨《でんげうあじやり》の方《かた》へしのび行。此よしをも物語《ものがたり》し何とぞ二人の親《おや》のあんおんなるやうに。いのり参らせんとたゞ一人暮《くれ》かたに。横川《よかは》のほとりに閑居《かんきよ》し給ふとばかりを。こゝろあてに跡《あと》も先《さき》もしら川の橋《はし》を北《きた》へたどり。鴫《しぎ》たつ沢《さは》とよみし秋《あき》のゆふぐれにはあらねど。淋《さび》しくも物がなしく。涙《なみだ》を袖《そで》につゝみてやう〳〵と。尋《たづね》さまよひけるに。柴《しば》かる男《おとこ》のなさけにて。伝教《でんげう》の庵室《あんじつ》に行つき。柴《しば》の戸《と》を音《おと》づれければ。折ふし伝教は都《みやこ》の様子《やうす》をうかゞはんため。此頃《ごろ》は庵《あん》にも居《ゐ》給はず。内より香盤《かうばん》もりさしてぬつと出る法師《ほうし》は。四十有余《ゆうよ》の小鼻《こばな》いかりし入道《にうだう》むかしは（十ノ廿オ）小すまふの一番《ばん》もひねりしと見へて。唐犬《たうけん》びたいにぬきいれ。*たる跡《あと》。しんまい坊主《ばうず》のしるしをあらはしたるこそ道理《だうり》。その昔《むかし》うはばみの仁兵衛とて。人の知《しつ》たるわる者だん〳〵と不仕合《しあはせ》さしつゞき。いもうとくれないが皇子の手にかゝりて。非業《ひごう》の死《し》にどふやらめつたにこはみがたちて。人しれぬ伝教の庵室《あんじつ》をたのみ。納所《なつしよ》と小ぬすみとをとりまぜての留主《るす》あづかり。みさほがふうぞくを見て。山中《さんちう》に目なれぬうつくしい顔《かほ》かたちに肝《きも》をつぶし。もしや狸《たぬき》などの我《われ》をたぶらかすにては有まじきかと。しばしは胴《どう》ぶるひせしが。よし天狗《てんぐ》でも狸《たぬき》でも。先見た所はいつかどの銀《かね》になる器量《きりやう》。どふぞすかして銀にしたいものと。はや持病《ぢびやう》の欲心《よくしん》がさし出て。いかなる人なれば此庵室《あんじつ》を尋《たづ》ねらる、やと問《とひ》ければ。みさほは涙《なみだ》をおさへて御聞《きゝ》およびも有べし。みづからは（十ノ廿ウ）近江前司《あふみのぜんじ》盛《もり》行《ゆき》が娘《むすめ》にみさほと申もの。父《ちゝ》盛行は皇子の御謀反《むほん》をいさめし罪《つみ》とて。土牢《つちらう》におしこめられ。母《はゝ》うへにもいけ取となり給ひ。たれをたのむべきてだてもなく。伝教さまには知識博学《ちしきはくがく》の御慈悲《じひ》ふかき御僧《そう》と申事。日比親《ひごろおや》盛行物がたりに承《うけたまは》り候ゆへ。いなばの露《つゆ》のほそ道を。是までたどり参り候と。目のうちに玉をふくみ。ねぐたれ髪《がみ》をつたふ涙《なみだ》。梨《り》花《くは》の雨《あめ》を帯《おび》たるよそほひ。仁兵衛坊主《ばうず》よこ手をうち。さて〳〵御自分《じぶん》は仕合者《しあはせもの》。すなはち愚僧《ぐそう》が伝教阿闍梨《あじやり》と申て。世上《せじやう》から生仏《いきぼとけ》といはる、身なれば。もろ〳〵の衆生《しゆじやう》を。すくひたふて〳〵身のうちがもが〳〵する折からなれば。成《なる》ほどいつまでもかくまひて。盛行殿の安全《あんせん》を加持《かぢ》し申べし。去ながらふた親《おや》の為《ため》には。どのやうな気《き》にそまぬつとめでもいやといへば孝行《かう〳〵》にならぬが。そなたは（廿一オ）それが合点《がてん》かと。はや詞《ことば》の釘《くぎ》をうつて。先愚僧《まづぐそう》は氷上《ひがみの》皇子の御殿へまいり。盛行の安否《あんひ》をもうかゞひ申さん。それまでは此庵室《あんじつ》にてまたるべし。ずいぶん人に見付られぬやうに。これなるあき長持《ながもち》のうちに忍《しの》ばるべし。追付吉相《をつつけきつさう》をしらせ申さんと。尻《しり》ひつからげてすぐに出口のうちなる遊珍《ゆうちん》が女郎屋《ぢよらうや》へ。とぶがごとくにはしりゆきぬ

〔二〕 しらぬが仏《ほとけ》の扉開《とびらひらけ》にくい天皇の御運《ごうん》

四十二章経《しやうきやう》を閲《ゑつ》するに。親《おや》を辞《じ》し出家《しゆつけ》をなし。心を識《しり》本に達《たつ》し。無為《むゐ》の法を解《げ》するを。沙門《しやもん》と号《なづ》くといへり。伝教《でんげう》阿闍梨《あじやり》は都《みやこ》に出て。世上の有様《ありさま》をうかゞひ給ふに。子は親《おや》をうしなへども是をかなしみとせず。弟《おとゝ》は兄《あに》を殺《ころ》して其家《そのいゑ》

の財宝《ざいほう》をむさぼり。臣《しん》は君《きみ》をはかつて偽《いつはり》をむねとする事。尤《むべ》なる哉（廿一ウ）上一人のなすわざより。下万民五倫《しもばんみんごりん》の道をうしなひて。忽魔境《たちまちまきやう》の世界《かい》となり。氷上皇子一天の君《きみ》と仰《あふ》がれ。天皇ならびに御母迄も。時《とき》の横難薄氷《わうなんはくひやう》をふむよりも危《あやう》く。天地のうちに御身をかくさるべきたよりなければ。伝教是をなげきかなしみ。付したがひ奉る人〻を都《みやこ》にとゞめて。ひそかに天皇と御母たかの、皇后《くはうごう》とを御供し奉り横川《よかは》の庵室《あんじつ》にいざなひ奉るに。いまだならはせ給はぬ御かち路《ぢ》をひろはせ給へば御あしもかけそんじて。流《なが》るゝ血《ち》はきらゝの草葉をそめて。二目《ふため》とも見奉りがたき御有様《ありさま》なるを。漸と御手をとり御腰をいだきて庵室《あんじつ》にいれ参らせ。伝教みづから御せんそくの湯《ゆ》などをひかせ奉りて去にても御心をなやませられ給ふべからす。終《つゐ》にはすむべき月影のしばし曇《くも》るばかりにてこそ候へと。いろ〳〵と（廿二オ）

挿絵第三図（廿二ウ）

挿絵第四図（廿三オ）

挿絵第三図

慰め奉り。持仏堂おしひらきて。法花経の要文普《ようもんふ》門品《もんぼん》のありがたき巻〳〵。提婆《たいば》だつたが釈尊《しやくそん》をおそひ奉り。虎口《ここう》のなんを遁《のが》れ給ふ事ども。大慈《だいじ》の誓願《せいくはん》むなしからぬ有様を講《こう》じて。御心をうち付奉らる。折ふし最前の仁兵衛坊主遊珍が廓にて。手取二拾両に談合してみさほの前を売放《はな》さんと。庵室へ立帰りしが。人音におどろきて柴垣よりすかしみれば。いきた雛様《ひなさま》も是程にはあるまいと思ふ公家らしき人と。六十計の女の。是もおと

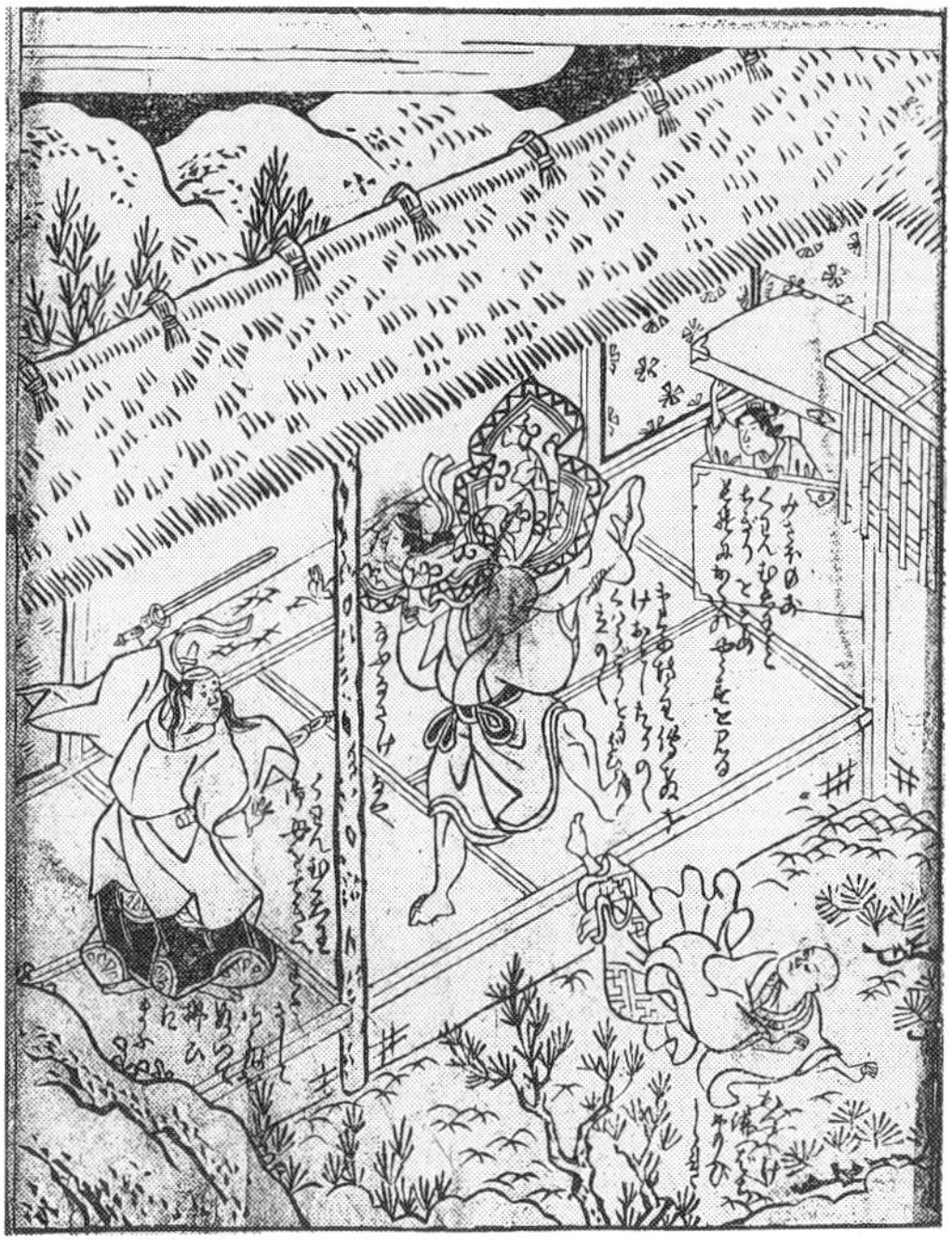

挿絵第四図

らぬけたかさ。伝教のうやまひやうなら詞《ことば》のはし〳〵。仁兵衛坊主急度《きつと》思ひあたり。是全く余《よ》の人には有まじ。氷上皇子より詮義最中《せんぎさいちう》の。天皇とは、とに極《きは》まつたれば。是はまた盛行が娘《むすめ》の五人十人に。かへられたる事にはあらず。あじようとつてしめさへすれば。其跡《そのあと》は宝《たから》のつかみどり。任せて（廿三ウ）こいと袈裟《けさ》の紐《ひも》引ちぎつて当座のはちまきとし両はだ押《おし》ぬぎ柴垣《しばがき》よりおどり入て。昔《むかし》の名はうはばみの仁兵衛あたまをこぼつてからは伝教の納所《なつしよ》。我物不入《がぶつふにう》の取金《しゆごん》とてわが物いらずに金《かね》を取名高《なたか》い坊主。氷上皇子様へ各〳〵《をの〳〵》を同《どう》道して。一《いつ》かどのほうびをもらはねばならず。料理《りやうり》のあんばいは皇子様と相たいをせらるべし。此方は道行《みちゆき》ばかり。こはい事もなんにもごんせぬ。是から都までは一またげと。天皇を目がけとびか、るを。伝教仏前《ぶつぜん》なるとつこをおつとり。みぢんになれと打付給ふを。ひつぱづして伝教阿闍梨《あじやり》を。ゑんより下へがはと蹴《け》おとす隙《ひま》に。天皇御ふところより宝剣《ほうけん》をぬき出し。はらひ給へば御剣《ぎよけん》の光《ひかり》に恐《おそ》れて御そばにもよりつかず。御母たかの、皇后《くはうごう》。あたりにふしまろび給ふを。情《なさけ》なくも引おこし奉り。是（廿四オ）でもこつちの代物《しろもの》なりと。肩《かた》にひつかけこくうを飛《とぶ》がごとくに。都の方へ逃《にげ》うせけり。天皇御 魂《たましい》も身にそひ給はず。御いかりの声もそゞろにふるはせ給ひ。是みな朕《ちん》が不徳《ふとく》よりなすわざなり。御母君を敵《かたき》の手に渡《わた》し参らせ。命いきて何にかせん。天我《われ》を亡《ほろぼ》せりと宣《のたま》ひ。宝剣《ほうけん》を御むなもとにさしあてすでにかうよと見へさせ給ふを。伝教御袂《たもと》にすがり奉り。此災《わざはい》全《まつた》く此庵室《あんじつ》よりおこりたれば。道理《だうり》を申さば玉躰《ぎよくたい》より。先愚僧《まづぐそう》こそさきだち申筈《はづ》の事。なれ共すでに御経《きやう》にも此心清ければ。仏土清《ぶつどきよ》しと説給《ときたま》へば。愚僧《ぐそう》が心にだに濁《にご》りなければ。時のわざはひは皆前世《みなせんぜ》の宿業因果《しゆくごうゐんぐわ》の感《かん》ずる所にて。歎《なげ》くべき道にあらず。今玉躰《いまぎよくたい》をなきものとなし給はゞ。いよ〳〵不道《ぶだう》の悪人ちまたにみちひろごり。いつか御母皇后を。始《はじめ》のごとく（廿四ウ）むかへ奉り。誰《たれ》かかたきをたいらげ。天下を安穏《あんをん》になし申べきや。恐《おそ》れながらも是目前《もくぜん》のうれひに。賢慮《けんりよ》を失《うしな》ひ給ひて。後五百歳《ごごひやくさい》のそしりをまねき給ふに似《に》たり。よく〳〵聖慮《せいりよ》をめぐらし給ひ。藤原《ふぢはら》の継綱卿《つぐつなきやう》をはじめ。彼是一騎当千《かれこれいつきとうぜん》の頼《たの》もしき輩《ともがら》に。勅《ちよく》宣《せん》を下され敵《かたき》をほろぼし。再《ふたゝ》び御位《くらゐ》をふませ給ふ。御はかりことこそあらまほしく候。愚僧《くそう》もかんたんをくだき。怨敵調伏《おんてきてうぶく》の密法《みつはう》を行《おこな》ひ申さば。ふたゝび天下をしろしめさんこと。水のひきゝにしたがふよりすみやかなりと。色《いろ》〳〵にいさめ奉られければ。天皇もやう〳〵と御心をとりなをさせ給ひ。実《げに》も今朕《いまちん》がなき物とならば。御母皇后の御憂《うれい》をかさね。泥《どろ》をもつてつちくれを洗《あら》ふがごとくなれば。先《まづ》御坊《ばう》には一時もはやく都《みやこ》へ出給ひ。藤原継綱《ふぢはらのつぐつな》へ此おもむきを（廿五オ）語《かた》り給ひ。さう〳〵此所へ参るべきの旨《むね》をよく伝《つた》へられよと。涙ながらに勅諚《ちよくでう》有ければ。伝教畏《かしこま》り

承《うけたまは》り。此上は一時もはやく都へ通《つう》じ申さん。あなかしこ玉躰《ぎよくたい》を人の見とがめ申さぬやうに忍ばせ給へと。衣《ころも》のすそをむすび上て。又都へぞいそがれける。天皇は御心ぼそくも庭《には》の方《かた》をみやり給へば。煙《けふり》くらく雲《くも》とぢて。雨《あめ》さへ少《すこ》しづゝそぼちて。いとゞ御涙《なみだ》のたねを催《もよほ》し。かすかに猿《さる》のさけぶ声《こゑ》にも。御胸《むね》をとゝろかし給ひ。礎《いしずへ》傾《かたふ》き荒《あれ》たる庵《あん》室《じつ》に。只《たゞ》ひとりうき事のみを思し召つゞけ給ふ折《おり》しも。糸《いと》よりほそき女のこはねにて。御門《みかど》さま御門《みかど》さまと。よぶ声《こゑ》御せなかよりつかみ立るごとく。これこそ音《をと》にきく山里《やまざと》の化物《ばけもの》ならん。又はゆうれいの此寺に迷《まよ》ひきたれるにや。何《なに》にもせよ只《たゞ》事ならず。夢《ゆめ》になれ〳〵と三種《さんじゆ》の（廿五ウ）大祓やら念仏《ねんふつ》やら。御心もさ*へ〳〵と成給ふに。しきりに女の声にて。こはひ物でもなんでもござんせぬ。御門《みかど》さまより私がこはふてどふも成ませぬ程《ほど》に。爰をあけて下さりませ

と。仏前《ぶつせん》のかたはら成長持をたゝく音に。天皇は少し御心を取なをさせ給ひ。扨は化《ばけ》ものとも思はれず。いつぞや女《によ》官共《くわんども》が物語《ものがた》りの。お寺の大黒《だいこく》とは此事なるらん。伝教にはよい年をして味《あぢ》をやらるゝと。長持の蓋《ふた》を御手づから押《おし》明《あけ》給へば。三五ばかりの月の顔《かほ》に。鬢《びん》のおくれはら〳〵として。其皃世にたぐひなく。ゆふにやさしき娘《むすめ》の。内《うち》よりしどけなき姿《すがた》にて立出《たちいで》。御そばに立《たち》よりければ。天皇はふしぎの御顔《かほ》ばせにて。先〻《まつ〳〵》暫《しばら》くそれに居《ゐ》よ。とつくりとこはみがやまぬとの勅　諚《ちよくちやう》に。みさほの前も心つきて。様子《やうす》を申上ませねば御ふしんに（廿六オ）思しめすも断《ことはり》なり。みつからは近江前司盛行《あふみのせんじもりゆき》が娘《むすめ》に。みさほと申者。御門《みかど》さまの御弟氷上皇子《ひがみのわうじ》さま。御むほんを思しめし親盛行《おやもりゆき》。御異《ゐ》見《けん》申上し科《とが》とて。とゝさまかゝさまは皇子さまのとらはれとなり。便《たより》なきあまを舟《ぶね》よるべさだめぬ身となり。伝教さまを頼《たの》みに此御寺へ参りさふらへば。うはばみとやらかたばみとやらいふ坊主《ぼうず》が。わたしをたまして伝教様じやと偽《いつは》り。此所へ忍《しの》んでいよとて。さつきにからあの長持の内には*くれて。残《のこ》らず様子を承《うけたまは》りまして。私《わたし》の事はわきへなり。御門様の御身のうへが。おいとしうて〳〵。わたしやどふもなりませぬおやくには立ますまいながら。御苦労《くらう》を遊《あそ》ばすうち。せめてお茶のきうじに成とも。私《わたし》をおつかひ遊ばし。行末はめでたう始の天子さまにあふぎまして。私《わたし》がとゝさまも昔《むかし》にかはらず。出仕《しゆつし》（廿六ウ）いたされ。かゝさま共一所におりまするやうに。遊《あそ》はして下さりませ。御門さま願上ますと。まだ鶯《うぐひす》のすだちはなれぬあどなさ。梅の色香《いろか》もこぼれ落《おち》て。天皇の御衣《きよゐ》の上に。匂《にほ》ひをとゞむるかと疑《うたが》はれ。龍顔一入《りやうがんひとしほ》うるはしく。委《くはし》き物　語《ものがたり》にて驚入し事共なり。此上は朕《ちん》に付《つき》そひてよく仕《つか》へよ。親盛行《おやもりゆき》此世にだにあらば再び都に帰《かへ》り花《はな》の。開《ひら》く武運は其方が心にあらんと。み*たほが手をしめ給ひ。いともかしこき御契言《おんちはごと》に恥《はづ》かしいやらこはいやら。下しげりそふ嬉しさのみにて。紅葉《もみぢ》は顔《かほ》にうつり気ならぬ御事ならばと。みんごと恋《こひ》には懐　子《ふところご》もゆだんはならず。かくいふ間も敵《かたき》の犬の。うかゞひては難義《なんぎ》の上の難義《なんぎ》なれは。汝《なんぢ》もろ共立忍《しの》ばんと。最前《さいぜん》の長持の内へ。御手を取かはして入給ふが。跡《あと》はいかなる御もの語《がた》りや有けん

三之巻終（廿七オ）

都名所手引案内
ひらかなゑいり全一冊

神社仏閣来由縁起社領寺領神事
法会名所旧跡方角名産名物其外
四季詠覧旅人止宿所家名迄記ス
ひらかなにて童蒙のために方角は
勿論遠道近道行当り廻り道等
ついへゆかざるやうに書しるしたる書也

京町鑑　全一冊

縦横町小路通筋古名西陣聚楽上京下京古町新町組町分洛中洛外寺社旧地古今由来祇園会山鉾出町々諸神氏地御大
名御屋鋪附并呉服所家名所附町〻小名異名辻子新地等至迄委記見分安便ス

怡顔齊松岡玄達成章先生撰

梅品　全部二巻

悉ク花‐形ヲ模‐写シ数‐品ノ
梅安二ク見‐分一ケ便ス

右三品共本出し置申候御求御覧奉頼上候已上

京ふや丁せいくはんじ下ル町

八文字屋
八左衛門板（廿七ウ）

今昔九重桜《いまむかしこゝのへざくら》

目録　四之巻

㈠ 手をつくね細工《ざいく》是非《ぜひ》頼《たの》むと打掛《うちかけ》の黒繻子《くろじゆす》

つまづく者《もの》は立《たゝ》ずまたがる者《もの》はありかず。是常《これつね》ならはねばなり只天理《たゞてんり》にかなひ道《みち》によつて。無為《ぶゐ》ならんこそ人の上とする所なるに。鷹太郎盛近若気《たかたらうもりちかわかげ》とはいひながらも。尻《しり》もむすはぬいとしいかはゆい沙汰《ざた》に。をのれが一身《いつしん》をはたすのみならず。親盛行《おやもりゆき》の明智《めいち》をくらまし。皇子《わうじ》のとらはれとなりたる事《こと》。是皆鷹《これみなたか》太郎が一心より。かゝる騒動《さうどう》に及び終《つゐ》には。しんたい破《やぶ》るゝ芭蕉葉《ばせうは》のもろくも落《おつ》る。諷《うたひ》うたひ同前《どうぜん》の身《み》となりくだり。古編笠《ふるあみがさ》に単《ひとへ》もの一つ。悪性《あくしやう》ぐるひの尾《お》をみせて。いなり海道《かいだう》につくね細工《ざいく》の権《ごん》兵衛と聞《きこ》えしは。高橋《たかはし》が血《ち》をわけし親《おや》なれば。よもや我《われ》も他人《たにん》むきにはせまじ。露《つゆ》の命《いのち》をつなぐ便《たより》にもと尋行《たづねゆき》。高橋《たかはし》が段《だん》〻〱の（三オ）様子《やうす》わが身の上のかなしき事共とりまぜ。せめてつくね人形《にんぎやう》の下細工《したざいく》なり共手つだひ。一二月計《ばかり》も足《あし》をとめたきねがひに。権兵衛は仁王《にわう》のあま茶《ちや》にむせたやうな顔《かほ》つきにて。雪《ゆき》こかしの人形《にんぎやう》をまろめながら。お笑止《せうし》には存《ぞんじ》ますれど。わづか一日に五文十文の銭《ぜに》の納《おさま》りで。夫婦《ふうふ》ぞうすいでもすゝつて居《お》りまする。其元様《そこもとさま》を養《やしな》ひまする力《ちから》があればかはゆい娘《むすめ》をくるわのつとめはさせませぬ。高橋《たかはし》も肩《かた》がわるふてお前《まへ》さまにみいれられ。今はさだめて氷上皇子様《ひがみのわうじさま》の牢屋《らうや》にかなおりませふ。さぞや昔《むかし》の郭《くるわ》が何程《なにほど》か恋《こひ》しうこざりませふ。あいつが身《み》の上のことを思へは。色《いろ》〱の人にうらみが出来《でき》て。あつい涙《なみだ》がこぼれてどふも成ませぬ。見ました所が男《おとこ》つきは十人なみにすぐれたれ共。お心がさもしうござる。お影《かげ》で娘《むすめ》が行衛《ゆくゑ》もしれず。あすの煙《けふり》もたてにくい。此親仁《このおやじ》が（三ウ）所へよふも〱あつかはなござりましたと。うらめしさふにじろ〱と。鷹《たか》太郎をみる目《め》に涙《なみだ》をうかめて。土《つち》のかはきをしめらせければ。鷹太郎も理《り》に伏《ふく》して皆《みな》わしがわるうござる。ゆるして下されとそろ〱と。破草履《やぶれざうり》に足《あし》をさしいれ。いにじたくに世の中には鬼《おに》もないもの。権兵衛は釣仏檀《つりぶつだん》の下《した》なる古半櫃《ふるはんびつ》より。女《をんな》の着物《きるもの》一つ取出《とりいだ》し是《これ》は娘《むすめ》が。そこもとさまへ請出《うけいだ》されて屋敷《やしき》にゐましたうちに。老人《としより》は木綿《もめん》ものではごそついてわるからふ。ねまきにせよとてくれましたが。いかにしてもはだうすにみへまするほどに。是《これ》をそこもとへもどしまする。人のみとがめぬやうにはやう帰《かへ》らつしやりませと。しほらしい志《こゝろざし》に鷹《たか》太郎もまんぞくし。世にも出《いて》ましたらば御恩《おん》を報《ほう》じませふと。いづくといふあてどもなく。そろ〳〵立出《たちいで》ひわ〳〵する腹《はら》をふんどしにて引しめ。それより日ごろ目《め》をかけ（四オ）

挿絵第一図（四ウ）

挿絵第二図（五オ）

挿絵第一図

おろせの善《ぜん》右衛門かたを思ひ出し。おづ〳〵はいれば昔《むかし》は御機《き》嫌《げん》さまの様《さま》の字《じ》を。一万程《いちまんほど》いふたる善右衛門。けふはおとがひの髭《ひげ》を手にてむしりながら。どふぞ御心をあらため給《たま》ひて。昔《むかし》の通《とを》りに御繁昌《はんじやう》をなされませ。其時はおせわを仕ませふと。身《み》に難《なん》のかゝらぬいひぶん。昔《むかし》の如《ごと》く繁昌《はんじやう》をする程ならば。今をのれを頼《たのむ》べきかと。心にはつかみつくばかり腹《はら》は立《たて》共。頼《たのみ》にいたふしやうには苦笑《にがわらひ》もせねばならず。どうやらこうやら其夜《そのよ》は善右衛門方《かた》ににじりこめば。後《のち》のとがめを恐《をそ》れて。二階《にかい》の物置《ものをき》にむしろを敷《しき》て。鷹太郎をとむる

挿絵第二図

など。いかに今みるかげなき身《み》なればとて。昔《むかし》の大恩《だいおん》を思は丶是程《これほど》に。ふみつけにすべきわけはなしと。無念《むねん》と悲《かなし》みを胸《むね》におさへ。人の情《なさけ》も世にありし時とうらめしく。せめても心を慰《なぐさむ》るは。つくねやがくれし高橋が打かけ。黒繻子《くろじゅす》に宗伝茶《そうでんちゃ》の糸《いと》して（五ウ）れんぎやうぬふたるは去年《こぞ》の九月十三夜《や》。ごもく山にて呑《のみ》あかし此れんぎやうを題《だい》にして。大夫共が廿六首《しゅ》のつらねごと。れんぎやうに寄《よす》る恋《こひ》になけ丶との哥《うた》は。高橋が秀逸《しういつ》今も身《み》にしむ心地《こゝち》。其跡《そのあと》のわざくれ此打かけのこ丶らを。こそぐりしとなて丶みても反魂香《はんごんかう》もなければ姿《すがた》も顕《あらは》れす。其夜《そのよ》は此所にて夜を明《あか》し善右衛門。*に色《いろ》〳〵となけき。膝《ひざ》をだいての頼《たのみ》に。さやうならは幸二《さいはいに》条通《でうとをり》のきぐすりやに。おひまはしの男《おとこ》がいりますれば。給銀《きうぎん》はなくともめしをまいりまするをとりゐに。一奉公《ひとはうこう》かせいで見さしやませと。げびたる事のたら〳〵も。世につる丶ならひとて。嬉敷鷹《うれしくたか》太郎の二字《じ》を取て。はいでの太郎助と名《な》を改《あらた》め。沈香《ぢんかう》やへの奉公《はうこう》目みへの日より追《おひ》まはされて。是《これ》さへつらきに主人《しゆじん》の女房《によようばう》はむしろ敷のなりあがり。邪見《じやけん》と疑《うたがひ》*ひとでからだ中を打まぶした老女房《おいにようばう》（六オ）明《あけ》六つからよなか迄《まて》わ丶りまはり。ヤレ神《かみ》の棚《たな》へ燈明《とうみやう》をともせ。雪隠《せつちん》のそうじがむさいぞ。地黄《ぢわう》のつきやうがわるさに。佐〻《さゝ》木丸《きぐわん》のうれ様がすくない。太郎助が来《き》てから小遣銭《こづかいぜに》がひとりへるやうなと。思ひもよらぬあてことに。心をくるしめ先気休《まつきやす》めに一ふくと。たばこ盆《ぼん》にか丶れば。コレそこなしんまい殿。わごりよをゐようにはおかぬぞやと。目をむき出してのにが口まだその上に五十七の初産《うゐざん》。去年生《うま》れの男《おとこ》の子太郎助が膝《ひざ》の上《うへ》に。ほこ〳〵の小便《しゝ》をたれかけられ。是《これ》はむさやといへば。小めろのおかつがとかり声《ごゑ》にて。此お家《いゑ》でいとさまの物《もの》がむさくば奉公《はうこう》をひかしやれと。扨《さて》もむごいいひぶん。西近江《にしあふみ》から去年始《はじめ》てのぼり。よう〳〵鍋釜《なべかま》きせるのみがきにて。土気《つちけ》が少《すこ》しおつれは。はや唇《くちびる》そらしてのすねこんじやう。もはやどふもこらへられず。男《おとこ》部屋《べや》へかけ上り。作病《さくびやう》おこして俄《にはか》に足《あし》の（六ウ）下からとりともない分別《ふんべつ》。をのれ小判《こはん》が一両《いちりやう》か△銭《せに》が三貫《さんくわん》あつたらば今の難義《なんぎ》はせまい物を。此二階《このにかい》へ来《く》るのら猫《ねこ》に。角《つの》が一本はへよかし手《て》どり五貫《くわん》は慥《たしか》にしてやる物をと。始《はじめ》のそだちとは似《に》もせぬ心入になり。旦那《だんな》の商売《しやうばい》に大がゝりの事もあらば。其内で少しはあたゝまるべきにと。枕《まくら》をわつて工夫《くふう》の最中《さいちう》。表《おもて》に物《もの》もうの声《こゑ》人づかひなければ作病《さくびやう》も取おいて。どなたて御ざりまするど立出れば。愚僧《ぐそう》は四角堂《しかくだう》金銀院《こんごんゐん》の納所《なつしよ》。我物不入《がぶつふにう》の取金《しゆごん》と申者。旦方《だんはう》より沈香《ぢんかう》の施主《せしゆ》あつて。銀子壱貫目さし上られたれば。早《さう》〳〵名香《めいかう》を金《こん》銀院《ゐん》へ持参《ぢさん》あるべし。すなはち拙僧同道《せつそうだうどう》申べし。勿論《もちろん》銀子は当銀《たうぎん》に渡《わた》すべきのよし。鷹《たか》太郎心の内に悦《よろこ》び此方が初《はつ》商《あきなひ》に。旦那《だんな》へいつかどの徳《とく》をつけんと。沈香名香《ぢんかうめいかう》いろ〳〵とりまぜすぐに法師《ほうし》と打つれ行《ゆく》に。こんごん院の門前《もんぜん》にて鷹《たか》太郎を（七オ）またせをき。沈香《ちんかう》をうけ取懐中《くわいちう》し。案内《あんない》こふて内に入。院主《いんじゆ》に逢《あふ》て仁兵衛坊主《ぼうず》こと〳〵敷《しく》のべけるは。愚僧《ぐそう》はよかはの伝教方《てんげうかた》の納所取金《なつしよしゆごん》と申者。伝教旦方《でんげうだんはう》の二条通の沈香店《だな》に。つとめ居《ゐ》申す手代《てだい》此間《あいだた》他国《こく》へ沈香をうり申処。昼《ひる》がたりに出合申。おびたゝしく損銀《そんぎん》いたし候ゆへ。小気《しやうき》ものにて南無三宝《なむさんぼう》と存候より。気《き》を取のぼせて狂気《きやうき》しづまり申さず。人をだに見候へば沈香はいかに〳〵。沈香の代をわたせとわけなき事ども申候へば。あはれその御了簡《ごりやうけん》あつて。一加持《ひとかぢ》御頼申上たしすなはち御門前《もんぜん》にまたせ申間。是《これ》へいざなひ申べし。伝教《でんげう》も在庵《ざいあん》いたさば貴僧《きそう》へ御苦労《くらう》は掛《かけ》ますまいにと。につこらしくあいさつして。鷹《たか》太郎を玄関《げんくわん》にいざなひ。我身《わがみ》は沈香を真懐《まふところ》にねぢ入て。跡《あと》かたもなく逃《にげ》うせけり。金銀院《こんごんゐん》の験者立出様子《げんじやたちいでやうす》をうかゞへば。（七ウ）鷹太郎は返事《へんじ》を待《まち》かね。沈香が御意《きよゐ》に入ましたらお銀《かね》を遣《つかは》されて下さりませと。せりたつれば験者《げんじや》はすこしもおどろかず。成ほど成ほど沈香の代物《だいもつ》なり共。何なりともしんずべし。まだそれより有がたき金《こん》ひらの御封《ごふう》をしんずべし。皆気《みなき》の逆上《ぎやくじやう》いたすよりそゞろごとも出申せば。此檀上《このだんじやう》へあがり給ひ。心をしづめて居給へと。なんの事やらのみこまぬ鷹太郎を。無理《むり》むたいに引すへて。金《こん》ひらの呪文《じゆもん》をせめかけ〳〵。同宿小僧《どうじゆくこぞう》に至《いた》るまでも。鷹太郎とりまきて。そはたやうんたらぼろをん〳〵

二　心《こゝろ》のくらがりから引出《ひきだ》してみる牛裂《うしざき》

東方朔《とうばうさく》が虎鼠《こそ》の論《ろん》に用《もち》ゆる時《とき》は鼠《ねずみ》も虎《とら》となり用ひざる時は虎《とら》も鼠《ねずみ》となると。誠《まこと》なるかな近江前司盛行《あふみのせんじもりゆき》は。さしも文武《ぶんぶ》兼備《けんび》の良将《りやうしやう》なれども。日夜《にちや》のわかちだに見へがたき（八オ）土籠《つちらう》の内《うち》に押《おし》こめられ。番人《ばんにん》けいごきびしく四方をかこみ。けふや獄門《ごくもん》の木に頭《かしら》をさらされ給ふかと。かたづをのんで待といへ共。盛行は聊《いさゝか》も恐《おそ》るゝ色《いろ》なく。明《あけ》くれ諫言《かんげん》の数通《すつう》をさし出し。皇子《わうじ》のぶ道をいましめけれ共。皇子《わうじ》かつてもちひ給はず。いよ〳〵暴悪《ばうあく》かさなり。ほしいまゝのふるまひのみなりければ。盛行《もりゆき》あまりにいさめかねて。天地《てんち》の間《あいだ》に生《うま》れて天地の恩《おん》をしらず。是人面獣心《これにんめんじうしん》なりといふ告《かう》文《ぶん》を出しければ。皇子大きにいかり給ひ。我《われ》十善《ぜん》の位《くらゐ》をふみ。天下を掌《たなごゝろ》に握《にぎる》*るほどの明徳《めいとく》あり。なんぞ下郎匹夫《げらうひつふ》の奴《やつ》として。朕《ちん》を獣《けだもの》の心に比《ひ》する事。盛行を牛ざきになす共あきたるまじ。いそぎ獄屋《ごくや》より引出すべしとていかられけるを。多田良兵部《たゝらひやうぶ》せいして申けるは。太公望《たいこうぼう》が壁書《へきしよ》の内に。大将はにくきをうたずと候へば。君をないがしろに申所。つまさきより（八ウ）切きざみ成敗《せいばい》をもとげたき物ながら。しりぞいて思慮《しりよ》を仕るに。今の世の孔子《こうし》と諸人《しよにん》の合《が》点《てん》する盛行を。かろ〳〵しく成敗《せいばい》を仰付られなば。跡《あと》〳〵の人のなつくためあしかるべし。何とぞたらしすかして味《み》方《かた》につけたき物なり。其上にもしたがひ申さぬときは。たとひ百年たりといふ共。土籠《つちらう》に打こみ置《をく》に何のさはりもなく。却《かへつ》て君の御仁心《じんしん》を諸人称美《しやうび》仕るへし。是《これ》短《みじかき》を以て長をうたぬ謀《はかりこと》に候と。いさめ奉りければ。皇子実《げに》もとおもひ給ひ。いろ〳〵と盛行をすかし給へど。盛行はとにかく御むほん思しとゞまり給はずば。此上は力なき事湯武《たうぶ》の例《れい》をしたひて。君臣《くんしん》の義《ぎ》にかゝはらず。さび矢《や》をもいかけ奉らんとの、しりければ。川継《かはつぐ》是を恐《おそ》れてけいごの武士《ぶし》をまして。昼夜《ちうや》をわかたず守《まも》らせけるに。盛行あまりにいかりの、しつて。つゐに狂人《きやうじん》となつておどり（九オ）狂《くる》ひけるを始《はじめ》のほどは人の心にゆだんをとらせ。其すきをうかゝひて立のかん謀《はかりこと》なるらめと。いよ〳〵きびしく守《まも》らせけれ共。盛行狂人《きやうじん》となつて土籠《つちらう》の内にして。おどり狂《くる》ふこと廿日《はつか》あまり。後《のち》には身心《しん〳〵》つかれて打ふし。かくし所もあらはに便溺《べんにやう》皆居《みなゐ》なからになして。不浄《ふじやう》のわかちもなし。食事《しよくじ》をあてがへばいかほどもくらひ。あてがはざれば数日《すじつ》をふれ共くらはず。常《つね》に口よりよだれを流《なが》して。かなしむ色《いろ》もなくいかれる心も見へざりければ。扨《さて》は誠《まこと》に狂気《きやうき》せるぞと。番《ばん》人も心をゆるしておのづからおこたりけるに。有夜《よ》雨風《あめかぜ》はげしく月くらき夜《よ》。盛行いつく共しらずちくてんしけり。けいごの武士《ぶし》眠《ねふり》さめて大きに驚《おどろ》き。急《いそ》ぎ氷上《ひがみ》の皇子へ訟《うつた》へければ。皇子鏡《かゞみ》に朱《しゆ》をさしたる如き両眼《りやうがん》をいららげ。今盛行めがにげうせける事。兄天皇《あにてんわう》が為《ため》には虎《とら》につばさをあたへ（九ウ）たるが如し。災《わざはひ》ちかきに来《きた》るべしと。則《すなはち》その時の守護《しゆご》の武士《ぶし》十七人残《のこら》*ずかうべをはねられ。是しかしながら兵部が無《む》やくの口を動《うご》かしけるより。とくにも切てすつべき盛行を手のびにしける事の残念《ざんねん》さよと。多田良《たゝら》兵部が鼻《はな》をそきて。出仕《しゆつし》をとめられければ。兵部心にいきどほりけるは。我《われ》皇子につかへてより其功《かう》あげていふべからず。あまつさへ今天子の位《くらい》にそなはり給ふも。是《これ》皆《みな》わが徳《とく》によつてなす所なり。それになんぞや盛行がにげうせたればとて。さしも大功《こう》ある身を芥《あくた》の如くし給ひ。鼻《はな》をそいで出仕《しゆつし》をとめらるゝこそ安《やす》からね。盛行がちくてんは番人《ばんにん》の罪《つみ》にて。わが罪《つみ》にあらず。此恨《うらみ》いつの世にか散《さん》ぜん。にくさもにくし立《たち》のき給ふ天子を取たて奉り。氷上《ひがみ》の皇子の王位《わうゐ》をはいておつ下し。目に物をみせんと忽野《たちまちや》心《しん》をさしはさんで。ひそかによかはの伝教《でんげう》（十ノ廿オ）阿闍梨《あじやり》へ通《つう》じけるは。氷上皇子の積悪《せきあく》かぞふるにいとまあらず。民百姓《たみひやくしやう》のなげき今此時にあたりたれば。貴僧能〻《きそうよく〱》思慮《しりよ》し給ひ。天皇の御行衛《ゆくゑ》を尋《たづね》ね*奉り給ひ。ひゑい山を山城《やまじろ》となして皇居《くはうきよ》を定《さだ》め。藤原《ふぢはら》の継綱卿《つぐつなきやう》を始《はじめ》とし。近江前司盛行かこみをといて出られたれば。此仁《じん》をかたらひて谷《たに》をきりそこをふかうして。早〻《さう〱》かきあげの城《しろ》をかまへ給へ。兵部は皇子にしたがひたるていをなして。天皇へ内通《ないつう》し奉りうら切を致《いた》すべき旨《むね》。よろしく天庁《てんちやう》をへ給へと。つぶさに書おはつて奥《おく》に偽《いつは》りなきよしを一通《つう》の神文《しんもん》にしたゝめ。さし出しける誠《まこと》にきのふ迄は皇子がたへ無二《むに》の忠臣《ちうしん》と見へける多田良《たゝら》兵部。笑《わら》ひの内に刀《かたな》をとぐといへるたとへにたがはず。忽志《たちまちこゝろざし》をひるがへしける事。是《これ》天皇の御運《ごうん》を開《ひら》かるべきはしとぞ見へし。折《おり》ふしよかはの庵室《あんじつ》へは（十ノ廿ウ）前司盛行牢《らう》をぬけ出伝教《てんけう》を頼《たの》みて。天皇の御行衛をもうかゞひ奉らんと尋行《たづねゆき》けるに。思はずも天皇を始《はじ》め藤原継綱《ふぢはらのつぐつな》にも対面《たいめん》し奉り。うどんげの花《はな》のひらくべき御運《うん》の末《すゑ》をことぶく中にも。今はからず盛行が娘《むすめ》みさほの前。玉躰《ぎよくたい》にしたがひ御しとね迄けがし奉る事。偏《ひとへ》に天道信《てんたうまこと》をてらし給ふ故《ゆへ》と。七世《しちせ》の孫《まご》にあひし昔語《むかしがたり》を思ひ出て。盛行涙《なみだ》を流《なが》し喜悦《きゑつ》の眉《まゆ》をひらきける。是《これ》一つは阿闍梨《あじやり》の行法《ぎやうぼう》のおろそかならぬによつて。両《りやう》の手の如くなる忠臣《ちうしん》のあつまりける事こそたのもしけれ。天子再《ふたゝ》び位《くらゐ》をふませ給はゞ。艮《うしとら》の陰山《いんざん》を以て*天伽藍《だいがらん》を建立《こんりう》せらるべき御契約《ごけいやく》の天盃《てんはい》を。伝教《てんげう》に下されける。誠《まこと》なるかな世《よ》しづまりて後《のち》。伝教阿闍梨桓武《くわんむ》天皇と御心を一つになし奉りて。延暦《ゑんりやく》七年ひゑい山を草創《さう〱》あり。今の世に至《いた》る迄王城《わうじやう》の鬼門《きもん》を守《まも》りて。降魔《がうま》（廿一オ）調伏仏法繁栄《てうぶくぶつほうはんゑい》の霊山《れいざん》とぞ成し。実《げに》もかさなりたる御よろこび数〻《かず〱》の中にも天皇は御母たかのゝ皇后《くはうごう》。敵《かたき》のとらはれとなり給ふ事をのみ歎《なげ》かせ給ふを。継《つぐ》綱卿《つなきやう》いさめ奉て。時の難易《なんい》を知《しつ》てなげくべきを嘆《なげ》かず。運《うん》の窮達《きうたつ》を見て悲《かな》しみあるを悲《かなし》まぬは聖慮《せいりよ》のいたす所なれば。外《ほか》のさはりに御心をくるしめられず。只御敵氷上皇子《かたきひがみのわうじ》を一時もはやく討亡《うちほろぼ》し給はゞ。是稲《これいね》をうへて藁《わら》を得んとは思はねども。おのづから藁《わら》其中にあるか如く。皇子を打奉りてたとひ御母を得給ふましと思し給ふ共。をのづから聖慮《せいりよ》のまゝに御母たかのゝ皇后を得玉はんこと。鏡《かゞみ》をもつて物をうつすより安《やす》かるべしと宣《のたま》ふにぞ。天皇御帰服《きふく》の御色《いろ》みへて。さらば此上は盛行に大将軍《たいしやうぐん》の節刀《せつたう》を下しをかるべきよしにて。崇神帝《すじんてい》の古例《これい》をひき。かりの節会《せちゑ》を行《おこな》はる丶所に。多田良（廿一ウ）兵部が書簡到来《しよかんとうらい》し。裏切《うらぎり》すべきよし。偽《いつはり》ならざる所を神明《しんめい》に誓《ちか》ひければ。盛行大きに力を得悪《あく》につよき者《もの》は善《ぜん》にも強《つよ》し。さらば兵部が教《をしへ》にしたがひ。比叡山《ひゑんざん》*とやらんの地形《ちぎやう》を見たて丶。山城《やまじろ》をかまへて御門《みかど》の皇居《くはうきよ》を定《さだ》め奉り。氷上皇子のゆだんをうかゞひ急《きう》にせめかけ。御首《くび》を給はらんに何条事《なんでう》のあるべきとす丶みけるを。継綱卿《つぐつなきやう》宣《のたま》ひけるは多田良兵部が一通《いつつう》其まこと顕《あらは》れたりといへ共。始善《はじめぜん》なる者は後必善《のちかならずぜん》なり。始悪《はじめあく》なる者は後必悪《のちかならずあく》なりといふ。孔明《こうめい》が古語《こご》を以て考《かん》がふれば。兵部が人がら始《はじめ》よりの善《ぜん》人にもあらず。今俄《にはか》に天皇へ心をかたふけ奉る事。是《これ》には定て子細《しさい》ぞあるらめ。あやまちは物のそこつより出申せば。兵部が心底《しんてい》に偽《いつは》りあるやなきやをみんため。又一つには皇子の心をとらかさんためなれば。盛行の娘《むすめ》それなるみさほの前。器量《きりやう》のよき（廿二オ）を幸《さいわい》に妾者《てかけもの》にしたて丶。皇子にちかづけあく迄淫酒《ゐんしゆ》にふけらし。虚《きよ》を窺《うかゞ》ふて内外よりせむる物ならば。忽《たちまち》皇子をとりこにせん事。是三略《さんりやく》の巻《まき》にいはゆる。内外よりうかゞへば災制《わざはいせい》せられずといふの謀《はかりこと》ならんと。すでに評定《ひやうちやう》是に一決《いつけつ》しけるにぞ。みさほは暫《しばら》くも天皇にわかれ奉るをかなしみ。うぢ〳〵と高麗縁《かうらいべり》をむしつていれば。天皇は何の御詞《ことば》もなく。さん用あふて銭《せに》たらずといふやうな御顔《かほ》ばせ〳〵

㊁ 金《こかね》の土器《かはらけ》一つ請《うけ》て呑込《のみこま》ぬ陰気《ゐんき》

張子房《ちやうじぼう》が兵書《へいしよ》に。色《いろ》を好ものには必《かならず》みめよき女をあたへて。是《これ》を亡《ほろぼ》すの智謀《ちばう》を以《もつて》。継綱卿《つぐつなきやう》の教《をしへ》にまかせ。盛行が娘みさほの前を妾者《てかけもの》に仕立《したて》。当世模様《とうせいもやう》の小袖風《こそでふう》ぞく。どふもいへぬていに出立《いでたゝ》せて。氷上皇子の下御殿《しもごてん》に渡《わた》らせ給ふを。幸《さいはい》に中門に立て（廿二ウ）慮外ながらどなたぞ頼ませふと。こは〳〵案内《あんない》するにうはばみの仁兵衛坊主は。たかの、皇后を取奉りて。皇子へ差上しより始て御目みへをゆるされ。段〻の出頭《しゆつとう》御前《ごぜん》の十盃きげんに一ふくをくゆらして。鬱気《うつき》を吐んと御台所《おだいどころ》へ立出しにみなれぬ女の案内の声様子《こゑやうす》をきけば。ありつき度願《たきねがひ》どふぞお取次を頼ますとのいひぶん。仁兵衛坊主横手《よこで》を打て仕合者〳〵。拙者は御殿へお出入の町人。毎夜おとぎに出て色咄《いろばなし》で王様の腰《こし》を打ぬいた。うはばみの取金《しゆごん》といふ者。そもじが我らへお頼ならば成ほど〳〵請込べし分一の外の心づけは。此方からさしづはいたさず。そもじの心一つて后《きさき》さまになられふもしれぬ程に。必《かならず》天井《てんじやう》の数《かず》をよむやうなぶ心中では大事の奉公は勤められずと伝教の庵室《あんじつ》にてあやうき対面《たいめん》は。互《たがひ》に姿《すがた》のかはりしゆへ心もつかずすぐに御前へいざなひ（廿三オ）

挿絵第三図（廿三ウ）

挿絵第四図（廿四オ）

ければ。盛行が妻《つま》あかしの前は。御盃の相手道ならぬ事ばかりくどき立られ。涙《なみだ》を隠《かく》して御そばに有けるに。思ひもよらぬ娘《むすめ》みさほが妾《てかけ》奉公《はうこう》の目みへ。びつくりやら合点《がてん》がゆかぬやら。母が事を案《あん》じて身をやつして来《きた》りしが。不道の君《きみ》と枕《まくら》をならへさせては。行衛《ゆくゑ》しれぬ盛行殿へのいひわけなし。とやせんかくやせんと心一つにくるしめば。みさほも母とみるより恋《こひ》しさやらん方なく。御前《ごぜん》にてわけはいはれずあかしの前に向《むか》ひて。私《わたし》のほんのと、さまにふしぎな事で廻りあひまして。皆《みな》と、さまのさしづで御奉公《はうこう》を勤《つとめ》まする。みぢんも気遣《きづかひ》な者ではござりませぬ。よいようにお取次を頼《たのみ》まするといへ共。あかしの前はいや〳〵そなたのと、さまとやらが。さしづとは合点《がてん》がゆかぬ若《もし》そなたのか、さまが。きかしやつたらなんのよいといはしやろふ。それに其美《うつく》しい顔《かほ》で。ぬけ〳〵とうそをつかんと。御縁《ごゑん》が（廿四ウ）ないと思ふて。あぶない所に居《ゐ》ずと。はやう爰《こゝ》を立《たゝ》しやれい。恐《おそ》れながらお上へ申上まする。どふやらあの者は筋《すじ》のわるそふな女子でござりまする。御無用《むよう》に遊《あそば》しませと。むしやうにいなしたがるを皇子はやよ目《め》に成給ひ。いな事にあかしがさし出《でる》は少《すこ》し朕《ちん》にりんきの心ならん。今の詞《ことば》のはしではそちが心もちつとやはらひで。こよひからは心ようねまの伽《とぎ》をもするであらん。苦《くる》しうないく\。慰《なぐさみ》者なれば筋目《すじめ》にも構《かま》ひはなし。目みへの女酌《をんなしやく》をとれと。金銀《きんぎん》の大土器《かはらけ》にだぶ〳〵と請《うけ》給ひ。一口呑《のん》で土器《かはらけ》をさし置《をき》。アラ心得《こゝろゑ》ぬ盃中《はいちう》の陰気《ゐんき》や。それ酒《さけ》は陽《やう》にして是《これ》をあたゝむる時は。陽気《ようき》弥《いよ〳〵》盛《さかん》に成《なり》小陰《しやうゐん》は律気《りつき》にさそはれのぼるへきに。今陽中《やうちう》に大陰有悪気《ゐんありあくき》四方に立結《むす》んで酒中《しゆちう》の冷《れい》気甚強《きはなはだつよ》し是朕《ちん》が身に取ては不吉《ふきつ》の表事《ひやうじ》なりと。眉《まゆ》をひそめて宣《のたま》ふ所へ。少納言川継《しやうなごんかはつぐ》あはたゝしく（廿五オ）伺公《しこう》し扨《さて》も近江前司盛行牢《らう》をぬけ出てより。天皇をかたらひ奉り。艮《うしとら》の陰山《ゐんざん》にかきあげのやぐらを構《かま》へ凡《およそ》五千計《はかり》の軍兵《くんびやう》にて只今《たゞいま》御殿をめがけ押寄《をしよせ》候。すでに事火急《くはきう》なるよし。詞《ことば》も終《おはら》*ざるに馬煙《むまけふり》天をうづまき人馬の音地《をとち》にひゞきて。潮《うしほ》の涌《わく》が如くに押寄《おしよせ》。ときをどつとぞ上たりける。氷上皇子少《すこ》しも驚《おどろき》給はず。四門を閉《とぢ》て厳《きび》しく守《まも》らせ。我身《わがみ》は龍頭《たつがしら》に鍬形揃《くわがたそろ》へてうつたる兜《かぶと》の緒《を》を引しめ。うす紅梅《こうはい》なる洗糸威《あらいとおどし》の鎧《よろひ》。かけなる馬にまたがり。一丈七尺の鉄《てつ》の棒《ぼう》かろ〳〵と引さげ。軍門《ぐんもん》を開《ひらか》△せおどり出なぎ立〳〵打ふせ給ふは。子共遊《あそ》びの将棋《しやうぎ》だをしの如く。一人もまんそくに立むかふべし共みへず。目ざましかりしふるまひなり。此勢《いきほひ》に官軍《くわんぐん》へきゐきして。少《すこ》ししらけてみへける所に。ゐじの鬼丸《おにまる》はをくればせにかけ付。究竟《くつきやう》の弓の射手《ゐて》二百人をすぐりたてゝ。

挿絵第三図

挿絵第四図

さしつめ引つめ射《い》させ（廿五ウ）ければ。又官軍《くわんぐん》力《ちから》を得て取《とつ》て帰《かへ》して入乱《いりみだ》れ。打合太刀《たち》の鍔《つば》音は空《そら》にこたふる山彦《やまびこ》の。鳴《なり》しづまるべき隙《ひま》もなく。射《ゐ》たつる矢《や》は夕立《ゆふだち》の軒端《のきば》を過《すぐ》る音《をと》よりもしげく。新《あら》手《て》を入かへ〳〵もみにもんでせめたてければ。皇子がたには俄《にはか》の軍《いくさ》にてはあり。新手《あらて》をくはゆべき多勢《たせい》もなく。矢種《やだね》なければ弓《ゆみ》を引べき兵もなし。漸《やう〳〵》はだか身《み》のかち武者《むしや》なるに。鬼丸大石《おにまるたいせき》をかろ〳〵と引おこし。あたるを幸《さいわい》に打付ければ皇子方《がた》の兵《つはもの》蜘《くも》の子を散《ちら》すが如く。あるひは落失《おちうせ》あるひはうたれぬ氷上皇子今は叶はじとや思はれけん。中門に走《はし》り入門戸《もんこ》を閉《とち》させものみ櫓《やぐら》の上より奪取《うばひとつ》たる御母。たかのゝ皇后を一丈計のまな板《いた》に乗《のせ》奉り。皇子 自《みづから》かきいだきて。天皇にいふべき事あり是《これ》へ出よとさけばれければ。はるかの末《すゑ》に天皇の鳳輦《ほうれん》をかきすへたる下簾《したすだれ》よりのぞかせ給へば。勿躰《もつたい》なくも御母皇后を猿《さる》しばりにくゝり（廿六オ）上。まな板《いた》の上にあをのかせ申。今も打殺《うちころ》さん勢《いきほひ》。継綱卿 承《うけたまは》つて勅問《ちよくもん》有けるは。氷上の皇子たとひ人たる道の心はなくとも。朕《ちん》が親《おや》は汝《なんぢ》が親なり。始《はじめ》に生《うま》るゝを兄《あに》として。天下の政《まつりこと》をうけつぎ。天照太神《あまてらすおほんがみ》の御教《をしへ》に随《したか》ひ奉るの外他事《ほかたし》なし。汝何《なんぢなに》の恨《うらみ》あれば。親兄《おやあに》に対《たい》して不法《ふほう》の切先《きつさき》をふるうや。速《すみやか》に朕《ちん》に降《くだ》りて民《たみ》の心を安《やす》んぜとの勅 諚《ちよくぢやう》なりと宣《のたま》ひければ。皇子 雷《いかづち》の落《おち》かゝる如き声《こゑ》を出して。我《われ》一天を握《にぎり》てよりは。天地《てんち》の外《ほか》に父母《ふぼ》なし。今別殿《べつでん》におゐて楽《たのしみ》を極《きはむ》る所に。虚《きよ》をうかゞひて押《おし》よせ。猥《みたり》に朕《ちん》が心をそこなふ。そのつみ中〳〵かろかるまし。若《もし》今それなる軍兵《ぐんびやう》を朕《ちん》が築地《ついぢ》の内へ押《おし》いるゝ程《ほど》ならば。汝《なんぢ》が親《おや》たかのゝ皇后めを。此まな板《いた》の上に置《おい》て爪《つま》さきよりてへんまで。ずた〳〵に切きざむべし。もし是《これ》を情《なさけ》なしと思はゞ。朕《ちん》に和睦《わぼく》をこひて汝《なんぢ》が隠置《かくしをく》所の三種《さんじゆ》の神器《じんき》をそう〳〵に（廿六ウ）渡《わた》すべし。違背《いはい》に及ばゞかくの如く皇后をせめ殺《ころ》さんと。にぎりこぶしを以て。御母をしたゝかに打のめしければ。天皇鳳輦《ほうれん》よりまろび出させ給ひ。御手を合し朕汝《ちんなんぢ》がぶ道《たう》に敵《てき》する心なし。三種《さんじゆ》の神宝《かんだから》も汝《なんぢ》にさづくべし。御母皇后をだにかへし送《おく》らば。たとひ九位《くゐ》の奴《やつこ》となる共。なにか是《これ》を恨《うらみ》とせんと。御涙《なみだ》せきあへ給はず。たかのゝ皇后苦《くはうごうくる》しげなる御声にて。天皇必我《かならずわれ》をかばひて。天下の民《たみ》をとたんへおとし入給ふな。我《われ》としつもつて七十に近《ちか》し古来《こらい》まれなる齢《よはひ》をたもちて。今死《し》する共何の歎《なげき》*きかあらんや天下の国母《こくぼ》と仰《あふ》がれたれ共。宿業《しゆくごう》の深《ふか》きゆへにやかゝる悪《あく》人の子のため。今まないたにかきのせられて。切《きり》さいなまれんとすか程《ぼと》*の悪《あく》皇子を。天下の王となして代をゆづり給ひ。老《おい》たる我《われ》一人をたすけて。天下の万民《ばんみん》をころすといふものなれば。今（廿七オ）此門《このもん》を破《やぶ》りて兵共《つはものども》にめいじ給ひ。はやく皇子めがぶ道をうち給へと。御声《こゑ》をあけて歎《なげ》き給へば。氷上皇子はいかれる声《こゑ》にて此老《おい》ぼれに物ないはせそ。猿《さる》ぐつわをはませてもとのつめ籠《らう》にうちこめよと有ければ。竹良《ちくら》かしこまつてまないたをかきおろしぬ。天皇はあまりの御なげきに御いきもたゆる計《ばかり》なれば。かくては勝負《しやうぶ》を決《けつ》せんやうなし。ひとまづ軍《いくさ》を引とりて。猶《なを》またはかりことをめぐらし。皇后をうばひかへし奉るべしとて天皇を御輦《ぎよれん》にのせ奉り。鐘《かね》を鳴《なら》*らして軍《いくさ》を納《おさ》め。比叡山《ひゑいさん》の山城《じろ》へ御轅《ながへ》を向《むけ》ければ。諸軍勢《しよぐんぜい》は敵《かたき》を手にいれながら。むなしく帰《かへ》る残念《ざんねん》さよと鎧《よろい》の毛《け》をむしりぬ

四之巻終（廿七ウ）

今昔九重桜《いまむかしこゝのへさくら》　五之巻

目録

㈠ 裏門《うらもん》の鑷《けぬき》合《あはせ》どふもくはぬ堅親父《かたおやぢ》

近江前司《あふみのぜんじ》盛行《もりゆき》比《ひ》ゑい山《ざん》に皇居《くはうきよ》を定《さだめ》奉り。其身《そのみ》は賀茂《かも》川を前《まへ》にあてゝ出張《でばり》を構《かま》へ昼夜《ちうや》謀《はかりこと》をめぐらし何とぞたかのゝ皇后をうばひかへし奉り。天下を納め天皇の御心を休め奉らんと。肺肝《はいかん》をくだきけるが。其思ひの余《あま》りにや黄疸《わうだん》の病をうけ。気つかれ心なやみて。命いきのぶべき有様《ありさま》とも見へざりければ。天皇をはじめ近臣の面〻手に汗《あせ》を握《にぎ》り。今天下わけめの軍《いくさ》半《なかば》に。盛行もしなき者とならば。偏に盲目《もうもく》の杖《つゑ》を失《うしな》ひたるがごとく。氷上皇子へ天下をうばゝれん事必定《ひつぢやう》なるべしとて。伝教阿闍梨《でんぎやうあじやり》に勅諚《ちよくでう》あつて一七日の護摩《ごま》をたいて。北斗《ほくと》を祭《まつ》り盛行が病気《びやうき》全《ぜん》快《くわい》をいのられけれ共。元気《けんき》日〻におとろへいつ本《ほん》復《ぶく》あるべき（三オ）共見へず盛行気を煎《いり》心を砕《くだき》て。わが重病をうけたる事を。敵の方にしる程ならば。急に皇子方より攻《せめ》来るべし其時たれか一人采幣《さいはい》を取て防《ふせ》ぎ戦《たゝか》ふべきや。あはれ我かたうでにもなるべき者ほしやと。怒《いか》り歎《なげ》きけるにぞ。伝教も涙を流し仏神信《まこと》をあはれみ給はゞ。再《ふたゝ》び盛行を本復なさしめ給へと。額《ひたい》より血をしぼりてけしに打まぜ。おどり上りていのられけれ共。其しる

挿絵第一図

挿絵第二図

しのなかりければ。伝教三日の垢離《こり》をかきて断食《だんじき》し白狐《ひやっこ》通《つう》のうらかたを以て。考へられけるにけふより七日にあたる夜半《やはん》に。盛行がうら門をたゝく者有べし。是を以て盛行が子となして。家督《かとく》を相続する程ならば。盛行力を得て全快すべしと。うらかたの面にあらはれければ。此よしを盛行に通じけれ共盛行中〱合点《がてん》せず。此うらかたたとへにいふ闇《やみ》の夜のつぶて也。盛行（三ウ）においては同心《どうしん》しがたきよしを申はなしけるを。天皇きこし召《めし》て神仏《しんぶつ》に偽《いつは》りなし。釈迦《しゃか》の化身《けしん》共いふべき伝教が詞《ことば》を無《む》になすこと。ゆめ〱有べからすたとひいかなる敵《てき》なり共。七日にあたる夜裏門《ようらもん》を音《をと》づるゝ者あらば。汝《なんぢ》引取て家名《かめい》をつがせよとのりん言《げん》。此上は力なしと其日を待《まつ》て。雲《くも》をやみなる七五三やらしぎの羽《は》もりやら。今宵《こよひ》は盛行様の若殿《わかとの》様が天からふらしやりますると。時の大鼓《たいこ》をかぞへて。家中《かちう》はさはぎ立ぬこゝに盛行が嫡子《ちゃくし》鷹《たか》太郎は。露《つゆ》の命《いのち》をつながんため。浅《あさ》ましき奉公《はうこう》にて其日をくらしけれども。思ひよらぬ沈香《ぢんかう》の昼《ひる》がたりにあひて。いひわけ立がたく古布子《ふるぬのこ》まで親方《おやかた》におさへられて。命《いのち》ばかりをとふやらこふやらもらひ。極寒《ごくかん》にじゆばん一つを身にまとひて。立《たち》のき野伏《のぶせ》りとなつて世のたつきもなく。けふを送《おく》るべき力もなければ。浪牢《らう〱》の身の上には例《ためし》（四オ）

挿絵第一図（四ウ）

挿絵第二図（五オ）

なきにしもあらずと。杓子定規《しやくしでうぎ》に思ひ立て。切取夜盗《きりどりよたう》と志《こゝろざし》てみても。みゝくじり一本なければ人をおどすべき便《てだて》もなく。浅《あさ》ましき二《に》畳敷《でうじき》のうらやをかりて。身をかくせども身過《みすぎ》をしらねば。銀《かね》をもふくべき訳《わけ》もなく。此ひろい世界《せかい》なればいづくの酒《さけ》のゑひが。しつかりとした物を落《おと》すまいものでなしと。いだてんほどあるいて見ても。いかな〳〵それ〳〵に命《いのち》と思ふ金銀《きんぎん》なれば。万日の回向場《ゑかうば》のはてにても。銭《ちやん》一文おとしてはおかず。あすの煙《けふり》を立かぬるとは長者の事。今の煙《けふり》をたつべき事もならず。古畳《ふるたゝみ》一畳《いちでう》なければ。しち物に置《をく》べき種《たね》もなく。過《すぎ》し六月暑《あつ》さをしのぐための編笠《あみがさ》はかりかづき物となつて。北風《ほくふう》にぶらりちんとまふてゐるなど。去《さり》とは浅《あさ》ましき身の有様《ありさま》来る大晦日《おほつごもり》をこゆべき便《てだて》もなく。うつかりひよんと思ひあんじ。肱《ひぢ》をまげて是《これ》を枕《まくら》とし（五ウ）悲《かな》しみ其中にありと。無常《むじやう》を観《くわん》じ一足《いつそく》飛《とび》の了簡《りやうけん》のみにて。過し比百足《むかで》や遊珍《ゆうちん》が方より。御用金のはだか金《がね》とんと此方が寝姿《ねすがた》ほどありし。あはれその金《かね》ほしやと。とつてもつかぬ事のみ思ひつゞけ。とろ〳〵とまどろむかと思へば。南《みなみ》あかりのさす方にぐはら〳〵となる音《をと》。是《これ》は心得ぬとさしのぞけば。小判《こばん》の山をなしてひとかたまり。扨《さて》こそ天のあたへと嬉《うれ》しく。身も世もあられずはつといふ声《こゑ》にひとり目さめて。小判《こばん》はいづく共なく消失《きへうせ》ぬ。鷹《たか》太郎始《はしめ》て本心《ほんしん》となり。孔子《かうし》の詞《ことば》に周公《しうこう》を夢《ゆめ》にだもみずと。我一身《われいつしん》の困窮《こんきう》よりあるとあらゆる悪念《あくねん》のみおこり。色欲《しきよく》にまよふて身《み》を亡《ほろぼ》すのみならず。親《おや》盛行が禁獄《きんごく》せられける事も。皆わが心よりおこりたれば。その罰《ばち》にて我《われ》又かくの如くおちぶるゝ事。其道理《だうり》に叶《かなひ》たる事なり。誠《まこと》に天地の間《あいた》にわれほど（六オ）不忠《ちう》不《ふ》孝《かう》なるものは又ともあるまじ。かゝる罰《ばち》共しらず世を一日も過《すご》すは。世界《せかい》の米《こめ》を盗《ぬすみ》ぐらひといふものなれば。まだしも此上の了簡《りやうけん》には一時もはやく命《いのち》を失《うしな》ひ。獄門《ごくもん》にもかゝらぬをこの上のとりへになすこそ。せめて親《おや》への寸志《すんし》の孝行《かう〳〵》なれ。鴨川《かもがは》に身を沈《しづ》め魚《うを》のゑじきとならんと。心をさだめて昼《ひる》は人目あれば夜《よ》に入て。四つの鐘《かね》を待《まち》かね賀茂《かも》川堤《つゝみ》へとあゆみ行に。十二月の廿日あまりなれば。雪《ゆき》ふりつもりつらゝいてゝ。まだ夜《よ》ふけねど。人通《とを》りもなく川風《かはかぜ》身にしみて。今しぬる身にもそこきみわるく。こよひの大雪《おほゆき》はわが命のきへてゆく前《ぜん》表《ひやう》と。あさましく日本の悲《かな》しさを我《われ》一人にとゞめたる心地《こゝち》。時を感《かん》じては花《はな》も涙《なみだ》をそゝぎ。命《いのち》のわかれをおしむではなけれども。是《これ》ほどにも目前《もくぜん》に罰《ばち》のあたる物かと。堤《つゝみ》つたひをそろ〳〵と（六ウ）あゆみ行ば。盛行の陣屋《ぢんや》の裏門《うらもん》。あはれ世にもあらば是《これ》ほどのかまへが。さしてこはい物にもあらず。いかなる人の陣屋《ぢんや》なるらん。ゆゝしき有様《ありさま》やと。是《これ》も涙《なみだ》の種《たね》となつて。足腰《あしこし》もひよろ〳〵と雪《ゆき》にすべつて打たをれ。しばしは正気《しやうき》を失《うしな》ひ漸《やう》〳〵と足手《あして》をさすつて。二足《ふたあし》三足《みあし》あゆみかゝれば。裏門《うらもん》の小みぞへ踏《ふみ》はづして。横《よこ》たをれに打ふし。今此身になれば雪《ゆき》までがなぶり物《もの》にするかと。じだんだをふんで腹《はら》をたて。打ちつたるぼくりを拾《ひろ》ひあつめかまぼこなりのあしだのはに。かたまつたる雪《ゆき》に是《これ》ではあゆまれぬか尤《もつとも》と。門《もん》の戸《と》びらにおしあて。此ぼくりの雪《ゆき》めが打こかしくさつたかと。めつた打《うち》にぐはた〳〵と。腹立《はらたち》の遠慮《ゑんりよ》のなさ。そりや若殿様《わかとのさま》がお入じやと。内より大門開《ひら》かせ盛行の一《いち》家《か》老《らう》鶴林《つるはやし》幸《かう》右衛門。のしめ上下にてしきだいすれば。伝教（七オ）衣《ころも》の袂《たもと》をひるがへし。鷹《たか》太郎が手をとつていざなひ給へば。家中《かちう》の侍《さふらひ》膝行《しつかう》頓首《とんしゆ》して。松《まつ》の齢《よはひ》を大嶋台《おほしまだい》に契《ちぎ》りて。こがねの土器《かはらけ》に光《ひかり》をまし。千秋楽《せんしうらく》をうたひて万歳《ばんぜい》を寿《ことぶ》きぬ。鷹太郎はこはさ恐《おそろ》しさやるかたなく。額《ひたい》を畳《たゝみ》にすり付。足駄《あしだ》の歯《は》に雪《ゆき》のかたまりしより。何の弁《わきまへ》もなく御門へ打つけ申候。あはれ御宥《ごゆう》免《めん》あつて。見のがしに遊《あそ》ばされて下さりませいと。あせに成ての断《ことはり》伝教申されけるは。様子《やうす》を御存なければ御不審《ごしん》は尤《もつとも》なり仏神《ぶつじん》の教《おしへ》によつて。御自分《じぶん》をこよひより此所の大将とあふぎ。*申なりやがて大殿《との》へも対面致《たいめんいた》させ申べきなれば。衣服《いふく》をも改《あらため》られ此後《のち》は信《まこと》の親御《おやご》と存《ぞんぜ》られて。御孝行《かう〳〵》を尽《つく》さるべし。拙僧《せつそう》は横川《よかは》の伝教《でんげう》といへる青法師《あをほうし》に候と。宣《のたま》ふにぞ鷹《たか》太郎大きに肝《きも》をけし。扨《さて》は伝教阿闍梨にてましますかや。我《われ》こそ其昔《むかしき》貴僧《そう》の別魂《べつこん》に（七ウ）なし給ふ近江《あふみの》前司《ぜんじ》盛行が嫡子《ちやくし》。鷹《たか》太郎盛親《もりちか》とて不行跡《ふかうせきたい》第一の男《おとこ》災《わざはひ》本種《もとたね》なし。悪事《あくし》を種《たね》とすと申にたがはず。親《おや》盛行に不孝《ふかう》の罪《つみ》遁《のが》れがたく。段〻《だん〳〵》とれいらく致《いた》し今は世を過《すご》すべき便《てだて》もつき果《はて》。始《はじめ》て目さめて臍《ほそ》をかんで悔《くやむ》といへ共。乗出《のりだ》したる船《ふね》の櫓《ろ》械《かい》梶《かぢ》なきが如く。もとにかへるべき便《てだて》を失《うしな》ひ。只今鴨川《たゞいまかもがは》に身を沈《しづ》め。せめても親《おや》盛行の此上にも面《おもて》に。泥《どろ》を塗《ぬり》申さぬやうにと存極《きは》めしに。今はからず貴僧《きそう》に逢《あひ》奉り。面目《めんぼく》もなき仕合。此後《のち》もしや盛行へ御対面《たいめん》の事もあらば。身《み》を沈《しづ》め相果《はて》て申よしを。宜《よろ》しう伝《つた》へ給ひ。盛行勘当《かんだう》をもゆるしくれられなば。我草葉《われくさば》の陰《かげ》にていかほどか有難《ありがた》く存候べし。くれ〳〵も悲《かな》しき有様《ありさま》を御目にかけ候と。すでに其座《ざ》を立んとしけるを。人〻立出《たちいで》あはて押留《おしとめ》ければ。盛行も急《いそ》ぎ立出最前《さいぜん》よりの（八オ）様子残《のこ》らずあれにて聞得《きゝゑ》しなり。あやまちをくひ非《ひ》を改《あらたむ》る所神妙《しんびやう》なれば。只今勘当《たゝいまかんだう》をゆるすべし。我病《わがやまひ》におかされて明日《あす》をもしらねば。其方 志《こゝろざし》を鉄石《てつせき》の如くし。天皇へ無二《むに》の働《はたらき》をなし奉り。宸襟《しんきん》を休《やす》め奉れよ。思ひはからぬ親子《おやこ》の対面《たいめん》と。盛行も嬉《うれ》し涙《なみだ》せきあへず。鷹太郎は涙《なみだ》にむせんで声《こゑ》も出さず。実《げに》や親子のきゑんつきず。神明《しんめい》の有難《ありがた》き加護《かご》とはいひながら。伝教阿闍梨《でんげうあじやり》の六通《ろくつう》のうらかた感《かん》ぜぬ者《もの》はなかりき

㈡ 貞女《ていぢよ》の智恵海底《ちゑのうみそこ》のふかいながれの身《み》

又 改《あらたま》る親子《おやこ》の盃《さかづき》 伝教中啓《ちうけい》をひらきて。鶴《つる》と亀《かめ》との齢《よはひ》にて幸《さいわい》 心に任《まか》せたりと。舞《まひ》かなでられけるは。時に取《とつ》て一入《ひとしほ》に殊勝《しゆしやう》なりけり。盃の数《かず》まはつて酒《さけ》たけなはなる折ふし。又裏門《うらもん》をあはたゞしくたゝく音《をと》。アラ心得ずと盛行みづから立向《たちむか》ひ。夜陰《やゐん》（八ウ）に及《およん》で陣中《ぢんちう》を音《をと》づるゝは何者ぞととがめければ。息《いき》もたよはき女のこはねにて。むたいの恋《れん》慕《ぼ》をいひかけしものゝ。首《くび》を打とり只《たゞ》今立退《たちのき》申所に。敵急《かたききう》に追《をつ》かけ候へば。立忍《しの》ぶべき方もなく。どなたの御陣屋かは存ぜねども。天皇さま方《がた》と見請参《うけまい》らすれば。暫《しば》しの程《ほど》かくまひてたび給へとの頼《たの》み。女にはういやつと盛行様子をうかゞへば。実《げに》もいひしにたがはす。今討取《うちとつ》たると思しき生首《なまくび》を。左《ひだり》にかゝへ血刀《ちがたな》をさげて。追手《をつて》の方に心をくばる有様《ありさま》。先天晴《まづあつはれ》の働《はたらき》と盛行手燭《てしよく》をさゝげ。下郎匹夫《けらうひつふ》の首《くび》とも見へず。いかなる人を討《うち》けるぞいぶかしと。火の影《かげ》によ

く〳〵見れば。氷上皇子《ひかみのわうじ》の出頭《しゆつとう》少納言《せうなごん》川継《かはつぐ》が首《くび》。死顔《しにがほ》とても見まがふ所もなし。盛行大きに悦《よろこ》び善悪《ぜんあく》の差別《しやべつ》はしらず。味方《みかた》の為《ため》には此上なき吉相《きつさう》。かくまひ申お女郎と。裏門《うらもん》をかたく閉《とぢ》させ女をふかく忍《しの》ばせ。追手《をつて》の今や（九オ）よするかと。息《いき》をつめて待間程《まつまほと》なく。うはばみの取金坊主《しゆごんばうず》銭さい布《ふ》をあざむくちよつへい頭巾《づきん》に。陣羽織《ぢんはをり》は紋《もん》づくしにそろばんのつぶを金糸《きんし》にてぬはせ。ゑんこう小手《こて》に熊手《くまで》を引さげ。人が二本さすならば我《われ》は二二ンが四本もさゝんと。大太刀《おほだち》ひねくり。あいしたがふ足軽《あしがる》十人盛行が小門にかけつけ。此陣《ぢん》屋へ女めを一人付こふだり。はやく渡《わた》せとのゝしりければ。家老鶴林幸《からうつるはやしかう》右衛門もゝだち高《たか》くかゝげ。深夜《しんや》に及《およ》んで陣中《ちう》に向《むか》ひ。無作法至極《ぶさはうしごく》のわゝり声《こゑ》其上女をかくまひし覚《おぼへ》なし。よし又覚のあればとて一たんかくまひし女をむざ〳〵と。追手《をつて》の方《かた》へわたす程《ほど》の腰《こし》のぬけたるもり行が陣屋《ぢんや》にあらず。早《さう》〳〵に立帰《かへ》れもし帰《かへ》らずば。目に物を見せんと片扉《かたとびら》を押開《おしひら》き。刀《かたな》にそりを打て先《まづ》その女の子細《しさい》を語《かた》らるべし品《しな》によつて其女が此場《ば》へ出まじき物にもあらすといふに。取金坊《しゆこんばう》打（九ウ）うなづき成程《なるほど》尤〳〵首《くび》を打て逃《にけ》うせし者は。その昔《むかし》は出口の遊君高橋《ゆうくんたかはし》といふ女子細あつて。氷上皇子のあがりやに打込ありしを。少納言川継《つぐ》殿女房《にようばう》にしたき願《ねがひ》に。皇子様より此女を下さるゝ所。いまおちぶれてあひも見せぬ深間《ふかま》の男にいきを立て。一度も帯紐《おびひも》をといて川継殿の心にしたがはず。剰急《あまつさへきう》にいらちてくどきたてられたる恨《うらみ》とて。川継殿の寝首《ねくび》をかいて逃《にげ》うせたる旨《むね》。皇子様の御殿《てん》へ急《きう》のうつたへ討手の役《やく》は此取金坊主《しゆごんばうず》とて正直《しやうぢき》第一の法師武者《むしや》なり。もし*隠便《おんびん》にすまされたくば。二百両もさつはりと出され。あつかひを入られなばそれは其時の相談《さうだん》によるべし。時節《じせつ》がらの事なれば百五十両かないし百廿両。其上はねからかなはぬ事ながら。ひつきやう武士《ぶし》のいきづくなれば。とんとまけて五十両迄にて合点《がてん》せまい物でもなし。サア〳〵女の首《くび》を切《きつ》てはやく渡《わた》せとかさ高《だか》なり（十ノ廿オ）幸《かう》右衛門心おかしく扨〳〵天《あつ》晴《はれ》なる法師《ほうし》武者《むしや》幸《さいわい》若殿の盛行公へ御孝《かう》行始に。一太刀遊《あそば》さるべしと呼《よば》はりければ。鷹《たか》太郎かくと聞より飛《とん》で出。最前《さいぜん》よりの追《をつ》手の物語《がたり》何とやら心がゝりと取金坊主《しゆごんばうず》を急度《きつと》見て。をのれは去し比きぐすり店《たな》にて。金銀院《こんごんゐん》の納所《なつしよ》と偽り盗《ぬすみ》をかはきし取金坊主《しゆごんばうず》ならずや。うぬめゆへに難義《なんぎ》の上に難義《なんき》を重ねし。其時の太郎助をよも見忘《わす》れはせまじ。よい所へ出くはせしとも、立取てむかはれければ。取金坊主《しゆごんばうず》びつくりし我《われ》はマアいつのまに其やうなけつかうな侍《さふらい》になつた。心得ぬやつなれ共此坊主《ばうず》は腹中《ふくちう》が広《ひろ》いによつて。見のがしにしてくるゝぞと。そろ〳〵とにげじたくに。鷹太郎飛《とび》かゝり小がいな取てねぢふせ。三寸縄《さんずんなは》にくゝし上。今迄の悪逆《あくぎやく》思ひしれと。すでに刀を振《ふり》上けるを。伝教かしこよりさしのぞき。ヤレ待給へ其坊主め。一通《とを》りの悪《あく》人にあらず。其法師《ほうし》は愚僧《ぐそう》を師《し》と頼《たのみ》て横川《よかは》の（十ノサウ）庵室《あんじつ》に暫《しばら》く有しが。様〻の重悪《ぢうあく》をなし貴殿《きでん》の御 妹《いもうと》みさほの前を既《すで》に出口の遊君《ゆうくん》に売代《うりし》*なさんとたくみ。其上御自分をはかつて人の宝《たから》を盗《ぬす》み猶《なを》も愚僧《ぐそう》と師弟の契約《けいやく》をなしながら。足にかけてふみ落《おと》し天皇をおそひ奉るのみならず。御国母たかのゝ皇后をうばひ取奉り。御敵《かたき》氷上皇子へ人質《しち》に差出せしは。則《すなはち》是《これ》なる取金法師《しゆごんほうし》めに候と。宣《のたま》ひも果《はて》ずいらたかの珠数《じゆず》を以て。取金が面《つら》をつゝけ打にうち給へば。人〻大きに驚《おどろ》き。扨《さて》はたかのゝ皇后をうばひ奉りしは。それなる坊主《ぼうず》に候かや。重〻の極悪《ごくあく》人 詞《ことば》にものべがたし。かゝる大罪《ざい》の者味方の手に入こと。偏《ひとへ》に天下安全になるべき吉瑞《きつずい》なりと。盛行悦いさみて。伝教のはからひとして深《ふか》さ壱丈二尺に。方六尺の地《ち》を開《ひら》きて延暦《ゑんりやく》二年十二月廿六日といふに。うはばみの取《しゆ》金坊主《ごんはうず》をさかさまになし。石こづみにひしぎ殺《ころ》せ

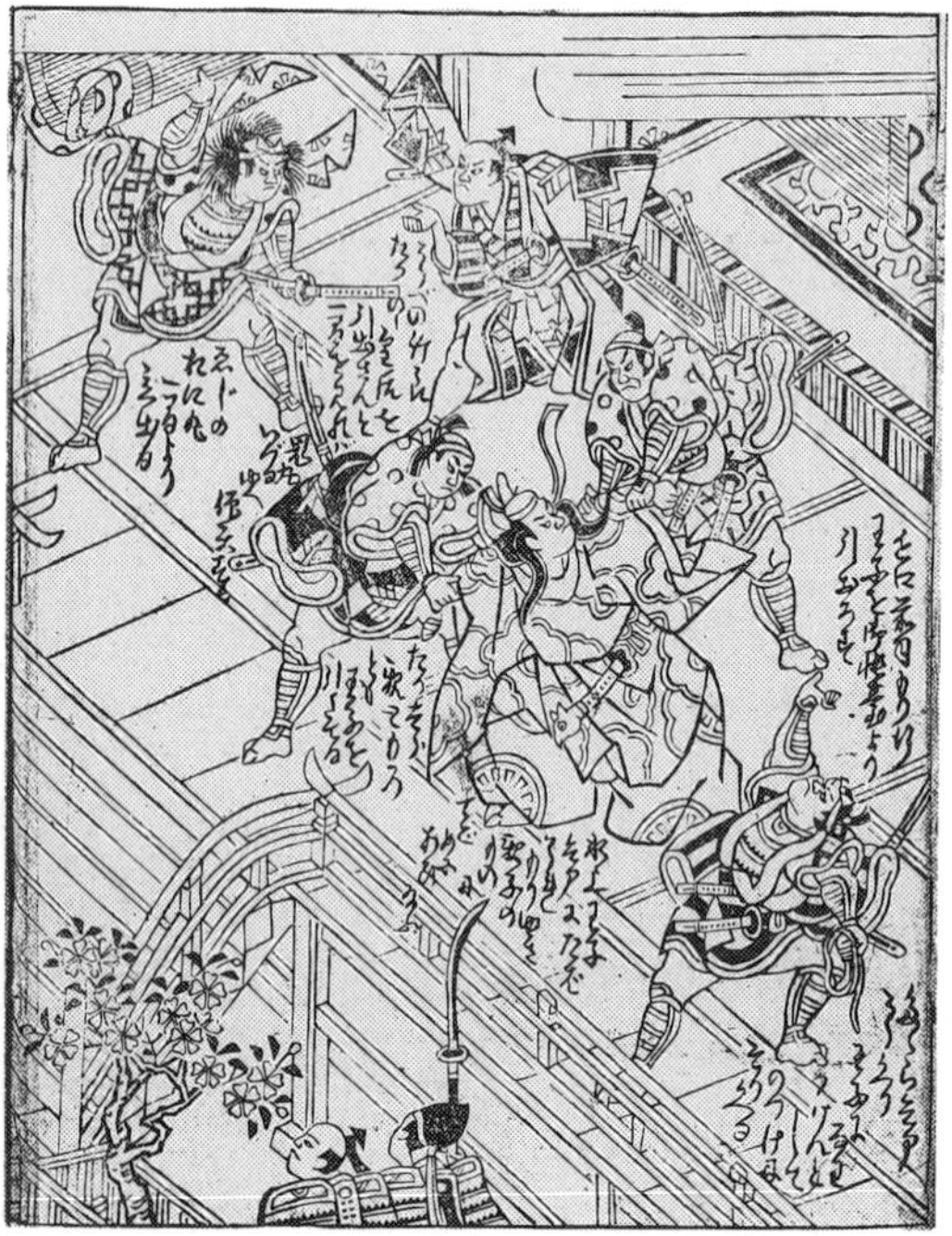

挿絵第三図

挿絵第四図

しは。心ちよくも又浅《あさ》ましかりき。盛行感悦《かんゑつ》な、めならず。いま（廿一オ）時も時日も日と不思義《しぎ》に親《おや》子の対面《たいめん》をとげ。公私の恨《うらみ》ある川継《つぐ》が首《くび》をみるのみならず。さしあたつて皇后《ごう》の御敵《かたき》を亡す事。天下の悦び何事か是にしかんと。盛行日比の元気《き》に百倍《ひやくばい》して。病気忽快然《びやうきたちまちくわいぜん》と朝日《あさ》の昇《のぼ》るごとくに本復《ぶく》したりければ。陣中《ぢんちう》いさみ立て悦《よろこ》ぶ事限《かぎ》りなし。盛行奥《おく》の一間に隠《かく》せし高橋《たかはし》をいざなひ。をんながらも天晴《あつはれ》の働《はたら》き。天皇の御為には一騎《き》当《とう》千の味方《みかた》なれ。幸《さいわい》年かつこうみめかたちもうるはしければ。引取て我嫁《わがよめ》とし身が悴《せがれ》と妻合すへし奥《おく》に深《ふか》く*忍《しの》ばれたれば。最前《さいぜん》よりの様子はしり給はじ。追手の兵も一〻に成敗《せいばい》をとげたれば。少しも驚《おどろ》き給ふべからす。段《だん》〱吉事のかさなれば。直《すぐ》に悴《せがれ》と夫婦の盃《さかづき》をなし給へ。御自分よりの引手物には。其少納言川継《なごんかはつぐ》が首《くび》こそ。千金万金にもかへがたしと。勇《いさま》れけれ共高橋《たかはし》はうかぬ顔《かほ》にて。私は二世とかけし男の行衛しれねば。一生男と枕《まくら》をかはす（廿一ウ）事はどふもなりませぬ。よそめにも御覧《ごらん》なされて下さりませ。わたしがおなかにはかわゆい男《おとこ》の種《たね》がとゞまり。ハヤ此月は産《うみ》月此おなかの幼《いと》さへなければ。とくにも淵川《ふちかは》へ身《み》を沈《しづ》めまする覚悟《かくご》なれ共。もしやどふした事にて殿御《とのご》にめぐりあふ事もと。けふまでつれなき命《いのち》をながらへおりまする。お情《なさけ》には尼《あま》となし給ひ。此世は契《ちぎり》うすく共未来《みらい》は同《おな》じ蓮《はちす》の一つ所に居《おり》ますする様に。身を捨《すて》うかみたふ存まするると。心の根《ね》を打明《あけ》て。詞《ことば》の花《はな》をのべけるにぞ。盛行ほとんど感心《かんしん》あり。是貞《これてい》あつて義《ぎ》なきものはあらずと。陳洞《ちんとう》が賤婦《せんふ》を嘆美《たんび》せし心に違《たが》はず。誠《まこと》にゆかしき賢《けん》女《ぢよ》の誉《ほま》れなり。あはれ悴《せがれ》にも御自分程《じぶんほど》の貞女《ていぢよ》の嫁《よめ》を迎《むか》へて。行末《ゆくすゑ》繁昌《はんじやう》致《いた》すやうに。盃《さかづき》計《はかり》なり共なしてたび給へ。その後《のち》は望《のぞみ》の通《とを》り世をそむき給ふ共。身《み》が力の及ぶ程《ほど》は世話《せわ》をいたして尼《あま》とすべしと。始《はじめ》て鷹《たか》太郎に引合せ。盃《さかづき》を取結《むす》びて顔《かほ》を見合し。ヤア（廿二オ）

挿絵第三図（廿二ウ）

挿絵第四図（廿三オ）

お前は鷹太郎さんではないかとすがり付ば。鷹太郎も親《おや》の前《まへ》を憚《はゞか》りながら高橋《たかはし》まめて居《ゐ》てたもつたかと。涙《なみだ》は玉をつらぬき誠《まこと》にわりなき有様《ありさま》なりければ。盛行余《あま》りのふしぎさに扨《さて》は御自分《ごじぶん》の恋《こひ》したはるゝ男《おとこ》とは悴《せがれ》鷹太郎が事なるかや。流《なが》れの女は信《まこと》すくなき者といひ伝《つたへ》*へたるが。かゝる信《まこと》ある女また有べし共思はず。いつぞや氷上皇子の庭上《ていしやう》にて対面《たいめん》はなしたれ共。今ははや見忘《わす》れたり今より後《のち》は誰《たれ》につゝみ忍《しの》ぶこともなく。千世かけて夫婦《ふうふ》の契《ちぎ》りをなし給へと。申されければ。鷹太郎も信実《しんじつ》の悦《よろこ》び面《おもて》にあらはれ。高橋は余《あま》りの嬉《うれ》しさに俄《にはか》に腹《はら》いたみて気《け》づき。最早《もはや》おなかから赤子《やゝ》さまが出さつしやると。苦《くる》しめばヤレ若殿《わかとの》様も孫子《まごゞ》さまもごちやくちやにできさつしやるそふな。取あげばゞは有まいかとさはぎたてば。奴《やつこ》の鉄内《てつない》が拙者《せつしや》めは取上婆《とりあげはゝ》の悴《せがれ》でごわりまらすれば。赤子《あかご》の一疋《ひき》や二疋は。夢《ゆめ》の間《ま》にひねくり出して（廿三ウ）おめにかけるでごわりまらすと。扨《さて》も恐《おそろ》しい取上婆《ばゝ》しきりの来《く》る最中敵方《さいちうてきがた》より。あかしの前の内通《ないつう》の書状来《しよじやうきた》つて。氷上皇子あたご山の地祭《ぢまつり》として明日早天《あすさうてん》に龍駕《りやうが》をめぐらされ候へば。其すきを伺《うかゞ》ひ多田良兵部《たゝらひやうぶ》と心を合せ。たかのゝ皇后をうばひ取。此陣屋《ぢんや》へ御供《とも》し奉るべし。午の刻《こく》に軍兵《ぐんぴやう》を催《もよふ》し。内裏《だいり》へ押《おし》よせ給ふべしとのしらせのふみ。盛行天へも上る心地し悦《よろこ》びやらしきりの声《こゑ》やら。千秋楽《せんしうらく》やら気遣《きづかい》やら。その中《うち》におぎやァ〳〵と玉《たま》のやうなる男《おとこ》の子。馬《むま》に鞍《くら》をけ生湯《うぶゆ》をひかせよ。先陣後陣《せんぢんごぢん》乱《みだ》れぬやう。孫《まご》めに甘物呑《あまもののま》すへし祝言《しうげん》の儀式《ぎしき》を調《とゝの》へて。石《いし》こづみの高札《たかふだ》を立べし。たかのゝ皇后の御入あるぞ。取上婆《はゞ》の鉄内《てつない》に餅《もち》をくはせて褒美《ほうび》をくれべし。鰹《かつを》をかけよ△阿闍《あじや》梨《り》は精進矢《しやうじんや》の根《ね》のさびは見苦《みぐるし》きと。盛行てん〳〵舞《まひ》給へば。諸軍勢《しよぐんぜい》の兵は。どちらをどふ共聞《きゝ》わけじと。立たり居《い》たり居たり立たり（廿四オ）

㈢ 身《み》の為《ため》には愛宕《あたご》山鼻《はな》の高《たか》い行幸《ぎやうかう》

氷上皇子《ひがみのわうし》みづから天子と潜号《せんがう》して。一天に羽《は》をのしてけふ愛宕《あたご》の地祭《ちまつり》なれば。行幸《ぎやうかう》をとげらるべしとすでに龍輿《りやうよ》を促《うなが》されける。抑《そも〳〵》行幸《ぎやうがう》といふ文字《もんじ》は行《ゆき》て幸《さいわい》すといふ字義《じぎ》にあたつて。一天の主《しゆ》たるによつて。行所《ゆくところ》いふ所皆《みな》幸《さいわい》をなして。民楽《たみたの》しまずといふ事なし。今の行幸《ぎやうがう》は是《これ》に引かへ。行所皆《みな》百姓《ひやくしやう》のわづらひとなつて。諸人《しよにん》を苦《くる》しめられければ。万人つまはじきをして恨《うらみ》いかり。此日いつか亡《ほろび》ん我汝《われなんぢ》と共《とも》に亡《ほろび》んと桀王《けつわう》の哥《うた》を諷《うた》ひていきどほる事。大かたならずすでに禁門《きんもん》より御車《みくるま》を西《にし》山の方《かた》へきしり出せば。跡《あと》より多田良兵部《たゝらひやうぶ》はたかのゝ皇后を鳳輦《ほうれん》に打のせ奉り。盛行が妻《つま》あかし御前《ごぜん》に娘《むすめ》みさほの前。彼是《かれこれ》廿余《よ》人盛行が陣屋《ぢんや》へといそがせ給ひぬ。氷上皇子御車を嵯峨野《さがの》ゝかたに轟《とゞろ》かせけるに。向《ひか》ふの山に一つの黒雲《くろくも》おほひて。其形《かたち》たとへば（廿四ウ）鬼形《きぎやう》の眠《ねふ》れるが如くなりければ。皇子此有様を見給ひ。むかふに見ゆる一村《むら》の雲《くも》は陰《ゐん》にあらず陽《やう》にあらず。天晴《あつはれ》かゝる怪《あやし》き雲取《くもどり》も有物かと。やゝ暫《しばら》く遠覧《ゑんらん》あれば。此雲《くも》たちまち火焔《くはゑん》と燃《もへ》あがりて。出口の内にて皇子の手にかゝりしくれなゐが姿《すがた》。あり〳〵とあらはれにこ〳〵と打笑《わら》ひて。けすが如くに消失《きへうせ》ければ。卜部《うらべ》の竹良《ちくら》大きにけでんし。是《これ》たゞ事にあらず今日の行幸《ぎやうがう》は御延引《ゑんゐん》あるへしと申けるにぞ。氷上皇子は怪《あや》しみを見て怪しみとせざれは。其あやしみほろぶといへり。なんぞ是式《これしき》の事に恐《おそ》れをなさんと宣《のたま》へども。竹良《ちくら》さへぎつてとめまいらせ。君子《くんし》はがんしやうのもとにたゝずと申せば。今目のまへに紅《くれなゐ》が亡魂《ぼうこん》の崇*

をなさんとするを見ながら。龍駕《りやうが》をすゝむる事有べからずと。御《おん》轅をもとの道へ引なをしければ。相したがふ百官《ひやくくわん》皆還御《みなくわんぎよ》の儀式をとゝのへ又禁中《きんちう》に帰《かへ》らせ給《たま》ふ所に。多田良《たゝら》兵部は近江前司盛行（廿五オ）同じく悴《せがれ》鷹太郎盛親に縄をかけ。玉躰に対しいきどほりをふくむ両人の下郎を。只今からめ取候何とぞ此功《こう》を以て。勅勘《ちよくかん》を御宥免願ひ奉るよし。皇子くはん〳〵と打ゑみ給ひ。兵部が働《はたら》き尤《もつとも》朕《ちん》が心に叶へり。二人の奴原《やつばら》武《ぶ》の家に有ながら。おめ〳〵兵部が手にいけどられて。ふかくの負をなしける事口惜《くちおし》共思はずや朕《ちん》に恨《うらみ》を思ふ匹夫《ひつふ》共に。いざや目に物をみせんと御帳台よりかけおり給ふ所を。盛行盛親両方へわかるゝと見えし。もとより縄《なは》にはしかけあれば。即座《そくざ》にとけて氷上皇子の両手をとつて働かせず。多田良兵部其縄をかけ奉らむと近寄《ちかより》しが。五躰《ごたい》すくばつて血をはき。うんとのつけにそりかへりて。狂死《くるひしに》にひれふしける末代二心をさしはさむものゝ。よき鏡《かゞみ》とそいふべし。卜部の竹良仰天しながら。又もたかのゝ皇后をまないたに打載《うちのせ》て此場の急難をのがれんと。皇后のおはします一間を開《ひら》けば（廿五ウ）皇后はおはしまさで。思ひがけなきゑじの鬼丸《おにまる》けんろう地神《ぢじん》のあれたる勢《いきほ》ひ。仁王立にすつくと立て。竹良と見るより取てひつふせ。首《くび》ねぢちぎつて打すて。氷上皇子のおまし所へおどり入。やがて縄《なは》をかけ奉れば。桓武《くわんむ》天皇の鳳輦《ほうれん》は早庭上《はやていしやう》にかきいれ奉り。藤原継綱《ふぢはらつぐつな》卿《きやう》川重《かはしげ》卿《きやう》の猶子《ゆうし》川武《かはたけ》威儀《ゐぎ》を正《たゞ》して供奉《ぐぶ》せられ。相したがふ御味方《みかた》数百人。皇子悪逆《あくぎやく》をくいて先非《せんひ》をあらため給はゞ。御連枝《れんし》の御よしみを以て。御命計《いのちばかり》はこひ請《うけ》奉らんと。声《こゑ》〳〵に申されければ。氷上皇子獣《けだもの》のほゆることく。いかれる声《こゑ》を出し我四海《しかい》の天子となつて。月日を手に握《にぎ》り其なす所心に叶《かな》はずといふ事なし。はからさるに多田良兵部が二心によつて。今とりことなり縄目《なはめ》の恥《はぢ》を得たり。見よ〳〵蠅虫《はいむし》の毛《け》とんぼうめら。たとひ身は黄泉《くはうせん》の闇《やみ》にまよふといふ共。魂《たましい》は日本にとゞまり。天下の人を皆殺《みなごろし》にすべしと。いかれる（廿七オ）*牙左右《きばさゆう》にくひちがひて。*紫震殿《しゝんでん》より飛《とび》おり月花門の右《みぎ》のはしらへみづからかうべを打くだいてぞ亡《ほろ》び給ふ。諸軍勢《しよぐんぜい》かちどきをあげて悦《よろこ》びをなせども。盛行ひとり涙《なみだ》を流《なが》して。我《われ》皇子の悪《あく》をうつ志《こゝろざし》はあれ共皇子を打奉る志はゆめ〳〵なし。天の誅《せめ》御身をのがれ給はず。かゝる薨去《こうきよ》の有様歎《なげ》くべきの甚《はなはだ》しきと。声《こゑ》をあげて悲《かな》しみけるにぞ。藤原継綱卿《ふぢはらつぐつなきやう》其忠臣《ちうしん》を感《かん》じ給ひ。急《いそ》ぎ皇子の御尸骸《しがい》を沐浴《もくよく》し白布《しらぬの》の袖《そで》そきたる単物《ひとへもの》を着《さ》*せ奉り。榊《さかき》の葉《は》をもつて御首《くび》のそんじたるをかくしつくろひ。蓬《よもぎ》の矢桑《やくわ》の弓《ゆみ》を四方《しはう》に立《たて》をき。継綱卿衣冠《つぐつなきやういくわん》をたゞし謹《つゝし》んで申されけるは。皇子御罪《つみ》あるによつて兄《せうと》の御門臣等《みかどしんら》に勅命《ちよくめい》あつて。君《きみ》の非《ひ》をしめし給ふ。是全《これまつた》く民《たみ》の愁《うれい》をうれひ給ふ故《ゆへ》なり。早く神《しん》は天上し給へ。魂《こん》は黄泉《くはうせん》に入給へと。鉾《ほこ》をもつて地《ち》をつくこと三度《ど》し給ひければ。盛行酒《さけ》を地《ち》にそゝ（廿七ウ）ぎて残《のこ》んの罪《つみ》はあらじ物をと。祓《はらひ》して退出《たいしゆつ》す。伝教《でんげう》又*煩悩即菩提《ぼんのうそくぼだい》の仏経《ぶつきやう》をよんで。御死骸《しがい》を納《おさ》め奉らる。それより聖主《せいしゆ》の御光《ひか》りちまたにみちて。仁徳《しんとく》さかんに行《おこな》はれ。終《つゐ》に延暦《ゑんりやく》十三年といふに。長岡《なかをか》の都《みやこ》を改《あらた》め今の平安城《へいあんじやう》へ都遷《みやこうつし》まし〳〵。後五百歳《こごひやくさい》の末《すゑ》の世におよふまても。久しかるへき御しるしに。周《しう》の鼎《かなへ》の跡《あと》をしたひて。六十余州《よしう》の土《つち》をあつめ。長《たけ》八尺八寸の人《にん》形《ぎやう》を造《つく》り。諸国《しよこく》の鉄《てつ》を取集《とりあつ》められ。*ければ百足屋遊珍大内裏造立《むかてやゆうちんたいだいりざうりう》によつて。数万《すまん》の金《こがね》をたくはへたる大恩《だいおん》を忘《わす》れず。つゐに善心《ぜんしん》に立かへりて。夥敷銅鉄《おびたゝしくどうてつ》をさし上奉る。継綱卿感掌《つぐつなきやうかんしやう》*あつて。永代諸務免除《ゑいたいしよむめんぢよ》の証札《しやうさつ》を下し給ひ。その鉄《てつ》をもつて兜弓矢《かぶとゆみや》を製《せい》し。かの人形《にんぎやう》に着《き》せしめ給ひ。御門《みかど》みつからその土偶人《どぐうにん》に向《むか》ひて。勅宣《ちよくせん》ありけるは汝此都《なんぢこのみやこ》の守護神《しゆごじん》となつて。天下の安全《あんせん》を守《まも》るべし。もし後《のち》の世《よ》に至《いた》りて。或《あるひ》は謀叛《むほん》を企る輩《くはだつともがら》か（廿七オ）又は此都《このみやこ》をうつさんとはかる者あらば。速《すみやか》に罰《ばつ》すべしと。宣命《せんみやう》まし〳〵東山のいたゞきに。西向《にしむき》に是《これ》をうづめ給ふ。今の世に至《いた》るまで此名を将軍塚《しやうぐんづか》となづく。そのゝち人皇《にんわう》六十一代朱雀院《しゆしやくゐん》の天慶《きやう》二年に。氷上皇子を神尊《しんそん》と崇《あが》め奉りしより。太平《たいへい》の御代此時にあたり。草木花実《さうもくくわじつ》の時をうしなはす。万民《みん》手うつて楽《たの》しむ万〻世《ぜい》の御代《みよ》となりて。いく千世つきぬ春《はる》のことぶき。さかへ栄《さか》ふる御世にすむ民《たみ》。五穀豊饒国家《ごこくぶねうこくか》ゆたかに。四海なみのをとゝも共にしづかなる春をたのしむぞ久しき

今昔九重桜

五之巻終

宝暦十年

辰正月吉日

京麩屋町通誓願寺下ル町

八文字屋八左衛門版（廿七ウ）

哥行脚懐硯

序

春《はる》は桜《さくら》秋《あき》は紅葉《もみぢ》の色上戸《いろじやうご》林間《りんかん》に酒《さけ》をあたゝめてついけふの日《ひ》も入相《いりあひ》の鐘《かね》と共につき出し女郎客《きやく》の気《き》を釣《つる》はりまがた江口の水のながれの里《さと》によどみある西行法師《さいぎやうほうし》が宿業《しゆくごう》もついに（初ロオ）めでたき国《くに》に生《うま》れてこがねの蓮《はちす》にのり清《きよ》の事を思《おも》ひつゞけうつら〳〵と書つらねければ五つの巻《まき》となりぬ善《ぜん》を勧《すゝ》め悪《あく》を懲《こら》すの助《たすけ》にもならん歟ゑゝいふが管《くだ》じや

宝暦十一
巳の春

作者　白露
　　　自笑

（初ロウ）

哥行脚懐硯《うたあんぎやふところすゞり》

一之巻

目録

㊀　十首《しゆ》の哥《うた》はよみのくだらぬ白子《しろこ》が魂《たましい》

夫《それ》釈尊大法輪《しやくそんだいほうりん》を転《てん》じ。八万《まん》人の仏子《ぶつし》を設《もふ》けて。一さい衆生《しゆじやう》を済度《さいど》し給ひけれ共。伝道《でんだう》の時に至《いた》つては全《まつた》く一物《ぶつ》のあたふる物なし。只《たゞ》心を以て心につたふるのみにて無為《むゐ》に順《したが》ふて常《つね》ある所なり。道心《だうしん》あらば住所《すみどころ》にもよらじ。家にあり人に交《ましは》る共。後《のち》の世を願《ねが》ふべしとの聖《ひじり》のおしへむべなる哉。こゝに左兵衛尉藤原《さひやうゑのぜうふぢはら》の憲清《のりきよ》は。鳥羽院《とばのゐん》の北面《ほくめん》にしてその先祖《せんぞ》は天児屋根命《あまつこやねのみこと》に十六代の後胤《こういん》。鎮守府将軍《ちんじゆふのしやうぐん》俵《たはら》の庄藤太秀郷《しやうとうだひでさと》が為《ため》には九代の末孫《ばつそん》。藤原《ふぢはら》の康清《やすきよ》が一男《なん》なり。弓馬《きうば》の道に達《たつ》して。兵法《へいはう》は孫呉《そんご》が肺肝《はいかん》をさぐり。張良《ちやうりやう》が三略《りやく》をおし極《きはむ》るのみならず。人丸赤《ひとまるあか》人の跡《あと》をしたひて。八雲《やくも》たつ（三オ）出雲八重垣《いつもやへがき》のながめを本とし。諸家《しよけ》のきうさうを学《がく》し蛍《ほたる》をあつめ雪《ゆき》をつんで身をてらす。なかだちとしたりければ。御門《みかど》の御覚《おぼ》へ浅《あさ》からず。花《はな》の春《はる》の詩哥紅葉《しいかもみぢ》の秋《あき》の月の御宴《ぎよゑん》かゞりのもとのしうきく。南庭《なんてい》の御弓四季《ゆみしき》のほど〳〵にしたがひて。御遊《ぎよゆう》の折からは必憲清《かならずのりきよ》を召れければ。大中納言《なごん》の人〻も面《おもて》をおほふ程《ほど》にて。目ざましかりし幸《さいはい》なり。比は大治《ぢ》二年十月十日俄《にはか》に鳥羽殿《とばどの》へ御幸《ごかう》ならせ給ひ。御所の障子《しやうじ》の絵《ゑ》ども御らんつゞけられ。経信匡房基俊《つねのぶまさふさもととし》。ならびに橘《たちばな》の白子《しろこ》藤原《ふぢはら》の憲清《のりきよ》を召れ。此絵《ゑ》共を題《だい》にして十首の詠哥《ゑいか》を奉るべきよし。橘《たちばな》の白子《しろこ》は心ざしすぐならぬうへに。人より上《かみ》すりに行《ゆき》たがり。此十首《しゆ》の哥《うた》は。おそらく此白子面白《しろこおもしろ》くよみかなへ奉るべく候へば。私《わたくし》一人に仰付られ候へかしと。荒言《くはうげん》（三ウ）を吐《はい》てまんがちに。をのれひとりが賞《しやう》に預《あづか》らんと。額《ひたい》に青筋《あをすじ》をたてゝ工夫《くふう》をこらせど。憲清《のりきよ》には及ぶへくもあらず。漸〳〵《やう〳〵》白子《しろこ》二首《しゆ》の歌《うた》を詠《ゑい》ぜしうちに。憲清《のりきよ》ははや十首《しゆ》共にれんぞくして。即席《そくせき》に奉りければ。御門《みかど》ゐいかんに絶《たへ》させまし〳〵。供奉《ぐぶ》の公卿《くぎやう》も今に始《はじ》めぬ憲清《のりきよ》が秀逸《しういつ》かなと。しばしは鳴《なり》もしづまらず。時の手書定信時信《てかきさだのぶときのぶ》を召れて此哥《うた》をかゝせられ。憲清《のりきよ》は頭《とう》の弁《べん》を以て。朝日丸《あさひまる》といふ御剣《ぎよけん》を錦《にしき》の袋《ふくろ》にいれて下され。百日の勤番《きんばん》の御免《めん》を蒙《かうふ》り。心のまゝに休息《きうそく》仕るべきとの勅 諚《ちよくぢやう》の上。中宮《ちうぐう》のうへわらは乙女《をとめ》の前《まへ》を以。かさね十五の御衣《ぎよゐ》を給はりけり。乙女の前はさりし豊《とよ》のあかりの節会《せちゑ》の夜《よ》。こすのひまより憲清《のりきよ》が美男《びなん》を見そめて。しばしわするゝ隙《ひま》もなけれど。いひよるべきたよりもなく。胸《むね》にばかり千万の（四オ）

挿絵第一図（四ウ）

挿絵第二図（五オ）

思ひをこめて。明《あか》しくらせし折《をり》からなれは。此時を幸《さいはい》に心のだけを文《ふみ》にしたゝめ。こま〳〵と書くどきたるを。かさねの御衣の内にさしいれて。ゐしやくにあまりて出しければ。憲清《のりきよ》はかゝる事共露《つゆ》しらず。乙女のまへがゆうなる姿《すがた》を見て。あつはれかゝるやさしきよそほひも有ものかな。人目なくばせめて言葉《ことば》なり共かはしたやと思ひけれ共。折《をり》あしければ目の中に無量《むりやう》の心をこめて顔《かほ》を見合せ。御簾《ぎよれん》を拝《はい》して面目《めんぼく》をほどこし退出《たいしゆつ》しければ。白子は是《これ》に引かへ面目《めんぼく》を灰《はい》にまぶし。憲清《のりきよ》にはさきをこさるゝ。乙女の前をくどいてみてもぶり〳〵として恋《こひ》はかなはず。めつたにうそばらが立て。憲清《のりきよ》がいつとてもこざかしきふるまひ。胸《むね》わるし憲清《のりきよ》たになきものならば。おそらく北面《ほくめん》の武士《ぶし》の内には。我《われ》にかたをならぶるものもなし。（五ウ）何とぞ憲清《のりきよ》がさがをかぎ出

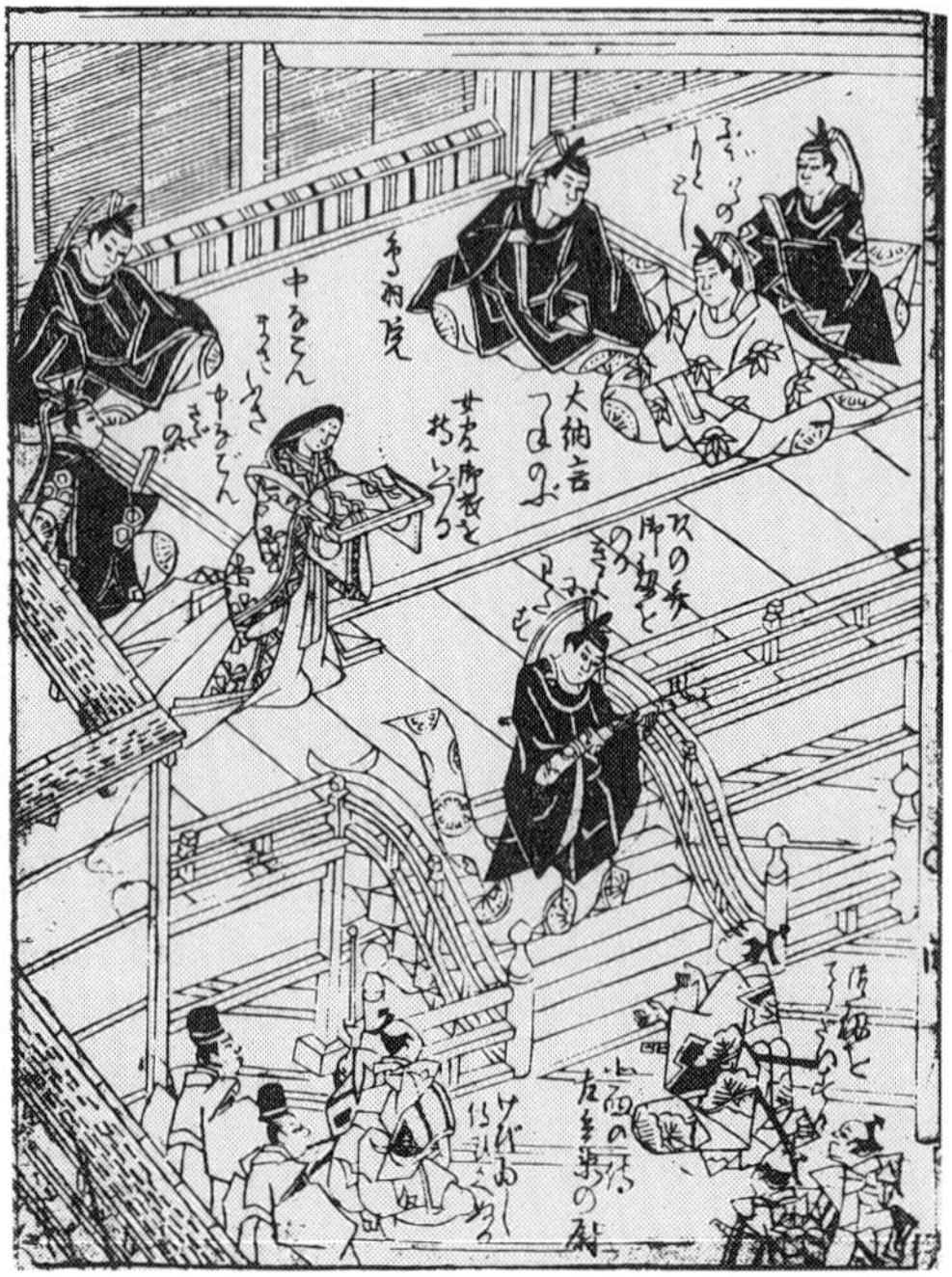

挿絵第一図

挿絵第二図

し。とつて落《おと》し度物《たきもの》と。をのれが不器量《きりやう》なるには心もつけず。身《み》をあせるそ浅《あさ》はかなりき。憲清《のりきよ》は此度《このたび》の恩賞《おんしやう》他《た》に異《こと》なる事。当家《とうけ》の面目《めんぼく》何事か是《これ》にしかんと。一門《もん》一類《るい》少しの知音《ちいん》ちかづきまでも。悦《よろこ》びの使者《ししや》として門前《もんぜん》には市《いち》をなし。山海《さんかい》の魚鳥《ぎよてう》金銀珠玉綾錦《しゆぎよくあやにしき》は。只ちり塚《づか》の塵のごとく。おびたゝしくつみかさねて。玄関広間《げんくわんひろま》は人のすしをなして。取次《とりつぎ》も汗《あせ》をながしぬ。左衛門尉憲安《ぜうのりやす》はひとしほにちなみ深《ふか》ければ。悦《よろこ》びの為《ため》とて早朝《さうてう》より来《きた》られ。栄《さか》ゆく末《すゑ》を悦《よろこ》びて。喜悦《きゑつ》の眉《まゆ》を開《ひら》き。数盃《すはい》を傾《かたふ》けて憲清《のりきよ》と互《たがい》に打くつろぎ。夕に及ぶまで勤番《きんばん》のうさをはらして。妻《つま》のゆりかう諸共《もろとも》に。四方山《よも》の物語《ものがた》りして居《ゐ》ける所へ。のり清が従兄弟《いとこ》土肥《とひ》弾正忠《だんじやうのちう》雅広《まさひろ》。心の邪悪《じやあく》をおしかくして。(六オ)悦びに参《さん》上致《いた》せりと。案内《あんない》もなく通《とを》れば。是《これ》は扨《さて》御心頭《しんとう》に懸《かけ》られ。御出のほど満足《まんぞく》いたせりと。又わかやぎてさいたおさへたの大盃《さかづき》。憲清《のりきよ》一つうけてずつとほさんとしけるが。あやしき影《かげ》の盃《さかづき》の内《うち》に見ゆるをすかし見れば。くつきやうの大男《おとこ》うつばりにかくれ忍《しの》んで。座敷《ざしき》の躰《てい》をうかゞふ様子《やうす》。こは心へぬと思へど少《すこ》しも色《いろ》にあらはさす。其盃《さかづき》を一子猫丸《ねこまる》へあたへければ。猫丸《ねこまる》はことし七つ。髪《かみ》ゆら〳〵とおひのび。愛《あい》にあまりし生《むま》れ付にて。父《ちゝ》の盃《さかづき》をいたゞけば。憲清《のりきよ》しはしとゞめて。あくる春《はる》ははや小学《しやうがく》にも入《いる》のとしなれば。善悪《ぜんあく》の差別《しやべつ》はあるべし。今いふ父《ちゝ》が詞《ことば》をよく〳〵聞《きゝ》わけて。後学《こうかく》となすべし。天地の間《あいた》に人と生《むま》るゝ者《もの》みな仏《ふつ》性《しやう》を得《う》れば。いづれかおさなきうちは聖人《せいじん》の心にかはらねとも。年《とし》たくるにしたがひては。様〻《さま〳〵》の一念《ねん》の（六ウ）まよひ生《しやう》じて。おしやかわいやほしやにくやの妄執《もうしう》に。百年の身をあやまりて。此世ばかりにあらず未来永〻《みらいよう〳〵》地獄《ちごく》のあるじとなる事。わづかの筋違《すぢちが》ひより。色〻《いろ〳〵》の悪業《あくごう》をなしてからは。我《われ》身にもあしきとしりながら。もとの善《ぜん》にかへる事かなはねば。仏神《ぶつじん》の哀《あはれ》にもはなれ。其身もまづしくいよ〳〵悪《あく》に悪をかさねて。ついには獄門《ごくもん》の木にもかゝる事。是皆始《これみなはじめ》に一足《あし》のふみ違《ちが》ひより。千里のたがひになる事ぞや。かりそめにも悪事《あくじ》としらばすぐに心を改《あらた》むべし。今うつばりの上に身をひそめて。忍《しの》び居《ゐ》る人もさぞや心のうちはあやうく苦《くる》しかるべし。さだめてわが内の財宝《さいほう》にても。うばひとらんとの事にて。ひそかにあれに忍《しの》ばれたるものなるべし。此人も始《はじめ》よりの悪《あく》人にはあらず。ふとしたる出来心より貧窮《ひんきう》のくるしみに心まよひて。か様のしわざ（七オ）ある事なり。管子《くわんし》が詞《ことば》に礼義《れいぎ》は富足《とみたる》に生じ。盗賊《とうぞく》は貧窮《ひんきう》におこるとあれば。全《まつた》く梁《うつばり》の上なる客《かく》をにくむ心さら〳〵なし盃《さかづき》の是《これ》にあるこそ幸《さいはい》なれ。先《まづ》一献用《こんもち》ひられてその上にて。又忍《しの》ばるべしと。少《すこ》しもさはがず申されければ。座中《ざちう》のめん〳〵大きにおどろき。梁上《りやうしやう》を見あぐれば。実《げに》も一人の男今《おとこいま》の詞《ことば》に額《ひたい》より汗《あせ》を流《なが》し。身をちゞめておそるゝ躰《てい》。左衛門尉《ぜう》のり安《やす》とこにかざりしひやうたんの神《じん》頭《どう》に。側黒《そばぐろ》の弓《ゆみ》おつ取ぬりづるくいしめ。盗賊《とうぞく》のふとばらへひやうどはなてば。なじかはしばしもたまるべき。神頭《じんどう》骨《ほね》をくだいてまつさかさまにおつる所を。取てひつしめそくびをとつて引おこせば。朝庭《てうてい》より此度給《このたびたま》はつたる。錦《にしき》の袋《ふくろ》に入たる朝日丸《あさひまる》の御剣《ぎよけん》を腰《こし》にさしはさみ。すきまを見てにげうせんつらたましい。*憲清《のりきよ》をはじめ憲安《のりやす》大に（七ウ）いかつて。是《これ》一通りの盗賊《とうぞく》にあらず。誰《たれ》にたのまれかゝる悪逆《あくぎやく》をたくみけるぞや。かりそめならぬ家の大事。サアまつすぐに白状《はくじやう》すべし。少しもちんぜば水火《すいくわ》の責《せめ》を以て。拷問《がうもん》にかくべしと。こじりがへしに両手をねじ上ければ。神頭《じんどう》にて骨《ほね》をいためたるうへに。両腕《りやううで》をひしがれ。たまりかねて。なる程《ほど》まつすぐに申ませふ。此屋しきへ忍《しの》びこみしは我〻《われ〳〵》ともに両人。すなはち一人の同類《どうるい》は夜前《やぜん》かさねの御衣《ゐ》十五を盗《ぬす》み出し。其跡《そのあと》へ此方がいれかはつて。御剣《けん》を盗《ぬすみ》とらんと存ぜし所に。運《うん》つきて見あらはされ。只今うきめにあひ申せば。命《いのち》たに御免《めん》あらば一〻に申べしと。おきなをらんとする所を。土肥《とひ》弾正《たんじやう》うしろにまはり刀《かたな》に手をかくると見へしが。盗賊《とうぞく》が首《くび》は落《おち》たりけり。人〻あはてゝこれは卒忽《そこつ》の料簡《りやうけん》かな。一〻白状《はくじやう》の上にこそ。死罪《しざい》に行《おこな》ふ（八オ）べき所を。よしなき弾正忠《だんじやうのちう》が働《はたらき》だてと心には思へ共。弾正忠はむしやうにりきんで。か様の物語《ものがたり》はきくもけがらはしければ。是でさつはりと埒《らち》が明《あい》て心よし。かさねの御衣はより〳〵にせんぎをとげられなば。どれからなり共しれ申さん。先《まづ》身共はおいとま申と。何とやらのみこみにくい土肥《とひ》がふるまひに。座中《ざちう》はしらけて見へにける。何にもせよ心ならぬ事共と。憲清《のりきよ》御剣《けん》を取おさめ。其後《のち》はさしぞへとなして身をはなす事もなかりしとぞ

㊁　証拠《しやうこ》にとる艶文《ちはぶみ》かきさがす両人が巧《たくみ》

偽言《ぎげん》首尾《しゆび》調《とゝのは》ざるは是《これ》人を見るの道なり。扨《さて》も土肥《とひ》弾正忠《だんじやうのちう》は橘《たちばな》の白子《しろこ》と無《む》二の間《あいだ》からにて。此度禁中《きんちう》よりの恩賞《おんしやう》をそねみにくみ。白子に腰《こし》をおされて二人が下人を忍《しの》びの盗人《ぬすびと》となし（八ウ）宝剣《ほうけん》並《ならび》にかさねの御衣をうばひとり。悪《あく》名《みやう》を天下にふれて。憲清《のりきよ》をおひうしなひ。白子《しろこ》がうつふんをはらし。弾正忠はその家《いゑ》を押領《おうれう》し妻《つま》のゆりかうをおのれが妻《つま》にせんと。互《たかい》にほくそゑみて謀《はかりこと》をめぐらしければ。弾正忠が下人はかさねの絹《きぬ》をうばひおゝせ。白子か下人は御剣《けん》をぬすまんと忍《しの》びこみしを。憲清に見とがめられ糾明《きうめい》におよび。すでに白状《はくでう》せんとしけるを。弾正忠首《くび》を打おとして。その場《ば》の難《なん》をのがれ。それよりすぐに白子が館《たち》に行《ゆき》て。いかゞすべきと鼻《はな》つき合ての密談《みつだん》。先《まつ》何にもせよかさねの御衣にてもうばひとれば。此絹《きぬ》を商人《あきひと》の手にわたし。公卿殿上《くきやうてんじやう》人の屋かたへもたせつかはし。憲清《のりきよ》天子の下し給はる絹《きぬ》を。うりしろなすよしを風聞《ふうふん》さすべしと。かさねの衣をわかちければ。中より封《ふう》じたる文《ふみ》一通《つう》。是《これ》は心へぬ

とうはがきを見（九オ）れは憲清《のりきよ》さまへこがる丶乙女とあり。扨《さて》は乙女の前がのり清《きよ》とくさりあひて。かよはす文なりと。白子いよ〱腹立《ふくりう》のうへにりんきをかさねて。これそくつきやうの謀《はかりこと》のたねなれと。文の内を開《ひら》きみれば。豊《とよ》のあかりの夜《よ》見そめしより。しづ心なき思ひの程《ほど》を。詞《ことば》やさしく書つらねければ。白子みづから筆《ふて》をとりて。雁《かり》かねのつばさもがなと。かこつ折からなど丶。むしやうにこなたよりもなづみし文躰《ぶんてい》にて。あくる廿五日月くらき夜小《こ》板敷《いたじき》のかげに待《まち》給へ。必《かならず》忍《しの》びあひ申さんと書つらね。御返り事とばかりした丶め。召つかひの小わらはをしたて丶。乙女の前館《やかた》へなげいれさせ。すくに忠実公《たゞざねこう》の御屋かたに行。密〻《みつ〱》申上度大事あるよし。忠実公《たゝざねこう》何事かと早速《さつそく》御対面《たいめん》あれば。白子声《こゑ》をひそめて。関白《くわんばく》にはいまだしろし召れ候はずや。わが類葉《るいよう》（九ウ）藤原《ふぢはら》の憲清朝廷《のりきよてうてい》をないがしろにあさむき。女嬬官女《によじゆくわんぢよ》のわかちもなく。をのれがきりやうよきにほこつて。天子常居《じやうきよ》のほとりといふ差別《しやへつ》もなく。淫乱《いんらん》をこと丶し申事。そのけがれすくなからず。拙者《せつしや》いろ〱と異見《ゐけん》をくわへ申せど。さらに聞入申さず今は中宮《ちうくう》の上わらは。乙女の前と忍《しの》びあひて。御上《かみ》をかすめて不行《ふかう》跡《せき》をはたらき申事。何共なげかはしき事共なり。今までは随分《すいぶん》つ丶みかくし申せど。もし他《た》よりかやうの品題《しなあら》はれ候へば。我《われ》〱中間のつらよごしと。是非《せひ》なく御うつたへ申候。もし疑《うたか》はしく思しめさは。明夜禁庭《みやうやきんてい》の小板敷《こいたじき》のかげにて。たがひに

挿絵第三図

挿絵第四図

あぢをやる有様。一〻高覧《かうらん》遊さるへし。いやはやか、つたていたらくにてはこれなく候と。尾《お》にひれをつけて語《かた》りければ忠実公《たゝざねこう》聞《きこ》し召《めし》て憲清《のりきよ》にかぎり。左様のみたりなるふるまひ有（十ノ廿オ）べしとは思はね共。左様の事千に一つもあらば。禁中《きんちう》のおきてをやふる曲事《くせごと》。そのまゝにはさし置がたし。明夜我忍《われしの》びて様子《やうす》を窺《うかゞ》ふべしとの給ひければ。しすましたりと白子は帰りぬ。扨《さて》も藤原の憲《のり》清《きよ》百日の勤番《きんばん》の勅許《ちよくきよ》を蒙《かうふ》り。今無役《むやく》のうち心のまゝに遊行《ゆぎやう》し。名所古跡《めいしよこせき》をもさがし求《もと》めて気《き》をなぐさまんと。きのふはさがの、方にうかれ。けふは名にしおふ地主《ぢしゆ》の桜《さくら》のさかり。清《きよ》き滝《たき》の流《なが》れに心のにごりをすまさんと。喜見城《きけんじやう》の花の春《はる》に只ひとり下河原にとあゆめば。感神院《かんじんゐん》の二柱《ふたはしら》にお茶あがりんと声《こゑ》打すてしは。是も一興《けう》と心もうき立たとへなきにぎはひ。むしやうにきやうとい声《こゑ》して。諷《うた》ふやら引やら爰《こゝ》ぞ花の都《みやこ》といふ。ゐんゑんのしれ所。ひらりとした色《いろ》のみつどひて。袖かさねの衣裳《ゐしやう》づくしかづき浅黄《あさぎ》ほうしの見あき。祇園林《ぎをんばやし》の花より。わが花を見られに（十ノ廿ウ）しやらり〳〵と打つれたる雪踏《せつた》のをとは。都卒天《とそつてん》へもきこへぬべし。格式《かくしき》よきむすこともおぼしき男《おとこ》。あたまつきは武家風《ぶけふう》にぎん出しに光《ひかり》をあらはし。うちもゝにねぶとのうみを盛《もつ》たやうなるあるきふり。はくちうをぶらめくなど。都《みやこ》ならでは人のゆるさぬ事ぞかし。水茶《みづちや》やのゆりが地下《ぢげ》の哥《うた》ながらも。みそじの数《かず》にこゝろをつくすなど。是《これ》ぞ泥中《でいちう》の蓮《はちす》ともいふべし。安井《やすゐ》の藤《ふぢ》もおぼつかなくて立よれば。いづくよりくるそらだきもの、にほひやらんいぶかしと打見るに。枝《ゑだ》もたはむにさけるすみぞめ桜《ざくら》の木の本に。錦《にしき》のまん幕《まく》打まはし。内にはさゝやかなる女中の打笑《うちわら》ふ声《こゑ》ほのかにきこへ。*て。はでにない本手のばち音《をと》。折ふし春風《はるかぜ》に桜《さくら》の花がちりかゝると。その声《こゑ》のかはゆらしさ。みぬ内からせなかをつかみたてるやうになつて。さしもの憲清《のりきよ》もうてうてんになり。是では神通《じんづう》にとり（廿一オ）しまりのない久米《くめ》の仙人《せんにん》か通《つう》をうしなひしも。さりとはむりならぬ事と。めつたに心が上づりになつて立さりがたく。幕《まく》のほとりをあたなこなたとたゝずむを見て。浅黄《あさぎ》のしゆすにくれ竹ぬふたる三十ばかりの女。憲清《のりきよ》をちらりと見て。何やら内に二三人さゝやく声《こゑ》。しだいにつのりてばら〳〵とでる一つれの女中は。かのこならざるつまもなく。すそふきかへす紅《もみ》うら光《ひかり》をあらそひ。玉のかんざし面《おもて》をおほひて。憲清《のりきよ》をとりまきサア観音《くわんをん》様のお引合と。お願《ねがひ》がかなふたと。一度《ど》にどつと声《こゑ》をあぐれば。憲清《のりきよ》大かたならず肝《きも》をつぶし。此大勢《ぜい》の女のうちに。思ひあたりしちかづきもあるかと。ひとり〳〵わるがねみるやうに。顔《かほ》をながめて見らるれ共。さして見覚《おぼ》へし姿《すがた》もなく。さすがの憲清《のりきよ》もぢ〳〵とまじめになるゝ所を。ざんぎりの女童子《めのわらは》が。むりむたいに腰《こし》をもつて。幕の内《うち》へ（廿一ウ）おしいるれば。是はめいわくと辞退《じたい》せらるゝを。目じろの鳥《とり》がおし合やうに。大勢手とり足《あし》をとりて。毛氈《もうせん》の上にいざなひ上座《しやうざ》になをし。行末《ゆくすゑ》かはらぬ御契《ちぎり》は。松の八千代《やちよ》と金のかはらけに。ながえ取そへてさし出すなど。なんの事やら一つもがてんゆかず。女護《にようご》のしまにて王様《わうさま》になつた心もちにて。おづ〳〵とあたりを見まはせば。鳥羽殿《とばどの》にてかさねの御衣をうけ取て。互《たがい》に目のうちに恋《こひ》をしらせたる乙女《をとめ》の前《まへ》。風をとゞむる柳《やなぎ》の糸《いと》に。はづかしきよそほひをもみぢにあらはし。しとねよりおりてしとやかに。憲清《のりきよ》が前に直《なを》りいはでの山の岩《いは》つゝじいはねばこそあれ恋《こひ》しく。心のたけはかさねの御衣の内に。信《まこと》をこめて上まいらせ候へば。きのふうれしき御返事。見るに身も世もあられず。清水《きよみづ》の観音《くわんをん》様へとしごろわが思のかなひまいらせ候やうにとの。立願《りうぐわん》のぐわんほどきやら御礼参り（廿二オ）やら。またはいよ〳〵御もとさまの御心のかはらぬやうにと。さんけいの帰《かへ》るさ思はずも。つき〳〵の者共見請《うけ》まいらせさふらひて。むたいにみづからが幕《まく》へともなひ申。さぞやお心にくう思しめされん。なれ共神のいがきもこゆるは恋路《こひぢ》のならひなれば。何事も御ゆるし下され明日《あす》の夜《よ》こそ御文の通り。小板敷《こいたじき》にて露《つゆ》をかたしく。同《おな》じ草《くさ》むしろをむすびませんと。一から十まで立板《たていた》に水ばなれのした口上。憲清《のりきよ》はちりをひねつてゐらるゝに。今時の女中は昔《むかし》とはことかはりて。たゞみかけて中〳〵はぢるなどとは。あまの浮《うき》はし時代《じだい》の恋《こひ》にて。舌《した》をまくほどのつめひらきに。憲清《のりきよ》はつんとがてんゆかず。まゆをひそめてなるほどさりし比。わが身恩賞《おんしやう》をうけ奉りて。そなた様のかりの艶顔《ゑんがん》を拝せしよりしづ心なく思ひくらし参らせつれど。ついでなければ一筆《ひとふで》の（廿二ウ）御とはせを申たる事もなし。ましてそなた様より御文《ふみ》うけしおぼえさら〳〵なし。去ながらかさねの御衣の内に御文をいれ給ふとはこれのみ心にかゝる一つ。その御衣は様子《やうす》あつて今わが手になければ。もしやそのふみ他人《たにん》の目にさへぎりては。安《やす》大事の仕合と。頭《かうべ》をかたぶけて思案《しあん》すれば。乙女の前は大かたならずおどろき。しばしも君《きみ》にそふこゝちと。はだをはなさぬ憲清《のりきよ》が返事《へんじ》を蜀錦《しよくきん》の袋《ふくろ》より取出せば。憲清是を見るに。あすの夜《よ》必《かならず》忍《しの》びあはんとの返事。しかもこくけんまてつまびらかに書《かき》のせしは。さつてもよめぬ事共と。こし本はしたとり〳〵に。たかりかゝりもしや憲清《のりきよ》様が。影《かげ》の煩《わづら》ひでもお病《やみ》遊ばして。こゝにござるはよそゆきの憲清様で。此お返事をなされたは。内にござるねまきののり清様じやあるまいかと。口びるそらしてふしんかるも尤《もつとも》なりき（廿三オ）

挿絵第三図（廿三ウ）

挿絵第四図（廿四オ）

㊂　其手と此手がしはゝこゝろのふたおもて

和漢《わかん》の書籍《しよじやく》に眼《まなこ》をさらし。竺土《ちくと》我朝《わがてう》を胸《むね》にたゝみ。流水《りうすい》に物をいはせ。木石《ぼくせき》を飛行《ひぎやう》せしむる程の明智《めいち》の憲清《のりきよ》なれ共。こればかりはどふやらもだ〳〵して。合点《がてん》がゆかす小首《くび》をかたふけて。此筆の跡《あと》はどこやら見覚《おぼへ》たやうな所もあれば。是をせんぎの手がゝりに吟味《ぎんみ》のなるまい物でないと。返事の文をひねくりまはしてゐらるれば。乙女《をとめ》の前《まへ》はがつくりと力《ちから》を落《おと》して。そんならあすの夜忍《よしの》びあはふとの詞《ことば》は。おまへのお心から出た事ではござりませぬか。これは夢《ゆめ》見たやうな事と。座中《ざちう》はめいつてたれひとり詞《ことば》も出さぬ所に。のり清の草履取《ざうりとり》琵琶《びは》△助《すけ》は。幕のひまより旦那《だんな》と見奉るより。是は〳〵お旦那《だんな》は清水《きよみづ》へ御参詣《さんけい》と聞《きゝ》申たゆへさきから方《はう》〳〵尋めぐるさい中。よい所でお目にかゝつた。御同役《どうやく》橘《たちばな》の（廿四ウ）白子《しろこ》様より何やら急《きう》な御用にて。おたのみなさるゝ義《き》があるとの御事。いさゐは此御状《じやう》のうちに仰《おほせ》おかるゝよしと。秋《あき》の野《の》すつたる高まきゑの文箱《ふみばこ》。さし出せば。ハテ何事か気《き》づかはしとひらき見れば。禁庭小《きんていこ》板敷《いたじき》のほとりに。毎夜《まいよ》ひかり物あらはれて。しんきん尤おだやかならず。此橘《たちばな》の白子に明《あく》る廿五日亥《ゐ》の刻《こく》より。とのゐ仕るべきむね。武門《ぶもん》の冥加《めうか》是《これ》にしかざる所。こん朝《てう》よりさん〳〵風邪《ふうじや》にて身をなやまし候へば。明夜《みやうや》わが代番《だいばん》として。ひそかに禁庭《きんてい》へ伺公《しこう》給はらば。珍重《ちんちやう》すくなからぬむね。くれ〳〵との頼《たの》み。のり清よこ手をうつて。扨《さて》こそさいぜんの文《ふみ》のたくみあらはれたり。橘《たちばな》の白子《しろこ》わが出頭《しゆつとう》をそねみて。乙女の前の文をひろひ。似《に》あはしき返じをしたゝめ。とのゐを頼《たの》みて我《われ》と乙女の前と小板敷にて出くはせし所を。公卿《くぎやう》に披露《ひろう》をとげさせ。我《われ》を罪《つみ》に（廿五オ）しづめんはかりこと。すなはちその文と此手の筆ずさみ。寸分ちがはぬは。うたがひもなき白子がたくみなり。をのれふぜいがはかりことに。むま〳〵とのるべきや。此文を忠実公《たゞざねこう》の御覧《らん》に入。反間《はんかん》のはかりことを以て。たちまち罪《つみ》を得さすべしと。すでに其座《そのざ》をたゝれけるを。乙女の前はうらめしげに。憲清《のりきよ》の袖《そで》をひかへて。うどんげの花まち得たるうれしき首尾《しゆび》を。打すて白子にうらみあればとて。わたしを打すて丶いなふとは。いつそいやならとんといやと仰られて下されと。すがりかこてば憲清《のりきよ》も当惑《とうわく》し。なるほど御心ざしはいつの世にかわすれ申べき。去ながらさしあたつての急難《きうなん》を申あきらめずしては。そなた様へもいかやうのむしつを持《もつ》て参《まい》るまいものでもなし。察《さつ》するところもはや忠実公《たゞざねこう》へ。さま〴〵の讒言《ざんげん》をかまへしに違《ちが》ひあるまじければ。手（廿五ウ）前よりそのうらをもつて。かへつてかれめを罪《つみ》におとすはかりことのさいちうなれば。どふも心がいそいで恋《こひ》ぜんさくへ手もとゞかず。此事首尾《しゆび》よくおさまりなば。何が扨《さて》此方よりこそ首《くび》だけに思ひつめたるわが身なれば。ぢよさいのあるべき筈《はづ》もなし。西行《にしゆく》月の東《ひがし》にゆく世はありとも。二世かけてかはるこゝろはさら〳〵なしと。誓《ちか》ひし詞《ことば》はつゐに末《すゑ》の代《よ》に残《のこ》りて。乙女の前をぼだいのたねとなしたる事。思ふほだしの西行《にしゆく》月にぞ。法名《はうめう》を西行《さいぎやう》とは申き。乙女の前はわきまへもなく。かなしみて取つきたる手を引はなし。さいぜんの文の事はかやう〳〵になし給へと。耳《みゝ》に口をあてひそかにわかれて。忠実公《たゞざねこう》へ参殿《さんでん》し。御大事につき申上度むねをいひいれければ。忠実公御対面《ごたいめん》あつて。事の様子を尋《たづ》ね給へば。憲清《のりきよ》懐中《くわいちう》よりくだんの（廿六オ）一書《いつしよ》をとり出し。橘《たちばな》の白子《しろこ》所労《しよらう》によつて。私《わたくし》へ明廿五日の夜。臨時《りんじ》のとのゐを頼《たの》み候へども。ひつきやう此義は。つねならぬばけ物の所為《しよゐ》を打しづめ候事。御上の御目かねを以て。白子に仰せ付らるゝを。よこ合より私《わたくし》罷出《まかりいで》て。とのゐの役義《やくぎ》をつとむる事恐《おそ》れ入候仕合。しかし家《いゑ》につたへ候神武帝《じんむてい》の蟇目《ひきめ》をもつて。あやしきものをおつはらひ見申べきやと。そらさぬけしきにてうかゞひければ。忠実公《たゞざねこう》はもくねんとして。御答《こたへ》もましまさず。白子が文をおしかへし〳〵見給ふ所に。唐橋《からはし》の御局《つぼね》より。上わらは乙女の前の願《ねが》ひの一通到来《つうとうらい》あつて。身にとつて覚《おぼ》へなきに。何者のしわざやらん。あすの夜《よ》小板敷《こいたしき》のかげへ忍《しの》へとのうたてき文。いづかたともしらずなげ入たれば。打すて置《おき》がたく上らんにいれ奉れば。筆のあゆみにもしや思し召あたりもあらば。御吟味《ぎんみ》を（廿六ウ）くだされ。みづからのくもらぬしるしを。あらはし給へとの唐《から》はしの局《つぼね》へ願《ねが》ひの文に。かの白子か似《に》せ状《じやう》をそへてさし出しければ。忠実公《たゞさねこう》うなづき給ひ。我とくより針皇大星《しんくはうおほぼし》を以て橘《たちばな》の白子。野心《やしん》のまなこざしある事を見きはめ置《おき》たり。此文うたがひもなく橘《たちばな》の白子が筆《ふで》の跡《あと》なれば。天聴《ちやう》を経《へ》て非道《ひどう》をたゞさるべしと。すぐに橘《たちばな》の白子ならびに。乙女の前をめして事の事実《じじつ》を正《たゞ》し給ふに。白子が似状憲清《にせじやうのりきよ》を罪《つみ》におとさんとたくみしはかりこと。禁庭《きんてい》にいま〳〵しき偽《いつはり》をもうけし御とがめ。逆鱗《げきりん》すくなからずして。つゐに官職《くはんしよく》をけづゝて。都《みやこ》のそとへあほうばらひにぞなし給ふ。もとより白子が手に入たる。憲清《のりきよ》へつかはしたる。乙女の前《まへ》が文も白子より叡覧《ゑいらん》に達《たつ》しければ。上を恐《おそ》れず御めがねをかすめしとが。そのうへきびしきおきてを（廿七オ）そむく事。かた〳〵ゐいりよにそむき奉るだん。御とがめありて乙女の前をも。都《みやこ》の内《うち》を追《おい》はらひ給ひけり。乙女の前はかねて思ひもふけたる事ながら。つゐに憲清《のりきよ》に一夜《よ》の枕《まくら》もかはさず。うき名《な》の雲《くも》におほはれ。涙《なみだ》の雨《あめ》にかきくれて。御ついぢのそとに立。今こそ大内の見おさめと。思へば心もいとゞやるせなく。二足《ふたあし》三足立出ては。御所の方を打まもり。あゆみかねてたちやすらふを。情《なさけ》なくもおつたての官《くはん》人《にん》。心にふしある竹田海道《たけだかいどう》を引ぐし。鴻炉館《こうろくはん》の方へ引たてゝ追《おひ》うしなひぬ

一之巻終（廿七ウ）

哥行脚懐硯《うたあんぎやふところすゞり》　二之巻

目録

㊀　哥人はそだちより宇治《うぢ》の片折戸《かたをりど》

衛《ゑい》の子魚《しぎよ》といひし者《もの》は。死《し》してもその屍《かばね》。わが君霊公《れいこう》に忠諫《かん》を加《くは》へしとかや。かほどのためしもあるに。橘《たちばな》の白子は私《わたくし》のいこんを以て。憲清《のりきよ》を罪《つみ》におとしいれんとたくみし事。ねてはくつばきか丶る我身《わがみ》の難義《なんぎ》も皆憲清《みなのりきよ》めゆへと我《わが》悪《あく》には目をつけず。伏見《ふしみ》のすみぞめといへる片里《かたさと》にかくれすみ。人の肝煎《きもいり》して分一をとり。その外新田金《しんでんかな》山などのこかし相談《さうだん》あい手にも。詞《ことば》ならぶるを幸《さいはい》にわるものなかまのつかはれものとなりて。しばらくは世をわたれど。又そのわる者仲間を一はいづ丶こかしてまはれば。此所に足《あし》もとまらず。天性《せい》のよこしまをあらはして。宇治《うぢ》の里にて雲《くも》介同然《どうぜん》のくらし。(三オ) 其《その》むかしはたくさんにまきすてし小判色《ばんいろ》も。山吹《ぶき》の瀬《せ》とかはり行て。前世《ぜんせ》からか丶るひんくのたねをまきの嶋《しま》も。おぼろ〳〵として是非《ぜひ》をわかぬ一日ぐらしの境界《きやうがい》。誠《まこと》にげんざいの果《くわ》をみて過去《くはこ》みらいをしるなれば。さきの世は鬼《おに》ともなれと心にはゆる津の国大坂にくだり。いく玉といへる人だちおほき鳥居《とりゐ》の前《まへ》にて人形宝引《にんぎやうほうびき》といふ事をはじめ。サア〳〵いと様ャア札《ふだ》を一文でかはつしやれい。

挿絵第一図

挿絵第二図

ヤア一文が此金《きん》入のたばこ入に成ぞやと。ちいさい子共をたらして見てもはかどらねば。又宇治《うぢ》に立もどり。平等院《へうどうゐん》の庭《には》の面是《おもこれ》なる芝《しば》の上にむしろ打敷《しき》じゆばんぬぎすて座《ざ》を組《くみ》て。謡《うたひ》うたひとなり身《み》のなるはてはあはれなるふるひ声《ごゑ》を出しいぜんむさぼりたる相手雷《かみなり》の落《おち》か丶るやうな声にてとがむるを見れば。さめざやにどうがね（三ウ）打たる櫂《かい》のやうなる一腰《こし》をさしこはらし。狼《おゝかみ》の丸やきにてもあたまからしてやるべき。大ばちびんのひげやつこ。是はぶ調法《てうほう》仕ました御《ご》ゆるされませと。ねぢむくひやうしに引はづして雲《くも》を霞《かすみ》にかけ出すを。どつこいやらぬと手びしく追《おひ》かくるを。にげ足《あし》の得《ゑ》ものと飛《とぶ》がごとくに十町計《ばかり》にげのび。賤《しづ》が家なから心こめたるくずやのかたすみに有けるを。幸《さいはい》とかけこみ。わるものにおいこめられたる男《おとこ》でござります。お情《なさけ》にすこしの間御めんとゐんの下ににじりこめば。はやさいぜんの男《おとこ》は姿《すがた》を見うしなひたると見へて。又も尋《たづ》ねに来《きた》らず。あるじはたちにもたらぬ女と見へて。つきしたがふ女も二九には過ぬものごし。ゐんの下にかゞみながらも。すきの道とて先是《まづこれ》に心をつけ。そつとはい出ておかげで命《いのち》をひろひまして有がたふ存《ぞんじ》ますと。顔《かほ》を（四オ）

挿絵第一図（四ウ）

挿絵第二図（五オ）

見合ヤアそちは大内にありし乙女の前ならずや。よもや見忘《わす》れは有まじ我《われ》こそ橘《たちばな》の白子といふもの。そなたの心一つより。いろ〳〵となんぎの上のなんぎに今のさまとなりくだり。けふをすごす便《たより》もなし。よい所で思ひよらぬ対面《たいめん》をいたしたるは。ほんの我らと御ゐんがふかひといふ物なれば。のり清《きよ》めが事をおもひ切てわが心にしたがひ給ひ。夫《ふう》婦《ふ》もろかせぎにいたさうと。むしやくしやしたるひげづらを。乙女の前にすりつけ。三ねんもようじをつかはぬ口をすりよするぞうたてき。乙女の前はかなしさむねんさやるかたなく。憲清《のりきよ》様とかやうにへだゝりたるも皆《みな》此男《おとこ》がなすわざなれば。何とぞたばかり命《いのち》をうしなはゞわが身のむねんをはらすといひ。一つには憲清《のりきよ》様へてきたいしたる白子なれば、おもふ男へわが浅《あさ》からぬ心ざしも通《とを》ると思ひ（五ウ）さだめてわざと少《すこ》し打ゐみて。先こよひは是《これ》にゆる〳〵と御休《おやすみ》ありて。其うへにはいかやう共御心にもしたがはんと。めしつかひの女に*酌《しやく》とらせて。目もちらつくばかりに酒《さけ》をしゆれば。白子はうつゝをぬかし。さすがは御主《しゆ》人の御きりやうにしたがひ。めしつかはるゝ下女までも。扨《さて》も見事なる盛《さかり》の色《いろ》。吉野《よしの》の桜《さくら》と龍田《たつた》の紅葉《もみぢ》を。一所《しよ》に見たるおもはくにて。どちらをどふともさだめがたしと。よねんもなくくつろぐすきまを見あはせ。乙女の前は氷《こほり》のごとくなる守刀《まもりがたな》ぬきもち只《たゞ》一打にと打かくるに。さすがの白子なれば女のうでには似《に》るべくもあらず。ひつはづして刀《かたな》もぎとり取ておさへ。ゆだんのならぬ女め。扨《さて》はのり清に心を残《のこ》し。まことを思ふ此白子が女房《にようばう》になる事をきらひ。憲清《のりきよ》めへ心中だてに此男《このをとこ》をかいせんとは。どうたいより肝《きも》のふとい女。ねざめのわるい女房に（六オ）此方もはや思入なければ。跡《あと》からまはるもさきからゆくも。たつふりと金銀をしこだむればその上にいひぶんなし。はらいせのお礼は只今《たゞいま》申さんと。あたりに有ける長持《ながもち》のふたをおしあけ。乙女の前下女もろ共に打こみ。そとより空《そら》ぢやう打合て。伏《ふし》見のすみぞめに名《な》を取たる。生肝《いきぎも》の庄右衛門といへる男をたちまちいざなひ来り。乙女の前を十年切て五拾両に売渡《うりわた》し。くどき事がやかましきとて。手拭《てぬぐひ》にてさるぐつわをはませ。身をもがく乙女の前を情《なさけ》なくも生肝《いきぎも》の庄右衛門は。すみぞめへいざなひ帰《かへ》りぬ。白子は下女が身《み》をふるはしておそろしがるをなでさすり。みぢん気《き》づかひをする事はなきぞ。そちが親《おや》は町人か侍《さむらい》かと尋《たづね》られて。こは〱に私《わたし》が親《おや》は清水《きよみづ》の滝《たき》の下に。さとうまめをうけ売《うり》いたします。泉《いつみ》やの小市《いち》と申。人のしつたわろでござり（六ウ）ますが寺の石つきにて足代《あししろ》からふみはづして。七年さきに往生《わうじやう》しやりました。その外は何も存ませぬ。ごゆるされて下さりませと。むしやうにこはがるを扨《さて》も〱おくびやうな女じや。コレ今いふ事をとつくりと聞《きゝ》わくれば。その方が氏《うぢ》なうて玉の腰《こし》つき一つにて。出世の見へすいた事共あり。とくと聞《きゝ》わけてしあんせよ。さいぜんの女はそちも聞及《きゝおよ》びぬらん。乙女の前とてれき〱の官女《くわんじよ》なれば。其方を乙女の前と世上のわが*むす子へいひふらし。表向《おもてむき》は名をあらためて。八坂《やさか》にて茶《ちや》やをとり立。身共が亭主《ていしゆ》となつて。その方を遊女《ゆうぢよ》にしたて。随分鼻《ずいぶんはな》の下の長きあたゝかそふなる町人へ恋《こひ》をしかけて。やごとなき上らうのやうなるおもはくを。ひつはなしにほのめかしなば。大ぶんにぜんせいすべし。さすれば根《ね》引の客《きやく》あれば。よい所のおく様とあふがるゝ事。なん（七オ）と文殊《もんじゆ》か〱と。むしやうに口拍子《びやうし》につけてすゝむれば。女のあさき心より。いかさま此やうなるかたかげにて。小めろ奉公《ぼうこう》をせんよりはその勤《つとめ》がましならんと。心のつくを幸《さいはい》にそやしたてゝ。其方が親《おや》の跡《あと》さうぞくの為なればと。むかしの泉《いづみ》やの小市といふ家名《いゑな》をすてず。泉やの小はんとあらため。白子も一《い》つかどのよき分別《ふんべつ》と。賢人《けんじん》ぶりて竹林《ちくりん》を開《ひら》きて。七間口《けんぐち》の茶屋《ちや》をくみたて。金銀のつかみどりをあてにするは。まことに水ののみ置《をき》とは見へぬ

㈡　かざり具足《ぐそく》はおどしてみる親仁《おやぢ》の強異見《こはゐけん》

仏者《ぶつしや》は方便《はうべん》。武士《ぶし》は計略《けいりやく》。傾城《けいせい》は手管《てくだ》と号《なづけ》て。をのれが智恵《ちゑ》をもつて万客《ばんかく》をあざむき。ふかきしかけに多くの買手《かい》をまよはす事なり。扨《さて》も橘《たちばな》の白子は。いつしか大内のもつたいすがたを（七ウ）取をき。遊女商売《ゆうちよしやうばい》となりて。いとび

んあたまにこそげ落《おと》して。名を白八とあらため。かゝへの小半をさもおも〳〵敷《しく》しかけて位をとり。おれき〳〵の姫《ひめ》君《きみ》の。かりに白拍子《しらびやうし》とあらはれたるていたらくをうつしければ。毎日《まいにち》の繁昌《はんじやう》詞《ことば》にものべられず小半も白拍子のわざは。ほうらくの舞と心得しに。ほうろくにて豆《まめ》をいりて。さとうまめのこしらへに。親《おや》小市とその日ぐらしのつらき事もわすれ。いつしか御公家《くげ》様の落《をと》し子のやうなる心になりて。むしやうにわが身を吹上《ふきあげ》しよていのつしりと座敷《ざしき》つき大やうに。くいものに目をつけねば。始《はじめ》てのぼりし田舎《いなか》大臣などは。扨《さて》も白拍子といふものは。物ごと花車《きやしや》に梅干《むめぼし》ばかりを鼠《ねずみ》のやうに。向《むか》ふ歯《ば》にてくうて世をわたるものと我《が》を折《をつ》て。内証《ないしやう》をきけば恐《おそろ》しき事共なり。くまびきをぬた面白い。どじやう汁（八オ）うなぎの丸やき。すつほん汁おつとまかせ。あらかべにしめりをかけて。ほつといきをしかくれば。ねぶかのくさみはたちまち去《さる》と。てんじやうくゝつてのあばれぐひ。丸山も中〳〵白拍子の大食《しよく》には及ぶまじき事共なり。爰《こゝ》に都《みやこ》の上京《かみ》その名もゆゝしき武者小路《むしやのこうぢ》といへるに。乗鞍屋《のりくらや》の喜三郎とて。若《わか》き時より家《か》業《けう》にゆだんなく。ゐように大切なる金銀をつかひすつる事なく。大名方の御きげんをとり。一代に挊《かせぎ》出して武具《ぶぐ》商《あき》人《んど》の鏡《かゞみ》とはなれ共。喜三郎四十に及ぶまで子なき事をなげき。黒谷《くろだに》の文殊《もんじゆ》へあゆみをはこび。むりむたいにたのみをかけければ。ある夜《よ》母《はゝ》の夢《ゆめ》に天よりみやうがの子《こ》わが口のうちにいるとみて。俄《にはか》にくわいにんし。月かさなりて男《おとこ》の子をもうけければ喜三郎限《かぎ》りなく悦《よろこ》び。是《これ》こそ天のめうがに叶《かな》ふたるしるしなるらんと。（八ウ）悦《よろこ》ひけるが天道はその心にてはあるまじ。名を喜世七《きよしち》とよひてあらき風にもあてずやしなひはごくみ。喜世七が心のまゝにそだてられしは。かほど一生にもうけためし親《おや》の器量《きりやう》には似合《にあは》ぬおろかなる事共なり。折檻《せつかん》してさへ親《おや》の半分にも身上を持かたむるむすこはまれなるに。異見《ゐけん》すべき事もゆるかせに打置《をき》。サア金銀をついやすだんになつて。むしやうににがい顔《かほ》をしてみせ。こは異見したればとて色《いろ》がしかけのわなにかゝりては。釈迦孔子《しやかこうし》の異見《ゐ》でも。その段《だん》になつて当分《とうぶん》に気《き》のつく物にはあらず。世上のわかきものに色狂《いろくる》ひをきらふものとては一人もなけれ共。親仁《おやじ》を恐《おそ》れてかけ出したい心の駒《こま》を。のりしづめ〳〵かんにんをする事ぞかし。古人も子をあはれまば多く棒《ぼう》をあたへよとの善言《ぜんげん》。されば遊女狂《くる》ひは誰《たれ》しもわるい事としつてゐれ共。猩《しやう》〳〵の酒壺《さかつぼ》にていけどりにあふ如《ごと》く。（九オ）此酒《さか》つほをこゝに置《をく》は我《われ》をとらん為と。しごくがてんをしながら。どふもいへぬ酒の匂《にほ》ひに。魂《たまし》*をうばゝれさいしよゆびさきにつけてねぶつて見るより。とんと生根《しやうね》のとりじまりをうしなひ。つゐには酒《さか》つぼにはまつて。跡《あと》へも先《さき》へもゆかぬやうになると同じ事にて。能〻《よく〳〵》面白《おもしろ》い事があればこそ。町義《てうぎ》をかき隠居《ゐんきよ》をだまし。女房にはしんゐをもやさせ。内の首尾《しゆび》はうそでかため。わが物を我《われ》と盗《ぬす》んでつかひはたす事ぞかし。喜世七は手をひろげたるあそびずきにて。日本のせんしやうを打こし。からぜんしやう迄《まで》を引請《うけ》て。下へむく遊《あそ》びをうたてがり。遊女の筋《すじ》なきものに身をけがすは。わが身ながらいかにしてももつたいなしと。をのれが身ひとりを高《たか》う覚《おぼ》へし男《おとこ》。幸《さいはい》もあれはあるもの。小半といへる遊君《ゆうくん》は。去姫君《さるひめきみ》のはてと聞伝《きゝつた》へしをさいわいに。（九ウ）いづみ屋に身をよせて。始《はじめ》ての一座中〳〵聞《きゝ》しにまさるよそほひ。きだてしやんとしてヲ、こはもくどふはいはず。喜世七大臣も此うへなしと急《きう》に面白《おもしろ》うなつて。なじむにしたがひ乗鞍《のりくら》屋の喜世七なれば。乗喜世《のりきよ》様〳〵と花車《くはしや》かついしやう中居《ゐ》がけいはく。気《き》にすく事のみいひまはし。どふした事やらこなさんとねたあくる日は。わたしはたはいがござんせぬと。あせ手拭《てぬぐい》くわへて喜世七が顔《かほ》を尻目《しりめ》で見て。急《きう》にのぼしかくれば。さては君《きみ》の方からも我らに首《くび》だけじやなど。心にがてんする目からは。たばこの輪《わ》をふかるゝまでが。めつたにしんぢうらしう見へて。ぬれ文の山高《たか》く無理《むり》酒の海深《うみふか》う。折《おり》ふしは一もじたらぬ三そじをもならべて。昔《むかし》思ひ顔《がほ》に喜世七に向《むか》ひ。かやうのさもしいつとめをする身にもあらず。過《すぎ》し比《ころ》までは上なき御殿《ごてん》にて夏《なつ》の暑《あつ》き（十ノ廿オ）にも。十二ひとへに汗《あせ》をしぼりまして。ところてんで酒もりして楽《たのしみ》し身も。うつればかはる世の中とて。つらい身になりましたと。乗喜世《のりきよ》大臣《じん》にとんともたれて。白子がおしへしかたはしをやらるゝを。いふほどの事が皆かはゆうなり。ハテ残念《ざんねん》な身のうへとこちらからはほんの泪《なみだ》をこぼして。たとひみせの商《あきなひ》はあうまいとまゝよ。小半にさへあへばよいと。昼《ちう》夜《や》泉屋《いづみや》にいりこめば。内には喜世七が夜具《やぐ》にひらたぐもが巣《す》をくうなど。めつほうかいの出つゞけに。手代共あたまをかきて。色《いろ》〳〵ゐけんを加《くは》ゆれど聞《きゝ》いれず外《ほか》の遊女に身をうつでは。あるまいし。あの女郎はおれき〳〵のちやき〳〵。我《われ》〳〵共のいやしき身に。はだをふれさせらるゝを有がたいとは思はず。その方共が異見《ゐけん》をせば。ばちがあたつて口が未申《ひつじさる》へゆがむべし。めうがにかなふた此喜世七を。異見《ゐけん》するは（十ノ廿ウ）不忠《ふちう》とやいはん不《ふ》直《ちよく》とやいふべきと。以の外りきみ出し。いよ〳〵さか馬になつてつかひさかりぬ。親仁《おやじ》喜三郎はとし漸《やう〳〵》六十にちかければ。手足の働《はたら》きを手代に打まかせ。わが身は表《おもて》にすはりて。武具商人《ぶぐあきんど》とていとまある折《をり》は。つねに軍書《ぐんしよ》をすきて。三国志《ごくし》などをよみて工夫《くふう》をし。おも手代の善八をよびつけ。此中漢楚軍談《かんそくんだん》をよみて見るに。高祖《かうそ》七十余度《よど》の戦《たゝか》ひも。落《おつ》る所は兵粮《ひやうらう》ぜめにて。いかなる大丈夫《だいぢやうぶ》の項羽《かうう》もぬきさしならず。つゐに打まけてせんかたなく成たる事を思へば。世悴《せがれ》喜世七め色里初陣《いろざとういぢん》の若武者《わかむしや》なれば。敵《かたき》のしかけに血気《けつき》はやりて。中〳〵その方共かあびひるほどせつかんをしたればとて。とゞまるべきけしきにあらねば。此うへは兵粮《ひやうらう》せめの道理《だうり》を以て分別《ふんべつ》をしたれば。此後《のち》かまへて喜世七めに銭一文も渡《わた》すべからず。銀が壱匁もなければ。遊女《ゆうぢよ》（廿一オ）狂《ぐる》ひがせらるゝ物ではあるまじ。異見のちからぜめをとんととり置て。金銀の不自由《ふじゆう》なるやうにさへしかくれば。遊ひ所へ行たふてもゆかれず。ひとりととまらねばならぬ道理なりと。それより一門《もん》一家《け》はいふに及ばず。少《すこ》しの知音《ちゐん》ちかづきの方《かた》迄も。手代をまはし悴《せがれ》喜世七義もし金銀の御無心を申にまいる事ありとも。必《かならず》〳〵壱匁も取かへをして給はるなと。かたく頼んで遣《つかは》し。サアもふらくじやぞ是《これ》からは喜世七めが。二日《ふつか》三日もどらぬとてすこしも。苦《く》になる事はなきと。親父《おやじ》あつはれ孔明《こうめい》が軍法《ぐんはう》を。思案《しあん》したしたる顔《かほ》付にて。おちついてゐらるゝこそ愚《おろか》なれ。今時《とき》の世《よ》に身上相応《しんしやうさうおう》なる親《おや》をもちたる若《わか》むす子には。さつそくにのみ込《こみ》て高利高歩《かうりたかぶ》。さき引前《まへ》引と指《ゆび》を折《をつ》て月よみ日よみ雨《あめ》のみやしやの風《かぜ》の宮《みや》じやのと。むしやうにかゝり物をいひたて。きめう（廿一ウ）なる証文《しやうもん》をとつて。当分《とうぶん》金銀を取かゆる銀主《きんしゆ》あつて。それにしたがふ口《く》入三《にうさう》途川《づがは》の茂兵衛一足飛《いつそくとび》の市右衛門かま首《くび》の権八なんどいふもの共。我さへしこだむれば極楽《ごくらく》じやと思ふわる者。山のごとくはいくわいすれば。喜世七は出る事の思ふま丶なるゆへ次第《しだい》に遊びかさ高《だか》になつて。そのあいには。つねの人とは心のいれかはつた。天満屋の九郎治といへる。悪所銀《あくしよぎん》の口入《くにふ》としたしくなり。鼠《ねずみ》や忠兵衛といふ銀主をたのみ。小半が身請《みうけ》代三百両計。急《きう》に才覚《さいかく》頼むといへば。うとく人の一子と聞《きゝ》て心やすく請《うけ》あへば。雨ごひに空《そら》のくもりしこ丶ちして。喜世七悦《よろこ》びいさみ先当分《とうぶん》小判《ばん》の五はいも。お礼がなふてはすむまいと。九郎治がさしづもだしがたけれど。諸方《しよはう》をせかれて。黄《き》なるものとては一角《かく》もなければ。いろ〳〵と工夫《くふう》して急度《きつと》しあんを仕出し。親仁《おやぢ》の（廿二オ）りんじう仏《ぶつ》のため。はん金弐枚にて求《もとめ》をかれし。恵心《ゑしん》の作《さく》の三尊《ぞん》を蔵《くら》の内よりとり出し。是も進物《しんもつ》にはめづらしい趣《しゆ》向《かう》と。手紙《がみ》さら〳〵としたゝめ。恵心《ゑしん》の三尊《ぞん》御なぐさみに進上申すと。肴《さかな》かごに打こんでやられしは。又と有まじきおくり物ぞや

㊂ 色《いろ》に出《で》花《ばな》の茶《ちや》屋 狂《ぐるひ》ひ*は花《はな》香《が》大臣《だいじん》

もろこしの魯元道《ろげんだう》といへる日銭《ひせに》かしが。銭神論《せんしんろん》といへる語《ご》に。徳《とく》なうして貴《たつと》く。勢《いきほい》なくして熱《ねつ》し。主親《しうおや》にあらね共行《ゆく》先《さき》〳〵にて。人腰《こし》をかゞめはいまはり。旦那《たんな》〳〵と尊敬《そんきやう》すること。みな銭の徳なりとかけり。いにしへより長者二代なしといひつたゆるも。必《かならず》一代にてほろぶるときはまりたるにはあらず。親はわつかなる身上《しんしやう》より。一生しんくをつみかさねて。金銀をのばす事岩《いは》に花さく思ひをなし。身の油《あぶら》を出してかせぎいだすといへども（廿二ウ）そのむす子はむまれながらのよい衆《しゆ》とよばれ。いつ共なく花車風流《きやしやふうりう》に成ゆき。そやしたつるにしたがひて。心のおごり出。筒《つゝ》一はいよりこぼれか丶る遊びに。ふだん金銀ふそくして。むねをくるしむるは。今時のわかむす子の習《なら》ひなり。只心

をやすく持て祇園《ぎおん》の二軒茶《ぢや》やより。舞雩《ぶう》に風《ふう》じて詠《ゑい》じてかへりたき物なり。とうふ酒に腹《はら》あんばいもわるく。もどり足に料理《りやうり》茶屋の門口で。いはひでも大事ないせきばらひに。気《き》をつけさせ。なんとまめなかけふは屋敷《やしき》の御用があるゆへ。いなねばならぬとなんの義理《ぎり》じゆんぎもなき所へあいさつして。つい建仁寺《けんにんじ》のだらりべらりと。夜明《よあけ》の鐘《かね》に不興《けう》の帰《かへ》りをいそぐものなり。乗喜世《のりきよ》大臣は急《きう》にのぼりつめて。小半を一時もはやく根引《ねびき》にし。わが花とながめたき願《ねが》ひに。先親《まづおや》かたの四郎八とやらに対面《たいめん》せん。かやうの事は（廿三オ）

挿絵第三図（廿三ウ）

挿絵第四図（廿四オ）

挿絵第三図

みつ〳〵の相談《さうだん》ならでは。とりしめにくいものなれば。四郎八が居間《ゐま》にてゆる〳〵語《かた》らんと。小半があんないにて。奥《おく》の六畳敷《でうじき》に通《とを》れば。中〳〵住《すま》居《ゐ》も見ぐるしからず。びんごの裏《うら》がへし畳《だゝみ》。間《ま》なか床《どこ》に猿丸《さるまる》大夫奥《おく》山にといへる一軸《ぢく》を。かた前さがりにかけなし。二重切の水なき竹の筒《つゝ》に。山吹のつくり花。すゝおもげに打かけて。みづ上帳金銀入帳などゝいへる。様〳〵の帳をかけ置《をき》ぬ。いづみや四郎八は始《はじめ》てのお目見へ。鼠小紋《ねづみこもん》のひとへ物。うへにひつはり。小半が親方《おやかた》めでござりますると出れば。乗喜世《のりきよ》大臣はよの挨拶《あいさつ》にも及ばず。

挿絵第四図

先《まづ》なにかなしに小半をひつかく相談《さうだん》。かの四郎八さのみ悦《よろこ》ぶけしきもなく。此小半どのは先《さき》だつて。方〳〵からおもらひなされたいとの事でござりますれど。つねの衆《しゆ》とは違《ちが》ひましたゆへ。御相《ごさう》談《だん》が出来かねまする。私《わたくし》も此人にかゝりて。一生らく〳〵とやしなはれ（廿四ウ）まする所存《しよぞん》ゆへ。只今心得ましたと。ついお返事《へんじ》も申にくうござりますといへば。乗喜世《のりきよ》大臣は大きにせいいて。亭主《ていしゆ》の身《み》ぶんは少しもきづかひは無用《むよう》との詞《ことば》に。四郎八まだおく歯《ば》に物あるこはつきにて。さやうならば先小半どのの義は跡《あと》になされて。私《わたくし》を一生おやしなひなされませふといふ。ちよつと一筆をなされてくだされと。はや硯箱《すゞりばこ》に岩国半紙《いはくにばんし》二枚つぎ出せば。乗喜世大臣も是はどふやらすまぬやうな事と。もじ〳〵せらるれど。硯箱《すゞりばこ》出してから四郎八がけしき。ことの外すさまじく。いやといはゞつかみつくべき勢《いきほ》ひに。日ごろのきじやうもうせはて。文言《もんごん》をこのませて。望《のぞみ》のとをり書てわたせば。とてもの義にゐんばんをと。扨《さて》も念《ねん》の入たるこのみ。さて今一枚おした、めなされませい。小半殿はなみたいていい。おくらゐの高い女中でござらねば。もしやおうけなされた跡《あと》で。あき風（廿五オ）などが参《まい》つて。お見すてなされてはいかにしてももつたいない。せんさくでござれば。世間の去状《さりじやう》とはちがひて。一生去らぬ状と申す一札を遣はされませ。それ共ぜひ外へお心がうつりましたら。一生の飯料《はんりやう》に三百五拾両金子をつけて。私《わたくし》へおかへしなさる、と申す。手形《てがた》をなされませねば。此御相談《ごさうだん》はいたしにくいと。にがり切つた挨拶《あいさつ》。乗喜世《のりきよ》大臣は跡《あと》は野《の》ともなれ山ともなれ。早《はや》うわが花と詠《なが》めたいが一はい。此望《のぞみ》もやすい事と。筆《ふで》をつ取去《さ》らぬ状《じやう》の事と書出し。段〻《だん〳〵》さいぜんの文《もん》句《く》にあはせて書おさめ。依《よつ》て永代《ゑいたい》いとまやらぬ状如件《くだんのごとし》と書おさむる所へ。鼠《ねづみ》や忠兵衛跡《あと》をしたひて尋《たづ》ね来り。御《ご》密談《みつだん》申度との事。乗喜世《のりきよ》大臣立出て様子をたづねらるれば。工面致《くめんいた》しかけし金子俄《にはか》に間違《まちがひ》て埒明《らちあき》申さず。京中の出口此節《せつ》いづかたも銀がすりにて。おもはしき出口もご（廿五ウ）ざらね共。たま〳〵のお頼《たの》み何とぞと骨《ほね》を折ましたが。一つの手がゝりと申すは。去《さる》お素人《しろと》がたに。木香《もつかう》を千斤ばかり買置《かいをき》しておかれしを聞出しましたれば。是を六ケ月切にて買調《かいとゝの》へ。わたくしおせわを申て。すぐに少〻の御そんをいとはず。当銀《とうぎん》にうり払《はら》ひまして。先火急《くはきう》の間《ま》を合せまする。こんたんより外にはござりませぬと。鼻《はな》のうへにしはをよせて語《かた》れば。なにが此節《せつ》つちにもしがみ付たい場《ば》なれば。それは過分《くはぶん》しごくのせわ共。売《うり》ぞんの所はくるしからず。当分《とうぶん》の間《ま》にあふ所か。百貫目にもかへられぬ。ひとへに頼《たの》み入と。手を合しておがまぬばかりにいへば。さやうならば薬《くすり》屋を聞合《きゝあは》せ。随分高値《ずいぶんたかね》の所へ現銀《げんぎん》に売払《うりはらひ》。銀子にいたして後ほどまでに。持参仕ませふ家《いゑ》もちの証人《しやうにん》三人入まする。皆私《みなわたくし》が手はづを取《とつ》て置《をき》ました。暮《くれ》過《すぎ》までに工面《くめん》出来次第に。これへ（廿六オ）持参致《ちさんいた》しませふ。さき〳〵の手代衆《しゆ》も参られますれば。ざつとかるいお夕《ゆふ》飯《はん》を仰付られませい。委細《いさい》は追付《をつつけ》銀子持参《ぢさん》の折柄《をりから》。お咄《はな》し申ませふと。尻《しり》をふつて帰《かへ》りぬ。乗喜世《のりきよ》大臣は飛立《とびたつ》ばかりの嬉《うれ》しさに。料理《りやうり》人よびよせ。ていねいなる夕飯《ゆふはん》をこしらへさせ。かけんが大事じや。わが骨《ほね》はぬすまぬと。また手にとらねどはや大びれに出かけ。日のくるゝを千とせの心に待《まち》わびて居《ゐ》らるれば。もはや初夜前《しよやまへ》共おぼしき時分。鼠《ねずみ》や忠兵衛天満や九郎治をはじめ。銀主の手代証人《しやうにん》の家持《いゑもち》三人。薬種《やくしゆ》の持主《もちぬし》三人口請《くちうけ》五人判元《はんもと》見証文書《みしやうもんかき》まで。かれこれ数《す》十人いざなひ来りて。先《まづ》むしやうに食悦《しよくゑつ》して。鼠屋忠兵衛扇《あふぎ》をシヤにかまへ。扨きぐすりや衆《しゆ》を方〻承《うけたまはり》合《あはせ》。入札同然《どうぜん》ほどに書付をとつて。ずいぶん高い所へ落《おと》しましたが。時節《じせつ》あしくことの外さがり口にて。御持主の買《かい》直《ね》。千斤にて（廿六ウ）拾五貫目の所を。漸〻《やう〱》と八貫三百目に売払《うりはら》ひましたれば。六貫七百目の売《うり》ぞん。あまりおびたゝしき御そんと存じますれど。とかく急《きう》の間《ま》に合ますするを第《だい》一に仕りました。則《すなはち》十五貫目の高二わり半の利足《りそく》。六ケ月分弐貫弐百五拾匁のさき引。二わり五ぶの口銭《かうせん》。三貫七百五拾目。もち主三人へ金弐両づゝ。九郎治忠兵衛へ五はいつゝのほうび。判見証人《はんみしやうにん》に壱両つゝ。銀主の手代口請合中へ五両。売損迄《うりぞんまで》を引落《おと》し。正味《み》の残《ざん》銀九百廿三匁六分。此金拾五両に銭壱貫弐百拾六文。先《まづ》上ますると書付して。証人《しやうにん》加判《かはん》人印形《ゐんぎやう》すまし。銀主は六ケ月切にきびしき拾五貫目の証文うけ取。まだしたゝか酒をしてやり。よい機嫌《きげん》にて帰《かへ》れば。亭主《ていしゆ》四郎八は奥《おく》より立出。何やらおめでたい御様子でござりまするると。手をつけば。是もだまつてゐられず。拾五両の内を又三ばいはづみ。最前料理人《さいぜんりやうり》に（廿七オ）口をすごせし手前とて。是《これ》も一はいとらせ。さながら大臣の身として。銭も懐中《くはいちう》ならねば。下《した》を働《はたら》く権七にたばこかへとさし出し。こよひのふるまひ八匁はたご以上十七人。吸物《すいもの》代らうそく代。三味せん引のよね三人のあげ代共に。三百四拾弐匁是も当銀《とうぎん》にわたしてしまひ。残《のこ》りの小判《ばん》の高を見るもかなしや。気《き》をいりあげて拾五貫目の家質《かじち》の証文《しやうもん》をかき。手取は金子たゞの五両。小半にやくそくの黒繻子《くろじゆす》の打かけ。そちてよいように物ずきせよと。手をはらふてさつはりとはづんでしまひ。よはみを見せぬ血気《けつき》のつはもの。誠《まこと》に一騎当千《きとうぜん》のたはけものかなと。したく〱のものは皆我《みなが》を折《をり》ぬ

二之巻終（廿七ウ）

哥行脚懐硯《うたあんぎやふところすゞり》 三之巻

目録

第一 真綿《まわた》に針金《はりがね》商《あきなひ》延《のば》しかける鼻毛《はなげ》の噂《うはさ》
酌共《くめども》かはらず呑共《のめ》つきぬ泉屋《いつみや》が猩〻足《しやう〴〵あし》
女《をんな》の髪筋《かみすじ》に客《きやく》をつなぐ象牙《ぞうげ》のさし櫛《ぐし》
胸《むね》の内《うち》はひいやりとところてんのつき出し女郎

（二オ）

第二 君《きみ》の盃《さかづき》おさへてさしあひのあいのふすま
心には一ふしの竹《たけ》の根《ね》吹出《ふきだ》して笑《わら》ふ乙女《をとめ》ちがひ
やみの夜《よ》に錦《にしき》と見たは袋《ふくろ》の宵《よひ》だくみ
どうぼねを二三十踏付《ふみつけ》た八文字《もんじ》の道中《だうちう》

第三 鎌倉《かまくら》から口上をのべられたとがにんの命《いのち》
盗《ぬす》まれて涙《なみだ》の雨《あめ》一ふりの銘《めい》のもの
親《おや》と子は血筋《ちすじ》の縄目《なはめ》きれにくい夫婦《ふうふ》の愛縁《あいゑん》
そいでしまふた両耳《りやうみゝ》はきかぬ気《き》な弾正《だんじやう》（二ウ）

㊀　真綿《まわた》に針金商延《はりがねあきなひのば》しかける鼻毛《はなけ》の噂《うはさ》

光陰流水《くはうゐんりうすい》のごとく。花ちる梢《こずゑ》に蟬《せみ》なけば。月日の道に関《せき》もりなく。藤原《ふぢはら》の憲清《のりきよ》は。百日の勤番《きんばん》の御ゆるされも。はやなかばに及びぬ。すでに近辺《きんへん》の名所《めいしよ》きうせきは大かたに見つくし。是よりは一とびとんで六条三筋《すし》町と心がけ。かの在原《ありはら》の業平《なりひら》の詠《ゑい》ぜし。ひぢりめんの下紐《したひも》から紅《くれなゐ》に水遊びの趣向《しゆかう》。その身はぼろん坊《ばう》の姿《すがた》に作《つく》りなし。天がいを打かづきて尺八手にもち。腰《こし》にさしたるはかへ竹にはあらで。朝日丸《あさひまる》の宝剣過《ほうけんすぎ》し盗賊《とうぞく》の騒動《さうだう》よりは。しばしも身をはなたず。こも僧《ぞう》すがたのやつし風《ふう》。てんせいの美色《びしよく》てんがいのそとにほのめき。風俗《ふうぞく》しやんとしてぎくつかず。哥《うた》の道に秀《ひいで》たるのみか。小うたの道は猶《なを》さら妙《めう》にして。一ふしの竹の音《ね》に（三オ）うつばりの塵《ちり》をおどらせ。つまこふ鹿《しか》におもひをつのらせ。目の見へぬ鬼《おに》ばゝの心をも感《かん》ぜしめ。一座《ざ》にてたけき武士《ものゝふ》をすいにもみこみ。弓《ゆみ》とりとて。張《は》りのつよい女郎を手にいるゝ事。あたかも一物《もつ》の猫《ねこ》がめくら鼠《ねずみ》をとるよりも安《やす》し。色《いろ》のねじめの三すじ町。ひかぬ気な風《ふう》ぞくも。わが身ながらおかしく。そろ〳〵と五条のほとり。夕顔《ゆふがほ》の市兵衛といへるおろせがもとへあゆむに。十間口ばかり向《むかふ》へ。三人づれの高ばなし。随分《ずいぶん》ひいき目に見ても。紙《かみ》くずかいよりは下のふうてい。なんと八兵衛是ほど朝《あさ》から晩《ばん》まで。身をくだいてせいを出せども。さりとはもうけのない世の中。せめて半季《はんき》に。かねの三百貫《くわん》目ものばせは又面白《おもしろ》い事じや。五郎介は去《きよ》年の秋から此夏《なつ》までに。五百貫目のばしたと聞《きい》たが。市兵衛やこちとらは。此春《はる》からすう〳〵いふて（三ウ）弐百貫目ならでは銀がのびぬ。とかく銭はもうけられぬと。互《たがい》に大声《こゑ》あげての物語《ものがたり》。憲清《のりきよ》は天がいのうちより興《けう》をさまし。其かつほくは山がの猿同然《さるどうぜん》。たくさんそうに三百貫目五百貫めと。おつとつて四つ物成《ものなり》四千石のしんたい。さりとは商人《あきんど》といふ者は。どうたいより肝《きも》のふといせんさく。いづくにすむもの共ぞこれもなぐさみの一つと。跡《あと》をしたひてあゆめは。髪《かみ》ぼう〳〵と草《くさ》ずり引の人形《にんぎやう》を見るようなる五郎助。何《なに》をわいらは五百貫目のばしたを大きなる事と思ふが。せけんをしらぬといふものなり。世の中には金銀を石瓦《いしかはら》よりたくさんに。色狂《いろぐる》ひにつかひすてる男《おとこ》があり。虱《しらみ》のづしにゐらるゝ。こちがおばのお蝶《てふ》が出入する。八坂《やさか》のいづみやといふあそびやに。つき出しの女郎なんでやらしくじつて。泉《いづみ》やでの勤奉公《つとめぼうこう》。その女郎に打こんで。夜《よ》が明《あく》るやら日がくれる（四オ）

挿絵第一図（四ウ）

挿絵第二図（五オ）

挿絵第一図

やらしらぬ大臣《じん》。かわいや追付身代《をつけしんだい》を分散《ぶんさん》しおろふがと。祇園《ぎおん》のけづりかけ聞《きく》やうな高ばなしに。憲清《のりきよ》は此はなし胸《むね》にぎつくりあたりて。そのつき出し女郎とは。万一乙女《をとめ》の前《まへ》など。人にかどはされてさやうの有様にてはなきか。いよ〳〵末《すゑ》の物語《ものがたり》いぶかしゝと。三すじ町の趣向《しゆかう》も打わすれ。五条をひがしへ三人の者と跡《あと》や先《あき》にしたひゆけば。八兵衛市兵衛も口をそろへて。世間《せけん》にそのやうなたわけがあればこそ。茶やがたもはんじやうしてゆけ。シテその客《きやく》の名はなんといふものじや。銭のめうがにつきるであらふと笑止《しやうし》がれば。五郎助

挿絵第二図

は十面作《めんつく》つて。その客《きやく》の名《な》は乗喜世《のりきよ》といふて。いかふ上をいたやつそうなが。さだめて下地《したぢ》からふづくつておいたものであらふ。人間《にんげん》のかざかみにもおかれぬばちあたりじやと。ちや〳〵むちやくのひやうばんばなしに。憲清《のりきよ》大に（五ウ）肝《きも》をつふし。首尾《しゆび》わるき上臈《らう》の遊女《ゆうぢよ》に。のりきよといふ客《きやく》あり。とは。何とやらまぎらはしゝ。もしや我《われ》をにくしと思ふもの。似《に》よりたる悪名《あくめう》をこしらへ。讒言《ざんげん》のたねをまくば*かりことにてもやあらん。八坂の泉《いづみ》やと聞《き》ゝつけしこそ幸《さいはい》なれ。是よりはほどちかしと。五条の橋《はし》を真《ま》ひがしにゆけば。かの三人の男《おとこ》共は橋東《はしひがし》なる針金《はりがね》やへ。わかれ〳〵に帰《かへ》りけり。扨《さて》こそさいぜんかねをのばす物語《ものがたり》ははりがねの事なりと。ふしんははれにき。すでに夏《なつ》の日のながきも西《にし》にかたぶくころ。八坂につけば。ぎおん町の家作《やづく》りも蹴《け》おとさる、程《ほど》の色町《いろまち》。出がうしおほやうにしてゐらかをみがき。中ほどには一入《ひとしお》に目だちて泉《いづみ》やが住居《すまゐ》。憲清《のりきよ》内を見いれてたちとまれば。小天神《てんじん》のかぶろともいふべき程《ほど》の小めろ二三人立いで。手をとつてとむるを幸《さいはい》と内に入て奥《おく》にとをれば。座敷《ざしき》はな（六オ）れて月みるための中二階《にかい》。音羽《をとは》山をわが物《もの》にしたる物ずき。さりとは亭主《ていしゆ》はいたり物と。心のうちにかんするうち。花車《くはしや》はとさんもち出。様《さま》〳〵のあいさつ。サア先《まづ》おあついにお笠《かさ》をおとり遊《あそ》ばせと。とかく顔《かほ》を見たがるは。いろ里《ざと》のならひぞかし。色様《いろさま》にお望《のぞみ》もあらば。お名《な》を仰《おほせ》られませひと。はや物にしたがつて。御機《き》げんをとり〳〵の口上。これぞ牝鶏《ひんけい》のあしたするは。色宿《いろやど》かならずはんじやうするのしるしなるべし。なるほどおめにかゝりたい色様《いろ》お名《な》はしらぬが。おれき〳〵より此里《さと》へのつき出しとやら。ところてん同然《どうぜん》にじぶんがらひいやりと身《み》にしむ恋風《こひかぜ》。其色様《いろ》をとたのめば。それは小半さまと申すお位《くらゐ》の高《たか》い色様《いろ》。幸《さいはい》しばしのおひまあれば。つれまして参りませふと。二かいよりおりんとするを。なんとその小半どのとやらの。むかしのお名はとゝはれて。昔《むかし》のお名は乙女《をとめ》の前様《まへ》（六ウ）といひすてゝ下《を》りければ。のり清大きにおどろき。いかなるわけにてかくいやしきつとめ女とはなりさがりけるぞとかくあふての上の事と。じつといきをつめてまつてゐらるれば。あついちや二三ふくものむばかり。隙《ひま》をとりて。箱《はこ》はしごにひやうしのこもりたる足音《あしをと》。扨《さて》こそと天がいのうちよりのぞけは。ぬつといでたるよそほひ。一なめなめて乙女前とは。お月様とすりこ木《ぎ》よりまそつとのちがひ。当世模様《とうせいもやう》のちらしぞめ。むな高《たか》に帯《おび》して。たいまいべつかうは取をき。女の髪《かみ》すじにつながるゝ。象牙《ぞうけ》のさし櫛《ぐし》。白眼《しろめ》がちにひたいで客《きやく》を見たれがおしへてやら床《とこ》ばしらにもたれかゝりて片足《かたあし》なげ出し。一つめにはヲ、いやァ。二つめにはヲ、しんきと。おとがいを懐《ふところ》のうちへ半分《はんぶん》いるゝなど。憲清《のりきよ》大かたならず肝《きも》をつぶし。たれかかゝるちゐをつけて。乙女の前と大《だい》それ（七オ）たる空《そら》名《な》をかたどりけるぞと。そばへよりてさゝやかんとすれば。中居娘《なかゐむすめ》たちよりて。お咄《はな》しならば後《のち》ほとそれはもしふつきあひじやと。あいの山のやうなる三味せん引たつれば。それお吸物《すいもの》かるいおさかなと。ざは〳〵と心のうちつくまもなく。ちよつとめづらしいひやし物と。勝手《かつて》より料理《りやうり》人がよびもせぬにまかり出て。潮煮《うしほに》をおかへ遊《あそ》ばしませ。お

盃《さかつき》を頂戴《てうだい》といたゞいて一つうけ。なんの苦《く》もなくついとほしてのり清へもどせば。おさへねばならぬしかけに。まつのめとかへりのさかづき。たれやらの声色《こはいろ》にてまた一つうけながら。目かほにしはをよせて。のみにくさふに半分のみさいて下にをき。のりきよの手をまぶつて花をまつ仕かけ。小判一両につゆがねのせてさし出さるれば。コレハ旦那ありがたかつた瓜《ふり》のかはと。手を出すを。したじきは御めんと。小判を（七ウ）懐中《かいちう》せられぬ

(二) 君《きみ》の盃《さかづき》おさへてさしあひのあいのふすま

くみかはす数《かず》かさなり。憲清《のりきよ》も思ひの外心うかれて。こびたるさかなの取組《とりくみ》も。中〳〵面白《おもしろ》く。春正《しゆんしやう》がまきゑの小盃色酒《いろざけ》一石《こく》千両にもかへられぬ楽《たのし》み。是《これ》をこそ春正一石価千金《しゆんしやういちこくあたいせんきん》とはいふなるべし。つきあひとてかゝへの女郎七八人一座につらなり。中にも錦木《にしきゝ》といへる女郎は。人にちつかの思ひをさする顔付《かほつき》。若草《わかくさ》にはのびかゝつてゐる客《きやく》ありとて。しき一ツへだてゝのもてなし。ふとりしゝに少《すこ》しめてなる君《きみ》のお名《な》はととへば。あれこそふじの根《ね》様といへば。いづれに時しらぬふじの根《ね》様とや。ひえの山をはたち計の女。形《なり》はふごじりのやうにありけるなんどのり清例《れい》のわる口に。座《さ》中もどよみを作《つく》つて。たしなみ芸《げい》のありたけをつくし若草《わかくさ》は（八オ）本手がゝりの撥音《ばちをと》。にしき木が小《こ》弓《きう》に小はんが琴《こと》のしらへ。今はやり出の三下り。いろね面白《おもしろ》くかきならせば。憲清《のりきよ》は尺八おつとり琴《こと》にあはせての一《いつ》曲《きよく》。世にはまたかゝる色音《いろね》を吹《ふき》出す人もあるものかと。座中はよだれをひざがしらにうつし。音羽《おとは》の滝《たき》も心して。しばしはひゞきをやむるほどの竹の音《ね》。折ふし亭主《ていしゆ》白子は台《だい》所に居《ゐ》すはり。三年ものゝ鯉《こい》に庖丁《はうてう》のむねをあてゝ。つゝぎり八人前とつもりして居《ゐ》けるが。中二かいにふきたつる竹の音《ね》。きけばきくほどぞつとする計のけたかさ。此里《さと》の名うてさりとは聞《きゝ》ことかなと。左《ひだり》の手の三年物が。井戸《いど》のはたへ水のみに行をもしらず。うつゝをぬかして聞居《きゝゐ》たるが。誠《まこと》や過し大治《たいぢ》のはじめつかた。内府転任《だいふてんにん》の拝賀《はいが》の夜《よ》。義綱《よしつな》の御もとにて。藤原《ふぢはら》ののりきよが。ひとよぎり尺八のほまれある事を。わかき公卿《くぎやう》聞《きこ》し召て是非《ぜひ》（八ウ）共との御所望《しよもう》もだしがたく。陰陽《ゐんよう》のむかひ地《ち》。茶《ちや》つぼ竹きり真《しん》のすごもり。さま〳〵の秘曲《ひきよく》をつくしけるが。今の世にかゝる竹の名人。ほかにあるべきとも覚えず。もしや中二階《かい》の客《きやく》とは。憲清《のりきよ》にてはあらずやと。ふとこゝろつきて禿《かぶろ》の金弥《きんや》をよびて。こよひの客の顔かたちはととへば。顔《かほ》は笠《かさ》でみへませぬ。なりかつかうは絵《ゑ》にかいたそんしまいらせ候の人形《にんぎやう》のやうなといへば。扨《さて》はこもそう姿《すがた》にて。人めを忍《しの》びててんがいをとらぬと見へたり。もしやのり清めならば。日ごろのいこんのはらし所。かれがひそうせし尺八は。小枝《ゑだ》。夕日《ゆふひ》。龍王笛《りうわうてき》。此三つの竹の内。いづれもみな見しりあれば。是《これ》をしやうこに実否《じつふ》をうかゞはんとかぶろの金弥がみゝもとへ口をよせてかやう〳〵といひまはして。尺八をそつとかりて来れ。首尾《しゆび》よふしおゝせたらば。こん夜《や》は初夜からねさすぞと（九オ）悦はせ。白子は二かいのあがりだんに。鼻《はな》いきもせずまつてゐれば。金弥《きんや》はつか〳〵と二階《にかい》にあがりて。お客《きやく》さんのうつとしそふに。笠《かさ》をとつて顔《かほ》をみせさんせと。うしろよりとりつくを。これはゆるしてくれと手をあぐれば。そんなら是《これ》をとるぞへと。腰《こし》なるかへ竹を引ぬきて。うしろへかくし次《つぎ》の間へはしり行《ゆけ》ば。憲清《のりきよ》殊外《ことのほか》肝《きも》をつぶし。さりとは座興《ざけう》も品《しな》による。こも僧《ぞう》が竹をとられては。飛脚《ひきやく》がひざがしらをぬすまれたとおなじこと。わけもない事をする近江禿《あふみかぶら》じやと。口あいにとりまぜて。取かへさんとすれば。そんならわしが今けいこするきぬ〳〵の三味せんを尺八で吹てきかさんしたら。此袋《このふくろ》をもどしませふといへば。のり清は大せつの一腰《こし》をうばゝれ。心ならねど子共にむかふておとなげなふはらも立られず。よいは〳〵望《のぞみ》ならば吹《ふい》てきかそふほどに。それ迄《まで》其（九ウ）ふくろをあづくるぞと。尺八おつとりあけのむつごとゝふき出せば。金弥はからかみのうしろへ袋《ふくろ》を出せば。白子はあがり口より手を出して。ひそかに錦《にしき》の袋《ふくろ》をうけとり。口をひらけば。思ひもよらぬぼうざやの小剣《つるぎ》。名にきく竹の夕日《ゆふひ》にはあらで。朝日丸《あさひまる》といへる文字をさやにゑりつけ。ぬけば玉ちつて宝気《ほうき》天をつらぬき。霜《しも》のほこさき北斗《ほくと》をおびやかすばかりなれば。白子大きにぎやう天し。思はずも此宝剣《ほうけん》の手にいる事。二階《かい》の客《きやく》は疑《うたが》ひもなき藤原《ふぢはら》ののり清なり。此うへは手をおろさず。かれめにうきめをみすべしと。宝剣《ほうけん》をおしいたゞき。折ふし鍼立《はりたて》の道悦《どうゑつ》が。わすれて行たりしあい口を。袋《ふくろ》のうちへねぢいれてすりかへ。もとのごとくに白子が手から金弥が手へ。かよふあらしのよもすがらと吹《ふき》おはれは。金弥は何くはぬ顔付《かほつき》にて憲清《のりきよ》へ袋《ふくろ》をわたしぬ。しばらくありてうら口の（十ノ廿オ）方に亭主《ていしゆ》白子が声《こゑ》にて。ヤレ手過《てあやまち》よ大盗人《ぬすびと》よと。戸障子《としやうじ》をたゝきたつれば。となり近所《きんじよ》さはぎたち。いづくと見さだめたる事もなく。水よちやうちんよとひしめけば。憲清《のりきよ》が座敷《ざしき》の女郎も。あはてふためき。二階《かい》からすべりおちるやら。上を下へとちやうしかんなべ。ひつくりかへしての騒動《さうどう》に。憲清《のりきよ》は所あしゝと。あいさつもなく帰られば。白子は憲清《のりきよ》が帰《かへ》るを見とゞけ。火の手はしづまつたさはぐまい〳〵と。あたり近所をしづむるよりはやく。尻《しり》ひつからげ朝日丸《あさひまる》を懐中《くわいちう》し。日来《ひごろ》無二の中なる。土肥弾正《とひだんじやう》が屋敷《やしき》へとぶがごとくにはしりつき。弾正《だんじやう》に対面《たいめん》し。今日ふしぎに途中《とちう》にて憲清《のりきよ》にめぐりあひ。腰《こし》にさしたるは朝日丸《あさひまる》の宝剣《ほうけん》と見付しより。なんの苦《く》もなくのり清をとつてなげ。どうぼねを二三十ふみにじり。朝日丸《あさひまる》をひつたくりて。参つたれば。まづ貴様へ御めにかくる。なんと拙者《せつしや》がゆう（十ノ廿ウ）気《き》のほとを見給へと。出ほうだいの荒言《くはうげん》をはきて。錦《にしき》のふくろをさし出せば。弾正《だんじやう》大きにおどろき。扨《さて》〳〵日来《ひごろ》に違《ちが》ひたるはたらき。幸《さいはい》その方の客《きやく》に乗鞍《のりくら》やの喜世《きよ》七といふ者あれば。勅勘《ちよくかん》の乙女の前にのり清心をうばゝれ。こも憎《ぞう》すがたに身をやつして。さま〳〵のほうらつをつくし。その上つとめ女。乙女の前を夜《よ》にまぎれつれてはしらんとしけるが。よく〳〵あはてけるにや。朝日丸といへる一腰《こし》を。取落《とりおと》してにげうせたるよしをつぶさに。町中《てうぢう》より記録所《きろくしよ》へうつたへ出たらば。此方の足手《あして》をはたらかせず。憲清《のりきよ》めをとがにおとす事。目前《もくぜん》なり。さすれば此土肥弾正《とひだんじやう》が。ひごろ恋《こひ》こがるゝのり清がつまの百合香《ゆりかう》も。わが手に入そこもとの悪事《あくし》もしぜんにはげて。ふたゝび白子の家《いゑ》を相続《さうぞく》ある事ちがひあるまじといへば。白子大きによろこび。其むねに（廿一オ）まかせ。朝日《あさひ》丸の宝剣《ほうけん》をしやうこに此よしを訴《うつた》へければ。乙女の前はさきだつて。勅勘《ちよくかん》のものなれば。御かまひなし。のり清が不行跡《かうせき》一〻書もつくされずと。決断所《けつだんしよ》の評義《ひやうぎ》こと極《きはま》り。三たびおしきはむるといへる例《れい》を引て。八坂の茶やを残《のこ》らず召出され。せんぎあるになるほどつき出し女郎と申て。ちか比泉《ころいづみ》や白八がかゝへの女に。乗喜世《のりきよ》といへる客《きやく》殊外《ことのほか》のぼりつめられ。かさ高《だか》なる遊びのよしは。八坂中にたれしらぬものもなきよし。いづれの口も同じ事なれば。此うへは憲清《のりきよ》ゆる

しがたしとて。一入《ひとしほ》に白川の法皇逆鱗《ほうわうげきりん》あつて。きびしく禁獄《きんごく》のうへ。近日六条河原に引出し。首《くび》をはねらるゝにぞさだまりける

㈡ 鎌倉《かまくら》から口上をのべられたとがにんの命《いのち》

天のなせるわざはひは猶《なを》さくべし。みづからなせる災《わざはひ》はいくへからす（廿一ウ）とは魯論にあらはす所。藤原《ふじはら》の憲清宝《のりきよほう》剣《けん》をうはゝれしうへは。万事の道理《だうり》もいひくらまされて。昼夜《ちうや》をわかぬ土籠《つちらう》におしこめられて。此世からくらき闇路《やみぢ》にまよひて。最後《さいご》の日をまつより外の事もなかりしに。此事鎌倉《かまくら》なる源《みなもと》の頼朝卿《よりともきやう》の御耳《みゝ》にたつて早飛《はやび》きやくを以て。白川の法皇《はうわう》へ仰上られ。頼朝《よりとも》いさゝかぞんじよる所あれば憲清《のりきよ》が死罪《しざい》一等《とう》をなだめられ。そのかはりとして幼稚《ようち》のせがれ。猫丸《ねこまる》を関東《くわんとう》へさし下さるべし。此地《ち》におゐてうしなひ申すべきよし言上ありければ。法皇《ほうわう》御心にはそまね共。当時《とうじ》天下の権《けん》をより朝《とも》にゆだねらるゝ所なれば。ぜひなく憲清《のりきよ》が死罪《しざい》を御ゆるされあつて。大小をはぎとり。日ごろほうらつの姿《すがた》をそのまゝに。とて。こもぞうのていにて。築地《ついぢ》のそとよりたゝきばらひにそし給ひける。猫丸《ねこまる》をはあやしき籠輿《ろうこし》にうちこみ。（廿二オ）けいごのともがらぬき身の鎗長刀《やりなきなた》をひらめかして。あたりをうちかこみ。関《くわん》東《とう》へぞ下されける。憲清《のりきよ》が屋敷《やしき》家財《ざい》とうにいたるまで。肉縁《にくゑん》なればとて。土肥弾正忠《とひだんしやうのちう》へ預《あづ》けられ。妻《つま》のゆりかうは。弾正忠《たんじやうちう》心まかせにおひはらへとの仰をうけ。心のうちにたくみしかず〳〵。一ゝにかなひたりと。弾正忠はいそぎ憲清《のりきよ》が屋形《やかた》に入てみれば。きら〳〵しき家居《いゑゐ》も打みたれて。書院《しよゐん》のみすかなくりすて。下部《しもへ》の者は一人も見へず。あそこゝにしんめう下女と思しきもの。髪《かみ》をも結《いは》ず打まろびてなげき入たるありさまゆりかうはいつくにあるぞとさがし見れば。仏殿《ふつでん》のかたはらに打まろびて。恋《こひ》しののり清どのや。かわいの猫丸《ねこまる》や。われをもなにとて関《せき》の東《ひがし》

へはつれゆかぬと。なきさけびて絶入《たへ》けるを。弾正忠よう〳〵にすかしおこして。いつ〳〵よりはしたしく。かならず〳〵なげき給ふなよ。是《これ》みなぜん世の約《やく》そく（廿二ウ）さつはりとおつとや猫丸《ねこまる》の事を。思ひきり給ふべし。扨只今参る事は。憲清《のりきよ》かゝるうへの事なれば。われらに此屋敷《やしき》をお預けありて。よいやうにとりはからへとの仰付にて。そもじの事もこの弾正が心次第にて。此家《いゑ》にましまして。また今までよりゑよう栄花《ゑいくわ》にくらそふ共。または拙者《せつしや》か申す事が御不得心《ふとくしん》にて。門《かど》のそとへつき出されて。何をくうまいとまゝなやうにて。ひだるいさむいめをなされなりとも。とかくそもじのお心入が承《うけたまは》りたいとすりよれは百合香《ゆりかう》なみだながらに。おつとにはいきわかれ。ひとりの子どもには死《しに》わかれ。猶《なを》もお腹《なか》にはや七月《なゝつき》のねざめのわすれかたみことさらにいかなる淵《ふち》へも身《み》をしづめて。早う猫丸がおりまする所へ参り。もろ共にのり清殿の死出《しで》のたびを待《まち》たふござりますと。またさめ〳〵となきこがれけるを。弾《だん》正忠《じやうのちう》かぶりをふりて。神武帝《じんむてい》此かた（廿三オ）

挿絵第三図（廿三ウ）

挿絵第四図（廿四オ）

の不了簡《りやうけん》とは此事。命《いのち》が物だねなれば。今二三年か四五年のうちには。物の見事に憲清《のりきよ》殿の帰参《きさん》をねがひ。此屋敷《やしき》へふたゝび入給ふやうに。拙者《せつしや》が取はからひて参らすべし。それ迄のしんぼうは。ちつと心にそむまい共。此鼻《はな》がいひぶんにつき給ひて。憲清同然《どうぜん》に思ふてもらはねばならぬと。ひつたりとだきつくを。つきはなして跡《あと》へとびのき。うらめしき弾正《だんじやう》殿の御心や。今かゝるうきめにあひて。面白《おもしろ》さふに只今のなされかた。よもや本気《ほんき》とは存ませぬ。女とこそ生れたれ。藤《ふぢ》はらの憲清が妻外《つまほか》のいろにそむやうなる。畜生《ちくしやう》同然の心はもたず。ことには此度の騒動《さうどう》。おつとの身もちふかうせきにて。乙女の前に身をうち給ひて。宝剣《ほうけん》まで人手に入しと申すしな〳〵。わたしが心に一つもまことゝ思はれず。憲清どのにかぎりて。左様の心ざしあるべきとも思はれず。これみな（廿四ウ）おつとが出頭《しゆつとう》をそねみて。外よりの讒言《さんげん》ゆへかやうになりくだりたると。みづからはすいし申たり。その上橘の白子どの。此いゐをうしなはんと。いろ〳〵とたくまれし。人〻と。そなた様とはすぐれて。おあいだがらもよきよしを承りますれば。かやうになりゆき候も。どふやらそなた様へもうたがひあれば。お上《かみ》よりの仰せ付はさることなれ共。此家《いゑ》の事におゐては。此後《のち》ふつ〳〵御かまひくださるなと。歯《は》に衣《きぬ》きせずいひはなせば。もとより気《き》ばやなるだん正。いやならばいやですむ事。何とやら底《そこ》に針《はり》をふくんだる返答《へんたう》。ぜひ此方にしたがはねば。ま一たびはかりことにて。憲清をよびかへし。獄門《ごくもん》の木にかくるがと。にらみつくれば。サアそのお詞がかんじんのきゝ所。ま一たびはかりことに落《おと》すとは。そんならおまへは是《これ》よりまへに。なんぞはかりことをおたくみなされたればこそ。ま一（廿五オ）度《たび》はかりことに落《おと》すとのおことば。むねのうちのあく心があらはれました。過《すぎ》し盗賊《とうぞく》の折《をり》からも。せんぎの本人の首《くび》をうち落《おと》し。あはたゞしきお帰《かへ》りはがてんの参らぬなされかた。是よりすぐに白川の御所へかけこみ。委細《いさい》の様子《やうす》をうつたへ。私《わたくし》の胸《むね》の開《ひら》けるやうにして。もらはねばなりませぬとかけ出るを。弾正あはてゝ、ひつとらまへ出過たる女のさいばい。今よりは此方がこゝろ次第。いはれぬあごたをうごかして。弾正になんぎをかけると。此通《とを》りじやと懐中《くはひちう》の早縄《はやなは》引ほどき。猿《さる》しばりにくゝりあげ。とこばしらにからめつけ。サア此後《のち》何事

挿絵第三図

挿絵第四図

も手前の身の悪事《あくし》をぬかさず。身《み》が女房になるならば。今の縄《なは》めをゆるすべし。さなくば今なぶりごろしにきざみころすと。三尺弐寸のだんびらを引ぬき。顔《かほ》のあたりをひらめかせど。ゆりかうはすこしもおそれず。それこそわがのぞみの（廿五ウ）事なれ。命《いのち》のあるゆへいろ〳〵のうきめもみれ。はやくわが身をなきものとなし給へ。来世《らいせ》にてのり清殿を心よくまち申さん。たとひ此身はみぢんに切《きり》さいなまる、とて。そなたの様なるなさけしらずに。何のゐんぐわでしたがひませふ。もしや此世にいのちあらば。足《あし》をはかりに憲清《のりきよ》とのゆく衛をさがし。苔《こけ》のふすま谷《たに》のいほりにも。一所にくち果《はて》んと心ざしをきはめたれはうるさい詞《ことば》を聞《きく》もけがらはしいと。身はかなはずじだんだをふみてなげきければ。弾正今はたまりかね。女とおもひゆるし置《をけ》ば。つきあがりのしたるぞうごん。けがらはしい言葉《ことば》をきく耳《みゝ》は此やうにうちおとすがましならむと。ゆりかうが両《りやう》の耳《みゝ》をなさけなくもきりおとせば。わつとなみだに目は見えねど。なんぼうでもきかぬ〳〵。世に神ほとけがあるならば。この縄《なは》すじをはらひ（廿六オ）たまへ白川の御所へはしりつき。此あり様をごん上してをのれをいけてはおかぬものをと。もだへかなしみければ。はしつてゆく足《あし》あれば。この方の邪魔《じやま》なれば。足もないがましならんと。ひざの下より両足《りやうそく》かけてきりおとし。刀《かたな》を取なをし。むなもとへつきたてんとしけるを。ゆりかうしばしとこゑをかけて。おなかにのこる七月《なゝつき》のわすれがたみ。せめてこの世の日《ひ》のめは見ずとも。やいばにかけてうしなひ給はん事。今生《こんじやう》のねがひ是《これ》ひとつなれば。剣《つるぎ》をあてずころしてたべ。鬼神《おにかみ》も物のあはれはしるものなり。ちくしやうにおとりしそちにさいなまれ。此有様をつまやわが子の聞給《きゝ》ひなば。さぞかなしからふ。むねんにあらふ。浅《あさ》ましの今《いま》のうきめやと。なげきさけびければ。だん正いかゞ思ひけん。持たるかたなを打すてゝ。（廿六ウ）仏殿《ぶつてん》のとちやうにありける。白ねりの絹《きぬ》の一丈《ぢやう》ばかりありけるを。かなぐりおとし。百合香《ゆりかう》が首《くび》のまはりを二重三重《ふたゑみゑ》に引まどひて。ぐつといふてしめければ。目口より血《ち》ほとばしり出て。五体《たい》をすくめもんぜつしてぞ死《しに》うせけり。ことしいかなるとしぞや。天津児屋根《あまつこやね》より*滴《てき》〳〵相つたへたるのり清が家《いゑ》。一時《じ》にほろびうせたる事。いかなる仏神《ぶつじん》の御とがめなるらんと。きく人毎《ごと》に舌《した》をふるひ口びるをかへしぬ

三之巻終（廿七オ）

三ヶ津芸品定
芝居役者本元　哥《か》舞《ぶ》妓《き》事《じ》始《し》　全部五巻

第一之巻ハ　哥舞妓由来芝居故事来歴三ヶ津
芝居名代座本古今変化委記ス

第二之巻ハ　芝居一式居所躰器物鬘等至迄弁ス

第三之巻ハ　舞一通諷物秘文等詳書顕ス
古今役者部類亦古人金言教訓

第四之巻ハ　地芸所作事仕内佳境委細述ル
古人狂言作者囃子方小哥作者附

第五之巻ハ　哥舞妓芝居三味線流義差別正ス

右之本者来ル午之年春より売出し申候間其節御求メ御覧奉頼上候已上

京ふや丁せいぐはんじ下ル町
版元　八文字屋八左衛門（廿七ウ）

哥行脚懐硯《うたあんぎやふところすゞり》　四之巻

目録

第一　勧学院《くはんがくゐん》の雀《すゝめ》は。囀《さへづつ》てみせる忠《ちう》の一字《じ》
悦《よろこ》んでは咄《はなし》のそこを。ついてみるしりもち
思ひもよらぬ難儀《なんぎ》を身《み》にうけた勘当《かんどう》
しゞみ川へ流《ながれ》の身《み》。しかへられてうきめに大坂

（二オ）

第二　狂気《きやうき》とて笹《さゝ》の葉《は》に死出《しで》の旅《たび》すがた
親《おや》の心を。子は白髪《しらが》の。あたまがちな折檻《せつかん》
百迄はいきぬと。ころりと身《み》を投《なげ》たすいのおはまり
雲《くも》に汁《しる》もつきはてゝ。こくうをつかむそら言《ごと》

第三　善悪《ぜんあく》は二仏《にぶつ》の中間《ちうげん》が青道心《あをどうしん》
千《ち》とせも爰《こゝ》に住吉屋《すみよしや》のにぎはひは松《まつ》の位《くらゐ》
狂人《きやうじん》くるへば。不狂人もくるわの大さはぎ
親方《おやかた》のにがみは引潮時《ひきしほどき》にからいめのなみた（二ウ）

㊀ 勧学院《くわんがくゐん》の雀《すゝめ》はざ*へつつてみせる忠《ちう》の一字《いちじ》

天道不義《てんとうふぎ》の臣《しん》を覆《おほ》はす。地亦悪逆《ちまたあくぎやく》の者《もの》をのせずといへ共。幸《さいはい》にまぬかるゝ事を得て。しばらく富《とみ》をなすものも多《おほ》し。土肥弾正忠《とひたんじやうのちう》は思ふまゝに憲清《のりきよ》が一類《るい》をうしなひ。金銀を以て下〳〵をなつけ。珠玉《しゆぎよく》を以て上におもねりければ。欲《よく》をすてゝ直《ちよく》につくものはすくなく。利路《りろ》にまよふて弾正《だんじやう》にしたがふものはおほかりければ。つゐにのり清が屋かたを。をのれが別館《べつくわん》にさだめ。昼夜《ちうや》おごりを極《きは》めて。かたはらに人なきがごとくにぞふるまひける。橘白子《たちばなのしろこ》も弾正《だんじやう》が口さきをもつて。ふたゝび帰参《きさん》の御免《めん》を蒙《かうふ》り。八坂の茶屋《ちや》をとり置《おき》て。むかしにかへるもつたい姿《すかた》は。めづらしき有様共なり。こゝにのり清が譜代《ふだい》のざうり取。琵琶助《びはすけ》は思《おも》ひよらぬ（三オ）一乱《らん》おこり。主人のり清はいづく共しらず追《おひ》はらはれ給へば何とぞ行衛《ゆくゑ》をも尋《たづね》んと。心ばかりははやれ共。今日の貯《たくは》へとてもなく。廿年つれそふ女房《にようばう》一人は。都《みやこ》の西勧学院《にしくはんがくゐん》といへる。壬生《みぶ》のほとりにかすかなるくらし。是《これ》も主人憲清《しゆしんのりきよ》の袖《そで》の下にて。月日をおくらせければ。今はろかいなき船《ふね》にうかみたるこゝちにて。女房一所に浅《あさ》ましきくらし。ゆふべには二文が餅《もち》にて腹《はら》をなぐさめ。朝《あした》の薪《たきゞ》は借屋《しやくや》のねだを引はづして。白湯《さゆ》をわかし。非人《ひにん》よりせつなきくらしを苦《く》にはせず。只のり清《きよ》の事のみあんじくらし。いまはいづくにか住《すみ》給ふぞ。いかなる人がかくまひ奉りけるぞ。お主のおゆく衛も見とゞけず。さぞや此琵琶助《びはすけ》を。ふがひなきものと思しめさんと。にぎりこぶしにて胸《むね》をたゝき。むかひの勧学院《くはんがくゐん》の雀《すゝめ》さへ。忠〻《ちう〳〵》〳〵とさへづりて。我《われ》をはげまするに。不《ふ》（三ウ）忠《ちう》〳〵の身のはてやと。涙《なみた》をながし。とかく心ながふ時節《じせつ》をまたば。ふたゝひ憲清《のりきよ》様のむかしの御世《ごよ》になるまい物でもなし。運《うん》は天に蚊帳《かや》は質屋《しちや》にあれば。先此節《まづこのせつ》の間にはあはずと。われ摺鉢《すりばち》にきびがらの蚊ふすべ。心と共に夫婦《ふうふ》はふすほりかへつて。かなしき夕暮《くれ》娘金弥《きんや》は中戸《なかど》に立《たつ》て内へ入かねたる躰《てい》。女房は一目みるより娘《むすめ》かなつかしや。此中はおとづれもきかざりしが。まめてつとめてうれしい。とつ様もせんどから帰つてごされば。久しぶりでかほを見せたいと思ふ折から。シテ今もとりやつたはとふした事ぞとたづぬれば。さればわたしが旦那様《だんなさま》の四郎八さん。何やらこんど大ぶんの仕合をなされて。外《ほか》へゆかんすはづにて。八坂のみせをおしまいなされましたゆへ。わたしもおいとまを下されまして。それで帰《かへ》りましたとの詞に。琵琶助《びはすけ》は大きに腰《こし》をぬかし。夫婦《ふうふ》ふたりでさへ。あとへも（四オ）

挿絵第一図（四ウ）

挿絵第二図（五オ）

挿絵第一図

さきへもゆかぬ所へ。又くい口が*ひどりまして。是《これ》がなんとなる物じや。とれぞ今までのよい客《きやく》衆《しゆ》のうちに。口のうへばかりで成共。是《これ》からすぐに奉公にゆく心あてはないか。爰《こゝ》にゐると晩《ばん》もあしたも。物をくふ事は法度《はつと》じやといふ。代官所《だいくわんしよ》からふれかまはつたがとおどせば。そんなら今のつき出し女郎様の深夫《ふかま》さん。乗喜世《のりきよ》さんの所へいて。奉公《ほうこう》がしたいと頼《たの》んで見ませふかといふ詞《ことは》に。琵琶助はくつぬぎに片足《かたあし》かけて居《ゐ》たりしが。びつくりして思はずしらずふみはづし。尻餅《しりもち》をつきて大声《こゑ》あげ。アラ有がたやと。先太神宮《まづだいじんぐう》の飛《とば》し

挿絵第二図

やつたる神《かみ》の棚《たな》を拝《はい》し。サア日比《ひごろ》の念力《ねんりき》が通《つう》じかゝりしぞ。其憲清様はいづくにござる。かの女郎とやらも聞《きゝ》およんだ。サア〳〵どこじやはやく〳〵とせきにせいてたづぬれは。とつさんのぎやうさんそうに。のり清様の所は武者《むしや》の小路《こうぢ》で乗鞍《のりくら》やといふ所じやと聞《きゝ》ました用があるなら（五ウ）お出なされませといへば。物をもいはすさめざやの。一腰《ひとこし》ねぢこみ。ヤイ女房共人の忠義《ちうぎ》の要《かなめ》といふは爰《こゝ》の所《ところ》じや。まだ此上にびんぼうをかさね。金弥めをいづく〳〵売てなりとも。主人のり清様をかくまひ申さねばならず。ぬかるな女房大事じや金弥と。半分は狂気《きやうき》のごとく。足《あし》をそらにして武者小路《むしやのこうぢ》へといそぎぬ。こゝに乗鞍《のりくら》やの喜世七は。思ひもよらぬ悪《あく》名《みやう》をうけ。のりきよといふ大臣内裏《たいり》女郎を八坂の茶やよりつれてはしり。大切《たいせつ》の宝剣《ほうけん》を打捨置《すてをき》たるよし。親仁《おやぢ》喜三郎耳《みゝ》に入しかば。昔作《むかしづく》りの当世《たうせい》にうとき老人《らうじん》。以の外に肝《きも》をつぶされ。先何《まづなに》にもせよ喜世七めを。そのまゝはおかれずと。奥《おく》の座敷《ざしき》へおいこみ。此方の家《いゑ》の宝剣《ほうけん》とは。身共が祖父《ぢい》の喜右衛門。若狭《わかさ》からのぼられしわらじぬぎの折《をり》にも。大切に取まはされたる一本。一尺三寸のさびわきざし。藤柄《ふぢづか》に割《わり》ぐるみの（六オ）目ぬき。是《これ》ぞ家《いゑ》の重宝《てうほう》。さだめて是を盗出せしものならんと。手代善八にいひ付。蔵《くら》の三がいを尋《たづ》ねさすれば。すゝだらけにて別条《べつでう》なくあるよし。ハテがてんのゆかぬ事と。見せのはしらにもたれかゝり。ひたいにしはをよせてくふうせらるゝ所へ小半はかちはだしにてかけこみ。おやちさんゆるしなさんせ。わしや内かたの乗喜世《のりきよ》さんとは二世かけたふかい中を。親方《おやかた》がしんだいをしまはれますゆへ。ぬし様とゐんをきれよ。大坂のしゝみ川へ売《うり》かへてやるとのつらき詞《ことば》。たとひ火《ひ》の中までも。ぬしさまと一しよと契《ちぎ》りました誓紙《せいし》もあれば。欠落《かけおち》して参りました。乗喜世さんにあはせてくだんせと涙《なみだ》をうかめての物語《ものがたり》。始《はじめ》のうそ後《のち》の信《まこと》とは是《これ》なるべし。親仁《おやじ》喜三郎大きにさはぎ。むす子喜世七めが八坂より。お手前をつれてはしりぞこなひし様子《やうす》は。今よみうりにうたはぬ（六ウ）はかりの評判《ひやうはん》。それにたいそれたる昼中《ひるなか》に。ゐんりよもなくはしつて来《き》たの。イヤ欠落《かけおち》をしてきたのと。此方の家《いゑ》をかぶる古鼠《ふるねずみ》のびんぼう神。乗鞍《のりくら》やの内へ足《あし》ぶみもせられたら。たゝき出すぞと小みせにかけたるしゆろぼうきをおつとり。ふりまはさるゝ所へ。天満やの九郎治忠兵衛うちつれだち。此節《このせつ》喜世七世上《せじやう》の取沙汰《とりさた》あしければ。先《まづ》拾五貫目御返済《へんさい》なさるべしと。証文《しやうもん》をさし出せば。おやぢ喜三郎は明《あい》た口をふさぎもせず。奥《おく》にかけゆきめうがしらずのばちあたりめ。七生迄の勘当《かんどう》じやと。さん〳〵に喜世七をちやうちやくせらるゝ所へ。泉《いづみ》や四郎八が名代《めうだい》のよしにて。永代《ゑいたい》いとまやらぬ状《じやう》に三百両の手形《てがた》をもち来り。むつかしう持《もつ》て参れば。喜三郎は血《ち》の涙《なみだ》を流《なが》しないもせぬ歯をくいしばりて。もとのおこりはみな是《これ》にゐる昼狐《ひるぎつね》が。大事のむすこをほうがらにすひとり此喜三郎が身《み》の油《あぶら》のかねを（七オ）よう〳〵まきすてさせしぞ。いひぶんあらば相手にならふと。よこたへたるほうきを取なをし。小半がよはごしなぐりなさけもなくたゝきつけ。見せよりそとへつき出しければ。わつとさけびてなく〳〵門口へ立出乗喜世《のりきよ》さんもはや此世のわかれでござんす。わしや大坂へうられてゆくと。辰巳《たつみ》あがりな女の声《こゑ》に。喜世七はおくよりとんで出。しなば一所《しよ》じやみらいでそおふと。男なきになきければ。親仁《おやじ》いよ〳〵しんゐをもやし。つける薬《くすり》のないたはけ者。おくへうせて死《しに》なり共。未来《みらい》でそいなり共。をのれがこゝろまかせにしをれと。れいのほうきをとりのべて。喜世七をたゝきつくれは。さいぜんの四郎八が名代は。折あしゝとや思ひけん小半を見付たるを幸《さいわい》に。もとの八坂へ引たてゝかへりぬ

二 狂気《きやうき》とて笹《さゝ》の葉《は》に死出《しで》の旅《たひ》すがた（七ウ）

世の中に非業《ひごう》の死《し》をとぐるもの。わき目から見ては十が九つまで。死《し》ないでも苦《くる》しからぬ事なり。しかれどもその身にとりては。もはや明日《あす》の事は思はれず。其一色《いろ》にからまされて。跡《あと》さきのわきまへなく。一図《づ》に思ひつめて捨身《しやしん》する事。知恵《ちゑ》のふそくに短気《たんき》のあまりを。取《とり》そへたるより事おこれり。喜世七は段《だん》〳〵の悪事《あくじ》一時《じ》にあらはれ。小はんは大坂へ売《うり》かへらるゝとの一言《ごん》。もはや此世に生《いき》てゐて面白《おもしろ》からず。その上泉《いづみ》屋が名代《めうだい》または忠兵衛九郎治がみるまへもはゞからず。いかに親《おや》のけんゐなればとて。ほうきにてのぶちちやうちやく。どふも男の一ぶんたゝず。百までいきても高のしれた日数。思ふ小半にはそはれず。人前《にんぜん》で恥《はぢ》のかきあきはする。勘当《かんどう》の身《み》とはなるうらめしい親仁《おやじ》どのゝなされかたやと。是《これ》をさいごの一言《ひとこと》にて。蔵《くら》の前《まへ》なる用心水《ようじんすい》の古井戸《ふるゐど》へ。まつさかさまに身をなげければ。ヤレ若《わか》（八オ）旦那《だんな》の庭《には》の井《ゐ》のもとへ身をなげさしやつた。医者《ゐしや》よ針《はり》たてよと家内《かない》上を下へとかへしければ喜三郎あまりにおどろき。しばしは目をまはされけるが。やう〳〵と心つきて扨《さて》も〳〵人の心と西瓜《すいくわ》は。皮一重《かはひとへ》下《した》は見へぬ物かな。強異見《こはゐけん》をして棒《ぼう》をあてるも。どふぞ心をもちなをして。家《いゑ》をもまんぞくにつぐやうにと。皆《みな》あいつがためを思ひて。なしたる事があたとなりて。今のうきめをみる事や。子といふものは喜世七めひとりより。絵《ゑ》にかかふといふてもない訳《わけ》をしりおりながら。此乗《のり》くらやの家財《かさい》をば。たれにやれとてしんでくれた。不孝《ふかう》ものゝにくいやつ。かはゆいやつじやいぢらしい。むごひ目にあはせおると。老木《おいき》のむずおれ涙《なみだ》の井戸《ゐど》がへ。さらにとめとはなかりき。かゝる所へ琵琶助《びはすけ》は。勧学院《くわんがくゐん》よりいきをもつがずはしり来り。こゝこそのり鞍《くら》屋ときくより内《うち》へかけいり。のりきよ様（八ウ）こゝもとにござるよし。様子《やうす》あつてゐさいに聞《きゝ》申たれは。一ッ時もはやく御対面《ごたいめん》申たし。お内裏女郎《だいりぢよろう》へもあはして給《たま》はれ。憲清《のりきよ》様の身にとりては。御しぶんは命《いのち》の親《おや》じやと。手を合せて喜三郎をおがめば。喜三郎はわつとなきだし。なんのわしが命《いのち》の親《おや》でござらふ乗喜世《のりきよ》が身《み》にとりては。命《いのち》の敵《かたき》でござるわいのと。琵琶《びは》介にとり付てこゑもおしまずなき入ければ。琵琶介はふしんはれず。命《いのち》の敵《かたき》とはもしやけがあやまちでもありはせぬかと。大きにせいて尋《たづぬ》れば喜三郎は涙《なみだ》をおしぬぐひ。もとのやぶれ口は内裏《だいり》女郎からの事。それがつのつて勘当《かんどう》のこらしめその跡《あと》がひよんな仕合と。又絶《たへ》入てなげきければ。そふ共〱おやぢのいひめさる丶にみぢんちがはず。もとのおこりは内裏《だいり》女郎よりおこつて。勅勘《ちよくかん》の御身《おんみ》ぶん扨其跡《さてそのあと》はなんとでごはると。き丶もせぬさきに琵琶介も。ともに（九オ）おろ〱涙《なみだ》となりて。せきにせいて尋《たづぬ》れば。されば勘当《かんどう》が口おしい。人におひこめられたが無念《むねん》なとて。さきにがた井《ゐ》のもとへ身をなげて死《し》にましたと。ころびまはりてかなしみければ。家内《かない》も残《のこ》らず声《こゑ》をそろへてなげきけるにぞ。琵琶介はこくうをつかみ。ハッといふてどうどふし。御尤《ごもつとも》〱勅勘《ちよくかん》のお身のうへでは。天地のあいだもせまく覚《おぼ》へ。悪《あく》人どもにおいこめられ。さぞ御むねんにお口おしいが無理《むり》じやござらぬ。旦那《だんな》どのと。どうづきをつくやうなる声《こゑ》を出し。今《いま》半日はやくしりなば。なんぼうでもころしませぬに。天道人をころすのかと。うんといふてたをれけるが。立あがりて大きに笑《わら》ひ。アレ〱むかふへ乙女《をとめ》の前《まへ》さま。十二ひとへでそろり〱

挿絵第三図

挿絵第四図

と。ぜんまいがらくりのやうに。しづかにねつていで給ふは。旦那《だんな》への御たい面《めん》か。めでたい〳〵こつちの旦那《だんな》は西方極《さいはうごく》（九ウ）楽《らく》こがねの蓮《はちす》にのり清《きよ》さんまよ。二度《ど》とは見られぬもとりが三文。けだもの六疋《ひき》四つ足同前《あしどうぜん》。弾正《だんじやう》様めよまかせておけろと。笑《わら》ひつないつ。たちまち正気《き》みだれて乱心《らんしん》となりければ。家内《かない》をはじめ。さいぜんより様子《やうす》をうかゞひ居《ゐ》たる鼠《ねづみ》や忠兵衛九郎治。大きに笑止《しやうし》がり。コレやつこどの心をとりなをさつしやれ。なげいたとあつて乗喜世《のりきよ》どの、いきかへらる、ものでもなし。乙女《をとめ》の前とやらいふおなじみの女郎は。今少《いますこ》しさきに大坂へ下らる、といふ。慥《たしか》なしやうこを聞《きい》たれば。あひたいと思はれなば早《さう》〳〵にくだられよ。まだ三里とはちがふまいと。先《まづ》どふなりとして。奴《やつこ》を門《かど》よりそとへおひだす分別《ふんべつ》。琵琶介は是《これ》をきくより。旦那《たんな》の御縁《ごゑん》はうすく共。せめて契《ちぎ》りのふかあみかさ。むすびめかたき下紐《したひも》をとき申されたるお女郎に。がいにあひたひ此ひげ奴難波《やつこなには》でべつ（十ノ廿オ）たり大坂ならば。うれしうごはりまらするべいと。表《おもて》にすてたるさいぜんのほうきおつとり。ふりこめ〳〵まかせておけろと。中〳〵笹《さゝ》の葉《は》にしでをつけて。三味《さみ》せんにのせるやうなる。やはらかな物狂《ものぐる》ひにはあらず。よいとことつてはうんとこまかせと。見せにならべたるかざりぐそく。弓鉄炮《ゆみてつほう》の商《あきな》ひ物《もの》をふみちらし。*て。雲《くも》をかすみに勧学院《くわんがくゐん》の方《かた》へはしりゆきしが。妻子《さいし》のかたはみやりもせず。せめて乙女《をとめ》の前様《まへ》へ。おめにか丶りて。むねのうちに如在《ぢよさい》はなけれど。無《む》になつた忠義《ちうぎ》のだん〳〵。あなた迄いひわけして。腹《はら》かつさばいてしぬるばかりと。心のうちはすなほなる。竹田街道《たけだかいどう》を狂《くる》ひめぐり。月を伏見《ふしみ》も心のむら雲《くも》。立かさなりて子共はつきそひ。気《き》ちがひよほうかいよと。はやしたつる有様狂人《きやうじん》くるへば不狂人もくるふとかや。くるふかたちは同じけれども。胸《むね》の中《うち》には（十ノ廿ウ）忠義《ちうぎ》の鉄心《てつしん》ひげづらに似《に》ぬ心の花。梅《むめ》の難波《なには》に足《あし》をとめて乙女の前様いづくにまします。旦那《だんな》は水のあはれな世の中。情《なさけ》なきうき世かなと。たづねさがして狂《くる》へども。もとよりまちがひだらけの事共なれば。乙女のまへにあふべき道理《どうり》もなし。是《これ》からは西《にし》のはて。九州薩摩《きうしうさつま》長崎《ながさき》はおろか。もろこしの其奥《そのおく》のおく。西方《さいはう》のはづれ迄も。足《あし》をはかりにゆきつきなば。極楽浄土《こくらくじやうど》で旦那《だんな》に出合。琵琶《びは》助かよく来《き》たとの。お笑《わら》ひ顔《がほ》をみるべしと。神崎《かんざき》をくるひまはり。名《な》にきく江口《ゑぐち》の遊女町《ゆうぢよまち》にさしかゝれば。ソリヤ奴《やつこ》の気《き》ちがひが来たと。物《もの》見だけきかぶろやりて。これはさてよいなぐさみごと。いざくるはして遊《あそ》ぶまいかと。サア〳〵所望《しよもう》とおだてられて。夕べも三百はりこんだ。うんとことつてはすつとこなと。わらひつおどりつあげや町をはしりまはりける有様。ふびんにもまたおそろしかりけり。きのふまでは（廿一オ）

挿絵第三図（廿一ウ）

挿絵第四図（廿二オ）

忠義のやつこ。けふはちまたにものくるはしき狂人となる事。あはれなる有様かなとしれる人は泪《なみだ》をおとしぬ

㊂ 善悪《ぜんあく》は二仏《にふつ》の中間が*青同心《あをとうしん》

傾国《けいこく》金朽《かねくち》て*師《すい》も空《むな》しく去《さ》り。太鼓《たいこ》欲深《よくふか》うしても客《きやく》おとろかずとは。そのかみ田舎《いなか》の分里の古語にして。都《みやこ》めきたる風

流なければ。師《すい》なる客《きやく》もおのつと去り。太鼓《たいこ》はいろ〳〵のもんさくをつくし。底《そこ》心に欲《よく》ふかふ花をしてやらんととりいれとも。いきかたも張《は》りもなき。野暮客《やほきやく》なれば。そのしかけを驚《おとろ》かす。そも〳〵此江口の里の遊女町はよし原嶋原《しまはら》のことき中古《ちう》の事にあらすとつと昔《むかし》地神《ちしん》五代の後。いろ里ほのひそりの尊《みこと》はしめて。江口の舟遊女《ふなゆうちよ》と契《ちき》りをこめ給ひしより。まさきのかつらなかくつたはり。都《みやこ》のなかめよりはくんしゆしけく三月の比より秋の末迄は（廿二ウ）諸国のいりこみさらにおほく。桃李《り》物日をいはす旅人の心はうてうてんとなりて。おもひ〳〵にわか物すきの女郎の茶屋《ちやや》へと日のくるゝを待かね。気のせくまゝにあしもとから。酉《とり》の刻《こく》よりさはきたちて。目さましき程の繁栄《はんゑい》なり。爰《こゝ》に住よしやのかゝへに勢至普賢《せいしふけん》といへる二人の遊君《ゆうくん》。また世《よ》にたくひあるへしとも覚へす。勢至《せいし》は只《たゝ》人の娘にてありしか。普賢《ふけん》といへるは氏なん藤原《ふちはら》にてそのむかしは中宮《ちうくう》の上わらは乙女の前といひて人のうやまひかしつきたる身なれ共。上北面《ほくめん》左兵衛尉のり清《きよ》と。ひそかにかたらひける落度によつて。天子の御いかりつよく。都《みやこ》を立はらはれしより。白子《しろこ》が悪事《あくし》に生肝《いききも》の庄右衛門といへる肝煎《いり》の手にわたり。水のゆく衛のさためなく。今此江口の里にゐて。飛《とふ》鳥《とり》もおつるほとのせんせい。されとも左兵衛尉（廿三オ）憲清の事を夢《ゆめ》にもわすれずあけくれしたひこかれて神にいのり。仏《ほとけ》にちかひける心より。座敷《さしき》一へんの酒相手《さかあいて》にはしたかへ共。中〳〵信《まこと》の情《なさけ》かましき事はあらす。それをしりなからも普賢《ふけん》か美色《ひしよく》になつみて。かよふともから何百人といふかきりもなし。それをしらすして。うか〳〵とあそふ衆生《しゆしやう》。かんしんの上品《ほん》上乗《しやう》の床《とこ》の段《たん》にて。ふりつけられ湯《ゆ》のない水風呂《すいふろ》にいりたる心もちにて。かへる事なり。すいにして気《き》のなかい客《きやく》は銭出しなからとこそてはく〳〵と。五日も十日もあけつめにして。文なとにてくとかるれ共手にさへふれねは五大力もちからなう。かよふかみくすとなりて。とかく普賢《ふげん》は気《き》かあり過て手にあはすといへは。住吉屋の親《おや》かたもあたまをかきて。ふけんの中に気があるゆへ普気賢《ふきげん》てお客が帰らしやると（廿三ウ）内証《ないしやう》ではいふて見ても。三十日に五六十も売《うつ》てとをれば。よい見せものをかゝへた心もちにて。亭主《ていしゆ》は中〳〵普賢《ふけん》にむかひて。わるい顔付《かほつき》なとはみぢんもせす。黄昏前《たそかれまへ》にかふろにたばこ盆《ぼん》さげさせ。うちかけ姿《すがた》のどやかにして。何やら表《おもて》かにぎやかなと。格子《かうし》のうちよりのぞかるれば。気《き》ちがひよ〱とあまたの子共はしりまはり跡《あと》より。ヤツトコとつてはスツトコまかせと。ばちびんのひげやつこ泣《なく》やら笑《わら》ふやら。たわいはなく唐天竺《からてんぢく》へはよもゆかじ。あら恋《こひ》しののり清《きよ》様。ゆかしき乙女の前様と。しどろもどろにわめきちらし。なふ〱道ゆく人に物をとふべい。左兵衛尉藤原の憲清《のりきよ》といふ。雲《くも》の上人にちかきおさむらいが。勅勘《ちよくかん》をかなしみて。身《み》をなげてむなしく成給ふを。しらぬか〱なんじやしらぬ。しらぬが仏《ほとけ》みぬが花《はな》花のやうなる柳《やなぎ》こしの。乙女の前といふ中宮《ちうぐう》のお上臈《らう》尋《たづ》ね廻《まは》る(廿四オ)拙者《せつしや》こそ。左兵衛尉憲清の譜代《ふだい》のぞうり取。琵琶助《びはすけ》とはわが事なりと。天へもひゞく大声《ごゑ》にてはしりまはるを。普賢《ふげん》は此詞《ことば》におどろきて物狂《ものくる》ひをよく〱みれば。実《げに》も過《すぎ》にし安井《やすゐ》の花見に。のり清様を尋《たづ》ね来りしぞうり取にまぎれなければ。普賢《ふげん》は覚《おぼ》えすはしり出。我《われ》こそ中宮の上わらは。乙女の前がなれる果《はて》よと。琵琶《びは》介が袂《たもと》にすかりければ。ハツトおどろく一念《ねん》に。迷乱《めいらん》の動気《どうき》しづまつて。狂気《きやうき》たちまちしりそき本心と成ければ。はじめてわが姿《すがた》をかへりみて大きにおどろき。心こそこゝろまよはす心と申が。今思はずも此所へさまよひ来り。ふしぎに乙女の前様にお目見へを仕る事。草《くさ》のかげにましマす憲清公《のりきよこう》のお引合とぞんじますれば。いよ〱かなしうごはりまするとなげきゐるにぞ。乙女の前は声《こゑ》もおしまずなきこがれ。(廿四ウ)あるにかひなき月日をおくるも。もしや憲清《のりきよ》様へお目にかゝる折《おり》もあらんと朝夕神仏《あさゆふかみほとけ》にいのりしかひもなく。此世をさり給とはいかなる御事にてかゝるかなしき有様を聞ぞと。もだへこがれ給へばびわ助は涙をおしぬぐひ。都武者小路《みやこむしやのこうし》のほとり乗鞍やと申に居《ゐ》給ふよし。私娘《わたくしむすめ》が物語《ものかたり》を仕りしゆへ。さつそくにかけつけましたれは。勅勘《ちよくかん》をかなしみお前様の大坂へとやら。お下りなされしをなけきて。庭の井戸へ身をなけて。おはてなされしと上を下へかへしまする所へ参りかゝつて。様子《やうす》を聞より南無《なむ》三宝とぞんじてから。正気《しやうき》をうしなひ此所まで参りし事。只夢《たゞゆめ》のことくに覚へましたと。さめ〱となげきければ。乙女の前泪《なみた》もとまりやらず。かんさし

引ぬき左《ひたり》の小ゆびをつきやふりて血《ち》をしぼり。あたりにありける樗の木に（廿五オ）

水のあはとなりにしつまをこひわひてともに消《きへ》ゆく身こそはかなきと。しせいの哥《うた》を残《のこ》し。昔《むかし》は中宮《ちうくう》の上わらは乙女の前今は江口のうかれめ普賢《ふけん》と書おはり。礒辺《いそへ》のかたへはしり出けるを。琵琶助《ひはすけ》あはて、取とむる袖《そて》を引はなして。千丈の大海《かい》に身をなけければ。なふかなしやとかふろか声《こゑ》に。やり手引舟《ふね》住吉やの亭主《ていしゆ》。おとろきさはぎてあせれ共。折からあしく引潮《ひくしほ》につられて浮《うき》ぬ沈《しつ》みぬ。しばしはたゞよひてみへけるか。次第《したい》に遠《とを》さかりて死骸《しかい》はそこのみくすとなりぬ。琵琶助もつゞいて海《うみ》にしづまむとしけるを。亭主《ていしゆ》情《なさけ》ふかき者にてさま〱にとりとめ。たん〱の様子をきゝ。もろ共に涙《なみた》をながして今までの普賢《ふけん》の住《すみ》ける化粧《けしやう》の間《ま》の表《おもて》にありけるを。さいはいと引つくろひて。一宇《う》の草堂《さうたう》を建立《こんりう》し内には普賢《けん》（廿五ウ）菩薩《ほさつ》の木像《もくぞう》をいと殊勝《しゆしやう》に安置《あんち》し奉りければ。琵琶助《びはすけ》は世にもうれしげにて。かしらをそり落《おと》し。今までは都《みやこ》に有しのり清様《きよさま》のぞうり取。主従《しう〱》の契《ちぎ》りくちせぬしるし。おもはずも西国にすみぬるとて。名《な》を西住《さいじう》とあらためて。香《かう》のけふりたへず。花《はな》の香《か》うせず。一ツのゐはゐに俗名《ぞくみやう》をしるし。左兵衛尉《ぜう》藤はらの憲清《のりきよ》。中宮《ちうぐう》の上わらは乙女のまへ尊霊《そんれい》とかきつけて。いますがごとくにつかへたりけり。扨《さて》こそ西行《さいきやう》のかたはらに。はんべりしは西住《さいじう》といへる法師なりとぞ。一家の実記《じつき》にはしるされたり

四之巻終（廿六オ）

怡顔斎松岡玄達成章先生撰　　版行出来
梅　品　　全部二冊
同撰
桜　品　林　道春説　全部一冊
那波道円譜　版行出来
山崎闇斎弁
右弐色之書者悉花形を模写して数品を見分安く詳にし尤懐中本に仕立遠国花見にも用ひ能様に便す
懐中本出来
都名所手引案内《みやこめいしよてびきあんない》　全部一冊
神社仏閣来由縁起社領寺領名所旧跡方角旅人止宿所附家名至迄委書記奥洛中洛外細見京町鑑附す（廿六ウ）

哥行脚懐硯《うたあんぎやふところすゞり》　五之巻

目録

一　ひとり旅《たび》はつれなき勅勘《ちよくかん》の御はからひ

香餌《かうじ》のもとには懸魚《けんぎよ》あり。重恩《ぢうおん》のもとには死夫《しふ》ありと。古賢《こけん》の残《のこ》せる詞《ことば》あたれるかな。左兵衛尉《ぜう》のり清《きよ》は。其身勅《ちよく》勘《かん》をかうふり奉りて都《みやこ》をしりぞきしより。今迄なさけをかけしともがら。あるひは道路《だうろ》になきかなしみ。あるひはもとゞりをはなちて。此世をあぢきなく思ひとりたるものかずをしらず。され共のり清かく法皇《はうわう》のつれなくはからはせ給ふをうらみとは思はず。天子の詞《ことば》にもれ奉る事をおそれて。こも僧《ぞう》すがたをあらためず。わが願《ねが》ふ所の凡躰《ぼんたい》にあらざるをよろこび袈裟《けさ》うちかくる露《つゆ》の玉は。かりねのとこの行衛《ゆくゑ》さだめぬ身の有様《ありさま》。都《みやこ》をたちて津《つ》の国より。播磨路《はりまぢ》にかゝれば。旅館《りよくはん》（三オ）燈《ともしひ》幽《かすか》にして鶏明《けいめい》暁《あかつき》を催《もよほ》し。罪《つみ》もむくひもわすれて。実旅《げにたび》の道《みち》すからほど。心のすゞしきものはなけれど。あきもとの中納言《ちうなごん》の罪《つみ》なくてみん配所《はいしよ》の月と。口ずさみ給ふにひとしく。思ひある身はなぐさめかねつさらしなにはあらで。おのへの月のあけぼのをながめ。それより松のけふりの波《なみ》よするといへる。江口の里《さと》につけば。誠《まこと》に此くるわのはんじやう詞《ことば》にもつきず。今釈門《しやくもん》の姿《すがた》とはなれ

挿絵第一図

挿絵第二図

共。何とやらん心残《のこ》りにて立やすらひ。しばしながむると思ひしが。日のあしはやく西《にし》に尽《つき》て。人がほも見へかぬる程《ほど》の時刻《じこく》になりぬ。一宇《いちう》の草堂《さうだう》に立やすらひて。あたりをみれば夜《よ》みせのあんどうは。時ならぬ螢《ほたる》にまがひ。さすがの憲清《のりきよ》も凡夫《ぼんぶ》なれば。出格子《でがうし》のあひより一軒《けん》〳〵のぞいてみらるれば。いづれ見ても白かねの吹出《ふきだ》しみるやう（三ウ）なる顔付《かほつき》。ねざめ盃《さかづき》にて女郎同志《とうし》。けしき酒《さけ》をのみて居《ゐ》る見せつきもあれば。ずいぶん隙《ひま》な女郎とみへて。ゆびさきにつわつけて。格子《かうし》の柱《はしら》に丸《まる》のゝ字《じ》かいてゐるもあり。松の位《くらゐ》共いふべき女郎。床前《とこまへ》と思しくてうがひ百度。髪《かみ》しづかに引舟になで付させ。立のぼる蘭奢《らんじや》の煙《けふり》をすそにつゝみこめ。よこ顔《がほ》までを鏡《かゞみ》にうつすなど。十人みれば十人のよそほひ中に目だちたるは住吉《すみよし》やのかまへ。出格子《でがうし》は檜木《ひのき》の節《ふし》なし。青畳《あをだゝみ》はさながら向《むか》ひの海原《うなばら》かとあやしく。数《す》十人の美景《びけい》やり手が布子《ぬのこ》もいろあげの蔵《くら》おろし。前《まへ》たれもひとしほ花やかにみへければ。憲清《のりきよ》はよねんなく見とれて時刻《じこく》をうつす内《うち》に。はやよなかのつき出し鐘《がね》。南無三《なむさん》いづくを宿《やど》とさだめんかたかたの。あはれ情《なさけ》あるもの一夜のやどをかしてくれかしと。出格子《でがうし》（四オ）

挿絵第一図（四ウ）

挿絵第二図（五オ）

のきはにたゝずみて。日をくらしたる行脚《あんぎや》のこも僧《ぞう》。かりの一夜をあかさせて給はれと乞《こひ》けれ共。すべて此里《さと》にかぎらずくるわのならひとて。黄《き》なるものをもたざる客《きやく》には。仁王《にわう》のあま茶《ちや》にむせたるやうな顔付《かほつき》をする事なれば。弁慶《べんけい》嶋《じま》のまへだれがけに。杉《すぎ》ばし廿膳《ぜん》ばかり腰《こし》にさしたる下男《しもおとこ》。いとつかふどなるこゑを出して。慰《なぐさみ》にお客《きやく》はいたさぬ。女郎衆《しゆ》にお望《のぞみ》あらば花代《はなだい》は百疋《ひき》。何時なり共はいらしやれと。扨《さて》もすげなきいひぶん。のり清は詞《ことば》をやはらげ。出家《しゆつけ》の身《み》なれば金銀のたくはへもなし。仏縁《ぶつゑん》と思しめして。ひらに一夜と乞《こは》れけれ共。ハテかしましいならぬといふにぐど〳〵と。ほこしもないこも僧《ぞう》じやと。とがり声《ごゑ》の返答《へんとう》に。むつとせし心をおししづめて

世の中をいとふまでこそかたからめかりのやどりをおしむ（五ウ）君《きみ》かなと。すこしは内へ通《つう》するほどに。よみすてゝ立さりけるを。上座のかたにさしうつむきて居《ゐ》たるけたかき女郎。のり清をよびかけて

世をいとふ人としきけばかりの宿《やと》にこゝろとむなと思ふばかりぞと。返哥《へんか》の口ずさみに笑《わら》ひをつくり。なにのくるしうおはしますべき。しばしはやすませ給へと。手を取て情《なさけ》にあまる顔《かほ》をみいれ。ヤアそなたは中宮《ちうぐう》の御かたなる。乙女《をとめ》の前《まへ》にてはあらざるやと。てんがいをとれば。おまへは藤原《ふぢはら》の憲清《のりきよ》様か。是《これ》は〳〵と互《たがい》に手に手を取かはし。まづこゝもとははしぢかなれば。私《わたし》が化粧《けしやう》の間《ま》へ入らせ給へと。ともなひて互《たがい》につきぬ物語《ものがたり》にも。さきだつものは泪《なみだ》なりき。乙女の前は憲清《のりきよ》のそばに居《ゐ》より。おまへ様にはかなしき死《し》を遊《あそ》ばしましたと。慥《たしか》にしらするもの有しゆへ（六オ）わが身もともに。海《うみ》のもくず共なりはて参らせんと思ひしに。心の外《ほか》なるふしぎの対面《たいめん》かなしいやらうれしいやらと。泪《なみだ》をおさへて勝手《かつて》にたち。みづから本膳《ほんぜん》をとゝのへ来《きた》りて。此御膳《ぜん》をおむねの内におさめられて。いつ迄もわすれ給はず。此世の契《ちぎ》りはうすくとも。来世《らいせ》で待《まつ》ておりまするると。さめ〳〵となげきければ。何かさて〳〵志《こゝろざし》をあだには思はず。ハテ気《き》のついたていねいな料理《りやうり》をと。ふたをひらけば粉糠《こぬか》をもりし本飯《ほんはん》の汁《しる》。是《これ》はふしぎと各《をの》〳〵ふたをとつて見れ共。いづれも糟《ぬか》をもりたりければ。是《これ》はどふじやと肝《きも》をつぶせば。乙女の前は涙《なみだ》をおさへて。

私《わたし》がぞんじの女郎が。思ふ男《おとこ》に恋《こひ》こがれて。むかひの海《うみ》へ身をしづめられし。三七日《みなぬか》にあたりたれば。及《およ》ばぬ智恵《ちゑ》のなぞ〳〵の御膳《ごぜん》。かならずわすれ給ふなと。わつとなげく声《こゑ》のみ残《のこ》りて。松のひゞき諸共《もろとも》に夜《よ》みせの（六ウ）あんどう一時《じ》にきへうせ。有つ*し座敷《さしき》もいづくへか行《ゆき》けん。左兵衛尉《ぜう》憲清《のりきよ》は。はじめに休《やす》みし草堂《さうだう》のゐんの上に。前後《ぜんご》もしらずふしたりけり。ねぐらを出る夜明烏《よあけがらす》の声《こゑ》けふとく。海《うみ》の面《おもて》しら〳〵となりければ。のり清は忙然《ばうぜん》とおきあがりて。といきをつぎ。夢《ゆめ》は五臓《ざう》のなすわざといへどもこよひのごとくまざ〳〵と中宮《ちうぐう》の乙女のまへにあひみし事。夢《ゆめ》とは中〳〵思はれず。皆《みな》一念《ねん》の迷《まよ》ひよりかゝる有様なれば。此世のさとりをひらかしめ給へと観念《くはんねん》し。草堂《さうだう》の額《がく》をみれば。普賢堂《ふげんだう》としるしたりければ。いと有がたく覚《おぼ》へて。拝礼《はいらい》かんきんし。内をのぞけば丈《ぢやう》六の普賢《ふげん》の木像《もくざう》。右のかたには金字《きんし》にて。書《かき》あらはしたる両名《りやうめい》のゐはい。亭坊《ていばう》と覚《おぼ》しき初発心《しよほつしん》の僧《そう》。やぶれ衣《ごろも》を着《ちやく》し余念《よねん》をはらひて。しほ〳〵と礼《らい》をなす。よそほひいかなる人のなき名《な》をとゞめ（七オ）けるそとよみて見れば。尊霊《そんれい》左兵衛尉憲清中宮《せうのりきよちうくう》の上わらは乙女の前としるしたるにぞ。憲清はまだ夢《ゆめ》のさめやらぬ心地《こゝち》して。大きに驚《おどろ》きかの法師《はうし》をよく〳〵みれば。年比《としころ》ふびんをかけしふだいのざうり取琵琶介《びはすけ》なれば。それなるは琵琶《びは》介ならずや。我《われ》こそ左兵衛尉《ぜう》のり清なりと。声《こゑ》をかけられ。琵琶介法師《びはすけはうし》はもりすてたる香炉《かうろ》をけちらし。コハ憲清《のりきよ》様の幽霊《ゆうれい》様なるかと。出離生死《しゆつりしやうじ》の偈《け》をもしらねば。南無《なむ》幽霊《ゆうれい》大菩薩《ぼさつ》きへさせ給へ天下太平《たいへい》畜生《ちくしやう》安穏《あんをん》南無《なむ》あみだ仏《ぶつ》〳〵ととなへければ。のり清はかなしき中にもおかしく。草坊《さうばう》に入つて段《だん》〳〵の様子をきゝ。琵琶介法師《びはすけはうし》が忠心《ちうしん》をかんじければ。坊主《ばうず》あたまをふりまはし。足《あし》ずりをしてかなしみ。さやうのわけ共しらず。乙女の前さまへそこつを申あげ。海《うみ》にしづみ給ふ御事。残念《さんねん》と申もこれ（七ウ）より上の情《なさけ》なき残念《ざんねん》は有まじき事どもなり。すなはち今日が三七日でござりまするが。さるにても私《わたくし》むすめ金弥が申すのり清とは。たれが事にてかやうにまぎれ申す事ぞや。私《わたくし》はこれよりふたゝび都《みやこ》にのぼり。いろ〳〵と騒動《さうどう》になりたる悪人《あくにん》めを。ぎんみ仕出《しいた》し申べし。それ迄は御不自由《じゆう》ながら。此草坊《さうばう》にしばらく御逗留遊《とうりうあそ》ばしませいと。はや

わらんづ引しめて。旅出立《たびでたち》のこゝろやすさ。国やぶれて忠臣《ちうしん》おこるとは。かやうの輩《ともがら》をいふべきにや

(二) 涙《なみだ》にくもるかゞ見山は東《あづま》のはつ旅《たび》

世をそむくに三界《がい》の輪廻《りんゑ》をおそれ。出家遁世《しゆつけとんせい》するもの是《これ》をまことの遁世真実《とんせいしんじつ》の出家《しゆつけ》とすとあり。左兵衛尉憲清琵琶助《びはすけ》法師《はうし》が衣の袖《そで》をひかへて。我幼稚《われようち》の時《とき》より輪廻《りんゑ》のきづなをはなれて。釈門《しやくもん》の有がたき道にいらん事を願《ねが》ひつれ共。公《おゝやけ》に（八オ）さへられてつゐに望《のぞみ》を達《たつ》せず。すでにわが家《いゑ》はあまつこやねより。累〻《るい〳〵》として相つたふといへ共。はからずも一時《いちじ》に滅《めつ》せり。つれそふ百合香《ゆりかう》は弾正《だんしやう》がために殺《ころ》され。せがれ猫丸《ねこまる》はかまくらにおゐて誅戮《ちうりく》にあひぬ。乙女のまへもかゝる有様なれば。世界《せかい》の歎《なげき》といふは此のり清にとゞめたれば。今乙女前の仏前《ぶつぜん》にてかしらをおろし。過し安井《やすゐ》の花見の折《をり》から。互《たがい》にちかひし詞《ことば》をたがへず。西行《にしゆく》月の文字《もんじ》を取て。法名《はうみやう》を西行《さいぎやう》と号《なづけ》んとて。普賢《ふげん》を拝《はい》して裟婆則寂光浄土《ばそくじやくくはうじやうど》ととなへ。つゐにかしらをぞおろされける。琵琶介法師はおつる泪《なみだ》をおさへて。仏間《ぶつま》の下段《けだん》より住《すみ》吉屋《よしや》の亭主《ていしゆ》がおくりたりける。あら布《ぬの》の衣《ころも》をなく〳〵とり出し。西行法師《さいぎやうはうし》にきせまいらせ。しゆしやうげにみへさせ給ふ。御僧《そう》がらかなといひもあへず。打まろびて（八ウ）なき入ければ。我《われ》此年ごろ鶴《つる》が岡《をか》の八幡宮《はちまんぐう》へ参らんと思ふ心願《しんぐはん》あれば。頼朝卿《よりともきやう》の鎌倉《かまくら》の御館《みたち》をもなかめ。一ッにはせがれ猫丸《ねこまる》いづくの浦《うら》にて首《くび》をはねられけるぞ。何月何日にうせはてけるぞ。此様子も尋《たつ》ねもとめて。かれがなき跡《あと》をも弔《とむら》はんなれば。なんぢは都《みやこ》に心がゝりの所用《しよよう》あらば。つとめおはりて東路《あづまぢ》におもむけよ。三世のきゑんくちせずば。ふたゝびめぐりあふ事もあるべしと。又乙女の前の霊前《れいぜん》に向《むか》ひて矢《や》たて取出し

きくにつけ見るにうき世のはかなさをおもひさためてすつる黒《くろ》かみとしるして。びんの髪《かみ》と共に霊前《れいぜん》にそなへ

て。さすが古郷《こきやう》忘《ぼう》じがたく。主従《しう〱》もろ共都《みやこ》にのぼり。それより引わかれて。西行《さいぎやう》法師は東《あづま》のそらにおもむきけり。あふ坂山を打こへせたのからはしうちわたり。涙《なみだ》にくもる鏡《かゞみ》山にいぶきの嶽《だけ》（九オ）もちかく見へて。いかになるみの汐干写《しほひかた》*を打すぎ。三河の国やつ橋《はし》につきぬ。はる〱きぬるものかなと。くもてに物《もの》を思ひ。はまなの橋《はし》をこゆれば。松の梢《こずへ》△に風さへていり江にさはぐ浪《なみ》のをとにいとゞ旅《たび》の物《もの》うきをかさね。池田《いけだ》の宿《しゆく》にやすらひ。こしかたゆく末の事を思ふにも。こはさればいかなる宿業《しゆくごう》のうたてさよとおもふにつけても。たゞつきせぬものは涙《なみだ》なりけり。さよの中山《なかやま》にしばしは日数《かず》をおくり。うつの山辺《べ》のつたの道《みち》を。心ぼそく打すぎて。かひなきかひのしらねをながめ。清《きよ》見が関《せき》を打こへて。富士《ふじ》のすそ野《の》になりぬ。北《きた》には峨《が》ゝたる青山《せいざん》するどくそばだち。南《みなみ》にはまん〱たる蒼《そう》海《かい》天をひたせば。西行富士《さいぎやうふじ》の高《たか》ねをみやりて

　風になびく富士《ふし》のけふりのそらに消《きへ》てゆく衛もしらぬわが思ひかなと詠《なが》めすて。それよりあしがら山をうちすぎ。（九ウ）こゆるぎのもりまりこ川。大礒小いその浦《うら》〱山〱とがみか原みこしが崎《さき》を打とをれば。いそかぬ旅《たび》とおもへど日数《ひかず》かさなりて頼朝卿のましますす鎌倉《かまくら》にぞ着《つき》ける。現世《げんぜ》の願《ねがひ》はみたす。千とせもと何いのりけん鶴《つる》が岡八幡《おかはちまん》宮《ぐう》の宝殿《ほうでん》に参りてしづかに法施をまいらせ。未来永ゝの苦患《くけん》をすくひ給へときせいし松原を過て下向道にかゝれば。金紋《きんもん》のはさみ箱ふり立る大鳥毛のまつくろになりて向ふより来る行列《きやうれつ》。威儀堂《いぎとう》ゝ〱として厳重《けんちう》詞《ことは》にもつくされす馬のいなゝき天にひゞきて。御輿《おこし》のうちには天下の武将《ふしやう》頼朝卿《よりともきやう》泰然《たいせん》として座《ざ》し給へば。大名小名十重《とへ》廿重《はたへ》に打かこんで。八幡宮の御宝前《ほうせん》へと供奉《くぶ》ありけるにぞ。西行は一木《ひとき》の松《まつ》のかげにやすらひ。此有様をなかめ。魚は鯛《たい》人は武士《ふし》といへることわざ。実《けに》も誠《まこと》なりたとひ花族《くはそく》の御粧《そほひ》*（十ノ廿オ）とても是《これ》にはまさるましと。御乗物《のりもの》の内をながめ入ければ。頼朝卿はやくも見とかめ給ひ。あれなる墨《すみ》ぞめの衣《ころも》を着《き》たるやせ法師《ほうし》は。禁庭北面《きんていほくめん》の武士《ふし》左兵衛尉憲清《せうのりきよ》ならずやと。御使《つかひ》を立られけれは。西行《さいきやう》心にふかく感《かん》じて。過《すき》し建久元年上洛《けんきうくはんねんしやうらく》し給ひしによつて。我は頼朝《よりとも》を見しり奉れ

と頼朝《よりとも》より我《われ》を見しり給ふ事。誠《まこと》に天下を掌握《しやうあく》し給ふ御きりやうこそ此一事にてもあらはれたり。今は世をそむきたるものなれは。右幕下《うはつか》へ対面《たいめん》をなすへきしさいはなけれ共。名をつゝみ身をかくさは。のり清法師《きよほうし》こそおのれかとがにはちて。御前《せん》をおそれにげさりしなと、かたはらの人にさみせられん事も無念《むねん》なればと。みつから笠《かさ》をぬきて御《お》輿《こし》の前《まへ》にかしこまりければ。頼朝卿《よりともきやう》大きに悦《よろこ》び。いそぎ御やかたにめしくし給ひ様〳〵の饗応《きやうおう》をなし給へ共悦《よろこ》へる（十ノ廿ウ）けしきさらになくうらめる色なくいかれる心さしなかりければ頼朝《よりとも》ほとんとかんしんまし〳〵。誠《まこと》に西行法師は。大乗《だいじやう》の仏智《ぶつち》をさとり給ふ人かな。さるにても今の身となり給ひては何をか思ひ何をか心にまかせぬ御事そ。もしは妻子をしたひ。現世《げんぜ》の栄花《ゑいくわ》をも求《もとめ》らるゝかと尋ね給ひけれは。西行取あへず

世をすてゝ身はなきものと思へとも雪のふる日はさふくそありけると思ひもよらぬ一首《しゆ》をよみて差出《さしいだ》しけるにぞ。扨《さて》は大智の西行なるぞやわれ〳〵が小智のおよぶ所にあらず。我東《われあつま》のあらゑびすとなりて。かりにもやさしき敷嶋《しきしま》の道をしらず。折〳〵は御坊《こばう》和哥の道をつたへ給へと。仰ありければ。ものをもいはす大きに笑《わら》ひぬ。頼朝《よりとも》其心を尋《たつ》ね給ふに西行法師（廿一オ）まなこに角《かど》をたてゝ治《おさま》れる世には文《ふん》を以《もつて》し乱世《らんせい》には武をもつてす。今天下しばらく安《やす》きに似《に》たりといへども。猶《なを》も平家《へいけ》の余類《よるい》折《をり》をまち。隙《ひま》をうかゝひて。一時に討《うつ》て出んとするもの。あたかも蜂《はち》のごとし。白川《しらかは》の法皇賢徳《ほうわうけんとく》うすくまし〳〵て万機《はんき》の政事《まつりごと》糸《いと》をみだせることし。内には姦佞《かんねい》の朝臣《てうしん》唇《くちびる》をひるがへし。外には平氏《へいじ》の族《やから》つるきをとぐのなかばに。和哥《わか》を詠《ゑい》して御心をやすんぜられん事。是天下の武将《ふしやう》の心さしなるへきやと。また手をうつて笑《わら》ひければ御前にひかへたる大名小名は。ひたいより汗《あせ》をながしさすがの頼朝卿《よりともきやう》も赤面《せきめん》〳〵

㈢　白雲《しらくも》の旗色《はたいろ》なひきしたがふ源氏《げんじ》の繁昌《はんじやう》

其後《そののち》西行《さいぎやう》法師《ほうし》は。首《くび》にかけたる袋をさぐりて。一巻《くはん》の書《しよ》を取出し。是はわか先《せん》祖《そ》俵《たはら》の藤太秀郷《とうだひでさと》か。秘蔵《ひそう》せしところの（廿一ウ）軍法《くんほう》奇兵《きへい》正兵《せいへい》。天地人《てんちしん》の三陣《ちん》箕《き》壁《へき》大星遁甲《おほしとんかう》までを。此一巻《くはん》にあらはして。もれたる事なし。しかれ共兵《へい》は凶器《きやうき》にして。沙門《しやもん》の用《もち》ゆる所にあらざれば。今御前にてたちまち灰《はい》となしてうしなはんと存ずれば。此一巻《くはん》を只今残《のこ》らず。御物語《ものがたり》申すべし。聞《きい》て幸《さいはい》を得《ゑ》給はゞ。ずいぶんと聞《きゝ》取給へと。詞《ことば》すゞしく心こまやかに語《かた》られければ。折ふし御次《つぎ》にひかへたる。猪俣小平六範綱《ゐのまたこへいろくのりつな》。岡部《おかべの》六弥《や》太《た》忠澄《たゞずみ》。結城《ゆうき》七郎朝光《ともみつ》。土肥《とひ》弥太郎遠平《とをひら》。田代《たしろ》冠者《くはんじや》信綱《のぶつな》等。筆をとりて是をしるすに。皆太公望《みなたいこうばう》が肺肝《はいかん》をみるがごとくなりければ。頼朝《よりとも》大きに感悦《かんゑつ》まし〳〵。それぞれ引出物と有ければ。畠山庄司重忠《はたけやましやうじしげたゞ》かしこまつて。大きなる白かねの唐櫃《からひつ》を御前にさし置《おき》ければ。西行かぶりをふりて。それ泰山府君《たいさんぶくん》の法《ほう》は財宝《ざいほう》をあつめてこれを焼《やき》（廿二オ）

挿絵第三図（廿二ウ）

挿絵第四図（廿三オ）

すつる。珍宝《ちんほう》は地獄《ちごく》にゆくの輿車《こしくるま》なり。是を得て何にかいたし申すべきと。つよくうけられざりけれ共。右幕下《うばつか》の御心ざしなれは。せめて上ばかりをひらかれよとのすゝめもだしがたく。手をかけてふたをあくれば。絶《たへ》て見ざりし一子《し》猫丸《ねこまる》。父《ちゝ》の声《こゑ》を聞《きゝ》てうれしげに立出ければ。西行大きにおどろき。扨《さて》は此世にありけるかと。名将《めいしやう》の高徳《かうとく》に感《かん》涙《るい》をとめかねけるが。何とか思ひけんすつくと立て。せがれ猫丸《ねこまる》を縁《ゑん》より下へふみ落《おと》しければ。人〳〵あはてゝコハいかなる事ぞと。仰天《ぎやうてん》ありけるに西行又

此秋《あき》はわれからものを思ふかなうへずはきかじ荻《をぎ》のうはかぜと。詠《ゑい》じ皆始《みなはじめ》あるより。後《のち》の憂《うれひ》も身にそへば。か

なしむべき親《おや》もなくあはれむべき子もなし。もしつゆばかりも（廿三ウ）心をのこさばいかでまことの沙門《しやもん》といはんと。猫丸《ねこまる》を又もとの唐櫃《からひつ》へ打いれ。たれかましますぞ。此猫丸《このねこまる》をから櫃《ひつ》ともに捨《すて》給はれとさし出しければ。千葉《ちば》之介常胤《つねたね》西行が心ざしのうごかず。大丈夫《たいぢやうぶ》なるを感《かん》じて。さらば常胤《つねたね》ひろひ申て。わが名跡《めうせき》をつかせ申さんとて。猫《ねこ》丸《まる》が手をとりて我《わか》かたはらにぞなをされける。扨こそするゐの世にいたりても。西行法師はより朝《とも》卿の給はりし。白かねの猫《ねこ》を打すてたりしと。家〻《いゑ〳〵》の伝《でん》にはしるされたり。かゝる所へ琵琶助法師西住《びはすけほうしさいぢう》は。泉《いづみ》や小はんならびに娘《むすめ》の金《きん》弥《や》をともなひ。はる〳〵鎌倉《かまくら》にくだり。頼朝公《よりともこう》の御やかたに居《ゐ》給ふよしを聞て。お白砂《しらす》まで伺公《しこう》し。泉《いづみ》や白《しろ》八とは橘《たちばな》の白子《しろこ》が事にて。朝日丸《あさひまる》の宝剣《ほうけん》を金弥を頼《たの》んですりかへたる段《だん》〳〵。小半を乙女の前につくりたてたる様子。（廿四オ）誠《まこと》の乙女の前を身の代《しろ》をとりて。売《うり》わたせし悪事《あくじ》の数〻《かず〳〵》。弾正忠《だんじやうのちう》むたいのれんぼをいひかけ。百合香《ゆりかう》をしめころし。憲清《のりきよ》が家《いゑ》を押領《おうれう》したる一〻。すなはち両人の証人《しやうにん》を召つれくだるうへは。疑《うたが》ひなしとて。頼朝卿猫丸《よりともきやうねこまる》を大将《たいしやう》に仰付られ。千葉介《ちはのすけ》に五百騎《き》を給はつて。夜《よ》を日についで都《みやこ》にはせのぼりける。かざをかぎて白子弾正《しろこだんじやう》心をあはせ。掻上《かきあげ》の城《しろ》をかまへて用心堅固《ようじんけんご》に守《まも》りければ。かろ〳〵敷落城《しくらくじやう》すべき共見へざりけるを。千葉介《ちばのすけ》さいぜん西行法師が一巻《くはん》にのべたる。二虎争食《にこそうしよく》のはかりことゝいへるを考《かんがへ》*。先《まづ》

挿絵第三図

挿絵第四図

猫丸《ねこまる》を上使《しし》に仕《し》たてゝ。唯《たゞ》一人城《しろ》のうちへ遣《つかは》し。頼朝公の仰として口上を述《のべ》けるは。両人のうち様《さま》〳〵のはかりことをもつて。憲清《のりきよ》を罪《つみ》にしづめし事。心に覚《おぼ》へなしとはいひがたかるべし。しかれども（廿四ウ）いつれかかゝる企《くはだて》をなしけるや。分《ふん》明《めう》ならざれば所詮《しよせん》両人の内より一人の首《くび》をはねて出さるべし。跡《あと》に残《のこ》りし一人には。是までにかはらず。安堵《あんど》の御教書《みけうしよ》を下さるべしとの上使に。今迄水魚《すいぎよ》のごとくにみへたる白子弾正。互《たがい》に心をおきあひ。たちまちはなれ〳〵に成て。弾正忠は猫丸にむかひ。御上使のおもむき畏《かしこま》り奉ると。いふよりはやく刀《かたな》をぬいて。白子が真向《まつかう》に打つくれば。かいくゞつておなじく刀《かたな》をぬきはなし。火《ひ》ばなをちらしてうけつながしつ戦《たゝかひ》けるが。弾正忠が切《きり》こむ太刀《たち》を。白子うけはづして右の肩《かた》をきつさきにつらぬかれひるむ所をたゝみかけて切《きり》たをし。白子が首《くび》を打おとしけるをすかさず猫丸刀を引ぬき。しんびやうなり弾正と。打かくるを南無三宝《なむさんぼう》たばかられしと。しばしが程《ほど》は戦《たゝかひ》しが。若輩《じやくはい》の小太刀《こだち》なれば。つゐに（廿五オ）猫丸は打おとされ。さしぞへをぬかんとする所を。弾正飛《とび》かゝりて猫丸を膝《ひざ》の下にひつふせ。すでにかふよと見へたる所に。何やらん弾正が首《くび》のまはりを白《しろ》き絹《きぬ》にて。きり〳〵と引まとひ。うしろのかたへ打たをしければ。コハ心得ずとふりかへれば。百合香《ゆりかう》がぼうこんかげのごとくにあらはれ歯《は》をむき出しいかれる有様に。恐れわなゝく所を。猫丸おきなをり飛《とび》かゝりて首《くび》打おとし。ふたつの首《くび》を両の手にもち立上りければ。城内《じやうない》に並居《なみゐ》る家来《けらい》共は。兼《かね》てより主人《しゆじん》をうとみし者共なれば。我先《われさき》にと降参《かうさん》して。悦《よろこ》びの眉《まゆ》をぞ開《ひら》*きけり。一時《じ》に悪《あく》人亡《ほろ》び。猫丸は千葉介《ちばのすけ》が家名《けめう》を相続《そうぞく》し。西行は再《ふたゝ》び北面《ほくめん》に立帰《かへ》るべきを。落花《らつくわ》は枝にかへらずといひ捨《すて》て。鎌倉《かまくら》を立出西国行脚《さいこくあんぎや》の身となり。今こそ西行《にしゆく》月の心に叶《かな》ひ周防《すはう》の国室積《むろづみ》のほとりなる礒辺《いそべ》に柴《しば》の庵《いほり》を（廿五ウ）結《むす》びて行《おこな》ひすまされたり。其辺《そのへん》に妙《たへ》といへる女。よく哥《うた》の道にかしこく西行と心安《やす》く語《かた》らひけるが。其皃過《かたちすぎ》ざりし乙女の前に。露《つゆ》もたがはざりしに。ある夕ぐれ西行の庵《いほり》迄。ちいさき舟《ふね》に棹《さほ》さして来り。何をか今はつゝみ参らせん。我《われ》こそ君《きみ》にちかひ参らせし。乙女の前がかりの姿《すがた》也化《あた》なる色《いろ》に染《そみ》ぬれ共。出《しゆつ》家《け》御遁世《とんせい》の功徳《くどく》に依《よつ》て。終《つゐ》に仏果《ぶつくわ》を得たりといふ声《こゑ》の下より。小船《こぶね》は白象《びやくぞう》と変《へん》じ。普賢《ふげん》大菩薩《ぼさつ》とあらはれ。西《にし》のそらにあがり給ふ。西行奇異《きゐ》の思ひをなし。いよ〳〵ふかくおこなひすまし。つゐに建久《けんきう》九年二月十四日。往生《わうじやう》のそくわいをとげられける。其後頼朝公《よりともこう》はいよ〳〵平家《へいけ》の根《ね》をたちて。源氏《けんじ》一統《いつとう》の御代《みよ》となし給ひ。万〻歳もつきせぬ春《はる》風《かぜ》。さつ〳〵のこゑぞたのしむ〳〵

五之巻終

宝暦十一年巳正月吉日

京ふや丁せいぐはんじ下ル町
八もんじや八左衛門版（廿六オ）

京　町　鑑　全一冊　ひらがなにて童蒙のために方角は
勿論遠道近道行当り廻り道等
ついへゆかざるやうに書しるしたる書也

縦横町小路通筋古名西陣聚楽上京下京古町新町組町分洛中洛外寺社旧地古今由来祇園会山鉾出町々諸神氏地
御大名御屋鋪附并呉服所家名所附町々小名異名辻子新地等至迄委記見分安便ス

京《きやう》西《にし》六《ろく》条《でう》本《ほん》願《ぐはん》寺《し》大《だい》絵《ゑ》図《づ》　折本　全部一冊

京《きやう》都《と》東《ひがし》六《ろく》条《でう》本《ほん》願《ぐはん》寺《じ》大《だい》絵《ゑ》図《づ》　折本　全部一冊

右三品とも板行出来仕本出し置申候間御求御覧可被下候已上

板元　八もんしや八左衛門（廿六ウ）

読本目録

哥行脚懐硯

今川一睡記《いまがはいっすいき》　五冊
名所焼蛤《めいしよやきはまぐり》　五冊
風流宇治頼政《ふうりううぢよりまさ》　五冊
於国哥舞妓《おくにかぶき》　五冊
風流東大全《ふうりうあづまだいせん》　五冊
奥州軍記《おうしうぐんき》　五冊
傾性禁短気《けいせいきんだんき》　六冊
傾性曲三味線《けいせいきよくざみせん》　六冊
浮世親仁形気《うきよおやぢかたぎ》　五冊
野白内証鏡《やはくないしやうかゞみ》　五冊
野傾色孖《やけいいろふたこ》　五冊
富士浅間裾野桜《ふしあさますそのゝさくら》　五冊
三浦大助節分寿《みうらのおほすけせつぶんのことぶき》　五冊
出世握虎昔語《しゆつせやつこむかしがたり》　五冊
本朝会稽山《ほんてうくはいけいざん》　五冊
名玉女舞鶴《めいぎよくをんなまひづる》　五冊
楠三代壮士《くすのきさんだいおとこ》　五冊
御伽平家《おとぎへいけ》　五冊

風流軍配団《ふうりうぐんばいうちは》　五冊
傾性色三味線《けいせいいろざみせん》　五冊
諸国くるわ細見入
風流西海硯《ふうりうさいかいすゞり》　五冊
清明白狐玉《せいめいびやくこのたま》　五冊
当流曽我高名松《とうりうそがかうみやうのまつ》　五冊
日本傾性始《にっほんけいせいのはじめ》　五冊
当世信玄記《とうせいしんげんき》　五冊
百姓盛衰記《ひやくしやうせいすいき》　四冊
商人世帯薬《あきんどせたいぐすり》　五冊
女曽我兄弟鏡《をんなそがきやうだいかゞみ》　五冊
女将門七人化粧《をんなまさかどしちにんけしやう》　五冊
女男伊勢風流《いんやういせふうりう》
愛敬昔色好《あいきやうむかしおとこ》　合六冊
苅萱二面鏡《かるかやにめんかゞみ》　五冊
女非人綴錦《をんなひにんつゞれのにしき》　五冊
記録曽我《きろくそが》　五冊
真盛曲輪錦《さねもりくるわにしき》　五冊
鎌倉諸芸袖日記《かまくらしよげいそでにっき》　五冊

義経風流鏡《よしつねふうりうかゝみ》　五冊
傾性竈照君《けいせいかまどせうくん》　五冊
役者色仕組《やくしやいろしぐみ》　五冊
兼好一代記《けんかういちだいき》　五冊
善悪両画常盤染《ぜんあくりやうめんときはぞめ》　五冊
忠孝壽門松《ちうかうねのびのかどまつ》　五冊
丹波与作無間鐘《たんばよさくむけんのかね》　五冊
武遊双級巴《ぶゆうふたつどもへ》　五冊
忠盛祇園桜《たゞもりぎをんさくら》　五冊（［一］オ）
龍都俵系図《たつのみやこたはらけいづ》　五冊
魁対盃《さきがけつゐのさかつき》　五冊
敦盛源平桃《あつもりげんへいとう》　五冊
大内裏大友真鳥《だいだいりおほとものまとり》　五冊
彩色歌相撲《さいしきうたずもふ》　五冊
盛久側柏葉《もりひさこのてがしは》　五冊
十二小町曦裳《じうにこまちあさひのもすそ》　五冊
昔女化粧桜《むかしをんなけしやうざくら》　五冊
義貞艶軍配《よしさだやさぐんばい》　五冊（［一］ウ）

風流《ふうりう》扇《あふき》 軍《いくさ》　五　冊
北条時頼《ほうでうときより》二女桜《ふためざくら》　五　冊
分里艶行脚《わけざとやさあんぎや》　五　冊
傾性哥三味線《けいせいうたざみせん》　五　冊
傾性友三味線《けいせいともざみせん》　五　冊
風流《ふうりう》略《やつし》 雛形《ひながた》　三　冊
風流連理《ふうりうれんりの》 〓《たまつばき》　三　冊
善悪身持扇《ぜんあくみもちあふぎ》　三　冊
曦《あさひ》 太平記《たいへいき》　五　冊
楠《くすのき》 軍法《ぐんほう》 鎧《よろひ》 桜《ざくら》　五　冊
鎌倉実記《かまくらじつき》　五　冊
本田善光《ほんだよしみつ》倭《やまと》 丹前《たんぜん》　五　冊
逆沢瀉《さかおもだか》 鎧《よろひ》 鑑《かゞみ》　五　冊
風流御伽曽我《ふうりうおとぎそが》　五　冊
風流《ふうりう》東《あづま》 鑑《かゞみ》　五　冊
頼朝三代鎌倉記《よりともさんだいかまくらき》　五　冊
西海太平記《さいかいたいへいき》　五　冊
中将姫《ちうじやうひめ》 誓《ちかひの》 糸遊《いとあそび》　五　冊

雷神不動桜《なるかみふどうざくら》　五　冊
薄雪音羽滝《うすゆきおとはのたき》　五　冊
風流日本荘子《ふうりうやまとざうし》　五　冊
契情太平記《けいせいたいへいき》　五　冊
大系図蝦夷噺《おほけいづゑぞばなし》　五　冊
弓張月《ゆみはりづき》 曙《あけぼの》 桜《ざくら》　五　冊
手代袖算盤《てだいそでそろばん》　五　冊
阿漕《あこぎが》 浦三巴《うらみつどもへ》　五　冊
今昔《いまむかし》 出世扇《しゆつせあふぎ》　五　冊
勧《くはん》 進能舞*台桜《じんのうふだいざくら》　五　冊
曽根崎《そねざき》情《なさけの》 鵲《かさゝぎ》　五　冊
自笑《じせう》 楽《たのしみ》 日記《につき》　五　冊
物部守屋《もの丶べのもりや》錦《にしきの》 輦《てぐるま》　五　冊
都《みやこ》 鳥妻恋笛《どりつまごひぶへ》　五　冊
那智御山手管滝《なちのみやまてくだのたき》　五　冊
愛護初《あいごうゐ》 冠《かうふり》 女筆始《をんなふではじめ》　五　冊
高砂大嶋台《たかさごおほしまだい》　五　冊
花色紙《はなじきし》 襲《かさね》 詞《ことは》　五　冊

花楓《はなもみぢ》 剣《つるぎの》 本地《ほんぢ》　五　冊
小野《おのゝ》 皇《たかむら》 恋釣舟《こひのつりぶね》　五　冊
頼信《よりのふ》 〓《ほたん》 軍記《ぐんき》　三　冊
道成寺《とうじやうじ》岐《ちまたの》 柳《やなぎ》　五　冊
優源平歌《やさげんぺいうた》 袋《ぶくろ》　五　冊
夕霧有馬松《ゆふぎりありまのまつ》　五　冊
百合稚《ゆりわか》 錦《にしき》 嶋《じま》　五　冊
壇浦女見台《だんのうらをんなけんだい》　五　冊
歳徳五葉《としとくごよう》 松《のまつ》　五　冊（［二］オ）
風流川中嶋《ふうりうかはなかじま》　五　冊
菜花《なのはな》 金《こかねの》 夢合《ゆめあはせ》　五　冊
頼政現在鵼《よりまさげんざいぬえ》　五　冊
御伽太平記《おとぎたいへいき》　五　冊
傾性玉子酒《けいせいたまごさけ》　五　冊
風俗傾性野《ふうぞくけいせいや》　五　冊
風流〓平家《ふうりうやさへいけ》　五　冊
舞台三津扇《ぶたいみつあふぎ》　五　冊
南木《くすのき》 莠《ふたば》 日記《につき》　五　冊（［二］オ）

柿本人麿誕生記

序

久堅《ひさかた》の天津《あまつ》下照媛《したてるひめ》より。あしびきのやまと哥《うた》といへるもの始《はじま》り。千《ち》はやふる神代《かみよ》には。歌《うた》の文字《もじ》もさだまらず。あらかねの地《つち》にしては。あまさがる人の世《よ》となり。八雲《やくも》たつとのたまひしより。あまねく代々《よゝ》の翫《もてあそ》びものとはなりけらし。あらたまの年《とし》たちて。はんなりとした八声《やこへ》の鳥《とり》が鳴吾妻《なくあづま》まで（初ロ一オ）弘《ひろ》まりし柿本人丸《かきのもとのひとまる》といへる。いそのかみふるき浄《じやう》るりを思《おも》ひ出《いで》。爰《こゝ》にあたらしく五冊《ごさつ》のよみものに。恥《はぢ》がはしき事《こと》もしらぬ火《ひ》の作《つく》りなして。今《いま》はた春《はる》の日《ひ》の永《なが》き伽《とぎ》ともなれかしとねがひまいらせ候

むまの

むつまし

月

作者

自笑

白露

（初ロ一ウ）

柿本人麿誕生記《かきのもとのひとまるたんじやうき》

目録

一之巻

㈠　かづきの蜑《あま》は船《ふね》ならで乗《のり》も習《なら》はぬ玉《たま》の輿《こし》

阿《あ》那《な》宇《う》礼《れ》志《し》尓《に》陪《へ》屋《や》宇《う》摩《ま》志《し》雄《お》登《と》女《め》仁《に》安《あ》居《い》奴《ぬ》。阿《あ》那《な》宇《う》礼《れ》志《し》尓《に》陪《へ》屋《や》宇《う》摩《ま》志《し》雄《お》登《と》古《こ》仁《に》安《あ》居《い》奴《ぬ》と。伊《い》弉《ざ》諾《なぎ》伊《い》弉《ざ》冊《なみ》の尊《みこと》の御神詠《ごしんゑい》より。普《あまね》く代〻《よ〳〵》に八雲立《やくもたつ》。出雲八重垣妻《いづもやえがきつま》ごめにと。すさのをの尊《みこと》つらね給ひしを。稲田姫《いなだひめ》とやらいへる。いとうつくしき姫君《ひめぎみ》。八重垣《やえがき》つくる其八重垣《そのやえがき》をと跡《あと》をつぎ。夫婦《ふうふ》のかたらひをなし給《たま》ひしより。足曳《あしびき》の大和哥《やまとうた》は。三十一文字《みそじひともじ》に文字《もじ》の数《かず》も定《さだま》りしとなん。誠《まこと》に歌《うた》は猛《たけ》きもの〻ふの心をなぐさめ。眼《め》に見えぬ鬼神《おにかみ》をも和《やは》らぐるは。此道《このみち》の威徳《ゐとく》ぞかし。咲初《さきそむ》る春《はる》ごとに。遠《とを》き名所《めいしよ》を尋《たづ》ね。未《まだ》見ぬ花《はな》のおく床《ゆか》しく。たち花《ばな》の匂《にほ》ひにまどふほと〻ぎすには。いつも初音《はつね》の言葉《ことば》につゞきを案《あん》じ。(三オ)雪月花《せつげつくは》に辛《からふ》じ。腸《はらわた》を断《たつ》は是哥人《これかじん》のさまなりけり秋の夜《よ》の月《つき》の都《みやこ》は更科《さらしな》の田毎《たごと》。あるは須磨明石《すまあかし》の海辺《かいへん》に心をうかめ。人情《にんじやう》をわかちて思《おも》ひ〳〵の心裏《しんり》をのぶる。人間《にんげん》はをろか。花に鳴鶯《なくうぐひす》。水にすめる蛙《かはづ》まで。哥《うた》を詠《よむ》は浦安《うらやす》の誉《ほま》れなりし。字《じ》あまりにはあらで。三十二相《さんじうにさう》の具《そな》はりし女《をんな》。其《その》さま気《け》たかく心まめやかにして。言《いふ》にいはれぬといふは。都《みやこ》の上藹《じやうらう》なるべし。夫《それ》に引《ひき》かへいにしへより。貴人高位《きにんかうゐ》の人も。とまりさだめられし。名《な》にあふ播磨国《はりまのくに》あかしの浦《うら》に。かづきの蜑《あま》の小さんとて。父《ちゝ》は家古《いへふる》き猟師《れうし》の口利老《くちきゝおひ》の花咲一人娘《はなさくひとりむすめ》に。かゝるも纔《わづか》三十里《り》か。五十里近《ちか》き花洛《みやこ》の娘《むすめ》なら。当世《たうせい》の髪《かみ》ゆふにも。毎日《まいにち》三時《とき》ほど宛《づゝ》かゝり。白粉《おしろい》をたやさず。当世織《たうせいおり》の帯を。文庫《ぶんこ》に結《むす》び。縮緬《ちりめん》の素縫《すぬひ》より下《した》は着《き》ず。新枕《にゐまくら》かはしたる男より外《ほか》は湯《ゆ》あがりにも膚《はだ》を見《み》せず。緋縮緬《ひぢりめん》の脚布《きやふ》の間《ひま》より(三ウ)脛《はぎ》の白《しろ》きがちらりと見ゆると。身延《みのぶ》の奥院《おくのゐん》で弥陀《みだ》の名号《めうがう》見届《みとゞけ》たより手柄《てがら》とおもふを。いかに蜑《あま》の娘《むすめ》なればとて荒和布《あらめ》のやうな脚布《きやふ》一つで。師走《しはす》の八日吹《ふく》一日休《やす》むより外《ほか》は。毎日海辺《まいにちうみべ》の寒《かん》ざらし。荒海《あらうみ》の灘《なだ》もこと〻もせず。蚫《あはび》の吸付《すいつく》。鮫《さめ》のしめる手《て》。鱶魚《ふか》が見《み》入のと。あらゆる色事《いろごと》もあつちからあつかはせ。猩〻《しやう〴〵》のやうな髪《かみ》に。黄楊《つげ》の小櫛《おぐし》も通《とを》す事《こと》なく日《ひ》やけして色真黒《いろまつくろ》。糸《いと》より細《ほそ》きといはる、目《め》も。真赤《まつかい》に血《ぢ》*ばしり大鯨《おほくじら》でもふとも、へひつ挾《はさ》む。すさまじき血気《けつき》なるに。父母《ちゝはゝ》に対《たい》しては孝行《かう〳〵》にやしなひ。渡世大事《とせいだいじ》と一日の草臥《くたびれ》独寝《ひとりね》の気《き》さんじさは。真中《まんなか》に寝《ね》て父母《ちゝはゝ》の腰《こし》を打《うち》。足《あし》さすりなどして。漸《やう〳〵》とろ〳〵と寝入《ねいる》がいなやいかに海辺《うみべ》なればとて。鯨《くじら》の吼《ほゆる》ごとくの大鼾《おほいびき》。夢《ゆめ》むすぶ間《ま》もなきに。小さんが枕元《まくらもと》へ束帯《そくたい》の人《ひと》*忽然《こつぜん》と顕《あらは》れ。ぱつし〳〵と笏《しやく》にてたゝきの給ふやう。節会《せちゑ》の御当座《ごとうざ》に。天子《てんし》九穴《くけつ》の貝《かい》といふ題《だい》を探《さぐ》り給ひし故《ゆへ》。（四オ）

挿絵第一図（四ウ）

挿絵第二図（五オ）

挿絵第一図

其出生《そのしゆつしやう》をしろし召れんが為の勅諚《ちよくでう》あり。急昇《いそぎせう》殿《でん》して逐一《ちくいち》申べきとの勅使是《ちよくしこれ》まで来《きた》りたりと。天《てん》神様《じんさま》が生《いき》て御座つたかとびつくりして。小さんはむつくと起《おき》上りこは思ひよらずや。龍宮《りうぐう》にも希成《まれなる》九穴《くけつ》の由来《ゆらい》自《みづから》などが知《し》る事《こと》にあらず。外《ほか》にて尋《たづね》給へとよ。是非《ぜひ》をはいかではかるべきと答《こた》へければ。汝《なんじ》ならでは知《し》るものなしいざ〳〵との給《たま》ふ間《ま》に。官人輿《くはんにんこし》を舁《かき》すゆれば。てんほまゝよ往《い》てくれんと。思へどこそはき足《あし》のうら。光《ひか》り輝《かゞや》く玉《たま》の輿《こし》。乗《のり》もならはぬ身《み》の行衛《ゆくえ》。かゝる事《こと》とは思はずして。天《てん》にも上る心地《こゝち》なり。扨大内《さておほうち》に着《つき》しかば。

挿絵第二図

日華門《しつくはもん》より打通《うちとを》り。勅使《ちよくし》にいざなはれ奥《おく》ふかく入て。殿中《でんちう》を見渡《わた》せば。百官《ひやくくはん》百史《ひやくし》威義《ゐぎ》を正《たゞ》して列《れつ》座《ざ》ある。御簾《ぎよれん》の前《まへ》には。高蒔絵《たかまきゑ》の御文台《ごぶんだい》に。金梨《きんな》子地《しぢ》の硯筥《すゞりばこ》。うや〳〵しくかざりあり。御取次の上卿《しやうけい》小さんに向《むか》ひ九穴《くけつ》の貝《かい》の由来《ゆらい》を尋《たづね》たまへは。事の子細《しさい》を具《つぶさ》に勅答《ちよくたう》申上たてまつりける。（五ウ）主《しゆ》上つく〴〵御趣向《こしゆかう》を廻《めぐ》らし給ひ。則《すなはち》一首の御製《ぎよせい》うかむ間《ま》に。小さんはあたりを打ながめ。御硯筥《おんすゞりはこ》の紫《むらさき》の硯石。ふつと見るよりおもふやう。幼時《ちいさいとき》草堂の坊《ぼん》さまに手習《てなら》ひせし時。御師《おし》匠様《せうさま》の持《もつ》ていられた。瓦《かはら》の硯とは。すつほんの甲《かう》と。照《てり》のよい玳瑁《たいまい》ほどちがふたもの。扨《さて》うつくしや見事《ごと》やな。手《て》に取て見たや。ほしやの念力《ねんりき》が届《とゞ》きしやら。御硯《をんすゞり》石《いし》うごくと見えしがふは〳〵と。蝶《てう》の飛《とび》たつごとくにて。小さんが口《くち》へ入ぞと思へば。咽《のんど》につまりうん〳〵〳〵とうめく声《こへ》。二親《ふたおや》は目《め》を覚《さま》し。やれ小さんがをそはるゝは恐《をそろ》しき夢《ゆめ》でも見たか。胸《むね》に手《て》はなかりしかと。ゆすり起《おこ》せば。硯《すゞり》は咽《のんど》に通るとおもへは。有《あり》つる引割枕《わりまくら》の上《うへ》に眠《ねふり》の夢《ゆめ》は覚《さめ》にけり。夫《それ》より只《たゞ》ならぬ身となり。お定《さだ》まりの五月《いつゝき》の帯《おび》する比《ころ》。やれ小さんは爺《てゝ》なし子。孕《はら》んだと浦《うら》〳〵の取沙汰《ざた》。母は娘《むすめ》を引よせ。爺《てゝ》なし子《ご》はらんだとの噂《うはさ》あつては。そなたばかりか。第一連合《たいいちつれあひ》の名《な》が恥《はづ》かしい。其《その》男有《あり》やうにいや。覚えがないといやる（六オ）ばかりでは。事済《ことすま》ぬと。膝元《ひざもと》へ引よせ責《せめ》とへば。父《ちゝ》は制《せい》してさなせそ〳〵左孕《ひだりばらみ》とあれば男の子《こ》。産落《うみおと》さば粉麦《こむぎ》十石《こく》ばかり調《とゝの》へ。味噌団子《みそだんご》の振舞《ふるまひ》して。一村《ひとむら》百五十軒《けん》の男《おとこ》たる者を招《まね》きよせ客《きやく》一人宛《づゝ》屋の棟《むね》へ投上《ほりあげ》。其子《そのこ》に給仕《きうじ》させ。一の膳《せん》すはりたる者《もの》を男《おとこ》にくゝり付。いはた帯《おび》より付て置《おい》た。入用《いりやう》の帳面一〻《てうめんいち〱》に算用《さんよう》させんと。談儀説法《だんぎせつほう》の引《ひき》ことに。御祖神《みおやのしん》の片《かた》そつぺらでなだむれば。母親《はゝおや》も安堵《あんど》して暫《しばらく》は言止《いひやみ》ぬ。頃《ころ》は秋《あき》のすへ軒口《のきぐち》の柿《かき》の木ことしはめつきりと生《なり》どし。近所《きんじよ》の子供《こども》ほしがりて。小さんをせがむ。元来《もとより》子供《こども》を可愛《かあい》がり。どりやむしつてとらせんと。鈴《すゝ》なりの枝《ゑだ》を手折《たおら》んとするに。不思儀《ふしぎ》や俄《にはか》に脇章門《わきせうもん》のあたり痛出《いたみいで》。わき腹《ばら》を押《をし》やぶり。ひよいと出るは。玉《たま》のやうなる男《おとこ》の子《こ》。生《うま》れたてより惣《そう》身に皺《しは》あり。髪髭《かみひげ》ありて皆白《みなしろ》く。老子《らうし》も是《こゝ》に誕生《たんじやう》かとぞ怪《あや》しまる。この子左《こひだり》へ十七足《あし》。右《みぎ》のかたへ十四足。都合《つがう》三十一足歩《あしあゆ》み。左右《さゆう》の手《て》にて天地《てんち》を（六ウ）指《ゆびさ》し天上天下《てんじやうてんげ》和歌独尊《わかのとくそん》〱と高声《かうしやう》に呼《よば》はれば。妙《たえ》なる哉《かな》〱。和哥《わか》の心神《しんしん》悉《こと〲》く顕《あらは》れ出《いて》。正風躰《しやうふうてい》は熱湯《あつゆ》をさゝげ幽玄躰《ゆうげんてい》はぬる湯《ゆ》をさゝく其外十躰《そのほかしってい》三十躰《てい》。産衣《うぶき》をさゝげ悪魔《あくま》を払《はら》ひ。守護《しゆご》ある事ぞふしぎなれ。そりや小さんか産《うん》だはと浦人《うらひと》ども立さはぎ。誕生《たんじやう》を見てうろ〱と。介抱《かいほう》は脇《わき》に成。和哥《わか》の独尊《とくそん》〱と。聞《きい》ても解《とけ》ぬちんぷんかん。折《をり》から播州書写山《はんしうしよしやさん》の性空《せうくう》上人通《とを》り合《あは》させ給ひ此《の*》由《よし》を聞召《きこしめし》。浦人《うらびと》を押除《をしのけ》〱。小児《せうに》を三度礼拝《とらいはい》あり。有《あり》かたや大聖釈尊《たいせうしやくそん》。摩耶夫人《まやふにん》の左《ひたり》の脇《わき》より誕生《たんしやう》ましませし時。天上天下《てんしやうてんげ》遺我独尊《ゆいかどくそん》と唱《とな》へ。四十九年の正学《しやうかく》をとり給ひ。三国《ごく》に仏法《ふつほう》を弘《ひろ》め給ふ。其誕生《そのたんじやう》はらんひにおんの花《はな》の本《もと》。是は柿《かき》の木《き》の本《もと》なれば。性《しやう》として柿本人丸《かきのもとのひとまる》と呼《よは》はしめ。成人《せいじん》せば児《ちこ》にして召《めし》つかはんと。御衣《ぎよゐ》の袖《そて》にいだき上。猟師《れうし》が方《た*》に預置《あつけをき》。乳《う》母《は》抱《き*》守《もり》の飯米《はんまい》まで贈《おく》り。書写《しよしや》の御山《みやま》へ帰《かへ》り給ひ。小さんが跡《あと》を懇《ねんころ》に弔《とむら》ひ給ふ（七オ）

㈡ 天人《てんにん》も弱《よは》る足高山《あしたかやま》に立《たち》やすらふ羽衣《はごろも》

いや疑《うたか》ひは人間《にんけん》にあり。天《てん》に偽《いつは》りなき物を。あら恥《はづ》かしやさらばとて。羽衣《はころも》を返《かへ》しあたふれば。乙女《をとめ》は是《これ》を着《ちやく》しつゝ。げいしやううゐの曲《きよく》をなし。天《あま》の羽衣《はころも》浦風《うらかぜ》に靡《たなび》き〳〵。霞《かすみ》に紛《まぎ》れてうせんとするを。伯料《はくれう》其儘《そのまゝ》抱《いだ》き留《とめ》。三保《みほ》の松《まつ》が根《ね》ねがらみに。夫婦《ふうふ》の縁《えん》の結《むす》びつゝ。わりなき閨《ねや》の睦言《むつごと》の二《ふた》つ枕《まくら》のしめくゝり。取形《とりなり》かるき水仕《みつし》の世帯《せたい》。人間《にんげん》界《かい》に交《まじは》るも恋路《こひち》ならてはあるまじき。伯料《はくれう》も美男《びなん》にて。人のまじはり浅《あさ》からず。天性哥《てんせいうた》の妙《めう》を得《え》て。天津乙女《あまつをとめ》に契《ちぎ》りても。恥《はづ》かしからぬ容貌《ようはう》なり。頃《ころ》は神亀《しんき》二年十一月戌《いぬ》より子《ね》に至《いたり》て。赤雲立《せきうんたち》。日《ひ》を追《お》ふて止《やま》ず。いか成吉凶《きつけう》やらんと国主《こくしゆ》よりは櫛《くし》の歯《は》を引《ひく》ごとく。都《みやこ》への訴《うつた》へ。いやましに赤雲日月《せきうんじつけつ》を覆《おほ》ふこと頻《しきり》なり。其時伯料朝清《そのときはくれうあさぎよ》めして足柄山《あしがらやま》に登《のぼ》り。田子《たご》の浦《うら》に打出《うちいで》て見れば白妙《しろたえ》の。富士《ふじ》の高根《たかね》に雪《ゆき》はふりつゝと。赤雲《せきうん》に向《むか》ひ。(七ウ)吟《ぎん》ずれば。ふしきや西方《さいほう》より大風《かせ》さつと吹起《ふきおこ》り。秋風《しうふう》に雲《くも》の峯《みね》を散《ちら》すがごとく吹《ふき》たつれば。赤雲《せきうん》は散乱《さんらん》し。快〻《くはい〳〵》△然《せん》たる晴天《せいてん》になるぞふしぎなる。国主欣悦《こくしゆきんゑつ》斜《なゝめ》ならず。比《ころ》しも橘《たちばな》永愷《なかやす》といふ人《ひと》。狩《かり》の使《つかひ》に趣《おもむき》。伯料《はくれう》が哥妙《かめう》を感《かん》じ尋《たつね》求《もとめ》大内《たいり》仕官《しくはん》をすゝむれば。いなみかたくやありけん。妻《つま》の乙女諸《をとめもろ》ともに。都《みやこ》へ登《のほ》る支度《したく》せり。乙女《をとめ》も今《いま》は嬉《うれ》しけに。天晴《あつはれ》の御手柄《おてがら》や。こちの殿御《とのご》と誉《ほめ》たつる。此殿《このとの》はむべもとみけりさき草《くさ》の。みつばよつばに殿作《とのつく》りしてと。神代《かみよ》の風《ふう》を引《ひき》かへて。茅《かや》ふきもいつとなく。漢宮《かんきう》に移《うつ》る人《ひと》の代《よ》既《すで》に人皇《にんわう》十九代反正天皇《はんしやうてんわう》と申《もうし》奉《たてまつ》るは。堯舜《けうしゆん》の徳《とく》にひとしく。十雨五風《じううごふう》の戸ざゝぬ御代朝《みよあさ》菜夕菜《なゆふな》のまつりごと。齢《よはひ》も程《ほと》ふり給《たま》ふにぞ。一の宮朝麿親王《みやあさまろしんわう》に御位《みくらゐ》譲《ゆつ》りの評義《ひやうぎ》とり〳〵にて。関白常房公《くはんはくつねふさこう》を始《はじめ》として。橘《たちはなの》逸勢《はやなり》伝奏《てんそう》より触《ふれ》させ。御裳濯川《みもすそがは》の流《なか》れの末《すへ》。絶《たえ》ぬしるしそ有《あり》がたかりぬ。かゝる所《ところ》に橘《たちはなの》永愷《なかやす》は。狩《かり》の使《つかひ》の上京《しやうきやう》に伯料《はくれう》(八オ)乙女諸《をとめもろ》ともにいざなひ。奏問《そうもん》の上《うへ》伯料《はくれう》が*赤雲《おきうん》を散《ちら》せし一首《しゆ》の短冊《たんさく》をさし上れば。主上《しゆしやう》顔《かんばせ》うるはしく。伯料足柄山《はくれうあしがらやま》の辺《ほと》りより出《いで》たればとて山辺《やまへ》の赤人《あかひと》と号し給はり従五位上《しゆこゐじやう》に任《にん》じ。朝麿親王《あさまろしんわう》の歌《うた》の師範《しはん》になし給《たま》へは。赤人《あかひと》謹而《つゝしんて》*勅《ちよく》を承《うけたまは》りぬ。得《え》ならぬ物《もの》はとめ木《き》の伽羅《きやら》。炷物《たきもの》さつと薫《かほ》らせて廊下《らうか》つたひに和泉式部《いつみしきぶ》。衣通姫《そとをりひめ》を供《ぐ》奉《ぶ》し参らせ。天上《てんじやう》に手《て》をつかへ。扨《さて》も二流王子《わうし》様過《すぎ》つる比《ころ》。天子《てんし》御饗応《こけうおう》の花《はな》の宴《えん》。入日《いりひ》をおしませ給へば。王子様《わうじさま》何《なに》がな御馳走《こちそう》に入奉《たてまつ》らんと。魯陽公戈《ろやうこうほこ》を採《とつ》てまねかれしに。日反《ひかへ》る事三舎《ことさんしや》也。麿《まろ》も是《これ》を学《まな》び。天子《てんし》を慰《なぐさめ》奉らんと扇《あふぎ》をとつて入日《いりひ》をまねき。返し給へばふしぎや。日輪車《にちりんくるま》△のことくに鳴《なり》*り渡《わた》り。三舎はかりぞもどり給ひぬる事《こと》。主上《しゆしやう》もしろし召《めさ》れける其曙《そのあけほの》に緋《ひ》の袴《はかま》きたる女藹王子《ちようらうわうじ》の枕上《まくらがみ》にたち給ひ。のたまはく。我《われ》は是招《まね》きかへされし日《ひ》の精気《せいき》。地中《ちちう》にとゝまり去《さり》がたく。汝《なんち》が姫《ひめ》となつて宮中《きうちう》に遊《あそ》ばんと。檜扇《ひあふぎ》にてまねき給へば（八ウ）二流王子《わうじ》奇異《きゐ》の思ひをなし給ひ。則御親子《すなはちこしんし》の御契約《こけいやく》あり。姫《ひめ》の御膚《をんはたへ》は。御《おん》うへの衣《きぬ》を透《すき》とをりしかは。衣通姫《そとをりひめ》と御名《をんな》を号《がう》し給ふ。かゝる目《め》出度姫君《でたきひめぎみ》を儲《も》ふけさせ給ふも。祝《いは》ひはおさめ。あれに御座《ござ》なさるゝ逸勢卿《はやなりけう》わ御言号《をんいひなづけ》ありし忍坂姫《おしさかひめ》さまは御早世《こさうせい》ありしかはり。世話《せわ》に申す鳶《とび》が鷹《たか》。此度御代継《こよつぎ》の朝麿親王《あさまろしんわう》さまへ。入内《しゆだい》させ奉《たてまつ》らん為《ため》。御目見《おんめみ》へ申させと。王子様《わうじさま》の御名《こめう》代《たい》に自《みつから》が供奉《ぐふ》し参らせしと。女《をんな》の弁舌《べんぜつ》さはやかに。詞《ことば》に花《はな》を錺《かさ》りしは。式部《しきふ》ならでは誰有《たれある》まじとぞ思ひぬ。語《かた》る内《うち》より親王姫君《しんわうひめき》*たがひに尻目《しりめ》のおもはくに。一度《と》に御皃《をんかほ》を上給ひ。見かはし給ふも恋《こひ》の淵後《ふちのち》のえにしとしられける。逸勢《はやなり》も色深《いろふか》くふつと見《み》る目《め》にぞゝ髪《がみ》たてど。人目《ひとめ》を耻《ばち》*てさしうつむき空目《そらめ》づかひにまもりゐる。天皇叡慮《てんわうえいりよ》に叶《かな》はせ給へば。関白《くはんぱく》を始月卿雲客《はじめげつけいうんかく》。みなことぶきを奏《そう》しける。兼《かね》て逸勢《はやなり》心にこらへぬ短気虫《たんきむし》。にがり切《きつ》たる顔付《かほつき》にて笏取《しやくとり》なをし。某筆道《それがしひつたう》の奥儀《おうき》を究《きは》め。佐理行成《さりかうせい》の上《かみ》に立《たち》。三筆《ひつ》の（九オ）ほまれを得《え》し故《ゆへ》。二流王子は翰墨《かんぼく》の我門弟《わがもんてい》。今式部《いましきぶ》がいひしごとく。忍坂《おしさか》姫を婦妻《ふさい》に貰《もら》ふ約束《やくそく》にて結納《ゆいいれ》まで済《すみ》。△婚姻調《こんゐんとゝの》ふ用意《ようゐ》の内。不幸《ふかう》にして早世《さうせい》ありし上《うへ》は*是悲《ぜひ》もなし。いまださだまる妻《つま》もなければ。衣通姫《そとをりひめ》の噂《うはさ》を聞《きゝ》しに膚《はだへ》は衣《きぬ》に通《とを》る故《ゆへ》の名なると聞及《きゝおよ》びしが。向顔《かうがん》は今がはじめ。美人《びしん》をのぞむにはあらねど忍坂《おしさか》姫のかはり。先此方《まづこのはう》へ輿《こし》を入らるゝが師弟《してい》のよしみ。第一《だいいち》は忍坂《おしさか》が忘《わす》れ草《ぐさ》。彼是《かれこれ》のがれぬ此方の縁《えん》をすておかるゝは。いか成王子《なるわうじ》の所存《しよぞん》いぶかしし。一先是《ひとまづこれ》は入内《じゆだい》をくじき。衣通姫は身《み》が貰《もら》ふべし。君臣《くんしん》の義は格別《かくべつ》。恋《こひ》の道《みち》はぶんの事《こと》。親王《しんわう》もさはおもはれそと。*傍輩無人《ほうじやくぶじん》の横車《よこぐるま》。己《をのれ》がほれぬく恋路《ぢ》の闇《やみ》。師《し》弟《てい》の義理《ぎり》に取《とり》なして。言曲《いひまぐ》れば。公卿《くげう》の面〻《めん〳〵》かほ見合《みあはせ》。眉《まゆ》をひそめてあきれゐる。中《なか》にも橘永愷聞《たちばなのながやすきゞ》*かねて。御階《みはし》のもとにずつとより。是伯父《これおぢ》じや人《ひと》。こなた狂気《きやうき》ばしせられしか。衣通姫は先約《せんやく》あり結納とゝのひ。入内と定《さだ》まりし上《うへ》は誰《たれ》か指《ゆび》ざす事《こと》も成まじ。天上《てんじやう》の（九ウ）評義《ひやうぎ》なれば何《なに》とせん。なみ〳〵ならぬ姫君《ひめぎみ》の粧《よそほ》ひ。女御《にようご》高位《かうゐ》は神《かみ》の御《をん》告《つげ》。こなたなどの及《およ》ばぬ事《こと》。是悲《ぜひ》に望《のぞ》まば。此永愷《このながやす》が妨《さまたげ》んと。眼《まなこ》いからしの〻しれば。逸勢《はやなり》は猶《なを》ゐだけ高《だか》に成。いや推参成《すいさんなる》永愷め。殊《こと》に甥《おい》は子《こ》也。伯父《おぢ》は親《をや》。おやに対《たい》してくはんたい成過言《なるくはごん》。諫《いさめ》だてするとゆるさぬと。笏《しやく》にて打《うた》んと振《ふり》上れば。こなたも血気《けつき》の若者《わかもの》なれば。伯父《おぢ》とてもゆるさぬと詰《つめ》よるを一《いち》の人制《ひとせい》し給へば。主上御声《しゆじやうをんこへ》さはやかに。双方《さうはう》ともに論《ろん》は無益《むやく》。一先二流王子《にりうわうじ》を呼《よび》よせ。朕《ちん》か尋《たづね》る子細《しさい》も有。和泉式部《いづみしきぶ》は姫《ひめ》を連《つれ》。先〻《まづ〳〵》館《やかた》へ帰《かへ》るべしと。勅諚《ちよくでう》あれば。御簾《ぎよれん》はさつと下《お》りけるにぞ。はつと一度《ど》に頭《かうべ》をさげ。皆〻《みな〳〵》退座《たいざ》の其中《そのなか》に逸勢《はやなり》がふくれ面《つら》。忠義《ちうぎ》一途《いちづ》の永愷《ながやす》ににらまれて。心《こゝろ》を残《のこ》してわかれけり

㊂　邪《よこしま》の根《ね》ははびこりて花香《はなが》のなき橘　逸勢《たちばなのはやなり》

絵《え》に書《かけ》る女《をんな》を見てさへ徒《いたつら》に。心を動《うご》かす人〻。古今其例《こゝんそのれい》少《すくな》からず。いはんや（十ノ廿オ）

挿絵第三図（十ノ廿ウ）

挿絵第四図（廿一オ）

美《び》にして艶《ゑん》なる容儀《ようぎ》を見初《みそめ》なは。昼夜《ちうや》を分《わか》たず。身《み》も世《よ》もあられず。おもひなん。見ぬ恋《こひ》にあこがれ哥《うた》を詠《よみ》詩《し》を作《つく》りて思《おも》ひをのべ。君《きみ》に心を知《し》らせたく思ふもむべ也。されは橘　逸勢《たちはなのはやなり》二流王子の姉姫忍坂《あねひめおしさか》を契約《けいやく》せしに不幸《ふかう》にして身《み》まかり給へば。ほゐなく思ひ暮《くら》せしに。禁庭《きんてい》にて衣通姫《そとをりひめ》を見初《みそめ》しより。鵰《くまたか》まなこのまぶたもおもたく。恋煩《こひはづら》ひの俤《おもかげ》を。門弟大野《もんていおほの》ゝあら丸《まる》。忌部《いんべ》の鹿主《しかぬし》。志賀野《しがのゝ》斎《いつき》なんどいふ御傍《おそば》さらずの佞人《ねいじん》ども。*翰筆不器用《かんぼくぶきよう》にて書事嫌《かくことぎら》ひ。人より上《うへ》を行《ゆき》たがる癖《くせ》の追従《ついしやう》。かねて謀叛《むほん》を勧《すゝむ》れども。逸勢《はやなり》は只親王《たゞしんわう》さへなき物にすれば。姫《ひめ》は我物《わかもの》なれは。叛逆《ほんきやく》の望《のぞ》

みなし。衣通姫《そとをりひめ》より外《ほか》は入《いら》ず。どふぞして手《て》に入たきのぞみ。入内《しゆたい》のなきさきなれば。王子《わうじ》をたらし得心《とくしん》さへさすれば。我物《わがもの》ならん。しかし是《これ》はまだるし王子《わうじ》を釣《つり》よせ憂目《うきめ》を見《み》せ。得心《とくしん》させんと。一間《ま》に責道具《せめたうぐ》をこしらへ置《おき》たり。いかにもして王子《わうじ》をだましすかしよせたし。此方便《このてだて》はあるまじきか。（廿一ウ）どふかかふかと思案《しあん》の半《なかば》へ当番《とうばん》の侍《さふらひ》罷出。讃岐介兼房殿《さぬきのすけかねふさとの》貴意《きゐ》得《え》たしとて玄関《げんくはん》にひかへ居られ候。通《とう》し候かいかゞ仕らんといひければ逸勢《はやなり》暫《しばら》くしあんして打《うち》うなづき。是屈竟《これくつきやう》の事《こと》。早ゝ通《とを》せといひ継《つが》せ。三人のものどもに向《むか》ひ王子《わうじ》を呼《よひ》よする手《て》だて出来《でき》たり。かう〳〵と耳《みゝ》に口よせさゝやきければ。心得たりと佞人原勝手《ねいしんはらかつて》口へそ入ぬ。讃岐介兼房《さぬきのすけかねふさ》は。讃岐《さぬき》の国守《こくしゆ》にて。天晴画工《てんせいぐはこう》に妙《めう》を得《え》て。二流王子に頼《たの》まれし一軸調《ちくとゝの》へ遙ゝ《はる〳〵》のぼりし旅《たび》の空《そら》。朋友《ほうゆう》の音信《おとづれ》としつ〳〵奥《おく》へ入来れは。逸勢《はやなり》も座《ざ》をあらため。一別已来打絶《いちべついらいうちたえ》し挨拶《あいさつ》。たがひに事終《ことおは》り。兼房《かねふさ》懐中《くはいちう》より一軸《ちく》を取出し。是は二流王子の姫君忍《ひめぎみおし》坂《さか》の像《そう》なり。王子《わうじ》わかれをおしみ給ひ。いますかことく画《ゑがけ》よと御たのみゆへ筆力《ひつりよく》を尽《つく》したり貴殿《きでん》も結納《ゆひいれ》の済《すみ》たりと聞《きけ》ば内室《ないしつ》にあふと思《おも》はれ。よく見られよと披《ひ》らき見せ。是より直《すぐ》に王子の御館《みたち》へ持参《じさん》いたすと。工《たく》みのある逸勢ともしらす。（廿二オ）底意《そこゐ》をくはしく打明《うちあか》す。逸勢一軸《ぢく》つく〳〵見て。奇妙《きめう》〳〵忍坂《おしさか》に生写《いきうつ》し。今《いま》の代《よ》の絵師《ゑし》は扨《さて》をき。唐《から》にも有まじき名人《めいしん》かな。日《ひ》の本《もと》の宝《たから》なりと誉《ほめ》けれは。兼房《かねふさ》も欣《よろこ》び我好《わかすく》ところは和哥《わか》の道画《みちゑ》の

挿絵第三図

挿絵第四図

道《みち》。しかれども絵《ゑ》は人真似《ひとまね》もなれば成もの。及《およ》びがたきは哥の道。播州書写山《ばんしうしよしやさん》には柿本人丸《かきもとのひとまる》とて児《ちこ》の哥詠《うたよみ》ありと聞《き》く。是にたよりて奥儀《おうぎ》を究《きはめ》たく思へどいとまなし。よしなき咄《はなし》に夜《よ》も更《ふけ》ん。いざ王子《わうし》の館《やかた》へまからんと。立を逸勢暫《しは》しとゝめ。長途《ちやうど》の草臥休《くたひれやす》め。ともに奥《おく》にて酌《くみ》かはさん。いざ御入と手を取《とれ》ば。元来好《もとよりすき》の酒宴《しゆえん》と聞《きゝ》。しからば一献《こん》たべ申さんと打連《うちつれ》一間に。入にける。時分《じぶん》はよしとあら丸鹿主斎《まるしかぬしいつき》立出。兼房卿《かねふさけう》の御家来《けらい》〱と呼立《よひ》れば。はつと出る家来《けらい》の面《めん》〱何事《なにこと》やらんと伺《うかゞ》へは三人は口を揃《そろ》へさん候。兼房の仰《おゝせ》には。そなた達《たち》は王子の館《やかた》へ参り。申さるへぐ*様は御頼《たのみ》の一軸出来仕《ちくしゆつたい》り。夜前到着《やぜんとうちやく》いたし。直《すく》に御殿《こてん》へさし上度《たく》候へども。彼是《かれこれ》御このみも（廿ニウ）御座《こさ》有べし。御輿《おんこし》をまげられ。旅宿《りよしゆく》迄御来駕《ごらいか》下されと申入。王子《わうじ》を迎《むか》へ旅宿《りよしゆく》へすぐに帰《かへ》るべし。我《われ》も追付罷帰《おつつけまかりかへ》らん。只今《いま》御酒宴《しゆえん》の最中《さいちう》なれば。我《われ》〱に申伝《つた》ふべしとの兼房《かねふさ》の仰《おゝせ》也と。まことしやかにいひけれは。何心《なにこゝろ》なき家来《けらい》ども畏《かしこま》り候と。直《すく》に王子の御殿《ごてん》へ行《ゆき》。斯《かく》といひけれは。姫《ひめ》ゆかしの二流王子。高位《かうゐ》の御《おん》身《み》かる〱と。子故《こゆへ》のやみの供挑灯輿《ともてうちんこし》を早《はや》めて行給ふ謀《はかりこと》とも知り給はぬ。あやなき空《そら》の真《まつ》くらがり。兼房《かねふさ》が紋挑灯《てうちん》目当《めあて》に近《ちか》よる曲者《くせもの》とも。頬《ほう》かぶりにて面《おもて》をかくし。左右方《さうほう》よりぬきつれて。切《きり》まくれば。そりや盗人《ぬすひと》よ追剝《おいはき》よと。輿《こし》を捨《すて》て家来《けらい》ども。行衛《ゆくえ》もしらず逃《にげ》うせぬ。頬《ほう》かぶりとれはあら丸鹿主斎《まるしかぬしいつき》三人。うまふ参《まい》つた上首尾《しゆび》と。乗物《のりもの》に網《あみ》打かけ。三枚肩《さんまいかた》の廻《まは》り舁《がき》。逸勢《はやなり》が屋敷《やしき》へかきこみ。用意《ようゐ》の一間《ま》へ輿《こし》を居《す》へ兼《かね》て工《たく》み拵《こしらへ》し。一間《ま》は地獄《ちごく》の責道具《せめたうぐ》。罪人《さいにん》のごとく引出《ひきいだ》し。いづれの時《とき》にこしらへけん。廻《まは》り三尺長《なか》さ四尺の大硝子《をほふらすこ》へ王子《わうし》を入（廿三オ）ふたをして上《うへ》には大石《たいせき》に縄《なは》をかけ。天井《てんしやう》へ釣上用意《つりあけようゐ》はよしと知《し》らすれば逸勢硝子《はやなりふらすこ》の前《まへ》に立《たち》はたかり。是王子殿忍坂早世《わうしどのおしさかさうせい》は是*悲《せひ》もなし。衣通《そとをり》といふ姫《ひめ》を持《もち》ながら師弟《してい》のよしみ。後妻《こうさい》△にくれらるべき所《ところ》。入内《しゆたい》させて楽《たの》しむ気《き》か。たゞし此師匠《このしやう》*が気《き》に入ぬか。なみ〳〵の事《こと》では得心《とくしん》せらるまじと思ひ謀《はかりこと》にて呼《よひ》よせ一かばちかの籠《かご》の鳥《とり》。憂目《うきめ》にあふがいやかおふか。放《はな》し飼《かひ》か望《のぞみ》なら入内《じゆだい》をくしき我家《わかや》へ輿《こし》を入られよのがれぬ所《ところ》は大石《たいせき》の一おもひぞと。釣縄《つりなは》をうごかせば。王子《わうし》は見えすく硝子《ふらす》*の上にぶら〳〵下り蜘《くも》。気《き》も魂《たましい》△も御身《み》に添《そは》ず。されども高位《かうゐ》の御覚悟《かくご》。御顔色《ごかんしよく》もかはらせ給《たま》はず。謀《はかりこと》に落入《をち》も。前世《せんぜ》の因縁《ゐんゑん》。兼房《かねふさ》が家来《けらい》にゆだんし。おもはぬ難渋天照神《なんじうあまてるかみ》の光《ひかり》有。衣通姫《そとをりひめ》。汝《なんぢ》ごときのものに添《そは》すべきか。丸《まろ》が命《いのち》はおしからじ。釣縄《つりなは》切て石《いし》を落《おと》し。黄泉《くはうせん》の旅路《たびぢ》におもむかせよ。姫《ひめ》の輿《こし》を入る事叶《ことかな》はぬ事よと。さしうつむき。其後一《そのゝちいち》言《ごん》もの給《たま》はねば。逸勢《はやなり》も仕舞《しまひ》（廿三ウ）つかずヤア〳〵志賀野斎《しかのいつき》此硝子《このふらすこ》の番《はん》をせよ。あら丸鹿主《しかぬし》は供《とも》に来《きた》れ王子《わうじ》の館《やかた》へをしよせ。今よひの内に姫《ひめ》を奪《うば》ひ取。親王王子《しんわうわうし》に鼻明《はなあか》さん用意《ようゐ》の馬引《むまひき》よせ。者《もの》ども来れと出行ぬ。一間《ま》に待居《まちゐ》る兼房《かねふさ》は。沈酔《ちんすい》の足《あし》ひよろ〳〵と立出。逸勢殿《はやなりとの》〳〵是はしたり。拙者《せつしや》を出《だ》し抜《ぬき》。いづちへか行召《ゆきめさ》れしぞ。たゝし去《いね》との御事《こと》か。帰《かへ》るべし〳〵。道《みち》は田《た》の疇青畳《あせあをたゝみ》。高麗縁《かうらいへり》か壱畳《てう》に七筋《すぢ》ほと懸《かけ》てある。おもしろい〳〵ハハハ、、いや是はきやうとい大硝子《おほふらすこ》一つ参《まい》る逸勢殿《はやなりとの》は。御《を》たしなみがよい。したか硝子《ふらすこ》の酒《さけ》は。減《へ》るがみえて気《き》が入《いる》もの。さだめて名酒《めいしゆ》も有つらん。どれ〳〵と立よれば。王子《わうじ》は覚悟《かくこ》の御皃《かほ》を上給《たま》はずさしうつむきておはします。兼房《かねふさ》かいでみ是《これ》は人《にん》どう酒《しゆ》じや。此酔覚《このゑひさま》しに一献《こん》たべんと立よれは斎《いつき》かさゝへて立《たち》かこふいやこれ御さむらひ。貴様《きさま》酌《しやく》をせぬかい。人《にん》とう酒《しゆ》がけなりいと。又立よるをすらりとぬいて切《きり》かくるをかいくゝり。五六間投《なけ》のけ落《おと》せし斎《いつき》か刀《かたな》の（廿四オ）鍔《つは》をはつし。はつし〳〵と打付《うちつけ》〳〵。司馬温公《しはおんこう》の硝子割《ふらすこわり》。王子《わうじ》を扶《たす》け後《うしろ》にかこへば。斎《いつき》むつくと起上《おきあが》り。なま酔《ゑひ》めのがさぬとむしやぶりかゝるを引かづき。硝子《ふらすこ》へ打付さそくの気転《きてん》。釣縄《つりなは》切れば。大石《たいせき》どつさり落《おち》かさなり。斎《いつき》は鮓《すし》とそ息絶《いきたえ》ぬ。兼房王子《かねふさわうじ》を上座《しやうさ》へ直《なを》し。始終《ししう》の様子《やうす》は一間《ま》にて。能《よく》きゝとゞけ見届《とゝ》けたり逸勢か悪逆姫君《あくぎやくひめぎみ》を始御身《はじめおんみ》のうへ危《あやう》し〳〵幸《さいはゐ》この場《は》に人もなし。我《われ》を*疑《さたが》ふは治定《ちてう》なれ共。我又逸勢《われまたはやなり》かふところへ入《いり》。さあらぬ体《てい》にて猶《なを》〻底意《そこゐ》をさぐり見ん。いざさせ給《たま》へと脊《せなか》に負《お》ひ。人《ひと》しれずこそ出行《いてゆき》△ぬ。斯とはしらず逸勢主従取《しゆしうとつ》て返《かへ》し。此体《このてい》を見て。斎《いつき》は討《うた》れしか。そのうへ。王子《わうじ》もやみ〳〵と奪《うば》はれ無念《むねん》〳〵。衣通姫《そとをりひめ》は赤人《あかひと》が。妻《つま》の乙女《をとめ》をともなひ紀《き》の路《ち》の旅《たび》の哥枕《うたまくら》と心さし。書置残《かきをきのこ》し出行しと有。いかさま神変《じんべん》ふしぎの女《をんな》なれば。なみ〳〵の事にては中〻《なか〳〵》奪《うば》はれまし。先〻《まつ〳〵》紀《き》の路《ち》のかたへ追《おつ》（廿四ウ）手《て》をかけ。今日《けふ》より謀叛《むほん》を思ひたち。天子《てんし》ともなるならば。*日輪《にちりん》は手《て》の内《うち》にあり。さすれば。姫《ひめ》も自然《をのづ》と足下《そつか》に入らん。あら丸鹿主《しかぬし》心得《こゝろえ》よ。我《わが》かたまりし臍《へそ》の緒《を》を。天照神《あまてるかみ》の生血とせん。六十四州《しう》の門弟《もんてい》へ催促《さいそく》し軍勢《ぐんぜい》をあつめん。目前邪魔《もくぜんじやま》となるは永愷兼房《ながやすかねふさ》二人なれど。敵《てき》を味方《みかた》とするが*両将《りやうしやう》の謀《はかりこと》。色《いろ》を好《このま》ば色《いろ》にてなづけ。宝《たから》を好《このま》はたからでなづけ。酒《さけ》を好《このま》ば酒《さけ》にてなつけん。是呂望《これりよぼう》が。兵書《へいしよ》の奥義《おうぎ》。連判状《れんばんじやう》の大巻物《まきもの》。宝蔵《ほうぞう》にこめをき。時節《じせつ》を待《まつ》て旗《はた》を揚《あげ》んと。いさみにいさむは阿修羅《あしゆら》のかたち。三筆《さんひつ》の其一人《そのひとり》。おしきは悪《あく》の魂《たましゐ》なり

一之巻終（廿五オ）

三ケ津芝居役者芸品定本元

哥《か》舞《ぶ》妓《き》事《じ》始《し》　新板ひらがな絵入
全部五巻

一之巻ハ　哥舞妓由来芝居故事来歴三ケ津
芝居名代座本小芝居女舞等ニ至迄委記ス

二之巻ハ　芝居一式居所躰器物并鬘等
悉弁ず

三之巻ハ　哥舞妓舞一通諷物秘文等
伝受事書顕す

四之巻ハ　古役者部類又古人金言教訓
地芸所作事佳境を述る

五之巻ハ　古狂言作者囃子方又小哥作者附
三味線流義差別を正す

右之本当正月二日より出し置申候間御求御覧奉頼上候以上

板元八文字屋八左衛門　（廿五ウ）

柿本人麿誕生記《かきのもとのひとまるたんじやうき》

二之巻

目録

乗手《のりて》のわるい客《きやく》に気《き》を筑紫潟《つくしがた》

行衛《ゆくえ》もしらぬ心《こゝろ》の奥《おく》は面白《おもしろ》き歌《うた》の聖《ひじり》（二ウ）

㈠ 生死《しやうじ》の境《さかい》は二ッにわれた硯《すゞり》の因縁《ゐんゑん》

孫卿子《そんかうし》が曰《いはく》。高山《かうざん》に登《のぼら》ざれば。天《てん》の高《たか》き事をしらず。谿《たに》に下《くだら》ざれば其深《そのふか》き事をしらず。先王《せんわう》の道《みち》を聞《きか》ざれば。其事《そのこと》の大《おほい》なる事《こと》を知《し》らずといへり。爰《こゝ》に柿本人丸《かきのもとのひとまる》は。博学広才《はくがくくはうさい》にして。弘《ひろ》く法《のり》を求《もとむ》るの相《さう》ありと。性空《しやうくう》上人書写《しよしや》の御寺《みてら》へよびむかへ。文筆《ぶんひつ》の道《みち》を学《まな》ばしめ給ふに。幾《いく》ほどなく三密《さんみつ》の月をすまし。経論《けうろん》さはやかに。舌端《ぜったん》泉《いづみ》のごとく。月にめで。花にうかれて和哥《わか》を詠《ゑい》じ。諸訳《しよわけ》の道も情《なさけ》ありて。白無垢《しろむく》の大振袖《ふりそで》。白髪《しらが》の児曲《ちごわげ》けたかくゆひなし。高野《かうや》六十。那智《なち》八十。書写《しよしや》に九十の若衆《わかしゆ》ありと。此時よりそ言《いひ》はじめぬ。抑《そも〳〵》此性空聖人《しやうにん》と申奉《もうしたてまつ》るは。法花読誦《ほつけどくじゆ》の功積《かうつも》り。其身に六根清浄《ろくこんしやう〴〵》を得《え》給ひ。ある時は観念《くはんねん》の窓《まど》に入て。（三オ）諸仏《しよぶつ》の摩頂《まてう》をうけ講讃《かうさん》の庭《には》に聖衆《しやうじゆ》の来臨《らいりん》を拝《をが》み給《たま》ふ。其徳挙《とくあげ》て計《かぞ》へがたし。又一夏《いちげ》に諸経《しよけう》を書写《しよしや》し給はんとて。御硯《すゞり》によりたまひ。ゆら〳〵と墨《すみ》すり流《なが》し給へば。ふしぎや其墨《すみ》より声《こへ》を発《はつ》して曰《いはく》。うとからぬをのれ等《ら》よ。我《われ》をばすりて凹《なかくぼ》にするぞ恨《うら》めしや。辛《から》き目《め》を見する物《もの》かなとのゝしれば。硯《すゞり》のいはく。我心《わがこゝろ》よりする事かは。摺《すら》*るゝはいかばか

挿絵第一図

挿絵第二図

り堪《たえ》がたけれ。さなうらみそと聞へければ。上《しやう》人《にん》いと不便《ふびん》に思し召《めし》。雪若《ゆきわか》といふ児《ちご》に仰付られ。彼硯《かのすゞり》を洗《あら》はせ給へば雪若《ゆきわか》はしり本《もと》にて洗《あら》はんとして。取落《とりおと》し。硯は二ツに割《われ》ければ。はつとばかりにせんかたも。なく〳〵心《こゝろ》に思ふやう。よし〳〵師《し》の御しかりを請《うけ》ぬさき。欠落《かけおち》せはやと思ひさだめ。部屋《へや》に入て書置《かきをき》を認《したゝ》めゐるを。人丸見付て押《おし》とゞめ。委細《ゐさい》の様子《やうす》は見届《みとゞけ》たり。怪我《けが》に割《われ》たる硯《すゞり》なるを。侘言《わびこと》もせず欠落《かけおち》とは心弱《よは》し。傍輩《はうばい》のよしみそなたに替《かは》り（三ウ）申上んと。硯《すゞり》を懐中《くはいちう》して。雪若をともなひ。上人の前《まへ》に手《て》をつかへ。師《し》の御坊《ごばう》に尋《たづね》申べき事の候。夫生《それしやう》あるもの、死《し》はいかに。上人笑尓《にっこ》と咲《えま》せ給ひ。又人丸が問答《もんだう》か。それ生あるもの、死は定業《てうごう》なりと答《こた》へ給ふ。人丸かさねてさあらは又。生なきもの、死はいかに。上人答へて。生なきもの、死は非業《ひごう》也と仰ければ。懐中《くはいちう》より。件《くだん》の硯《すゞり》を取出し。是も非業《ひごう》の死なるべしとさし出す。上人御手にふれ給ひ。雪若に言付洗《いひつけあら》はせし此硯。麁相《そさう》にて破《われ》しを問答にての言訳《いひわけ》けなげなり。おもへばふしぎの因縁《ゐんゑん》あり。我《われ》むかし中太《ちうだ》小三郎といひし時。本院《ほんゐん》の左府時平公《さふしへいこう》の御孫時朝大納言殿《みまごときともだいなこんどの》に仕官《しくはん》せしが。彼《かの》御家《いへ》に。昔住吉大明神《むかしすみよしだいみやうしん》より。御先祖《ごせんぞ》大織冠《たいしよくはん》△さづかり給ひし。松影《まつかけ》の硯といふ名石《めいせき》あり。我拝見《はいけん》を望《のぞ》む事頻《しきり》なれどもゆるしなし。或日殿《あるひとの》の参内《さんだい》を窺《うかゞ》ひ。公達《きんだち》の児《ちご》をひそかに頼《たの》み拝見し侍りしに。足《あし》おとのあら、かに聞へけるに心迷《こゝろまど》ひ。とかくせんとするほどに。取《とり》はづし打落《おと》

し。二ツに（四オ）

挿絵第一図（四ウ）

挿絵第二図（五オ）

破《われ》たり。こは何《なに》とせんと我身《わかみ》の覚悟《かくご》死《し》なんと思ふ心をさとり。児《ちご》の仰には子《こ》にめづるは親《おや》のならひ。我破《わがわ》りしとはゞ。父上《ちゝうへ》の御ゆるしあらんと。罪《つみ》を御身《み》に引うけて。ひたすら侘言《わびこと》し給へど。父《ちゝ》以の外御立腹《ほかごりつふく》にて。忽彼児《たちまちかのちご》をあへなく御手討《おんてうち》。はつと思ひ其場《そのば》にて。我《われ》も切腹《せつふく》せんと思ひしかども。ながらへて。児《ちご》の御跡弔《あととは》ばやと思ひ直《なを》して此ごとく。発心《ほつしん》す。されども其硯のうつくしさを忘《わす》れかね。俤《おもかげ》を拵《こしら》へ朝暮《てうぼ》手にふれしも。彼児《かのちご》の恩《おん》のわすれがたさ。今雪若が怪《け》*家《が》もまつたく彼《かれ》が麁末《そまつ》にあらず。皆〻《みな〳〵》前世《ぜんぜ》の因縁《ゐんゑん》也。随分学問精出《ずいぶんがくもんせいいだ》し。弘《ひろ》く法義《ほうき》を顕《あらは》せよ。我熟《われつら〳〵》とおもふに業悪《ごうあく》の衆生《しゆじやう》を救《すく》はん為《ため》。仏菩薩《ぶつぼさつ》。現世人界《げんせにんがい》にまじはりましませど。凡夫《ぼんぶ》の眼《まなこ》くらくして見る事なし。我六根《ろくこん》の清《きよ》きを以て。何とぞ影現《ゑいげん》の尊容《そんよう》ならて。直《ぢき》に生身《しやうじん》の普賢《ふげん》ぼさつを拝《おが》み奉《たてまつ》らんと。朝夕願《てうせきねが》ひしかば。或《ある》ときの示現《じげん》に生身の普賢《ふげん》を拝《おが》まんとならは。周防国室住《すはうのくにむろすみ》に行《ゆき》て。遊女《ゆうぢよ》の中《なか》に何《なに》がしと（五ウ）いふを拝《はい》せよと。あらたは*示《しめ》しを受《うけ》。姿《すがた》をやつし室《むろ》に行。此比盛《さかり》の名ある遊女をあつめ見るに。さして*替《は》れる姿《すがた》もなし又傾城《けいせい》に江口といへるものあり今全《ぜん》盛《せい》にて。毎日の揚詰《あけづめ》。其客《きやく》といふは。反正天皇《はんしやうてんわう》の大子《たいし》朝麿親王《あさまろしんわう》 橘《たちは*の》 逸勢《はやなり》か謀叛《むほん》によつて。*大内《いり》の騒動《さうどう》なのめならず朝麿親王には山辺赤人《やまべのあかひと》供奉《ぐぶ》し奉り。難《なん》を遁《のが》れて室《むろ》の津へ御出あり。御姿《おんすがた》をやつし大尽風《だいじんふう》。江口といふは衣通姫なり。是も逸勢が難《なん》によつて。世を忍ぶ傾城《けいせい》すがた。彼衣通姫只《たゞ》ならぬ女なれは一度向顔能《かうがんあた》はざれば。日をかさね。夜《よ》を重《かさね》ても帰《かへ》るまじ。留主《るす》は両人守《まも》るべし。又此山へ近《ちか》き内鬼神《きしん》の詣《ま》ふずる事あらん門戸《もんこ》を閉《とぢ》て用心せよ。必《かなら》ず他行と語《かた》るなよ。人に知らすなあなかしこ。いさや廓《くるわ》へおもむかんと。御衣《ころも》を脱《ぬぎ》かへて。黒羽二重《くろはぶたえ》の一様羽織《やうばをり》むらさき頭《づ》巾《きん》に大小ぼつこみ。俗《ぞく》にやつして裏門《うらもん》より忍《しの》びて社《こそ》は出《いで》給ふ

（二）鬼《おに》一口の問答《もんたう》は月夜《つきよ》にかまはぬ女声《おんなごへ》（六オ）

花は盛り月は隈《くま》なきを見る物かは。雨《あめ》にむかひて月をこひ。たれこめてよむ哥人の多き中にも人丸こそ。哥の聖《ひじり》と聞へし程《ほど》ありて。朝《あさ》な夕なの勤行《ごんぎやう》にも草〻《くさ〳〵》の虫初雁《むしはつかり》の声《こへ》を聞ては哥を詠《よみ》雨につけ風につけ詠《ゑい》ぜぬ日とてはなし講讃《こうさん》*の庭《には》にもうつゝをぬかし魂《たましゐ》を飛《とば》せる有様を。上人いと憎《にく》しみ思し召。或とき庫《くり》の柱《はしら》にしばり付置れしに。泪滝《なみだたき》のごとくに落《おち》。板敷《いたじき》にたまりしに足《あし》にて三十一文字《みそしひともじ》を書《かき》。又ある時は手水《てうつ》遣ふとて水にうつりし月を見ては。亡然《ばうせん》と案《あん》ずる躰《てい》。上人後より是を制《せい》せんと立より給ひしに。観念悟道《くはんねんごだう》の真只中《まつたゝなか》を哥につらねし有様は。凡慮《ぼんりよ》のなさゞる歌人《うたびと》と思し召。それよりはゆるし置せ給ひぬ。比しも室《むろ》へ行給ふ。留主を預《あづか》る隙《ひま》を得て上東門院《しやうとうもんゐん》より御寄附《ごきふ》有し。烏帽子直垂《ゑぼしひたゝれ》を着《ちやく》し。上人の脇息《けうそく》にもたれ。筆を手に持客殿《きやくでん》より。一目に見わたす播磨灘《はりまなだ》。渡海《とかい》の船《ふね》を詠《よみ》つらねしは末《すへ》たのもしく見えにける。惣《そう》じて児《ちご》の中《うち》の慰《なぐさみ》は。長哥短哥《ちやうかたんか》や穴一《あないち》も旋頭《せんとう》してはわるあがき。（六ウ）根本《こんぽん》の事なきを。人丸こそ師匠《しせう》に隠《かく》しそばめて骨《ほね》を折句難題《をりくなんだい》に出家の行儀《ぎやうぎ》は一つもなく沓冠《くつかんむり》の揃《そろ》はぬ公家《くげ》の真似《まね》び。輪廻《りんゑ》を離《はな》れぬ出傍題《でほうたい》人目には只落題《たゞらくだい》の。場《ば》を打越《うちこし》の辛苦《しんく》して。四病《ひやう》八病皆《みな》ぬけて心《こゝろ》の補薬気《ほやき》*の薬。部屋《へや》のぐるりの楽書《らくかき》も哥であらざる事ぞなき。しぐれする稲荷《いなり》の山の紅葉《もみぢ》ばはあをといふ物をかりし。童《わらは》と寝《ね》られしとは。どふやらいたづら者と聞ゆれど誓《せい》願寺《ぐはんじ》といふ額《がく》を六字の名号に。軒端《のきば》の梅《むめ》の誉《ほま》れをはしめ普《あまね》く人の耳《みゝ》にとゞまる。名哥《めいか》は尽《つき》せぬ和泉式部《ゐづみしきぶ》は大内山《おほうちやま》をあこがれ出供《とも》をもつれず只《たゞ》ひとり。書写の御山へよぢのぼり。戒壇石《かいだんせき》の隙《ひま》よりし寺内の様子を窺《うかゞ》へば。鉦《かね》も音《おと》せず読《と》経《きやう》の声《こえ》も聞えずひつそりと。白中《はくちう》に門戸《もんこ》を閉《とち》たは。傘《からかさ》一本で開《ひら》かれたる。人音もせぬかんこ鳥。苔《こけ》ふかうして滑《なめらか》*かな。山坂越《やまさかこへ》て来《き》た道《みち》を。すご〳〵帰るも本意《ほゐ》ならずと。門《もん》ほと〳〵と音信《おとづれ》て都《みやこ》より遙〻《はる〳〵》参詣《さんけい》いたせし者《もの》。爰《こゝ》明給へといひけれど。誰《たそ》とこたふるものも（七オ）なし。猶《なを》あ*るけなく打叩《うちたゝ》けば。児《ちご》の雪若たち出て。此御山へは女人禁制《ぎんぜい》*師《し》の御坊《ほう》の仰《おゝせ》にて。鬼神《きしん》とやらか来《きた》るよし。厳《きびし》く守《まも》れと仰あり。見れば其方《そなた》は内裏女藹《だいりぢよらう》。若《もし》も鬼神《きしん》の変化《へんげ》にても有べし。とふ〳〵帰り候へと。いへば式部《しきぶ》はにつと笑《ゑ》しやくし。女は五障三従《ごしやうさんじう》とて罪深《つみふか》く。鬼《おに》一口のたとへも。仏縁《つゐん》*に導《みちび》き給ふこそは済度《さいど》なるべし。門《もん》戸を閉て帰れとは。情なき御事や御師匠《ししやう》さまはともかくも。御前《おまへ》の情《なさけ》で明てたべと。いへば雪若心よはく。いかゞはせんとためらふ所《ところ》に寺内《じない》より。其女相手《あいて》に成なと出給ふ上人。香染《かうぞめ》の袈裟《けさ》衣花《はな》の帽子《ばうし》で御皃包《かほつゝ》み。珍《めづ》らしや式部一とせ門院《もんゐん》の供奉《ぐふ》し登山《とうざん》の時。くらきよりくらきにまよふの哥をよみ。出家を迷《まよ》はす曲《くせ》もの。鬼神《きしん》といひしに相違《さうゐ》なし。とく〳〵帰れとの給ふ御皃《かほ》を。式部つく〳〵と打守りさ仰あるは小児《せうに》のこはね。白き御髭《ひげ》有からは人丸君にて渡らせ給ふかと。星《ほし》をさゝれて人丸は三衣《え》をかなぐり姿《すがた》を顕《あら》はし。何用ありての登山《とうさん》ぞと（七ウ）仰あれば。さん候過《すぎ》し比天皇さま。九穴《くけつ》の貝《かい》といふ探題《たんだい》を得《え》給ひ。其由来《ゆらい》を尋んとかづきの蜑《あま》を召よせられ。九穴の事委《くはしく》きこし召れし時。彼賤女《しづのめ》を御*菌《しどね》*近《ちか》く召れ。一夜の御情をかけ給ひ。又のえにしの記念《かたみ》ぞと。松影《まつかげ》といふ御硯を割《わり》給ひ。松といふ銘《めい》の一字の方《かた》は残し給ひ。影《かげ》の字《じ》の片われは蜑《あま》へ形見《かたみ》に渡《わた》し給ふと見給ひて御夢《ゆめ》は怱覚《たちまちさめ》にけり。御前《まへ》の硯石二ッに破《われ》て松の字の方残《のこ》り有ければ。帝奇異《みかどきゐ》の思ひをなし給ひしに。其後明石《あかし》の海士翁《あまてゝ》なし子産《ごうみ》。其子《こ》凡人《ぼんにん》ならぬよし都の風聞《ふうぶん》。隠れなく。帝《みかど》ひそかに自《みづから》を召れ。汝明石《なんぢあかし》へ立越。彼海士人に廻り合。硯を合せ此事を語《かた》り。其子を大事に養育《やういく》せよと様子見とゞけ立帰れとの宣旨《せんじ》を受。ひそかに大内《たいり》を出て明石《あかし》へ下猟師《くだりれうし》の許《もと》にて尋《たづぬ》れば。海士は即時《そくじ》に身まかり其子は上人の介抱《かいほう》にて。書写へ登山《とうざん》なされしは。十六年以前蜑《あま》が夢《ゆめ》の覚し時枕元《まくらもと》に有し硯は影《かげ》の字の片われ。其子の父に廻り合《あふ》。守り袋《ふくろ》に取納《おさめ》持せ置《おき》しと祖母《うば》がくはしき物語《ものがたり》。（八オ）児《ちご》の名《な》は柿本人丸《かきのもとのひとまる》と。書写の御山で尋《たづ》ねよと聞とひとしく。登山《とうざん》いたし申せしなり。都には朝麿《あさまる》親王さまは。衣通姫さま御入内《じゆたい》きはまり。御即位《こそくゐ》のときにおよび。橘逸勢が謀叛《むほん》によつて延引《ゑんゐん》。おまへは王孫《わうそん》なれど出家《しゆつけ》相続《さうぞく》遊され。王道守《わうだうしゆ》護《ご》の御祈禱《おんいのり》が御肝要《かんよう》也。いづれの地《ち》にても大伽藍《だいがらん》は御所望《しよもう》△次第《しだい》。記念《かたみ》の硯御覧遊ばせと。松の字《じ》の片破《かたわれ》を渡《わた》し申せば人丸は。ふしきながらも。守《まも》り袋《ぶくろ》の紐《ひも》とく〳〵と取出す。影《かげ》の字《じ》の片《かた》われを一所《しよ》によすればしつくりと。合《あふ》たる咄《はなし》の跡《あと》や先。人丸は亡然《ぼうぜん》とあきれて詞《ことば》もなかりけり。重而《かさねて》式部座《ざ》をあらため。君敷島《きみしきしま》の道に秀《ひいで》させ給ふを。衣通姫君明《あけ》くれとこひしたひ給ひ。御目もしに成《なり》たしと自《みづから》を御たのみ。幸《さいはゐ》今室《いまむろ》の津のけいせい江口となりておはしませば。立越《たちこへ》給はれかし。自《みづから》御供申さんと。申上れば人丸君聞給ひうまれたてより髪髭《かみひげ》白く。異相《ゐさう》のみづから王孫《わうそん》なと、は勿躰《もつたい》なし。詞《ことば》の端《はし》にも出されな。姫の哥道《かだう》を好《すき》給ふを我も等《ひとし》き敷嶋《しきしま》の（八ウ）＊のまじはり。客《きやく》に事よせ入こんで。姫君にも対面《たいめん》せんと式部を伴《ともな》ひ室《むろ》の津《つ》へこそ行給ふ

㈢　光《ひかり》か、やく黄金《わうごん》より膚《はだへ》の暖《あたゝか》な室住《むろずみ》

往古《むかし〳〵》対馬《つしま》の国《くに》より銀《しろかね》はじめて当国《たうごく》に渡《わた》り。則上《すなはちかみ》に奉《たてまつ》る。凡白銀《およそしろかね》和国《わこく》に初《はじめ》て此時に出しゆへ。諸神祇《しよじんぎ》＊に捧奉《さゝげ》り。大臣太夫《たいじんたいふ》に至《いた》り賜《たま》ふと有。今におゐて寺社《じしや》へ上るは其余力《そのよりよく》なるに。不図《ふと》色柄《いろづか》を握《にぎ》り出すと。旦那寺《たんなでら》の納豆《なつとう》の礼《れい》の包《つゝみ》がね。御師《おし》の初尾《はつを》も十《とを》が一にして残《のこ》りは。揚《あげ》屋て鶏唹《にはとりさばき》。あなたの御手が見事で琴《こと》がよいと。のせかけられ。終《つゐ》に。身躰《しんだい》つんてんころりと。夜明《よあけ》の鳥《とり》こつかかう〳〵で御座《ござ》りますと。一分半の分散《ぶんさん》で家《いへ》をしまひ。先祖《せんぞ》の草鞋《ざうり》がけてかせぎ出した跡式《あとしき》も。孫《まご》の代には行衛《ゆくゑ》しれす。されば前車《せんしや》の崩《くづ》る、を見て。後車《ごしや》のいましめと。我人合点《がてん》は仕ながら。粋《すい》が川へはまる。船遊山《ふなゆさん》にはたつた一度乗《どのつ》て見たきと思ふが煩悩《ぼんのふ》。もう引れぬと。義理《ぎり》も褌《ふんどし》も（九オ）

挿絵第三図（九ウ）

挿絵第四図（十ノ廿オ）

取てはづして女郎の肌《はた》のあたゝかな。室住《むろずみ》の繁昌《はんしやう》。上人はむらさき頭巾《づきん》にて。俗《ぞく》とは見《み》ゆれどさすがの目《め》には一寸ものがさぬ坊主客《ばうずぎやく》さま。廓《くるわ》の福《ふく》の神《かみ》さまござつた〳〵と。亭主《ていしゆ》は槌《つち》で花車《くはしや》は鍵《かぎ》。ひつかける気《き》で猫《ねこ》なでごゑ。大尽《だいじん》さまの御なりこみ。銀《かね》もふけの昼中《ひる》。我等女夫《めうと》か大悦此上なし。扨《さて》此間よりあまたの太夫さまがたを引つかんで上ますれど。ねからはから御意《ぎよゐ》に入らず。女夫は是にあたまを割《わり》ました。御所望《ごしよもう》の江口さまへは袴《はかま》を着《き》て。段〻《たん〴〵》と借《かり》うけますれど叶《かな》ひませぬ。其訳《そのわけ》はかねて御聞及《き〻および》も御ざりましよが。江口様は元来《ぐはんらい》大内《だいり》女﨟《ぢようらう》。それを橘逸勢《たちばなのはやなり》様といふ御方が。彼女﨟《ぢようらう》に心をかけられし故《ゆへ》。大内の騒動《さうどう》衣通《そとをり》さまは都《みやこ》を忍《しの》び。哥枕《うたまくら》の為記《き》の路《ぢ》より。当地《ちう》*へ御越《こし》有よしを聞《き〻》。廓中《くるわぢう》出むかひ。我かたに御殿《ごてん》をしつらい御かくまひ申奉るうち。親王《しんわう》さまを*恋《こひ》したはせ給ひ。我せこが来《く》べき宵《よひ》なりさゝがにの。蜘《くも》のふるまひかねてしるしもと。御哥《うた》を遊《あそ》ばすと。ふしぎや親王さまは山辺赤人《やまべのあかひと》(十ノサウ)さまを供奉《ぐぶ》に連《つれ》られ御来駕《ごらいが》ある。此揚屋を御覧《ごらん》のごとく。表側《おもてがは》は大格子《がうし》にて商店中《あきなひみせなか》庭《には》より内は。四方築地《しはうついぢ》の御殿《ごてん》かゝり。世《よ》にためしなき揚屋の風流《ふうりう》衣通さまは江口といふ。太夫にいたし。親王さまはふかまの御客。山辺さまを御供《とも》にて。毎日の御通《かよ》ひ。江口さまは付出しの始より。毎日の揚詰《あげづめ》。外の御客へはいつかな〳〵。菟《う》の毛《け》でついた程《ほど》も見せます事《こと》は叶ひませねど。あなたは深《ふか》うこがれ遊ばすゆへ。どふぞしてと女夫

挿絵第三図

挿絵第四図

が働《はたら》き色〻と赤人さま迄訴詔《そせう》申上ければ。然らば座敷《ざしき》ばかりをとの御意《ぎよゐ》かおりましたゆへ。座敷を離《はな》れ舟よそほひに仕立ました。浜辺《はまべ》にて御酒《しゆ》でもあがり暫《しばら》く御待《まち》なさるべし。江口さまも追付《おつつけ》御出のはづ。さつそくに御しらせ申上ませう。女夫が働らきあら〳〵かくの通り。いざ御褒美《ごほうび》と口車《くちぐるま》にて乗《のせ》かける。上人少しもさはぎ給はず。不案内《ぶあんない》の某《それがし》。江口の君に恋《こひ》こがれ。おもはざる廓《くるわ》に居つゞけ。二人の者の働《はたら》きゆへ。座敷《ざしき》計も大望成《たいもうじやう》就《じゆ》（廿一オ）こりや骨《ほね》は盗《ぬすま》ぬと。井手《ゐで》の山吹ちらし給へば。こは有かたし〳〵いざ御舟へと勧《すゝむ》れば。さらば行べし案内せよと。浜辺《はまべ》をさして出給ふ。芙蓉《ふよう》の顔《かんばせ》やなぎの眉《まゆ》。紅粉青黛《こうふんせいたい》とは。上《うへ》からの塗物琢《ぬりものとぐ》がごとく磨《みがく》がごとく。あらひ粉《こ》わざではいかな〳〵。産《うぶ》の艶《つや》といふ物なくては誠《まこと》の色《いろ》はなし。山出しの荒木《あらき》に鉋目《かんなめ》も当《あて》ず。椋《むく》の葉《は》もあてすに付《つき》出した所がどふもかふも。絵《ゑ》にも筆《ふで》にも詞《ことば》にも。及ばぬ程《ほど》の美《うつ》くしさ。御肌着《はだぎ》は衣《きぬ》を通すより。御名も直《すぐ》に衣通姫《そとをりひめ》。雲《くも》のうへの御住居《すまゐ》。黒土《くろつち》を踏《ふみ》給ふも恐《おそ》れありと。塗下駄《ぬりげた》をめさせての道中《だうちう》。今の世《よ》にけいせい。太夫《たゆふ》下駄《げた》とてのこりしは。此時よりぞはじめける。十二一重《え》も緋《ひ》の袴《はかま》もさらりと襲《うちかけ》にかはり。大すべらかしは嶋田《しまた》にうつり。さしかけ傘《がさ》の八文字《もんじ》。親王君《しんわうぎみ》の揚詰《あげづめ》より。太夫の風《ふう》が自然《しぜん》と備《そなは》り。ついとくゞりし揚屋《あげや》の暖簾《のうれん》。亭主《ていしゆ》と花車《くはしや》に御《ご》挨拶《あいさつ》。すぐに浜辺《はまべ》へ行給ふ。世の盛衰《せいすい》ぞふしぎなる。男作《おとこだて》は廓《くるわ》の添《そひ》物。兜《かぶと》組とて悪《わる》者ども。喧嘩《けんくわ》（廿一ウ）するやら叩くやら。足を踏《ふめ》とも了簡《りやうけん》で。角《かど》の取《とれ》たる士《さむらい》の深編笠《ふかあみかさ》に大振《ふり》袖さすが小性《こしよう》となのらずにこゝぞ揚屋とつゝと入大尽《いるだいじん》さまの御来光《らいくはう》。かたじけなしと夫婦諸《もろ》ともあふき立れば。身《み》は人丸とて書写の者。江口の君が所望《しよもう》にてまかりたりと。編笠《あみがさ》とれば。夫婦はびつくり御器量《ごきりやう》は天晴《あつはれ》*髪髭《ひんひげ》共に真白《まつしろ》な浦嶋《しま》の孫《まご》御《ご》さまにてましまする。扨江口さまは子細《しさい》有てといふを打けし叶《かな》はぬ事は委《くはしく》しりぬ。衣通姫の御道中なりと拝《はい》すれは本望。舟《ふね》の御客《きやく》へ身か事は沙汰《さた》なし〳〵。いざ〳〵奥《おく》へと案《あん》内申せ。一間の内へ入給ふ。上人は舟遊山《ふなゆさん》ともづな解《とい》ての大騒き峯頭末社《たいこまつしや》からぞゝり。小哥浄《うたじやう》るり物まねも。本調子《ほんてうし》から二上りに踊《おと》るやらはねるやら。肴《さかな》は海に生なから鯛鱧蛸《たいはもたこ》のとうひんも。出家の事なら目もやらず。衣通姫の御㒵を守《まも》り詰《つめ》今や普賢《ふげん》の顕《あら》はれ給ふかと脇目《きめ》*もふらす居たまへどさして替《かはる》事もなし。頻《しき》りに三弦《さみせん》引たてゝ。また寝もやらぬ手枕《たまくら》に。そてもない事思ひ（廿二オ）わひうつら〳〵と上人は。目をとぢ給ひ観念の耳に感《かん》する三弦胡弓音楽きこへつゝ唱哥はさゝら波こたつといふはやし事《こと》に。実相《じつさう》無編《へん》の大海に五塵六欲《ちんろくよく》の風《かぜ》は吹《ふか》ねとゝ聞ゆれば。ふしきや衣通姫の御姿《すがた》。紫摩黄金の荘にかはり。手に如意《によゐ》を持《もち》。六牙の白象に打乗《のり》御肌重の衣に通るは△裸形《らきやう》の尊像《そんぞう》。白毫《びやくかう》より光明《くはうみやう》赫《かくや》くとして。異香《ゐきやう》薫《くん》じ渡りしかば信心肝《しんしんきも》に銘《めい》じて。感涙更《かんるいさら》にとゞまらず。扨《さて》目をひらけば三下りかなしみの泪《なみだ》はいとゝせきあへすふかき思ひはふちとなると。又目を閉れは尊容《そんよう》たり実有がたき結縁《けちゑん》かなと上人は。随喜《ずいき》の涙《なんだ》。袖《そて》もかはかぬ沖《おき》の石《いし》

二之巻終（廿二ウ）

柿本人麿誕生記《かきのもとのひとまるたんじやうき》　三之巻

目録

第一　普賢菩薩《ふげんぼさつ》も浮《うかみ》あがる生身《しやうじん》の坊主客《ぼうずぎやく》
饗応《もてなし》にあぐみはてる破戒《はかい》の若衆《わかしゆ》
寺法《じほう》にかはりし編笠《あみがさ》のふかき工《たくみ》
いふにいはれぬ捨駕《すてかご》より相図《あいづ》を打大門口《うつおほもんぐち》（二オ）

第二　金巾子《きんこじ》の冠《かんむり》は天窓《あたま》から出傍題《でほうだい》な悪相《あくさう》
見とれゐる小娘《こむすめ》は扨《さて》もよい釣簾《こす》の隙《ひま》
もりくる月《つき》の丸顔《まるがほ》に光《ひかり》さすかつら男《おとこ》
ほめそやす恋《こひ》の道渡《みちわた》り得《え》ぬ天橋立《あまのはしだて》

第三　永愷《ながやす》が諌言《かんげん》は押《おす》におされぬ連判状《れんばんじやう》
かいたあたまはずぼろ坊主《ぼうず》の俄道心《にわかどうしん》
似合《にあは》ぬ僧《そう》の腕立《うでだて》に角目《つのめ》だつ鹿主《しかぬし》
生《いけ》どつた咎人《とがにん》を打《うつ》てかへた下人《げにん》の計略《けいりやく》（二ウ）

(一) 普賢菩薩《ふげんぼさつ》も浮《うかみ》あがる生身《しやうじん》の坊《ぼう》主客《ずぎやく》

慈悲応身《じひおうしん》は波《なみ》のごとく光《ひかり》に似《に》たり。水《みづ》を離《はな》れて波《なみ》なく。燈《ともしび》を離て光《ひかり》なし。躰用《たいよう》は無礙《むげ》にて不二一躰《ふにいちたい》なりと。感得《かんとく》の上人座《ざ》を立《たち》給へは衣通姫《そとをりひめ》も揚《あげ》屋へ帰り給ふ。親王《しんわう》は姫の帰り遅《おそ》しと欠《あくび》の八百も。口からは南艸《たばこ》の輪《わ》も蛇《じや》の腹《はら》ほど吹《ふき》つゞけ。灰吹《はいふき》のちびれるほどたゝいて。赤人相手に四方《よも》山のはなしの声《こへ》。姫君は親王の御膝元《ひざもと》へつゝと寄。さぞ御待《まち》兼《かね》遊ばしたで有らめとの給ふ所は。なんでもよい口舌《くぜつ》の場《ば》を。上〳〵《うへ〳〵》は格別《かくべつ》。さあらぬ躰《てい》にてけふの客は。公家《くげ》か武《ぶ》家《け》かと思ひの外。書写《しよしや》の奥《おく》の坊主客《ぼうずぎやく》にてありしよしと。すこしのおもはく姫君もいひ訣《わけ》*に。いゝへそれはといはんとし給ふを。赤人引取てけふの客は隠《かく》れもなき性空《しやうくう》上人といふ大尽《だいじん》。生身《しやうじん》の内仏《ないぶつ》を拝《おが》まんと思はれしが。姫の御粧《よそほ》ひを見て満願《まんぐはん》と承りぬ。誠に貴《たつと》き上人の執着《しうじやく》の（三オ）念を晴《は》らさせ給ひしは天晴《あつはれ》の御手柄《てがら》。それはさうと此比兜組《かぶとぐみ》の男作《おとこだて》とて逸勢《はやなり》が手下《てした》のもの徘徊《はいくはい》し。姫君を奪《うば》ひとらんと窺《うかゞ》ふよし。天照神《あまてるかみ》の恵《めぐみ》を請《うけ》。気遣《きづか》ひはなけれども。朋友《ほうゆう》橘《たちばなの》永愷《ながやす》は逸勢と。同性なれば。若《もし》も一味はせざりしやと心がゝり。又讃《さぬ》

挿絵第一図

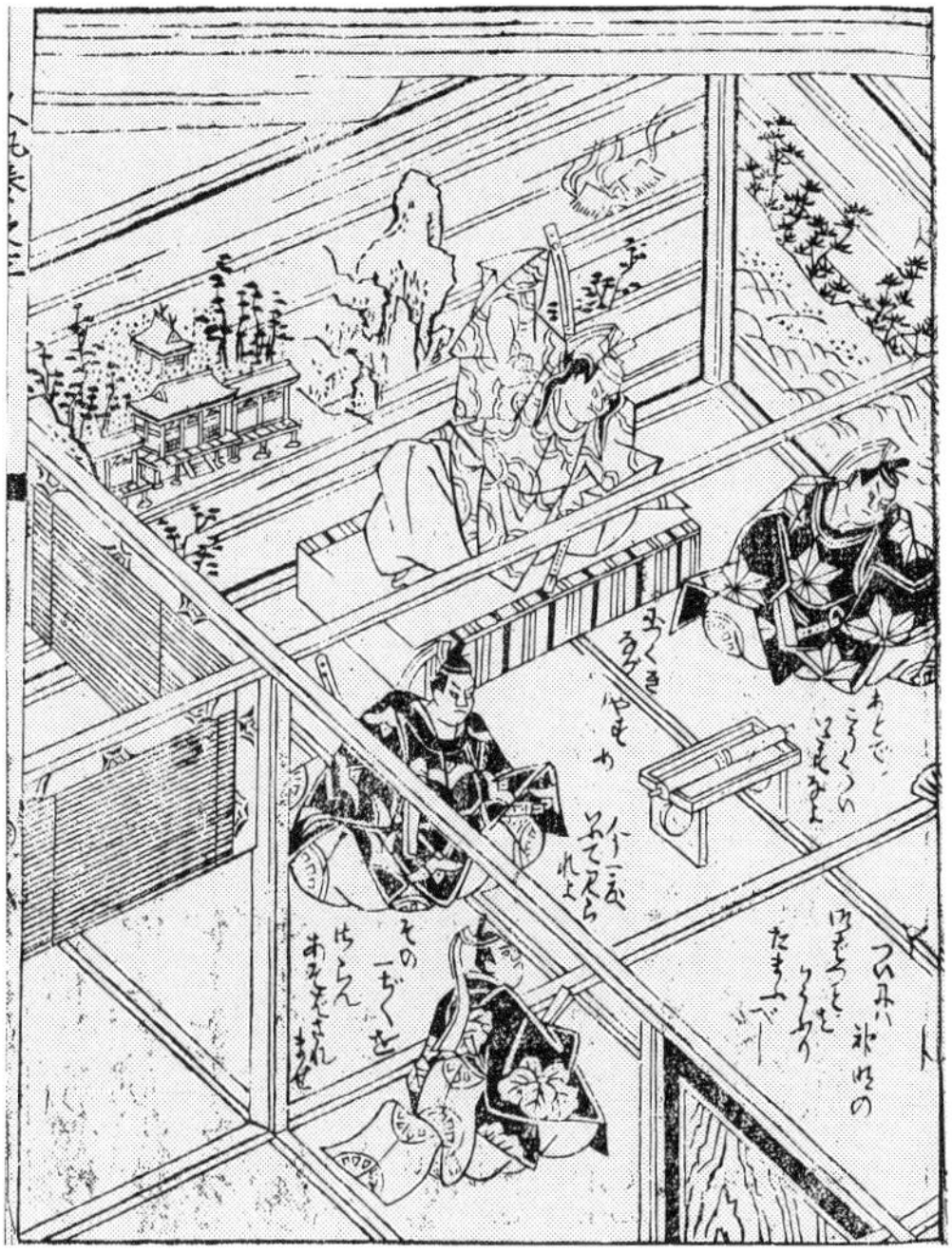

挿絵第二図

岐介兼房《きのすけかねふさ》は逸勢としたしき中。若彼等《もしかれら》一味連判せば。官軍《くはんぐん》の頼《たのみ》すくなし。主上《しゆじやう》は関白常房公《くはんぱくつねふさこう》守護《しゆご》なれば。都の気づかひなしとやかく思へば一夜も安《やす》くねられず心労《しんらう》のうさはらし。爰《こゝ》は端近《はしぢか》おくにて酒事《さけごと》いざ先御《まづをん》入とすゝむるにぞ。親王赤人《しんわうあかひと》打つれて。姫もこちへと入給ふ。姫君衣紋《えもん》繕《つくら》ふて入んとし給ふに。人丸君しのび出姫の裳《もすそ》をしつかと取。わらは社柿本人丸。和泉式部《いづみしきぶ》が噂《うはさ》にて承《うけ給は》り候へば。我哥道に好《すき》たるよしを聞たまひ。逢《あひ》たきとの御事。我も又姫君の哥道に耽《ふけり》給ふよし。兼《かね》〳〵承り及たれば忍びて是迄参り。よそながら御すがたを見参らせ。哥道の事は差置《さしおき》て恋《こひ》の道にまよひそめ。近日得道《とくどう》に定《さだ》まりし身なれども。執着《しうぢやく》（三ウ）の念きざすからは師《し》の命《めい》に背《そむ》き。俗《ぞく》と成《なる》所存どふぞなびき給はれと。思ひがけなき難題《なんだい》は衣通姫もよみがたし。姫君はふりはなし聞しにたがふ無法人《むはうじん》けがらはしうるさやと奥へ入らんとし給へば。猶行さきへ立ふさがり。情《なさけ》をしらぬは歌道にあらず。ぜひどふ有ても御情《なさけ》をとしなだれ給ふうたてさよ。かゝる所へ性空はずつと立出。人丸がたぶさをつかみ御膝《ひざ》に引しき。己小悴《をのれこせがれ》め仮初《かりそめ》ならぬ師《し》の命を背《そむ》き。衣通姫に恋慕《れんぼ》とは。不届至極《ふとゞきしごく》の法外《ほうぐはい》もの。死罪《しざい》に成やつなれど三衣《え》にめんじ命《いのち》は扶《たすく》る。七生迄の勘当《かんどう》なるぞ。小袖を剥《はぎ》とり紙子《かみこ》をきせ。縄帯《なはをび》させて破編笠《やれあみがさ》。大門口より西国《さいこく》へ追払《おつはら》へと心《こゝろ》の内は不便《ふびん》の泪尻目《なみだしりめ》ににらませ給ふ。外《ほか》には忿怒《ふんぬ》の相好《さうがう》も内《うち》には慈悲《じひ》の御恵なれ。人丸は是非もなく〳〵おつ立《たて》られ大門口より出て行。足《あし》もしどろに師《し》の御恩思へば深《ふか》く忘《わす》れかね。ゆるさせ給へと泪ぐみ。すご〳〵歩《あゆ》み行先へ。和泉式部出向ひ御首尾《おしゆび》はどふぞと尋《たづぬ》れは。人丸小声《こごへ》に成。上首尾〳〵。御身去年門院《もんゐん》の供奉《ぐぶ》の時（四オ）

挿絵第一図（四ウ）

挿絵第二図（五オ）

示《しめ》し合せし此度の趣向《しゆかう》。我和哥《わか》の道に執心浅《しうしんあさ》からず。何とぞ天下《てんが》に秀《ひいで》んと願ふ大望成就《たいもうじやうじゆ》。何ともして師の御坊の勘《かん》気《き》を受《うけ》。哥枕《うたまくら》に出たき志《こゝろざし》。勿躰《もつたい》なくも衣通姫に無躰《むたい》のれんぼに事よせ。神通《じんづう》を得《え》し上人をまんまとはかつて此すがた心《こゝろ》がゝりは天地《てんち》になく。父母《ふぼ》なし師《し》なし兄弟《きやうだい》なし。足手《あして》まとひのなき行脚《あんぎや》のくらし。硯《すゞり》に縁《えん》ある此身《み》なれば。明《あか》石《し》の産《さん》を取置《おい》て。硯の文字を引わくれば石見《いはみ》と書《かけ》ば則《すなはち》出生《しゆつしやう》石見と定《さだ》め。空行月に身を任《まか》せ。行衛《ゆくえ》はるかの旅《たび》の道。さらば〳〵といとま乞《ごひ》。和泉式部もとも泪《なみだ》。随分御無事《ずいぶんごぶじ》で〳〵。いでさらば御餞別《はなむけ》を参らせんと三衣袋《さんえぶくろ》に居士衣《こじえ》と笠《かさ》。とも〳〵打きせ参らせて。たがいにこゝろを筑紫潟行衛《つくしがたゆくえ》も知らず立わかれぬ。跡の揚屋《あげや》は大騒動《さうどう》。此比立《たち》まふ男立《おとこだて》共衣通姫を奪《うば》ひとり。網乗物《あみのりもの》へ押込《をしこみ》行がた知らず逃失《にけうせ》し。跡には赤人只《たゞ》一人。親王を後《うしろ》にかこゐ。大勢《ぜい》相手に切むすぶ。やり手も花車《くはしや》も逃廻《にげまは》り廓《くるわ》の騒動《さうどう》上を下へと返《かへ》しける（五ウ）

㈡　金巾子《きんこし》の冠《かんむり》は天窓《あたま》から出傍題《てほうたい》な悪相《あくさう》

夫物事ひかへめにしてよきは挨拶《あいさつ》と食事《しよくし》。過《すぎ》てよきは女房と軍中《くんちう》の高名《かうめう》不男のよき女房持たるは小つらにくき物と思へと刀*なしおのづから其男に鰭《ひれ》の付くもの也。されは橘逸勢衣通姫に心を通はし。幕下《はくか》の者を男作に仕立室《むろ》の津《つ》へ入こませ念なふ奪《うば》ひ取。我物にして昼夜《ちうや》の歓楽《くはんらく》腹中《ふくちう》に酒《さけ》のたえる間なく。同門讃岐介兼房は画《くは》の妙手にて時の誉《ほま》れあるより。六十余州を掌握《しやうあく》の心味《こゝろみ》に*屋敷《さしき》に六十余州の書院《しよゐん》をたて国〻の名所古跡《こせき》を画《ゑかゝ》す中にも。和歌の浦《うら》三《み》保の松原の間《ま》は姫の馳走《ちそう》と此二間にて酒宴《しゆえん》をなす。御傍《そは》さらずの佞人《ねいしん》には。大野《おほの》あら丸忌部《ゐんへ》の鹿主追従たら〳〵牽頭口《たいこくち》。逸勢公には天子の相ましますは世の人しるところなれば兼房に書《かゝ》せ諸国へ配《くは》り。味方《みかた》を招《まね》きなは雲《うん》霞のごとくに馳あつまるは治定《ぢちやう》。さすれは日を撰《ゑら》み大内《だいり》へ押《をし》よせ天王をほつ下し。位《くらゐ》をうばひ給ふは（六オ）いと易しとす、むれば。何がなうつりぎな逸勢是尤《これもつとも》とうなづき幸《さいはゐ》次の間に兼房居合せゐる間《あいた》よびよせ画せ一覧《らん》せんと翠簾《す》さら〳〵とおろしけり。かくと聞より兼房広間《ひろま》へたち出。絵《ゑ》の具《く》と、のへ墨をすりなかし見《み》廻せば翠簾《みす》の内には逸勢は金巾子《きんこし》の冠《かんむり》に紺《こん》龍《りやう》の御衣《きよゐ》を着し高御座に座《さ》したるを。逐一《ちくいち》に画き文王に四ツの乳《ち》あり始皇《しくはう》の脊《せ》に鱗《うろこ》有にひとしく天子の相《さう》あらはれけれは。兼房思はず頭をさけ。心中に泪をふくみ。渠《かれ》天下をうばひなは。天津日嗣《あまつひつき》の御流御裳濯川《もすそかは》の穢《けかれ》と成。神の御胤たへなんと無念《むねん》の泪を呑こみ〳〵。当惑《たうわく》すとも知らすあら丸鹿主扨も画《ゑかい》たり名人め。逸勢公に生《いき》うつし天王様よ帝《みかと》様《さま》よと誉《ほめ》そやされて逸勢のひあかり待かねて飛《とん》で下《お》り。鏡《かゝみ》に合せ我すかた。ためつすかめつながめ入。扨もてきたり画たり。是にてこそ我天子と。彩色《さいしき》の上へ頭をつき出し。肘《ひち》をつき*腋を流《なか》して見る有様。兼房扨も〳〵見さけたり。渠《かれ》誠天子の気備《きそな》はらば*観〻《くはん〳〵》と（六ウ）高御座へ取よせて見るへきに腋をながして見る有さま天子の相は有ながら軽〻《かる〳〵》しきふるまひ天子の機《き》なし。中〻望は得達《たつ》すましと心に悦ひ。*居たりける逸勢ゑつぼに入兼房は画《ゑ》に妙を得其上。和《わ》哥《か》をよくし武道の手練《しゆれん》も有と聞。我天子とならは。大国《たいこく》を宛行《あておこな》はん。同姓橘永愷《ながやす》口ごはく味方《みかた》せずそれゆへくさり合ふた小式部を捕《とら》へおきし。是を餌《ゑは》にして一味《み》連判させる所存御身も連判おしやれと進《すゝ》め往生《わうしやう》。手詰《てつめ》の場所《ばしよ》。兼房返事《へんし》猶予してとつおいつの思案《しあん》の折から取次の侍《さむらひ》罷出。一の人常房公より兼〻御頼《たのみ》の額《かく》佐《さ》理《り》行成《かうせい》卿両所は出来《てき》たり逸勢卿にて三筆そろひ候間。只今御認《したゝめ》遣はされと御使者《ししや》次の間に待《まち》ゐられ候。いか、返答《へんたう》仕らんと手をつけば。逸勢にかり切たる皃《かほ》つきにて邪魔《しやま》な所への使者段〻《ししやたん》のさいそくいて認め遣はさんと。一間へたつて行ければ。兼房是ぞ能立場《たちは》なれと挨拶《あいさつ》そこ〳〵出らるる。是そ虎口《こかう》を遁《のか》れしとそいひつべし。是は扨置橘永愷は。一とせ狩《かり》の（七オ）使《つかひ》に東国《とうこく》へ趣《おもむき》しより。山辺赤人妻《つま》の乙女諸ともいざなひ登《のほ》り我館《やかた》に留をき赤人を姫《ひめ》のかしつきとして無二の朋友なりしに。赤人は室住《むろすみ》にあり。わかれ〳〵に成居る比《ころ》上局《つほね》へ使に行かよふ時。取次の侍女《しちよ》小式部といへるほつとりもの。永愷が色《いろ》どりに打こみ外の使者《ししや》へは一ついふ返事も永愷には五ツ六ツもかさね〳〵て。折《おり》には世間の色《いろ》はなしに大和詞《やまとことは》を交《まぜ》合せやはらかな手でじつとしめられては。消入《きえ》心地《こゝち》人めもあれは。即座《そくざ》にいひかはせもならず。心の底《そこ》はかやう〳〵と永愷か呑《のみ》さしたる茶《ちや》を飲《のん》て見すればいなにはあらぬいな舟のこかれ合ひたる中と成。大内にては専《もつはら》是沙汰《さた》。母の式部もみぬふりに粋《すい》を通してゆるしをきぬ。此比は逸勢一味連判をしきりに進《すゝ》むれど。永愷却て異見《ゐけん》し。座《さ》を蹴△たつれば逸勢いよ〳〵ほむらをにやし小式部をとらへ置。手詰《てづめ》にして連判させせんとの方便《てたて》に。はなし飼《かい》の牢《らう》の住居胡国《ここく》の捕《とら》はれの心地して泪と共に月日を送りぬ兼房も永愷が（七ウ）胸中《けうちう》を探《さぐ》らんと思へど折もなしある時廊下づたひに。とあり*翠簾《みす》の隙より小式部を見るより爰そよき尋ね所と立より永愷には連判せらるゝ気かせぬ気かしりたまはずやと。問《とは》れて小式部何のいらへもなく。大江山いく野の道の遠ければまだ文も見ず天の橋立《はしだて》と。一首の返《へん》事《じ》す。兼房は詞なく逃出《にげ》られ。扨も〳〵秀歌《しうか》かな。われ和哥に心をよすれども。上達《しやうたつ》する道なしかゝる小女さへ哥《か》仙《せん》なるに此返哥《へんか》もうかまぬ愚昧《ぐまい》のふるまひ。今諸国に周遊《しうゆう》する。柿本人丸こそ哥の聖《ひじり》のきこえあれば。何卒《なにとぞ》して廻り合。奥儀《おうぎ》を受たき願《ねが》ひなれども。大内の事しげき内は。廻《めくり》あふべきいとまなし。夢《ゆめ》にだも人丸を見ずと悔《くや》まれぬ

㈢　永愷《ながやす》が諫言《かんげん》は押《おす》におされぬ連判状《れんばんじやう》

大人《たいじん》六分なれは則《すなはち》治《おさま》る。小人六分《ぶ》なれば則乱《みだ》る。大人七分なれば則大に治り。小人七分なれば則大に乱ると今小人

七分にして己《をの》が代にして治《おさめ》んと（八オ）自《みづから》ことぶく橘逸勢。衣通姫と昼夜《ちうや》の湛酒《たんしゆ》も。親王を恋《こひ》したひ泣沈《なきしつ》み泪《なみだ》の床《とこ》のもてあましと腫物《しゆもつ》にさはる心地《こゝち》してゐるに。いか成事にやさはなく逸勢にしたがひ給《たま》ひしつほりとの添《そい》ふし御肌《はだ》もふれさせ給へば。逸勢あんに相違《さうゐ》し月夜《つきよ》に金《こがね》の釜《かま》を抜《ぬい》てきたる拾《ひろ》ひものなれど。いつにつこりと笑《わら》ひたまへるけしきなければ。何とぞして笑《わら》はせんと。あら丸鹿主の末社にらみ合のちよろけん踊《おどり》軽口《かるくち》だらけてお*鬚《ひげ》の塵《ちり》とり大津絵のげほうの真似迄して見せけれども。猶〳〵笑ひは取れず此上は烽火《はうくは》を上るより外なしといへば。姫君制《せい》し給ひ。烽火《はうくは》を上て笑ふやうな褒似《ほうじ》ごときの女とは違《ちが》ふべし今逸勢公の味方過半は連判済《すみ》ぬれど。兼房永愷本心を明《あか》さず。永愷が連判すまぬ中は人〻の心底もいぶかし。夫ゆへおもしろからぬ浮世《うきよ》とおもへばわらふ機嫌《きげん》もさらになし。自逸勢公にしたがふも。是迄むつまじかりし親王様の御身の上が気遣し操をやふり身を穢《けか》せしは。親王様へ打こへて（八ウ）*ての心中たとへ逸勢公の天下ともならは。親王様の御身恙《みつゝが》なきやうにたのみ入との御むつかり。笑はさふと思ふ姫君の却《かへつ》て御落涙《らくるい》なれば。一座《ざ》不興《けう》に見えにける。逸勢色《いろ》には泪《なみだ》もろく。我天下を治《おさむ》るとも。姫の頼《たの》みもだしがたければ敵《かたき》なれども親王はたすけ置べし。きづかひ有なとなですり余念《よねん》たはいはなかりける。いかさま姫の仰のとをり同姓《だうしやう》をしたがへすは。人の心もいぶかるとは金言《きんげん》なりと。にてもやいても喰《くは》れぬ永愷め。何とぞ味《み》かたに付る手だてはなきかといへば。あら丸鹿主詞《ことば》を揃へ。もはや此上の手だてにはくさりあふたる小式部を捕《とら》へおかせられたるこそ幸《さいはゐ》。庭《には》に土壇《どだん》をつき小式部をくゝり上。永愷を呼《よび》よせ。連判せずば今女房が首《くび》打と手詰《てづめ》にしての給《たま》はゞ打こんでゐる二人が中。色《いろ》にほだされ味方するは治定《ぢでう》。此義《ぎ》いかゞと勧《すゝむ》れば。逸勢ゑつぼに入。朕《ちん》もはやさふ思ふゆへ。永愷が舘《やかた》へ人を遣したれば追付《おつつけ》来るべし女めが用意《ようゐ》しておけといふ間ほどなく。永愷参上と披露《ひろう》させ。しづ〳〵通れば。（九オ）

挿絵第三図（九ウ）

挿絵第四図（十ノ廿オ）

待《まち》まふけたる逸勢。やあ〳〵永愷ちかう〳〵汝《なんち》を呼《よび》よせるは別義《べつぎ》にあらず。兼而思ひたつたる大望《たいもう》ひるがへさぬ我性根《しやうね》いはずとも合点《がてん》のはづ。同姓のそむき有《あつ》ては人の心いぶかる間。金輪際《こんりんさい》頼。さあ連判今社は手詰也。一つは橘の先祖《せんぞ》へ孝養《けうやう》とおもひいさぎよく血判《けつぱん》あれ。しかもけふは吉日といふ。唇《くちびる》を耳《みゝ》にもかけず幾度《いくたび》申も同じ事。普天《ふてん》の下卒土《そつと》の内いづく王地《わうぢ》にあらざるはなし。昔《むかし》より悪《あく》に組《くみ》する者棟梁《とうりやう》は申に及ず亡《ほろ》びずといふ事なし。諸兄公《もろえこう》より伝《つた》はる橘は。御代代《だい〳〵》ゝの忠臣《ちうしん》御身謀叛《むほん》を思ひ立《たゝ》ば。我は天王《てんわう》の御味方《みかた》幾度《いくたび》申もおなじ事。一家《け》のよしみは是限《かぎ》り。軍《いくさ》の勝負望《しやうぶのぞみ》なら。御自分《ごじぶん》の首《くび》受取ふと。気色《けしき》をかへてのゝしるを。逸勢是に取あへず。あら丸鹿主に目くばせすれば。両人心へやあ〳〵下部ども。言付置た縄付《なはつき》ひけとよばはれば。はつとこたへて引来るは。むざんやな小式部はうきをかさねし縄目《なはめ》の恥《はぢ》。二人の下部に追立《おつ》られ。しほ〳〵として出ければ。庭《には》の土壇《どだん》にあらこも敷《しき》。手《て》桶《おけ》の水はなん〳〵と（十ノ廿ウ）既《すで》に末期《まつこ》と見えにける。逸勢声かけこりや〳〵女永愷《ながやす》に連判をすゝむるか又は天王の味方さす気《き》なれば今汝が首《くび》を打はなつ。くさりあふたる夫《をつと》の胸中《けうちう》汝が詞《ことば》て一決《けつ》せん。女房不便《ふびん》と思はゞ永愷も連判せよと。のつぴきならぬ手《て》づめの場所《ばしよ》。小式部皃《かほ》を振上《ふりあげ》。命《いのち》おしいとて夫を悪《あく》にすゝむる女にあらず。のふ永愷さまはかない縁《えん》と思し召。自《みづから》が事は気遣ひ給はずと。天王無二の忠臣《ちうしん》と誉《ほま》れを顕《あら》はし給はゞ

挿絵第三図

挿絵第四図

自《みづから》死《し》しての経《けう》陀《だ》羅《ら》尼《に》よりもまさりし御とむらひ。必《かならず》悪名取《とつ》て給はるなと。いさめの詞永愷胸《むね》までせきくる泪《なみだ》をおさへ。かくなるうへは是非《ぜひ》もなし。我に添《そは》ずば此うき目は見ましきに。悪縁《あくえん》ふかきも過去《くはこ》の約束《やくそく》いさきよふ死《し》んでくれよ。けなげの詞よくいふた。其詞の一言《こと》をも衣通姫にせんじて吸《すは》せたい。親王へ入内《しゆだい》迄を待かねての契《ちぎ》り。あかぬ御中を引わけられて。のめ〳〵と逸勢にくさりあふ腐《くさつ》た胸中。女の風上《かざかみ》にも置れぬ。見さげはてたる女。赤人も〳〵御両所をとく見届《みとゞけ》もせす。姫君をばひとられ。いづくにかゞみゐる事ぞ。かゝる腰ぬけとしらば。(廿一オ)付そはしては置まじきに。何をいふも跡《あと》の事。こりや小式部其方《ほう》が跡《あと》を弔《とむら》はんしるし是見よと。もとどりふつゝと切払《はら》ひ世にそれがしほど業因《ごうゐん》にひかれて能法《よきのり》の道に入。その文字を取て今よりは能因法師《のうゐんほうし》と改《あらため》。かたちは出家。心は官軍《くはんぐん》の法師《ほうし》武者《むしや》と。はなれきつてぞ見へにける。逸勢今はたまりかね。それ女めが首打と声《こへ》をかくれば。はつと縄取《なはとり》の下部が立かゝり。縄をとき首筋撫《すぢなで》てまちければ今一人は刀《かたな》を水にてひやす有様。既《すで》にかうよと見えし時。衣通姫すつくと立せ給ひ檜扇《ひあふぎ》にて逸勢か眉間《みけん》を丁《てう》〳〵と打給ひ。汝《なんぢ》しらずや我こそは誠《まこと》の姫にあらず。天にあつて天乙女《あまおとめ》人間界《にんげんかい》に下りしは。衣通姫に横難《わうなん》あり汝天下《あまくだ》り救《すく》ひ得させよと。天帝命部《てんていめうぶ》の仰を受。過つる比三保の松原に天降《あまくだ》り。赤人が妻《つま》と成。人しれず陰身《かげみ》に付そふ所。近曽室《さいつごろむろ》の津《つ》にて逸勢が廻しもの兜組《かぶとぐみ》の男作《おとこだて》姫をうばふと。赤人我に目配《めくば》せ有。御身がはりに網《あみ》のり物へ入。此家へ入込逸勢がむほんの邪魔《じやま》せんと思ふに。今能因（廿一ウ）が赤人をさみするを聞て口おしく。又一ッには小式部を打《うた》ば血《ち》を見る不浄《ふじやう》ゆへ今こそ天へ立帰り。又も此世に跡たれん。名もおもしろき和哥のうらなみなみ〳〵ならぬ姫君の*危難《さうなん》はいつにても救《すく》ふべしと。虚空《こくう》を招《まね》けばふしぎや白雲舞下《はくうんまひ》る。乙女は是に打のりて雲井《くもゐ》はるかに昇《のぼ》り行。あれよ〳〵と逸勢は延《のび》上り。爪《つま》たつる足高《あしたか》山やふじの高根《たかね》。霞《かすみ》にまぎれて三保の間《ま》の絵《ゑ》すがたばかりぞ残りける。一座のものどもあきれ果《はて》。俄風《にはかかぜ》に風巾《いか》をとられし心地《こゝち》にてなんにもいはずうろ〳〵と。立さはぐ。土壇《どだん》に立まふ下人の六平。刀《かたな》ふり上小式部を討《うつ》とみしが。傍《そは》なる団介《たんすけ》が首うちおとし。小式部を脊《せな》におひて立退《のか》んと見廻す高塀《たかへい》。いざや越《こ》さんとためらふを。あら丸鹿主見付てあれとらへよの声《こへ》に六平身体《しんたい》かたまり。さしもに高き塀《へい》を飛《とび》こへ行衛もしらず成にけり。やれ追《おつ》かけよ打とめよと。口〻にいふ後《うしろ》より。小性共《こしやうども》立出て宝蔵《ほうぞう》にこめ置れし。一味連判状何ものとも知《し》らず。盗《ぬすみ》取行がたしらずと（廿二オ）訴《うつたふ》れば。あら丸鹿主あたまをかき。是はまあ様〻《さま〳〵》の凶事《けうじ》いかゞい*だしてよからんといへば。逸勢寛〻《くはん〳〵》と座《ざ》をしめ。乙女が帰るも小式部が逃《にげ》たるも。連判状の紛失《ふんじつ》も小事《せうじ》〳〵。天皇《てんわう》をぼつくたし。万乗《はんぜう》の位《くらゐ》に付ば望《のぞみ》を懸《かけ》し実《まこと》の姫も我ものと成《なる》の道理。我に組《くみ》する味方をあつめ。内裏《だいり》へおしよせ雌雄《しゆう》を決《けつ》せん。あら丸鹿主用意せよ。能因も官軍《くはんぐん》ならは早く帰れ〳〵と。悪《あく》に凝《こつ》たる勢ひに。天子《てんし》の御衣《ぎよゐ》の威《ゐ》にのまれ。さしもの能因詞なくすご〳〵として立帰る。最前逃《さいぜんにげ》たる六平は。小式部を負《お》ふて。二三里《り》は落《おち》のびしが。とある小蔭《かげ》に一息《いき》つぎ。我〻御身によしみはなけれど御《み》代《よ》を思ひ。夫《おつと》を大切に召るゝ操《みさほ》を感《かん》じ。斯《かく》ははからひ候也。わが古郷は古曽部《こそべ》といふ所。御母和泉式部《はゝいづみしきぶ》さまも。一所に置《をき》まし御世話《せわ》申さん。追手《おつて》の程《ほど》も気遣《きづか》はし。いざゝせ給へと伴《ともな》ひて己《をの》が古郷《こけう》へ帰りぬ

三之巻終（廿二ウ）

柿本人麿誕生記《かきのもとのひとまるたんじやうき》

四之巻

目録

第一　芳野《よしの》の皇居《くはうきよ》は人丸《ひとまる》が目《め》には雲《くも》とのみ
見てややみなんかけまくも活《いき》てゐる塚《つか》の主《ぬし》
花《はな》の曇《くもり》も晴《はれ》て行神《ゆくかみ》ならぬ身の上《うへ》
くらからぬ赤人《あかひと》は下《しも》にたゝん言《こと》の葉《は》（二オ）

第二　おしへたる恋《こひ》の道《みち》は誰《たれ》歟《か》読人《よみびと》しらず
顔《かほ》に似《に》ぬ首《くび》だけにほの〴〵と明石《あかし》の前《まへ》
後《うしろ》を震《おほ》*ふ朝霧《あさぎり》にかくれたる船玉《ふなだま》
光《ひかり》わたる心《こゝろ》の裏《うら》まで見えすく衣通姫《そとをりひめ》

第三　龍神《りうじん》の祟《たゝり》よりおそろしい遠篝《とをかゞり》
もゆる思《おも》ひになびき寄《よ》るしなどの風《かぜ》

吹飛《ふきとば》す兵船《ひやうせん》は沖《おき》のかたへ出《いで》にけり
出《いで》にけりや能因《のうゐん》が長《なが》の旅路《たびち》（二ウ）

㊀ 芳野《よしの》の皇居《くはうきよ》は人丸《ひとまる》が目《め》には雲《くも》とのみ

唐土《もろこし》の丁固《ていこ》は胸上《けうしやう》に一木の小松生たると夢見て。程《ほと》なく太夫《たいふ》の官《くはん》に任《にん》す本朝にては恵心僧都身まかり給《たま》ひし後《のち》。胸《むね》に青蓮華《しやうれんけ》三本生たり思ひ精神に通じなば。善悪《あく》の境《さかい》によるまじ善道《せんたう》かくのごとくなれば。悪道に趣く人。胸中《けうちう》よりいかなるものか生出けん。されは橘逸勢《たちはなのはやなり》積悪増長して。日〻《ひゝ》にさかんなれは。楚《そ》に入て底《そこ》なき呑介《のみすけ》とも一盃《はい》酒に国を傾け軍勢《ぐんせい》を催《もよふ》して。雨風《あめかせ》はけしき夜《よ》を見すまし。内裏《たいり》へおしよせ四方に火をかくれば。猛火《めうくは》さかんに燃《もえ》上り上を下へとひつくりかへす騒動《さうとう》。一の人常房公《つねふさこう》は主上を負《おひ》奉り。とのゐの武士《づ*し》に一方をきりひらかせ。御車をはやめ。芳野《よしの》をさして落《おち》給ひ。吉水院を皇《くはう》居《きよ》にし給へは住持は廻《めく》りに柵《さく》をかまへ高櫓《たかやくら》に。楯《たて》物の具をきひしくして。（三オ）要害堅固《ようがいけんご》なり。扨鐘《さてかね》をつけば。一山《さん》の衆徒《しゆと》御味方《みかた》にくは、るにぞ。南都《なんと》の衆徒《しゆと》も聞付馳《きゝつけはせ》くは、る荒法師《あらほうし》ども。一《いつ》騎当千《きたうせん》の大坊主《おほほうず》。女房子《にようほう》のなき一徳《とく》と大長刀《おほなきなた》を水車《みつくるま》にふり廻し命《いのち》を塵芥《ちんかい》とも思はず。防《ふせ》ぎければ逸勢《はやなり》が軍勢《ぐんぜい》。責《せめ》あぐみ。天王方《かた》へうらがへる者。過半《くははん》なれは。かくてはいくさはかどらしと。

挿絵第一図

挿絵第二図

逸勢方は旗《はた》をまき。一先都《まづみやこ》へ帰りける。しばらくは軍《いくさ》はやみぬ。逸勢もはじめは。衣通姫に心を通はし。とふがなとして手に入れんと思へど。儘《まゝ》ならぬ恋の道より謀叛《むほん》をおこし勿躰《もつたい》なくも主上を吉野へほつくたし。跡の都は鳥ない里《さと》の蝙蝠《かうむり》とて似合《にあは》ぬ顔《かほ》に冠《かふり》をきせ。酌《しやく》させて酒ばかりずは〳〵と呑《のん》でゐれば。何かなおまへ追従《ついしやう》に北朝《ほくてう》の君《きみ》〳〵ともてはやすより。年号《ねんがう》も別《べつ》に改《あらた》めければ。しばらくは都もおだやかなる春に迎《むか》ひ。嵯峨醍醐《さがだいこ》雲林院《うんりんゐん》の花ざかりを見ては。吉野の花はさぞと思ひやられ花の本の好士しよけはつち坊までも逸勢をうとみ天皇の旧恩をわすれかね紫震殿*へ朝参のおやち迄も南朝の内裏へ御礼まふす（三ウ）つゐでに。花を見物せんと。大和《やまと》廻りかけて思ひたち。遊人《ゆうじん》どもの道づれ。調子《てうし》の合ぬ咄《はな》しは雀《すゞめ》のさへつるごとく。藪《やぶ》の渡しを越《こ》ゆれば。花の麓《ふもと》山つゞきは桜《さくら》につゞき花の終《おは》りは雲《くも》につゞきて。其風景《ふうけい》は画《ゑ》にも詞《ことば》にも。及ばぬ所をどふがなして柿本人丸は。行脚《あんぎや》の身《み》なれば。足手《あして》まとひもなく。世《よ》をふはつかぬ檜木笠《ひのきがさ》に三衣《さんゑ》袋を首にかけ。とまり定《さだ》めぬ道《みち》の記《き》は。矢《や》たての水に海川《うみかは》を乾《かはか》し。西国四国に名哥《めいか》を残《のこ》し。心を浮雲《うきくも》のごとくにて。持《もち》たる物は杖《つへ》ばかり。花の時分《じぶん》もよしの山に遊行《ゆぎやう》して。四方のけしきを打ながめ。誠や此山といふは吾国《わがくに》に並《ならび》なき桜《さくら》の名所にして。代〻の帝行幸《みかどみゆき》なる。有《あり》がたくも神仏擁護《しんぶつおうご》の地《ち》なれば。左につらなる峰〳〵《みね〳〵》は胎蔵《たいぞう》八葉《よう》の曼陀羅《まんだら》を表《ひやう》し。右につゞく山〻は金剛《こんがう》九会《え》の諸尊《しよそん》をうつせり。四十四院の砌《みぎり》には修法《しゆほう》の花あざやかにして雲《くも》とも見えつ霞《かすみ》とも見へ。義楚《ぎそう》法師が日本第一の霊区《れいく》なりと云《いひ》しも誠なる哉。有がたや。絶景《ぜつけい》かな〳〵。今南朝北朝《なんてうほくてう》とわかれ。此山の皇居《くはうきよ》も逸勢といふ佞人《ねいじん》にさへられ給へば。一天四海はしばらく朧夜《おぼろよ》の花。雌雄《しゆう》を花によそへて見る時は（四オ）

挿絵第一図（四ウ）

挿絵第二図（五オ）

日の本は桜《さくら》。皇居《くはうきよ》は雲《くも》。逸勢は雪にして。花実《くはじつ》の精気《せいき》龍《りやう》のごとく立《たつ》とはいへどもしなどの風の八重雲《やえくも》に吹《ふき》立られ。六十余州《よしう》より雲のごとく日月の旗《はた》おし立て。御味方申ならば。北朝は嵐《あらし》にちる花の雪。帝《みかど》の御代に翻《ひるかへ》る事あんの内。我は世界《せかい》のはなれもの。雲にも付ず雪にも付ず。たのしむものは三十一文字《みそじひともじ》と。矢《や》たての墨《すみ》を筆にふくませ。ちれば雪ちらねば雲と見つるかなよしの丶山の花のよそ目はと。詠《ゑい》じ給ふは。桜を久方の雲《くも》と見たつる事此哥《このうた》よりぞ始《はじ》まりぬ。只いつまでもよそ目なりと岩かどを脇息《けうそく》とし。風景《ふうけい》に見くれ亡然《ばうぜん》と。旅《たび》のつかれにおもはずもねふりの夢《ゆめ》をむすび給ふ。夢路《ゆめぢ》の旅《たび》も直《すく》に夢《ゆめ》。定《さだめ》なき夜《よ》を明石《あかし》がた。とある所へ小松植《うへ》て塚《つか》のくるりに玉垣《たまがき》しいと厳重《げんぢう》に築《きづき》しを。丹誠《たんせい》をぬきんでうや〳〵しく拝《はい》するは。皆哥人の願望《くはんもう》に上達《しやうたつ》せずといふ事なし。人丸塚《づか》に立よつて我行脚《あんぎや》に此所を通りしに。近曽《さいつころ》までなかりし塚《つか》。いづくの人の苔《こけ》の下成ぞや浦山《うらやま》しさと夢心《ゆめごゝろ》に。かたはらの翁《おきな》に尋《たづね》ればさん候哥《うた》の聖《ひしり》と名に高き柿本人丸塚《づか》と尊敬《そんけう》す。哥道は元《もと》より諸願《しよぐはん》迄成就《じやうじゆ》（五ウ）なきといふ事なしと。いへは人丸ふしぎの思ひをなし。なを行さきは播磨潟《はりまかた》。浦のけしきもおもしろくみやびやか成宮造《みやつく》り。盲杖《めうじやく》桜など丶いふ。ふしきの名木有《あり》比しも三月十八日人丸明神の神事《しんじ》とて。引もちきらぬ群集《くんじゆ》の参詣《さんけい》。我心にも心ならず立よりて詠め給へは。そりやこそ神の御帰《かへ》りと。祢宜《ねぎ》も社僧《しやそう》もおつとりまき。社壇《しやだん》を明てうつし参《まい》らせ。柏掌《かしはで》の音諸願《しよぐはん》の音。欲《よく》と歌道《かだう》と恋《こひ》の道。いのるも誠《まこと》叶へんも。いそがしく。神慮《しんりよ》にもなをおかしさをこらへさせ給ふ其中に。讃岐介兼房は参籠《さんろう》し哥道の奥儀《おうぎ》を祈《いの》られける時《とき》に戸びらさらりと開《ひら》き出現《しゆつげん》有しは。人丸明神。烏帽子《ゑぼし》狩衣《かりぎぬ》にて。しづ〳〵と出給へば。兼房はつと敬《けい》しつゝ。花《はな》の散《ちり》しく上《うへ》へ座《ざ》せしめ奉り。我多《た》年の望《のぞ》み足《た》りて尊形《そんぎやう》を拝する事の有がたし。和哥に心を寄《よす》れども。上達《しやうたつ》の道なし。神慮にも叶《かな》はせ給はゞ。哥道の奥義を授《さづ》け給はれと。地《ち》にひれふして誠《まこと》の有様。人丸取《とり》あへず梅の花それともみえず久かたの天ぎる雪のなへてふれゝばと。詠じ給へは兼房ははや奥儀をぞ授《さつか》りけるかさねて兼房ひたゝれの透間《すきま》より。巻物取《まきものとり》出し。是は橘逸勢（六オ）謀叛《むほん》一味の連判状宝蔵《ほうぞう》へ忍《しの》び入。念なう盗《ぬすみ》とり親王へ奉らんと存るところ。逸勢僉儀《せんぎ》きびしく我を疑《うたが》はゞ。御代の御為あしからん。御身の頭陀《づだ》こそ能宝蔵《よきほうぞう》赤人に廻り合給はゞ。親王へ差上《さしあげ》給はるやうにたのみ奉ると。渡せば。人丸受取給ひ。天王の本望《ほんもう》是に過《すぎ》じ。我天上への能《よき》たまものと取納め給ふと見しが。松風にちりくる桜花《さくらはな》。㒵《かほ》へあたりてひや〳〵は。実《まこと》に是や花の雪よしの、岩《いは》のかり枕睡《ねぶ》りの夢は覚にける

㈡　おしへたる恋路《こひぢ》はたれ歟読人《かよみひと》しらず

明石《あかし》の領主《れうしゆ》は讃岐介兼房。所の殿《との》さまと仰《あふ》がれ。天皇無二の忠心《ちうしん》にて逸勢への出入は一物《もつ》有し。都鳥礒《みやことりいそ》へも付ず波《なみ》にも付ず。浦〻のけしきに筆を放《はな》たず。過つる比ふしぎに夢見し柿本人丸に。奥儀を授《さづか》りしこのかた詠《よむ》ほどのうた名哥ならずといふ事なし。一人娘の明石《あかし》の前《まへ》。ことし二八の細眉《ほそまゆ》も誰《たれ》か取初るさだめもなく大振袖《ふりそで》の留伽羅《きやら》を。はつとちらして父《ちゝ》の前に手をつかへ。上段の間《ま》の御客《きやく》（六ウ）さま今日は御膳《ぜん》も進《すゝ》まず。赤人さまも御心づかひ。ちと天機《てんき》御伺《うかゞ》ひに。奥《おく》へ御出遊ばせと。いへば兼房筆を留《とめ》。室住《むろずみ》より親王姫君。赤人の供奉《ぐぶ》にて此茅屋《ぼうおく》に入せ給ひ。近曽《さいつごろ》より御饗応《もてなし》手を尽《つく》しぬ。此上は御代一統《とう》に治るより外《ほか》の饗応《けうおう》は有まじ。といふて時至《ときいた》らねば力《ちから》及ばす。秋も夜寒《よさむ》の比

なれば。浦鵆《うらちどり》に秀哥《しうか》も浮《うか》まん。恋歌は別《べつ》してむつかしし。赤人の添削《てんさく》受て。おことも哥人の部《ぶ》に入て。親の心を慰《なぐさ》めよと。いへば娘は折よしと。さればの御事赤人さま。御逗留《とうりう》の隙〻《ひま〳〵》に。恋歌の点《てん》を乞《こひ》さふらへども。天上《てんじやう》召れし乙女《おとめ》さまに義理《ぎり》有と。幾度《いくたび》が*戻《もと》されました。どふぞ戻らぬ秀哥《しうか》をば父上詠《ゑい》じて給はれと。さし合くらぬ親子の中。兼房返事《へんじ》にこまり入折《いる》から。勅使《ちよくし》と披露《ひろう》して。入来るは忌部《ゐんべ》の鹿主《しかぬし》。兼房へ挨拶《あいさつ》なく。それなるは明石のまへ。久しう見ぬ内めつきりと器量《きりやう》も上つた。今逸勢公。北朝《ほくてう》の君《きみ》と仰《あふ》がれ給ひし御内に。飛鳥《とぶとり》も落《おと》す此鹿主《しかぬし》。女房にくれたがる人は山をなせども思ひ込《こん》だそもじを振捨《ふりすて》て。外に女房は持ぬと。心中かためし此男。何が御気に入ぬ（七オ）やら親子ながら返答《へんたう》なきは。此鹿主を疑《うたが》ふて歟《か》それは内証《ないしやう》。勅使《ちよくし》の趣《おもむき》余の儀にあらず。紛失《ふんじつ》の連判状。草《くさ》を分《わかつ》て僉儀《せんぎ》あれども行衛しれず。天に口有壁《かべ》に耳《みゝ》。兼房が盗《ぬす》み取しと叡聞《ゑいぶん》に達し。火水の責《せめ》にて出させんと評儀区〻《ひやうぎまち〳〵》なるによつて。某達《それがしたつ》て申請僉儀《せんぎ》して立帰らんと。勅使を乞請《こひうけ》参りたり。速《すみやか》に渡さるれば重畳《てう〳〵》。天機《てんき》はよきにはからはん。隠《かく》し置《おき》めさるれば明石《あかし》の前迄うき目。のふ姫さふでおりないか。美《うつく》しう出さるれば双方《さうほう》よし。さすれば日比の恋路《こひぢ》今宵の内に輿《こし》を入祝言《しうげん》がのぞみ〳〵。恋人《びと》どふじやとしなだれか〵るを。兼房押隔《をしへだて》連判状を盗《ぬすみ》しなど〵は跡かたもなき過《くは》言《ごん》也。それには慥《たしか》な証拠《せうこ》ありやと。詞詰《ことばづめ》に鹿主は膝《ひざ》たてなをし。だまれ兼房。証拠《せうこ》あれば何《なん》の勅使。いでやさがしてあは吹せんと。傍若無人《ぼうじやくぶじん》に奥《おく》へ入。姫の居間なる櫛笥鏡台《くしげきやうだい》ひつくり返《かへ》し。あり合文庫《ぶんこ》の内よりも。艶書《ゑんじよ》いだすを。是はと取付娘を取《とつ》て投《なげ》のけ。さら〳〵とよみ上。扨こそ赤人めが千話《ちわ》文。主のある女房に不義《ふぎ》いたづら。赤人を打はなさんと（七ウ）奥をにらんで立たりける。兼房艶書《ゑんじよ》ひつたくり。連判状の僉儀《せんぎ》に事よせ。娘か手道具踏《ふみ》ちらし。むたいの振舞《ふるまひ》赤人に添《そは》ふが誰《たれ》に添ふが。其僉儀*御身はたのまぬ親次第《おやしたい》。但お主が女房といふ証拠《せうこ》があるかといふにぎつちり返答《へんたう》なく。猿《さる》が稗《ひゑ》もむごとく也。兼房刀ひらりと抜放《ぬきはな》しむね打丁〻《てう》と打のめし。己生《おのれいけ》ておくやつにはあらねど今は扶《たす》くるとふ〳〵帰れと蹴《け》とばされ。鹿主はほふ〳〵にげて立帰る跡見送つてため息つぎ。連判状に事よせ親王の御在所《ざいよ》*見付られたり。鹿主軍勢《ぐんぜい》を催《もよふし》きたるはあんの内。御大事にならぬさき。ひそかに落《おと》し奉らんと。心をいためおはする所に。柿本人丸蓑《みの》打かづき門にたち行くらしたる行脚《あんぎや》の旅《たび》一夜の宿《やど》の御芳志《ほうし》との給ふ声《こへ》。聞《きゝ》覚えたる兼房立出。見合す皃《かほ》やあ人丸君が*兼房かと。互《たがい》の割府《わりふ》は夢物語。すぐに上座へ直《なを》し参らせ。過こしかたの物語尽《つき》ぬ間に。奥よりは親王姫君赤人も。剣《つるぎ》の中の仮《かり》の宿。旅《たび》の調度《でう》*を取した、めはや御立と出給へは。兼房よき折と。人丸を親王に引合すれば。衣通姫室《むろ》の津にての御（八オ）物語実《まこと》の恋慕《れんほ》にあらざるよしとかたり合給ふに。人丸頭陀《づた》より一巻《くはん》取出し是は兼房が盗取し。逸勢徒党《ととう》の連判状。夢中に預《あづか》り今上《いまかみ》へ奉る也赤人披露《ひろう》とさし上給へば。親王不斜《なゝめならす》御悦喜《ゑつき》あり。両人が忠節《ちうせつ》父帝《ちゝみかど》の叡慮《へいりよ》*に叶はん。人丸無位《むゐ》にて昇殿《せうでん》成がたし正三位に叙《じよ》すべしと除目《ぢもく》をなし給ひければ。謹《つゝしん》で拝誦《はいじゆ》あり烏帽子《ゑぼし》狩衣《かりぎぬ》を着《ちやく》さしめ。扨衣通人丸赤人を和哥三神と唱《とな》ふべしと。則兼房に画《ゑがゝ》せ。かさねて親王仰《おほせ》けるは最前鹿主が我ゝ此家《や》に有よし知られし上は。急難《きうなん》のがれがたかるべし。一先難波《なには》の方へ落のびんと御よそほひをいそがせ給へば。赤人申さく。さん候いまだ夜《よ》ふかく陸路《くがち》は人目しげし某《それがし》一人供奉し。小船に取乗《のり》難波津へ供奉し奉らんとありければ兼房も諸共に今宵はことに風有て。船中渡海《とかい》心元なし。しの、めの霧隠《きりがくれ》に出船よろしと奏《そう》問《もん》す。人丸親王に申やう又拝顔《はいがん》は都の空いで餞別《せんべつ》を奉らんと。ほの〳〵とあかしの浦の朝霧《あさきり》に嶋かくれ行舟をしぞ思ふと。詠《ゑいじ》（八ウ）給へば一座の面ゝはつと名哥の徳を感《かん》じ口に三返唱へつ、しばしかりねの枕《まくら》のうへ。早告《つげ》わたる八声《こへ》の鳥。をの〳〵一度に立出て。赤人は甲斐〳〵しくも親王姫君に蓑笠《みのかさ》打きせ。浜辺《はまべ》をさして出給ふ。人丸兼房見送り給へば明石の前は赤人に名残おしみて諸ともに付《つい》て行んと取すがるを。人丸君せいし給ひ。足曳《あしびき》の山鳥《どり》の尾のしだりおのなが〳〵しよを独《ひとり》かもねん御代泰平《たいへい》の時節《じせつ》を待《また》れよと海路《かいろ》の守護《しゅご》の御為に船玉《ふなだま》いのらせ給ひける

㈢　龍神《りうじん》の祟《たゝり》よりおそろしい遠篝《とをかゞり》

明石《あかし》の霧《きり》に手《て》は付《つけ》ずと聖《ひじり》の詞《ことば》を守り。憚《はゞか》るは人情《にんじやう》御代にはゞかる事なき親王姫君謀叛人《むほんにん》に遮《さへ》られ給ひ。こゝかしこに御身をよせ。都へ入て官軍《くはんぐん》の催《もよふ》し二度《たび》御代にひるがへさんと。兼房が館《やかた》より小船に召《めさ》せ奉り。あいろも見えぬ霧《きり》の海面《うみづら》赤人櫂《かい》を追取て汗《あせ》をひたして難波津へよせんとはやめぬ。いか成事にや風なきに御舟居《すは》りて進《すゝ》まねば。各《をの〳〵》ふしぎの思ひをなし。前後《ぜんご》を見渡し亡然《ばうぜん》（九オ）

挿絵第三図

挿絵第三図（九ウ）

挿絵第四図（十ノ廿オ）

たり何おぼしけん姫君は。舟ばたにつゝたち給ひ。往古《そのかみ》日本武尊《やまとだけのみこと》東夷《とうゐ》征伐《せいばつ》の時かくのごとく船進《すゝ》まざりしに。橘姫《たちばなひめ》海中《かいちう》に入たまひ。御舟つゝがなかりし例《ためし》も有今此船風なきに居《すは》る事。龍神《りうじん》の祟《たゝり》と覚え侍《さふら》へば。橘姫の跡《あと》を追ひ。海中に入てつゝがなからしめんと。既《すで》に飛入給はんと有ければ。親王おしとゞめ給ひ。御身に別《わかれ》跡に残り何《なに》かせんともに入ンと仕《し》給ふを。赤人御二かたを留《とゞ》め奉り。しばらく待《また》せ給へ。是龍神《りうじん》のとがめにあらず。あれ〳〵御覧《らん》候へ四方の海辺《うみべ》に霧《きり》のすき間《ま》

挿絵第四図

をもる陰は。いさり火にもあらず。蜑《あま》のたく火にもあらず。敵《かたき》の相図《あいづ》の篝《かゞり》と覚ゆる也察《さつ》する処《ところ》鹿主がしらせによつて。舟中にて討取《うちと》らんと軍勢《ぐんぜい》の催《もよふ》しに究《きはま》れり。龍神かくとしろし召。船玉のとゞめ給ふ御舟と覚ゆ。最早《もはや》跡へも先へもよせがたし。八百万の神〻へ願望《くはんもう》あらば*危難《きうなん》は決《けつし》てのがれ給はん。とく〳〵と有ければ親王御声《こへ》くもらせ給ひ。我姫に恋こがれ父帝《ちゝみかど》の命を背《そむき》し。不孝《ふかう》の罪《つみ》ある身《み》。かなしいときの神たゝき。などか納受《のうじゆ》あるべきぞ天命尽《てんめいつき》し上なれば（十ノ廿ウ）水底《みなそこ》のみくづと成べし赤人は敵《かたき》を切抜《ぬけ》父帝へ忠義をはげみ。御代万歳《せい》を唱《とな》へてくれと。思ひ切たる御皃ばせ。姫も共にと御支度《したく》有ければ。赤人は声《こへ》はげましあら御心よはし越王《ゑつわう》いばりを嘗《なめ》したためしあれば御辛労《ごしんらう》社肝要《かんよう》也とても此場《ば》は神明の加護《かご》ならでは叶《かな》ひがたし。さほとにも思召さば諸《しよ》神祇《しんぎ》はともあれ。今宵人丸の詠哥《ゑいか》ほの〴〵に三十一文字和歌《わか》の五句に則《すなはち》五智《ごち》の如来まし〳〵生老病死苦《しやうらうひやうしく》を守り三世《さんせ》不可得《ふかとく》こもりたり是を祈らせ給ふならは。必定《ひつてう》*危難《うなん》はのかれ給はん早とく〳〵と勧《すゝ》むれば。親王姫君も理《り》に*腹《ふく》し給ひ。潮《うしほ》をむすんで手水となし虚空《こくう》を拝《はい》し祈らせ給へは。朝日のくもる霧《きり》の透間《すきま》へ風くゞり。こと〳〵くはれわたり。風そよ〳〵と御船も出《いで》。心よけにぞ進みければ。猶も信心《しん〴〵》怠《おこた》らず。三拝九拝仕給ふにぞ御船は難波《なには》の方《かた》さして快《こゝろよく》はしりぬ去《さる》ほどに忌部《ゐんべ》の鹿主は兼房か館《たち》にて。親王姫君のありかを知り。かくと告《つげ》けれは逸勢船よそほひをして。軍船《ぐんせん》兵船をつらね網代魚《あしろうを》の生《いけ》（廿一オ）取とて我討取《うちとら》ん〳〵と鵰鷲《くまたかわし》づかみ。親王赤人は討ころせ姫は生捕《いけとり》一かとの褒美《ほうひ》は望次第《のぞみしだい》ぞと眼《まなこ》は血ばしる赤鰯《あかいわし》。鯨《くしら》の魚のよるごとく鯨波《ときのこへ》を作《つく》つて漕寄《こぎよす》るにぞ遁《のがれ》がたなく見えにける。猶も三人一心不乱《ふらん》御船の中にて祈誓《きせい》ある。ふしぎなるかな靉靆《たなびく》雲の内ほの〳〵との五文字より住吉《すみよし》大明神を後陣《こぢん》にそなへ東方薬師《とうほうやくし》如来は瑠璃《るり》の壷《つぼ》を開《ひら》かせ十五童子はいかりの顔色《がんしよく》逸勢が軍勢《ぐんせい》△に甘露《かんろ》をそゝき給ふ善人《ぜんにん》には不老不死《ふらうふし》。悪人《あくにん》には三毒《さんどく》と成。口に入よりふら〳〵と鮒《ふな》の埃《ごみ》に酔《ゑ》ふたる。心地《こゝち》ふな〳〵として働《はたら》かれす。されども鹿主強気者《かうきもの》。先陣《せんぢん》は我なりと御船を目《め》がけまつしくらに漕《こき》よせ。赤人に渡り合《あふ》て戦《たゝか》ひしが。赤人が打込初太刀《しよたち》鹿主か肩《かた》さき切《き》られよろ〳〵と船ばたへこけ落て底《そこ》の水くづと成にける。後陣《ごぢん》の住吉《すみよし》明神神風さつと吹たて給へば。鹿主が軍船皆打かへり亡《ほろ》びしは。心地《こゝち》よかりし次第也。つゞいて寄くる大野ゝあら丸。赤人から討とれと真《まつ》かうに太刀抜かざし漕《こぎ》よすれば。あかしの浦の朝霧《あさぎり》の文字より。南方宝勝《ほうせう》如来に。春日《かすが》明神後詰《こづめ》（廿一ウ）あれば。西方よりは阿弥陀仏《あみだぶつ》後陣《ごぢん》は八幡《まん》大ぼさつ廿五のぼさつ音楽妙《おんがくたえ》なるひゞきすれば。軍船の大将士《たいしやうし》卒《そつ》気《き》を奪《うば》はれ。魂《たましゐ》とんでうろつく所に。春日の鹿《しか》は角《つの》を振《ふり》たて〳〵。敵《かたき》の眼《まなこ》をつぶして廻れば。是はたまらぬ〳〵と艪櫂《ろかい》取間もあらばこそ船はきり〳〵ぶん廻《まは》し皆ゝ沈《しづ》みほろびけり。八幡宮の射《ゐ》かけの矢《や》にあら丸がまつかうゐられ。浪《なみ》にたゞよひ失《うせ》にける。是を見て敵船《てきせん》はみな〳〵恐《おそ》れ寄《より》つかず。三人奇異《きゐ》の思ひをなし給ひ。猶も詠吟《ゑいぎん》し給へば。御船は畳《たゝみ》を行ごとく。難波のかたへはしりゆく。逸勢此よしを見るよりも。大《おほき》にいかりはがみをなし残る軍勢引卒《ぐんぜいゐんぞつ》して艪《ろ》をおしたてゝ御船《みふね》を目がけ漕《こぎ》よする。人ゝそれと見給ふより是《これ》ぞ。大事《だいし》の敵《かたき》なれど*。赤人八方《はう》に目《め》を配《くば》り。よらば討んづ勢《いきほ》ひあれば。嶋かくれ行の七文字より松尾の明神。釈《しや》迦《か》の後詰《ごづめ》有ければ。船をしぞ思ふの七文字より中央守護《ちうおうしゆご》の大日如来。天照神《あまてるがみ》の後陣《ごぢん》にて二手《て》に成て防《ふせぎ》給ふ。松尾明神は毒酒《どくしゆ》を吹《ふき》かけ給へば大日《たいにち》の印文《ゐんもん》より（廿二オ）武具飛道具《ふくとびだうく》あらはれ出。片《かた》はしより討《うつ》て廻らせ給ふにぞ。神通《しんづう》の勢《いきほ》ひに敵船《てきせん》悉《こと〳〵》く亡《ほろ》ひぬ。逸勢今は*一人《はとり》武者《むしや》手捕《てとり》にせんとよせかゝれば。天照神の陣中《ぢんちう》より。猿田彦《さるたびこ》あらはれ出。鉾《ほこ》を取のべ。逸勢が真向《まつかう》したゝかにうち給《たま》ひ。陸《くが》へひらりとはね上給へば難波《なには》より官軍《ぐはんぐん》*。親王の御迎《むか》ひ待《まち》かけ奉る。其中より能因法師《のうゐんほうし》武者《むしや》。走《はし》りかゝつて逸勢に縄《なは》をかけ。ひつすゆれば。親王姫君赤人もいさみ〳〵て上《あが》らせ給ひ。逸勢が縄付受《なはつきうけ》とり官軍《ぐはんぐん》に御恵《めぐみ》の義有。扨能因《のうゐん》には橘《たちばな》の性《せう》なれは。丸《まろ》がはからひには叶はず。逸勢は庭上《ていしやう》へ引せ。其上にて沙汰《さた》に及ぼん。あしくは計《はか》らふまじ。先それまでは。いづれへなりと蟄居《ちつきよ》せよと。いともかしこき御仰。能因《のうゐん》は畏《かしこま》り。赤人何事《なにごと》も能《よき》にたのむといひのこし。古曽部《こそべ》をさして帰《かへ》りぬ

四之巻終（廿二ウ）

柿本人麿誕生記《かきのもとのひとまるたんじやうき》

五之巻

目録

打納《うちおさま》りたる太鼓《たいこ》の音《おと》はしだらでん
天下《あまくだ》ります神《かみ》ならは和哥三神《わかさんじん》（二ウ）

一　霞《かすみ》と共《とも》に出《で》た跡《あと》へ哥賃盗人《かちんぬすびと》

虫干《むしぼし》に書《しよ》をひろげ立《たて》て慢《まん》すれば。胸中《けうちう》をほして其人《その》をさみす。とかく其道《みち》〳〵を達《たつ》して売《うら》ん為かと思へば卑賤《ひせん》の者《もの》の子知行取《ちぎやうとり》に成。貴人《きにん》の流《なか》れに遊戯《ゆうげ》を好《この》んで。終《つゐ》に悪名《あくめう》を顧《かへりみ》ぬもの有。すへて名人《めいじん》は好《すき》から出て恥《はぢ》も手柄《てがら》も好《この》む所にはよらず。一生に秀《ひゐで》んと思はゞ。火鉢《ひばち》で孫《まご》がやけどしても。やけど面白いと。仙人《せんにん》のやうな心に成て。碁《ご》にしこる類《たぐ》ひ。橘中にあらぬ。氏《うぢ》は橘《たちばな》 能因法師親王許容《しんわうきよよう》し給はぬより。古曽部へ蟄居《ちつきよ》し。世を諂《へつ》らはず憚《はゞ》からす。哥は詠人の数《かず》に入と。同姓橘の逸勢が叛逆《ほんぎやく》より敵味方《てきみかた》とわかるれど。能因に於て疑《うたが》ふものなく。柳下恵《りうかけい》が一人《ひとり》寝てゐる所へ。女が宿を貸《か》れども。疑はれぬに等《ひと》しき身《み》も。自《みづから》罪《つみ》を避《さけ》て。竹の柱《はしら》に反古窓《はうこまど》。侘《わび》しくらしぞ殊勝《しゆしやう》なる比しも春のつれ〳〵に。都をば霞と共に出しかど秋風ぞ吹白川の関《せき》と詠。天晴《あつはれ》の秀哥《しうか》（三オ）ならんと思ひしが。居《ゐ》ながらひろめんは手柄《てから》なしと。奥の旅路《たびぢ》の披露《ひろう》して。いとま乞に廻り。隣家《りんか》に蟄居《ちつきよ》してゐる。和泉式部が元《もと》へ寄《より》。しか〳〵の事をいひければ式部 盃《さかつき》を出して後《のち》。けふ御留主の間《ま》に伊予国《いよのくに》よりとて哥《か》ちんをおくりしを。預《あづか》り置ました。取て御帰り候へといへば。夫《それ》は御世話 明朝発足《みやうてうほつそく》いたせは出立のぜんざい餅《もち》にして祝ふて趣んと。悦び門出の盃数《かず》かさなりければ。式部餞別《せんへつ》して名残をおしむ中に。娘の小式部泪ながら能因が皃《かほ》を守《まも》り詰袂《つめたもと》をぬらすは。いにしへの訳《わけ》ならんと見えたり。扨能因は旅《たび》へは趣《おもむ》かず。一室《しつ》を閉《とぢ》こめ窓《まど》より首《くび》を出して。日にさらし日にほし付。晩《ばん》の泊《とま》りも我内。木賃《きちん》は到来《たうらい》のかちん。先十日程《ほど》のくひものはありとくらがりに。単物《ひとへ》をかぶり。息《いき》を詰。おのづからの無言《むごん》の行《ぎやう》。しづまり切て寝《ね》てゐられける所に。此比はやる盗人表《ぬすびとおもて》をめり〳〵こぢ明。六七人どや〳〵とこみ入音《いる》。誰《たれ》ぞととがむる事もならず。猶も小角《すみ》へよりて伺《うかゞ》ひ居《ゐ》る。頭《かしら》と覚しき男いふやう。是か彼《かの》能因が庵《いほり》。働《はたら》くものはなけれど。奥州へ下りし留主也。大かた帰るは七月のすへなれば（三ウ）先夫までは我ゝが寝所《ねところ》わいらは皆空腹《ひたる》かろ。何ぞくふ物はないかと見廻すに餅《もち》有。是くつきやうの物ごさんなれと。手に〳〵つかみ喰《くら》ふ有さま能因は我飯米《はんまい》をとらるゝ事の悲《かな》しさよと思へども。とがめられぬ身《み》の不自由《ふじゆう》かしま立から追剝《おひはぎ》に合ふた心地《こゝち》。無念《むねん》をこらへゐらるゝも知らず。盗人どもさあ是から一挊《かせぎ》して。此所へ来《き》て翌日《よくじつ》は高《たか》なしに寝《ね》よふと。皆ゝ出るみじか夜《よ》の明がた又どや〳〵と戻《もど》り。米穀《べいこく》したゝか盗来て。手に〳〵炊《かす》*すやら焚《たく》やら食《めし》に成《なる》と我一とあばれ喰《ぐ》ひ箸《はし》を下に置《おく》やいな草臥《くたびれ》て。こけるとぢきに高鼾《いびき》。前後もしらず寝入ばな。表の日ざし五ッ過。能因そつと起《おき》て宵《よひ》の儘《まゝ》の空腹《すきはら》に。餅は盗まれいかゝせんと見廻せば。盗人の喰《く》ひのこし。是社天の与へと櫃《ひつ》をかゝへ餅の返報《へんほう》思ひしれと晩の用意も腹《はら》につめ。又窓《まと》から首出して居られぬ。晩《ばん》になれば盗人ども夜中を昼《ひる》とする商売《しやうばい》頭分《かしらぶん》の男おきあがりゆすり起《おこ》し。やい皆の者此長の日をきやうといねやう。最《も》はや初夜じや目を覚《さま》して仕事《しごと》にかゝれ。まちつと（四オ）

挿絵第一図（四ウ）

挿絵第二図（五オ）

腹《はら》をつよふせんと食櫃《めしびつ》引よせ。こりやどふじや。したゝかに焚《たい》て置た食《めし》。わいら又くやせぬか。但《たゞ》し狐狸《きつねたぬき》の所為《しよゐ》かとつぶやきながら。皆ゝかせぎに出ける。夫より毎日能因は。盗人の相伴《しやうばん》して数日を過れど。白川夜船。朝から晩迄寝つゞけに

挿絵第一図

挿絵第二図

庵主《あんじゆ》のゐるもしらぬが仏。談義《だんぎ》参りを第一として。後生《ごしやう》専に願《ねが》ふ和泉式部が娘の小式部。大内にて永愷《ながやす》たりし時。云かはせしも代《よ》の乱に。わかれ〲になれども尽ぬえにしにや。今又隣同士《となりどし》とはなれどむかしに替《かは》りし永愷の姿《すがた》に。みさほを立ての片思ひ。殊に長のるすといひ。長途《ちやうと》をあんじ過して。ぶら〲と煩《わづら》ふ霊魂《れいこん》骸《から》をぬけ出能因か庵室へ。夜な〲通ふは何ゆへぞ。床《とこ》に懸たる永愷の時の自画《じぐは》の像《ざう》に。むかひ。来《こ》しかたの独《ひと》り言《ごと》。能因はふつと目さまし月影にすかし見れば。白き物きて髪《かみ》うつさばきし女。床《とこ》の画像《ぐはぞう》をおろし。身にまとひしめやかに語るむつ言。希有《けう》の事に思ひ。皃を能〻見れば小式部也。これはしたりいとま乞に行し比。無事にてありしにいつ身まかりしぞと。誰にとふべき人もなし。はて不便《ふびん》やな我を留主《るす》と思ひ。像《ざう》に（五ウ）むかつて恨《うらみ》をいふかと耳《みゝ》そばたて聞ゐれば。小式部は恨《うら》めしげに御帰国《きこく》なされし御皃を見ねば我煩《わつら》ひも本復《ほんふく》は有まじといふ声。扨は生霊《いきれう》か女の思ひ詰しは恐《おそ》ろしい物と。口に称名《せうめう》を唱《とな》へおはしける例《れい》の盗人どや〲と戻る足音《あしおと》をきけば。今夜《こんや》の仕合は此葛籠何にもせよ庵《あん》へ往《い》て配当《はいたう》せんといさみくる。夜明がたくだかけのこへに生霊は表《おもて》をさして去《いぬ》ると這入《はいる》盗人ども。そりや幽霊《ゆうれい》よといふ声《こへ》のあらしにおどろき消《きへ》ける。中に一人《ひとり》の臆病《おくびやう》もの。恨《うらみ》の有やうな家《いへ》でもなきに幽霊は合点行ず。慥《たしか》に狐*が狸にて食《めし》を盗仕《し》おつたもあいつてあろ。なんでもこゝは妖物《ばけもの》やしき長居《なかゐ》したら何か出よもしれまい。どふて宿代《しゆくだい》のいらぬ所には。けさゝがあるものじや早ゝ宿《やと》がへしたがよいと。葛籠《つゞら》を捨《すて》てにけ行ぬ。能因はおかしく思ひながら。盗人より飯米《はんまい》が残り多《おほ》いと。葛籠を明て見れば鉄炮《てつほう》にて打たる鶴《つる》一羽《は》有是は紛《まぎれ》もなき。郡代《ぐんたい》の秘蔵《ひそう》の鳥。後日《ごにち》のとがめむつかし。いかゞせんと心をいため給ふぞ道理なる（六オ）

㊁ 鉄炮《てつほう》のたまられぬ音《おと》はきひしき雷婆ゝ《かみなりばゞ》

外面似菩薩《げめんにほさつ》内心如夜叉《にょやしや》と恐《おそろ》しく説《とき》給ふを。やさしく囀《さへづ》る鶯《うぐひす》に。梅の木の珠数爪《じゆすつま》くつて。嫁入《よめり》ざかりの娘の子。母親《はゝおや》をすゝめこみ。談義《たんき》の会座《えざ》につらなり。無念無相《むねんむさう》に。有難《ありかた》がつて夫の閨《ねや》のむつ言にも。仏道へ引入れんと。よれつもつれつ藤沢《ふぢさ》*の上人。六十万人決定往生《けつぢやうわうしやう》の札《ふだ》を請《うけ》*て。心の角《つの》もほつきりと折《おれ》てすてたを平井《ひらゐ》の保昌《ほうしやう》が後家《ごけ》の和泉式部は。大内の乱の砌《みぎり》より。逸勢が下部六平が情《なさけ》にて。娘小式部と一所《しよ》に古曽部《こそべ》へ来て後生《こしやう》一遍談義《へんだんき》参りにも御代太平を祈《いの》られける。六平は明暮と鋤鍬《すきくわ》取て。今の名は佐久作《さくさく》。雷婆ゝ《かみなりはゝ》と異名《ゐめう》を取し母親《はゝおや》を後世《ごせ》の道にも入しめんと。式部を頼み。毎日の寺参り。此四五日は談義《だんき》も怠《おこた》れは。雷婆ゝはかさ高に。門口より泣《ない》てはいり。なふ式部女郎おらがむすこの佐久作がよんべ南山《みなみやま》へ鉄炮《てつほう》もつて猟《かり》に行ましたが。今に戻《もど》らぬゆへ。ふしぎさに見に行ましたりや。郡代《くんだい》さまの大事の鶴《つる》をうつたとて。情なやむごたらしう（六ウ）棒しばりにして傍《そば》に古葛籠《ふるつゞら》の上に鶴がのせて有て。二人して番《ばん》してゐましたゆへ。おらが分別《ふんべつ》にあたはぬによつて。こなさまを頼《たのん》で思案《しあん》して貰《もらふ》*ふと思ふて。番人に爰《こゝ》までつれてきて下されと断《ことはり》いふてきました。あれ〳〵是へ参りますと。いふ間もあらせず番人共。佐久作を棒しばりにして。葛籠に鶴を入持来る。式部は様子を聞《きゝ》先鶴を見ていふやう。是は十日計も以前《いぜん》の鉄炮疵《てつほうきず》。佐久作は夜前猟《やぜんかり》に出たり。旁《かた〳〵》相違《さうゐ》せり。鶴は目出度齢《よはひ》を保《たも》つ霊鳥《れいてう》なれども。鳥の為に人をそこなふ理《り》はあらじ。まして此者のわざならねば外《ほか》を御僉義《ごせんぎ》あれかしといひければ。番人共いふやう疵《きず》はともあれ。佐久作が夕部《ゆふべ》鉄炮《てつほう》をかたけ。此葛籠をさげて。戻るが証拠。此鶴《つる》は都《みやこ》より郡代《くんだい》へ預《あづか》りの鳥。我〻仰を受尋に廻る所に。見付られたが運《うん》のきはめ罪科《さいくは》はのがれぬ但し又。佐久作を助け外に替りてもあらば棒しはりをゆるし。郡代へつれ行鶴の侘言《わひこと》してやり申さふといへば。雷ばゞそれに取付むすこがかはりに成ものはおらが所にはなんにもなし。迚《とても》の世話《せわ》（七オ）つゐで式部どの替りをなんぞかして下されといふに。式部あぐみはて当惑《たうわく》してゐる所へ。能因はちぎれ〳〵の旅衣《たびころも》破《やふ》れ笠《がさ》を手に持。まつくろに日やけした皃してぬつと入。式部どの無事で御座るか。奥州《おうしう》より只今帰《かへ》りました名所旧跡《めいしよきうせき》のこりなく見て戻《もと》りましたと。いふに式部《しきふ》は座《ざ》をたつて待《まち》かねました永《なが》の旅《たび》。日和《ひより》つゞきもよし。嘸《さぞ》面白うござりませう先〻御無事《ぶし》でおうれしさ。みちのくは名所《めいしよ》多き所なれば。定めて御秀哥《しうか》もあまたなされつらん。聞《きか》まほしやといへば。能因鼻《はな》ひこつかし。都をば霞《かすみ》と共に出しかど秋風そふく白川のせきと詠《よみ》ました。なんと秀歌《しうか》でござらふかと自賛《じさん》すれば。式部は余念《よねん》なく天晴奇妙《あつはれきめう》〳〵。まだどれへも御噂《うはさ》は有まじ。皆御聞なされたら我を折《おり》給ふべしとれとめて置ましよと。こちらの事は脇《わき》に成。硯《すゝり》引よせ摺筆《するすみ》の好《すき》の道こそたのもしき。雷《かみなり》ばゞむくりをにやし。是哥所じやないこちのむすこが命《いのち》づく。早う替りを工夫《くふう》して棒《ほう》*しはりをといてやつて下されと。畳《たゝみ》をたゝきわめく（七ウ）にそ。式部も心付ぼ*んにそれ〳〵。こちらの用に気《き》をとられ。とんと忘《わす》れた。はてなんぞかはりほしやといふ奥《おく》より。小式部は身じまひして申かゝさま。我〻おや子の難儀《なんぎ》をすくふてくれられし。佐久作殿。恩返《おんがへ》しは此時。佐久作殿の代《かはり》に私《わたくし》郡代《ぐんだい》さまへ願《ねが》ひに上《あが》り。命乞《いのちごひ》して見候はん。能因さまの御帰りを待《まつ》たかひなふ私《わたくし》は又出《で》て行。とかく別《わか》るゝ縁《えん》ならめと。かくす泪《なみだ》を。母は見ぬふりにてそんなら御両人宜敷《よろしく》御執成《とりなし》たのみますと。いへば番人とも佐久作が替に娘とは不得心《ふとくしん》なれど。余《あま》りに笑止《せうし》などふぞ願ふて見申さん。どれ連《つれ》だつて参らんと小式部を見て。やあいつぞやの幽霊《ゆうれい》じやと真青《まつさを》に成てふるひ出す。能因二人を取て引ふせ。おのれらは愚僧《ぐそう》が庵《あん》でふさつた盗賊《とうぞく》ども。夕部古葛籠を南山《みなみやま》へ捨《すて》たを。佐久作が何心なく拾《ひろ》ひしを見て。棒しばりから付こんで。小式部を売《うつ》てやる工《たくみ》。重〻の悪《あく》人め。をのれら只《たゞ》はかへざ*しといふ処へ。編笠《あみがさ》きたる侍《さふらひ》が案内《あんない》もなくつゝと入。秋風ぞ吹白川の関（八オ）

挿絵第三図（八ウ）

挿絵第四図（九オ）

天晴名哥《めいか》。こちらの工《たくみ》も白川の関《せき》。あつはれ〳〵といひつゝ佐久作が棒しばりをほどき。編笠《あみがさ》とれば山辺赤人。座《ざ》に直《なを》り古曽部《こそべ》より廿里四方は某《それがし》が知行所《ちぎやうしよ》。あの鶴は身が秘蔵《ひそう》子細《しさい》有て。当所《たうしよ》の郡代《ぐんだい》織山織《おりやまおり》之進《しん》に預《あづ》け置しに。近曽《さいつごろ》何ものとも知らず鉄炮にて打取。行がたなしとうつたふる。方〻と捜《さが》させしに。盗人どもをからめ来《く》る。拷問《がうもん》のせつなさにいふやう。科人《とがにん》は同類《どうるい》の中にて。佐久作がつゝらを拾《ひろ》ひしより付込。小式部を廓《くるわ》へ売談合《うるだんかう》との白状《はくじやう》ゆへ。盗人どもは打首にせしが。こいつらも同類なれば遁《のか》れぬ所。覚悟《かくご》せよと首打落《おと》し。佐久作には罪《つみ》なし。親子とも休息《きうそく》せよ。扨も逸勢叛逆《ほんぎやく》顕《あら》はれ刑罰《けいばつ》に及ぶ所。三筆の誉《ほまれ》をおしみ給ひ。隠岐《おき》の国《くに》へ流罪《るざい》せらる。依《よつ》て御代太平なる所。猶も逸勢配所《はいしよ》にて鉄道《てつだう》上人といふ修験者《しゆけんじや》をかたらひ龍神《りうじん》を封《ふう》しこめ。今四ケ月に至《いたつ》て雨ふらず。旱魃《かんはつ》し民百姓のくるしみを聞召。神泉苑《しんぜんゑん》にて衣通姫《そとをりひめ》の侍女《じちよ》小野小町に雨乞《あまごひ》の（九ウ）哥を詠《よま》し

挿絵第三図

挿絵第四図

めんと評義《ひやうぎ》最中《さいちう》なるに依て。某おもへらく。既《すで》に橘の家断絶《いへだんぜつ》に及ぶ。永愷能因《ながやすのうゐん》と姿《すがた》をかへ蟄居《ちつきよ》してゐる間。かれに仰付られ。雨乞の手柄を見給はん事可也と。たつて奏問《そうもん》申せし処。君聞し召れ。よきにはからへとの宣旨《せんし》下る間。早速かの国へ立越られ。一首のほまれを上て。雨を降《ふら》されなば万民は申に及ばず。朋友《ほうゆう》のよしみも足《た》りなん。且《かつ》橘の家名相続《さうぞく》の願ひは。某引受《ひきうけ》申上んといひけるは以前《せん》の恩《おん》がへしとそ聞えし

㈢ 雨乞《あまごひ》の誉《ほまれ》は久方《ひさかた》の天《あま》の川《かは》

大欲《たいよく》の者《もの》は利《り》を貪《むさぼつ》て恥《はぢ》をしらず。大悪の者は人を害《かい》して憐ず大欲大悪いづれも人倫《じんりん》の道にあらねば。天の責免《せめまぬか》るべからず。誠《まこと》や橘逸勢叛逆事あらはれて。隠岐国へ配流《はいる》せられ。鉄道上人と云悪僧《あくそう》をかたらひ深山《しんざん》を撰《えら》ませ。龍神龍女を封《ふう》じこめ天下のひでりを祈《いのり》しかば。四ケ月に及ぶ迄一滴の雨ふらず。万民百姓の悲《かな》しみ農人《のうにん》は汗《あせ》を水にして田へしぼりこみ。困窮《こんきう》（十ノ廿オ）する事夥し誰云《いひ》合さねとも晴天《せいてん》に。蓑笠《みのかさ》きて高足駄はき。傘《からかさ》をさし太鼓鉦《たいこかね》にてはやす事。毎夜。山〻はあまたの篝《かゝり》を焼《たき》白日《ひる》のごとし。氏《うぢ》神又は名有池中《ちちう》へ立願すれ共。封じこめたる龍神なればふるへき様なし。諸人つかれ苦《くる》しむ所に能因法師赤人の勧《すゝめ》に任せ。彼山へ向ひ身《み》を清め。天の川なはしろ水にせきくだせ天くだり

ます神ならば神と詠じければ。天納受《のうしゆ》し給ひけん俄《にわか》に一天かき曇《くもり》。しのを乱《みだ》せる大雨車軸《ぢく》を流《なが》せは。人は言に及はず。禽獣諸草木《きんしうしよさうもく》も潤《うるほ》ひ渡り。能因か哥妙を感《かん》ぜぬものなし。誉《ほめ》る中より。農人《のうにん》ども蓑笠《みのかさ》脱は下は着《き》こみ。小手すね当。手に〳〵得物の農《のう》具を持麓《ふもと》より鯨波《ときのこへ》をつくり。鉄道が壇上《だんじやう》へ押《おし》よせ。片はしより修験《しゆげん》のかさり供物を打砕。中に一人鍬をふり上うや〳〵しくさゝけたる瑠璃《るり》の壷《つほ》を打みしやげば。ふしぎや龍神一時に辰《たつ》の天上するごとく。黒雲《くろくも》に巻《まか》れ失にける。鉄道は婆羅《ばら》門のいかれる顔色焰のごとく。大勢の百姓に渡合《わたりあひ》。荒《あれ》にあれたる死物くるひに。さしもの大勢跡しさりひるむ（十ノ廿ウ）所を赤人の下知にしたかひ又立かゝる多勢に無勢終に鉄道はいけどられぬなをも降りくる雨の音逸勢は寝耳に水山へ見舞《みまい》を兼房か。これも同じく生捕《いけとつ》たり。直《すく》に両人を牢輿《らうごし》にのせ都へ送り。六条川原にて梟首《けうしゆ》せられぬ。今社治国平天下《ちこくたいらてんか》*朝麿《あさまろ》親王を。允恭《いんけう》天皇と仰《あふ》き奉り。衣通姫を女御に備《そな》へ。即位《そくゐ》の後《のち》。各相当《さうどう》の官位《くはん》に叙《しよ》し。目出たき春のもしほぐさ柿本人丸は其後三十九歳にして。世をさり給ふ。いまだ若木の桜花。かしらに霜《しも》をいたゞき給ふも。三つの位《くらゐ》の相《さう》たるべし。実や夢《ゆめ》とはいひながら。現在にみし宮造《みやつく》り。三月中の八日には。いと厳重《げんぢう》の法楽《ほうらく》有。其外人丸塚《つか》とて諸所に験《しるし》をとゞめ。上一人より下《しも》万民に至るまで。崇敬《そうけう》し奉る事。皆是和哥《わか》の徳《とく》なりと。ことぶき祝《いは》ふ物ならし

　　皆宝暦十二午歳
　　　春正月吉祥日

　　　　京麩屋町誓願寺下ル町
　　　　　八文字屋八左衛門板（廿一オ）

京町《きやうまち》鑑《かゞみ》　懐中本　ひらがなにて童蒙《どうもう》の為《ため》に方角《ほうがく》は
全二冊　勿論《もちろん》遠近《ゑんきん》近道《ちかみち》行当《ゆきあたり》廻《まは》り道等
版行出来　ついへゆかざるやうに書《かき》しるしたる書也
*従横《たつよこ》町《まち》小路《こうぢ》通《とをり》筋《すぢ》古名《こめい》西陣《にしぢん》聚楽《じゆらく》上京《かみぎやう》下京《しもぎやう》古町《ふるてう》新町《しんてう》組町《くみてう》分《わかち》洛中《らくちう》洛外《らくぐはい》寺社《じしや》旧地《きうち》古今《ここん》由来《ゆらい》祇園会《ぎをんゑ》山鉾《やまほこ》出《いづる》町〻《てう〱》諸神《しよじん》
氏地《うぢち》御大名《おんだいめう》御屋敷《やしき》附《づけ》幷呉服《ごふく》所《しよの》家名《かめい》所付《ところづけ》町〻《てう〱》小名《こな》異名《ゐめう》辻子《づし》新地《しんち》等《とう》至迄《にいたる》委《くはしく》記《しるし》見《み》分《わけ》安《やすく》便《たより》す

京《きやう》西《にし》六《ろく》条《でう》本願寺《ほんぐはんじ》大絵図《だいゑづ》　折本　全部一冊　本出来

京《きやう》都《と》東《ひがし》六《ろく》条《でう》本願寺《ほんぐはんじ》大絵図《だいゑづ》　折本　全部一冊　本出来（廿一ウ）

風流庭訓往来

序

世界《せかい》を大戯場《おほしばゐ》と隠元禅師《ゐんげんぜんじ》の伝《つたえ》られしは宜《むべ》なる哉。朝《あした》に表《おもて》へ出《いで》て戸《まく》をあけ。夕《ゆふべ》には家内《がくや》の取仕舞《とりしまひ》。思ひ〳〵の仕組《しぐみ》より。玄恵法印《げんゑほうゐん》の書記《かきしる》し給《たま》ひし。庭訓往来《ていきんわうらい》の連綿《れんめん》の趣向《しゆかう》を。風流《ふうりう》にとりなし。題号《だいがう》は固《もと》より古《ふるき》に随《したが》ひ。春色堂発《しばゐひらけ》て已《この》来《かた》。今《いま》に（一オ）絶《たへ》ぬ難陳《せりふ》。比老《たちやく》。燕脂郎《おんながた》。孌童《わかしゆがた》のつめひらきを。五冊に組立《くみたて》。春《はる》の始《はじめ》の御なぐさみ。貴方《きほう》にむかつて先《まづ》ひろめ申さふらひ畢《おはん》ぬ

作者　自笑

校合　白露

（一ウ）

ひつじの

めでたき春

風流庭訓往来《ふうりうていきんわうらい》　一之巻

東西〱

序　開　抑〱《そも〱》年《とし》の始《はじめ》より居続《ゐつゞけ》の大尽《だいじん》
扨《さて》も其後《そののち》牽頭持《たいこもち》に富士浅間《ふじあさま》
といふ者ありこれ善悪《ぜんあく》のまは
しものとはめづらしい艶事《やさこと》（二オ）

序ノ中　幸甚《かうじん》〱身請《みうけ》の相談《さうだん》
若殿《わかとの》に諌言《かんげん》して契情《けいせい》の身《み》
の代《しろ》五百五拾両耳《みゝ》をそろへ
ていだしたる家老《からう》の実事《じつごと》

序ノ切　いそぎ申べきしらせの血文《ちぶみ》
哥仙《かせん》とは太刀打《たちうち》の事《こと》お敵《てき》とは
悪人《あくにん》の事と油断《ゆだん》せぬが武士《ぶし》の
本意《ほんい》打《うつ》てかへたるお国《くに》の荒事《あらごと》（二ウ）

㊀　抑《そも〳〵》としの始《はじめ》より居続《ゐつゞけ》の大尽《だいじん》

谷《たに》のうぐひす軒《のき》の花を忘《わす》れ。園《その》の小蝶《てふ》の日かげに遊ぶに似たり。頗《すこふる》本意《ほんゐ》を背《そむい》たつとめかたと。親方のゐけんも聞いれず。切増《きりまし》の年月に間夫《まぶ》をはごくみ。端手《はで》なおとこに身あがりのたのしみ。客に身を打当世の女良形気《かたき》。どふで仕舞《しまひ》は。此大夫にも紙子《かみこ》の打かけきせねばならぬと。くつわの亭主《ていしゆ》がくひちがふた了簡《りやうけん》も。一がひにはいはれず。なるほど身を打てつとめるほど。おもしろみもましのりもきて。つゐ居続《ゐつゝげ》*の田舎《いなか》大名。しかも粋《すい》にせりふよく。物事に気をはりまの国主《こくしゆ》。大江大夫将監《しやうげん》殿の一子。左衛門尉知貞《ともさだ》は。女の好《この》む当世男。なにが大名の種《たね》なれば。金銀は沢山《たくさん》なり。かゆひ所へ手の届《とゞ》くごとく。嶋原の揚屋《あげや》二文字屋《じ》の（三オ）一客。かゝる大尽《じん》にこそ。女郎も身を打て。打がひある事ぞかし。抑《そも〳〵》大江の家《いゑ》と申は。代〻弓の家筋《いゑすじ》にて。家に伝《つた》はる宝《たから》には。笠懸《かさかけ》の的小串《まとこぐし》の的。草鹿円物犬追《くさじゝまるものいぬおふ》物《もの》。こと〴〵く伝授《てんじゆ》し給ひ。此度も禁庭《きんてい》にて。八的の興行《こうぎやう》有に付。知貞《ともさだ》も晴《はれ》の役目首尾《やくめしゆび》よくすんで。しばらくは京めづら敷滞留《たいりう》に。所〻方〻の花見遊山。お伽《とぎ》よお出入よといふ中に。津の国住吉辺《すみよしへん》より。しもつれてきたる。富士《ふじ》といへる牽頭持《たいこもち》。ふと御意に入てより。口車につく〳〵とのせるほどに引ほどに。今此おもしろさに。何の事も打わすれ。昼夜《ちうや》高なしの大さはぎ。桔梗《ききやう》屋の花鳥《くはてう》といへるに。打こみ給ひしもことはり。風俗手跡《ふうそくしゆせき》またなき稀物《まれもの》。大名の奥様《おくさま》といふて。恥《はづ》かしからねば。一向《いつかう》引ぬいてといふを打けし。知貞《ともさだ》申さるゝは。わひらが了簡《りやうけん》いたらぬ〳〵。さらば此廓《このくるは》を相駕《あいかご》で。明日からは大名の奥様《おくさま》（三ウ）なんと君。嬉《うれ》しいか〳〵*かといふは。中村哥《うた》右衛門がなびかぬものに。したゝるき二のかはりのせりふ。只《たゞ》此まゝにあかぬこそ。八文字の道中姿《すがた》。ハテ爰《こゝ》てあいたら。所をかへて。奥様《おくさま》とも御前《ごぜん》様とも。末《すへ》の事は鬼《おに》が笑《わら》ふと。一際《きは》ちがふた大手な遊び。並《なみ》ゐる一座の女郎まで。あやかりものとは花《くは》鳥《てう》さまと。羨《うらやま》しがらぬものもなし。かつてよりばた〳〵と。亭主《ていしゆ》の惣八そゝり出。扨旦那《さてだんな》きつい事が出来て参りました。富士《ふじ》さまの事を聞てやら。どふやら一理屈《りくつ》もこねそうな顔付《かほつき》な男。我等《われら》は天王寺辺《へん》より。はる〳〵旦那の事を承はり参つた。浅間《あさま》と申牽頭持《たいこもち》でござるが。どうぞ旦那へ。御目見へのお取なしと。たつての願《ねが》ひコリャまたのめるじやござりませぬかと。なにがな御意に入じまん。鼻《はな》いからして申ければ。大尽《じん》ほとんどうきたまひ。しなのなるあさまがさけものめるといへば。ふじがさかなのかひや（四オ）

挿絵第一図（四ウ）

挿絵第二図（五オ）

挿絵第一図

なからん。はやく通せとせき給ふを。富士がとゞめて眉《まゆ》をしかめ。左様にはる〴〵参りしもの。ふとよび出しては興《けう》がなひ。爰《こゝ》が一つの工夫所《くふうどころ》。此廓《このくるわ》一番の大盃《さかづき》を取よせて。なにかなしに目見への印《しるし》。是て一つの無理《むり》のましは。ナントどふてござりませふと。皆まできかず花鳥《くはてう》を始《はじ》め。一座の者是はうへなき。富士さまのしゆかう。なんでも其浅間《あさま》とやら。くだまかしてあそんだら。こよひ中のひとつのはね。コリャよかろふとうは気の若殿。とふり給へとよびつぐ亭主《ていしゆ》がことばもまたず。する〳〵と立出。富士を見るより取て引す

挿絵第二図

へ。膝《ひざ》に引しくをみれば。国の家老《からう》職《しよく》阿蘇《あそ》左馬《さま》之進《のしん》なり。知貞《ともさだ》はびつくりはいもう。一座の者は何事やらんと。委細《ゐさい》はしらねど其場《ば》の勢《いきほ》ひ。つかみひしがん顔付《かほつき》に。そろ〳〵かつ手へ引汐《しほ》の。花鳥はさすがに立もやらず。やうすいかにと気《き》もそゞろうろ〳〵するに（五ウ）目もかけず。左馬《さま》の進涙《しんなみだ》をながし。申若殿様《わかとのさま》。事ふりたれば御ゐけんは仕らねど。先日よりいくたびか。書中を以て。此度禁庭《きんてい》の御用も首尾《しゆび》能《よく》相済ましたれば。一まづ御帰国《きこく》遊ばされよと。蔵人と私より。しきりに申こしますれども。今におゐて御沙汰なく。八《やつ》的《まと》の御用は正月三日。それよりはや百日にも及びまするに。いかなる事の御隙入《ひま》かといぶかしく。段〻様子をつたへうけ給はりますれば。此所にてかゝるさはぎに。前後を忘却《ぼうきやく》し給ふよし。そりやはや幾日幾年。酒宴乱舞《しゆゑんらんぶ》に長《ちやう》じ給ふとも。申さば大名の若殿。ナ申それを否《いな》と申。古手ないさめは申上ませねども。兼《かね》て御存じ知らるゝ通。只今御継《けい》母《ぼ》の兄御三好弾正《みよしだんじやう》様。つね〴〵心よからぬ気質《きしつ》のうへ。それに腰押《こしおす》中原石見。外しろしめされぬ大殿様に讒言《ざんげん》し。こなたさへ追《おい》うしなへば。あとは弾正《だんじやう》殿の押領《おうれう》せらるゝか。又御継母《けいぼ》の里の子（六オ）玄蕃《げんば》殿を取立んと。折をうかゞふ企《くはだて》とにらんだは。蔵人とそれがし。をのれさはさせまじと。りきんで見ても肝心《かんじん》の君の放埒《はうらつ》。大殿の御いかります〳〵。佞人どもは讒言《ざんげん》の種《たね》が出来れば。何とぞ若殿を国へかへすまじと。是見給へ此富士と申者は。かつて牽頭《たいこ》持《もち》にあらず長谷部《はせべ》藤蔵と申浪人者《らうにんもの》ナントそうであろふがなと。とはれて藤蔵。もふかなはぬと油断《ゆだん》を見て。左馬之進が腰刀《こしがたな》引ぬいて切つくれば。シヤこしやくなと引はづし。刀持たるうでくびとも。たゝみの上にてひしぎ付。有あふ刀のさげをにて。床柱《とこばしら》にくゝり置。アレ見給へ牽頭《たいこ》となつて入込。君をそゝり上させしも。皆弾正《みなだんじやう》と石見がなすわざ。かく佞人《ねいじん》共が工《たく》みしこと。よも御存じはあるまじ。せめて此事を申上なば。御聞わけなき君にてもわたらせ給はねば。何とぞ一時も早く。御帰国させましたさ。蔵人としめし合せ。罷登《まかりのぼり》（六ウ）はのぼりましたれども。某名《それがしな》を申さば。大かた御目にはかゝられまじと。思ひ付た牽頭持《たいこもち》。かはつた趣向《しゆかう》の御意《ぎよゐ》に入は。遊びずきの若殿形気《わかとのかたぎ》。富《ふ》士《じ》か事を聞伝《つた》へて。さいはひのあさまとは。阿蘇《あそ》の阿の字《じ》と。左馬の進の左馬の字と。あふたもふしぎ御対面《たいめん》申上るも。是又ふしぎのこよひの趣向《しゆかう》。先もつて御安泰《あんたい》の段《だん》。恐悦至極《きやうゑつしごく》に存し奉りまするど。かりにもくづさぬ家老《からう》の諌《かん》言《げん》。大夫は本《もと》より知貞《ともさた》も。さしうつふひてゐ給ひけり

二　幸甚《かうじん》〳〵身うけの相談《そうだん》

後園庭前花《ごゑんていぜんのはな》。深山叢樹桜《しんざんさうじゆのさくら》が。暴風霖雨《ぼうふうりんう》にあふたるごとく。面白い最中《さいちう》へ実事《しつじ》の家老《からう》の諌言《かんげん》。血気《けつき》さかんの若殿ならば。金言耳《み》にさかふべき所を。さすが才智《さいち》の知貞なれば。飛《とび》しさつて頭《かしら》をさげ。重《ぢう》〳〵のいけん。あやまり入た。左馬の進とはおもはぬぞよ。（七オ）親父様のじきにござつて。おしかりをうくるよりもせつなく。中〳〵かへす詞はなし。是より性根《しやうね》をあらためし。証拠《しやうこ》はまつこのとをり是みよと。刀をぬけば藤蔵が。首はまへにぞ落《おち》たりけり。ヤレ人ころしと立さはぐ。家内《かない》をせひして左馬の進。慮外《りよぐはい》せし家来同然《どうぜん》の牽頭持《たいこもち》。切すては武士の法。廓《くるわ》の難儀《なんぎ》となるならは。死《し》がいは旅宿《りよしゆく》へ送《をく》るべしと。家来にいひ付かたづけさすれば。知貞はかたなをおさめ。さいぜんよりの

物がたり。聞てはしばしも猶予《ゆうよ》ならず。一時も早く帰国の用意急ぐべし。名残おしきは花鳥なり。此ほどの情《なさけ》の段《たん》わすれはおかぬ。身請《みうけ》もしてつれかへるべきなれども。今きく通りの国の首尾《しゆび》なれば。傾城遊女《けいせいゆうぢよ》をつれかへりしなんど。家中のさがなき口の端《は》に。かゝる手前も気《き》の毒《どく》なり。またかさねての折もあらむと。はなれぎはよき男気を。聞て花鳥は夢《ゆめ》見しこゝち。知貞に（七ウ）とりつき。御《こ》家老《からう》様のおいさめを。おきゝとゞけ遊ばして。お心をあらため給ひしおまへは。それですんであろけれど。おもひきられぬは女子のゐんぐは。今の今まで同しふすまに。比翼連理《ひよくれんり》とこそ契《ちぎ》りまし。しばしもおそばをはなれざりしに。お別れ《わかれ》*申てまだ*いつと。逢瀬《あふせ》もしらぬ涙《なみだ》の淵《ふち》。このやうに申ましたら。扨こそ殿《との》のお心を狂《くる》はす。大魔王《だいまわう》の傾城《けいせい》。手にかけてしまはねば。若殿《わかとの》の始終《しじう》のさはりといふ様な。おぼしめしであろ。ナア中左馬様とやら。なんぼ此場《ば》てころされても。わしやなんぼでもはなしやせぬと。つとめの外のうきなみだ。かゝるほだしにはおもひ切たる知貞も。さらにひかるゝうしろ髪《がみ》。さすがふり切もやらず。家老《からう》の手まへ気のどくの。胸《むね》をいため給ふにぞ。こゝろを察して左馬の進。手をたゝけば亭主《ていしゆ》の惣八。そりやこそだん〳〵むくひがくると。ふるひ〳〵もみ手ではひ出。何のおとがめかは存じませね（八オ）ども。座敷《ざしき》は家嫁《かゝ》が預りなり。むり遊びはさせませぬ。廓《くるわ》の法《ほう》。お客《きやく》のお遊びなさるゝのに。あれではこよひ中の雑用《ぞうよう》。五拾両はたしかな事と存しても。とめませぬは亭主《ていしゆ》のたしなみ。其外の事はハイなんにもハイ。存しませぬでござりまするると。富士《ふじ》が最期《さいこ》のやうすにおぢて。むしやうやたらにこはがるを耳《みゝ》にもかけず。コリヤ〳〵苦《くる》しうないとちかくまねき。花鳥《くはてう》とやらは殿の御意に入たれば。こよひすぐに請出《うけいだ》さん間《あいだ》。いかほどの金子ぞ。くつはと相対《あいたい》してまいれと。思ひの外の一言《ごん》に。惣八は首《くび》きられた。夢《ゆめ》のさめたる心地《こゝち》。その御用とは露《つゆ》しらず。座敷《ざしき》へ出ねばよいものか。それはわれらが。ゐものはれもの。所きらはぬつとめのお身とはいひながら。大名の御前《ごぜん》様とは大夫様のお仕合《しあはせ》。われらがさいわひ。御いはひも頂戴《てうだい》せんと。舌打耳打《したうちみゝうち》。身うちをめつたにふりまはし。いそぎ亡八《くつは》へはしりゆく。思ひよらねば（八ウ）知貞《ともさだ》は。しばしことばもなかりしが。左馬の進がそばへさし寄《より》。身が心を察《さつ》して身うけとの事は。うれしけれども。わが放埒《はうらつ》をいひ立て佞人《ねいじん》の讒言《ざんげん》。まち〳〵なるうへに。又候や身請《みうけ》なんどゝ。第一は其方もとむべき事を。かゝるはからひいぶかしゝ。さてはそれがしが女にまよひし性根《しやうね》と見こみ。さげしみのしわざなるかと。いかり給へば笑《わら》ひをふくみ。大功《たいかう》は細謹《さいきん》*をかへりみず。色《いろ》はこゝろの外と申て。かやうの事にすこしても。御こゝろひかれては。後日の大事遊興《ゆうけう》の御気ばらし。御酒の相手におそばにおかれ召つかはるゝ。ささいの身の代《しろ》は御身に取てわづかの事。金銀はいとはねども。大殿様の御耳《みゝ》に入。なげかはしきは御身の聞へ。御帰国《きこく》もなく放埒《はうらつ》との噂《うはさ》をふさがん為《ため》ばかり。おむかひにのぼりし所。花鳥殿のはなれがたなき風情《ふぜい》も尤《もつとも》。此左馬の進色香《いろか》はよく存しておる。ノウ花鳥殿嬉《うれ》しいかと。あたつてくだくる家老《からう》の（九オ）ことばに花鳥はなにと石清水《いはしみつ》。八幡《はちまん》大名の奥《おく》様になるといひ。かはひ男にはなれぬ契《ちぎ》り只手をあはすばかりなり。亭主《ていしゆ》惣八鬼《おに》のくびを取たるいきほひ。いきせきと立帰り。花鳥様の身うけの代。其外入用積《つもつ》て五百五拾両と。さつはりとした親方《おやかた》のいひ分《ぶん》と。聞より左馬の進。懐《くわい》中より百両包六つ取出し。亭主《ていしゆ》へわたし。それにてよろしくはからふべし。残て五拾両は。其方への祝儀なりと。なにから何まで。こりや粋《すい》の水上《みなかみ》めと。亭主《ていしゆ》がいき〳〵始《はじめ》に百倍《はい》。こはみがぬければかつ手より引たる者も。のこらず立出ヤツチヤ中村獅子吼《しゝく》さま。あつはれおさばき見事〳〵と。そゝるやらおどるやら。知貞公のいさみの酒盛《さかもり》。花鳥か廓《くるわ》を名残《なごり》の酒もり。御家老《からう》さまの粋《すい》な遊びみたいものじやと。芸子《げいこ》が二上り。花車《くはしや》がうきたつ。中居がさわぐ。左馬の進も座をくつろげ。いかさま私《わたくし》も二十四五年（九ウ）打すてし色の盃《さかづき》。頂戴《てうだい》と取上るやら押《おさ》へるやら。そこでわれらが相生《あひおひ》の。松もむかしの知貞が。いたゞこかい。コリヤも一こん御家老《からう》めと。遊《あそ》びに尾《お》のない亥《ゐ》の刻《こく》も。はや更《ふけ》過て九つの。かねて用意は帰国の旅立《たびたち》。夜の明《あく》るにもほどあれは。しばしまどろむ栄花《ゑいぐわ》の夢《ゆめ》。左馬の進は家来《けらい》をよび。明日いよ〳〵御発足《ほつそく》なれは御供ぞろへは上やしき。かならすぬかるないひわたせと。かり座敷の取しまひ。何から何までこゝろのくばり。一国の執権《しつけん》職《しよく》。大ていでならぬ事ぞかし。

㈢ いそぎ申べきしらせの血文《ちぶみ》

大夫の桜皃《さくらかほ》より。惣嫁《そうか》の紫陽草風《あぢさいふう》までを。遊女といひ。恐れながら上后《かみきさき》更衣《かうい》より。下裏住居《しもうらすまゐ》の世帯家嫁《せたいかゝ》までを地女といふ。また幻妻《げんさい》といへる事は流《なが》れの身に限《かぎ》りし名なり。如何《いかん》となれば。幻《げん》はまぼろし妻《さい》はつま。うきたる舟のよるべしられずと詠《ゑい》じ夜《よ》ごとに（十ノ廿オ）

挿絵第三図（十ノ廿ウ）

挿絵第四図（廿オ）

かはるはだへとうたへば。畢竟《ひつきやう》一夜揚《あく》る時は。妻女同前なれども。夫よりをとづれたゆるときは。まぼろしのごときとの心にて。名付しものを。なべて女の悪名《あくみやう》と心得しは。甚《はなはだ》しきまちがひなりと。志道《しどう》といへる僧《そう》の。高座《かうざ》にとかれたり。又唐《もろこし》の里之松《りしせう》か。始《はじめ》のうそもみなまことゝ云〻。一度のつとめ二度のうそ。三度で心あかしあひ四たびいつしかむつごとの。かはすまくらの数《かず》つもり。かはひがられていとしがり。どふやらわかれになりそふな。所を思ひの外。了簡《りやうけん》のよひ家老《からう》殿が身請《みうけ》までして長ひ逢瀬《あふせ》と。吸付《すいつけ》たばこのたのしみ最中《さいちう》。表《おもて》のかたさはがしく。そりさげあたまの足軽《あしがる》一人。刀にくゝる状箱を。むすびしひもゝ長道中。すた〳〵爰《こゝ》にかけ付しを。庭《には》の男が何者ぞと。とがめてもしかつても。聞いれねば家内《かない》の大勢《ぜい》。ヤレぶち出せたゝき出せ。あばれ者か気ちがひかと。棒千切木《ぼうちきりき》にてわめく音《をと》に。知貞も左馬の進も（廿ウ）立出れば。以前《いぜん》の奴《やつこ》はそれと見て。庭《には》に息《いき》つき。是《これ》は若殿《わかとの》様左馬の進様でござりまするか。お国はひつくりかへる。大騒動《そうどう》が出来まして。主人蔵人《くらんど》よりいそぎの書状《しよじやう》。木屋町の御旅宿《りよしゆく》まで息《いき》を切てお国から京まで。廿六七里夕部亥《ゐ》の刻《こく》に罷《まかり》立て。尋《たづ》ねましたる所。此所にござあるよし。うけ給はりましてはござれども。夜中《やちう》と申不案内《ふあんない》。大ていさがしました事じやござりませぬ。ちやつと御覧《ごらん》とさしいだす状《じやう》ばこ。なんでも様子きづかはしと。あたふたひらく箱《はこ》の内。蔵人《くらんど》よりと血《ち》でかいたは只事《たゞ》ならずと。知貞も立寄《たちより》見給ふ書面《しよめん》の趣《おもむき》。兼《かね》て一国を押領《おうりやう》せんと企《くはだて》たる。三好弾正《みよしだんじやう》国の空虚《くうきよ》をうかゞひて。中原石見《いはみ》としめし合せ。不意《ふゐ》を打て大殿将監公《しやうげんこう》をとりこにし。ヒヤア一時《じ》に弾正《だんじやう》が有《う》となりぬ。千騎《ぎ》に一騎《き》と働《はたら》くといへども。忠義《ちうぎ》の者は漸《やう/\》四五十人。それも残《のこ》らず打死《うちじに》手負《ておひ》。過半《くははん》は弾正《だんじやう》に付したがひ。多《た》（廿ニオ）勢《せい》に無勢《ぶせい》。某《それがし》も数个所《すかしよ》の手疵《てきづ》。生死《しやうし》もはかられず候。何分知貞公諸共《もろとも》。一まづ何方《いづかた》へも御ひらき有て。御身を忍《しの》び給ひ。二度時の至《いた》るを待《まつ》て。御うつぷんをとばかり書たり。以《い》前《ぜん》の奴《やつこ》ちかくさし寄《より》。拙者《せつしや》は蔵人が下人駒平《こまへい》と申者。其書面《そのしよめん》のごとく。其元様も国にござらねば。誰憚《たればゞか》るものもなく。一家中にしめし合せ。国は戦《たゝか》ひ上を下へ。主人蔵人も朱《あけ》になつて拙者《せつしや》を招《まね》き。都《みやこ》の御旅宿《りよしゆく》木屋町を尋《たづ》ね。是《これ》を持参《ぢさん》せよ。定《きため》て左馬の進も居合《ゐあは》されん。此騒動《そうどう》に硯《すゞり》一つ有合さねばと。流《なが》るゝ血汐《ちしほ》を以て。其とをりに認《したゝ》められ候所へ。御家の重宝笠懸《てうほうかさかけ》の的《まと》を以て立のく者ありとの注進《ちうしん》。聞《きく》やいなや笠懸《かさかけ》の的《まと》は。神武天皇《じんむてんわう》異国退治《ゐこくたいぢ》の時。筑紫箱崎《つくしはこざき》の浦《うら》にて射初《ゐそめ》給ふにより。故《ゆへ》あつて当家に伝《つた》はり。則《すなはち》それを以て。跡目《あとめ》

挿絵第三図

挿絵第四図

の願《ねが》ひを立る。敵《てき》に奪《うばゝ》*はれては叶ふまじと。まつそのごとく書さして。宝蔵《ほうざう》の方へと涙《なみだ》にくれて。あらまし語《かた》れば。（廿二ウ）左馬の進はじだんだふみ。ヱ、残念《ざんねん》や〳〵。それがし国に有合さば。かくまでやみ〳〵ははからせじものをと。はがみをなせば。左衛門知貞是《これ》といふも皆《みな》それがしが放埒《ほうらつ》にて。国へかへらざる咎《とがふ》不孝《かう》の罪《つみ》。家の敵《かたき》といふは則《すなはち》此方。家を乱《みだ》せしも則某《それがし》。こらへてくれ左馬の進と。無念《むねん》涙《なみだ》をたもちかね。先祖《せんぞ》へのいひわけにと。すでに自害《じがい》と見へけるを。是短気《これたんき》なと花鳥《くはてう》がすがれば。左馬の進押止《おしとめ》て。うろたへ給ひしか若殿。大殿様をとりこにせしは。某等《それがしら》を恐《おそ》れての人質《ひとじち》。敵《てき》のするどき勢《いきほひ》をさけて。時を待《まつ》て旗上《はたあげ》いたさん。まづ夫《それ》までは蔵人が書面《しよめん》のごとく。花鳥殿諸共《もろとも》に。御身を忍《しの》び給ふべし。コリヤ〳〵駒平《こまへい》。其方一とをりの者と思はねば。お二かたを預《あづ》くる間《あいだ》。津の国尼崎《あまがさき》に。後藤《ごとう》兵部之丞《ひやうぶのぜう》といふもの有。二十年以前少〳〵のあやまりにて。お国を追放《ついほう》にあひ。二君《じくん》につかへず。浪人《らうにん》してゐるときく。其者にあひ様子を咄《はな》さば。彼《かれ》も本《もと》は忠義《ちうぎ》の侍《さむらい》。定《さだめ》ていなとは（廿三オ）申まじ。随分《ずいぶん》と御身を忍《しの》ばせ。某《それがし》が便《たより》をまてと。懐《ふところ》より金子百両とり出し。是を以て何かをはからひ。虚事《きよじ》なきやうに守《まもり》奉れ。又某はこれよりすぐに。武者執行《むしやしゆぎやう》とさまをかへ。ひそかに所〻の味方《みかた》をかたらひ。やがて吉左《きつさ》右《う》おしらせ申さんといへば。花鳥も我《われ》ゆへの御身の難義《なんぎ》とくりことに。知貞公もしほ〳〵と。思ひの外の二丁立。爰を出口の柳《やなぎ》かげしばし浮世《うきよ》にそむくとも。やがて無念《むねん》をはらさむと。左馬の進がいさめを力《ちから》。駒平《こまへい》は尻《しり》ひつからげ。お気《き》づかひ遊ばすな。委細《いさゐ》は我《われ》らが請取《うけとつ》たり。夜明《よあけ》ぬ内にはやいそげと。たのしみあればかなしみも。早有明《はやありあけ》に程《ほど》ちかし。行衛《ゆくゑ》もほそき旅《たび》の空《そら》。さだめなき哉《かな》さだめなき。世はよしあしの難波《なには》がた。こへてほどなきつの国や。尼崎《あまがさき》へとわかれゆく

一之巻終（廿三ウ）

風流庭訓往来《ふうりうていきんわうらい》　二之巻

東西〳〵

道行　思ひながら延引《ゑんいん》す母親《はゝおや》の敵討《かたきうち》
十九年来《ねんらい》の敵《かたき》より先《まづ》うちとける
身《み》の上咄《うへばなし》はうしろ立《だて》やら恋《こひ》じや
やらわけ内証《ないしやう》で仕懸《しかけ》る色事《いろごと》（二オ）

二ノ中　奉公《ほうこう》の忠勤《ちうきん》なり百石の墨付《すみつき》
仏《ほとけ》たのんで地獄《ぢごく》より乞食《こじき》た
のんで狼籍《らうぜき》*とは出世《しゆつせ》をのぞむ
手段《てだて》の計略《けいりやく》大《だい》それた仕事《しごと》

二ノ切　不審千万《ふしんせんばん》の乞食《こつじき》の昔語《むかしがたり》
かはつた縁《ゑん》で初対面《しよたいめん》から病《びやう》
気《き》の介抱《かいほう》やうすをきけば捨《すて》
をかれぬ刀鍛冶《かたなかぢ》のふる事《こと》（二ウ）

㈠ 思《おも》ひながら延引《ゑんいん》す母親《はゝおや》の敵討《かたきうち》

黎民《れいみん》の竈《かまど》には。朝夕《てうせき》の煙《けふり》厚《あつ》く。百姓の門には東西《とうざい》の業《げふ》しげし。仁政《じんせい》の甚《はなはだ》しき。御代に。近江《あふみ》の国津風《くにつかせ》。甲《かう》賀《か》郡《ごほり》深《ふか》川といふ邑《むら》に。原隼人《はらはやと》といふて。手跡《しゆせき》の指南《しなん》に光陰《くはうゐん》をおくる者あり。兄弟の娘《むすめ》に姉《あね》をお筆《ふで》*いひ妹《いもと》をお墨《すみ》といひけるが。姉《あね》はゆへあつてひろひ子なり。妹は其後出生《しゆつしやう》せし実子《じつし》なれば。妹を以て家督《かとく》を立ん。われもよほど老年に及び。世事《せじ》のつとめもむつかししと。三年以前《いぜん》妹お墨に勘解由《かげゆ》といへる聟《むこ》を取られけるが。此妹聟の勘解由《かげゆ》といへるは。武田《たけだ》の家《いゑ》に功《かう》有し。山形《がた》三郎兵衛が孫《まご》にして。元来武勇《ぐはんらいぶゆう》の種《たね》なれば。生質勇気《むまれつきゆうき》すぐれ心剛《かう》にして。中〳〵遊民《ゆうみん》となるべきものならねども。今糧尽《かてつき》てせんかたなく。此家へたより。飢寒《きかん》をしのぐといへども。つゐには一たび。先祖《せんぞ》の家《か》（三オ）名を輝《かゞやか》さんものをと。常《つね》に養父《やうふ》の気《き》にいらぬ。武士道《ぶしどう》のみを心がけ。猛《たけ》〳〵しく侍《さふらひ》形気《かたぎ》に。蓼《たで》くふ虫もすき〴〵と。姉《あね》のお筆ふと思ひそめ。より〳〵父隼人《ちゝはやと》。妹《いもうと》お墨《すみ》が目をぬすんで。かたらひける。其始をたづぬるに。あるとき人なき所にて。お筆勘解由《かげゆ》に申けるは。みづからもと。

挿絵第一図

挿絵第二図

此家の娘にてさふらはず。其以前姥《うば》が咄《はな》しにてうけたまはりますれば。みづからが父は存ぜず。母は心願《しんぐわん》の事ありしやらん。西国《さいこく》四国に順礼《じゆんれい》せられしが。ひとり修行《しゆぎやう》のある夕暮《ゆふぐれ》。旅《たび》づかれの草《くさ》枕《まくら》。伏見《ふしみ》の野辺《のべ》にゐられしを。いづくの者か浪人《らうにん》一人。あら身の刀《かたな》をためさんため。かけかまひなき非《ひ》人とやおもひけん。母が臥《ふし》て居《ゐ》られしを。十八年以前四月八日只《たゞ》一刀に切ころし。其場《そのば》よりゆきがたしれず。跡《あと》にて其切口より出生《しゆつしやう》せしが則《すなはち》わたくし。今の父隼人《ちゝはやと》殿。まだ其比は其辺《へん》の住居《すまゐ》にて。さいはひ子なき事を聞《きゝ》。あたりの（三ウ）衆《しゆ》の世話《せわ》にて。ひろひ上。養育《やういく》せられし此とし月。恩義《おんぎ》にからまれ。また女のたよりなく。口おしき月日を。むなしくをくりましたれども。父母の仇《あだ》には。ともに天をいたゞかずとやらいふ事も候へば。女でこそあらふずとも。何とぞかたきを打たきのぞみ。今こなた様の御器量《ごきりやう》をみこみ。打あけて語《かた》ります。どふぞ此うへ力《ちから》となつて下さりませと。しろりと見たる目もとが。しんそこからかはゆふなり。又あつぱれのこゝろざし。武士《ぶし》の妻女《さいぢよ》に持《もつ》べきものと。心でよろこび。成ほど〳〵尤《もつとも》の思ひ立。ちからとなつてつかはすべしと。それからより〳〵。小太刀などをあてがひ。相手《あひて》となつて稽古《けいこ》させしに。此二三年の内。敵《かたき》が打たひと思ひこんだる。心のはげみにや。男もおよばぬうでのかたまり。養父隼人《やうふはやと》はなはだいかり。女のいらさるたしなみ事。姥《うば》が咄《はな》しは跡《あと》かたもなき偽《いつは》りと。とめてもとまらぬ

女の一念《ねん》。妹《いもうと》のお墨《すみ》もかねておつと勘个由《かげゆ》（四オ）

挿絵第一図（四ウ）

挿絵第二図（五オ）

姉とわけある中とは思へども。たつてりんきをいひつのらば。出てゆくべきおつとのたましい。さすがは色《いろ》にほだされて。むねをさするもわりなけれ。されど養父《やうふ》は。むかし作《づく》りの偏屈親仁《へんくつおやじ》。かねて姉がたけ〴〵しき気質《きしつ》をにくみしに。猶更勘解由《なをさらかげゆ》が入性根《じやうね》。あと相続《さうぞく》も心もとなし。また道ならぬ不義もあれば。おもひ切て妹がなげきも聞いれず。二人とも一所に勘当《かんどう》せられければ。もとよりのぞみある両人。かつてなげかずいとまをうけ。さいはひの事にして立出。水口の宿《しゆく》まで来りしが。勘解由お筆にむかひ。其方とふと馴《なれ》そめてより。くはしくやうすを。きけばきくほどけなげなる敵討《かたきうち》の望《のぞ》み。女なからもあつぱれ。心ざしのはげみにや。太刀打の手もかたまり。最早《もはや》かたきに出あはれてもあぶなげなし。それがしもとも〴〵に。助《すけ》太刀もして。力をそへたきものなれども。兼《かね》て咄《はな》せしごとく。何とぞ名あるいゑに（五ウ）たより一たび先祖《ぞ》の家名も起《おこ》さん。わが念願なれば。是より鎌倉《かまくら》へ罷越《まかりこへ》んと思ふなり。其方も何方をしるべに尋《たづ》ねん。敵《かたき》の名も所もしれざれど。一まづ母の亡《ほろ》ひしあとなれば。是より京街道《かいどう》へかゝり。伏見《ふしみ》へ行。所のふるきものにたより。むかしのうはさを聞出さば。をのづと手がゝりも出来んといへば。なるほどともかくも。仰《あふせ》にしたがひませんが。ほんに何から申ませふやら。ふと思ひそめまして。嬉《うれ》しい恋が叶ふといひ。二十年来の母のかたき。時の勝負《しやうぶ》はいさしらず。今ぞうたんと思ふほどの。こゝろざしになりし事。皆是《みなこれ》御身様の御世話《せわ》。それに引かへこな様は。わたくしゆへに現在《けんざい》妹とゐんを切給ふ事。ソリヤ男の事なら思ひきりもあるべきが。妹はさぞしきこへぬ姉と。怨《うらみ》るてこざりませふ。またわたくしとても。今こゝでおわかれ申。かたきを打ともうたるゝとも。どふで命《いのち》はない覚悟《かくご》。すりやみじかい契《ちぎ》りと思へば。（六オ）いまさらお名残《なごり》おしう存じますれども。おまへも望《のぞ》みある御身。わたくしとても。のそみある身の事なれば。付添《つきそふ》てせんないこと。御ゑんもあらばかさねてと。立わかれんとするを。コレ〳〵とよび返《かへ》して。その方心ばかりはけなげなれども。伏見《ふしみ》でとふてしれぬときは。何をもつてかたきへたよる。手がゝりあらば聞たしといへば。いかにもおこゝろにかけ給ひて。御尤《もつとも》のおたづね。此間より所詮《しよせん》家にとまるまじき心底《しんてい》なれば。養父《やうふ》隼人《はやと》殿。先達《さきだつ》てかくし置《をか》れた此おひづるを。ひそかに取出しおきましたれば。先年亡びし母のかたみ。是をすぐに脊《せな》にかけ。順礼《じゆんれい》に身をやつし。こゝかしこの門に立ば。いづれ人の不審《ふしん》も出来。さすればかたきへの手がゝりといふをみれば。書付《かきつけ》に所は津の国尼が崎《さき》後藤兵部《ごとうひやうぶ》の丞妻《ぜうつま》とあるに不審《ふしん》し。此兵部《ひやうぶ》といひしは。たしかに播州《ばんしう》の国主につかへたる仁なりしが。殿《との》をいさめて退《しりぞ》けられ。今浪人《らうにん》（六ウ）と聞およぶ。さすれば其方の父も本が武士。今まで打捨《すて》おかるべきやうもなし。かた〴〵不審《ふしん》の事ともなれば。一トまづ津の国へ立こへ。後藤兵部《ごとうひやうぶ》と尋《たづ》ねられ。父存命《ちゝぞんめい》にて。親子《おやこ》の名乗《なのり》もせられなは。そのうへいかやうとも所存《しよぞん》あるべし。是さいはひと気をつくれば。お筆は奇異《きゐ》の思ひをなし。とくより此おひづるの書付《かきつけ》を見ましたらば。もそつと以前に。尋《たづ》ねまいるべきものをと。にはかに父《ちゝ》がゆかしくなり。しからばまづ何かなしに。津の国へまいらんと。さも気さんじないとまごひ。彼《かの》おひづるを肩《かた》にかけ。ふだらくや岸《きし》うつ浪《なみ》の。よるべをたづねていそぎける

（二）奉公《ほうこう》の忠勤《ちうきん》なり百石の墨付《すみつき》

勘解由《かげゆ》はあとに。もくねんとして居《ゐ》けるが。つら〳〵おもふに。我三年以前一人の母におくれてより。ほんの木から落《おち》たる。猿同前《さるどうぜん》の身。（七オ）先祖《ぞ》の家名《かめい》を起《おこ》さんにも。たよるべき方なければ。しるべをもとめ隼《はや》人にたより。時節《じせつ》を見合す内さて〳〵思ひよらぬ事どもにて。月日を送りかはつた浮世《うきよ》を見し事よ。日月われとのびずとは。朱文公《しゆぶんこう》も

かゝれたり聞《きけ》ば今播州《ばんしう》一国には。内乱《ないらん》出来三好弾正《みよしだんじやう》といへるもの。継母《けいぼ》の兄《あに》にて威《ゐ》をふるひ。一国を押領《おうりやう》して。世《よ》継《つぎ》を追放《ついほう》せしとのうはさ。しかれば勢《いきほ》ひつよき当時《とうじ》の弾正《だんじやう》。一まづ彼《かれ》に奉公《ほうこう》し。乱《らん》に乗《じやう》して家名《かめい》をおこすは此時ぞと。こしさげの多葉粉《たばこ》の。みなになるをもわすれて。おもはず土《つち》山ぢかくにさしかゝれば。其ほとりさはがしく。今日は播州《ばんしう》の国司三好弾正《みよしだんじやう》様といふ。お大名の鎌倉《かまくら》より下向《けかう》あり。追付《をつつけ》此所をお通《とを》りぞと。いふ噂聞《うはさきこ》へてさてこそ運《うん》のひらけどき。すぐに乗物《のりもの》へしかけ。奉公《ほうこう》とのぞまふか。イヤ〳〵何国《いづく》いかなるものとも。しれぬ素浪人《すらうにん》の躰《てい》。かへつて狼籍者《らうぜきもの》*などゝ（七ウ）家来がへたてゝよせ付まじ。いかゞはせんと思案《あん》にくれ。立やすらふたるうしろの草むらの内に。うん〳〵とうごめく声《こゑ》。何者ぞとみれはつゞれをまとひし乞食《こつじき》。持病《ぢびやう》かなおこりしものならんと見る内。あいたあいたと身もだへして。早息《はやいき》もたへ〴〵なる有さま。いかに乞食《こつじき》なればとて。不便《ふびん》なる事と。懐中《くわいちう》より薬を出しあたへければ。次第に腹中《ふくちう》ひらけしとみへて起直《おきなを》り。勘解由《かげゆ》に向ふて手を合し。ありがたふござりまする。わたくし本持病《ぢびやう》に。疝積《せんしやく》がござりまするが。年のうへやらひへまするやらで。しきりにさしつめ。すでに相果《あいはて》まする所を。どなたかはぞんじませぬ。ほんに命《いのち》の親と申も。お腹《はら》が立ませふが。生たほとけさま。ハイお冥加《みやうが》もござりませぬと。二念なくよろこぶてい。あのざまになつても。命はおしいものじやそふなと思ふから。ふとこゝろに思ひ付。そばに立より。さほどに嬉《うれ》しうおもふ返礼《へんれい》に。ちとたのみたき（八オ）事があるが。聞てくれまいかといへば。何がさておまへ様がござりませねば。たちまち命《いのち》はないといふもの。さすればいかやうの儀にても。御役に立ませふと。いふが嬉《うれ》しく。それならばやうすを語《かた》らんと。木陰《こかげ》へともなひ行ける。爰《こゝ》に三好弾《だん》正といへるは。三好長慶《ちやうけい》が孫《まご》。政安《まさやす》が子にして。母は松永弾《まつなかだん》正か娘《むすめ》なり。爺《てゝ》方母方の祖《ぢ》父は三好松永とて。義輝《よしてる》公を毒害《どくかい》せし事あらはれ。刑伐《けいばつ》におこなはれしかば。両家断絶《ぜつ》して。親族《しんぞく》もちり〳〵になりし時。此弾正姉《だんじやうあね》ともろとも。乳母《うば》が介抱《かいほう》にてひとゝなり。姉《あね》はそのゝち家名をつゝみ。すべなきものを取親し。十人並《なみ》の風俗をかざり。播州《ばんしう》の国主。大江大夫将監殿《しやうげんどの》へ奉公に出しが。御台《みだい》は若殿《わかとの》。左衛門知貞《ともさだ》を出生ありし。産のうへにて空しくなられ。閨《ねや》さびしさの将監殿《しやうげん》。いつの比にか此姉にお手かけられ。次第に御意に入にしたがひ。一家中のうやまひつよく。後にはたれいふとなく。御台様《みだい》（八ウ）の御前様のと。ほんの氏なふて玉の腰《こし》。立居《たちゐ》のおもくなるにつひて。里の子の事もはゞからず。弟弾正《だん》も国にはびこるやうにはなりにけり。弾正もとより強悪《かうあく》不敵《てき》にして。祖父が仇《あた》を報《むく》ひ。及はぬ大国《たいこく》をのぞむ志をおこし。爺方《てゝ》の祖父の家名に。母方の祖父《ぢい》の実《じつ》名をかたどり。扨《さて》こそ三好弾正と名乗《のり》。此度《このたび》播州《ばんしう》を押領《りやう》して。将監殿《しやうげん》をおしこめ。宝の的《まと》をうばひ取。それを以て鎌倉《かまくら》へ跡目の願ひを立。事首尾《しゆび》よく相すめば。たれにおそれもあらかねの。土山の宿を打立。すでに一里ばかり来らんと思ふ所にかたはらの林より。乞食《じき》一人抜身を引さけかけ出ものをもいはず。乗《のり》物目あてに切ちらせば。思ひがけざる先供六尺。ヤレ狼籍《らうぜき》よといふばかり。俄《にはか》の事なればうろたへさはぐばかりにて。誰《たれ》一人組《くみ》とめる者もなく。すでに乗《のり》物に近付所を。はるかに見付てかけくる勘解由《かけゆ》。よるとそのまゝ抜身《ぬきみ》をたくり。膝《ひざ》に引しき（九オ）うごかさねば。むねん〳〵とあせるはかりけんくわすぎての棒ちきり木と。さばく*家来《けらい》を押しづめ。ゆう〳〵と弾正乗物《だんじやうのりもの》の戸をひらき。ホヽ危《あやう》い所をけなげの働き過分〳〵。其方誰《たれ》につかふる身とも見へす。浪人の武芸《ぶげい》をいひ立。鎌倉《かまくら》へかせぎにゆくなんどゝいふやうな事ならん。身は播州《ばんしう》の国主。なんと奉公する望《のぞ》みはないか。今の働《はたら》きを見るに。其まゝ置はあたら侍《さふらい》。早速《さつそく》に召抱《めしかゝへ》んが。いやか〳〵と鬚《ひげ》をなでさも横柄《わうへい》にあしらふを。勘解由《かげ》はそのまゝ。膝《ひさ》の下なる狼藉者《らうぜきもの》引立。一あてあてゝかたへにのめしはるかさがつて手をつかへ。こは名将ほど有て。あつはれの御眼力《ごがんりき》。なるほど御覧《らん》のごとく。おは打からせし素浪人《すらうにん》。御目にとまつて召かゝへ下されんとの事。有がたき仕合と。いふに弾正打うなづき。承引《せうゐん》あつて満足《まんぞく》〳〵。あとより国へ参るへし。当座の褒美《ほうび》と。金子百両に百石の墨付《すみつき》。コハ冥加にあまる仕合と。いたゞく其間に弾正《だんじやう》は行（九ウ）列立《れつたて》て行過る。間《あいだ》はるかにへだゝる比。以前の乞食《こつじき》むつくとおき。お侍《さふらひ》様首尾《しゆび》よふ参りましたといへば。勘解由《かけゆ》よろこび。是みなそちが働《はたらき》ゆへと。弾《だん》正《じやう》がくれし百両包なげいだし。首尾《しゆび》よふいた身いはひに。是は其方へつかはすほどに。是にて何とぞ家業《かぎやう》をこしらへ。渡世《とせい》いたしてしかるべし。ゑんあらばかさねて会《あは》ん。さらば〳〵。引別るれは乞食《こつじき》は金とり上。だん〳〵の御恵《めぐ》み忘《わす》れおきませぬと。二足《あし》三足行かと思へば。たぢ〳〵とどふどへたばり。申お侍様。しつけもいたさぬ働《はたら》き故《ゆへ》か。さいぜんの疝積《せんしやく》がまたさしこみ。一足《あし》もあゆまれませぬ。アレまたしきりにのぼりますと。くるしむていに見すてもならず。勘解由は薬《くすり》の残《のこ》りをあたへ。かゝりあふたるふしやう〳〵。つゞれの上より脊をなで介抱《かいほう》するぞはてしなき

挿絵第三図

㈢　不審《ふしん》千万の乞食《こつじき》の昔語《むかしがたり》（十ノ廿オ）

挿絵第三図（十ノ廿ウ）

挿絵第四図（廿一オ）

天の時は地の利《り》にしかず。地の利は人の和《くは》にしかずとは。孟子《もうし》といふ毛唐人《けとうじん》が。枕《まくら》の十四五も打破《うちわつ》て。工夫《くふう》せられしこと葉《ば》にて。扨もと感心《かんしん》はして見るものゝ。まだその上を行兵《ゆくつはもの》は金にしかず。地ごくの沙汰《さた》もかね。仏《ほとけ》も銭《ぜに》ほどひかるといふてみた時は。れそがなけねば人間界《にんけんかい》へ生《うま》れても。ほんの畜生同然《ちくしやうどうぜん》と心得。髪《かみ》に油《あぶら》を付て結《ゆ》ふが。盆《ぼん》

挿絵第四図

正月その外は。一年中三櫛半《みくしはん》でなで付て仕舞《しまひ》。尻《しり》切草履《きれぞうり》ひろふて。江戸三界《さんがい》かけまはる商人《あきんど》には。きはめて護摩《ごま》の灰《はい》といふもの有て。自由《じゆう》にさせず。やう〳〵それをのがれて内へかへり。ヤレ久しぶりにて。耳《みゝ》のそろふた金を握《にぎつ》たと思へば。盗《ぬす》人《びと》のきづかひ。火事《くはじ》の用心に夜《よ》がねられず。段《だん》〳〵もふけためるに付ては。以前つかふた乳母《うば》の悴《せがれ》が。五両の無心《むしん》もいやおふならず。手代かあけると。息子《むすこ》がつかふ政道《せいとう》も。やう〳〵しづまりて。内も大かたおさまつたはと。安堵《あんど》してさらば隠居《ゐんきよ》（廿一ウ）と出かけると。早極楽からむかひのこし。玄関《げんくはん》に待かまへてゐるとが一チ時にて。なふての苦しみと。持ての世話《せわ》が五分〳〵なればこそ。同じ人間に生れても。駕籠《かご》にのる人とかく人と。ちがひはあり。貧乏《びんぼう》して生てゐるかひはなけねども。大金持て死よりはましといふは。さる長者《ちやうじや》の旦那《だんな》。千両入の箱《はこ》百六十八入し。十六畳敷《でうじき》の蔵へいりて。さらば此小判《ばん》ひろげたらば。いかほどの畳《たゝみ》の数《かず》そ。なぐさみにならべてみんとて。何が隙《ひま》にあかして一箱《はこ》の封《ふう》をきり。三階《がい》へ持行て一両〳〵並《なら》べられしは。花の露《つゆ》そふと。俊成《しゆんぜい》卿の詠《ゑい》じ給ひし。井手の玉川はいさしらず。此山吹色にうつゝをぬかし。次第〳〵にあとしざりして。三階《がい》の上り口よりひつくりかへり。二階《かい》のはしごで胸《むね》をうち。即座に息絶《いきたへ》たるとの噂《うはさ》を聞て。一休和《きうお》尚《しやう》が詠《ゑい》ぜられし。落《らく》首也とはいふもの〳〵。臂《ひぢ》をまげて枕とす。たのしみ其中に。有たためし（廿二オ）なし。わづか一銭《せん》でござります。有のないのとおつしやるやうな。御仁躰《しんたい》でもござりませぬに。ハイこれからむかふの出はなれまでの中間へ。たつた一銭でござりますと。朝夕《あさゆふ》しやべりとをしてから。一日に十文前後《ぜんご》のもうけに。世をわたる目から。百両の金をみたらは。少しの病《やまひ》のおこつたも。なをりそふなものが。是《これ》そまことに。主と病にはかたれぬと。いひしにちがはず。勘解由《かげゆ》がいろ〳〵と介抱《かいほう》すれども。次第《しだい》につようさしつめれば。乞食《こつじき》は百両包むかふへなげ出しふとしたことにて此やうに。其元様の御介抱《こかいほう》にあづかりまするも。いかなる過去の因縁《ゐんゑん》でござりまするやら。わたくしも腹《はら》からの乞食《じき》てもござりませず。以前は泉州《せんしう》 堺《さかい》に住居《ちうきよ》いたし。礒部越前《いそべゑちぜん》と申刀鍛冶《かぢ》でござりましたる所。ある日一チ言のお侍様。刀をうたせたきとのお望み。いかやうなる刀と申せば。イヤ中〳〵等閑《なをざり》には（廿二ウ）いひにくし。一大事の刀なればと有ゆへ。ひそかに一間へ通せば。神《しん》文までしたゝめさせ。我は楠 正成《くすのきまさしげ》より十三代の末孫《ばつそん》。心に大望あれば名は申さぬ。某《それがし》ふかき望あれども。よき名剣《けん》の徳《とく》によらねば成就《じやうじう》致《いた》しがたし。すでに源家は鬚切《ひげきり》鬼《おに》切の名剣《けん》有て起り。平家は小烏《こがらす》の威徳《いとく》によつて一たびさかふ。伝へ聞此堺《さかい》の城主《じやうしゆ》には。千年ほどふる名鉄《てつ》あるよし。頼みといふはこゝの事。其鉄《てつ》を何とそ盗出し。萩《はぎ》の露《つゆ》にひだ*す事百日。其後取出し二尺三寸に三筋《すぢ》の*鉍《ひ》を入打べし。其刀を以て卯月八日の酉の時。懐妊《くはいにん》の女を切。胸膈《けうかく》の血《ち》をかの三筋《すぢ》の鉍《ひ》にいれ拵《こしらへ》て後。肌身《はたみ》を離《はな》さねば。自然と刀の威《ゐ》を以て。人を伏する事。かぜにのべふす草木のごとし。其鉄《てつ》千年をへし鉄《てつ》にあらざれば用ひがたしとのくはしき物《もの》語《がた》り。おそろしき事とは思へども代金千両との極め。内五百両先金うけ取みればにくふはないものと。欲心《よくしん》のきざしより。かしこ（廿三オ）まりしとうけ合。百年余《あま》りになる鉄《てつ》の有しを盗み出せし千年物と偽り。侍《さふらい》のいはれしことくに。寸分ちかはず打立。あと金五百両受取て。侍《さふらい》は行方しれず。それより千両の金のあたゝまりにて。天にものぼる心地なりしが。天知地《ち》知《しる》と其事いつしかかくれなく。商売《しやうばい》とはいひながら。正敷調伏《まさしくてうぶく》の方人も同前《どうせん》と。千金はもとより。家内残らず取上られ。ほんの手と身《み》とになつたる所が。妻《つま》と三才の娘《むすめ》一人。せめて此業《ごう》の百分一も果《はた》さんものと。思ひ立て四国西国へ順礼《しゆんれい》となつてといふに。勘解由《かげゆ》は順礼《じゆんれい》といふに耳より。さらば其跡はといへば。それよりいつしか。私は妻子《さいし》にはぐれてより廿年冥加《みやうか》につきたるこの乞食と苦《くる》しき声の物語シテ〳〵其御内義は。もし懐妊《くはいにん》の内などゝいふやうな事ではなかりしか。コレ〳〵といふても。疝積《せんしやく》のぼりつめたると見へ。早事《はやこと》切れて息絶《いきたへ》ぬ。南《な》無《む》三宝とひのこしたる残念《ざんねん》とあたりの（廿三ウ）水をのましても。しびりと取ちがへて。足《あし》の大指《ゆび》を引てみても。次第《しだい》に肌《はだ》のつめたふなるには力を落《おと》し。さるにてももし後《のち》〳〵の。証拠《しやうこ》となるものはなきかと。乞食器袋《めんつふくろ》をさがせども。やう〳〵食椀《めしわん》一つ。丸《まる》に同《をな》じくといふ字《じ》の紋《もん》の付《つい》たるは。もし佐野川万菊《さのがはまんぎく》が。おとし子にてはなひかと。おもふより外に。さしあたる験《しるし》もなければ。まづ食椀《めしわん》を懐中《くはいちう》するうち。いつの間《ま》にかはうしろに侍《さふらい》。最前《さいぜん》からの様子《やうす》を。しつたかしらぬか。後日のさまたげと。引ぬいて切付《きりつく》れば。こなたもしれものぬき合せ。まけずおくれず。物をもいはずはや暮かゝる黄昏時《たそかれどき》。打あふ拍子《ひやうし》に。勘解由《かげゆ》が懐中《くはいちう》より。以前《いぜん》の墨付落《すみつきおち》＊ちるを。そのまゝ取上かけ出せば。それとられてはと一さんに。あとをしたふて追《おつ》かけゆく

二之巻終（廿四オ）

三ケ津芝居役者芸品定本元

哥《か》舞《ぶ》妓《き》事《じ》始《し》　新板ひらがな絵入

全部五巻

一之巻ハ哥舞妓由来芝居故事来歴三ヶ津
芝居名代座本小芝居女舞等ニ至迄委記ス

二之巻ハ芝居一式居所躰器物并鬘等
悉弁ず

三之巻ハ哥舞妓舞一通諷物秘文等
伝受事書顕す

四之巻ハ古役者部類又古人金言教訓
地芸所作事佳境を述る

五之巻ハ古狂言作者囃子方又小哥作者附
三味線流義差別を正す

右之本去ル正月二日より出し置申候間御求御覧奉頼上候以上

板元八文字屋八左衛門（廿四ウ）

風流庭訓往来《ふうりうていきんわうらい》　三之巻

東西〳〵

三ノ口　殆《ほとんど》赤面《せきめん》に及《およ》ぶ於以津留《おいづる》の所書《ところがき》
かくまひ置《おい》たる若殿《わかとの》の詮義《せんぎ》
より軒《のき》に寝《ね》て居《ゐ》る順礼《じゆんれい》を見て
おどろいたはどふでも曲事《くせごと》（二オ）

三ノ中　異躰《ゐてい》の形《かたち》を以《もつ》て家老《からう》の忠臣《ちうしん》
見ちがへた家老殿《からうどの》が付《つけ》て来《き》た
侍《さふらい》に見込《こん》でたのむの一言《いちごん》は
よふいはれた何《なん》でもきゝ事《ごと》

三ノ切前　難黙止《もだしがたき》は兄弟《きやうだい》の符合《ふがう》
飯《めし》の常器《じやうぎ》の由来《ゆらい》よりめぐり逢《あふ》た

風流庭訓往来　三之巻

親子《おやこ》兄弟《きやうだい》雑魚寝《ざこね》で一夜《いちや》の
ちぎりとは扨《さて》も〳〵しらぬ事《こと》（二ウ）

〔一〕 ほとんど赤面《せきめん》におよぶ笈《おひ》づるの所書《ところがき》

抑《そも〳〵》醍醐《だいご》雲林院《うんりんゐん》の花《はな》も。嵯峨《さが》芳野《よしの》ゝ山桜《ざくら》も。世にある時とうちすて。残《のこ》つたものはさめざやの大小。さすがにむかしの侍《さふらい》は腰《こし》に残りけり。後藤兵部《ごとうひやうぶ》の丞《ぜう》は播州《ばんしう》大江の家《いゑ》に功ある者なりしが。わづかの金言耳《きんげんみゝ》にさかひ。達《たつ》て殿《との》にさからひ。伍子胥《ごししよ》かまねも当世《とうせい》はいらぬ事と。それより身退《みしりぞ》きたれども。二君《じくん》につかへぬ形気《かたぎ》をあらはし。此津《つ》の国《くに》尼崎《あまがさき》に住家《すみか》をしめ。今は頭も四方髪《かみ》にして。名も才治《さいぢ》とあらため。浪人《らうにん》の身《み》のよるべなく其身は医者《ゐしや》にさまをかへ。格子《かうし》に熊胆丸《ゆうたんぐわん》といふ。薬《くすり》の看板《かんばん》を出し。稀《まれ》に療治《りやうぢ》を頼《たのみ》にくれども。腹《はら》からの業《わざ》ならねば薬《くすり》づかひもおぼつかなしと。何事にも灸治《きうぢ》をしてつかはしけるが。灸《きう》はもとより。百病《びやう》に功《かう》あるものなれば。十に九は全快《ぜんくわい》と。いふよりはやり出し。其病《やま》ひなら（三オ）後藤才治《ごとうさいぢ》様へ灸《きう》をたのみにゆけと。次第《しだい》にゆたかなくらしとなりて。金巾《かねきん》の布子《ぬのこ》もいつしか。日野《ひの》のふとりにしかへ。薬代《やくだい》も跡《あと》の季《き》は一両有しが。此季《このき》はまた三両のび。きうくつな侍《さふらい》よりは。気《き》まゝにくらし。とふからこれじやつたものと。夫婦《ふうふ》かけむかひに。気さんじ

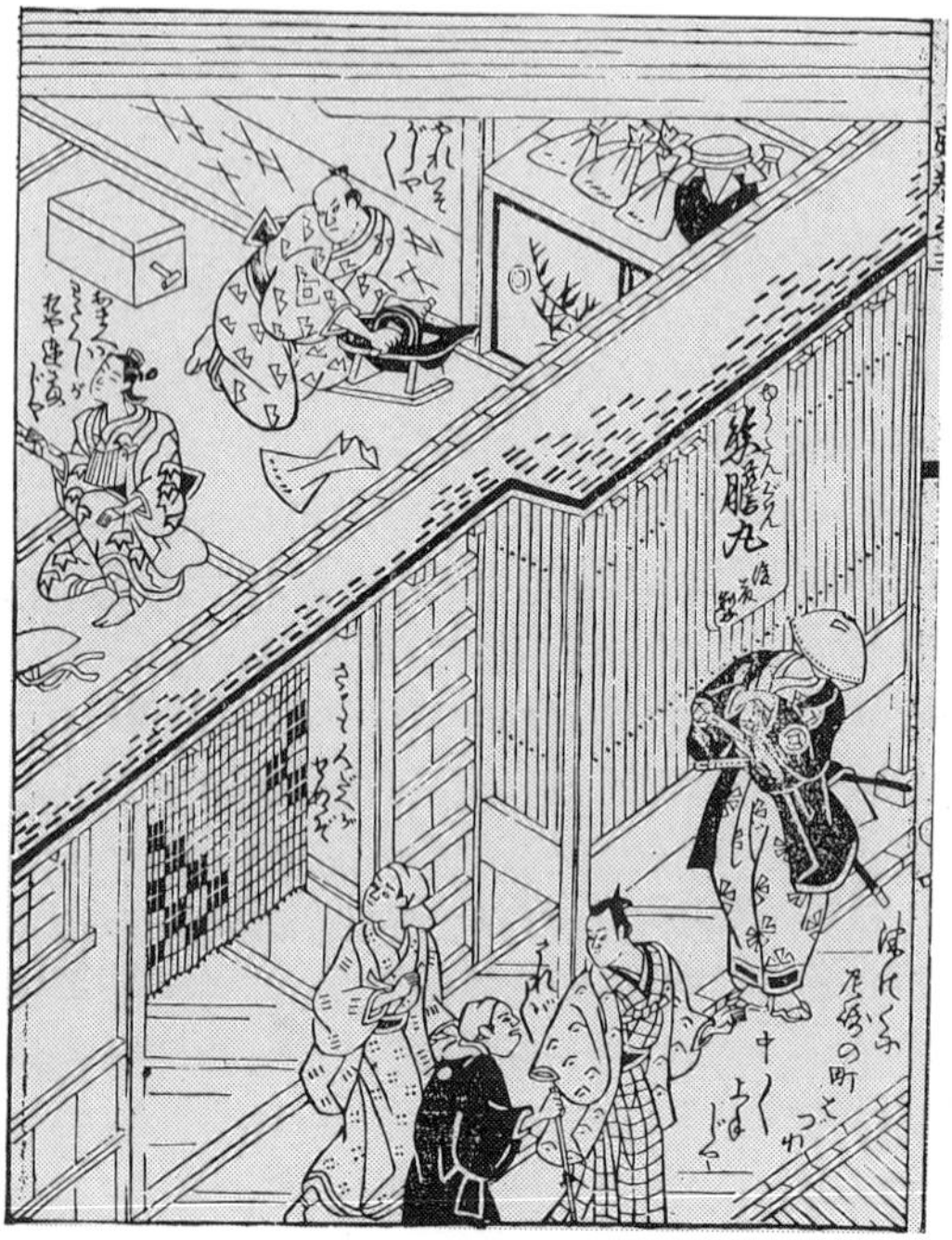

挿絵第一図

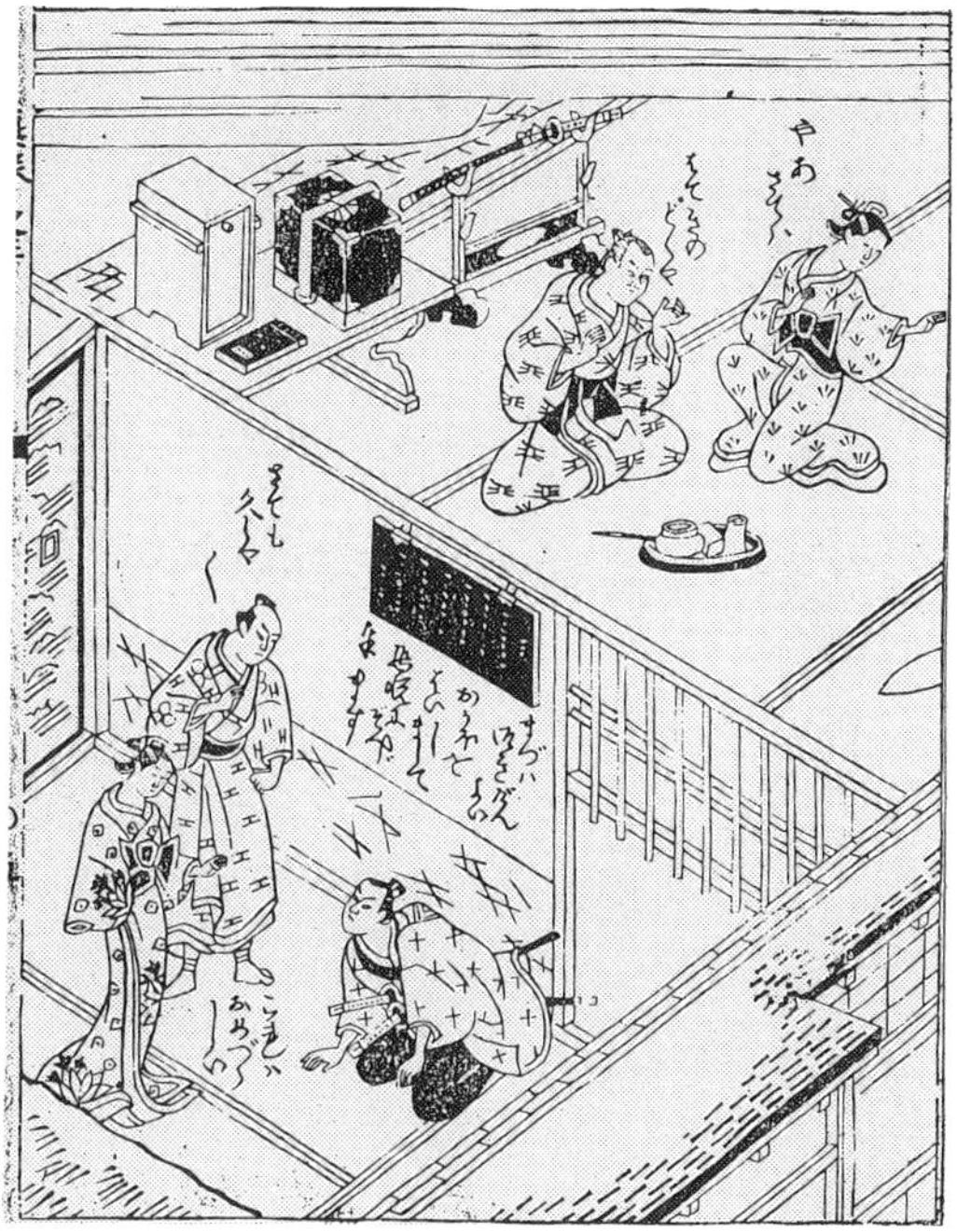

挿絵第二図

な世帯《せたい》なりし所へ。こんど古主《こしゆ》の若殿《わかとの》左衛門知《とも》貞《さだ》。傾城花鳥《けいせいくわてう》二人を。駒平《こまへい》が御供《とも》して来り。播州《ばんしう》の騒動《さうとう》を逐一《ちくいつ》に物語《ものがた》りし。阿蘇左馬《あそさま》の進《しん》がをとづれあるまで。かくまひくれよとたのまれて。ひかぬ気質《きしつ》。ことに古主《こしゆ》の事なり。なにがさてとむかしにかはらず。たのもしくうけあへば。夫《おつと》につるゝ女房《にうばう》も。余義《よぎ》なき躰《てい》に安堵《あんど》し。才治《さいぢ》は奥《おく》の一《ひと》間《ま》を。知貞花鳥《ともさだくわてう》が居間《ゐま》に。しつらひ置しかど。今まで外《ほか》にゆかりもなく。夫婦《ふうふ》かけむかひと聞《きい》たが。いかふ此比は。内方《うちかた》が賑《にぎ》やかになりましたが。以前《いぜん》のおゆかりでもござりますかと。家主《いゑぬし》はじめ近所《きんしよ》から。とがめるいひわけにほうど（三ウ）行《ゆき》つまり。知貞《ともさだ》をぜひなく弟《おと〳〵》と偽《いつはり》*り。才治《さいぢ》の弟なら丹治《たんぢ》がよからふと。当分《とうぶん》の思ひ付。花鳥《くはてう》も頭字《かしらじ》ばかり。お花《はな》とよんで弟《おと〳〵》嫁《よめ》にし。駒平《こまへい》は薬箱持《くすりばこもち》と披露《ひろう》すれば。三人共次第《しだい》に世間《せけん》ひろくなり。家内《かない》五人随分《ずいぶん》むつまじくくらしけれども。才治は人なき所にては。かりにも行儀《きやうき》をみださず。以前つかへしごとく。敷居《しきゐ》をへだて四つ指《ゆび》のあしらひ。越王会稽《ゑつわうくはいけい》の故事《こじ》を引。追付御代《おつつけみよ》に出しません。今しばらくの不自由《ふじゆう》を。御辛抱《ごしんぼう》なされませと。力を付るぞたのもしき。ある朝《あさ》かた才治表《さいぢおもて》の戸《と》をあけ。目をすり〳〵みれば。軒下《のきした》に西国《さいこく》順礼《じゆんれい》と見へて。廿二三なる女の。我《わ》が軒下《のきした》をかりの宿《やと》と。寝《ね》てゐるありさま。才治《さいぢ》つく〳〵みれば。爪《つま》はづれのじんじやうなる女の。しかも同行《とうぎやう》なし。但《たゞ》しつれにはぐれたるのにやと。追《おい》づるの書付をとくとみれば。津《つ》の国尼崎《くにあまがさき》

後藤兵部《ことうひやうぶ》の丞妻《ぜうつま》と。我《わが》以前《いぜん》の名に書たるにぞ。其まゝうちへ（四オ）

挿絵第一図（四ウ）

挿絵第二図（五オ）

かけ入て見。ムヽまづ爰《こゝ》に女房はねてゐる。さてはきつねかもしやまた。おれが麁相《そさう》で。西国順礼《さいこくじゆんれい》を女房にもつた事が。ありしか但《たゞ》しは夢《ゆめ》か。又は世間《せけん》におれが名がはやる事かと。寝耳《ねみゝ》に水ではなふて。寝起《ねおき》に順礼《じゆんれい》。あまりおもひがけなく。たしかに肝《きも》の十四五もつぶれるほど。びつくりせしがふと思ひ出し。其まゝ女房をゆりおこし。表《おもて》へつれて出。順礼のおひづるを見せ。なんとこれおぼへて居めさるかと。いふにしばらく思案《しあん》して。ほんにこれはかの廿年以前と。びつくりして。おもはず声《こゑ》を立るにおどろき。順礼は目をさましちやつと飛《とび》のき。コレハ〳〵旅《たび》のつかれに。思はず朝寝《あさね》いたしまして。軒《のき》の下《した》をけがしました。おゆるしなされて下さりませと。われをしかると心得て。わびことすれども女房は。何《なに》やらん今のおどろきより皃《かほ》もちあしく。才治《さいぢ》は面《おもて》をやわらげて。なにが扨〳〵。修行者《しゆぎやうじや》のあるべき事。すこしもくるしうないほどに。とくと（五ウ）内へ入て。茶《ちや》でものんでいきやれと。いひすてゝ内へ入れば。さすがたよりなき女心に。あるじの心よき躰《てい》につけ入。さやうならばお茶《ちや》のぬるみでも。一つおふるまひなされて下されませと。そろ〳〵と内庭《うちには》へはいれば。女房ははてまだ日も出やしやらぬのに。茶《ちや》がわいてたまるものか。隣近所《となりきんじよ》の朝起《あさおき》してゐる所へでもいて。もらふてのみやと。めつたにすげなふいふて。いやがるも気《き》にかけず。うぢ〳〵として居《ゐ》るところへ。所の役人《やくにん》とみへてつか〳〵と内へ入。才治《さいぢ》様扨《さて》かはつたお尋《たづね》ものがござります。播州《はんしう》の殿様から。もし左衛門知貞《ともさだ》といふ人を見付たらば。つれて上《あが》れ。則《すなはち》播州《ばんしう》一国がゆずりたいとある事。すべて此やうなおたづねものは。見付次第首《しだいくび》打て渡《わた》せとか。からめとれとかいふ例《れい》はあれど。国がゆずりたいとは。運《うん》のひらけたお尋《たづね》もの。それで夕部もよりあひがござりまして。お宿老《しゆくらう》ぬけたや作《さく》兵衛様の（六オ）おしやりますには。一向《いつかう》せんぎせずとも。おれが左衛門と名乗《なのつ》て出て。一国をせしめうかとの御談合《こだんかう》。イヤまた私《わたくし》ども、。うら山しうござりまする。おまへももとが御浪人《らうにん》。後藤兵部《ごとうひやうぶ》之《の》丞《ぜう》様とやら申たげにござりますれば。ふとおゆかりがあらふもしれぬと。先《まづ》一番《ばん》がけにおたづね申にまいりました。おぼへがござりますならば。せんぎしてつれておあがりなされませ。則《すなはち》つれてあがつたものが。すぐに五百石とやらの御褒美《ごほうび》。なんでもこないなけつかうな事が。亦《また》あらふ事てござりませふかと。いひすて、出てゆく。外《ほか》の事は耳《み、》へいらねども。以前《いぜん》の順礼《じゆんれい》後藤兵部《ごとうひやうぶ》といふのを聞て。思はずしらず内へ入。そのま、おひづるを才治《さいぢ》が前《まへ》に出し。今の人のいはれた。おまへの以前のお名と。此おひづるの書付を見ますれば。おまへはわたしが爺様《と、さま》。母《は、》様の腹《はら》でわかれた娘《むすめ》でござんす。おなつかしやと取付て。めつたに涙《なみだ》をながせども。才治《さいぢ》は始終物《しじうもの》（六ウ）をもいはず。さしうつむいてゐたりける

㈡　異躰《ゐてい》の形《かたち》をもつて家老《からう》の忠臣《ちうしん》

盲亀《もうき》の浮木《ふぼく》うどんげの事は扨をき。浦嶋《うらしま》が六世の孫《まご》に逢《あひ》し心地《こゝち》扨も娘《むすめ》か久しやと。脊《せな》でもなで、よろこびそふな才治は。始終ものをもいはず。うつふいてゐるに興《けう》さめ。あちらへいて才治《さいぢ》が女房に取付。おまへ様はと、様の。後《のち》のおつれあひなれば。わたしがためにやつぱりか、様。おなかはからねど。兵部《ひやうふ》様の種《たね》にまぎれなければ。むすめかとおつしやつて下さりませ。おことばかはして。コレナア申。ほんになにから申さうやらと。涙声《なみたごゑ》になつて。そろ〳〵以《い》前《ぜん》の咄《はな》しをしかけそうなゆへ。才治《さいぢ》はじめて顔《かほ》をあげ。あまりのおもひがけなさに。ないてゐました。さては娘《むすめ》であつたかと。女房に目くばせしていへは。アイ〳〵さやうでござります。か、様もちやつとこ、へきて。親子《おやこ》のさかづきもいたゞかしてくださりませと。（七オ）めつたにむすめめかせども。才治夫婦《ふうふ》はどふやら。障子《しやうじ》へだて、ものいふ

やうなあしらいを。嬉《うれし》*しいと思ふ心から。それにも気《き》つかず。いそ〳〵するぞあはれにもまた気のどくなれ。か丶る所へ表《おもて》のかた。侍《さふらい》一人案内《あんない》すれば。つゐに見しらぬ男《おとこ》じやがと。先《まづ》お筆《ふで》を忍《しの》ばせ立向《たちむか》ひ。いづれより御出ぞと尋《たづ》ぬれば。コレハ〳〵久しや兵部殿《ひやうぶどの》。先以御堅固《ごけんご》といふにびつくり。下地《したぢ》ふしぎのある所へ。けふはなにが出てかふやらしれぬと。覚悟《かくご》し。ためつすがめつ皃《かほ》をみても。すつきり此方におぼへなし。まして兵部《ひやうふ》とは覚《おぼ》へもなき名と。皆《みな》までいはせず。なるほど世を忍《しの》び給ふは尤《もつとも》。それがしも又さほどまで。見ちがへらるれば本望《ほんもう》〳〵。阿蘇左馬《あそさま》の進《しん》でござる。此様に面《おもて》にあざをこしらへ。晋《しん》の予譲《よじやう》がまねびをいたすも。押《おし》こめられてござる。大殿将監公《とのしやうげんこう》を取もどしたき手段《てだて》。かく顔形《かほかたち》をやつし浪人《らうにん》といひ立。弾正《だんじやう》へ奉公《ほうこう》し。ちかよらんとは（セウ）存ぜしかど。手が丶りなければもたし居《ゐ》る所。ある夕暮東海道《ゆふぐれとうかいどう》にて。これも浪人《らうにん》とみへ。前後《ぜんご》はしらねども。懐中《くわいちう》より落《おち》たる。百石のすみ付は。弾正《だんじやう》よりの感状《かんじやう》。天のあたへとうばひ取しを。とられじものと彼浪人《かのらうにん》。石部《いしべ》の宿《しゆく》まで追《おつ》かけ来れど。路次《ろし》のくらさに見失《うしな》ひしや。浪人は行方《ゆきかた》なく。それより此地へこ丶ろざし。今日これへ来りしは先達《さきたつ》て貴殿《きでん》へ預《あづ》け置《をき》たる。若殿知貞公《わかとのともさだこう》の御安否《ごあんひ》を承《うけたまは》りたさ。二つには貴殿に逢《あふ》て礼ものべたし。漸《やう》〳〵たづねて参《まい》つたり。先以《まつもつ》て若殿その外《ほか》。御機嫌《こきげん》よふござなさる丶やと。だん〳〵のいひわけ。きけばきくほどまがひなき。声《こゑ》に覚《おぼ》への古傍輩《こはうばい》と心落付《おちつき》。さて〳〵驚《おどろ》き入た方便《てだて》。それがしも今廿年若《わか》ければ。此度《たび》の御用には立ものと。老《おひ》の歯《は》ぎしみ。両人ともいはずかたらず。播州《ばんしう》の没落《ぼつらく》を。無念涙《むねんなみだ》にくれけるが。才治《さいぢ》心つき。若殿《わかとの》にもあの一間《ま》にござなさるれば。早《はや》く対面《たいめん》せられよと。（八オ）いふ声聞《こゑきい》て左衛門知貞《ともさだ》。花鳥《くはてう》もろとも奥《おく》より出。ヤレなつかしや左馬《さま》の進《しん》。そなたの便《たより》を待《まつ》うち。むかしわすれぬ才治の忠節《ちうせつ》と。花鳥《くはてう》もとも〴〵駒平《こまへい》も。絶《たへ》て久しき主従《しう〴〵》の対面《たいめん》に。みな〳〵袖《そで》をしぼりける。爰《こゝ》に山形勘解由《やまがたかげゆ》は。出世《しゆつせ》のたよりに取置《とりをき》し。弾正《だんじやう》が墨付《すみつき》は其場《そのば》にてうばひとられ。何をしるしにと当惑《とうわく》ながら。其場《そのば》のしぎをいひ立て。ひとまづ彼地《かのち》へ下らんと。播磨《はりま》の国へこ丶ろざし。此所をとをり合せしが。ふと思ひ出して。お筆《ふで》が便《たよ》りも聞《きゝ》たさ。兵部《ひやうぶ》の丞《ぜう》今の名は才治といふまで。くはしく所の者に聞。たしかに此屋と門口《かどぐち》に立やすらひ。聞《きく》ともしらず左馬の進が声《こゑ》にて。しからば今しばらく貴殿へ預《あづ》け。此墨付《すみつき》のあるをさいはひ。是《これ》より一トまづ弾正《だんじやう》へ取いらんとひそめく声《こゑ》。墨付といふこそ心がゝりと。いよ〳〵聞耳立《きゝみゝたつ》れば。亦《また》才治が声と聞《きこ》へて。しかし其本人《そのほんにん》の侍《さふらい》は。何《なに》をいふもゆへあつて取たる墨付《すみつき》。ふと出あふ（八ウ）てはいひわけあるまじ。ハテなんとしたものであらふと。いふ声《こゑ》勘解由《かげゆ》は聞《きく》よりうたがふ所もない。かの東海道《とうかいだう》にて出会《いであひ》し侍《さふらい》。此家《いゑ》にゐるにちがひなしと。案内《あんない》なしにずつと通り。其墨付《すみつき》の本人是《これ》にあり。コリヤそこな盗人侍《ぬすびとざふらい》あやまつてわたせばよし。異儀《いぎ》に及ぶとその場《ば》は立せぬ。石部《いしべ》の宿《しゆく》にて見うしなひ。それより気《き》を付詮義《せんぎ》する所。サア出あふたが運《うん》のきはめ。覚悟《かくご》〳〵と詰《つめ》よせて。はや抜《ぬき》かけん勢《いきほ》ひに。左馬の進ちつともさはがす。扨《さて》は最前《さいぜん》からのやうすを立聞して。つけこまれしものならん。なるほどちとわけあつて。墨付《すみつき》を取てにげたは某《それがし》。盗人《ぬずびと》*にてはなき証拠《しやうこ》。隠《かく》しはいたさぬ驚《おどろ》き入たは御自分《じぶん》。其場《そのば》の働《はたら》き。勇気骨柄《ゆうきこつがら》。あつぱれ一器量《きりやう》あるお人と見込《みこん》たり。しぎによつて。なるほど墨付《すみつき》は返弁《へんべん》いたさん。心の善悪《さが》はいさしらねども。此方には此節浪人《せつらうにん》或《あるひ》は一際《きは》すぐれし。武士《ぶし》をかたらふ最《さい》（九オ）中まづしづまられよ。一通《とを》り物語《ものがた》りたのみたき子細《しさい》あり。其かはりに打明《あけ》てやうすをいふうへ。得心《とくしん》なれば此上なき満足《まんぞく》。また不得心《ふとくしん》なれば。其方からゆるされても。こちから生置《いけをき》ては後日《ごにち》の妨《さまたけ》。思案《しあん》あつて返答《へんとう》しめされと。又一国の家老《からう》ともいはれし一言《ごん》は。各別《かくべつ》にて。もとより望《のぞみ》ある勘解由《かげゆ》。器量《きりやう》を見込《こん》て。頼《たの》みたきとのことばの手づよさに。おもしろみが付。なるほど理非《りひ》は聞《きゝ》わけたり。サア一とをり語《かた》られよ

(二) もだしがたきは兄弟《きやうだい》の符合《ふがう》

奥《おく》様は常《つね》のりものに美《び》をかざり。旦那《だんな》殿は黒羽二重《くろはぶたへ》の引かへしに金作りの脇指《わきざし》。蝶《てう》ざめの物好《ものずき》して。何屋何兵衛と。

日本六十余州《よしう》に出店《だな》あつて。手代の八百四五十人つかはれても。サアといふ立引《たてひき》の段《だん》になつては。紙子《かみこ》着てゐる武士《ぶし》に及ばす。最前《さいぜん》よりの物音《ものをと》に知貞花《ともさだくは》（九ウ）鳥駒平《てうこまへい》は。出るにも出られず。こなたの一間より。やうすいかゞとうかゞへば。かしこの障子《しやうじ》の内より。ちらりと見て。ナフなつかしや勘解由《かげゆ》さまと。お筆《ふで》は女のあるにもあられず。はしり出て取すがり。おまへにお別《わか》れ申てより。とゝ様のお所を。方〳〵と尋《たづ》ねしに。しれぬこそ道理《どうり》。今はお名がかはつてあつたもの。今朝《けさ》ふしぎにお目にかゝり。親子《おやこ》の名乗《なのり》をいたしました。よろこんで下さりませ。してまたおまへは。どふして爰《こゝ》へござんしたと。やうすはしらずふしぎがれば。某《それがし》がこゝへ来たは。ちと尋《たづ》ねたきわけあつての事と。おししづめて左馬の進にむかひ。見らるゝ通《とを》りのしぎにて。此女にちなみもあり。亦《また》それがしは武田家《たけだけ》にて。四天王とよばれし。山形《やまがた》三郎兵衛が孫《まご》。同名勘解《どうみやうかけ》由《ゆ》と申もの。外《ほか》に入くんだる物語《ものがたり》もあれば。にげもはしりも仕らぬ。まづおたのみのすじ合をきかぬうち。ちと尋《たづ》ねしらべたき子細《しさい》ありと。才治にむかひ。（十ノ廿オ）

挿絵第三図

挿絵第三図（十ノ廿ウ）

挿絵第四図（廿一オ）

只今うけたまはれば。此女と親子《おやご》の名乗《なのり》をせられしとある事。しかればいよ〳〵此お筆は。其元の娘子《むすめご》にまぎれなしやと。ことありげに根《ね》をおして尋《たづ》ぬれば。されば〳〵此方より。申さんと存ぜ

挿絵第四図

し所と。物入とおぼしき所より。垢《あか》づきたるおひづる一つと。椀《わん》一つ取出し。その女中の親達《おやたち》は。かくのとをりとさし出せば。取上てさればこそ。此方にも覚《おぼ》へありと。おひづる取てお筆にみせ。これこの書付《かきつけ》に。泉州《せんしう》堺《さかい》礒部《いそべ》越前妻《ゑちぜんつま》とある。此越前《ゑちぜん》とは刀鍛冶《かぢ》にて。まことのそなたの父御なりといへば。お筆はびつくりし。そんならあのこれがと、様とは。おまへはまた。どふしてしらしやんしたといぶかしがれば。サレハ是にこそ子細《しさい》あり。先比《せんころ》そなたにわかれてより。そなたの父御。野《の》ぶせりとなつてゐられしに。ふしぎの事にて対《たい》面《めん》し。段《だん》〳〵のむかし語《かた》りくわしう咄《はな》せば長《なが》い事。また是《これ》をかけてゐられしお袋《ふくろ》。亦《また》三歳《さい》に(廿一ウ)なる娘子《むすめご》もありしが。それともほどなく。道にてはぐれしとのうはさまで。だん〳〵きくうち。持病《ぢびやう》に疝積《せんしやく》あつて。其場《そのば》て取つめ。また其あとをきかんと思ふうち。終《つゐ》にはかなくなられしと。語《かた》るを聞てお筆は正躰《しやうたい》なく。スリヤと、様も此世にはいやしやんせぬか。しらぬ先こそ是非《ぜひ》もなし。いつぞや此おひづるの書付をみてより。今の今迄。あの才治《さいぢ》様をと、様と思ひ。何とぞ此世てめぐりあはゞ。か、様のかたきをうつにも。たよりがあると。よろこびましたも皆あだ事。扨も〳〵世の中に。わたしほど因果《いんぐは》なものがござりませふか。さほどのむかし語《かた》りのうち。とふぞ又かたきを打手がゝりは聞給はずやと。涙《なみだ》ながらにたづぬれば。サア某《それがし》も敵《かたき》の手がゝり後日の印。親子《おやこ》の証拠《しやうこ》になるものもあらんかと。みれども〱此椀《わん》一つ。丸に同じくの紋所《もんどころ》が。形見とおもやと。懐中《くわいちう》より取出し。才治が出せし汁椀《しるわん》と。紋《もん》もぐあひも（廿二オ）ふるびまで。あふてかなしき物《もの》がたり。なげきの中の間《ま》おしあけて。花鳥《くはてう》は奥《おく》よりはしり出。其時はまだ三ッの年。前後《せんご》の事《こと》はしらねどもそんならそなたの姉《あね》は此花鳥《くはてう》と。肌《はだ》をはなさず持《もつ》て居《ゐ》し。同し紋《もん》の四つめのかさを取出せば。扨《さて》は姉《あね》様でござんすかと。お筆がおどろき人〱も。めぐりあふたる兄弟《きやうだい》の。ふしぎのゑんをあはれめば。花鳥《くはてう》はさしより。そなたの最前《さいぜん》よりかたき〱といやるはどふそいのと。不審《ふしん》たつればさればいな。おまへも御幼少《ごようしやう》て。御ぞんじはあるまひが。かゝ様は廿二年以前《いぜん》四月八日。人に切《き》られておはてなされ。その切口《きりくち》より出生せしが。則《すなはち》わたしでござります。女でこそあらふずとも。なにとぞかたきをうちたひのぞみと。江州深川《ごうしうふかがは》より。勘解由《かけゆ》にたのみしやうすまで。くはしく語《かた》れは今さらに。聞て花鳥《くはてう》も声《こゑ》くもらし。ヲヽけなげなりでかしやつた。それならば是からは此姉《あね》もとも〱に。（廿二ウ）かたきを討《うた》ねばいひわけたゝずと。二人の女がむねんがるていを見て。左馬の進は眉《まゆ》にしはよせ。勘解由殿《かげゆどの》にたづねたきは。その越前《ゑちぜん》とやらんの物《もの》がたりに。妻女《さいぢよ》の懐妊《くわいにん》のやうすも。くはしく聞れしやと。奇妙《きめう》なところに気を付てとへば。されば其事をとはんと存ぜしうち。只今申すごとく。息《いき》がたへましてござると聞て。懐中《くわいちう》より三ッ目《め》のかさ。是も紋《もん》は丸のうちにおなじく取出し。是に付てもいぶかしきは。二十三年以前《いぜん》八月。まだその比は北山《きたやま》小原《をはら》に。ざこねといへる神事《じんじ》ありて。その日通《とを》り合したる。往来《わうらい》の男女《なんによ》をとめ。その夜《よ》やしろのうちにて。かりに夫婦《ふうふ》のかたらひをなす。精進潔斎《しやうじんけつさい》の出家《しゆつけ》山伏《やまぶし》。五戒《ごかい》をたもつ尼《あま》だにも。かりのちぎりをのがればこそ。其時とをり合せしを。あまたやしろの内に追《おひ》こみ。とほしひをしめすを合図《あいづ》やみの夜《よ》床《とこ》のかたらひに。つがひ〱とわかれて臥《ふ》す。もし男の残《のこり》し時は。（廿三オ）陽気《やうき》たかぶるがゆへに。火難《くはなん》ありとさだめ。女の残《のこ》りし時は。是また陰気《いんき》かつがゆへに。水損《すいそん》ありとさだむ。つがひそろへば豊年《ほうねん》なりと。行年《ゆくとし》の吉凶《きつけう》をさだむる事なりしが。それかしも其砌《そのみきり》とめられし人数《にんじゆ》の内。ちぎりをこめしは旅《たび》の順礼《じゆんれい》。ぬしある女中かはしらねども。かくなる事も先世《ぜんぜ》のゐん。形見《かたみ》にこれを取おくと。たはむれながら懐中《くわいちう》し。夜明《よあけ》てはたれかはしれず。持《もつ》てかへつてよくみれば。此三つ目《め》のかさなり。つたへきく小原《をはら》の神は二柱《ふたばしら》の神を封《ふう》じて。夫婦陰陽《ふうふいんやう》の神なれば。其夜《よ》かたらふ女には。きはめて種《たね》をのこすとの事。その夜は八月廿九日。日どりを以て見る時は。臨月《りんげつ》はあくる五月。かた〴〵不審《ふしん》の事なれども。肝心《かんじん》の母《はゝ》がこの世をさりし事ゆへ。もしそれがしが娘《むすめ》かとも。証拠《しやうこ》なければさためられず。よしまた種《たね》はかはるとも。母は一ッの花鳥《くわてう》どの兄弟の名乗《なのり》はつきせぬ（廿三ウ）めぐり合《あひ》。かたき打のこゝろざし。神《しん》妙《びやう》〳〵是《これ》に付ても。第《だい》一いぶかしきは此おひづる。どふしてまた此家《いゑ》にありしぞ。やうすあらんと勘解由《かげゆ》もとも〴〵。才治《さいぢ》にむかふてとひかくれば。なるほど子細《しさい》のしれぬことはり。其《その》いひわけは則《すなはち》かうと。そばにありあふさめざやの。脇指《わきざし》ぬくより早《はや》く。弓手《ゆんで》の脇腹《わきばら》ぐつと突立《つきたて》引まはせば。女房は其筈《そのはづ》と覚悟《かくご》しながらかけよれば。かくれて聞《きゝ》ゐる知貞駒平《ともさだこまへい》。二人の女もこは〳〵いかに狂気ばしし給ふかと。取付をとつてつきのけ。くるしき息《いき》のしたよりも。其方たちが尋《たづ》ぬるかたきは。外《ほか》にあらずそれがしなりと。二度《ど》びつくりのことばの端《はし》。やうすあらむと人〳〵は。ためらひてこそ聞居《きゝゐ》たる

三之巻終（廿四オ）

京町鑑《きやうまちかゞみ》　懐中本　ひらがなにて童蒙《どうもう》の為《ため》に方角《ほうがく》は
全二冊　勿論《もちろん》遠近《ゑんきん》近道《ちかみち》行当《ゆきあたり》廻《まは》り道等
本出来　ついへゆかざるやうに書《かき》しるしたる書也
*従横《たつよこ》町《まち》小路《こうぢ》通《とをり》　筋《すぢ》古名《こめい》西陣《にしぢん》聚楽《じゆらく》上京《かみぎやう》下京《しもぎやう》古町《ふるてう》新町《しんてう》組町《くみてう》　分《のわかち》洛中《らくちう》洛外《らくぐはい》寺社《じしや》旧地《きうぢ》古今《ここん》由来《ゆらい》祇園会《ぎをんゑ》山鉾《やまほこ》出町〻《いづるてう〳〵》諸神《しよじん》
氏地《うぢち》御大名《おんだいめう》御屋敷《やしき》附《づけ》并呉服《ごふく》　所家名《しよのかめい》所付町〻《ところづけてう〳〵》小名《こな》異名《ゐめう》辻子《づし》新地《しんち》等《とう》　至迄《にいたる》　委《くはしく》　記《しるし》見分安《みわけやすく》　便《たより》す

京《きやう》西《にし》六《ろく》条《でう》　本《ほん》願《ぐはん》寺《じ》大《だい》絵《ゑ》図《づ》
折本
全部一冊
本出来

京《きやう》都《と》東《ひがし》六《ろく》条《でう》　本《ほん》願《ぐはん》寺《じ》大《だい》絵《ゑ》図《づ》
折本
全部一冊
本出来（廿四ウ）

風流庭訓往来《ふうりうていきんわうらい》　四之巻

東西〳〵

三ノ結　已《すでに》無所遁浪人《のがるゝところなしらうにん》の切腹《せつぷく》
敵《かたき》でないともかたきとも打《うつ》に
うたれぬ昔咄《むかしばな》し入組《いりくん》だ切腹《せつぷく》
は是非《ぜひ》なき今《いま》の憂事《うれひごと》（二オ）

三重　中絶良久《ちうぜつやゝひさ》し親子《おやこ》の名乗《なのり》
仕舞《しまい》のつかぬ切捨《きりすて》の役人《やくにん》
むまふまいつた代官《だいくわん》どのに
松嶋《まつしま》が仕残《しのこ》した戯事《じやれこと》

四ノ口　雲《くも》の如《ごと》く霞《かすみ》に似《に》たり神崎《かんざき》の徘徊《はいくわい》
つき出《だ》しの太夫職《たいふしよく》は已前《いぜん》の

女房《にようぼ》ども手管《てくだ》になれて
コレハシタリ実《み》の入《いつ》た恨事《うらみごと》（二ウ）

㈠ 已無所遁《すでにのがるゝところなし》浪人《らうにん》の切腹《せつふく》

四海《かい》のうち皆兄弟《みなけいてい》なりと。聖人《せいじん》のの給ひしごとく。いかさま五十六億《おく》七千万歳以前《ざいいぜん》は。世界《せかい》の人も皆《みな》一家親類《しんるい》であらふもの。次第《しだい》に世を経《へ》て。いま神主《かんぬし》となり。呉服屋《ごふくや》となつては。ちかづきといふさへ。三町に二人か三人。ずいぶん有て。日本に五六軒《けん》の縁者《ゑんじや》をさへ。かげではたがひにそしりあひ。しかも其内にまづしきものあれば。同じ家《いゑ》の流《なが》れでゐてさへ。はねのけ他人《たにん》よりも疎遠《そえん》にする事。さりとはあさましき事にあらずや。ふと食椀《めしわん》が一つ出て出てから。親子兄弟《おやこきやうだい》の名乗《なのり》。まだ其上に。年来《ねんらい》打んと思ひこんだかたきまで。此場《ば》にあらふとは。うろたへた神仏《かみほとけ》も御存じなひ事。サア姉《あね》様ゆだんさしやんすなと。さすが年来思ひこんだる心に。前後《せんご》も(三オ)かへりみず。早用意《はやようゐ》の懐剣《くわいけん》に。手をかくるを。勘解由《かげゆ》せいして。ハテサテ女のはしたない。あの方よりかたきと名乗《なのつ》て出たる才治殿《さいぢとの》。子《し》細《さい》ぞあらんまづしづまれとおしとゞめ。すればこなたは。楠正成《くすのきまさしげ》十三代の末孫《ばつそん》。二尺三寸のあら身の刀。三筋《すじ》の鉍《ひ》ある調伏《てうぶく》の剣《つるぎ》。あつらへられし覚《おぼ》へありやと。膝立直《ひざたてなを》してつめよれば。才治くる

挿絵第一図

挿絵第二図

しき息《いき》をつぎ。隠《かく》れたるよりあらはる、はなし。天命《てんめい》はおそろしきもの。最前《さいぜん》あの女中のおひづるを見しより。さてこそわが命《いのち》も。けふかぎりと。とくより覚悟《かくご》はきはめたり。それがし十八年以《い》前《ぜん》。播州《ばんしう》を身退《みしりぞ》きたる折《おり》は。一銭《せん》のたくはへなき。手と身《み》との夫婦《ふうふ》づれ。折《おり》しも女房は懐胎《くわいたい》の臨月《りんげつ》。まつそのごとく。順礼《じゆんれい》のこ、ろざし有て。西国《さいこく》をめぐりしも。露命《ろめい》をつながん袖《そで》ごひ同《どう》前《ぜん》。方〳〵とさまよふうち。みやこ伏見《ふしみ》のほとりにて。空腹《くうふく》のたすけにつき。せんかた（三ウ）なき折《おり》に幸《さいはい》旅人《たび》とみへたる侍《さふらひ》の。われに目をつけ通《とを》り合す。これこそ天のあたへぞと。女房をあとにまたせ。只《たゞ》百銭《せん》の合力《かうりよく》と。かの侍《さふらひ》をしたふてゆくも。かてにつきたる身《み》のせつなさ。まことの日には切はぎと。命《いのち》がけの無理乞《むりごひ》。一町《てう》ばかりもつけしたへば。かの侍《さふらい》ふりかへり。人なき折《おり》に詞《ことば》をかけ。なるほどその方がこふ百銭は。いとやすき事なれども。鳥目《てうもく》にして百銭とは。今こ、に持合《もちあは》せずと。金五十両取出し。百銭をもつて食物《しよくもつ》をと、のへ。今日はしのぐとも。また明日のうへにつきん。すりや一生《いつしやう》袖《そで》ごひに身を果《はた》すといふもの。百銭は扨置《さてをき》。今この五十両にても其方にくれん間《あいだ》。それがしがのぞむもの。我《われ》にあたへ得《ゑ》させんやといふ。かくみるかげなき乞食《こつじき》に。望《のぞ》まる、物《もの》ありや。いかにとたづぬれば。懐胎《くわいたい》とみかけ女房をくれとの事。ハテかはつた御所望《ごしよもう》。懐胎《くわいたい》の女をもつて。何《なん》の役《やく》にたて給ふと。根《ね》をおせどもわるびれず。命《いのち》をとる（四

オ）

挿絵第一図（四ウ）

挿絵第二図（五オ）

との非道《ひどう》のいひぶん。聞《きい》てびつくりふしんは立《たて》ど。なにが馴ぬ袖乞《そでこひ》わざ人しらぬ事ならば。切取強盗《きりどりがうどう》でもしたき最《さい》中《ちう》。五拾両の小判《こばん》に目がつき。なるほど女房うりませふとうけ合し。女房はもとよりころす気《き》はなけれど。あとの道にて是《これ》も同じ順礼《じゆんれい》の。懐妊《くわいにん》せしがその子と見へて。いかさま三歳ばかりなる小児《せうに》をいだき。ふしたるを見付しゆへ。これさいはひとおもひ付。しからば女房をだましすかし。かやうの所にねさせをくべし。日くれてから命《いのち》をめされよといへば。侍《さふらい》は大きによろこび。先《まづ》もつて祝着《しうちやく》せり。此事今日はのばされず今日卯月《うづき》八日なれば。酉《とり》の時《とき》に懐《くわい》妊《にん》の女をためし。胸膈《けうかく》の血《ち》をとり。此三筋《すぢ》ある鉍《ひ》のうちにぬれば。我大望成就《わがたいもうしやうじゆ》と。引ぬいて見せたる刀は。二尺三寸ばかりと見へ。希代《きたい》にするどきあら身《み》の刀。それより侍《さふらい》としめし合せ。日のくれるをまち合せゐる内。女房にいひふくめ。後日のせんぎもそれがしが妻《つま》に（五ウ）て某《それがし》さへそのまゝ打すてをかば事すむと。寝《ね》てゐる女のおひづるを取かへさせ。まんまと仕立《したて》。そばにふしたる小児《せうに》をつれさし。我《わが》女房をあたりにしのばせ。我《われ》はふしたる女の近所《きんじよ》にかくれて。やうすを見合すうち。かのやくそくの酉《とり》の時《とき》。侍《さふらい》はいさみて来り。胸《むね》のあたりを切《き》りも切たりまつ二つ。扨《さて》は其時胎内《たいない》の子が。疵《きづ》もつかずに出生《しゆつしやう》せしがあのお筆なるか。ふしぎ〳〵と咄《はな》しのうちより。末期《まつご》にちかき息《いき》づかひ。女房は引とつて。それよりほどなく産《さん》の気《け》がつき。懐胎《くわいたい》の子はうみおとせしが。道ならぬ事をして。とがなき人をころさせしむくいにや。一七夜《うぶや》のうちにむなしくなる。せめてもの罪《つみ》ほろぼしと。つれてかへりし女子の子を。ほんの我子《わが》と大切《たいせつ》に。七つの年まで育《そだて》しに。ある夕ぐれよりかいくれ見へず。なまなか四年の春秋《はるあき》を。手しほにかけしものゆへに。はじめの事はどこへやら。狐狸《きつねたぬき》の所為《しよゐ》なるかと。ふびんなやらかなしいやら。方《はう》〳〵と（六ォ）手わけして。近所近在《きんじよざい》たづねても。見へぬこそ道理《どうり》。今おもひ合せば。目鼻立《めはなたち》のよいのが其身《み》の害《かい》となつて。さては其時かどはされ。嶋原《しまばら》のうきつとめも。まはり〳〵て此比より。同じ家《いゑ》に住《すみ》ながら。しらぬ事とてあさましや。しれてもいまはそばへだに。よられぬ此場《このば》のかたき打。いきながらへて此ばゞも皆様方《みなさまがた》へなんとマア。どふおもてがあはされふ。ともに自害《じがい》とみへけるを。左馬の進おしとゞめ。さもありなん尤《もつとも》ながら。だん〳〵の子細《しさい》を聞《きく》に。まんざら才治の手にかけられし事ならねば。かたきとは名ざゝれまじ。といふに勘解由《かげゆ》も打うなづき。父越前《ちゝゑちぜん》は鍛冶《かぢ》の名《めい》人《じん》。則打《すなはちうた》れし刀にて。ためされしは其妻女《さいぢよ》。是《これ》ぞ世話《せわ》のたとへのごとく。ときちんに身をながすといふ道理《どうり》。されどにくきは其侍《さふらい》。大望《たいもう》といひしは朝敵《てうてき》。其わけも略聞《ほゞきい》たり。すりや天下の咎《とが》人。親《おや》のかたき。三筋鉍《ひ》の有刀を目あてに。是より行衛を尋《たづ》ぬべしと。勘个由《かげゆ》かいさめの理に伏《ふく》し。（六ウ）二人の女も今さらに。たもとをぬらすばかりなり

㊁ 中絶《ちうぜつ》良久《やゝひさ》し親子《おやこ》の名乗《なのり》

天命《てんめい》顔《かんばせ》を去事《さること》咫尺《しせき》とは。春秋左氏伝《しゆんじうさしでん》に見へたり。しらねばしらぬでこそあれ。ふとせんぎし出したら。此やうな事は世間《せけん》にあるまい事ともいはれず。才治が因果物語《いんぐわものがた》りに。知貞公《ともさだこう》もあはれを催《もよほ》し。われはからずも此場《ば》に有合《ありあは》せ。かゝるふしぎを見し事よ。是《これ》にて思ひあたりしは。今叔父《おぢ》弾正《だんじやう》に徒党《ととう》せし。中原石見《なかはらいはみ》こそ。たしかに三筋鉍《みすしひ》ある刀。所持《しよじ》したると覚《おぼ》へたり。さほどに大望《たいもう》ある身ならば。うかつに他見《たけん》させまじきものなれば。今まで倍臣《ばいしん》にて。見知りなき駒平《こまへい》。今より彼《かれ》に奉公《ほうこう》し。肌《はだ》ゆるさせて。何とぞ見とゞけ。おもひこんだる二人の女に。力をそへて本望《ほんもう》をとげさせよ。又勘解由《かげゆ》に語《かた》りかけし。左馬の進がたのみたきといふ子細《しさい》は。叔父《おぢ》弾正《だんじやう》が悪事《あくじ》に。世をせばめられし

某《それがし》を。世に出さんとの（七オ）催《もよほ》しと。皆《みな》まで聞《きか》ずしさつて頭《づ》をさげ。大かたさもあらんとはあらまし推量申たり。早速《さつそく》一味《み》の色《いろ》あらはるれは。知貞《ともさだ》かさねて。しかれば以前《いぜん》の墨付《すみつき》は。そのまゝ其方持参《ぢさん》して。弾正《だんじやう》に奉公《ほうこう》し。うら切せよ。左馬の進も姿《すがた》をかへし心づかひは。身《み》にあまつて祝着《しうちやく》せり。同じく是《これ》より弾正に取入《とりいり》。父将監殿《ちゝしやうげんとの》の御身の上。凶事《けうじ》なきやう。折《おり》を見合奪《うば》ひいだせ最前奥《さいぜんおく》にてやうすを聞《きけ》ば。早《はや》くも身《み》が事を嗅《かぎ》出し。国をゆづらんとは。あざむきよせん手段《てだて》と見ゆれば。今しばらく花鳥諸共《くわてうもろとも》。此家にしのび。才治が弟《おとゝ》の丹治《たんぢ》となりて。旁《かた〳〵》のたよりを待《また》んと。のこらす下知《げぢ》をなし給へば。みな〳〵はつと知貞《ともさだ》の。才智《さいち》を感《かん》ずるばかりなり。花鳥きつと見。夫《それ》〳〵妹《いもうと》。そなたの手から血《ち》がながるゝ。怪我《けが》ばしないかと気《き》を付《つく》れば。ほんにナア。さいぜん才治様の思ひがけなき御自害《じがい》を。とゞめんと取付しに。おもはず刀があたりしならんと。洗《あら》ひに立《たつ》を左馬の進。まづしばらくと（七ウ）おしとゞめ。なにかのむかし語《がた》りにまぎれ。もしもそふかといぶかしき。親子《おやこ》の名乗《なのり》をわすれたり。まことやかゝる実否《じつふ》をみんに。互《たがひ》の血《ち》を水中へうかめるに。種《たね》をわけしは一つとなり。種《たね》をわけぬはわかるゝとつたへきく。不審《ふしん》をはらすさいはひと。有あふ庭《には》の泉水《せんすい》へ。腕《かいな》を引て血《ち》をしぼり。お筆もろとも立かゝり。浮《うか》める血汐《ちしほ》は一ト筋《すぢ》の。種《たね》をあらはす池《いけ》のおも。から紅《くれなゐ》に水くゞる。立田《たつた》の川の秋《あき》のくれ。神代《かみよ》もきかぬふしぎの縁《ゑん》。扨《さて》はまことのとゝ様か。ほんの娘《むすめ》かなつかしやと。さらにしほるゝ四つの袖《そで》。才治が女房心つけ。申〳〵各《をの〳〵》様。またも此場《ば》へ知貞公《ともさだこう》の詮義《せんぎ》にまいれば。事むつかしとひそめく所へ。以前の役《やく》人ずつと通《とを》つて。残《のこ》らず聞《きい》た。扨はアノ丹治《たんぢ》こそうたがひもなき知貞。最《さい》前《ぜん》より立聞《たちぎゝ》して。やうすは委《くは》しく聞たる所。なるほど其方達《たち》が推量《すいりやう》にたがはず。知貞はおたづねもの。つり出して褒美《ほうび》にする。こつちの手段《しゆだん》と。皆《みな》まていはせず駒平《こまへい》が（八オ）肩先《かたさき》すつはり切付れば。うんとかへるをとゞめの刀。サア〳〵おまへがたがござつては。いかふ事がむつかしい。あとは拙者《せつしや》におまかせと。奥《おく》の一間《ま》へのこらず忍《しの》ばせ。死《し》がいの上に才治をのせ。取つくろふ間もまたばこそ。所の代官《だいくわん》 橘《たちばな》 左衛門どか〳〵と入来れば。駒平《こまへい》は目をすり

〳〵。お代官《だいくわん》様でござりますか。此お役人《やくにん》がおぼへもない詮義《せんぎ》を。むりにいひつのられましたゆへ。常《つね》〳〵旦那《だんな》は短気《たんき》もの。男のおぼへもないといふに。無理《むり》をいふ非道《ひどう》もの。もふかんにん袋《ぶくろ》がと。いはれますかと思ひましたれば。やにはに有あふ相口を。まつかうにさしかざし。いかに役人《やくにん》にぐるとてにがそふか。かへせもどせと。なにが若《わか》い時。すこし兵法《ひやうほう》もやられましたかして。巴波《ともへなみ》の紋《もん》あたりをはらひ。ツイ此やうに切ころし。人をころしてたすからぬは。天下の掟慮外《おきてりよぐわい》いふても。軽《かろ》からぬお役人《やくにん》。ころせしいひわけには。腹《はら》きると御らんのごとく。此やうに切《せつ》腹《ふく》せられましてござります。けんくわ両成《りやうせい》(八ウ)敗《ばい》なれば。是《これ》でおまへ様がたの。御詮義《ごせんぎ》はすみませふけれども。あとのつまらぬはわたくしども。弟《おとゝ》の丹治《たんぢ》はけさ明《あけ》がたから。女夫《めうと》づれで参宮《さんくう》せられまして。留主《るす》なり外に一家とてはござりませず。旦那《だんな》がいらざる医者《いしや》のうでだてとやらで。此やうな難義《なんぎ》な事をいたされまして。此あとのかたづきはどふなりませふと。あのやうにお内義《ないぎ》もないてばつかりゐられますと。又さめ〴〵となけば。代官《たいくわん》ほとんどあはれを催《もよほ》し。なるほど其方がいふとをり。相手が死《し》ぬれば事すんだり。コリヤ〳〵男《おとこ》。其《その》やうにかならず気《き》をしなすまい。なんぼないてもわめいても。死《しん》だものはかへらぬはやい。ずいぶんといさみを付。あとのかたづきが肝心《かんじん》。盛《しやう》者必衰会者定離《じやひつすいゑしやじやうり》。去者日〻《さるものひゞ》にうとしとやらで。死《しん》だものが兎角《とかく》の損《そん》。女房にもよくいひきかせ。大事にほうむり得《ゑ》さすべし。家来《けらい》ども皆《みな》こい〳〵と。しほ〳〵として立かへれば。サアしてやつたと皆《みな》〳〵よび出し。(九オ)若殿《わかとの》様御《ご》夫婦《ふうふ》は。兄《あに》の死《し》のけがれを聞《きゝ》。参宮《さんぐう》の道《みち》よりかへりしといつはり給《たま》へ。左馬の進様は娘子《むすめご》をつれ。勘解由《かげゆ》様もろともに。サア一時《とき》はやうなんにもいはずに。ヱヘン〳〵ござりませ

㈢ 雲《くも》の如《ごと》く霞《かすみ》に似《に》たり神崎《かんざき》の徘徊《はいくわい》

弥陀《みだ》の願船《ぐはんせん》に乗《ぜう》じて。生死《しやうじ》の苦海《くかい》をわたり。報土《ほうと》の彼岸《ひがん》につきぬれば。煩悩《ぼんのう》の黒雲早《くろくもはや》くはれ。法性《ほうしやう》の覚月 速《かくげつすみやか》に現《あらは》れ。つゐに極楽 浄土《ごくらくじやうと》に往 生《わうじやう》すと。法然《ほうねん》上人の教化《けうけ》によつて。臨終 正 念南無阿弥陀仏《りんじうしやうねんなむあみだぶつ》と。浮世難 行《うきよなんぎやう》の業《ごう》を果《はた》せしは。江口の君《きみ》のむかし〳〵。今此神崎《かんざき》に池田《いけだ》や伊丹屋大鹿《いたみやおほじか》や食満屋なんど、打づゞき*。夜《よる》を昼《ひる》とてらす。懸《かけ》あんどうのひかりは。尽十方無碍《じつはうむげ》の光明《くはうめう》にまさり。寝巻《ねまき》の衣《きぬ》の伽羅《きやら》の香《か》に。浮香世界もよそならず。一念《ねん》八十億劫《おくこう》の虚言《うそ》は。他力方便《たりきほうへん》よりきびしく。表《おもて》に柔和忍辱《にうわにんにく》をつくれば。大尽 歓喜踊躍《たいじんくわんきゆやく》して。安養《あんやう》国土と観念《くわんねん》す。しゆ（九ウ）ちんどんすの床《とこ》のうちには。不可説不可称《ふかせつふかせう》のたのしみ。間夫《まぶ》こんたんの秘事枕《ひじまくら》には。信心《しん〴〵》不可思義《ふかしぎ》の情《じやう》あり。庭《には》には長持揚《なかもちあげ》つゞら。大夫様かりましやの。声《こゑ》のひゞきに色香《いろか》ある。此ごろこゝにつき出しの大夫職《しよく》。墨《すみ》の江と名《な》も高砂《たかさご》や。播州《ばんしう》の国主《こくしゆ》三好弾正《みよしだんじやう》。此窈色《このようしよく》にたましいをとらかし。こよひもすぐに揚屋《あげや》のにぎはひ。門口《かとくち》から大夫様とよばゝる声《こゑ》に。亭主立出《ていしゆたちいて》。是はおそし墨《すみ》の江様。こよひは殊《こと》に好《よし》様も。御家老衆《ごからうしゆ》と見へて。五六人おつれもあり。座敷《さしき》は近年《きんねん》の大客《きやく》。梅《むめ》が枝《え》様松《まつ》が枝《え》様三千年《みちとせ》様もみな御一座《ざ》。主従《しう〴〵》どれがどれや

挿絵第三図

挿絵第四図

らしれぬ。行義《ぎやうぎ》みだした付あひは。色里《いろさと》の一徳好《とくよし》様のうかぬ機嫌《きげん》はおまへのおそさ。ちやつと〳〵ハテあるじさんせはしない。わしやよう〳〵此比からじやけれどナ。いやな客《きやく》ならふり付て。帯《おび》とかぬいきはりはしつて。夕《ゆふ》べもつれなふいへば。猶《なを》いやらしいアノひげづら。ヱヽこれ声《こゑ》が高《たか》いとむりやりに。押《おし》て奥《おく》へぞ通《とを》しける。ヤレあのような御《ご》（十ノ廿オ）

挿絵第三図（十ノ廿ウ）

挿絵第四図（廿一オ）

ゐんのないのにほうどこまる。それまづ神《かみ》の棚《たな》へ燈明《とうめう》あげよ。お吸物《すいもの》は鷭《ばん》かよかろ。御膳《ぜん》のこんだて待《まつ》てたも。おもひ付て出《で》かしたら。また山吹《やまふき》の花ざかり。イヤその山吹《やまぶき》で思ひ出した。口なしの色付《いろつけ》肴紫蘇《ざかなしそ》の実《み》に取そへよ。酒は京の賀茂川《かもがは》じやぞ。煎《いり》くさいか気《き》を付よ。弥介が納《な》やからもどつたら。すぐに風呂場《ふろば》の掃除《そうぢ》をいひ付。さよは亭《ちん》はけ。コリヤ〳〵左七庭《には》に水うて火をおこせ。折《おり》〳〵わせる昼夜帯《ちうやおび》の二人つれ。またみへたらばことはりいへ。かならずあげな。揚屋《あげや》の亭主《ていしゆ》。なみ大ていではつとまらぬ。ヤレしんどやと夕まぐれ。山形勘解由《やまがたかげゆ》は座敷《ざしき》から。ひよろ〳〵足《あし》にてコリヤ亭主《ていしゆ》。ハイ〳〵なんでかござります。お小用なら待合《まちあひ》のうしろの壁《かべ》の。イヤ〳〵左様のことならず。ちよつと〳〵とちかくへまねき。アノ今ざしきへ出た墨《すみ》の江とやらんには。ちとわけ有てあはれぬ子細《しさい》。ちらりとみて思ひがけなく。用事にたつふりしてぬけて来たが。ありやいつ比《ごろ》から此（廿一ウ）里へととへば。亭主《ていしゆ》がなるほど〲。あれは漸《やう〲》此ごろから此里のお勤《つと》め扨は新嫂《しんぞう》様と存じましたれば。おまへは前《まへ》の間夫様で。すいナ都《みやこ》のせりふの熱気《ねつき》。口舌《くぜつ》の仕残し恨《うらみ》の雨《あめ》。ぬれるがいやでおたつねかと。粋過《すいすぎ》た推量《すいりやう》して。上調子《うはでうし》な了簡《りやうけん》に。なまなかふはととひだてならず。いかゞとうかゞひゐる所へ。奥《おく》より出る大夫墨《すみ》の江。コレあるじ様好様がこよひ中に身《み》受するとの権柄付《けんへいづけ》。兼《かね》ておまへに咄すとをり。わしやちとわけあるお方もあればといひさま。勘解由《かげゆ》に目を付て。ヤアおまへはといふより取付。恨《うらみ》のなみだホンニ何からいはふやら。つれなひおまへにわかれてから。おもひくらし恋《こひ》こがれ。わすられぬやるせなさに。父《ちゝ》の手前《てまへ》もおもはれす。所詮《しよせん》思ひにくるしむより。身をすて苗《なへ》のかりの世と。恋《こひ》からふとい心となり。諸国《しよこく》の人の入こみと。噂《うはさ》に常《つね》〲聞てゐた。大坂へ尋《たづ》ねなばもしもやめぐりあひやせん。それでもあはれぬものならば。其時こそ淵川《ふちかは》へでも身をなげて。この世の（廿二オ）縁《ゑん》はうすくとも。未来《みらい》でめぐりあふみ路《ぢ》や。深《ふか》川の在所《さいしよ》をぬけて出しは。恋《こひ》しいと思ふ一筋《すぢ》に幾筋《いくすぢ》かある道にまよひ。あとさきしらぬ恋路《こひぢ》のやみ。人買《かい》とやらんにかどはされ。うられて来た此神崎《かんざき》。数《す》万人に皃《かほ》さらし。つらいつとめの其中も。もしやおまへにあはんかと。それたのしみに日を送《をく》り。おしからざりし命《いのち》をば。今は中〲ながゝれと。これほと思ふ女房を。ふりすてよふも〲出てゆかれた事。今はさだめてゆつくりと。姉《あね》様とそふてゞあろが。かふまたわしも遊女《ゆふぢよ》とまでなりさがつて。けふの今めぐりあふたうへからは。いやでもおふでも女夫にならにや。おかぬ〲と。姿《すかた》も声《こゑ》も乱《みだ》れ心やみだれ髪《がみ》。くりかけかこつ涙《なみだ》には。さしもの勘解由《かげゆ》もあしらひかね。露《つゆ》とこたへて消《きへ》たき心地《こゝち》。段《だん》〲恨《うらみ》はことはりながら。それから長いやうすもあり。またお筆にそふてゐるでもなし。ふかひ子細《しさい》の今のわが身。咄《はな》せば長い事なれば。爰《こゝ》ではどふもいはれぬ仕義《しぎ》。ことにいま（廿二ウ）そなたの客《きやく》。あの好《よし》といふ人は。今での身が主人望《しゆじんのぞみ》あつて奉公《ほうこう》すれば。もしも此しだら。そなたとわけがある事までも。見付られては一大事。夫婦《ふうふ》の契《ちぎり》はかはらぬと。たんのふさせ。理《り》をせめていひ聞《きか》すれば。さすがの女気《おんなぎ》。そんならかならず其おことば。ちがへてばし下さんすな。とはいふものゝ今も今で。あるじ様にも咄《はな》す通《とふ》り。こよひ中に身《み》うけするとの事。どふぞしあんはない事かへ。ひよつといまにも請《うけ》られて。ゆかねばならぬ品《しな》になれば。所詮《しよせん》いきてはいぬ覚悟《かくご》と。いはれてひかれぬ思案《しあん》の場《ば》。おくざしきさはがしければ。何事ならんと勘解由《かげゆ》は奥《おく》へ。墨《すみ》の江も身《み》をひそめたるなんどのかげ。やうすいかにとうかゞひゐる

四之巻終（廿三オ）

古今役者大全後編《ここんやくしやだいぜんのこうへん》　芸品定大備《げいしなさだめのたいび》

新《しん》改《かい》役《やく》者《しや》綱《かう》目《もく》　全部七巻

右《みぎ》之書《しよ》は三个津《さんかのつ》芝居《しはゐ》役者《やくしや》惣評判《そうひやうばん》ニ仕候其外《そのほか》古人《こしん》の上手《じやうず》名人《めいしん》の金言《きんげん》又は古今変化《こゝんのへんくは》時代《じだい》の流行《りうかう》所作事《しよさごと》地芸《ぢげい》等《とう》に至《いた》る迄委《くはしく》論弁《ろんべん》を立《たて》芸者《げいしや》の心得《こゝろへ》見物《けんぶつ》の仕様《しやう》に次第《しだい》ある事《こと》を詳《つまびらか》に書顕《かきあらは》し末巻《まつくはん》には系図《けいづ》を引《ひき》血脈《けちみやく》師弟《してい》或《あるい》は弟子《でし》筋等《すじとう》の差別《しやべつ》を記《しる》す

右板行追付出来仕候本出し申候節者御求メ御覧可被下候以上（廿三ウ）

版元　八文字屋八左衛門

風流庭訓往来《ふうりうていきんわうらい》　五之巻

東西〱

四ノ中　毛《け》を吹《ふひ》て疵《きづ》を求《もと》む目印《めじるし》の腰刀《こしがたな》
首尾《しゆび》よふいたかたなの詮義《せんぎ》
仕《し》おふせたるうしろより
しばらく〱の市川流《いちかはりう》の武道事《ぶだうごと》（二オ）

四ノ切　堅凍早《けんとうはやく》とけし善悪《ぜんあく》の如何《なぞ》〱
叔父《おぢ》が苅甥《かるおい》の草木《くさき》も動《うご》かぬ
御代《みよ》に天罰《てんばつ》の網乗物《あみのりもの》たから
をしてやらん為武道《ためぶどう》の計事《はかりこと》

五段目　薄《はつ》霞忽《かたちまち》にひらく武門《ぶもん》の繁昌《はんじやう》
鯨波《かちどき》の声《こゑ》と聞《きゝ》しはかたきの首《くび》を

切狂言《きりきやうげん》の末《すゑ》の太鼓《たいこ》うちおさま
つた太平楽《たいへいらく》は一ッ国《こく》の政事《まつりごと》（二ウ）

㊀ 毛《け》を吹《ふい》て疵《きづ》を求《もと》む目印《めじるし》の腰刀《こしがたな》

弾正《だんじやう》が股肱《こかう》の臣《しん》。中原石見《なかはらいはみ》がふしたる一間《ま》。何やらんさはがしければ。姿《すがた》をやつせし左馬《さま》の進《しん》。今の名は阿蘇民部《あそみんぶ》。かしこの一間《ま》にうかゞへは。勘个由《かげゆ》もうかゞふ広縁《ひろゑん》づたひ。はしり出る駒平《こまへい》が。あとより石見《いはみ》はおつとり刀におつかけ出。新参《しんざん》なれども。一ト器量《きりやう》あるやつと。そばぢかく召仕《めしつか》へば。大それた不敵者《ふてきもの》。主《しゆう》の揚《あげ》たる女郎に。不義《ふぎ》を働《はたら》く天命《めい》しらずめ。サアそこへ出よまつ二つと。早《はや》ぬきかけんきつさうを。ちつともおそれず。ハ、、、なんぼ主《しゆう》でも家来《けらい》でも。色《いろ》に上下のへだてはなし。ことにながれの一夜妾《よづま》。うつほれたゆへくどきかゝり。そんなら後《のち》にといひしゆへ。忍《しの》びこんだは高が色ゆへ。さほどお腹《はら》が立ならば。ハテきりなりときざみなりと。色《いろ》ゆへすつる命《いのち》じやもの。おしひとも何ともなし。サア立（三オ）寄《よつ》てあそばせと。くびすじかきあげりつはの覚悟《かくご》に。石見《いはみ》も今はたまられず。引ぬいてそばへより。不義《ふぎ》ひろいだるのみならず。主にむかつて雑言過言《ざうごんくはごん》。ゆるされぬ覚悟《かくご》ひろげと切《きり》つくるを。引はづし石見がうでくびしつかとつかみ。楠正成《くすのきまさしげ》十三代の末孫《ばつそん》。廿三年以《い》

挿絵第一図

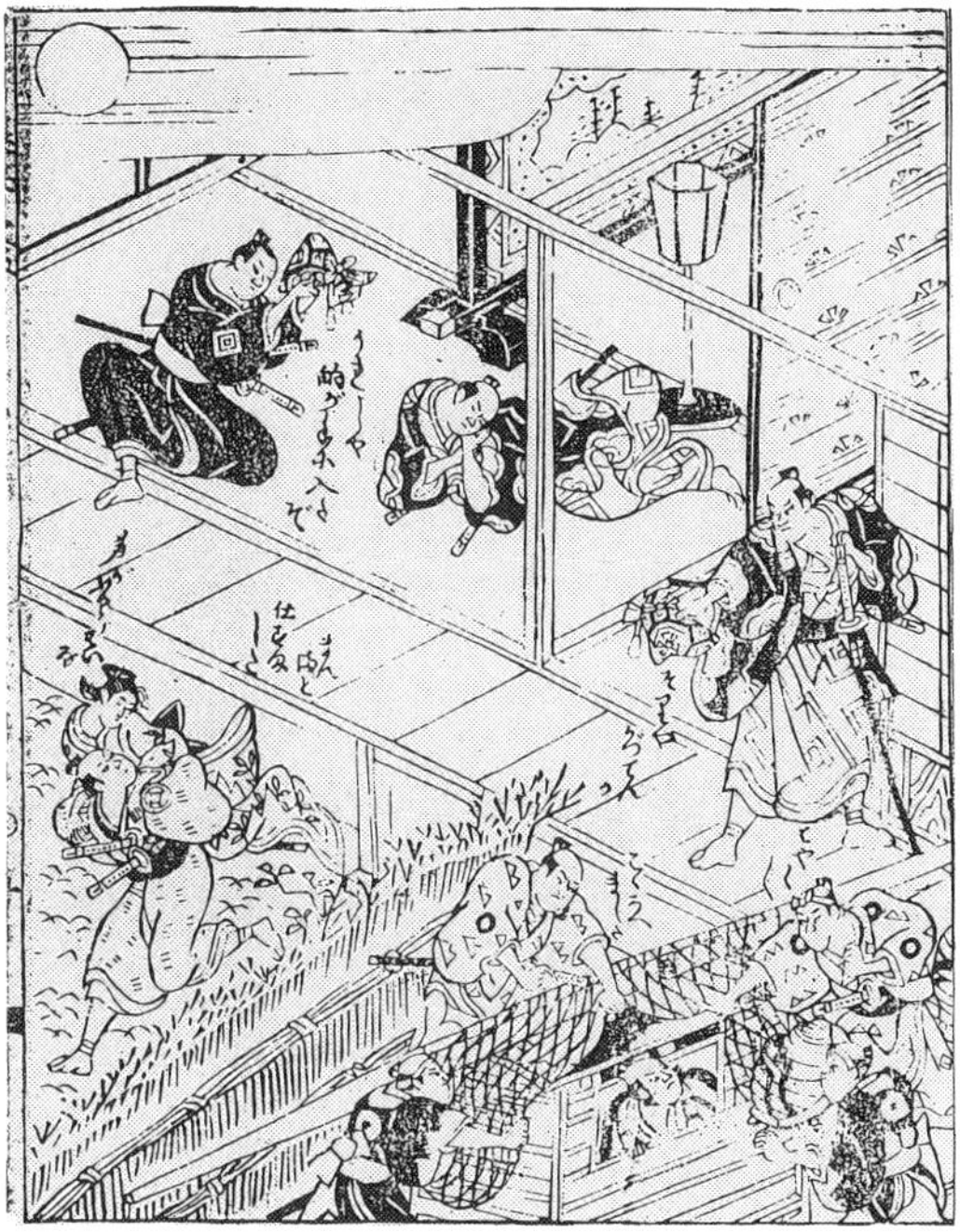

挿絵第二図

前《ぜん》。泉州《せんしう》堺《さかい》の刀鍛冶《かたなかぢ》。礒部《いそべ》越前《ゑちぜん》に打せしあら身。扨《さて》も見事に拵《こしら》へたりと。いふに気《き》の付《つく》石見が早足《さつそく》。駒平《こまへい》が膝《ひざ》のつがひを。足《あし》にかけて蹴《け》かへせば。蹴《け》られてひるむをはつたとねめ付。扨《さて》こそおのれ。何者《なにもの》なれば我大望《わがたいもう》の妨《さまたげ》ひろぐ。不義《ふぎ》にことよせ切かけしは。おのれが手の内ためして後《のち》。大事をあかさんはかりこと。それしられては猶以《なをもつ》て。たすけおかれぬ己が不運《ふうん》。命《いのち》をとらねば後日《ごにち》の仇《あた》と。近寄《ちかよる》所を民部《みんぶ》と勘解由《かげゆ》。いつの間にかはうしろの方。両腕《りやううで》取てはたらかせず。切先かけて二尺三寸。はゞき本より三筋《みすじ》の鍬《ひ》と。声かけられてびつくりし。のがれぬ所と右手《めて》の民部をは（三ウ）らひのくれば駒平《こまへい》が。その間に取つく腰《こし》のつがひ。さしもの石見《いはみ》も三人を相手《あいて》に。刀も打落《うちおと》され。むねんとあせるを取ておさへ。駒平《こまへい》でかした。こいつはかくれなき大罪人《ざいにん》。おとぼね立《たて》なと多勢《たせい》に不勢《ぶせい》。三人よつてさるぐつは。用意《ようい》の早縄《はやなは》引しこき。しつかと両腕《りやううで》しばり上。奥《おく》にゐる弾正玄《だんじやうげん》蕃《ば》へ聞《きこ》へては事《こと》むつかし。客《きやく》のくらひよふたる躰《てい》にもてなし。ひそかに駕籠《かご》にぶちこんで。身《み》がやしきへつれかへれ。もふ奥《おく》の両人とも。こよひの内はのがされず。一人づゝしまふてとらんと。民部《みんぶ》が下知《げぢ》に駒平は。縄付《なはつき》引立たちかへる。勘解由《かげゆ》あたりを見まはして。はや月影《つきかげ》も九つさがり。貴殿《きでん》は忍《しの》んで先《さき》へかへり。弾正《だんじやう》が屋敷《やしき》の空虚《くうきよ》をさいはひ。こよひ中に大殿《おほとの》をうばひ取手筈《てはづ》せられよ。さだめて両人のやつばらも。前後《せんご》を知《し》らず寝入《ねいり》つらん。あとは某《それがし》にまかされよ。しからば左様いたさんと。合図《あいづ》をかたむる両人が。おもひがけざる後《うしろ》の方《かた》より。阿蘇左馬《あそさま》の進《しん》しばらく待《まて》と障子《しやうじ》さつと押《おし》（四オ）

挿絵第一図（四ウ）

挿絵第二図（五オ）

ひらけば。継母《けいぼ》の里《さと》の子《こ》三好玄蕃《みよしげんば》。多葉粉盆《たばこぼん》引よせてすこしもさはがぬ躰《てい》たらく。二人もびつくり立とまれば。ソリヤ家来《けらい》ども。両人をのがすなと。いふにばらりと家来《けらい》の大勢《ぜい》。庭前《ていぜん》を取まいたり。玄蕃《げんば》から〳〵と打わらひ。我《われ》〳〵両人をしまひ付。知貞を世にあらせんと。晋《しん》の予譲《よじやう》がまねをする。阿蘇左馬之進《あそさまのしん》勘ヶ由《かげゆ》もその方人《かたうど》とはにらんだりいかぬ事〳〵。だまつて石見《いはみ》をとりこにさせしは。きやつもつゐにむほんして。伯父弾正《おぢだんじやう》にも仇《あだ》をなさんものと。そちたちがねらふをさいはひ。わが手をおろさず仕舞《しまひ》が付たり。サア此上は両人の身の上。若殿《わかとの》を世に出さんと。悪《あく》と見ながら主とたのみ。時を待《まつ》て裏切《うらぎり》との芝居《しばゐ》の取組《とりくみ》。心ざしはしほらしけれども。其方の手の動《うご》く内《うち》。此方も懐手《ふところで》して見てはゐぬ。ありふれた狂言《きやうげん》の趣向《しゆかう》せんより。まことに心をあらためて。今日より身に奉公《ほうこう》せば。たすけてくれん。さなくばたちまち飛道具《とびどうぐ》と。星《ほし》をさゝれてさしもの両人。手づめと（五ウ）民部《みんぶ》は目くばせし。イヤノウ勘解由玄蕃殿《かげゆげんばどの》の仰《おほせ》のとをり。思へは見るかげもなき知貞殿。これほどこちらが汗《あせ》かいて。世に出してからまた本のごとく。傾城狂《けいせいくる》ひに身を持《もち》くづし。城《しろ》でも質物《しちもつ》に入れられたら。末《すへ》だのみのない事。なんと心をあらためて。玄蕃殿《げんばどの》を主とたのみ。今日より安楽《あんらく》に。くらすしあんはないかといふに。勘解由も合点《がてん》して。いやもふ某《それがし》はとふからその心と。打とけたる躰《てい》を見て。玄蕃《げんば》はほく〳〵打うなづき。すりや両人とも二心は。なんの此上いさゝかも。しからば是《これ》に連判《れんぱん》と。なげ出す一巻《くわん》取上て。見れとも何のかためとも。いさしら紙《かみ》の連判状《れんぱんでう》。家中《かちう》のめん〳〵。凡《およそ》三百余《よ》人ばかり。血判《けつぱん》すへたるばかりにて。はつと二人もあきるゝばかり。して此連判《れんぱん》の文言誓紙《もんごんせいし》の趣《おもむき》はハテ此玄蕃《げんば》を主とたのめば。善《ぜん》でも悪《あく》でも主命《しゆめい》〳〵。たとひ知貞を打取とも。大殿をころさふとも。それに猶予《ゆうよ》の不得心《ふとくしん》は。扨《さて》はやはり二心かと。理《り》づめの言葉《ことば》にのつひきならず。二人は（六オ）さしぞへぬくよりはやく。血判《けつばん》すへてさし出せし。心のうちぞくるしけれ

㈡　堅凍早《けんとうはや》くとけし善悪《ぜんあく》の如何《なぞ》〳〵

うしろのふすまさつとひらき立出る。叔父弾正《おぢだんじやう》。最前《さいぜん》よりのこらず聞《きい》た。でかされたり甥《おい》のとの。是まで折《おり》〳〵諫《かん》言《げん》立。さては内証《ないしやう》にて知貞《ともさだ》への通路《つうろ》もあるかと心ゆるさず。何事《なにごと》もつゝみしに。けふといふけふうたがひはれたり。しかしあの二人のものは。現在《げんざい》見へて二心をいだくつらたましい。油断《ゆだん》しめされなと。気《き》をつくれど。玄蕃《げんば》はおどろくけしきもなく。一国をおさめ給ふ叔父貴《おぢき》の心に似合《にあは》ぬちいさい〳〵。なんぼきやつらがもがひたとて。早家中《はやかちう》の者《もの》にいひ付。大殿将監《しやうげん》はさしころす工面《ぐめん》いたし置。また知貞のかくれ家《か》。後藤兵部《ごとうひやうぶ》が住家《すみか》へも。討手《うつて》の者《もの》をさしむけたれば。追付《おつつけ》吉左右《きつさう》しらすべしと。いふ事きく事。二人が胸《むね》に針《はり》をさすより無念《むねん》の歯《は》ぎしみ。かくまで武運《ぶうん》につきしかと。皃《かほ》見合《みあはせ》ていかりの涙《なみだ》。尻目《しりめ》にかけて弾正に打むかひ。かくまで（六ウ）事をはからひしも。所存あつての此玄蕃《けんば》。現在こなたの甥《おい》なれは甥は子も同然《どうぜん》なり。しかれば只今より播州《ばんしう》をそれがしにゆづり。家の重宝笠《てうほうかさ》かけの的《まと》ならひにあの契情墨《けいせいすみ》の江も。私《わたくし》へ下しをかれ。こなたは外《ほか》に隠居屋敷《いんきよやしき》をかまへ。何事《なにこと》も打捨《うちすて》て老《おひ》の行するをたのしみ給はゞ。何よりの気さんじと。こともなげにいひかけられ。当惑《とうわく》なから叔父弾正《おぢだんじやう》。いやといはれぬ此場《ば》の仕義《しぎ》。たとひいやといふたとて。なみ大ていの甥《おい》ならねばと。覚悟《かくご》きはめてなるほど〳〵。其方の望《のぞ》みのとをり。国も宝《たから》もつかはすべきが。アノ墨《すみ》の江か事は。ヲット皆まで仰られな。さほどにこゝろをかけられしもの。達《たつ》てとは申まじ。さら

ばその宝《たから》の的《まと》御渡《わた》し下さるべしと。のつひきならぬ手づめの難題《なんだい》。いかにも墨の江さへ望《のぞ》みにまかさば。異儀《ゐぎ》におよばすつかはすべしと。いくつになつても色《いろ》の道末《すゑ》のみじかい身《み》の上と。白髪《しらか》まじりの鬚《ひげ》くひそらし。ゑづくろしやとありあふ家来《けらい》。目を見合（七オ）てにがわらひ。うばひ置《をき》たる錦《にしき》のふくろ。取出して玄蕃《げんば》にわたせば。手に取あげておしいたゞき。とつくとあらため。なるほど〳〵たしかに請取《うけとり》申たり。しかれば今日より此玄蕃《げんば》。播州《ばんしう》の国主《こくしゆ》となれば。こなたには是よりすぐに。しつらひ置《をき》たる隠居屋敷《ゐんきよやしき》へおこしあるべし。それ用意《ようい》せし乗物《のりもの》と。下知《げぢ》にしたがひ広《ひろ》庭《には》へ。はつとこたへてかきすゆるを。国もたからもとられたら。どふやら両腕《りやううで》もがれしこゝ地。不肖《ふしやう》〳〵にのりうつれば。ソレと玄蕃が声《こゑ》かけて。くさりのごとき大網《あみ》を。乗物《のりもの》に打かくれば。こりやどふじやとあきるゝ弾正《だんじやう》。こな

挿絵第三図

たにかぎらす。悪人《あくにん》の仕舞《しまひ》はいつでも此とをり。敵役《てきやく》が二のかはりの切狂言《きりきやうげん》。コノ宝《たから》をいたさんため。さいぜんよりのことばづいやし。現在《げんざい》の甥《おい》が。先《さき》の見へた趣向《しゆかう》をするもな。知貞公《ともさだこう》を世にいだして後《のち》。せめてもの事叔父《おぢ》だけに。命ばかりはねがふてみんと。こなたの為《ため》の心尽《づく》し。これまでの不道《ふどう》の罪《つみ》。もはやのがれぬと覚悟《かくご》して。墨《すみ》の江が（七ウ）事をおもひきり給へと。いはれて弾正《だんじやう》怒《いか》りの面色《めんしよく》。たばかられて残念《ざんねん》と。もがけどかひもあらしこども。天よりかゝる網《あみ》のりもの。引立てこそたち帰る。最前《さいぜん》よりのあらましを。見て

挿絵第四図

ゐる二人が嬉《うれ》しさは。限《かぎ》りなくぞ見へし。玄蕃《げんば》にむかふて三拝《はい》九拝。さほどの貴殿の御心底《しんてい》とは。露《つゆ》ほども存《ぞん》じ申さず。是まで慮外《りよぐはい》の段《だん》。まつひら御めん下さるべしと。いふに玄蕃もおもてをやはらげ。叔父《おぢ》ながらも悪人《あく》なれば。見らるゝとをりはからへ共。此うへ生死《しやうじ》の末《すへ》一段《だん》は。甥《おい》の身《み》にては手ざしならず。其方へわたすべしと。以前の連判状《れんばんじやう》を懐中《くわいちう》より取出し。このごとく白紙《しらかみ》にして。家中《かちう》の心底《しんてい》を糺《たゞ》せしに。此三百人ばかりの武《ぶ》士《し》は大殿のとらはれ。知貞《ともさだ》の国遠《こくゑん》にて。是非《ぜひ》なく弾正にしたがふといへども。むかしわすれぬこゝろざしを見こんで。ひそかにしめし合せ。大殿も御安穏《あんおん》。若殿にも夜明《よあけ》ぬうち。むかひの工面《くめん》もして置たりと。なにからなにまで語《かた》る内。墨《すみ》の江おく（八オ）よりはしり出。残《のこ》らず様子は聞ました。玄蕃《げんば》様のおなさけにて。おふたり様の望《のぞ》みもかなひ。お国も首尾《しゆび》よふおさまるうへは。よるべなきわたしが身も。本《もと》の通《とを》り夫婦《ふうふ》じやと。ついでにいふて下さんせと。お筆は民部《みんぶ》が娘《むすめ》にて。義理《ぎり》ある勘解由《かげゆ》と露《つゆ》しらねば。よりそひ頼《たの》めど勘ケ由はよそ目。玄蕃は一間《ま》に立帰り。はつたとしめし障子《しやうじ》の内より。ハテしばらくまどろむ内。かはつた夢《ゆめ》を見し事よ。民部《みんぶ》といひしは阿蘇《あそ》左馬の進《しん》にて。わが寝間《ねま》にふんごみ。宝《たから》の的《まと》をぬすみ。又勘ケ由は叔父貴《おぢき》の揚置《あげをか》れし。契情墨《けいせいすみ》の江をいかなるゆへにかつれてうら道より立のくとみしは。さては夢《ゆめ》でありしか。最早夜明《もはやよあけ》にほどもあるまじ。しらまぬ内にな。しらまぬ内に今《いま》一寝《ね》いりと。ひとり言《こと》にてしらする情《なさけ》。げにまことかゝる小事に猶予《ゆうよ》して。夜明《よあけ》てはことむつかしと。さしづにまかせて障子《しやうじ》をあくれば。そばに落《おち》たる宝《たから》の的《まと》。有がたしといたゞく民部《みんぶ》。勘解由《かげゆ》も一まづ（八ウ）此場《ば》をつれのき。何事も後日の沙汰《さた》と。墨《すみ》の江をせなにおひ。うら道さして出行妹脊《いもせ》。道は二筋《すじ》かはれども。民部《みんぶ》が忠義《ちうぎ》の道も立。のこりし玄蕃《げんば》が義理《きり》の道。弾正《だんじやう》が横道《わうだう》へゆがまぬ甥《おい》は筋《すじ》道を。わけてさかはぬ空寝《そらね》いり。継母《まゝはゝ》の里《さと》の子には。たぐひまれなる情《なさけ》の道。径《こみち》によらぬ聖人《せいじん》の。おしへの道も今こゝに。文武ふたつの道はなを。互《たがひ》の胸《むね》にありあけの。月をしるべに出てゆく

㊂ 薄霞《はつかたちまち》忽にひらく武門《ぶもん》の繁昌《はんじやう》

智恵《ちゑ》ありといへども。勢《いきほひ》に乗《の》るにはしかず。鎡基《じき》ありといへども。時を待《まつ》にはしかずとの。賢者《けんしや》のことばあたれるかな。左衛門尉知貞《ともさだ》公。ひとたび館《やかた》の内乱《ないらん》によつて。所〳〵に漂泊《へうはく》し給ひしに。時をまつて今月只今《こんげつたゞいま》。思ひもよらぬ玄《げん》蕃《ば》が智略《ちりやく》にて。国に人馬《にんば》のあともなく。民《たみ》に禍災《くわさい》のうれひもなくて。二たび屋形《やかた》に入給へば。家老《からう》阿蘇《あそ》左馬の進《しん》山形《がた》勘解由広《かげゆひろ》（九オ）

挿絵第三図（九ウ）

挿絵第四図（十ノ廿オ）

書院《じよゐん》に相詰《つめ》て。今ぞ開《ひら》くる花のはる。ゆたかにもまたいさぎよき。両臣御前《りやうしんごぜん》に手をつかへ。先達《さきだつ》て殿《との》にも御存じ知らるゝとをり。大切《たいせつ》の罪人《ざいにん》中原石見《いはみ》。駒平《こまへい》が取入ついに刀を見付出し。其場《ば》にてすぐにとりことなし。某《それがし》らが屋形《やかた》に置《をき》候所。かねて敵《かたき》とねらひし花鳥兄弟《くわてうきやうだい》。とても刑伐《けいばつ》におこなはるゝものならば。下《くだ》し置《をか》れ本望《ほんもう》とげたきねがひ。御

聞入下さるべしやとうかゞへば。知貞公うなづかせ給ひ。いづれ今日罪《つみ》を糺《たゞ》す咎《とが》人なれば。さいはひ太刀取は。花鳥兄弟との仰をうけ。やがて白砂《しらす》へ引すゆれば。つゞいて出る花鳥お筆《ふで》。駒平《こまへい》が引そふて。年来《ねんらい》ねらひし親《おや》のかたき。今ぞ本望嬉《うれ》しやと。下部《しもべ》が縄《なは》をとく間《ま》もまたず。花鳥が肩先《かたさき》一の太刀。お筆か二の太刀腰《こし》のつがひ。とゞめをさすが武士《ぶし》の種《たね》。妹《いもうと》ながらお筆はわきて。おもひこんだる太刀さばき。嬉《うれ》し泪《なみだ》に人〱も。アット感《かん》ずるばかりなり。かゝる所へ奥《おく》づかひ罷出《まかりいで》。御継母《けいぼ》様には咎《とが》を悔《くい》。今さら殿様にお皃《かほ》をどふも。（十ノ廿ウ）合されぬとの。おことばの下より。御自害《しがい》ありとの。しらせとともに又も下部《しもべ》が走《はし》り出。叔父御三好弾正《おぢごみよしだんじやう》様。かくなるうへはなに面目《めんぼく》にながらへんと。網乗物《あみのりもの》の内にて。刃物《はもの》は有合せず。舌《した》を喰切《くひきり》お果《はて》なされしとの。両方よりのしらせには。知貞もやゝおどろき給ひ。なさぬ中とはいひながら。一旦《たん》ちなみし母なり叔父《おぢ》なり。かねて玄蕃のねがひもあれば。命までには及ぶまじきものをと。仰のうちより玄蕃立出。悪人《あくにん》にてもしんみの母叔父《おぢ》せめて命《いのち》をこひ請《うけ》んと。おもひし事もあだとなり。かくなり果《はつ》るも其身のむくひ。今はなげくにかひあらじ。現在因果《げんざいいんぐわ》のめぐりあれば。未来成仏《みらいじやうぶつ》おぼつかなし。悪人《あくにん》のゆかりあれば。栄花《ゑいぐわ》を求《もとめ》て益《ゑき》なき此身。まして浮世《うきよ》に望《のぞみ》もなければ。打て付たる供養《くやう》の役《やく》と。さしぞへぬいて切たる黒髪《くろかみ》。寸志《すんし》の忠義《ちうぎ》を置土産《をきみやげ》と。出行姿《すがた》を人〱も。あたら武士をと思へども。とめてもとまらずとめられず。心で感《かん》ずるばかりなり。知貞かさねて女（廿一オ）なからもお筆が勇気《ゆうき》。勘解由《かげゆ》には余義《よぎ》なき妻女《さいぢよ》もあると聞《きけ》ば。倍臣《またもの》ながらも功《かう》ある駒平。忠死《ちうし》したる采女《うねめ》があとをたて。清原中務《きよはらなかつかさ》と名乗《なのり》。よるべなき兵部が後家《ごけ》を母とし。さいはひお筆を娶《めと》るべし。花鳥が事はおつての沙汰《さた》。宝《たから》の的《まと》も二度《ふたゝび》手に入からは。早〱鎌倉《かまくら》へねがひを立ん。両人急《いそ》ひで用意《ようい》〱と。寛仁大度《くわんにんたいと》の一言《ごん》に。残《のこ》るかたなき御恵《めぐみ》*み。各《をの〱》はつとゐみの眉《まゆ》。ひらく武門の礎《いしすへ》も。ゆるがぬ時に大江の家。さかふる春ぞ目出たけれ

五之巻終

宝暦十三未年
春正月吉日
京麩屋町通せいぐはんじ下ル町
八もんじや八左衛門版

（廿一ウ）

解　題

南木莠日記　　大本五巻五冊　西尾市岩瀬文庫蔵

表　紙　媚茶色無地原表紙。縦二十三・二糎横十六・三糎。

本　文　四周単辺。縦十八・九糎横十四・三糎。半丁十二行毎行二十七字前後。

構　成　一之巻十四丁（序一丁「一」、目録一丁「二」、本文十一丁半「三―十ノ廿―廿四〈表〉」、広告半丁「廿四〈裏〉」）。

二之巻十四丁（目録一丁「一」、本文十三丁「二―十ノ廿―廿四」）。

三之巻十四丁（目録一丁「一」、本文十三丁「二―十ノ廿―廿四」）。

四之巻十五丁（目録一丁「一」、本文十三丁半「二―十ノ廿―廿五〈表〉」、広告半丁「廿五〈裏〉」）。

五之巻十二丁（目録一丁「一」、本文十一丁「二―十ノ二十―廿一―廿二」）。

挿　絵　一之巻見開二面（四ウ五オ、廿一ウ廿二オ）。

二之巻見開二面（三ウ四オ、廿一ウ廿二オ）。

三之巻見開二面（四ウ五オ、廿一ウ廿二オ）。

四之巻見開二面（四ウ五オ、廿一ウ廿二オ）。

五之巻見開二面（四ウ五オ、十ノ二十ウ廿一オ）。

題　簽　原題簽双辺左肩「新板絵入南木莠日記　一（～五）之巻」（但し四之巻剥落）。

目録題　「南木莠日記《くすのきふたばにつき》」。

板　心　「巻之一（～五）南木　（丁数）」（但し五之巻「廿二」丁のみ「巻之五南」）。巻毎に高さをかえて太い横線。

句　読　全巻「。」。

作　者　瑞笑・其笑。

序　者　瑞笑改李秀・素玉。

画　者　未詳。

刊　記　「宝暦七年丑正月吉日／京ふや町通せいぐはんし下ル町／八もんじ屋八左衛門板」。

広　告　一之巻最終丁裏に「花色紙襲詞　全部五冊」を、「正月二日より本出し置申候」の既刊広告、四之巻最終丁裏に「役者芸品定秘抄／耳塵集　全部二巻」を、「来ル三月節句より本出し申候」と予告。

蔵書印　「稲村文庫」（長方形朱印）、「林忠正印」（方形朱印）、「水谷図書」（長方形朱印）。

備　考　(ア)序者の「瑞笑改李秀」は前年の宝暦六年三月刊『役者改算記』開口末の署名に出るが、本書と同年同月刊の『花色紙襲詞』では「瑞笑」（印記は「李秀」）である。素玉（印記は「凌雲」）は李秀（瑞笑）の弟、『花色紙襲詞』序では「其笑」、宝暦八年正月刊『陽炎日高川』序では「素玉改自笑」と出る、三代目自笑である（長谷川強『浮世草子の研究』序章）。

(イ)『割印帳』によると、本書は板元八文字屋八左衛門、売出鱗形屋孫次郎である。

(ウ)本書には修訂を施す再印本があるが、翻刻に際しては再印本を参照した。三之巻挿絵第四図は底本の人物の顔が汚されているので、再印本を用い、四之巻挿絵第三図に落書があるが、再印本の第四図にも落書があるので底本のものを使用。第三図男の右に「大キニたまされた云々」とあるのが落書。

諸本

(ア)初印本　底本の西尾市岩瀬文庫蔵本。

(イ)修訂再印本　大妻女子大学図書館蔵本。大妻本は媚茶色原表紙、大本五巻五冊。底本と同版と認められるが、底本一之巻「五」丁裏一行目「居る事」の「居」字に「おつ」と見える振仮名があるが、大妻本にはなく、二之巻「七」丁表一行目「あ□る」、この□部が「た」に近い曖昧な字になっているのを、大妻本では「あせる」となっており、三之巻「八」丁表一行目「任《まか》すと」の「と」に欠けがあるが、大妻本では直っているなどの修訂と見られる箇所がある。現在岩瀬文庫は閲覧停止中であるので、詳細は後日を期する。

また、本書は明和四年・七年の升屋蔵板目録にその名を見せるが、明証ある伝本は未確認。なお、和泉屋卯兵衛の蔵板目録に掲載されており、寛政二年改正『板木総目録株帳』には「南木莠日記　五　泉卯（抹消線）京へ」とあり、和泉屋から京へ求版されたと推されるが、書肆名、刊否の事実ともに不明。

余説

本書は延享三年正月十四日大阪竹本座初演の、並木千柳・三好松洛・竹田小出雲合作「楠昔噺」の趣向を、当事者をさしかえるなどして、大幅に取り入れている（長谷川強『浮世草子の研究』第四章）。

陽炎日高川　　大本五巻合一冊　国立国会図書館蔵

表紙　灰黄色無地原表紙。縦二十一・九糎横十六・〇糎（「帝国図書館」の覆表紙を付す）。

本文　四周単辺。縦十九・二糎横十四・九糎。半丁十二行毎行二十八字前後。

構成　一之巻十五丁（序一丁「初ロ一」、目録一丁「二」、本文十二丁半「三―十ノ廿―廿五〈表〉」、広告半丁「廿五〈裏〉」）。

二之巻十五丁（目録一丁「二」、本文十四丁「三―十ノ廿―廿六」）。

三之巻十四丁（目録一丁「二」、本文十二丁半と五行「三―十ノ廿―廿五〈裏五行目迄〉」、広告半丁の半分「廿五〈裏半分〉」）。

四之巻十四丁（目録一丁「二」、本文十三丁「三―十ノ廿―廿五」）。

五之巻十三丁（目録一丁「二」、本文十二丁「三―十ノ廿―廿四」）。


挿絵　一之巻見開二面（四ウ五オ、廿一ウ廿二オ）。

二之巻見開二面（四ウ五オ、廿二ウ廿三オ）。

三之巻見開二面（四ウ五オ、廿一ウ廿二オ）。

四之巻見開二面（四ウ五オ、廿一ウ廿二オ）。

五之巻見開二面（四ウ五オ、廿一ウ廿二オ）。

題簽　現状は、合冊した表紙左肩に後補書題簽「陽炎日高川」。見返から合冊時に加えた白紙表にかけて原題簽双辺隅入「新板絵入陽炎日高川　一（〜五）之巻」を纏めて貼付。なお覆表紙左肩にも後補双辺書題簽「陽炎日高川　全」を貼付。

目録題　「陽炎《かげろふ》日《ひ》高川《たかがは》」。（但し振仮名、三〜五之巻は「ひたかがわ」）。

板心　「日巻之一（〜五）○（丁数）」。巻毎に高さをかえて太い横線。

句　読　全巻「。」。

作　者　李秀・素玉改自笑。

序　者　李秀・素玉改自笑。

画　者　未詳。

刊　記　「宝暦八年／寅正月吉日／京麩屋町せいくはんじ下ル町／八文字屋八左衛門板」。

広　告　一之巻最終丁裏に「耳塵集　全部二巻」を「去ル丑三月節句」に既刊広告、三之巻本文末に「一目千軒／毎月改／全一冊」「澪標／毎月改／全一冊」の既刊広告。

蔵書印　「斎藤文庫」（楕円形朱印）他。

備　考　底本二之巻第二図に大きい墨抹があり、岩瀬文庫本の同図にも落書があるが、これを用いた。落書は、右上の男の肩にかけて「そのよふになかせ□」と、右下の男の右に「やきもちいらんか」。
『割印帳』に「同（＝宝暦）八寅正月／陽炎日高川　全五冊／墨付七十一丁／作者／自笑／板元　八文字屋八左衛門／売出し　鱗形や孫次郎」とある。

諸　本　(イ)初印本　底本の国立国会図書館蔵本。西尾市岩瀬文庫蔵本（五巻五冊）は同版ながら版面の傷等からやや後印かと思われる。なお岩瀬文庫本は挿絵に落書が多い。
(ロ)修訂再印本　大妻女子大学図書館蔵本（一之巻のみ）。一之巻目録のうち、第三の主題部分に入木修訂がある。
一之巻二ウ5　皇子《わうじ》の恋暮《れんぼ》（初印本）→皇子《わうじ》の恋慕《れんぼ》（修訂本）　同九ウ1　鍔元《つばもと》連→鍔元《つばもと》迄
(ハ)再修訂後印本　某氏蔵本（五巻五冊、五之巻「六」丁落丁）。一之巻と三之巻の巻末広告を削り、刊記のうち刊年記はそのままで書肆名のみを削る。さらに(ロ)の修訂のほかに本文中に二箇所修訂がある。

五之巻廿二ウ7　川《あり》かのおもてを（初印本）→川のおもてを（再修訂本）　廿三オ2　かべ舟《ふね》（初印本）→かへ舟《ふね》（再修訂本）

本書は升屋の蔵板目録に見えるが、その明証のある伝存本未確認。和泉屋の蔵板目録にも掲出され、右の後印本は和泉屋の刊本であろう。右の修訂は(ロ)と同時点の八文字屋の修訂かと思われるが確証はない。寛政二年改正『板木総目録株帳』には「陽炎日高川　五一泉卯」とある。

余　説　本作は、寛保二年八月十一日豊竹座上演の浄瑠璃「道成寺現在蛇鱗」の翻案作であり、三の一には『世間胸算用』五の一の、三の三には『渡世身持談義』一の二の剽窃がみられる。また、「大内裏大友真鳥」「雷神不動北山桜」をはじめ、多くの浄瑠璃の影響がみられる（長谷川強『浮世草子の研究』第四章）。

契情蓬莱山　大本五巻五冊　国文学研究資料館蔵

表　紙　鶯色無地原表紙。縦二十二・九糎横十六・〇糎。

本　文　四周単辺。縦十九・三糎横十四・五糎。半丁十二行毎行二十六字前後。

構　成　一之巻十二丁（序一丁「初ロ一」、目録一丁「二」、本文十丁「三―十ノ廿―廿二」）。
二之巻十一丁（目録一丁「二」、本文十丁「三―十ノ廿―廿二」）。
三之巻十二丁（目録一丁「二」、本文十一丁「三―十ノ廿―廿三」）。
四之巻十一丁（目録一丁「二」、本文十丁「三―十ノ廿―廿二」）。

五之巻十一丁（目録一丁「二」、本文十丁「三―十ノ廿―廿二」）。

挿絵　一之巻見開二面（四ウ五オ、九ウ十ノ廿オ）。
二之巻見開二面（四ウ五オ、九ウ十ノ廿オ）。
三之巻見開二面（四ウ五オ、十ノ廿ウ廿一オ）。
四之巻見開二面（四ウ五オ、九ウ十ノ廿オ）。
五之巻見開二面（四ウ五オ、九ウ十ノ廿オ）。

題簽　原題簽双辺左肩「新板絵入契情蓬莱山　一（三）之巻」（一之巻が墨書「契情蓬莱山」、四、五之巻剝落し欠）。

目録題　「契情蓬莱山《けいせいほうらいさん》」。

板心　「山巻之一（～五）　〇（丁数）」。巻毎に高さをかえて太い横線。

句読　全巻「。」。

作者　八文字李秀・同自笑。

序者　八文字李秀・同自笑。

画者　未詳。

刊記　「宝暦九年卯正月吉日／京麩屋町通せいぐはんじ下ル町八文字屋八左衛門板」。

広告　一之巻末に「梅品」、二之巻末に「都名所手引案内」、三之巻末に「京町鑑」、四之巻末に「桜品」の広告あり。

蔵書印　「今辰」「池塩市」「大坂□町／俵十」「好文堂」「青洲文庫」「東京帝国大学図書印」「国文学研究資料館」。

備考　底本の挿絵には落書が多いので、岩瀬文庫本を用いたものがある（二之巻第一・二図、四之巻第一・二図、五之巻第三・四図）が、岩瀬文庫本でも落書があるものは、底本のままにした。その落書は左の通り。

一之巻第一図（馬上の武士の笠の上）ひん〳〵（槍持の奴の頭の右）□しいな　**二之巻第三・四図**（太夫の左）久米太郎（編笠の武士の右）嵐三五郎（その左の男の左）三枡大五郎　**三之巻第一図**（裃姿の坐る武士の左）なんそいうてか　**同巻第三・四図**（髻を切ろうとする武士の右、右下）はやくのめ・わたしやなんほうでものまん〳〵（壷の一つ）目鼻・足をつける（拳をする武士黒い着物の者の右）ごうはね（左隅の太鼓持の上）くろい御きやくはけんがつよい（太鼓持の左）しまさんおまけじや　**四之巻第四図**（燭台）目鼻をつける　**五之巻第二図**（手水鉢）目鼻をつける（その上の壁）陰茎と射精図（左の人物）僧形の頭に鬢・髻を加える

底本の国文学研究資料館本にはない巻末の二丁の蔵板目録を岩瀬文庫本で補い、後述のような理由で本文末に続けて翻刻した。

また、『割印帳』には板元を八文字屋、売出を鱗形屋孫兵衛とする。

諸本

底本の国文学研究資料館蔵本の他に、東京大学総合図書館蔵本、都立中央図書館蔵東京誌料本、西尾市岩瀬文庫蔵本が知られているが、諸本とも刊記、広告なども同じだが、左のように修訂箇所がある。

（略号　国文学研究資料館—資。東京大学総合図書館—東。東京都立中央図書館—都。岩瀬文庫—岩）

一之巻廿一ウ1　大納言《たいなごん》（資）　少納言《せうなごん》（東、都）岩（破れ）
廿一ウ11　大納言《たいなごん》（資）　少納言（岩、東、都）
二之巻六ウ2　少納言《しやうなごん》（資、岩、東、都）
八オ5　大納言（岩）　少納言（資、東、都）

廿二オ5　大納言《たいなごん》（岩）　少納言《しやうなごん》（資、東、都）
三之巻二ウ1　将全《しやうぜん》（資、岩、東、都）
三オ8　大納言（資）　少納言（岩、東、都）
三ウ12　将監《しやうげん》（資）　将全《しやうぜん》（岩、東、都）
四オ6　将全《しやうぜん》（資、岩、東、都）
五ウ1　将全《しやうぜん》（資、岩、東、都）
五ウ7　将全（資、岩、東、都）
六オ4　将監《しやうげん》（資）　将全《しやうぜん》（岩、東、都）
六オ10　将監《しやうげん》（資）　将全《しやうぜん》（岩、東、都）
六オ11　大納言（資）　少納言（岩、東、都）
六ウ5　将監《しやうげん》（資）　将全《しやうぜん》（岩、東、都）
六ウ10　将監《しやうげん》（資）　将全《しやうぜん》（岩、東、都）
八オ8　将監《しやうげん》（資）　将全《しやうぜん》（岩、東、都）
九オ10　将監《しやうげん》（資、岩）　将全《しやうぜん》（東、都）
九ウ2　大納言《たいなごん》（資、岩）　少納言《しやうなごん》（東、都）
九ウ10　将監《しやうげん》（資、岩）　将全《しやうぜん》（東、都）
十オ1　将監《しやうげん》（資）　将全《しやうぜん》（岩、東、都）
十オ11　大納言（資）　少納言（岩、東、都）

十オ12	将監《しやうげん》（資）	将全《しやうぜん》（岩、東、都）
廿一ウ5	大納言（資）	少納言（岩、東、都）
廿二オ3	将監《しやうげん》（資、岩）	将全《しやうぜん》（東、都）
廿二ウ1	大納言（資、岩）	少納言（東、都）
廿二ウ5	大納言（資、岩）	少納言（東、都）
廿二ウ5	将監《しやうげん》（資、岩）	将全《しやうぜん》（東、都）
廿二ウ11	大納言（資、岩）	少納言（東、都）
四之巻二ウ7	大納言《たいなごん》（資、岩）	少納言《しやうなごん》（東、都）
三オ6	大大名《おほだいみやう》（岩）	たいしん（資、東、都）
十ノ廿ウ9	大納言（岩）	少納言（資、東、都）
廿一オ5	大納言（資、岩）	少納言（東、都）
廿一オ10	将監《しやうげん》（資、岩）	将全《しやうぜん》（東、都）
廿一ウ11	大納言（資、岩）	少納言（東、都）
五之巻五ウ12	少納言（資、岩、東、都）	
六オ6	大納言（資、岩）	少納言（東、都）
六ウ7	大納言（資、岩）	少納言（東、都）

この修訂から、東京大学本と都立中央図書館本の二本は四本の中では後の刊行であり、先行する二本にあっては、国文学研究資料館本が最も早い刊と思われる。

この修訂は、「大」納言・将「監」を埋木で「少」納言・将「全」と改めているのであるが、長谷川が『浮世草子考証年表』に指摘する、『済帳標目』の宝暦九年正月までの記事に「契情蓬萊山八文字や八左《ママ》門方指支之所直させ候事」に相応するものであろう。資料館本より岩瀬文庫本への修訂が不十分であったので、更に修訂させられたのが都立中央などの本であろう。強制的な修訂であるから、徹底して短期間になされたものであろう。ここで問題は資料館本に一部修訂があり、反対に岩瀬本に修訂以前の姿をとどめる箇所があることである。これは資料館本以前に初刷本があり、行事の指摘を受けてそれを破棄して少しの手直しで資料館本を出した。しかし不備をいわれてまた手直しして岩瀬本を出した。その際に混乱して一部初刷の時の丁を製本時に混入した。最終の手直しが都立本等であると考えてみたい。なお、宝暦事件で八年七月に処分された公卿のうち、正親町三条公積・徳大寺公城など権大納言に至っており、訂正を要求されたのはこの事件と関係（官名など表面的なことで）があるかもしれない。

また蔵板目録が岩瀬本に残ることは、右のような対応に急を要する混乱の時に、途中から蔵板目録を用意すると思えず、資料館本は貸本屋の手を経た落書の多い本で、目録脱落の可能性も考えられるので、本文末に翻刻することにした。

天理図書館蔵本は五巻合二冊、原刊記の八文字屋の住所・名を削り、和泉屋卯兵衛の蔵板目録を付けた求版本。升屋の蔵板目録に見えるが、その明証ある伝本未確認。寛政二年の『板木総目録株帳』には「泉卯　富利→相　伊善　富利」、文化の同帳には「富利　秋市」。

（この項後半、長谷川）

今昔九重桜　大本五巻五冊　東京大学総合図書館蔵

表紙　青丹（くすんで土色がかった緑色）無地原表紙。縦二十三・一糎横十六・一糎。

本文　四周単辺。縦十九・三糎横十四・七糎。半丁十二行毎行二十六字前後。

構成　一之巻十六丁（序一丁「初ロ一」、目録一丁「二」、本文十四丁「三―十ノ廿―廿六」）。

二之巻十五丁（目録一丁「二」、本文十四丁「三―十ノ廿―廿六」）。

三之巻十六丁（目録一丁「二」、本文十四丁半「三―十ノ廿―廿七〈表〉」、広告半丁「廿七〈裏〉」）。

四之巻十六丁（目録一丁「二」、本文十五丁「三―十ノ廿―廿七」）。

五之巻十六丁（目録一丁「二」、本文十五丁「三―十ノ廿―廿五、廿七（ママ）、廿七」）。


挿絵　一之巻見開二面（四ウ五オ、廿二ウ廿三オ）。

二之巻見開二面（四ウ五オ、廿二ウ廿三オ）。

三之巻見開二面（四ウ五オ、廿二ウ廿三オ）。

四之巻見開二面（四ウ五オ、廿三ウ廿四オ）。

五之巻見開二面（四ウ五オ、廿二ウ廿三オ）。

題簽　原題簽双辺隅入「新板絵入今昔九重桜　一（～五）之巻」。

目録題　「今昔《いまむかし》 九重桜《こゝのへざくら》」。但し、五之巻のみルビが「いまむかしこゝのへさくら」。

板心　「九巻之一（～五）〇（丁数）」。

句読　全巻「。」。巻毎に高さをかえて太い横線。

作　者　八文字李秀・自笑。
序　者　八文字李秀・自笑。
画　者　未詳。
刊　記　「宝暦十年／辰正月吉日／京麸屋町通誓願寺下ル町／八文字屋八左衛門板」。
広　告　三之巻最終丁裏に「都名所手引案内　全一冊」「京町鑑　全一冊」「梅品　全部二巻」を、「右三品共本出し置申候」とする半丁分の既刊広告。
蔵書印　「青洲文庫」（長方印）。
備　考　『割印帳』に板元を八文字屋、売出を鱗形屋孫兵衛とする。
諸　本　(イ)初印本　底本の東大総合図書館蔵本、西尾市岩瀬文庫蔵本（五巻合一冊）。他に、神谷勝広蔵零本（五之巻のみ存）も後述の丁付の誤刻があり、初印本であろう。
(ロ)第一次修訂再印本　(イ)と同版で、序・刊記・広告とも(イ)と同じ。五之巻の丁付の誤刻（「廿七」の重複）を、「廿六」「廿七」と修訂。また、五之巻巻末に、『哥行脚懐硯』付載の「読本目録」に同じ目録二丁を付す。東北大学附属図書館蔵狩野文庫本。
他に、大妻女子大学図書館蔵本（四巻四冊）は五之巻を欠くため、(イ)か(ロ)か判別不能。
(ハ)第二次修訂本　(ロ)と同版で、序・刊記とも(イ)のまま残す。但し、三之巻最終丁裏の半丁分の広告を欠き、五之巻末尾に蔵板目録もない。五之巻の丁付（「廿七」の重複）を正しく修訂済みの他、本文に二箇所、入木による修訂がある。当時の八文字屋の修訂事情を考えると、八文字屋刊本であろう。
四之巻四オ12　目《め》をかけ（初印本・第一次修訂本）→目《め》をかけし（第二次修訂本）　**同七オ9**　天下の国母《こくぼ》

と仰《あふ》がれ↓上《うへ》なき身《み》と仰《あふ》がれ

東京国立博物館蔵本（五巻合一冊）・関西大学図書館蔵本（五巻合一冊）・広島大学日本語日本文学研究室蔵本（五巻五冊）。

(ニ)升屋彦太郎求版本　(ハ)と同版で、序・刊記とも(イ)と同じ。三之巻巻末の広告なし。一之巻表紙見返しに半丁分、升屋の次の口上が付く。

「　此所ニ御断申上候

一京都八文字屋方ニ而往年より被売弘候読本類此度私方へ悉求板仕候間不相替御求御覧可被下候且又如先例之来春より年〻新作読本出し申候間御求御覧之程奉願上候以上

明和四年正月　　升屋　彦太郎　」

五之巻末尾には、(ロ)と同じ板木を用いて「読本目録」という題を削り前後の丁の順番を逆にした、二丁分の升屋の蔵板目録を付し、「風流扇軍《ふうりうあふきいくさ》」から「義貞艶軍配《よしさだやさくんばい》」に至る百八作を掲げる。うち、明和四年升屋への第一回の板木譲渡の際八文字屋の手元へ残されたかと思われる二十六作（「傾性禁短気」「傾性曲三味線」「浮世親仁形気」「傾性色三味線」「役者色仕組」「野白内証鏡」「鎌倉諸芸袖日記」等）を、入木により、升屋へ譲渡された作や升屋が独自に刊行を予定していた作に入れ替えている（中村幸彦氏「八文字屋本版木行方」）。但し、中村氏が「鎌倉繁栄広記」を「曽呂利御伽物語」に替えたとするのは、「手代袖算盤」を「曽呂利――」に替えたとすべきだろう。国立国会図書館蔵本。

余説

本作は桓武天皇兄弟の王位争いを題材とするが、浄瑠璃「平安城都遷」（別名「平安城」）や歌舞伎「平安城都定」などの同題材を扱う先行演劇に拠る（長谷川強『浮世草子の研究』）。また、四之巻の一には先行の浮世草子儻偶《てれん》物に散見する騙《かた》りの趣向を取り込む。

哥行脚懐硯　大本五巻五冊　東京国立博物館蔵

表　紙　香色無地原表紙。縦二十二・〇糎横十五・七糎。

本　文　四周単辺。縦十九・二糎横十四・五糎。半丁十二行毎行二十九字前後。

構　成　一之巻十六丁（目録一丁「二」、本文十五丁「三―十ノ廿―廿七」）。但し序文「初口一」丁が落丁。

二之巻十六丁（目録一丁「二」、本文十五丁「三―十ノ廿―廿七」）。

三之巻十六丁（目録一丁「二」、本文十四丁半「三―十ノ廿―廿七〈表〉、広告半丁「廿七〈裏〉」）。

四之巻十五丁（目録一丁「二」、本文十三丁半「三―十ノ廿―廿六〈表〉、広告半丁「廿六〈裏〉」）。

五之巻十五丁（目録一丁「二」、本文十三丁半「三―十ノ廿―廿六〈表〉、広告半丁「廿六〈裏〉」）。


挿　絵　一之巻見開二図（四ウ五オ、廿三ウ廿四オ）。

二之巻見開二図（四ウ五オ、廿三ウ廿四オ）。

三之巻見開二図（四ウ五オ、廿三ウ廿四オ）。

四之巻見開二図（四ウ五オ、廿一ウ廿二オ）。

五之巻見開二図（四ウ五オ、廿二ウ廿三オ）。

題　簽　原題簽双辺左肩「新板絵入哥行脚懐硯　一（〜五）之巻」。

目録題「哥行脚《うたあんぎや》懐硯《ふところすゞり》」。

板心　「哥巻之一（〜五）○（丁数）」。巻ごとに高さをかえて太い横線。
句読　全巻「。」。
作者　白露・自笑。
序者　白露（印「自叟」）・自笑（印「凌雲」）。
画者　未詳。
刊記　「宝暦十一年正月吉日　京ふや丁せいぐはんじ下ル町／八もんじや八左衛門版」。
広告　三之巻終丁〈裏〉に「三ケ津芸品定芝居役者本元哥舞妓事始」五巻を予告し、四之巻終丁〈裏〉に怡顔斎松岡玄達「梅品」二冊、同「桜品」一冊、「都名所手引案内」一冊を既刊とし、五之巻終丁〈裏〉に「京町鑑」一冊、「京西六条本願寺大絵図」一冊、「京都東六条本願寺大絵図」一冊を既刊とする。
蔵書印　「永田文庫」（朱長方単辺、巻首）、「国立博物館図書之印」（朱長方単辺、巻首）、「徳川宗敬氏寄贈」（朱長方双辺、巻末）。
備考　底本に欠ける一之巻「初口一」と蔵板目録を岩瀬文庫蔵本によって補った。
挿絵中の不鮮明箇所は以下の通りである。**五之巻第三図下方中央**　此方に／子は／ない／なにを／たはこと
同下方左下　西行がさし上し／弓馬の秘書／一巻　　**同第四図下方中央**　また／かくべつたぞ
『割印帳』に板元八文字屋、売出鱗形屋孫兵衛。
諸本　(イ)天理図書館蔵本（五巻五冊）、西尾市岩瀬文庫蔵本（五巻合一冊）、明治大学図書館蔵本（五巻合一冊）、某氏蔵本（五巻五冊）があり底本と同版と見なし得る。五之巻末に「読本目録」として「今川一睡記」から「南木莠日記」まで百八作の蔵板目録を添えるが、底本には欠く。国立国会図書館蔵本は四巻合一冊、五之

巻を欠くが、四之巻末の広告は残る。『果園文庫蔵書目録』にも八文字屋版あり。
(ロ)東北大学附属図書館蔵狩野文庫本（五巻五冊）は刊記のうち年記のみを残し、書肆名を住所ともども削る。その際住所に隣接した尾題のうち「五之（巻終）」のカッコ内の二字も削られている。また巻末の「読本目録」も「哥舞妓事始」以下の広告も削っている。和泉屋の求版本であろう。升屋の蔵板目録に見えるが、同店刊の明証のある伝存本未確認。寛政二年の『板木総目録株帳』には「泉卯」、文化の同帳にも「泉宇」とある。

柿本人麿誕生記　大本五巻五冊　京都大学附属図書館蔵

表紙　深葱色無地。縦二十二・九糎横十六・一糎。

本文　四周単辺。縦十九・三糎横十四・五糎。半丁十二行毎行二十七字前後。

構成　一之巻十五丁（序一丁「初ロ一」、目録一丁「二」、本文十二丁半「三―十ノ廿―廿五〈表〉」、広告半丁「廿五〈裏〉」）。

二之巻十一丁（目録一丁「二」、本文十丁「三―十ノ廿―廿二」）。

三之巻十一丁（目録一丁「二」、本文十丁「三―十ノ廿―廿二」）。

四之巻十一丁（目録一丁「二」、本文十丁「三―十ノ廿―廿二」）。

五之巻十二丁（目録一丁「二」、本文八丁半「三―十ノ廿―廿一〈表〉」、広告半丁「廿一〈裏〉」、蔵板目録二丁〈丁付なし〉）。

挿絵　一之巻見開二面（四ウ五オ、十ノ廿ウ廿一オ）。
　　　二之巻見開二面（四ウ五オ、九ウ十ノ廿オ）。
　　　三之巻見開二面（四ウ五オ、九ウ十ノ廿オ）。
　　　四之巻見開二面（四ウ五オ、九ウ十ノ廿オ）。
　　　五之巻見開二面（四ウ五オ、八ウ九オ）。

題簽　原題簽双辺隅入左肩「新板絵入柿本人麿誕生記　二（〜五）之巻」（一之巻は欠失）。

目録題　「柿本人麿誕生記《かきのもとのひとまるたんじやうき》」。

板心　「人丸巻之一（〜五）　○（丁数）」。巻毎に高さをかえて太い横線。

句読　全巻「。」。但し「・」が一—四之巻に、各一、二箇所ぐらいずつ混入。

作者　自笑・白露。

序者　自笑・白露。

画者　未詳。

刊記　「旹宝暦十二午歳／春正月吉祥日　京麩屋町誓願寺下ル町／八文字屋八左衛門板」。

広告　一之巻最終丁裏に「哥舞妓事始」五巻を「当正月二日より出し置申候間御求御覧（下略）」、五之巻本文最終丁裏に「京町鑑」二冊の「版行出来」、「京西六条本願寺大絵図」「京都東六条本願寺大絵図」折本各一冊「本出来」の広告がある。さらに五之巻巻末には二丁分「読本目録」を付載している。

蔵書印　「京都帝国大学図書之印」（方形朱印）。他の方形印は墨消し、不明。

備考　五之巻巻末付載の「読本目録」は本巻所収『哥行脚懐硯』巻末翻刻のものと同一であるので、ここでは除いている。『割印帳』に、板元八文字屋、売出鱗形屋孫兵衛とある。

諸本　本(イ)初印本　底本のほかに東北大学附属図書館蔵狩野文庫本（五巻五冊、各巻原題簽有）、西尾市岩瀬文庫蔵本（五巻五冊、各巻原題簽有るも三之巻以外は墨消し判読不能）がある。

東京大学総合図書館蔵本（改装、五巻五冊、「好文堂」「青洲文庫」印あり）、東京国立博物館蔵本（五巻合一冊、題簽朱書「人麿誕生記」、印記「饗庭蔵書」「福原」「須寿冨文庫記」「徳川宗敬氏寄贈」など）は各巻末広告を備え、早印本と思われるが、五之巻末二丁分の「読本目録」が除かれている。

(ロ)いつみ屋卯兵衛求版本　国立国会図書館蔵本。原刊記の年月日はそのままにして、八文字屋の住所と氏名は削除し、四之巻巻末に「大坂しんさいばし北詰いつみや卯兵衛板」の「よみ本目録」一丁半を付載している。これは延享二年正月刊『今昔出世扇』に付載する安永三年以降に作製の和泉屋の目録一丁と、安永九年正月刊『本朝武徳名剣記』に付載する安永九年時の和泉屋目録半丁を合せたものである。

升屋の蔵板目録に見えるが、同店刊の明証ある伝本未確認。

パリ国立図書館蔵本は書誌未確認。

寛政二年の『板木総目録株帳』には「泉卯」、文化の同帳には「利新」、別項に「泉卯」。

風流庭訓往来　大本五巻五冊　京都大学附属図書館蔵

表紙　利休茶色原表紙。縦二十三・〇糎横十六・二糎。

本文　四周単辺。縦十九・一糎横十四・七糎。半丁十二行毎行二十六字前後。

構　成　一之巻十三丁（序一丁「一」、目録一丁「二」、本文十一丁「三―十ノ廿―廿三」）。
二之巻十三丁（目録一丁「二」、本文十一丁半「三―十ノ廿―廿四〈表〉」、広告半丁「廿四〈裏〉」）。
三之巻十三丁（目録一丁「二」、本文十一丁半「三―十ノ廿―廿四〈表〉」、広告半丁「廿四〈裏〉」）。
四之巻十二丁（目録一丁「二」、本文十丁半「三―十ノ廿―廿三〈表〉」、広告半丁「廿三〈裏〉」）。
五之巻十二丁（目録一丁「二」、本文九丁「三―十ノ廿―廿一」、読本目録二丁〈丁付なし〉）。

挿　絵　一之巻見開二面（四ウ五オ、十ノ廿ウ廿一オ）。
二之巻見開二面（四ウ五オ、十ノ廿ウ廿一オ）。
三之巻見開二面（四ウ五オ、十ノ廿ウ廿一オ）。
四之巻見開二面（四ウ五オ、十ノ廿ウ廿一オ）。
五之巻見開二面（四ウ五オ、九ウ十ノ廿オ）。

題　簽　原題簽双辺隅入左肩「新板絵入風流庭訓往来　一（～五）之巻」。

目録題　「風流庭訓往来《ふうりうていきんわうらい》」。

板　心　「庭巻之一（～五）○（丁数）」。巻毎に高さをかえて太い横線。

句　読　全巻「。」。

作　者　作者自笑・校合白露。

序　者　自笑・白露。

画　者　未詳。

刊　記　「宝暦十三未年／春正月吉日／京麩屋町通せいぐはんじ下ル町八もんじや八左衛門版」。

広　告　二之巻末に「哥舞妓事始《かぶきじし》　全部五巻」を「去ル正月二日より出し置申候」、三之巻末に「京町鑑《きやうまちかゞみ》懐中本全二冊」「京西六条本願寺《ほんぐはんじ》大絵図《だいゑづ》折本全部一冊」「京都東六条本願寺《ほんぐはんじ》大絵図《だいゑづ》折本全部一冊」の既刊広告、四之巻末に「古今役者大全後編《こゝんやくしやだいぜんのこうへん》／新改役者綱目《しんかいやくしやかうもく》／芸品定大備《げいしなさだめたいび》　全部七巻」を「右板行追付出来仕候」と広告する。巻末に「読本目録」二丁を付す。

蔵書印　「名古屋書林／松屋善兵衛」「尾州／名古屋／山田／堀詰町」。

備　考　巻末の「読本目録」と題する蔵板目録は『哥行脚懐硯』付載のものと同一であるので、翻刻には除いた。

『割印帳』には「同（宝暦）十三未正月／風流庭訓往来　墨付六十一丁　自笑作　五冊　京板元八文字屋八左衛門　売出鱗形屋孫兵衛」と記される。

諸　本　(イ)初印本　京都大学附属図書館蔵本（底本）。関西大学図書館蔵本　利休茶色原表紙と原題簽をもち、巻末に、底本と同じ「読本目録」二丁を付す。国立国会図書館蔵本（京乙二六八）　五巻合綴一冊。「読本目録」を付すが、改装、化粧断ちされている。東北大学附属図書館蔵狩野文庫本　五巻合綴一冊。鼠色原表紙に二之巻の原題簽を付し、「読本目録」を欠く。神谷勝広蔵本　三之巻、四之巻零本二冊。利休鼠色原表紙をもつが、題簽が剥落する。

(ロ)和泉屋卯兵衛求版本　早稲田大学中央図書館蔵本　縹色原表紙に、(イ)と同じ原題簽を付す。刊記の書肆名を削り「宝暦十三未年／春正月吉日」を残す。広告を削除し、五之巻末に「よみ本目録　書林大坂しんさいばし北詰いつみ屋卯兵衛板」一丁「都鳥妻恋笛」より「新砂石集」まで五十二作所載のものを付す。この蔵板目録は『今昔出世扇』和泉屋求版本付載のものと同一である。大東急記念文庫蔵本　薄茶色後表紙に後補題簽を付した裏打ち改装本。早大本と同じ和泉屋蔵板目録を付す。国立国会図書館蔵本（京乙一六）　縹色原表紙に原題簽を付すが、蔵板目録なし。ケンブリッジ大学蔵本　和泉屋蔵板目録を付す（『ケンブリッジ大学所蔵和漢古書総合目録』による）。

升屋の蔵板目録に見え、(イ)と(ロ)の間に入るべき刊本があると思われるが、明証ある本未確認。寛政二年の『板木総目録株帳』には「泉卯　京へ」とある。

執筆者紹介（掲載順）

長《は》谷《せ》川《がわ》 強《つよし》	国文学研究資料館名誉教授
江《え》本《もと》 裕《ひろし》	大妻女子大学教授
杉《すぎ》本《もと》和《かず》寛《ひろ》	東京芸術大学助教授
岡《おか》 雅《まさ》彦《ひこ》	国文学研究資料館教授
佐《さ》伯《えき》孝《たか》弘《ひろ》	清泉女子大学助教授
渡《わた》辺《なべ》守《もり》邦《くに》	実践女子大学教授
長友《ながとも》千《ち》代《よ》治《じ》	佛教大学教授
中《なか》嶋《じま》 隆《たかし》	早稲田大学教授

（第二十二回配本）

八文字屋本全集 第二十二巻

二〇〇〇年六月発行

編　者　八文字屋本研究会
代表　長谷川　強

発行者　石坂叡志

製版・印刷　株式会社ディグ

発　行　汲古書院

〒102-0072 東京都千代田区飯田橋二―五―四
電　話　〇三(三二六五)九七六四
FAX　〇三(三二二二)一八四五

ISBN4-7629-3321-X C3393

八文字屋本全集〈全23巻〉巻別収録書一覧

（巻数・編成は変更になる場合がございます。）

▼第一巻　けいせい色三味線／大尽三ツ盃／風流曲三味線／遊女懐中洗濯　▼第二巻　野白内証鑑／けいせい伝受紙子／傾城禁短気／寛濶役者片気／野傾旅葛籠　▼第三巻　魂胆色遊懐男／頼朝三代鎌倉記／忠臣略太平記／商人軍配団／渡世商軍談／鎌倉武家鑑　▼第四巻　今川一睡記／当世御伽曽我／風流東鑑／百性盛衰記／当世信玄記／西海太平記／手代袖算盤　▼第五巻　通俗諸分床軍談／女男伊勢風流／愛敬昔色好／京略ひながた／女男色遊／丹波太郎物語／風流誮平家／義経風流鑑　▼第六巻　世間子息気質／名物焼蛤／当流曽我高名松／分里艶行脚／傾性野群談／国姓爺明朝太平記／世間娘気質　▼第七巻　和漢遊女容気／野傾咲分色孖／けいせい竈照君／武道近江八景／義経倭軍談／花実義経記／浮世親仁形気／楠三代壮士　▼第八巻　風流宇治頼政／役者色仕組／女曽我兄弟鑑／日本契情始／商人家職訓／舞台三津扇／風流七小町　▼第九巻　桜曽我女時宗／芝居万人葛／安倍清明白狐玉／出世握虎昔物語／女将門七人化粧／頼朝鎌倉実記／大内裏大友真鳥　▼第一〇巻　開分二女桜／記録曽我女黒船／本朝会稽山／御伽平家／風流扇子軍／富士浅間裾野桜／契情お国躌妓　▼第一一巻　善悪身持扇／世間手代気質／風流東大全／奥州軍記／曦太平記／楠軍法鎧桜／けいせい哥三味線／風流友三味線　▼第一二巻　那智御山手管滝／高砂大嶋台／鬼一法眼虎の巻／三浦大助節分寿／都鳥妻恋笛／真盛曲輪錦　▼第一三巻　愛護初冠女筆始／略平家都遷／咲分五人媳／渡世身持談義／風流西海硯／風流連理槍／風流軍配団　▼第一四巻　諸商人世帯形気／風流東海硯／兼好一代記／其磧置土産／御伽名題紙衣／善悪両面常盤染　▼第一五巻　忠孝寿門松／武遊双級巴／丹波与作無間鐘／花欅巌柳嶋／忠盛祇園桜／龍都俵系図／逆沢瀉鎧鑑　▼第一六巻　魁対盃／善光倭丹前／敦盛源平桃／刈萱二面鏡／名玉女舞鶴／女非人綴錦／薄雪音羽滝　▼第一七巻　諸芸袖日記／雷神不動桜／弓張月曙桜／契情太平記／大系図蝦夷噺／其磧諸国物語／阿漕浦三巴　▼第一八巻　今昔出世扇／賢女心化粧／勧進能舞台桜／曽根崎情鵲／自笑楽日記／彩色歌相撲／物部守屋錦輦／盛久側柏葉　▼第一九巻　十二小町曦裳／昔女化粧桜／小野篁恋釣船／花楓剣本地／義貞艶軍配／教訓私儘育／頼信璍軍記　▼第二〇巻　優源平歌嚢／道成寺岐柳／百合稚錦嶋／夕霧有馬松／世間母親容気／歳徳五葉松／壇浦女見台　▼第二一巻　世間長者容気／風流川中嶋／菜花金夢合／頼政現在鵺／御伽太平記／中将姫誓糸遊／花色紙襲詞　▼第二二巻　南木莠日記／陽炎日高川／契情蓬莱山／今昔九重桜／哥行脚懐硯／柿本人麿誕生記／風流庭訓往来　▼第二三巻　禁短気次編／禁短気三編／当世行次第／略縁記出家形気／遺放三番続／浮世壱分五厘／陳扮漢　（年三冊刊行）

◇翻刻・解題――八文字屋本研究会

▽A５判上製函入／各平均五五〇頁

本体各一四、五六三円（＋税）